용의 나라

上
용의 나라
선지 장편 소설

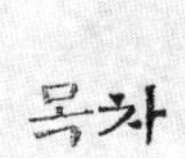

서장 …7

一. 용과 거북이 …9

二. 연막 …125

三. 구름 위에 사는 자, 구름 아래 사는 자 …216

四. 유람의 끝 …306

五. 물밑 上 …457

서장

칠흑과도 같은 어둠이었다.

그러나 한 치 앞도 보이지 않는 어둠만이 자리한 깊은 지저에서도 사내는 모든 것을 느낄 수가 있었다. 보지 않고서도 그 암굴(暗窟)의 생김새와 갇힌 공간 너머의 기를 느꼈다. 오랜 시간이 지났음에도 그의 감각은 아직도 칼날처럼 살아 있었다. 그는 아직도 숨을 쉬고 있었고, 그의 심장은 아직도 뛰고 있었다. 어둠이 그를 집어삼키려고 할 때마다 그는 되뇌었다.

'나는 해야 할 일이 있다. 돌려받아야 할 것들이 있다.'

되찾아야 할 것, 알아야 할 것, 그 모든 것들이 어둠에 잠식될 것만 같은 그의 정신을 붙잡았다. 집착과 고집으로 어우러진 의무감 때문에, 그는 미쳐 날뛸 것 같은 감정을 겨우 억눌렀다. 그 감정으로 겨우 지탱해 온 몸은, 고개를 들어 위를 응시했다.

역적을 가두어 놓은 암굴은 사방이 꽉 막혀 있었고 빛 한 점 들어오지 않았다. 그러나 그럼에도 그는 마치 무언가가 보이는 사람처럼,

날카로운 눈으로 위쪽을 응시했다. 그리고 실제로 그는 보고 있었다. 어둠에 시야가 잠식됐어도 여전히 그는 그곳의 정경을 눈앞에 그릴 수 있었다.

막힌 굴의 두꺼운 벽을 지나, 인간과 요괴, 귀신이 난무하는 하계(下界)를 뛰어넘어, 높은 하늘의 구름 위에 신수(神獸)와 계약을 맺은 선인(仙人)들의 세상이 있다. 구름 위에 세워진 주춧돌과 기둥이 궁궐과 기와집을 이루고, 그 위로 신수와 선인들이 날아다니는 선계(仙界). 그 선계의 중추에, 철의 갑옷을 두른 선군(仙軍)들과 날개옷을 입은 선녀(仙女)들이 지키는 궁이 있었다.

푸른 기와로 덮인 궁을 떠올린 사내의 얼굴이 일그러졌다. 겨우 다스리려고 했던 감정이 열화와 같이 솟구쳤다. 신체에 빠르게 피가 돌고 메마른 감정의 불씨가 타오르는 것을 느꼈다. 생각하는 것만으로도 온몸의 죽은 기운이 되살아났다. 그러나 살아도 산 게 아니었다. 현재 그는 계약 맺은 신수를 빼앗긴 반선(半仙)의 몸이었으며, 사지가 봉인된 결박으로 묶여 있었고, 그가 갇혀 있는 곳은 그 누구의 침입도 허락하지 않는 하계의 가장 깊은 옥사였다.

긴 시간 동안 옥사에 갇혀 있으면서도, 그는 아직도 기다리고 있었다. 이 암굴에서 빠져나갈 날을. 이곳에서 나가 해야 할 일이 너무나도 많았다. 암굴 밖의 세상을 생각하며, 그는 다시금 선계의 용수궁(龍守宮)을 떠올렸다. 이가 드드득 갈렸다. 뿌득 소리가 날 정도로 세게 주먹을 쥐었다. 용수궁. 용이 지키는 곳. 선계의 가장 높은 곳에 있는 선인들의 궁궐.

그곳에, 그의 원수가 있다.

一
용과 거북이

칠흑과도 같은 밤이었다.

좁은 창을 통해 별 하나도 보이지 않는 하늘을 바라보며, 사예(思睿)는 한숨을 내쉬었다. 그녀가 갇힌 옥사는 어둠이 내린 음지에 있어 유독 기온이 낮고 양기가 부족했다. 그녀는 느껴지는 한기에 몸을 웅크렸다. 시선을 돌려 주위를 살폈다. 빠져나갈 수 없게 그녀를 가로막고 있는 창살을 쳐다보다가, 그녀는 손을 뻗었다.

"청하(靑河)."

손등에서 푸른 표식이 빛났다. 그녀가 신수와 계약을 맺어 어엿한 한 사람의 선인이 됐음을 증명하는 표식이었다. 표식을 따라 푸른빛이 나오고, 그 빛이 허공에서 반투명하면서도 기다란 형상이 되었다. 이윽고 그것은 푸른 비늘을 지닌 짐승의 모습으로 변했다. 머리에는 사슴과 같은 뿔이 있고 눈은 뱀처럼 노랗게 빛났다. 앞으로 나온 주둥이 옆에 가느다란 수염이 흩날렸다. 나타난 것은 사예의 신수 청룡이었다.

용의 기다란 몸이 유연하게 주변을 휘감았다. 감옥이 길고 긴 몸으로 한가득 찼다. 청하는 창살에서 떨어져, 벽 쪽으로 붙었다. 창살에 신수가 빠져나오지 못하도록 붙여 놓은 부적이 있기 때문이었다. 기다란 몸에 달린 짧은 다리가 허공에서 파닥거렸다. 그녀는 용으로 인해 주변을 감싼 생생한 기운을 느꼈다.

비록 신수는 손에 잡히는 실체는 없었지만 그 반투명한 형상과 기운으로 주변을 가득 메웠다. 싸늘한 한기에 몸을 떨던 사예는 더는 참지 못하고 화기(火氣)를 모아 가장 간단한 음양오행술의 술법(術法)의 주문을 입으로 외우려고 했다. 그러나 그녀는 지금 옥사에 갇힌 상태로 기를 모으는 데 제한을 받아 술법을 쓸 수가 없는 상태였다. 답답한 마음에 한숨을 내쉬던 그녀는 순간 바뀐 기의 흐름을 느꼈다. 누군가 그녀가 있는 공간으로 기의 흐름을 막는 결계를 친 것이었다. 그리고 사예는 그게 누가 한 일인지를 알았다.

"위험한 일을 하고 있구나."

들려오는 목소리에, 사예는 얼른 팔을 뻗어 옥사의 창살에 매달렸다.

"어머니!"

어둠 속에서 한 여선(女仙)이 모습을 드러냈다. 검은 머리를 틀어 올린 여성은 사예의 어머니인 하선(河嬋)이었다. 그녀의 얼굴에서는 비록 세월의 흐름이 느껴졌지만, 젊은 시절의 고운 미색이 그대로 보였다. 사예는 고개를 돌려 어느 선군이 그녀의 어머니를 발견할까 확인하는 짓 따윈 하지 않았다. 하선의 신수인 자운영(紫雲影)이 그녀의 팔을 따라 스르륵 흐르다가 옷소매 사이로 기운을 감추고 사라지는 것을 발견했다. 자운영은 흔적을 감추고 비밀스럽게 운신하는 데에는 타의 추종을 불허했다. 옥사를 지키고 있는 선인 군관들은 하선의 움직임을 포착하거나 쳐진 결계를 알아차리지 못했을 터였다. 하선은 팔에 익숙한 짐 꾸러미를 든 채로 서 있었다. 소리조차 나지 않는 걸음걸이로 감옥 가까이로 다가온 하선에게 사예가 말했다.

"어찌 그러실 수가 있으세요?"

"무얼 말이냐?"

"제가 잡혀 오는 걸 보시고서도 모른 척하셨잖아요."

사예가 투정 부리듯 말하자 하선은 씁쓸한 미소를 지었다.

"어리석은 말을 하는구나. 그럼 내 그 자리에서 너를 감싸 함께 옥사에 갇히랴?"

사예는 구태여 딸을 위해서라면 그리하셨어야 한다고 말을 하지는 못했다. 옥사에 잡혀 온 것은 엄연히 자신의 잘못, 그리고 그 잘못을 함께 견디거나 대신 나서 주는 것을 기대하기에 그녀의 어머니는 너무 엄격했다. 아니나 다를까 하선은 냉정한 얼굴로 이렇게 말했다.

"너는 좀 더 조심했어야만 했다. 이게 어떤 일인지 모르지 않았을 것이야. 너는 물론이고 용과 내 목숨까지 위험하게 만들었다. 더구나 이제는 철없이 내게 책망을 하고 있구나. 네 잘못을 네 스스로 책임지지 않는다면 어찌 네가 한 사람의 선인이라 할 수 있겠느냐?"

"……저도 제가 잘못한 건 알고 있어요. 하지만 어쩔 수 없었어요. 그들이 제 표식을 봤고, 제 신수를 확인하고자 했는걸요."

"그렇다고 그들을 공격했단 말이냐? 어리석은 것. 절대 흔적을 남기지 말라고 몇 번을 말했더냐? 네 잘못으로 그 '무영(無影)' 들이 우리의 자취를 밟았을 터. 너는 그동안의 내 노고를 모두 허사로 만든 것이다."

"……죄송해요. 너무 당황해서 저도 모르게 그만……."

사예는 더 할 말이 없었다. 그녀 또한 그녀의 실수를 잘 알고 있기 때문이었다.

헤아릴 수 없이 아주 긴 시간이었다. 그녀의 가족은 그 긴 시간 동안 줄곧 흑의를 입은 사람 형상의 환술(幻術)에 의해 쫓겨 왔고, 사예의 가족은 그들을 무영(無影)이라고 불렀다. 그림자가 없다는 것은 그것들이 환술자가 공을 덜 들여 만든 존재들이라는 의미였으나, 그럼에도 불구하고 그것들은 지나치게 빠르고 강했다. 무엇보다 그것들은 끝이 없었다. 증조부 때부터 계속 쫓겨 다녔으니 삼대에 이르는 동안 끊임없이 그들 가족을 괴롭혀 온 존재들이었다. 환술을 부린 환술자가 누구인지는 알 수 없었지만, 그토록 긴 시간을 무찌르고 도망쳐도 다시금 뒤를 쫓아오니 참으로 지독했다. 사예는 가족과 함께 본래 선계의 동선(東仙)에서 흔적을 감추고 살아왔으나 그들의 집요한 추적을 피하다가 서선(西仙)으로 도망쳐 온 상태였다.

그렇게 서선으로 오자마자 하선이 잠시 홀로 다녀올 곳이 있다 하여 사예와 떨어져 있던 참에, 우연히 말을 섞게 된 선인이 사예의 손등에서 피어난 표식을 보고야 말았다. 사예는 신수와 계약을 맺은 지가 오래되지 않아 아직 표식이 제대로 자리를 잡지 못한 상태인지라 손등의 표식이 사라지지 않고 그대로 남아 있었다. 그리고 그 손등의 표식은 다른 선인의 입장에서 단순히 보아 넘길 수 있는 표식이 아니었다. 그 표식에는 다른 신수도 아닌 용이 있기 때문이었다.

사예의 곁에 얌전히 있던 신수, 청하가 몸을 비틀었다. 푸른 용을 따라 하선과 사예의 시선이 움직였다. 정확히 말해, 사예가 옥사에 갇힌 것은 바로 저 용 때문이었다.

천하는 인간이 사는 하계와 선인들이 기거하는 선계, 영혼들의 세상인 명계(冥界), 그리고 신선들의 세상인 도가(道家)로 나뉘었다. 사예는 선계에 살고 있는 여선(女仙)이었고, 선계와 하계는 천제가 다스렸다. 문제는, 용이 바로 그 천제를 상징하는 신수라는 점이었다.

신수는 그 옛날 도가의 최고 신선 중 하나인 무각도인(無覺道人)이 선인들을 위해 도가에서 보내 준 존재들로, 마음이 맞는 선인과 계약을 맺어 선인이 음양오행의 술법을 다룰 수 있도록 도왔다. 신수가 없는 선인은 홀로 음양오행술을 다룰 수 없어 부적에 의존해야 했으므로 신수와의 계약은 선인에게 굉장히 중요했다.

이런 신수가 한 가문의 혈통과 계속하여 계약을 맺는 일이 종종 있었는데, 그 가장 확실한 예시가 바로 천제였다. 용은 천하를 다스리는 천제의 신수로, 줄곧 천제의 자리에 오를 천자들과 계약을 맺어왔다. 현 천제, 연호(年號)로는 안희제(安熙帝) 또한 용과 계약을 맺고 천제의 자리에 올랐다.

그런데 존재조차 알려지지 않은 또 다른 용인 청하가, 사예와 계약을 맺은 것이었다. 그러나 사예는 죽은 선제(先帝) 헌정제(憲正帝)의 피를 이은 것이 아니었다. 따라서 이건 누가 봐도 이상한 일이었으며, 위험한 시각으로 보면 상당히 곤란한 곡해를 받을 수도 있는 일이었다.

표식을 들키고 놀란 사예를 지키기 위해 용은 공격적으로 나타났다. 용을 확인한 선군들은 어떻게든 그녀를 구금하고자 했고, 사예는 멀리서 그녀의 어머니가 보내는, 얌전히 그들을 따르라는 신호를 받아들였다. 그리하여 지금, 홀로 옥사에 갇혀 있는 상태가 된 것이었다. 그나마 하선이 눈치를 줘서 사예가 조용히 선군들을 따랐기에 괜한 피를 보는 일은 막을 수 있었다. 그녀가 얌전히 따르자 선군들은 그녀에게 무례하게 굴지는 않았다.

사실은, 애초부터 사예가 용과 계약을 맺지 않았다면 되는 일이었다. 그러나 사예는 그럴 수가 없었다. 청하는 줄곧 그녀의 가문에 이어져 온 신수였다. 청하는 지속적으로 그녀의 가족과 계약을 맺어, 그녀의 증조부, 조모, 그 후에는 하선, 그리고 이제는 사예와 계약을 맺었다. 사예는 아주 긴급한 상황 속에서 어쩔 수 없이 청하와 계약을 맺었지만, 실제로 그런 상황이 아니었더라도 청하와의 계약을 거부할 마음은 없었다. 그녀 또한 언젠가 신수와 계약을 맺는다면 당연히 청하와 맺을 것이라고 생각하고 있었다. 청하가 얼마나 영리하고 훌륭한 신수인지 잘 알고 있기 때문이었다. 이보다 훌륭한 신수와 계약을 맺는 일은 불가능할 것이며, 그런 신수를 찾는 것부터가 불가능할 터였다. 그녀는 이제 그런 훌륭한 신수와 계약을 맺었고, 더 이상 부적을 가지고 술법을 구사할 필요가 없었다. 하지만 그럼에도 불구하고 이런 상황이 되자 다시금 후회가 밀려왔다. 이토록 빨리, 그렇게 급하게 계약을 맺을 마음은 맹세코 단 한 순간도 가진 적이 없었다.

사예는 엄한 얼굴을 하고 있는 하선을 살피며 조심스럽게 물었다.

"그 무영들처럼, 선군들도 청하가 위험하다고 생각하는 걸까요?"

"그 어떤 것도 확실한 것은 없다. 그 무영들이 청하의 존재 때문에 우리를 쫓는지조차 확실하지 않은 일이다. 그리고 그 선군들에 대해서는, 걱정할 것은 없는 듯하다."

"그게 무슨 말씀이신가요?"

잠시 주변을 살핀 하선이 옥사로 좀 더 가까이 다가왔다. 그녀가 사예에게 속삭였다.

"내 은밀히 알아본 바, 너는 곧 용수궁으로 향하게 될 것이다."

"그게 무슨 말씀이세요?"

"천제 폐하께서 너를 궁으로 부르셨다. 허나 그분께서는 너를 죄인으로 잡아들이라 명하신 게 아니라, 영험한 신수와 계약을 맺은 여선임으로 정황을 직접 살피고 싶으시니 특별히 귀객으로 모시라고 명하신 모양이다. 용수궁에서 선녀들이 왔고, 이미 서선 제후에게 너를 데려가겠다고 허락까지 받았다."

사예는 놀라서 입을 벌렸다. 그런 그녀를 보며 하선이 말을 이었다.

"이것은 분명 보통 일이 아니다. 우리는 아주 오랫동안 무영의 추적을 받아 왔지. 청하의 존재로 하여금 줄곧 천제 폐하께서 무영을 보낸 것과 관련이 있지 않을까 생각했는데, 확실히 모를 일이다. 어쩌면 그분이 아닌 다른 존재가 우리의 목숨을 노리고 있었던 걸지도 모르겠다. 그리고 그 알 수 없는 존재가 천제 폐하의 곁에 있는 사람인지 아닌지조차 알 수 없지."

만일 천제가 무영을 보낸 이가 아니고 무영에 대한 사실도 모르고 있다면, 이번 일은 좋은 기회가 될 수도 있었다. 가족의 괴로운 사정을 이야기하고 천제에게 직접 보호를 받을 수 있다면 그보다 좋은 일은 없을 터였다. 그러나, 그렇게 상황을 긍정적으로 받아들이기엔 사예나 하선이나 그간 겪은 고초로 의심과 걱정이 더 컸다. 만일이 아닌 혹시 모를 위험의 가능성이 더 많았기 때문이었다.

"그럼, 이제 저는 어찌해야 하나요?"

사예는 걱정스러운 마음을 숨기지 못하고 드러냈다. 하선은 그런 딸에게 그 어떤 우려도 드러내지 않고 담담한 어조로 말했다.

"용수궁으로 가거라. 천제 폐하의 하명을 거부할 수는 없다."

"그럼 어머니는요?"

"나는 너와 함께 가지 않는다."

"어머니!"

사예가 놀라 소리를 높이자 하선이 손가락을 들어 입을 가려 보였다.

"잘 들어라. 이 어미는 찾아야 할 것들이 있다."

"그게 뭔가요?"

"나도 그것들이 뭔지 전부 다 알지는 못한다. 허나 반드시 찾아야만 하지. 나는 그것들을 찾으러 갈 생각이다."

"저도 함께 가요!"

"그럴 수는 없다. 너는 천제 폐하의 부름을 받았어. 너는 그분을 뵈러 가야 한다."

"그런……."

하선은 들고 있던 짐 꾸러미를 옥사의 살 사이로 꾸역꾸역 밀어 넣었다. 옥사 바깥쪽에 붙은 부적은 신수의 힘만 막는 것이라 하선이 집어넣은 짐은 아무 문제 없이 사예의 손에 건네질 수 있었다.

"네게 필요할 것들을 쌌다. 소중히 보관해라. 그 속에 환술로 크기를 최소화한 사진검(四辰劍)과 청하의 여의주가 들어 있다. 네 신수이니 앞으로는 네가 보관하도록 하여라."

"어머니……."

짐 꾸러미를 품에 꼭 안은 상태로 사예가 하선을 불렀다. 하신은 그녀의 딸을 물끄러미 쳐다보다가, 손을 뻗어 창살을 쥔 사예의 손을 잡았다. 하선의 손이 따뜻하게 사예의 손을 감쌌다.

"우리가 헤어지면 외려 그 무영들을 당황하게 만들 수 있을 것이다. 어쨌든 네가 천제 폐하께 부름을 받은 것은 그나마 잘된 일이다. 네가 그분의 객으로 간다면 그 누구라도 너를 함부로 노리기가 어려울 것이야. 이리 교서까지 보내셨으니 폐하께서도 대놓고 너에게 해를 끼칠 생각은 없으실 테지."

"하지만 어머니께서는 더 위험해지실 거예요."

"나는 이미 30여 년의 세월을 그들로부터 도망쳐 왔다. 혼자라면 더더욱 쉬울 것이다. 그러니 내 걱정은 말고, 이것 한 가지만 명심해라."

"무엇인가요?"

"궁의 그 누구도 믿지 말거라. 설령 그것이 천제 폐하라고 해도.

용의 여의주를 네 목숨처럼 여겨라. 그것을 잃으면 모두 잃는 것이다.”

“……예.”

사예는 고개를 끄덕였다. 지킬 것은 청하의 여의주와 그녀의 목숨. 그 두 가지였다. 하선은 담담하게 대답하는 딸을 보며 장하다는 듯 고개를 끄덕였다.

“설령 용수궁에서 우릴 노리던 이의 정체를 알게 되어도, 절대 나서지 마라. 그를 잡으려고 한다거나, 그에게 보복을…….”

“한 가지만 명심하라고 하셨잖아요.”

사예의 말에 하선은 미소를 지었다. 그녀는 알았다고 대답하며 고개를 끄덕였다.

“나는 네 피로 새긴 추적부(追跡符)를 가지고 있으니, 그것을 잃지 않는 이상은 너를 찾지 못할 까닭이 없다. 또한 네게 무슨 일이 생긴다면 그 누구보다 빨리 알아차릴 수 있을 것이다. 내 답을 찾는 즉시 너를 찾아갈 것이다.”

“예, 어머니. 반드시 저를 찾아오셔야 해요.”

“최대한 얌전히 지내라. 네 술력의 한계를 드러내지 마라. 너를 주시할 이들에게 경계심을 키워 좋을 것이 없다. 그저 내가 너를 찾아갈 때까지 얌전히 기다려라.”

“예.”

“그래.”

모녀는 잠시간 시선을 마주했다. 여전히 안심이 되지 않는 얼굴로 쳐다보던 하선은, 잠시 뒤 굳은 마음을 먹고 시선을 돌렸다. 그녀는 뒤도 돌아보지 않고 감옥에서 나갔다. 그녀의 신수가 흔적을 지우자 감옥에는 그 어떤 이의 자취도 남지 않았다. 마치 처음부터 아무도 없었던 것처럼, 기의 조그만 흔들림조차 없었다. 사예는 창살을 쥐고 서서 어머니가 사라진 자리를 응시했다.

'어머니…….'

이제 단 하나 남은 사예의 가족. 그녀는 어머니와 그렇게 헤어졌다.

❈ ❈ ❈

아침에, 사예는 옥사로 들어오는 선군들을 볼 수 있었다. 그들의 묵직한 발걸음 소리가 가까워질수록 몸이 긴장으로 굳어졌다. 어제 하선이 그녀에게 주고 간 보따리를 안은 팔에 힘이 들어갔다. 그녀의 옥사로 다가온 선군들은 은빛 갑옷과 하얀 술이 달린 투구를 쓰고 있었다. 선군들이 들어와 사예가 갇힌 옥사의 문을 열었다. 그러곤 공손히 읍한 뒤 그녀에게 말했다.

"함께 가시지요. 천제 폐하의 명을 받으셔야 합니다."

사예는 확연히 달라진 그들의 태도를 느꼈다. 전보다 과할 정도로 조심스러워진 태도였다. 그녀는 어머니 하선의 말이 사실인가 보다, 하고 생각하고는 선군들을 따라 조용히 걸어갔다.

그들의 뒤를 따르며 사예는 하선이 주고 간 짐 꾸러미 때문에 선군들의 눈치를 봤다. 다행히 선군들은 그녀에게 짐에 대해 왈가왈부하지 않았다. 짐 안에는 돈이 든 주머니와 얇은 옷 몇 벌, 환술을 걸어 은장도 크기로 축소된 사진검이 들어 있었다. 또한 급할 때 요긴하게 쓸 수 있는 부적 몇 가지와 부적을 만들 수 있는 괴황지(塊黃紙)와 세필, 한 손 안에 들어오는 작은 크기의 청동 묵통(墨筒), 그리고 다쳤을 때 바를 수 있는 약들과 뜯어 먹을 수 있는 육포 따위가 꼼꼼히 싸여 있었다.

'궁으로 가는데 이런 건 다 왜 챙기신 거야?'

정말 걱정도 많으시다고 생각하며 그녀는 한숨을 내쉬었다. 정작 하선 본인이 가지고 갈 짐은 이만큼 정성스럽게 챙기지 않았으리라. 그러나 앞으로 더 위험한 사람은 하선일 게 분명해서, 사예는 답답함을 느꼈다. 이제 청하의 여의주는 짐 속에 들어 있던 노리개의 옥을 깎아 만든 향갑 안에 있었고, 사예는 그 노리개를 보이지 않게 속치마의 끈에 걸어 찬 상태였다. 환술로 작아진 사진검 또한 그녀의 품 안에 숨겨 둔 상태였다. 그녀는 짐 꾸러미를 앞으로 안아 노리개와 사진검이 숨겨진 몸 앞쪽을 가렸다. 이러니 짐 꾸러미를 안은 손에 자꾸만 힘이 들어가지 않을 수가 없었다.

사예가 잡혀 온 곳은 서선(西仙)을 다스리는 제후인 지왕(智王)의 포호궁(咆虎宮)이었다. 돌담 사이에 있는 낮은 문을 지나면서 사예는 사방이 익숙하지 않은 금기(金氣)로 가득 찬 것을 느꼈다. 그늘지고 음기가 가득하던 옥사를 빠져나오자마자 묵직한 금기가 온몸을 눌렀다.

선계에 기거하는 선인들은 천하를 음양오행의 조화로 이해했고, 음양오행으로 이루어진 술법을 구사했다. 사예 또한 만물을 음양오행을 기본으로 한 기로 느꼈고, 그녀는 그중에서도 특히 목행(木行)을 타고나 목기(木氣)를 가장 능숙하게 다뤘다. 그러나 목행은 오행의 관계에서 화(火)와 수(水)와는 상생(相生)이요, 금(金)과 토(土)와는 상극(相剋)이었다. 따라서 금기로 가득 찬 포호궁을 걸어가는 사예의 마음이 영 편하지는 않았다.

사실 그녀가 서선에 도착하자마자 제일 먼저 느낀 것이 바로 이 금기였다. 구름이 흘러가는 선계는 기의 흐름이 고정되지 않은 편이었지만, 기거하는 선인들이 술법을 사용하면 그로 인해 기의 흐름이 느껴지곤 했다. 서선은 백호를 가문의 신수로 삼고 대대로 금행(金行)을 타고나는 호(虎)가의 다스림을 받는 곳이라 그런지 그만큼 금기가 강한 것 같았고, 그중에서도 지왕의 궁은 그 정도가 심했다.

옥사에서 멀어질수록 금기가 더 심해지고, 포호궁의 위용이 제대로 보였다. 사예는 구름 위로 올라선 나무 기둥과 그 기둥이 받치는 곤색 기와를 응시했다. 곡선으로 휘어진 지붕과 그 아래 오방색으로 짜 맞춰진 단청이 시선을 사로잡았다. 선인들 중에서도 제후인 지왕의 권위는 남달랐고, 과연 궁궐인지라 이런 곳이 내 집이라면 배를 안 채워도 두둑하겠구나 하는 생각이 저절로 들었다.

이런저런 생각을 하면서 사예는 얌전히 선군들을 따라갔다. 문 두어 개를 더 지나 들어가자 많은 선인들이 한자리에 서 있었다. 사예는 선군들과 함께 서 있는 선녀들을 발견했다. 사예가 그들 앞까지 걸어가자 고운 비단옷을 차려입은 선녀들 중 제일 가운데에 선 사람이 그녀에게 고개를 숙여 인사했다.

"귀한 분께 무례를 범해 송구합니다. 부디 하해와 같은 마음으로 너그러이 용서해 주시옵소서. 간밤에 불편하지는 않으셨는지요?"

"아니요, 저는 괜찮습니다."

선녀는 칠흑 같은 머리카락을 곱게 땋아 올리고, 하얀 비단 저고리에 비색의 비단 치마를 입고 서 있었다. 접어 올린 한쪽 팔에는 곱게 접은 붉은빛 쓰개치마를 걸고 있었다. 붉은 매화의 자수가 들어간 옷은 분명 서선 선상태산(仙上太山)의 선녀로부터 하사받은 날개옷임이 분명했다. 날개옷은 오랜 수행을 통해 술법을 익히고, 그 수행의 결과를 확인받은 여선들만이 선녀의 칭호와 함께 하사받을 수 있는 귀하디귀한 옷이었다. 선녀는 부드러운 미소를 지어 보이며 사예에게 말했다.

"저는 용수궁의 궁관(宮官)으로, 천제 폐하의 손님을 접대하는 사빈(司賓)의 직책을 맡고 있는 선녀 영랑입니다. 천제 폐하의 하명에 따라 귀빈을 용수궁으로 모셔 가기 위해 왔나이다. 귀빈의 성함을 여쭈어도 괜찮겠는지요?"

"저는 이사예(梨思睿)입니다. 선녀님께서는 말씀을 편히 해 주십시오. 듣는 귀가 많아 부끄럽습니다."

"천제 폐하의 손님께 감히 그럴 수는 없지요."

영랑은 빙긋 웃어 보였다. 그녀의 뒤로 가마와 가마를 멜 가마꾼들이 기다리고 있는 게 보였다. 사예가 타고 갈 가마인 모양이었다. 사예는 구름을 엮어 만든 운편기(雲編鞝)를 신고 머리 위에 패랭이를 비스듬히 쓴 가마꾼들을 물끄러미 쳐다봤다. 그들은 소처럼 생겼지만 마치 인간처럼 옷을 입고 두 다리로 서 있었다. 용수궁에서 일하는 이들 중에는 몸속 깊은 곳에 부적을 새겨 선인의 말을 따르는 요괴들이 있다고 하더니 아마 저들이 그 요괴들인 모양이었다. 요괴를 보는 것은 처음인지라 사예는 호기심을 감출 수가 없었다.

영랑은 친절한 어조로 사예에게 말했다.

"천제 폐하께서 내리신 교서입니다. 받으시지요."

영랑의 뒤에 서 있던 선녀가 봉해진 두루마리를 사예에게 공손히 건넸다. 꾸러미를 옆구리에 끼고 두루마리를 두 손으로 받아 든 사예가 이걸 펴 봐야 하나, 말아야 하나 고민하고 있는 사이 영랑이 말을 이었다.

"그 교서를 소중히 보관하셔야 합니다. 그것을 가지고 계셔야 귀빈께서 천제 폐하의 손님이시라는 것을 증명할 수가 있습니다."

"예에."

"그리고 이것이 귀빈께서 가지고 계시던 오행궁(五行釧)이라 들었습니다. 돌려 드리겠습니다. 받으시지요."

사예는 얼른 영랑이 조심스럽게 내미는 팔찌를 받아 들었다. 오행궁은 오행의 각 기를 담은 구슬을 엮어 만든 술법 보조기구였다. 기의 흐름이 고정되지 않은 선계에서는 오행의 모든 기를 자유자재로 모으기가 힘들었기 때문에, 선인이 원할 때 기를 모아 다양한 술법을 쓰기 위해서는 오행궁이 꼭 필요했다. 이 오행궁의 구슬들은 각각 오행의 속성을 가지고 있어, 구슬별로 해당하는 행의 기를 빨아들이고 저장해 두는 습성이 있었다. 사예가 가진 오행궁은 그녀의 할머니가 물려준 귀한 물건이라 잃어버려선 안 되는 것이었다. 어젯밤 옥사에서 사예가 화행(火行)의 술법을 쓸 수 없었던 것도 바로 이 오행궁을 빼앗겼기 때문이었다. 사예는 얼른 팔찌를 받아 한쪽 팔에 끼고 선녀를 쳐다봤다.

"일단 의복을 갈아입으시지요. 천제 폐하를 알현하러 가는데 그런 모습으로 가실 수는 없습니다. 여기 저와 함께 온 사제(司製)들이 귀빈을 도울 것입니다."

영랑의 뒤에 서 있던 선녀들이 허리를 숙여 인사를 했다. 그들은 영랑이 시선을 주자 앞으로 걸어 나와 사예의 뒤에 섰다.

"의복을 갈아입으시고 먼저 지왕 전하께 인사를 드리셔야 합니다. 그 후엔 조반을 잡수시고 고된 심신을 편히 하신 뒤, 내일 아침 용수궁으로 향할 것입니다."

"서선에서 용수궁까지 가는 데 얼마나 걸리는지 여쭈어도 괜찮겠습니까?"

"우견여(牛肩輿)는 힘이 좋고 발이 빨라 가마를 드는 데 그리 오랜 시간이 걸리지 않는답니다. 제가 명을 받고 서둘러 오는 데 하루가 걸렸으니, 무리하시지 않는 선에서 이틀이면 족할 것입니다."

생각보다 서선과 용수궁의 거리가 가까운가 보다, 하고 생각한 사예가 알았다고 고개를 끄덕였다. 영랑이 다른 선녀들에게 귀빈을 따르라고 명을 했다. 영랑이 앞서서 걷고, 사예는 그런 영랑의 뒤를 따라갔다.

궁의 안으로 들어간 사예는 일단 어떤 방 안으로 들어갔다. 방으로 가자마자 그녀를 기다리고 있는 포호궁의 술시(術厮)들이 보였다. 술시란 선인이 자신의 술력(術力)을 담아 만든 일종의 하인이었다. 사예가 포호궁에서 강력한 금기를 느낀 것도 금행(金行)을 타고난 지왕이 만든 술시가 궁내를 연신 오가고 있던 탓이 컸다. 술시는 대개 인간의 형상을 하고 있되, 술법자가 얼마만큼 공을 들여 만들어 냈느냐에 따라 질적인 차이가 있었다. 궁의 술시들은 주인의 시중을 들고 궁의 모든 잡일들을 맡아서 해야 했기 때문에 말은 못하되 손놀림이 빠르고 부지런했다.

사예가 안고 있던 짐을 옆에 내려놓자, 그녀에게 다가온 술시들이 그녀의 치수를 재기 시작했다. 치수를 잰 그들은 빠른 손놀림으로 가져온 비단옷을 그녀에게 맞게 수선했다. 그들의 빠른 바느질이 단순한 손의 빠름이 아니라는 것은 사예도 알 수 있었으나 그렇다고 바느질이라는 것이 음양오행술법의 어느 이치에도 맞지 않아 신기하지 않을 수가 없었다. 어쩌면 저 술시들이 오로지 바느질을 하기 위한 목적으로 만들어진 술시들이라 그런 걸지도 몰랐다.

술시들이 준비를 하는 동안 사예는 목욕재계를 해야 했다. 목욕을 할 준비가 되어 있는 방으로 가자 또 다른 술시들이 그녀를 기다리고 있었다. 사예는 티는 안 냈지만 내심 불안한 마음으로 술시들의 눈치를 살피며 허름한 치마를 벗었다. 때마침 들어온 선녀들이 그녀가 벗은 옷을 정리하다가 풀어 놓은 노리개를 보고 의아해서 물었다.

"이리 고운 노리개를 어찌 보이지도 않게 숨겨 놓으셨는지요?"

"이것은 돌아가신 할머님의 유품인데, 너무 귀한 것이라 혹여 괜한 오해를 받지 않을까 하여 그랬습니다."

듣기에 제법 그럴싸한 변명에 선녀들은 고개를 끄덕였다. 사예는 노리개를 도로 내려놓는 선녀들을 보며 안도의 한숨을 내쉬었다. 저고리와 남은 옷을 벗은 사예는 얼른 따듯한 물이 담긴 욕통에 들어가 술시의 도움을 받아 씻었다. 누가 혹여나 손등의 표식을 볼까 봐 걱정했지만 다행히 술시들은 맡은 임무를 다할 뿐 다른 데에는 관심도 없었다. 욕통에서 나와 물기를 닦자마자 술시들은 선녀들이 가져온 옷을 사예에게 입혀 줬다. 속속곳과 속바지를 입은 뒤에 그녀로서는 생전 처음 입는 재질로 만들어진 겹겹의 속치마와 속적삼을 입었다. 선녀들은 유품인 노리개를 어쩌시겠냐고 물어봤다. 사예는 아까처럼 치마 안에다 차겠다고 답했다. 노리개를 찬 속치마 위를 선녀들이 가져온 비단으로 만든 치마가 덮었다.

술시들의 도움으로 비단 저고리까지 입자 곤색 저고리와 분홍치마가 처음부터 맞춘 것인 듯 잘 어울렸다. 치마 위로 떨어지는 붉은 고름의 빛깔이 선명했다. 사예는 이런 좋은 옷을 처음 입어 본지라 어색해하며, 다시 처음 들어갔던 방으로 돌아갔다.

방에서 술시들이 사예의 머리를 뒤로 다시 곱게 땋아 주고, 그 아래 선명한 붉은 댕기를 매 줬다. 그 후에는 영랑의 뒤에 서 있던 다른 선녀들이 다가와 치장을 해 줬다. 쌀을 갈아 만든 백분을 물에 풀어 얼굴에 바르고, 기름에 먹을 개어 초승달 모양으로 눈썹을 그렸다. 홍화를 갈아 만든 연지를 기름에 개어 입술에 바르고 나니 고운 비단 옷이 외려 옥안(玉顔)에 묻히는 형상이 되었다. 사예는 멍한 얼굴로 선녀 하나가 건네주는 면경을 손에 들었다.

그녀는 남의 얼굴 같은 자신의 얼굴을 빤히 쳐다봤다. 흰 얼굴 위 오목조목 자리 잡은 이목구비가 평소보다 도드라졌다. 화장을 하니 갑자기 나이가 많아진 것 같다는 생각과 함께 어머니를 닮은 것 같다는 생각이 들었다. 그게 신기해서 그녀는 면경에 비치는 얼굴을 이리 돌리고 저리 돌려 봤다. 선녀 하나가 우아한 말씨로 얼굴이 참 곱다고 말해 주는 말에 그녀는 선녀님이 더 고우시다고 말했다. 면경을 너무 쳐다봤나 하는 생각이 들어 조심스럽게 면경을 내려놨다.

시선 둘 곳이 사라지니 이제는 눈이 자꾸만 선녀들이 입은 날개옷으로 가 닿았다. 영랑을 제외한 다른 선녀들은 모두 하얀 저고리에 매화가 수놓아진 청색 치마를 입고 있었다.

“익의(翼衣)를 처음 보십니까?”

영랑이 그런 사예의 시선을 눈치채고 운을 떼었다. 사예는 느리게 고개를 끄덕였다.

“예. 익의를 하사받는 것은 여선으로서는 더할 나위 없는 영광이라 들었습니다.”

“익의를 하사받기 위해서는 오랜 시간 수련을 하고 음양오행의 술법에 골고루 능해야 한답니다. 또한 언 땅 위에서도 꽃을 피우는 매화 같은 의지를, 흔들림 없는 학과 같은 우아한 자태를 지녀야 하지요. 현재 태산에서 선녀들에게 익의를 내리시는 비연진 선녀께서도 그 재색의 뛰어남에는 따를 이가 없습니다.”

친절하게 설명해 주는 영랑의 얼굴에서 자부심이 읽혔다. 그리고 그 모습에 사예는 조금 기분이 가라앉았다. 그런 사예를 보며 영랑이 마치 기죽은 어린아이를 달래듯 말했다.

“성실히 수행에 임하면 귀빈께도 어려운 일이 아닐 겁니다. 귀빈께는 아직 경험의 기회가 많이 남아 있으니 서두르지 말고 스스로를 가꾸시다 보면 좋은 성과를 이루실 수 있을 겁니다.”

사예는 어색하게 미소 지었다.

“익의를 받게 되면 선녀님들은 모두 궁에서 궁관으로 일하게 됩니까?”

“아니요, 그렇지 않습니다. 익의를 받은 선녀들에게 궁관이 될 수 있는 자격이 주어지는 것이지요. 허나 그 이후에도 궁에 걸맞은 예법과 궁관으로서 필요한 자질을 익혀 그 모든 수준이 합당한 지경에 미쳤을 때로서야 비로소 궁관이 될 수가 있습니다. 저희가 입은 익의는 궁관만이 입을 수 있는 익의입니다."

"여기 계신 선녀님들은 모두 대단한 분들이시군요."

"과찬이십니다."

미소 지은 영랑은 선녀들과 술시들을 데리고 조반을 대령하겠다며 방에서 나갔다. 방에 혼자 남은 사예는 다시 면경을 들어 비치는 자신의 얼굴을 빤히 쳐다봤다. 그녀는 영랑이 말했던 선녀의 기준에 대해 떠올렸다. 음양오행의 술법에 고루 능하고, 매화처럼 곧고 강하며 학처럼 우아한 사람. 그녀는 누구보다 그에 잘 맞는 사람을 알고 있었다.

'어머니.'

사예는 어머니인 하선의 얼굴을 머릿속으로 그렸다. 그녀는 그녀의 어머니만큼 음양오행의 술법을 고루 능수능란하게 다루고, 늘 꽃처럼 고우며 소나무와 같은 꼿꼿함을 유지하는 여선을 본 일이 없었다. 제대로 선녀들과 마주한 것은 오늘이 처음이었지만 실제로 그녀의 어머니가 저들에 비해 밀린다고 생각할 수는 없었다. 그 미모와, 술력과, 기세.

'무영에 의해 쫓겨 다니지만 않았다면, 어머니께서는 벌써 선계에서 인정받는 선녀가 되셨을 거야.'

영랑이 말한 선녀가 얼마나 대단한 사람인지는 모르겠으나 과연 그녀의 어머니만큼 강하고 아름다운 사람일까 싶었다. 그렇게 생각하니 날개옷을 받고 날아올랐을 어머니를 상상하게 되어 자꾸만 마음이 안타까워졌다. 가족을 지키며 도망 다니기 바빴던 어머니의 얼굴 위로는 어느새 세월의 흐름이 묻어나고 있었다. 그게 돌이킬수록 안타까워서, 사예는 무거운 한숨을 내쉬었다.

천제인 안희제가 어째서 그녀를 부르는지는 알 수 없는 일이었다. 용과 계약을 맺은 선인을 직접 살펴보겠다는 말은 믿어도 될지 알 수 없었다. 무엇보다 어머니 하선은 천제조차 믿지 말라고 했다. 이미 하선의 말을 어긴 결과로 그녀는 지금 홀로 이 상황에 처해 버렸고, 그래서 사예는 이번엔 하선의 말대로 용수궁에서 최대한 얌전히 지낼 생각이었다. 몸을 숙이고 기다려야 했다. 그녀의 어머니가 그녀를 찾아올 때까지.

그러나 불안한 마음이 자꾸만 싹텄다. 사실 그녀는 이렇게 가족과 떨어져 혼자 남은 게 처음이었다. 지금 그녀의 곁엔 따뜻한 아버지도, 믿을 수 있는 어머니도 없었다. 오로지 혼자의 몸으로 낯설고 두려운 궁으로 향해야 했다. 그곳에 그녀를 위협하는 존재가 있을지, 없을지조차 알지 못했다.

'괜찮아. 아주 잠깐일 테니까.'

또한 드디어 그녀도 청하와 계약을 맺었으니, 무슨 일이 있어도 큰 해를 입을 일은 없을 터였다. 괜찮다고 거듭 스스로를 격려하며, 사예는 용의 표식이 새겨진 손등을 조심스럽게 만졌다. 그녀의 불안함에 반응하듯, 표식이 조금 뜨겁게 달아올랐다.

✻ ✻ ✻

구름과 구름 사이에, 푸른 기와를 지닌 궁전이 있었다. 쌓인 기와 아래 기둥은 구름 위에 쌓인 주춧돌 위에서 뻗어 나가고, 기둥 사이의 하얀 벽은 높았다. 그 벽 위로 용마(龍馬)를 타고 날아다니는 선군들의 기세는 위풍당당했다. 용마는 용의 기운을 받은 특별한 말로, 머리에는 두 개의 뿔이 있고 비늘로 덮인 등에는 커다란 새의 날개가 돋아 있었다. 이 용마는 선인이 선군이 되면 천제에게 하사받을 수 있는 선군의 자부심이었다.

용이 그려진 은빛 갑주를 차려입은 선군들이 용마를 타고 지키는 문 앞에, 갈색의 몸체 위로 옥색 비늘이 덮인 용마를 탄 선군 하나가 날아왔다. 선군을 태우고 날아온 용마가 크게 울며 구름 사이에서 발을 굴렀다. 그 소리에 맞춰 굳게 닫혀 있던 철문이 끼익 소리를 내며 열렸다. 용마 위에 탄 선군이 문을 지나 구름 위로 내려섰다.

은빛 갑주를 몸에 걸친 선인은 기골이 장대하고 투구 아래로 보이는 표정은 기개가 넘쳤다. 손에 들린 장검은 검집에 꽂혀 있었지만 존재만으로 위엄이 넘쳤다. 이 사내는 남선(南仙)을 다스리는 제후 정왕(訂王)의 장자이자 동시에 천제 친위군인 2군 중 검용군(劍龍軍)의 최고 지휘관인 상장군 주석호(朱碩護)였다. 그는 당당한 기세로 다른 선군들의 인사를 받으며 용마의 고삐를 끌고 궁 안으로 걸어 들어갔다.

그가 성큼성큼 걸음을 옮길 때마다 자리를 지키고 있던 선군들과 선녀들이 자리에서 일어났다. 그들 모두의 인사를 받으며 남자는 천제의 편전(便殿)인 용주당(龍珠堂)으로 향했다. 용주당 앞에서 그는 용마를 세워 놓고, 머리에 쓰고 있던 투구를 벗어 한 손에 들었다. 투구를 벗고 드러난 얼굴에서 검고 짙은 눈매는 매섭게 치솟아 있었고, 입은 고집스럽게 딱 다물어져 있었다.

용주당 밖은 선군들이 엄중히 지키고 안은 술시들이 지키고 서 있었다. 용수궁의 술시들은 모두 천제의 술법으로 만들어진 존재들이었고, 다른 궁의 술시와 마찬가지로 말은 하지 못했지만 천제의 수발을 들고 궁의 모든 일을 도맡아 하고 있었다. 술시들은 석호를 천제가 있는 방으로 안내했다. 방 앞을 지키고 있던 술시들이 석호의 방문을 고하자 문 안쪽에서 그를 들이라는 명령이 떨어졌다. 문이 부드럽게 열리자 석호는 절도 있는 걸음걸이로 들어갔다. 들어가자마자 석호는 일단 무릎을 꿇고 인사를 올렸다.

"천제 폐하! 신, 검용군 상장군 주석호, 폐하께 인사 올립니다!"

그의 인사에 방 끝에서 여유로운 대꾸가 들렸다.

"멀리서부터 발걸음 소리가 심상치 않군. 무슨 일로 그렇게 화가 나셨나?"

길고 긴 방의 끝에 금빛 보료 위에 앉은 선인이 있었다. 붉은 기둥이 늘어선 방의 끝, 좌측으로 쳐진 발 너머에 열린 미닫이문을 타고 선계의 깨끗한 구름이 섞여 들어와 사방에 고아한 분위기가 흘렀다. 그 사이에서 황금빛 자수로 용이 새겨진 황룡포가 빛을 발했다. 구름 사이 빛을 발하는 태양처럼 앉은 이는 이 궁과 선, 하계를 다스리는 젊은 천제, 안희제 무진(務眞)이었다.

천제 무진은 손에 들고 보고 있던 두루마리를 접었다. 두루마리를 말아 서안(書案) 위에 내려놓는 손의 움직임은 부드러웠고, 석호를 바라보는 표정엔 온화한 미소가 걸려 있었다. 사내답지 않은 하얀 얼굴 위로 담긴 여유로움은 천하의 군주보다는 느긋한 신선에 더 잘 어울렸다. 화려하기 그지없는 황룡포는 그런 그에게 안 어울릴 것 같았지만, 의외로 그 화려한 복장이 그를 위해 존재하는 것처럼 보일 정도로 그는 보는 이의 시선을 한눈에 잡아 끄는 존재감이 있었다.

주석호는 머리를 조아리며 그의 오랜 벗이자, 이제는 주군인 무진에게 대답했다.

"폐하! 신이 참으로 황망한 이야기를 전해 들었나이다! 황망함을 무릅쓰고 감히 아뢰건대, 서선에서 용의 표식을 지닌 여선이 발견되었다는 말도 안 되는 이야기가 돌고 있사옵니다! 이는 천부당만부당한 일이옵니다! 감히 그 같은 망언을 일삼는 무리들을 하루 속히 단죄하심이 옳습니다!"

무진은 당황한 기색도 없이 대답했다.

"그건 망언이 아닐세. 진짜 그렇다고 하더군. 안 그래도 짐이 그 여선을 용수궁으로 부른 참이야."

석호는 깜짝 놀라서 고개를 들었다.

"폐하!"

그의 비명에 귀를 막은 무진이 소리 없이 미소 지었다. 그가 손짓을 하며 말했다.

"일단 이리 좀 가까이 오게. 좀 가까워지면 자네가 그렇게 목 아프게 고성을 지를 필요도 없겠지. 서로를 위해서 이 간격을 좀 메우도록 하지."

"송구하옵니다, 폐하!"

석호는 고개를 푹 숙이고 무진에게로 가까이 다가왔다. 무릎을 꿇고 앉은 석호를 보며 무진이 한숨을 내쉬었다.

"그래, 벌써들 알고 있던가? 뭐라고들 하던가?"

"폐하, 감히 신의 생각을 아뢰자면, 이건 말도 안 되는 일입니다. 대체 무슨 생각으로 그 여선을 궁으로 데려오라고 하셨습니까?"

"다른 선택지가 없었네. 어쩌겠는가? 이미 서선에서 신수인 용을 직접 본 선인들도 있었는데."

무진의 말에 석호가 결단이 서린 목소리로 대답했다.

"차라리 잘됐습니다. 지금 선녀 영랑이 그 여선을 데리러 갔다고 들었습니다. 신이 폐하를 위해서, 그 여선을 찾아내어 쥐도 새도 모르게 처리를 하겠습니다. 용수궁으로 오는 길에 몰래 처리하는 것은 제겐 일도 아닙니다."

무진이 헛웃음을 흘렸다.

"상장군, 자네가 지금 짐의 앞에서 이 나라의 백성을 해하겠다고 협박을 하는 것인가?"

석호는 깜짝 놀라서 고개를 저었다.

"그럴 리가 있습니까, 폐하! 신은 단지 폐하를 위해서……."

"그럴 필요 없네."

"폐하!"

"석호, 내가 분명 말했지. 그럴 필요 없다고."

단호한 목소리에 석호는 놀라 입을 다물었다. 무진은 진지한 얼굴로 석호를 응시하고 있었다.

"짐은 선계와 하계를 다스리는 천제요, 자네는 그런 천제를 수호하는 선군이지. 헌데 짐이 어찌 자네로 하여금 무고한 백성을 해하라는 명을 내릴 수 있겠는가. 그건 군주로서 행할 바가 아니고, 자네에 대한 예의도 아닐세. 짐은 자네가 백성을 해하는 군사가 되게 할 생각은 없네."

"폐하! 어찌 그런 말씀을!"

석호가 황망해서 고개를 숙이며 말했다. 그리고 기다렸다는 듯, 뒤쪽에서 간드러지는 목소리가 들렸다.

"틀린 말도 아니지요, 상장군 나리. 폐하께선 오로지 이 나라를 지키기 위해 스스로의 의(義)를 꺾고 제위에 오르시지 않았사옵니까. 그것이 오로지 이 나라와 백성을 위한 일일진대, 어찌 제위를 위해 백성을 해하라 하시는지요? 그것이야말로 주객전도가 아니겠사옵니까?"

석호가 고개를 홱 돌렸다. 그는 깃털이 내려앉듯 사뿐한 걸음걸이로 방 안으로 들어오는 천하절색의 선녀를 발견하고는 얼굴을 확 찌푸렸다.

"건방진……. 예가 어디라고 하찮은 요괴가 요사스럽게 입을 놀리는가? 당장 그 입 다물지 못하겠느냐, 이 여우야!"

"어마마, 무서우셔라."

방 안으로 들어온 선녀는 어깨를 움츠렸다. 그녀는 하얀 저고리 아래 자색 치맛자락을 펄럭이며 얼른 무진에게로 쪼르르 다가갔다. 그녀가 움직일 때마다 향갑 노리개의 금속 장식이 부딪쳐 짤랑짤랑

소리를 냈고 머리에 꽂은 옥비녀들이 사방으로 빛을 발했다. 흰 얼굴은 달걀처럼 갸름하고 올라간 눈초리는 반달처럼 휘어졌다. 발그레하게 상기된 양 뺨과 붉은 연지가 발린 입술은 싱싱한 꽃의 빛깔을 하고 있었다. 그 누가 봐도 넋을 잃을 자태로 달려간 선녀가 무진의 앞에 무릎을 꿇고는 눈물이 고인 아련한 눈으로 말했다.

"폐하, 아무래도 상장군께서는 폐하를 지키는 게 아니라 곤경에 빠트리고 싶으신 모양입니다. 그렇지 않고서야 어찌 소녀의 정체를 저리 쉬이 입에 담으실 수가 있겠사옵니까? 정체가 밝혀지면 까짓 소녀야 하계로 내려가 인간으로 둔갑하여 달을 벗으로 삼고 살아가면 그만이지만, 천제 폐하께서는 과연 그 자리에 계속 앉아 계실 수가 있겠사옵니까?"

그 말에 석호가 눈을 부릅떴다.

"네까짓 것이 감히!"

"그만두게, 상장군."

"폐하!"

무진이 손을 들자 석호는 더 이상 입을 열 수가 없었다. 분노로 일그러진 석호의 얼굴에서 시선을 돌린 무진이 선녀에게 말했다.

"자희(嬨熙), 네 부러 상장군의 심기를 거슬러 이로울 것이 하나도 없다. 또한 감히 짐의 안위에 대해 왈가왈부하지 마라. 한 번 더 그런 말을 입에 담는다면 짐이 너를 엄중히 처벌할 것이다."

"아이, 폐하께서도 차암. 먼저 입을 가벼이 놀리신 분은 상장군이신데 어찌 소녀에게만 뭐라고 하셔요? 이러시면 참으로 섭섭하옵니다."

교태가 흐르는 얼굴로 투정 부리는 자희를 보며 무진은 한숨을 내쉬었다. 듣고 있던 석호는 그 말에 정말로 참을 수가 없어졌다.

"요괴 주제에 욕심이 과하다 못해 제 분수를 모르고 날뛰는구나.

한낱 요물이 어찌 선인과 그 대우를 견주려 하는가?"

자희는 요사스럽게 웃으며 석호를 응시했다. 그녀가 혀를 내밀어 붉은 입술을 할짝거렸다.

"말씀을 조심하셔요, 상장군 나리. 제아무리 잘난 선인 나리들이라고 한들 소녀의 손짓 한 번에 천하가 무너지고 땅이 꺼지는 광경을 보게 된답니다. 소녀는 마음만 먹으면 천제 폐하로 둔갑하며 상장군께 자결을 명할 수도 있단 말이지요."

"하! 택도 없는 소리! 내 겨우 네까짓 것의 환술에 속아 주군을 판별하지 못하겠는가!"

"오호라, 자신이 있으신 모양이지요?"

자희가 한 걸음 앞으로 나섰다. 무진은 지친 얼굴로 한숨을 내쉬었다.

"두 사람 다 그만. 그만하라. 자희, 조만간 보름달이 뜬다. 그 전에 네 몫을 준비해 줄 것이다. 그러니 그때까지는 자중하라."

무진이 그답지 않게 가라앉은 어조로 말하자 자희는 그제야 한 걸음 물러났다. 고개를 숙이며 미소를 지은 그녀가 말했다.

"폐하께서 이리 말씀하시니 소녀는 이쯤에서 물러나야겠지요. 하지만 상장군께서는 소녀의 말을 명심하셔야 할 거여요. 천지구분 하지 않고 나서는 것은 결코 천제 폐하를 위한 일이 될 수가 없답니다. 한낱 요괴도 아는 일을 상장군께서 모르시니 이 소녀가 불경함을 무릅쓰고 충심으로 고할 수밖에요. 본디 진실된 충정이란 밖보다는 안으로, 행동보다는 마음으로 드러나야 하는 법이 아닐는지요?"

"네 이년!"

참지 못하고 석호가 자리에서 벌떡 일어나려고 하자 눈을 동그랗게 뜬 자희가 눈을 반달로 휘며 웃었다.

"어머, 무섭기도 하셔라. 그럼 두 분, 정답게 담소 나누셔요."

그녀는 전혀 무서워하지 않는 얼굴로 호호호호, 웃음을 흘리면서 뒷걸음질로 방에서 나갔다. 기이하게도 멀어질수록 웃음소리는 더 커지는 것 같았다. 이를 갈고 그런 자희를 쳐다보던 석호가 문이 닫히자마자 무진에게 말했다.

"아무리 생각해도 이건 아닙니다. 저 요물이 폐하를 모욕하고 있지 않습니까."

"어쩌겠는가. 자희는 환술에 있어서는 모든 선인의 눈을 속일 수 있을 정도로 통달해 있네. 그러니 짐에게는 그 환술이 필요하지."

"폐하……."

무진은 씁쓸하게 웃으며 그의 손등을 어루만졌다. 석호의 시선이 그 손으로 가 닿았다. 본래라면 용의 표식이 새겨져 있었어야 할 손등이었다. 그러나 그 손등에는 어떤 표식도 새겨져 있지 않았다. 그것은 계약을 맺고 시간이 흘러 표식이 모습을 감춘 것과는 다른 문제였다. 지금까지 단 한 번도, 석호는 그 자리에서 표식이 빛나는 것을 본 일이 없었다.

"신은…… 믿을 수가 없습니다. 용과 계약한 여선이 나타났다니요? 폐하께서 계신데 어떻게 그럴 수가 있단 말입니까? 어떻게……."

석호는 참혹한 심정으로, 고개를 숙였다. 무릎 위에서 주먹 쥔 손이 부들부들 떨렸다. 그는 아직도 기억하고 있었다. 천자 시절의 무진은 선하고 강직한 이였다. 늘 옳은 일을 위해 힘쓰고, 약한 이를 가련하게 여길 줄 알았다. 석호가 아는 가장 강직하고 옳고 곧은 이를 꼽자면 항상 무진을 제일 먼저 떠올렸을 정도였다.

'헌데 왜.'

왜 용은, 그런 무진을 선택하지 않았단 말인가. 석호는 도통 이해할 수가 없었다. 천자는 용과 계약하지 못했고, 환술로 진실을 가려 결국 허울뿐인 그 자리에 올랐다. 용도, 계약의 증거인 표식도 찾아볼 수 없었다. 지금 용수궁에 모습을 드러내는 용은 자희의 환술이 만들어 낸 가짜였고, 용수궁에서 일하는 술시들도 자희의 환술일 뿐이었다. 선녀로 둔갑한 자희는 환술로 무진의 진실을 가리며 이 용수궁의 궁관 행세를 하고 있었다.

"신은 믿을 수가 없습니다. 저 요괴의 본심이 뭔지도 알 수가 없습니다. 고작 배를 배불리 채우기 위해 폐하의 곁을 지키고 있다니, 신의 아둔한 머리로는 도무지 이해할 수 없습니다. 다른 꿍꿍이가 있는 게 아니고서야 저 요괴가 금욕부(禁欲符)를 거부할 이유가 없지 않습니까."

자희에게 금욕부를 새겼다면 걱정할 일도 없었을 터였다. 금욕부는 요괴의 잔인한 욕구를 억누를 수 있는 부적이었고, 그 부적을 붙이면 무진이 자희에게 어느 정도 금제를 내릴 수가 있기 때문이었다. 그러나 자희는 금욕부를 거부했고 결과적으로 그 누구의 제재도 받지 않는 자유분방한 상태였다. 무진은 턱을 괴고 앉아 생각에 잠긴 어조로 말했다.

"요괴란 본디 욕구만을 추구하는 단순 무지한 존재일세. 이곳에 있으면 가만히 있어도 짐이 식욕을 채워 주니 자희의 입장에서 이보다 좋을 수는 없겠지. 충심보다 욕심을 채우기 위함이니 금욕부도 거부하는 것일 테고."

무진의 태평한 말에 석호의 얼굴은 더 불편해졌다. 자희의 존재가 자꾸만 그의 주군에게 옥의 티가 되는 것만 같았다. 무진이 제위에 올랐지만 현 상황은 그리 좋은 편이 아니었고, 혹여 천제가 여우 요괴를 곁에 두고 있다는 사실이 밝혀지기라도 한다면 정말 큰 사달이 날 게 분명했다. 최악의 상황은 그로 인해 무진이 용과 계약을 맺지 못한 반선이라는 게 밝혀지는 것이었다.

석호로서는 저 요사스러운 요물이 고작 제 배를 풍족히 채울 요량으로 무진을 도와주고 있다는 말을 도무지 믿을 수 없었다. 인정하긴 싫었지만 자희는 단순한 요괴가 아니었고 오랫동안 인간의 정기를 취해 환술을 쓸 수 있게 된 요선(妖仙) 중에서도 그 실력이 최고 수준이었다. 그런 자희가 단순히 식욕을 채우기 위해 매일을 둔갑한 상태로 무진의 비밀을 지켜 주고 있다니 너무 수상했다.

무진은 단순함이 요괴의 천성이라 말했지만 그가 생각하는 자희는 단순하다기보다는 오히려 잔꾀가 많고 영민한 편이었다. 물론 상대가 천제이니만큼 현재의 자희는 다른 곳에서 한낱 요괴가 쉬이 얻기 힘든 먹이들을 수월히 얻고 있긴 했지만, 그래도 자꾸만 묘하게 불편한 마음이 들었다. 자희가 무진의 곁을 지키는 이유가 충정이 아니기 때문에, 더 좋은 먹이를 제공하겠다는 누군가가 생긴다면 금세 그쪽으로 붙어 버릴 가능성이 있기 때문일지도 몰랐다. 석호는 금방이라도 자희가 무진을 배신하지 않을까 하는 의심을 계속하고 있었고, 혹여 요괴에게 다른 꿍꿍이가 있는 것은 아닌지 늘 뒤에서 살피고 있었다.

애초에 무진의 앞에 저 여우가 등장한 것 또한 수상한 일이었다. 무진은 순진하게도 그가 선인들에게 공격받고 도망치던 가련한 자희를 도와줬다고 믿고 있었지만, 석호는 자희 정도의 요선이 선계에 존재한 것부터 이상하다고 생각하고 있었다. 그때가 바로 무진이 제위에 오르기 바로 직전이었으니, 그 시기 또한 지나치게 적절했다.

'도무지 의심을 하지 않을 수가 없는 요물이다.'

그러나 석호의 계속되는 걱정과 의심을 외면한 채로 무진은 말했다.

"어쨌든, 서선에서 손님을 모셔올 테니 자네는 그렇게 알게. 분명 말했네. 괜한 분란을 만들지 말게. 이건 명령이야."

"하오나 폐하……."

"괜히 일을 키우진 말게. 지금 가장 중요한 것은 최대한 그 여선을 빨리 데려와 진상을 확인하는 것일세. 만일 용과 계약을 맺은 것이 사실이라면 차라리 그 이를 짐의 사람으로 만드는 게 좋겠지. 류(流)가(家)의 난 이래 선계의 균형이 많이 무너졌네. 이 상황에서 만약 '누군가' 손을 써 용이라도 데려간다면 정말로 큰일이 아니겠는가."

"그건 지당한 말씀입니다만……."

"무엇보다 짐은, 이 눈으로 직접 확인하고 싶네."

"예?"

무엇을, 이라고 석호는 뒤이어 물어볼 수 없었다. 고뇌에 가득 찬 무진의 얼굴이 어딘가 익숙했다. 그건 천자 시절, 용의 선택을 받지 못한 채로 제위에 오를 것인지를 고민하던 그때의 얼굴이었다. 옳은 길을 포기하고, 오로지 이 나라를 위해 스스로 거짓된 가면을 쓸 결단을 내렸을 때의 얼굴이기도 했다. 그때의 얼굴을 한 무진이 낮게 가라앉은 어조로 말했다.

"용께서는 어찌하여 그 여선을 선택하셨는가. 무엇이 용으로 하여금 그 여선을 선택하게 만들었는가? 짐은 그걸, 짐의 눈으로 직접 보고 싶어."

그렇게 말하며, 그는 씁쓸한 얼굴로 웃었다.

❋ ❋ ❋

다음 날, 아침 일찍 석호는 용주당에 들었다. 그는 남하(南下)에서 남선으로 공물로 진상되어 온 귀한 귤을 무진에게 직접 올리기 위해 눈뜨자마자 채비를 하고 용수궁으로 향한 참이었다. 들뜬 마음으로 용수궁에 들은 그는 용주당 앞에서 귤 상자를 받으려는 술시들을 물리고 직접 귤 상자를 들고 무진이 있다는 방 안으로 들어섰다. 그리고 그가 방 안에 들어서자마자 자희가 등장했다. 그녀는 눈을 동그랗게 뜨고 양손으로 얼굴을 감싸 쥐며 상기된 어조로 말했다.

"어머, 소녀가 귤 좋아하는 건 또 어떻게 아시고! 아이, 좋아라!"

폴짝폴짝 뛰어나오는 꼴을 본 석호는 자기도 모르게 어전에서 칼을 뽑아 들 뻔했다. 그는 안고 있던 귤 상자를 뒤로 숨기며 말했다.

"꺼져라, 이 요물아! 이건 폐하께 드릴 것이다, 감히 너 따위가 탐낼 물건이 아니다!"

"상장군, 치사도 하셔라. 소녀가 그걸 요 작은 입에 붙이면 얼마나 붙인다고 그렇게 눈을 흡뜨고 뒤로 감추셔요? 정말 섭섭하옵니다."

"아니, 그보다 요괴가 어찌 귤을 먹는단 말이냐?"

석호가 의아해서 묻자 자희가 눈을 가늘게 뜨며 미소를 지었다.

"아니, 못 먹을 건 또 뭐람? 그저 그 과육을 입 안에서 씹으며 눈을 감고 상상하건대, 이것을 바친 우리 상장군의 넓은 가슴을 가르면 뜨끈한 혈이 주르륵 흐르고 그 안에는 손톱으로 찌르면 톡 하고 핏물이 터질 생간이 펄떡펄떡……."

석호가 질겁을 하고 소리쳤다.

"닥쳐라, 네 이년! 더는 듣지 않겠다!"

"그 피를 삼키면 메마른 목구멍을 뜨겁다 못해 시원하게……."

"에잇, 닥치라니까! 그보다 대체 폐하는 어디 가시고 네가 여기 있단 말이냐!"

입을 삐죽 내민 자희는 두 손을 들어 벽 쪽을 가리켰다. 미닫이문으로 가려진 곳에서 때마침 무진이 문을 밀고 나왔다.

"상장군, 이것 좀 보시게. 좀 어때? 짐이 평범한 선인 같나?"

석호는 황룡포가 아닌 푸른 도포를 입은 무진을 보고 화들짝 놀라서 소리쳤다.

"아니요! 폐하께서는 설령 누더기를 걸치셔도 천제 폐하 같으십니다! 장님이 아닌 이상 폐하께서 이 나라를 다스리는 천제 폐하이심을 모를 사람이 없을 겁니다!"

"그럼 안 되는데. 그럼 짐이 발가벗어야 한단 말인가?"

무진이 곤란해하는 어조로 말하자 석호가 더 놀라서 소리쳤다.

"그게 대체 무슨! 아니, 송구하지만 폐하, 지금 뭘 하고 계신 겁니까?"

몸에 걸친 푸른 도포를 이리저리 살펴보며 무진이 말했다.

"자희가 말하기를, 아무래도 이 자리에 오면 그 여선의 속내를 확인하기가 어려울 거라고 해서 말이야. 짐도 일리가 있다고 생각하네. 천제의 앞에서 누군들 말과 행동을 조심하지 않겠는가. 그래서 짐이 좀 가벼운 행색을 하고 가서 그 여선을 미리 만나 보고 오는 게 어떨까, 생각하네."

그 말에 석호는 이를 뿌드득 갈며 자희를 쳐다봤다. 자희는 날개옷의 옷자락으로 입가를 가리며 웃었다.

"오호호, 그럼요, 폐하! 자고로 진실된 대화란 모든 허례와 허식을 벗어던지고 나눌 때 통하는 것이 아니겠사옵니까? 아마 그 누구도 폐하께서 천제 폐하라는 것을 알아보지 못할 것입니다."

"이 미친 요물이……. 아니, 폐하. 이 요망한 것의 세 치 혀에 휘둘리지 마십시오. 대체 이 무슨 위험한 일을! 어찌 폐하께서 평범한 선인의 행색으로 궁 밖으로 나서려 하십니까? 그러다 큰 해라도 당하면 어쩌시려고! 이건 폐하의 친위군을 맡고 있는 상장군으로서 결단코 받아들일 수 없는 일입니다!"

자희가 눈썹을 확 찌푸리며 말했다.

"어머? 어찌 감히 상장군 따위가 천제 폐하의 앞을 막아선단 말이어요? 언제부터 장군에게 폐하의 하명을 거역할 수 있는 권한이 생겼지요? 상장군의 역할은 폐하의 하명에 따라 폐하를 지키는 것이 아니어요?"

"닥쳐라, 이 요물아. 어째 요새 좀 잠잠하다 했다. 네가 폐하를 음해할 의도가 아니고서야 어찌 폐하께 감히 이런!"

무진은 대충 살펴본 본인의 상태가 만족스러웠는지 고개를 끄덕이며 말했다.

"그만두게, 상장군. 자희의 말은 충분히 옳은 말이야. 짐은 이미 결단을 내렸네."

"그런…… 그렇다면 폐하, 신도 함께 가겠습니다! 신은 폐하를 수호하는 친위군의 수장이니, 폐하를 직접 모시는 것이 당연합니다!"

자희가 한심해하는 눈으로 석호를 보며 혀를 찼다.

"아니, 상장군께서 옆에 붙어 계시면 누구든 이분이 천제 폐하라는 것을 알지 않겠사옵니까. 그래서야 이렇게 폐하께서 준비하시는 보람이 없단 말이지요."

"그래, 상장군. 자네가 이 어전을 지켜야 다른 이들이 폐하께서 저 어전에 자리를 제대로 잡고 앉아 계시는구나, 하고 생각할 게 아니겠나? 자, 자희."

무진이 그의 머리카락 하나를 뽑아 자희에게 건넸다. 요염하게 웃은 자희가 그 머리카락을 손가락으로 들고 손을 모아 환술의 수인을 맺었다. 머리카락이 금세 형상을 가지고 커져 황룡포를 입은 무진의 모습이 되었다. 자희가 가짜 무진의 귓가에 뭐라고 속살거리자 가짜 무진은 얌전히 어좌에 걸어가 앉았다. 석호는 자희의 말에 고분고분 따르는 무진의 모습이 가짜라고 해도 차마 봐 줄 수가 없어서 아예 그쪽에서 몸을 돌려 버렸다. 그는 무진을 향해 억울해서 소리쳤다.

"폐하, 신은 폐하의 머리카락을 지키기 위해 군사가 된 것이 아닙니다! 어찌 제 의무를 다하지 못하게 하십니까? 잔인하십니다!"

"상장군, 상장군의 의무는 폐하께서 털 끝 하나 다치지 않게 보호하는 것이 아니어요? 그렇다면 상장군은 폐하의 머리카락 한 가닥마저 성심성의를 다해 지켜야 하는 것이 아니어요? 그걸 거부하는 상장군께서는 상장군의 직위를 맡으실 자격이 없으신 것이 아니어요?"

"뭐, 뭐라?"

자희가 어린아이를 달래듯 상냥하고 느린 어조로 말했다.

"폐하는 소녀가 잘 모실 터이니 걱정하지 마시어요."

"네가 함께이기 때문에 걱정이 된다는 것이다!"

석호의 외침에 무진이 하하, 웃었다.

"걱정 말게. 자희가 함께 가겠다고 하고, 어차피 용수궁을 크게 벗어나진 않을 생각이니 별로 문제 될 건 없네. 준비를 끝냈으니 그럼 이제 가 볼까. 상장군, 그리 걱정이 된다면 자네가 짐에게 믿음직한 구름을 불러 주겠는가."

"하아……."

무거운 한숨을 내쉰 석호는 무진을 쳐다봤다. 무진은 미소 짓는 얼굴로 그를 쳐다보고 있었다. 결국 석호는 무진의 말을 따르는 수밖에 없었다. 그는 화행(火行)을 타고난 선인이라 수행(水行)과는 상극이었지만 어쨌든 상장군의 직함을 받을 정도로 실력 있는 선인인 바, 두 사람을 태울 만한 구름을 모으는 일 정도는 수월히 해낼 수가 있었다. 석호는 두 손을 들어 수인을 맺으며 눈을 감고 정신을 집중했다. 그의 팔목에 단단히 메어진 오행궁에서 수기(水氣)가 흘러나왔다. 모인 수기가 순식간에 구름이 되어 바닥에 깔렸다.

무진은 석호가 모아 준 구름 위에 올라탔다. 쪼르르 다가온 자희가 얼른 품에서 부적을 꺼냈다. 노란 괴황지(塊黃紙) 위에 경면주사(鏡面朱砂)를 갈아 만든 주묵(朱墨)으로 글자를 쓴 부적이었다. 신수가 없는 선인은 술법을 구사하지 못하므로, 자희가 꺼낸 부적은 반선이라 술법을 사용하지 못하는 무진이 구름을 다루기 위한 용도였다. 그녀가 폴짝 뛰어올라 구름 위로 올라타고는 손에 든 부적을 무진에게 두 손으로 공손히 올렸다. 자희에게 부적을 받아 든 무진이 웃으며 말했다.

"그럼 상장군, 짐이 자리를 비울 동안 또 다른 짐을 잘 부탁하네. 절대 들키지 말아야 하네."

태연한 무진의 얼굴을 보며 석호는 울상을 지었다.

"폐하……."

"호호호, 수고하셔요~"

부적을 하나, 하나 확인한 무진이 구름 위에 그 부적을 붙였다. 그리고 옆에 서 있던 자희가 두 손을 모아 수인을 맺자 그들의 모습이 온데간데없이 사라졌다. 소리도 나지 않고 모습도 나지 않아서 그들이 아직 방 안에 있는지, 열린 미닫이문을 통해 나갔는지 석호로서는 알 수가 없었다. 자희의 환술은 겨우 머리카락 한 가닥만으로도 진짜 같은 형상을 만들고 홀로 움직이게 할 수 있을 정도로 수준급이라, 구름 위에 탄 두 사람의 모습은 보이지 않을뿐더러 움직이는 기의 흔적조차 느껴지지 않았다.

석호가 보이지도 않는 주군을 걱정하고 있는데, 갑자기 뒤에서 불이 번쩍했다. 누군가 빡 소리가 나게 그의 뒤통수를 후려갈겼다.

"악!"

충격에 꺾인 고개를 홱 돌린 석호는 허공을 향해 버럭 소리를 질렀다.

"죽고 싶으냐, 이 요물아!"

"오호호호호호호호!"

보이지 않는 자희의 웃음소리가 점점 멀어졌다. 그 소리의 멀어짐과 바람의 흔들림으로 석호는 그들의 구름이 방에서 빠져나갔음을 느꼈다.

"이……."

석호는 돌아오면 가만 놔두지 않겠다고 생각하며 세필과 벼루를 쥔 손을 부들부들 떨었다. 그리고 곧 아무것도 보이지 않는, 온통 구름뿐인 밖을 내다보며 그는 한숨을 내쉬었다.

제위에 오르기 전의 무진은 확실히 지금과는 달랐다. 그때의 무진은 지금보단 샌님에 좀 더 가까워서, 옳거나 정해진 일이 아니면 절대 넘보거나 범하지 않으려고 했다. 그른 것, 해서는 안 되는 것을 명확히 정해 놓고 절대 그 선을 넘어서질 않았다.

그러나 지금의 무진은 그렇지 않았다. 그는 지금처럼 때때로 기묘한 일탈을 즐겼다. 그리고 그 모습이, 석호에게는 안타까웠다. 그게 그가 선택한 거짓으로 인해 그가 지키고자 했던 다른 것들마저 하나씩 놓아 버리는 것처럼 보여서. 결국 저렇게 하나, 하나 정도를 넘어서다 보면 언젠가는 더 이상 넘어설 선이 없게 되는 것은 아닐까, 그런 불안한 마음이 자꾸만 드는 것이었다.

'아니, 우리 폐하께서 그러실 리가 없지.'

석호는 고개를 절레절레 저었다. 감히 용과 계약한 여선마저 자신의 백성이라 칭하는 무진이었다. 그렇게나 곧고 바른 사람이었다. 그리고 무진이 그런 사람이라서, 더 안타까웠다. 타고나기를 천하의 지배자가 될 운명으로 태어난 선인이 제 술력으로 구름 하나 다루지 못하고 부적에 의존해야 한다는 것은 얼마나 슬픈 일인가.

'역시 안 될 말이다.'

무진이 아닌 다른 이가 용과 계약을 맺었다는 것은.

석호는 고개를 돌려 용상에 앉은 가짜 무진을 쳐다봤다. 자희의 환술이 만든 가짜는 온화한 미소를 띤 채, 무진의 자리를 지키고 있었다.

❋ ❋ ❋

서선 포호궁의 주인이자 서선 제후인 지왕은 이미 육백여 년의 세월을 산 연로한 선인이었다. 그의 장녀 혜강(慧强)은 서선의 선군들로 이루어져 선계와 하계의 수비를 맡는 백호위(白虎衛) 상장군의 직책을 맡고 있었고, 지왕은 그런 딸에게 이미 가문의 신수인 백호와 서선의 지휘권을 모두 넘긴 것으로 알려져 있었다. 그러나 그 장녀가 아직 혼인을 하지 않은지라 서선 제후의 자리에 오르지 못했고, 덕분에 지왕은 노쇠한 몸으로 그 자리만 지키고 있는 형상이었다.

선단(仙丹)을 취한 선인은 무병장수의 몸을 가지게 되지만 그마저도 오백 년에 가까운 세월이 흐르면 효험이 약해지는 법이었다. 선인 중에서도 육백 년을 살아오고 있는 지왕은 상당히 장수한 편이었고, 어느덧 늙어 이제는 자리를 겨우 지키고 있는 형국이었다.

따라서 사예가 영랑을 따라 인사를 드리러 갔을 때도 지왕을 오래 만날 수는 없었다. 그녀는 그저 쳐진 발 사이로 얼핏 보이는 그를 향해 절을 올리고, 귀빈을 대접하지 못해 미안하다는 지왕의 가라앉은 목소리만 전해 들었을 뿐이었다. 지왕은 그 부드러운 목소리만 들어도 점잖고 인정 넘치는 선인이라는 것을 단번에 느낄 수 있었다. 사예는 편히 쉬고 몸조심해서 가시라는 인사를 듣고 영랑과 함께 지왕의 방에서 나왔다.

지왕에게 인사를 한 후 사예는 그날 하루를 쉬었다. 끼니때에 맞춰 나온 진수성찬을 보며 마른 육포로 끼니를 때울 하선을 생각했고, 잠시 산책을 하러 나가 포호궁의 화려한 전경을 보며 무영의 침입으로 떠나와야 했던 동선의 보금자리를 떠올렸다. 좋은 궁, 좋은 음식을 눈앞에 두고도 도무지 마음 편하게 있을 수가 없었다.

불편한 마음으로 하루를 보내고 다음 날, 사예는 아침 일찍 용수궁으로 가기 위해 채비를 했다. 방에서 나온 사예는 선녀에게 그녀의 짐은 직접 가지고 가겠다고 말했다. 다행히 선녀는 개의치 않고 물러났고, 그녀는 짐 꾸러미를 품에 안은 채 가마에 올랐다. 그녀의 짐 속에는 하선이 챙겨 준 것들과 용수궁으로 가져갈 천제의 교서가 들어 있었다. 가마 옆에 우견여들이 서서 기다리고 있었고, 뒤에는 용마를 탄 선군들과 날개옷을 입은 선녀들이 기다리고 있었다. 전날엔 붉은 쓰개치마를 모두 곱게 접어 팔에 걸고 있었던 선녀들은 오늘은 하늘을 날기 위하여 쓰개치마를 몸에 두르고 있었다. 사예는 작은 가마 안에 다리를 구부리고 앉아 엉덩이에 깔린 방석을 움직여 자리를 잡았다. 익숙하지 않은 좁은 가마가 답답하게 느껴졌다. 밖에서 영랑이 가마 문을 내리며 말했다.

"그럼 출발하겠습니다."

"예."

문이 닫히고, 가마가 흔들렸다. 가마로 앞뒤가 모두 막혀 밖이 보이지 않았지만, 밖에서 우견여들이 가마를 들자 괴상한 부유감을 느꼈다. 떨어질 것처럼 두렵기도 하고 저들이 혹여 손이라도 놓으면 어쩌나 걱정이 들었다. 그러나 사예의 걱정을 뒤로한 채, 우견여는 그녀가 탄 가마를 들고 달리기 시작했다. 우견여가 든 가마가 하늘 위로 날아오르고, 그 뒤를 날개옷 입은 선녀들과 용마에 탄 선군들이 따라갔다.

포호궁에서부터 구름을 밟고 달려가는 그 긴 무리에 서선 선인들의 시선이 집중됐다. 가마에 탄 여선이 누군지 그들로서는 알 수 없었으나, 그 뒤를 따라 날아가는 선녀들과 용마를 타고 달리는 선군들을 보아 범상치 않은 이로구나 생각할 뿐이었다. 그중에는 분명 용의 표식을 지니고 있었던 여선을 본 사람도 몇 있었지만, 지엄한 지왕의 명으로 그 누구도 그에 대해 함부로 발설하진 않았다.

선녀와 선군들, 그리고 가마를 어깨에 진 우견여는 금세 포호궁과 서선에서 멀어졌다. 가마에 탄 사예는 도무지 안심이 되지 않아 몇 번이고 가마 밖을 살폈다. 작은 창을 열고 구름 사이를 뚫고 날아가는 선녀들을 쳐다봤다. 그들의 날개옷이 바람을 타고 펄럭거리고, 발을 구르는 용마들은 구름 사이를 날아다녔다. 하얀 구름이 갈라지고 날리며 옆을 지나쳤다. 아니 사실은 가마가 구름을 지나치고 있는 것이었다. 바람이 스치는 소리가 크게 날 정도로 가마는 빠르게 구름을 지나쳤다. 어느새 서선에서 잔뜩 느껴지던 금기도 멀어졌다.

'이렇게 달려 이틀이나 걸린다는 것은 필히 범상치 않은 일이구나.'

사예는 서선 포호궁에서 용수궁까지의 거리가 생각만큼 가깝지 않을지도 모르겠다는 생각을 하며 열었던 창을 닫았다. 한숨을 내쉬며 그녀는 가마에 몸을 기댔다. 조금의 흔들림이 있었지만 우견여들의 움직임은 지극히 조심스러웠다. 가마 때문에 구름이 갈라지는 소리와 용마에 올라탄 선군들의 갑주 부딪치는 소리만 들릴 뿐이었다. 사예는 저도 모르게 손을 들어 비단 치마 속에 숨겨진 노리개를 만졌다. 여의주가 들었을 향갑의 모양이 만져졌다. 만지는 손등에는 아직 용이 새겨진 표식이 선명히 빛나고 있었다.

용수궁으로 날아가는 일행의 이동은 쉼 없이 이어졌다. 사예는 때때로 문을 열어 영랑에게 궁에 대해 궁금한 것을 물어봤다.

"용수궁에는 이보다 더 많은 선녀님들과 선군 나리께서 계십니까?"

"그렇지요. 선녀와 선군뿐만이 아니라 천제 폐하의 술력으로 만들어진 술시들이 있습니다. 그들이 천제 폐하의 하명에 따라 궁의 모든 일을 돌보지요. 귀빈께서도 용수궁에 도착하시면 술시들의 도움을 받으실 겁니다."
"예……."
"귀빈께서 어느 궁에 머무르시게 될지는 모르겠으나, 아마 상의(尙儀)이신 자희 선녀께서 귀빈을 위해 특별히 신경을 써 주실 겁니다."
"예……."
사예는 망설이다가 그녀가 묻고 싶었던 것을 물었다.
"혹 선녀님께서는 제가 천제 폐하의 부름을 받은 까닭을 알고 계십니까?"
"아니요, 저는 그저 천제 폐하의 하명을 받들 뿐이랍니다."
그 말에 사예는 아, 하고 고개를 끄덕였다. 영랑은 공손히 고개를 숙여 보였다. 사예는 가마의 문을 닫았다.
그렇게 꽤 긴 시간, 구름을 뚫고 날아갔다. 사예는 선녀들이 해 주는 용수궁의 이야기를 조금씩 들으며 그 긴 시간을 버텼다. 용마를 타고 그 뒤를 따르는 선군들은 입 한 번 열지 않았다. 그리고 우견여들은 지치지도 않고 성실하게 발을 놀리며 구름 사이를 달려갔다. 이제 사예는 앉아 있는 상태에 지쳐 가마에 등을 기대고 불편하게 앉아 있었다. 다리를 쫙 폈으면, 혹은 일어나서 걸어 다녔으면, 하고 생각하는 와중에 갑작스러운 변화를 봤다. 가마 때문에 확실하지 않았지만 밖이 번쩍거렸다. 사예는 얼른 가마의 창을 열었다.
"대체 무슨……."
"열지 마세요!"
"예?"
그리고 소리가 들렸다. 쾅, 하고 귀를 때리는 천둥소리였다. 사예는 본능적으로 눈을 질끈 감았다. 그녀가 눈을 다시 뜨자마자 또 한 번 빛이 작렬했다. 시야가 하얗게 점멸됐다. 눈이 먼 것 같았다. 다시 시야가 돌아오자마자, 사예는 내리꽂힌 번개에 잿더미가 되어 부서지는 영랑의 형상을 봤다.

"허억!"

손으로 입을 막았다. 사람이 타 부서지는 형상이란 차마 봐 주기 힘든 광경이라, 그녀는 도망칠 곳도 없는 가마의 뒤로 한껏 물러섰다. 그리고 다시 한 번, 소리가 들렸다. 이번엔 연속적으로 시야가 번쩍거렸다. 전광(電光)이 소낙비처럼 하늘에서 쏟아져 내렸다. 용마들이 크게 우는 소리는 천둥소리에 묻혀 버렸다. 우견여들이 당황을 했는지 가마가 기우뚱하고 흔들리기 시작했다.

'나가야 해!'

사예는 짐을 꼭 안고 계약의 표식이 빛나는 손을 휘두르려 했다. 그러나 그 전에 또 한 번의 번개가 직격했다. 우견여 하나가 번개에 맞았다.

"아악!"

가마가 확 기울고 사예는 그 안에서 거꾸로 뒤집혀 머리를 부딪쳤다. 좁은 가마 안에서는 그녀 마음대로 움직일 수가 없었다. 부딪친 머리가 뱅뱅 돌았다. 어떻게든 가마 문을 열려고 손을 뻗는데, 본능적으로 온몸에 소름이 돋고 솜털이 섰다. 처음 겪는 공포에 몸이 그대로 굳어 버렸다. 그 순간 표식의 빛을 뚫고 푸른 용이 모습을 드러냈다.

소리도 없이, 가마에 번개가 직격했다. 그 충격으로 가마가 박살 났다. 불붙은 가마 조각과 함께 사예는 그대로 아래로 떨어졌다. 주인을 감싸며 지킨 용이 주인의 몸을 휘감은 채로 함께 떨어졌다. 청하는 어떻게든 사예가 떨어지지 않도록 막고자 했다. 그러나 실체 없는 신수의 몸은 떨어지는 주인을 잡거나 붙들 수 없었다. 더군다나 주인 대신 악의 품은 번갯불에 고스란히 노출된지라 청하도 멀쩡하지 못했다. 결국, 사예를 휘감았던 용의 몸이 스르륵 풀렸다.
떨어지던 사예는 떠지지 않는 눈을 겨우 떴다. 세상이 뒤집혀 있었다. 그녀를 공격한 천둥소리가 그제서 하늘을 뒤흔들고 있었다. 구름 사이로 불탄 가마 부스러기와 재가 흩날렸다. 정신을 겨우 차린 사예는 손을 뻗었다. 청하의 푸른 몸도 힘없이 떨어지고 있었다.
'안 돼!'
열리지 않는 입을 열려고 했다. 그러나 소리조차 지를 수 없었다. 푸른 용은 신음 소리만 내고 있었다. 사예는 손을 뻗어 어떻게든 술법을 쓰려고 했다. 주먹을 꽉 쥐었다. 손등의 표식이 빛나고 용의 몸이 빛나기 시작했다. 반면 정신은 점점 아득해졌다. 안 된다고 생각하면서도, 결국 눈이 감겼다. 겨우 뻗은 손은 그대로 떨어졌다. 그렇게, 용과 함께 구름 아래로 떨어지고 있었다.

❈ ❈ ❈

정신이 조금씩 깨기 시작했다. 온몸이 쑤시고 힘이 들어가지 않았다. 눈꺼풀을 들어 올릴 힘조차 남아 있지 않았다. 그러나 사예는 그 와중에도 어떻게든 정신을 차리기 위해 노력했다. 본능적으로 주변에 흐르는 기를 읽으려고 했다. 그러나 읽을 수 없었다.
'여긴 뭐지…….'
기의 흐름이 제대로 잡히지 않았다. 화기가 위로 솟구쳤다가 수기가 몸을 감싸고, 또 그랬다가 토기(土氣)가 다리를 묶었다. 음기와 양기가 하나가 되었다가 다시 분리되기를 무수히 반복했다. 온갖 기가 요동을 치고 있었다. 이런 기의 흐름은 처음이었다. 제아무리 기가 고정되지 않는 선계라고 해도 이런 기의 흐름은 느낀 적이 없었다.
"으……."

사예는 겨우 주먹을 쥐고 일어나려고 했다. 힘이 들어가지 않는 다리에 겨우 힘을 주고, 일단 구름 위에서 걷기 위해서 수기를 끌어올리려고 했다.

"지금은 운보(雲步)를 사용하지 않는 것이 좋을 것이다. 지금 그대가 디딜 자리는 구름이 아닌 땅이므로 의도치 않게 저 멀리 날아가게 될 가능성이 있으니."

사예는 눈을 번쩍 떴다. 생전 처음 듣는 사내의 목소리였다. 그러나 아무것도 보이지 않았다. 보이는 것은 칠흑 같은 어둠뿐이었다. 보이는 것이 진정 아무것도 없고 기의 흐름조차 번잡스럽기 그지없어, 사내가 말을 걸지 않았다면 누가 있다는 사실도 알 수 없었을 것이었다. 눈이 멀었는지 의심할 정도로 아무것도 보이지 않았다.

"……뉘시오?"

나온 목소리가 당사자인 사예조차 놀랄 정도로 갈라져 있었다. 반면 상대는 조금의 흔들림도 없이 차분한 어조로 대답했다.

"나야말로 묻고 싶군. 용의 표식을 가지고 하계의 암굴을 뚫고 들어온 여선. 그대야말로 대체 정체가 무엇인가."

사예의 어깨가 움츠러들었다. 낮게 가라앉은 사내의 목소리는 마치 어둠 그 자체가 말하는 것 같았다. 더군다나 상대는 그녀가 숨겨야 하는 청하의 존재에 대해 알아 버렸다. 곤란함을 느끼며 사예는 일단 아래를 딛고 있는 손가락을 움직였다. 사내는 분명 아까 이곳이 구름이 아닌 땅이라고 했다. 손가락 사이로 익숙하지 않은 감촉의 가루가 느껴졌다. 그리고 바닥을 딛고 있던 팔에 청하의 기운이 와 닿았다. 그녀는 얼른 팔을 뻗어서, 닿아오는 청하의 몸을 만지려고 했다. 신수의 몸은 형체가 명확한 것이 아니라 손에 촉감이 느껴지진 않았지만 그 기운은 생생하게 느껴졌다. 청하는 유연하게 몸을 움직이며 그녀의 주변을 돌고 있었다. 다행히 청하는 괜찮은 모양이었다.

안도의 한숨을 내신 사예는 얼른 허리를 세우고 화기를 모았다. 팔에 걸린 오행궁 중 화행의 구슬에서 화기가 흘러나왔다. 사예는 가장 간단한 술법의 수인을 맺었다. 화기가 불꽃이 되어 어둠만이 존재하는 공간의 곳곳을 밝혔다. 다행히 그녀는 스스로의 눈이 멀지 않았다는 사실을 확인할 수 있었다.

어둠 속에서, 그녀에게 말을 건 사내의 모습이 보였다. 사내는 어둠을 밝힌 불꽃에서 시선을 피하고 있었고, 머리가 엉망으로 자라 어차피 얼굴이 잘 보이지 않았다. 행색이 더럽고 초라하기 그지없었지만 사내의 큰 체격과 가라앉은 분위기 때문에 함부로 다가갈 수 없었다. 사내의 사지가 묶인 결박에는 술법과 부적으로 봉인이 걸려 있어 그의 정체가 범상치 않다는 사실을 알 수 있었다.

사예는 침을 꿀꺽 삼키고는 일단 자리에서 일어나려고 했다. 그러나 다리에 힘이 도통 제대로 들어가지 않았다. 어딘가 부러지거나 찢어지지 않은 것이 기이할 정도로 온몸이 아팠다. 떨어지면서 받은 충격이 제법인 모양이었다. 발이 닿는 곳이 생전 처음 밟아 보는 하계의 땅이라는 것은 놀라웠으나, 선계에도 바깥이 아닌 건축물 내부는 딱딱한 바닥으로 이루어져 있었으므로 많이 어색하지는 않았다. 그녀는 그저 지금 어딘가의 안에 들어와 있다, 하고 생각하며 힘겹게 몸을 세웠다. 팔을 뻗어 보이지도 않는 어둠을 짚고 일어섰다. 콧속으로 좋지 못한 공기가 들어왔다. 기침이 나오려는 걸 겨우 억눌러 참으며 사예가 말했다.

"나는 선계의 여선인 이사예라고 하오. 그대는 방금 이곳이 하계의 암굴이라 했소. 그렇다면 이곳이 하계란 말이오?"

설마, 하는 심정으로 물었다. 유감스럽게도 사내는 고개를 끄덕였다.

"그렇다. 이곳은 하계에서도 가장 아래에 위치한 암굴이며 중죄를 지은 죄인들이 수감되는 옥사다. 그리고 그대는 이 암굴의 위를 뚫고 들어왔다."

'말도 안 돼. 선계에서 하계까지 떨어지다니.'

도통 믿을 수 없는 일이라 그녀는 저 사내의 말을 믿어야 할지 말아야 할지 고민했다. 사예는 일단 사내가 손가락을 세워 보이는 방향을 따라 고개를 돌렸다. 제대로 보이는 것은 없었으나 어둠 속에서 어지럽게 기가 빨려 들어가고 나가는 곳이 존재하는 게 느껴졌다. 그녀가 그곳을 응시하고 있자 사내가 말했다.

"그래서 말인데, 가능하다면 저곳을 막을 결계를 쳐 주지 않겠나. 보다시피 나는 봉인된 몸이라 술법으로 저 구멍을 막을 방법이 없다."

"막아야 하는 이유라도 있소?"

"이곳은 암굴의 옥사이고, 수많은 죄인들이 목숨을 잃은 곳이다. 저 밖은 무수히 많은 원귀들이 오가고 있으며, 그 와중에 움직이지도 못하는 반선은 저들에게 좋은 먹잇감이 되겠지."

잠시 고민을 하다가, 사예는 결국 목기를 끌어 올렸다. 안 그래도 공기가 좋지 않아 곤란하던 참이었으므로 결계를 만들어 공기를 정화하는 것이 그녀 스스로에게도 좋을 것 같았다. 손에 있던 표식이 빛을 발했다. 목행은 본래 사예가 타고난 행이기 때문에 목기를 사용하기 위해서는 굳이 오행궁을 쓸 필요도 없었다. 사예는 손가락으로 수인을 맺어 목기로 가득 찬 결계를 만들었다. 기의 흐름이 혼란스러웠던 공간은 금세 생생한 기운으로 가득 찼다. 혼란스러웠던 옥사 안의 기운이 조금 정리가 되었다. 사예는 그제야 숨통이 트이는 것을 느끼며 크게 심호흡을 했다.

바뀐 기를 느낀 사내가 중얼거렸다.

"목행의 선인이군."

사예는 그녀가 타고난 행을 파악하는 사내를 불편한 시선으로 쳐다봤다. 관찰이라도 당하는 것 같아 불편한 마음이 들어 얼른 말을 돌렸다.

"이제 내 질문에 대답해 주시오. 대체 뉘시오? 보아하니 그 봉인이 가벼운 봉인이 아닌 듯한데. 대역 죄인이라도 되시오?"

사예의 물음에 사내가 대답했다.

"틀린 말도 아니군. 나는 북선 제후 강왕(强王) 류현검(流玄劍)의 손자이자 천제 친위군 2군 중 하나인 간용군(干龍軍) 상장군 류의민(流義瞖)의 장자요, 흑귀위(黑龜衛) 상장군이었던 류(流)가(家) 시건(偲健)이다."

"강왕……."

사예는 놀라서 입을 벌렸다.

선계에 천제를 보위하고 각 선을 수호하는 세 가문이 있었다. 주작을 신수로 삼는 남선의 주(朱)가, 백호를 신수로 삼는 서선의 호(虎)가, 마지막으로 현무를 신수로 삼는 북선의 류(流)가였다. 이 세 가문은 오래전부터 버려진 하늘인 동선을 제외한 나머지 선계를 수호하며, 뛰어난 힘으로 천제를 보필하는 권위 있는 가문들이었다. 이 세 가문에서 나고 자란 선인 중 천제에게 제후로 임명받은 사람들이 왕의 자리에 올라 천제와 함께 선, 하계를 다스렸다.

그러나 북선의 류가는 약 오십 년 전에 대역죄로 몰살당했다. 삼대를 멸해 씨를 말리는 것이 바로 대역죄인지라 강왕과 간용군 상장군 모두 처형을 당했고, 상장군 류의민의 아래 있던 간용군과 흑귀위는 현재 그 위세가 크게 줄었다.

본래라면 삼대를 멸해야 함에도 흑귀위 상장군 류시건만이 유일하게 살아남은 이유는, 그 당시 그가 하계에서 큰 난을 일으켰던 도깨비 파적(破敵)을 잡고 혼란을 잠재우는 데 큰 공을 세우고 있던 중이기 때문이었다. 따라서 류시건은 대역죄로서 처형당하지 않고 홀로 살아남아 신수인 현무를 빼앗기고 이 암굴에 갇혔다.

사예는 묘한 기분이 되어 역적인 류시건을 쳐다봤다. 비록 세상에 등을 지고 숨어 살아왔다곤 하나 사예도 류시건에 대한 이야기는 알고 있었다. 그가 있는 이래 하계의 난적이란 난적은 모두 이 암굴행을 피할 수가 없었다. 특히 동하 은공(恩恭)의 난과 서하 파적의 난 등을 모두 그의 손으로 잠재운 것은 오십 년이 지나도 잊히지 않는 큰 공이었다. 듣기로 귀신 잡는 솜씨로는 류시건을 따를 자가 없다고 했다.

'하지만 그럼 뭐해.'

그래 봤자 이제는 역적일 뿐이었다. 현재의 류시건은 어둠 속에 갇혀 제 힘으로 결계조차 못 쳐 원귀를 두려워해야 하는 신세가 되어 있었다. 어쩐지 묘한 감상에 사로잡히려는 와중에, 시긴이 입을 열었다.

"만일 나에 대해서 알고 있다면 몇 가지 더 물어도 되겠나."

"……그러시오."

"내가 갇힌 이래 시간이 얼마나 흘렀지?"

사예는 망설이다 대답했다.

"그로부터 오십 년이 흘렀소."

"그렇군……. 선계의 사정은 어떠한가?"

"류가의 난이라 칭해지는 그대 가문의 일이 끝난 후, 북선은 선인 화탁(和托)이 제후가 되어 다스리고 있소. 선제께서는 오래되지 않아 눈을 감으셨고 현재는 그 뒤를 이어 천자께서 제위에 즉위하셨소."

금방이라도 질문을 늘어놓을 것 같던 시건은 갑자기 입을 다물고 침묵했다. 사예는 의아해서 그런 시건을 쳐다봤다. 잠시 침묵하던 시건이 느리게 입을 열어 아까보다 눈에 띄게 가라앉은 어조로 말했다.

"그런가……. 무진이 제위에 올랐는가."

"그렇소."

"혹 그가 제위에 오른 지 얼마나 되었는가?"

"대략 삼십 해가 되었소."

"그렇군……."

분위기가 단숨에 무거워졌다. 사예는 그녀가 뭘 잘못 말했는지 알 수 없었다. 어쩐지 불편해져서 주변을 맴도는 청하에게로 시선을 돌렸다. 그녀가 청하를 쳐다보자 시건이 말했다.

"……그대 신수에게 고마워해라. 암굴에 떨어지는 그대를 지킨 것이 그대의 신수였다. 그 용이 아니었다면 그대는 이미 목숨을 잃었을 것이다."

"아……."

어쩐지 상처가 없다고 생각했다. 정신을 잃기 전에 언뜻 청하의 몸과 손등의 표식이 빛났던 것을 떠올렸다. 청하가 노란 눈을 깜빡거리며 얼굴을 들이밀었다. 벼락이 내리꽂힐 때부터 청하가 없었다면 그녀는 이미 죽은 목숨이었을 터였다. 선계에서 하계로 떨어지는 주인을 지키다니 이만한 신수를 또 어디서 볼 수 있겠나 싶었다. 사예는 고마운 마음에 손을 뻗었다. 반투명한 용의 몸이 손을 스치고 지나갔다. 고맙다고 생각하는 찰나에, 그녀는 그녀가 잊고 있었던 것을 떠올렸다.

"내 짐!"

사예는 가장 먼저 손으로 그녀의 노리개를 찾았다. 다행히 치마 속에 차고 있던 노리개는 그대로 그 자리에 있었다. 안도의 한숨을 내쉰 사예는 고개를 홱 돌려 주변을 살폈다. 청하가 꼬리로 바닥에 떨어진 그녀의 짐을 가리켰다. 사예는 얼른 그쪽으로 가 쭈그리고 앉아서는 짐의 한쪽 귀퉁이를 열어 내용물을 확인했다. 돈주머니와 소형화된 사진검과 하선이 챙겨 뒀던 약과 육포, 그리고 영랑이 건네줬던 교서가 다행히 그대로 들어 있었다. 묵통과 함께 묶어 둔 세필, 괴황지는 무사했지만, 문제는 하선이 만들어 뒀던 다른 부적들이었다. 남은 부적도 있었지만 그 수가 전에 확인했을 때보다 턱없이 작았다. 얇디얇은 부적이 어쩌다 빠져나와 날리다 못해 뿔뿔이 흩어진 모양이었다.

'아, 어머니…….'

사예는 탄식을 흘렸다. 부적들은 하선이 딸을 걱정하는 마음에 정성스럽게 만들어 준 귀한 물건이었다. 아까운 마음에 한숨만 내쉬는데, 시건이 말했다.

"그것, 천제의 교서로군."

사예가 놀라서 고개를 돌렸다. 그녀는 자기도 모르게 집어 든 짐들을 꽉 안았다. 경계가 가득한 그녀를 보며 사내가 말했다.

"기이하다 생각은 했지. 용은 본디 천제와 계약하는 법. 그렇다면 그대의 신수는 대체 그 정체가 무엇인가?"

"……그대가 모른다고 해도, 청하는 아주 오랜 시간 존재했소. 청하는 지금껏 천 년이 넘는 시간 동안 우리 가문과 줄곧 계약을 맺은 신수였소."

"천 년? 천 년이라. 그렇다면 그 용과의 인연이 무려 천서제(天緖帝) 이전까지 올라가는가?"

"그렇소. 아마도……."

사예는 말을 흘렸다. 천서제란 약 천 년 전의 천제로, 선계와 하계를 고루 잘 다스린 성군이었다. 현재 선계와 하계의 유지 상황은 모두 천서제 시절에 자리 잡기 시작한 것으로, 선 · 하계의 역사를 천서제 이전과 천서제 이후로 나눌 정도였다. 천 년이 흘렀어도 천서제의 이름이 가지는 가치는 무구했으며, 그 시절만 한 태평성대가 없었다고 칭해졌다. 선, 하계는 그가 세운 법과 제도에 따라 다스려지고 있었고, 제위 시절 선인들의 반대에도 불구하고 그가 공인한 인간들의 문자가 지금은 아예 선인, 인간 할 것 없이 일반적으로 사용되고 있었다. 생각보다 단명하여 그 치세가 겨우 이백 년에 그쳤음에도 그가 만든 법이나 제도는 천 년 동안 선, 하계를 변함없이 유지하고 있었다. 천서제는 이 나라의 시초나 다름없었으며, 천 년이 지난 지금도 그의 즉위일을 특별히 기리기 위해 연회를 열 정도로 모든 선인이 가장 존경하는 선인이었다.

사예의 말에 잠시 생각에 잠긴 것 같던 시건이 질문을 이었다.

"천제로부터 교서를 받은 연유는 무엇인가?"

"그건…… 내가 왜 그런 것을 댁에게 미주알고주알 고해야 하오?"

사예는 갑자기 정신이 들어 자기도 모르게 가시 돋친 어조로 물었다. 그러나 시건은 그다지 기분이 상하지 않은 듯 변함없는 어조로 말했다.

"그대 말대로 깊은 사정까지 물을 권리가 내겐 없지. 이렇게 하자, 여선. 그대는 어쨌든 이 암굴에서 나가야 할 거다. 허나 이곳은 기의 흐름이 번잡하고 미로와 같은 곳이라 처음 온 이가 홀로 입구나 출구를 찾아 나가는 것은 불가능하다. 허나 나는 본디 흑귀위 장수였던 시절 이 암굴에 몇 번 드나든 바, 그대에게 이곳에서 그나마 안전히 벗어날 수 있는 길을 가르쳐 줄 수가 있다."

사예는 고민을 했다. 선계에서 그녀와 함께 오던 선녀나 선군들은 모두 잿더미가 되었다. 벼락을 맞고 재가 되어 바스러지던 모습이 다시 떠올라 몸에 소름이 돋았다. 모두가 그렇게 된 상황에서 그녀 홀로 잿더미 신세를 면한 게 천운이라면 천운이었다. 어쨌든 그때 그 자리에 함께 있었던 선녀들과 선군들이 모두 벼락을 맞았으니, 그녀가 하계의 암굴로 떨어졌다는 사실을 천제에게 고할 수 있는 사람은 없었다. 한마디로, 그녀는 그녀 힘으로 이 암굴을 나가 천제가 있는 용수궁으로 가야 했다.

"……그래서? 그냥 길을 가르쳐 줄 리는 없을 테고, 내게 바라는 게 무엇이오?"

"암굴 어딘가에 갇혀 있을 내 신수를 찾아와 다오."

"……신수?"

"그렇다."

사예는 어이가 없어서 되물었다.

"아니, 이곳은 감옥이고 나도 지금 그쪽과 같이 갇힌 몸이나 다름없는데 어떻게 이곳에서 나간단 말이오?"

"그대가 뚫고 들어온 구멍이 있지 않나."

사예는 고개를 들어 그녀가 뚫고 들어온 구멍을 쳐다봤다. 헛기침을 내뱉은 그녀가 말했다.

"그 말대로라면, 내가 이 암굴에서 나가려거든 그냥 내가 들어온 구멍에서 다시 반대로 올라가면 될 일이 아니오? 어째서 그대의 신수를 찾아오는 수고를 한단 말이오?"

"그대가 이 옥사에서 나가려거든 어차피 저 구멍으로 나가야 하긴 하지. 허나 나간 후에 어떤 고초를 겪게 될지는 아무도 모른다. 온갖 기의 흐름에 휘둘려 영원히 이 감옥 안을 맴돌게 될 수도 있다."

"……그럼 그대의 신수를 내가 어디서 어떻게 찾는단 말이오?"

"내 피로 추적부를 만들어 내 신수의 이름을 새겨 가지고 가라. 부적을 따라가 내 신수를 찾으면 될 것이다. 찾으면 신수는 부적에 의해 봉인되어 있을 것이다. 그대는 봉인을 풀고 내 신수와 함께 이 옥사에서 나갈 때 쓴 방법으로 다시 나를 찾아오면 될 일이다."

사예는 잠시 고민했다. 저 사내의 말에는 그다지 틀린 구석이 없었다. 그녀는 분명 일단 이곳에서 나가야 했고, 아까 잠시의 노출만으로도 저 밖의 기의 흐름이 얼마나 혼란스러운지를 알 수 있었기 때문에 홀로 길을 찾아 나갈 자신이 없었다. 기이하게 일그러진 표정으로 생각에 잠겨 있던 사예는 그래도 이건 아니지, 하는 생각으로 말했다.

"그대의 신수를 데려온다면, 그대는 그 봉인을 풀고 이 감옥에서 도망치려는 것이 아니오? 그럼 나는 역적을 도와주는 셈이 될 텐데, 나는 역적이 되고 싶은 마음이 추호도 없소."

"그렇다면 나와 평생 이 암굴에 함께 있겠단 말인가? 그대에게는 선택지가 없다. 어쩔 수 없는 상황에서의 선택마저 단죄하려고 하는 편협한 이를 천하의 주인으로 모실 수가 있겠는가."

사예는 입을 다물었다. 고민은 끝나지 않았다. 하선은 그녀에게 얌전히 기다리고 있으라고 말했었다. 그러나 그것은 사예가 무사히 용수궁으로 가 천제의 보호 아래에 있을 때 가능한 일이었다. 고민하는 그녀에게 쐐기라도 박으려는 듯 시건이 덧붙였다.

"일단 부적을 써서 가지고 이 옥사에서 나가 봐라, 여선. 나가서 그대가 길을 찾을 만하다면 부적을 버리면 그만이다. 길을 찾는 게 곤란하다고 판단되면 내 신수를 찾아 돌아오면 되겠지. 그럼 나는 그대에게 이 암굴에서 가장 안전하게 빠져나갈 수 있는 길을 가르쳐 주도록 하겠다."

"……그대를 어찌 믿소?"

오랜 세월 쫓겨 다닌 탓에, 의심과 걱정은 쉽사리 가시지 않았다. 그녀가 신수를 되찾아 줬을 때 시건이 그녀에게 길을 가르쳐 주지 않고 혼자 빠져나가거나, 그녀를 공격하면 어떻게 한단 말인가. 상대는 하계는 물론이요 선계에서도 그 이름을 널리 떨쳤던 장수였다. 그런 자가 작심을 하고 덤빈다면 경험이 부족한 사예가 버텨 내긴 힘들 터였다. 사예가 불신이 서린 시선으로 쳐다보자 류시건이 말했다.

"주제넘는다고 여길지도 모르겠지만, 그대가 어린 여선인 것 같으니 경험 있는 선인의 입장에서 충고를 좀 하지. 믿을 수 없는 상대에게 믿음을 구하는 질문은 아무런 의미가 없다. 내 설득이 그대에게 믿음을 줄 수 있는가? 설령 제법 믿음직하게 들린다 해도 사실은 믿어선 안 되겠지. 그대 말대로 나는 역적이고, 여기서 나가기 위해서는 지푸라기라도 잡고 싶은 심정이니까."

그 말에 사예는 기분이 엄청 불편해졌다. 가르치는 것 같은 남자의 어조가 지나치게 객관적인 입장에서 그녀의 실수를 지적하고 있기 때문이었다. 그게 설령 그 본인에게 불리한 이야기라도.

"그럼에도 불구하고 굳이 믿음을 구해 보자면, 오십 년의 시간 동안 술법을 쓰지 않고 여기 갇혀 있었던 내가 바로 그대를 공격하거나, 이 암굴을 혼자 빠져나가는 일은 어차피 불가능하다. 사실 내가 지금 내 발로 걸을 수 있을지도 확신을 할 수가 없는데. 또한 이 암굴은 나간다고 다가 아닌 것이, 사방이 온통 요괴로 둘러싸여 있다. 그래서 내게는 어떤 길을 선택하든지간에 그대의 도움이 절실히 필요하다. 칼자루를 쥔 것은 어차피 그대야."

담담한 어조가 이어지는 동안, 사예는 그녀의 어리석은 고민을 끝냈다. 아직 좀 혼란스러웠지만 사내의 말대로 일단 부적을 챙겨 나갔다가, 도무지 안 되겠다 생각되면 신수를 찾아 오는 게 최선의 방법이라고 생각했다. 저자의 말대로 오십 년이나 갇혀 있었던 신선이 당장 그녀에게 해를 끼칠 수는 없을 것 같았다.

'피할 수 없는 상황인 것만은 사실이야.'

일단 그녀는 이곳에서 나가 선계로 돌아가야 했다. 그래야 어머니 하선을 다시 만날 수 있었다. 결국 그녀는 그녀의 짐에서 괴황지와 세필, 묵통을 꺼냈다. 세필에 묵통 안에 든 주묵을 묻힌 사예는 괴황지를 든 채로 시건에게 다가가 말했다.

"좋소. 피를 내겠소."

시건이 고개를 끄덕였다. 사예는 수인을 맺었다. 오행궁에서 빠져나온 금기가 모여 날카롭고 큰 바늘의 형태가 되었다. 바늘을 잡은 그녀는 바늘을 시건의 팔에 대고 얕게 그었다. 갈라진 틈새에서 붉은 피가 팔을 타고 흘러내렸다. 만든 바늘을 버리고 세필을 오른손으로 세워 잡으며 사예가 물었다.

"그대 신수의 이름이 무엇이오?"

"묵현(嘿玄)."

세필에 시건의 피도 묻힌 사예는 괴황지 위에 신수의 이름을 쓰고, 그 아래 추적을 위한 글자를 써 부적을 완성했다. 그리고 또 다른 괴황지에 시건을 찾아 이곳으로 돌아오기 위한 추적부를 하나 더 만들었다. 추적부를 다 만든 사예는 머리카락을 한 가닥 뽑았다. 뽑은 머리카락에 목기를 모으며 손으로 수인을 맺어 다시 결계를 쳤다. 머리카락을 뽑은 것은 그녀가 이곳을 벗어나도 결계가 유지되어야 하기 때문이었다. 머리카락이나 손톱은 몸의 일부로, 이런 매개물을 사용하면 술법자가 설령 그 자리를 비우더라도 해당 자리에 술법을 남길 수가 있었다. 그녀가 여길 나간 사이 저 역적이 원귀의 밥이 되면 모든 노력이 헛수고가 될 테니, 그녀가 없어도 유지될 수 있는 결계를 쳐야만 했다.

결계를 친 사예는 다시금 수인을 맺어 신수를 찾을 추적부를 발현시켰다. 현무가 신수로 이어지는 북선의 류가가 수행을 타고난다는 것이 익히 잘 알려진 사실이었고, 가까이에 있는 시건에게서 수기가 느껴졌기 때문에 사예는 수기를 움직여 추적부를 발현시켰다. 수기가 모여 발현되자 모서리부터 괴황지가 젖어 들어가기 시작했다. 이윽고 허공에서 수기로 푹 젖은 추적부가 방향을 틀고는 사예가 뚫고 들어온 구멍을 향해 날아갔다. 불꽃 하나가 어둠을 밝히기 위해 그런 추적부의 뒤로 따라붙었다.

"그럼, 난 가 보겠소."

시건은 고개를 끄덕였다. 사예는 선인들이 땅이 아닌 곳에서도 걷고 뛰고 날 수 있는 술법인 운보를 준비했다. 본래 선계에서 선인은 하늘에서 걷고 뛰기 위해 운보를 사용했다. 운보는 수가장서의 1장 1절에 속하는 가장 쉬운 술법이라 아기 선인이 태어나면 제일 먼저 익히는 술법이기도 했다. 이 운보는 하늘인 선계에서는 걷고 뛰는 방법이었지만 수기를 많이 모아 발휘하면 단번에 빠르게 멀리 나아갈 수 있으므로, 높이 있는 구멍까지 뛰어올라야 하는 지금 상황에 쓰기에 적합한 술법이었다.

사예는 수기로 감싼 발로 땅을 세게 디뎠다. 한 걸음에 높이 날아 뚫고 들어온 구멍으로 올라갔다. 그런 그녀의 뒤를 따라 청하가 날아갔다. 옥사 안에는 이제 갇혀 있던 시건 홀로 남았다.

❈ ❈ ❈

사예는 최대한 빨리 신수를 찾아 돌아가기 위해 계속 운보를 사용해서 어둠 속을 빠르게 지나쳐 갔다. 그녀의 옆에서 청하가 몸을 물결처럼 출렁거리며 허공을 날아갔다. 결계와 구멍 밖으로 나오자마자 사예는 숨이 턱턱 막혀 오는 것을 느꼈다. 코로 들어오는 공기가 지나치게 탁하고 진정되지 않는 기가 사방에서 날뛰었다.

'이건 정말로 곤란한걸…….'

선계의 깨끗한 공기만 마셨던 사예에게는 지독해서 참을 수 없는 공기였다. 아까 시건이 있던 감옥 안보다 상황이 훨씬 안 좋았다. 숨을 내쉬기가 어려워 숨이 막히고 기침이 나와 곤욕스러웠다.

'설마 하계는 모두 공기가 이런 걸까?'

사예는 얼른 기운을 끌어 올리고 손으로 수인을 맺어 그녀의 주변으로 결계를 쳤다. 그래도 결계를 치니 그나마 참을 만했다. 결계가 없었다면 길을 찾는 것은 물론이고 제대로 숨을 쉬고 눈을 뜨는 것조차 힘든 지경이었다. 시건이 있던 옥사에서 나와도 사방은 여전히 빛 한 점 들지 않는 어둠이었다. 이래서 이곳의 이름이 암굴이구나, 싶었다. 이런 곳에서 홀로 길을 찾아 나가는 것은 정말로 불가능할 터였다. 사실은 아무것도 모르는 채로 혼자 빠져나가기가 무서웠다.

사예는 어디가 막혀 있고 뚫려 있는지도 보이지 않는 공간을 오로지 부적을 쫓아가는 불꽃에 의지해 따라갔다. 주변으로 쳐 둔 결계가 암굴을 이리저리 휘젓는 기의 흐름 때문에 연신 진동했다. 그때마다 사예는 몸을 움찔 떨며 결계가 부서지지 않게 기운을 끌어모았다. 설상가상으로 용의 강한 양기 때문에 원귀들이 몰려들었지만, 다행히 그것들은 감히 용의 곁으로 다가오진 못하고 주변만 맴돌고 있었다. 추적부로 접근하는 원귀들을 불꽃을 키워 처리하며, 사예는 부적을 따라갔다.

한참을 따라간 결과, 갑자기 날아가던 불꽃이 멈춰 선 게 보였다. 청하가 불꽃 바로 옆까지 날아갔다. 사예도 얼른 멈춰 선 불꽃으로 다가갔다. 화기를 키워 불꽃의 개수를 늘렸다. 수기에 젖은 추적부가 그 역할을 다하고 평범한 종이가 되어 떨어진 것을 발견했다.

"대체 무슨……."

사예는 허리를 숙여 바닥에 떨어진 것을 주워 들었다. 작게 조각난 부적들이 바닥에 어지럽게 널려 있었다. 그리고 그녀는 그녀의 추적부가 그 부적 조각들에 남은 시건의 기운을 겨우 쫓아왔다는 걸 깨달았다.

사예는 이해할 수가 없어서 주변에 불을 더 밝혔다. 넓은 공간을 불꽃이 비췄다. 막혀 있어야 할 공간은 이미 휑하니 뚫려 있어 그녀가 다른 수를 쓰지 않고도 바로 들어가 볼 수 있었다. 그리고, 그 공간 안에 신수는 없었다. 사예는 벽에 붙어 있는 자국을 발견했다. 그건 술법으로 봉인해 놨던 결박이 억지로 풀린 자국이었다.

"아……."

사예는 힘이 풀린 손을 떨어트렸다. 그 공간엔 정말로 아무것도 남아 있지 않았다. 남은 것은 바닥에 떨어진, 신수에게 붙였을 게 분명한 부적 조각뿐. 주인처럼 이 암굴에 갇혀 있어야 하는 류시건의 신수는, 이미 누군가 훔쳐 간 후였다.

❋ ❋ ❋

사예는 고민에 빠졌다. 마음 같아서는 신수가 없어졌으니 그냥 이대로 홀로 길을 잡아 암굴을 빠져나가고 싶었다. 신수가 사라졌다는 것을 시건에게 돌아가 순순히 고해바칠 필요 따윈 없지 않은가. 어쩌면 시건은 신수를 찾아오지 못했으니 아까의 대화는 없던 일로 하자고 할지도 몰랐다. 그녀가 거짓말을 한다고 생각하고 화를 낼지도 몰랐다. 혹은, 신수마저 찾을 수 없게 된 저 반선이 나쁜 마음을 먹고 그녀에게 더한 협박을 할지도 모르는 일이었다. 사예 본인이라면 그렇게 하고도 남았을 터였다. 갇혀 있던 암굴에 들어온 선인은 시건이 말했던 대로 어떻게든 잡아야 하는 지푸라기와도 같았다. 아마도 자신을 데리고 나가야지만 이곳을 빠져나가는 방법을 가르쳐 준다고 한다던가.

'그럼 어찌해야 하지? 차라리 내가 먼저 제안을 하는 편이 낫나?'

그녀는 시건에게 돌아가서, 이 암굴에서 나갈 길을 가르쳐 준다면 봉인을 풀고 여기서 빠져나가게 해 준다고 할까 고민했다. 암굴에 오랜 시간 갇혀 있었고 더불어 신수마저 사라졌으니 저자에게 있어 그것 이상으로 바라는 것은 없을 터였다. 무엇보다 그녀에게도 시건의 도움이 필요했다. 그녀는 일단 이 암굴에서 나가야 했고, 하계에 대해서 제대로 아는 바가 없었다. 선계로 돌아가자면 그저 암굴에서 나간다고 다가 아닐 터였다. 고민을 하던 그녀는 자신의 생각이 더없이 위험한 생각이라는 사실을 깨달았다.

'아니지. 상대는 역적이야. 저자를 데리고 나가는 건 대역죄라고.'

왜 하필이면 그 역적의 굴 안으로 떨어졌단 말인가. 상대가 역적만 아니라면 이렇게까지 고민하지도 않았을 터였다. 그렇다고 아무 곳이나 뚫고 들어가서 또 다른 죄인을 만나 본다고 한들 그가 시건처럼 빠져나갈 길을 알고 있기를 기대하기도 어려웠다.

고민에 고민을 거듭하던 사예는, 일단 시건의 옥사로 돌아가 부딪쳐 보기로 했다. 어차피 그녀에겐 다른 수가 없었고, 상대는 신수도 찾지 못한 반선이었다. 그가 무슨 마음을 먹든 그녀는 그를 제압할 자신이 있었다. 오로지 스스로의 입장만 고려하여, 사예는 그녀가 할 수 있는 가장 이롭고도 잔인한 방도를 떠올렸다. 상대가 힘도 못 쓰는 반선이니 길을 안내시키고 선계로 돌아갈 수 있는 방법에 대해 알아낸 뒤, 그를 붙잡아서 도망친 역적을 잡아 왔다고 그녀가 직접 선군에게 넘기면 될 일이었다. 그녀는 안전히 선계에 돌아가고, 역적에 대한 모함도 깔끔히 정리할 수 있는 방도였다. 차라리 시건의 신수가 없는 게 다행이구나 싶을 정도로, 이건 그녀에게는 유리한 상황이었다. 그것이 상대에게 어떤 일인지는 그녀에게 중요한 게 아니었다. 그녀는 갑작스럽게 하계로 떨어졌고, 어머니 하선을 만나기 위해 무슨 수를 써서라도 다시 선계로 돌아가야 했다. 결국 마음을 정한 사예는 청하와 함께 일단 시건에게 돌아갔다.

사예가 나갔던 구멍을 통해 들어오자마자 시건이 고개를 들어 그녀를 쳐다봤다. 먼저 말을 꺼내지는 않았지만 그가 상당히 기대를 하고 있음을 알 수 있었다. 사예는 어떻게 말해야 할지 알 수 없었다. 마음을 잡고 왔지만 솔직히 불편한 건 사실이었다. 그녀 또한 신수와 계약을 맺은 선인이므로, 신수가 선인에게 어떤 존재인지 잘 알고 있었다. 찢어진 부적 조각을 쥔 손바닥에 땀이 고였다.

"갔다 왔소. 갔다 오긴 했는데……."

사예는 자신에게로 집중된 시건의 시선을 피했다. 침을 꿀꺽 삼키고는 손에 쥐고 돌아온 것을 내밀며 말했다.

"이것뿐이었소."

"……이것뿐?"

사예는 고개를 끄덕였다. 아무래도 마음이 불편해서, 얼른 손에 든 부적 조각을 그의 발치 앞에 내려놓고 몸을 세웠다. 그러곤 경계하듯이 한 걸음 뒤로 물러났다. 그가 분노할 것이 예상되어 피하고자 하는 의도도 있었다.

"아무래도, 그대의 신수를 이미 누군가 데려간 모양이오."

사예는 그 말에 시건이 크게 화를 낼 거라고 생각했다. 그러나 시건은 금방 대답하지 않았다. 그는 시선을 내려 바닥의 불빛이 겨우 밝힌 부적 조각을 응시했다. 낡고 해진 부적은 누가 봐도 금방 만들어 낸 가짜는 아니었다. 한참을 침묵을 하던 시건은 그도 모르게 그가 맞이한 현실을 부정했다. 겨우 입을 연 그는 이제까지와는 다르게 빠른 속도로 말했다.

"그럴 리가 없다. 신수를 봉인하지 않았다면 주인을 찾았을 게 분명하고, 그랬다면 내가 몰랐을 리가 없다."

"글쎄……. 자세한 사정이야 나는 모르오. 하지만 어쨌든 이 암굴에 그대의 신수는 없소. 갇혀 있던 굴은 이미 뚫려 있었고, 누군가 억지로 봉인을 푼 흔적만 남아 있었소."

사예의 답에 시건은 입을 다물었다. 사예는 그런 그의 시선을 피했다. 청하가 다가와서 그런 사예의 다리를 휘감았다. 익숙한 기운이 주변에서 느껴지자 마음이 조금 가라앉았지만, 그럼에도 곤란한 마음은 남아 있었다.

솔직히 그녀가 시건에게 뭐라고 해 줄 수 있는 말은 없었다. 그녀는 그저, 그녀가 준비한 잔인한 협박을 늘어놓기 전에 시건에게 마음을 다잡을 시간을 주기로 했다. 그러나 그 시간은 생각보다, 아니 사실은 당연하게도 제법 길었다. 시건은 계속 무거운 침묵을 유지했다. 마치 그대로 모든 게 멈춰 버린 사람 같았다. 사예가 진짜 충격받고 기절이라고 한 건가, 하고 막 생각할 즈음, 그가 느릿하게 입을 열어 말했다.

"밖으로 나가면 수많은 기의 흐름이 느껴질 것이다."

"아?"

시건은 놀란 사예에게 고저 없는 목소리로 설명하기 시작했다.

"그 흐름에서 수기 중 가장 강한 수기의 흐름을 따라가라. 계속 따라가다 보면 수기와 토기가 유독 반복하여 충돌하는 곳이 있다. 마치 꼬아 놓은 듯 두 기가 계속 충돌하면서도 일정한 흐름을 가지고 흐를 것이다. 그 흐름을 따라 끝없이 긴 길을 빠져나가야 한다. 계속 따라가다 보면 빛이 보일 텐데, 그 빛을 따라가선 안 된다. 거기서부터는 오로지 수기의 흐름을 따라가야 한다. 계속 따라가다 보면 수기가 강해지고 차츰 물이 흐를 텐데, 그 물이 바로 북하(北下)에서 가장 큰 강인 흑하(黑河)의 줄기이다. 강의 흐름과 역행해야 하므로 힘들 수는 있으나, 물살이 흐르는 탓에 다른 입구에 비하여 요괴의 수가 적으니 개중 안전한 길이지. 동하(東下)의 입구에는 요괴가 없으나 그곳은 그대가 빠져나가 선계로 돌아가기에는 사정이 좋지 않을 테니, 북하로 빠져나가는 게 가장 이로울 것이다."

"지금……."

"허나 한 가지, 내가 알고 있는 모든 것은 오십 년 전이 기준이다. 그대가 나가는 지금은 사정이 달라졌을 가능성도 배제할 수는 없다. 그러니 내 설명과 상황이 다르다면 당황하지 말고 무조건 수기를 따라가라. 긴 시간이 걸릴 수도 있으나 결국은 흑하를 찾아 나갈 수 있을 것이다."

사예는 멍하니 시건을 쳐다봤다. 어쩐지 이해할 수 없어서 멍하니 쳐다보다가 퍼뜩 정신을 차리는 사이, 그녀는 머릿속에 떠오른 의문을 이미 입 밖으로 내뱉고 있었다.

"왜 내게 그것을 가르쳐 주시오?"

시건은 오히려 당연한 것을 묻는다는 듯 의아해하는 어조로 답했다.

"가르쳐 주기로 약조를 하지 않았나."

"허나 나는 그대의 신수를 찾아오지 못했소."

"그건 그대의 잘못은 아니지. 갔더니 이미 내 신수가 없었다면서. 거짓이었나?"

"아니! 그건 분명한 사실이오! 허나, 나를 협박할 수도 있었소. 그대를 데리고 나가야만 길을 알려 주겠다고 말을 바꿀 수도 있었소."

"약조는 지키라고 있는 것이며, 나는 신의에 신의로 보답하라 배웠다. 나는 그대에게 약조를 했고, 그대는 내 신수가 없음에도 그 사실을 알려 주기 위해 이곳으로 돌아왔다. 그래서 나도 약조를 지킨다. 그것뿐이다."

사예는 어떤 대답도 할 수가 없었다. 말을 할 수 있을 리가 없었다. 그녀가 준비한 말은 시건을 협박하기 위해 준비한 비수들뿐이었다. 그러나 그녀의 비수를 맞아야 할 상대는 그를 이용하기 위해 돌아온 그녀의 행동을 약조를 지키기 위한 신의로 받아들이고 있었다. 불편하고 무거운 감정이 들어서 어떻게 해야 할지 알 수가 없었다.

사예는 시선을 피하다가, 다시 고개를 들어 사지가 결박된 시건을 쳐다봤다. 그는 본인의 신수가 사라졌다는 이야기에도 전혀 분노하거나 흔들리지 않고 있었다. 처음 봤을 때처럼 계속 담담했으며, 동요도 보이지 않고 차분했다. 그리고 그게, 사예에게는 더 불편하게 다가왔다.

그 담담함이, 묻어 놨던 기억을 자꾸만 떠오르게 했다. 그건 어머니 하선이 보여 주곤 했던 담담함이었다. 끈질긴 무영의 추적에서 도망칠 때마다 그들이 하나씩 놓아 버려야 했던 것들, 결국은 그것들을 막기 위해 홀로 남은 아버지. 아버지를 뒤로하고 딸만 데리고 도망치던 하선의 표정도 그만큼 담담했었다. 분노도, 눈물도, 안타까움도 없었다. 그게 정말로 아무렇지 않아서가 아니라, 상실이 너무 익숙한 것이기 때문임을 알았다. 그간 잃은 것들이 너무 많아, 슬퍼할 여지도 시간도 남아 있지 않은 자의 담담함.

'화가 나면 화를 내고, 슬프면 슬퍼하는 게 당연할진대.'

불편한 기억을 상기시키는 시건의 모습을 보기가 힘들었다. 분노해야 할 현실을 담담히 받아들이는 모습이 그녀도 모르게 마음 한구석을 자극했다. 역적이 되어 암굴에 갇힌 주제에 신의를 논하며, 어쩌면 손에 집히는 것으로는 처음이자 마지막이 될지도 모르는 유일한 지푸라기를 제 손으로 놓아 버리는 어리석은 사내.

그녀는 상대가 역적이라는 사실을 알고 있었고, 저자와 더 이상 말을 섞지 않는 게 최선이라는 것을 알고 있었다. 시건이 그녀에게 빠져나갈 수 있는 길을 알려 주었으니, 그녀는 그저 이 자리를 벗어나면 그만이라는 것도 알고 있었다. 신수가 없어진 상황에서 저자가 무엇을 할 수 있겠는가. 그녀가 선계로 돌아가기 위해 이용까지 하는 건 그에게 너무 잔인한 일 같았다. 너무, 잔인한.

사예는 눈을 질끈 감았다. 어리석게 흔들리는 마음을 다잡았다.

'아니, 아니다.'

이미 시건에게 돌아오기 전에 머릿속에서 할 수 있는 계산은 다 끝났고, 그에 휩쓸린 판단만이 남아 있었다. 시건이 그녀에게 암굴에서 빠져나갈 길을 가르쳐 주었지만 그게 다가 아니었다. 이미 시건에게 돌아오기 전에 마음을 정한 바가 아니던가. 상대가 순진하다고 그녀 또한 그래야 하는 것은 아니었다. 그래서, 그녀는 불편하고 무거운 마음을 외면하고 시건에게 다가왔다.

"지금 뭐하는 것이냐?"

시건은 갑자기 다가와 그의 봉인된 결박을 확인하는 사예에게 물었다. 사예는 결박에 걸린 술법을 살피며 중얼거렸다.

"화가장서(火家藏書)의 7장으로 봉해진 봉인이군. 수행의 선인에게 어째서 화행의 봉인을 걸었지? 이상하네."

음양오행에 따르면 수행과 화행은 수극화(水剋火)로, 물이 불을 끄는 법이었다. 기본 원리에 따르자면 수행을 누르기 가장 좋은 행은 토행으로, 수행의 선인을 봉인하자면 토행의 술법으로 봉인을 하는 것이 가장 현명했다. 이해할 수 없어 쳐다보자 시건은 순순히 대답했다.

"당시 나를 암굴로 데려온 선군들이 화행에 능한 적오위였기 때문이다. 또한 토행에 능한 선인이 거의 없기 때문이지."

그렇다고 상생인 행으로 봉인을 할 수도 없으니, 결국 그나마 상극인 화행으로 봉인을 걸었다는 것이었다. 사예는 설명을 듣고 고개를 끄덕였다.

"아, 그렇군. 그래도 하계라 그런가, 역적을 잡아 둔 봉인으로는 생각보다 어렵지가 않은 것 같소……."

"그보다는 이 암굴에 누군가 들어와 죄인의 봉인을 풀어 주는 일 자체가 불가능하기 때문에 이 이상 높은 수준의 봉인을 구사할 필요까지는…… 아니. 지금 대체 뭐하는 거지?"

"사실 나는 신의 같은 것은 잘 모르오."

그 말을 하며 사예는 손안에 목기를 모았다. 그러곤 시건의 봉인에 붙은 부적으로 손을 가져가 부적을 떼어 버렸다. 떼자마자 부적이 불타오르기 시작했다. 사예는 불꽃이 확 이는 부적을 손에서 놓으며 뒤로 빠르게 물러났다. 허공에서 타오른 부적이 불꽃이 되어 날아들었다. 사예는 한 걸음 뒤로 물러서며 오행궁에서 수기를 움직였다. 그녀가 수인을 맺자 모여든 수기가 물줄기가 되어 뻗어 나갔다. 물줄기는 덤벼드는 불꽃과 부딪쳐 허공에서 폭발했다. 튄 불꽃과 수기로 인해 생긴 물방울이 사방으로 흩어졌다. 옥사 안에 어지러운 기를 손으로 진정시키며 사예가 말했다.

"내가 이 옥사로 돌아온 것은 신의를 지키기 위해서가 아니었소. 다시 말해 내 애초에 그대에게 신의를 보인 일이 없으니 그대가 되갚아 줄 신의도 없소. 결과적으로 그대는 이룬 것 없이 손해만 본 격이니, 이래서야 공평하지가 못하지 않소."

"……신의보다 감복할 만한 정직함이군. 허나 봤다시피 내 봉인은 화가의 장서에서도 7장의 후절에 속하는 봉인이라 어린 여선인 그대가 쉬이 풀 수 있는 봉인이 아니다. 봉인을 풀려다 외려 그대가 해를 입을 가능성이 있다. 또한 이곳에서 그렇게 큰 술법을 쓰면 그대의 기가 오랫동안 남아 후일 괜한 오해를 살 위험도 있다."

"……그렇게 내 생각을 하면서 내게 신수를 훔쳐 오라 시킨 것이오? 참 고맙소. 어차피 이곳엔 이미 구멍이 뚫려 있소. 내 결계만 푼다면 바깥의 혼란스러운 기에 섞여 기의 흔적을 찾기는 어려울 것이오."

"지금 그대가 무슨 말을 하고 있는지 알고 있는가? 그대 입으로 역적이 되고 싶은 생각은 없다 하지 않았나."

사예는 고개를 끄덕였다.

"그에 대한 답은 아까 그대가 내게 한 대답으로 대신하겠소. 지금 내게는 그 무엇보다 선계로 되돌아가는 게 제일 중요하오. 그대 말대로 이미 오십 년이 흘렀고, 그동안 이 암굴이 어떻게 변했을지는 알 수 없는 노릇이오. 내 헤매느니 이 암굴에 대해 잘 아는 그대를 데려가 제대로 길을 잡아 이곳을 빠져나가는 것이 더 이로울 것이오. 또한 이 암굴의 사방이 요괴로 둘러싸여 있다면서? 부적밖에 못 쓰는 반선이라도 없는 것보다는 낫겠지. 더불어 나는 하계에 대해 잘 모르니, 내가 이 암굴에서 나가 선계로 돌아가는 방법을 찾기 위해서도 그대의 도움이 필요할 것이오. 그대를 도와주겠다는 것도, 같잖은 동정심을 발휘하는 것도 아니오. 지금 내게 가장 이로울 결정을 내리는 것뿐이오. 아까 칼자루를 쥔 사람은 나라고 했소? 나는 내 칼로 그대의 사지를 묶은 봉인을 자르겠소. 그러니 잠자코 계시고, 이따 이 부적이나 좀 쓰시오."

사예는 얼른 떨어져 있는 그녀의 짐에서 수기와 관련된 부적 몇 장을 꺼내 시건의 양손에 고루 쥐여 줬다. 그러곤 그녀의 짐으로 돌아와 은장도 크기의 사진검을 꺼내 들었다. 묶여 있던 시건은 처음으로 당황이라는 감정을 보이며 말했다.

"기다려, 이건 정말 아무나 풀 수 있는 봉인이 아니다. 아까 그대가 한낱 부적을 없앤 것과는 차원이 달라. 이 봉인을 풀려거든 적어도 그대가 수가의 장서 7장에 이미 통달해 있어야지만 가능하단 말이다."

심지어 부적을 떼어 버려 그를 결박한 봉인이 일렁거리기 시작했다. 그러나 사예는 시건의 말을 무시했다. 그녀가 사진검을 들자 그동안 얌전히 있던 청하가 기다렸다는 듯 그녀에게 다가와 그녀의 주변을 몸으로 휘감았다. 사예가 환술을 파하는 수인을 맺자 손안에 들어가 있던 작은 검이 빛을 내며 형체를 키웠다. 사진검은 커다란 장검의 크기로 자라났다. 검을 응시하던 시건이 작게 중얼거렸다.

"그것은……."

한 손으로는 검의 손잡이를, 다른 한 손으로는 검집을 잡은 채로 사예가 대답했다.

"사진참사검(四辰斬邪劍). 용의 기운을 받은 특별한 검이지."

사진(四辰)이란, 용의 해(辰年,) 용의 달(辰月), 용의 날(辰日), 용의 시(辰時)를 의미하는 것으로 사진참사검은 그 네 가지 때에 맞춰 용의 기운을 가득 담아 완성한 검이었다. 이 검은 검날의 예기로 적을 베어 내는 게 아니라 그 검에 서린 강한 기운으로 귀신이나 요괴를 베어 내는 검이었다. 즉 실제로 날이 서 있지는 않으나 술법자가 술력을 담아 사용하면 그 무엇보다 날카로워질 수 있는 검이며, 순전히 양의 기운을 가진 검이므로 같은 술법이라도 이 검을 사용하면 양기를 더할 수 있는 효과가 있었다.

검을 유심히 바라보던 시건이 문뜩 정신을 차렸다. 검에서 나오는 강한 기운에 온몸이 긴장했다. 당황한 시건이 빠르게 말했다.

"그래, 그것 참 대단하군. 헌데 중요한 건 그게 아니고, 그렇게 양기가 강한데 만약 봉인을 푸는 게 실패하면 화기가 번져 내가 타 죽을 수……."

사예는 공간을 채우고 있던 화행의 불꽃을 모두 거둬들였다. 사방이 모두 어둠에 잠겼다. 시건을 묶은 봉인의 불꽃이 일렁거리지 않았다면 정말로 빛 한 점 없는 어둠이었을 터였다. 그리고 어둠 속에서 철컥, 하고 검의 소리가 들렸다. 검집과 검이 쓸려 스르릉 소리를 내며 서서히 검날이 드러났다.

어둠 속에서 드러나는 날은 낡고 닳아 보잘것없었다. 그러나 그 사이에서, 불꽃보다 차가운 빛이 사방을 밝혔다. 검집 안에서 드러나는 칼날에 무수히 많은 글자가 금으로 입사(入絲)되어 있었다. 입사된 글자의 빛을 받아들이기라도 한 듯 청하의 몸도 서서히 푸르게 빛나기 시작했다. 용의 긴 몸이 검을 든 사예의 팔 주변을 맴돌다가, 빠른 속도로 검날로 빨려 들어갔다. 용이 가득 채우듯 칼날 위에 새겨진 문자가 선명한 빛으로 채워지기 시작했다. 빠지고 낡은 칼날의 빈 자리마저 빛이 채웠다.

"어찌하여 내가 실패할 거라 단언하시오?"

그 말을 마지막으로, 사예는 사진검을 완전히 빼 휘둘렀다. 손을 따라 흐른 목기가 허공을 가른 검의 양기와 더해져 증폭되었다. 검이 허공에 그린 궤적을 따라 시건의 사지를 결박하고 있던 봉인의 화기가 불꽃으로 형상화하여 옮겨붙었다. 목기를 따라 성난 기세로 번진 불꽃이 사방을 뜨겁게 달궜다. 불꽃은 금세 검에서 뿌려진 목기를 잡아먹고 그 크기를 키웠다. 난동하는 불씨가 가까워졌을 무렵, 사예는 목기를 흘리며 검을 반대쪽으로 그었다. 은빛 칼날이 허공에서 목행술법의 인(印)을 그렸다.

불꽃이 크게 날뛰며 사예의 움직임을 따라다녔다. 검의 궤적을 따라다니는 불길 사이에서 검이 춤을 췄다. 사예는 제멋대로 타오르는 불꽃을 힘껏 억누르고 그녀가 원하는 방향으로 이끌었다. 목기를 따라 타오르며 결박의 봉인도 날뛰었다. 때맞춰 시건이 손에 들린 부적에 수기를 실었다. 부적에서 수기가 뭉치고 물줄기가 터져 나왔다. 갑작스러운 물 때문에 자연적으로 시건에게서 가장 가까이 있던 봉인의 불꽃이 조금 꺼졌다. 그 때를 맞춰 사예도 사진검을 그녀가 부수고 들어온 구멍을 향해 내찔렀다. 불꽃은 목기를 따라 사예의 결계를 찢고 날아갔다. 사예는 얼른 검을 들지 않은 손으로 수인을 맺었다. 불길에 찢어진 결계 부위가 오그라들며 닫혔다. 결계 입구에서 걸린 불티가 사방으로 튀며 부서지는 소리를 냈다. 그 탓에 결계가 몇 번 진동했지만 어쨌든 결계 안은 무사했다.

그대로 잠시 침묵이 흘렀다. 안에서 요동치던 기운들이 서서히 진정되기 시작했다. 사예는 검을 든 채로 가만히 서서 잠시 기의 흐름을 느끼려고 했다. 가빠진 숨을 느리게 내쉬고 뱉으며 정신을 집중했다. 다행히 밖에서 결계를 건드리는 기의 움직임은 아까와 다를 바가 없었다. 그리고 청하가 사진검에서 빠져나왔다.

됐어, 하고 생각한 사예가 다시 화기를 모아 불꽃을 만들었다. 다시 주변이 밝아지고 나자 안심이 됐는지, 갑자기 다리에 힘이 쫙 빠졌다. 사예는 얼른 사진검을 바닥에 꽂고 몸을 지탱했다. 청하가 유연하게 날며 그녀의 주변을 휘감았다. 청하의 차갑고 생생한 기운이 손길에 스쳤다.

실제 상황에서, 부적도 없이 사진검만을 써서 이만한 기운을 다룬 것은 사실 처음 있는 일이었다. 심장이 첫 성공에 대한 설렘으로 세게 뛰었다. 부들부들 떨리는 손에 힘을 주며 기운을 끌어 올리려고 노력했다. 그래도 제법 버틸 만했다. 하긴 어머니인 하선에게 받은 험한 훈련에서 이 정도는 아무것도 아니었다. 하계까지 떨어지지 않았다면 더 수월히 해낼 수 있었을 터였다. 그래도 어쨌든 해냈다는 사실에 안도의 한숨을 내쉰 사예는 자신만만한 어조로 시건에게 말했다.

"봤소? 불은 나무를 따라가는 법이오. 목생화(木生火)에 수극화(水剋火)라, 불은 나무에서 피어나고 물을 멀리하는 법. 꼭 수기를 이용하여 화행의 봉인을 풀 필요는 없소."

목가장서의 술법은 다른 오행의 술법들처럼 공격적이지 못했다. 그래서 목행을 타고난 선인이 설령 있다고 해도 그들은 대부분 그와 상생인 수행이나 화행을 선택하여 계약의 표식에 새기고, 수가장서나 화가장서를 열심히 수행하고 목가장서는 소홀히 다루곤 했다.

그러나 목행은 불을 키우고 물을 삼키며 땅을 짓누르는 행의 특성을 살리기만 하면 한 가지 행을 활용한 수법보다 더 효과적으로 활용할 수가 있었다. 사예는 어머니 하선처럼 청하와 계약할 때 표식을 목행으로 새겼고, 목가장서와 함께 수기와 화기를 다룰 수 있는 수가와 화가장서도 제법 수준급으로 수련한 상태였다. 그녀의 오행궁에도 수행과 화행의 구슬이 많았고 나머지 세 행의 구슬은 수가 좀 적었다. 더욱이 사진검까지 썼으니 그녀가 봉인을 풀지 못하는 게 말이 되지 않았다.

자신만만하게 말하는 사예를 빤히 쳐다보던 시건이 고개를 숙여 손과 발을 쳐다봤다. 무려 오십 년 동안 팔을 묶고 있던 결박은 봉인이 날아가자 금세 풀어졌다. 그의 팔과 다리는 이제 자유로웠다. 이리 쉽게 풀릴 수 있다는 것이 믿기지가 않았다. 손과 발이 이리 가볍게 움직일 수 있다는 게 믿기지가 않았다. 시건은 묶여 있던 자국이 남은 그의 팔목을 만지며 중얼거렸다. 항상 그를 묶은 봉인이 무겁다 생각했는데, 이제는 그 봉인이 사라진 게 외려 그에게 이상하게 느껴지고 있었다.

"익의도 하사받지 않은 여선이 이미 목가장서(木家藏書)의 7장에 통달했는가……. 진사담(辰思譚)이 경탄할 일이군."

시건이 읊조린 말에 사예는 눈을 크게 떴다. 진사담은 오래전, 목행과 관련된 술법을 서책으로 정리하여 정립시킨 선인이었다. 목가장서는 바로 그가 정리한 술법서의 이름이었고, 현존하는 거의 모든 목행의 술법이 그가 기록한 것이니만큼 그의 이름을 모르는 선인은 없었다. 그런 선인의 이름을 언급할 정도로 자신의 실력이 놀라웠나 싶어 사예는 조금 들떠 버렸다. 물론 봉인을 무사히 풀 수 있었던 건 사진검 덕분이었지만, 그녀는 자신만만한 태도로 말했다.

"익의라는 것이 얼마나 대단한지는 모르겠으나, 내 어머니께서는 나보다 어린 연치에 익의의 도움 없이 이미 목가의 8장을 떼셨소."

"……대단하군."

낮게 가라앉은 시건의 말을 들은 사예는 한층 뿌듯해졌다. 그녀는 시건이 그녀를 유심히 쳐다보고 있는 것도 모르고 그저 그녀의 어머니가 대단하다는 말에 고개를 끄덕거렸다.

"내 어머니께서 좀 대단하긴 하시지."

들뜬 마음으로 중얼거린 사예는 사진검을 다시 검집에 꽂았다. 그녀가 손으로 환술의 수인을 맺자 사진검의 크기는 다시 작게 줄어들었다. 은장도 정도의 크기로 작아진 사진검을 짐 꾸러미 속에 넣은 그녀가 시건에게 말했다.

"어쨌든, 이제 됐으니 날 따라오시오."

결박이 풀린 몸을 암굴의 벽에 기댄 채로 확인하고 있던 시건이 사예를 쳐다봤다.

"……정말로 나를 데리고 나갈 심산인가."

"내가 아까 한 말은 귓등으로 들으셨소?"

"생각을 바꾸는 게 어떠한가? 신수도 찾지 못한 내가 이 암굴을 빠져나가 뭘 할 수 있겠나. 그대가 내 봉인을 풀어 준 것은 고맙지만, 이건 내게도 그대에게도 어떤 도움도 되지 않는다. 오히려 해가 되면 되었지."

사예는 그녀의 결정에 대한 불편함을 애써 감추기 위해 퉁명스러운 어조로 대꾸했다.

"지금 내게 그대의 도움이 필요하기 때문에 봉인을 푼 것이라 하지 않았소. 그래도 만일 무언가 큰일이 생긴다면 내 망설이지 않고 그쪽을 방패막이로 삼을 테니 내 걱정일랑 마시오. 그대가 내게 해가 될 일은 절대 없을 것이오. 그리고 미안하지만, 그쪽은 지금 이게 득이 되고 실이 되고를 따질 입장이 아니오."

사예는 그녀의 짐 꾸러미를 안고 술법을 쓸 수 없는 시건을 위로 올려 보내기 위해 수기를 모았다. 그녀는 손으로 구름을 만드는 수인을 맺었다. 오행궁에서 나온 수기로 인해 구름은 금방 만들어졌다. 그녀는 손이 편할 수 있게 짐 꾸러미의 매듭을 한쪽 손목에 걸고는, 고개를 돌려 시건을 쳐다봤다. 그러곤 빈손으로 그에게 손짓을 했다. 사예를 쳐다보던 시건은 결국 기대고 있던 몸을 일으켰다. 아까는 제 발로 설 수 있을지 장담 못 한다고 말했던 사내는 제법 똑바른 걸음걸이로 걸어왔다. 그는 사예가 모은 구름 위로 올라섰다. 주변으로 다시 결계를 친 사예가 시건에게 말했다.

"이제 저 결계를 없애겠소. 바로 나가 그쪽 말대로 수기를 따라갈 것이오. 그러니 구름에서 떨어지지 않게 조심하시오."

"……알았다."

그리고, 사예는 결계를 없앴다. 기다렸다는 듯 온갖 기운과 원귀들이 옥사 안으로 쏟아졌다. 주변으로 친 작은 결계가 크게 흔들렸다. 더 기다릴 것도 없이 사예는 운보를 이용해 위로 뛰어올랐고, 청하와 시건이 탄 구름도 그녀를 따라갔다. 요기와 난무하는 기운의 흐름을 뚫고, 그들은 어둠 속을 날아갔다.

⁂ ⁂ ⁂

구름이 가득한 선계에, 두 인영이 서 있었다. 구름에 탄 둘은 구름과 검은 재만 남은 자리를 내려다봤다. 빈 하늘에 서서 이 자리에서 일어난 참사를 살피고 있는 사람은 바로 천제 무진과 자희였다. 눈썹을 찌푸린 채로 아래를 내려다보는 무진에게 자희가 교태를 부렸다.

"폐하, 소녀 무섭사옵니다. 그만 표정 펴셔요."

무진은 대답 없이 구름 사이를 응시했다. 그는 선계의 맑은 공기에 어울리지 않는 탁한 공기와 냄새, 그리고 흩날리는 재들에 시선을 뒀다. 심상치 않은 표정으로 서 있던 무진이 자희에게 물었다.

"산 자가 하나도 없느냐?"

자희가 소맷자락으로 입가를 가리며 대답했다.

"예에, 모두 벼락을 맞은 게 분명하옵니다. 참으로 운도 없는 이들이지요. 선녀들과 우견여는 모두 잿더미가 되었고, 선군들과 용마 또한 살아남은 이가 없는 듯하옵니다. 헌데……."

무진이 자희를 쳐다봤다. 자희가 눈을 휘며 요사스럽게 웃었다.

"구름이 뚫린 큰 자리를 발견했사옵니다. 아둔한 소녀의 생각을 감히 아뢰건대, 아마 용과 계약한 여선은 구름 아래로 떨어진 것 같사옵니다."

무진의 얼굴이 일그러졌다. 그가 빠르게 물었다.

"구름 아래? 그렇다면, 여선이 하계로 떨어졌단 말이냐?"

"소녀가 본 바로는 아마 그렇지 않을까 사료되옵니다."

자희가 고개를 끄덕였다. 무진은 낭패감에 일그러진 표정으로 다시 한 번 구름을 내려다봤다. 무진이 부적을 꺼내 구름에 붙였다.

"지금 당장 용수궁으로 돌아간다!"

"예, 폐하."

무진과 자희가 탄 구름은 방향을 틀어 빠르게 날아갔다.

❈ ❈ ❈

암굴의 어둠 속에서, 사예는 기운을 아끼기 위해 이번에는 운보를 사용하지 않고 걸어가고 있었다. 암굴 밖에 요괴가 들끓는다니 그때를 위해 괜한 술력을 낭비하지 않기 위함이었다. 그러나 앞으로 나아가는 속도가 늦으니 계속되는 침묵이 조금 불편했다. 청하와 구름에 탄 시건은 그녀의 뒤에서 조용히 따라오고 있었다. 그녀는 일부러 입을 열어 조용한 시건에게 물었다.

"지금 제대로 가고 있는 게 맞소?"

시건은 대답이 없었다.

"이보시오?"

사예가 고개를 돌렸다. 그 순간 구름 위에 서 있던 시건이 앞으로 쓰러졌다.

"어어! 이보시오!"

사예는 얼른 쓰러지는 그를 붙잡았다. 정신을 잃은 남자의 무게 때문에 사예는 그대로 시건에게 깔릴 뻔했다. 시건의 무게에 짓눌린 사예는 바로 시건을 구름 위로 올리려고 했다. 그러나 체격 차이가 꽤 있어 붙들고 있는 것만으로도 여간 힘든 게 아니었다. 사예는 시건이 엎어지든 말든 당장 몸을 쏙 피하고 싶은 마음이 들었지만 겨우 다잡았다. 그래서야 봉인을 풀어 준 보람도 없지 않은가! 그녀는 이를 악물고 시건을 열심히 부축했다. 진땀이 흐르고 팔이 부들부들 떨렸다. 시건을 구름 위에 겨우 제대로 서게 부축했지만 덕분에 그녀는 제법 지쳐 버렸다. 그녀는 멈춘 구름에 몸을 기댄 채 가빠진 숨을 내쉬었다.

"아, 이 작자, 기껏 데리고 나와도 전혀 도움이 안 되잖아!"

수기를 더 모아 구름의 크기를 키우고 높이를 높인 그녀는 부축하고 있던 시건을 구름 위에 힘겹게 눕혔다. 등을 위로 한 채로 눕힌 시건을 굴려서 앞으로 뒤집었다. 시건을 쳐다본 사예는 진땀이 난 이마를 닦았다. 요괴들을 마주하기도 전에 이미 지쳐 버렸다. 괜히 데리고 나왔나 하는 생각이 들기 시작했다. 조금만 더 깊이 생각할 것을, 하고 연신 후회했다. 시건은 완전히 정신을 잃고 쓰러져 있었다.

'하긴 그도 그럴 수밖에.'

저 암굴에 갇혀 지금껏 제정신을 유지하고 있었던 게 더 놀라운 일이었다. 어쩌면 제정신이 아니라서 그렇게 차분했던 걸까, 하는 생각도 들었다. 방금 전 얇은 옷을 사이로 두고 닿았던 살이 차가웠던 게 떠올랐다. 설마 죽은 건 아니겠지 하고 생각하다가, 문뜩 그가 누구였는지를 떠올렸다. 그는 수행을 타고난 선인이었고, 그렇다면 음기가 많아 몸이 차가운 게 당연한 일이었다. 그녀의 아버지도 수행을 타고난 선인이라 몸이 찬 편이었다.

비록 누워 있긴 했지만, 정신을 완전히 잃은 시건이 움직이는 구름 위에서 떨어질 것만 같아서 그녀는 이제 그의 몸을 붙잡은 채로 걸어가야 했다. 팔로 그의 어깨를 꽉 누르고 있자니 손에 닿은 어깨와 팔의 느낌이 생생해서 사예는 시선을 다른 곳으로 돌렸다.

"남녀가 유별한데……. 지금 이걸 어머니께서 보시면……."

하선이 이 모습을 볼 수 없는 게 다행이라고 생각하다가, 이 상황 자체가 불행이라는 사실을 깨달았다. 사예는 눈을 연신 감았다 떴다.

'어쩔 수 없어. 이자는 외간 사내가 아니다. 그냥 내가 여기서 나가는 데 꼭 필요한, 지도 같은 거야. 그래.'

그녀는 그렇게 자기 합리화를 하면서 시건을 붙잡고 있었다. 시선이 자연스럽게 누운 채로 그녀에게 잡혀 있는 시건에게 가 닿았다. 불꽃 하나가 가까이 다가와 둘 사이를 비췄다. 그러나 이렇게 가까이서 불을 두고 봐도 사내는 머리가 산발이요 행색은 남루하기 짝이 없는 죄인 꼴이라 당최 어떻게 생겨 먹은 작자인지를 알 수가 없었다. 제멋대로 자란 머리를 치우면 제대로 얼굴이 보일 법한데, 하고 생각하면서 잠든 이의 이목구비를 살펴봤다. 체격도 좋고, 머리카락 사이 보이는 이목구비를 보아하니 행색만 제대로 갖추면 제법 훤칠할 것 같다는 생각도 들었다.

'지금이야 역적이 되었다곤 하지만, 내가 선계 왕가 출신의 장수

를 이리 볼 수 있는 기회가……'

열심히 뜯어보느라 걸어가는 속도가 점점 느려졌다. 그렇게 요리조리 뜯어보고 있는 와중에, 시건이 눈을 떴다. 바로 옆에서 눈이 마주쳤다. 사예는 바로 보이는 새까만 눈을 보곤 굳어 버렸다. 걸어가던 걸음도 멈췄다. 마주친 것은 빛 한 점 들지 않는 새까만 눈 사이, 언뜻 스친 금빛이었다. 그 빛깔이 하도 기묘하여 순간 잘못 봤나 하여 빤히 쳐다보는데, 그가 시선을 움직이는 바람에 사예는 얼른 시선을 피했다.

"그, 그쪽이 정신을 잃어서. 만지려고 한 건 아니고, 하는 수 없이 내가 붙잡을 수밖에……."

"……본의 아니게 폐를 끼쳤군."

그는 몸을 움직이려고 했다. 그러나 생각만큼 잘 되지 않는 모양이었다. 상체를 들려다 옆쪽으로 기우뚱했다. 놀란 사예가 반사적으로 그를 부축하려고 손을 뻗다가 멈칫했다. 어색하게 들었던 손을 다시 내리며 시선을 피했다.

"그, 그냥 계시오. 보아하니 그동안 심신이 많이 지친 듯한데, 잠깐 눈이라도 붙이시오."

"아니, 그럴 수는 없지."

그렇게 말하면서 시건은 겨우 상체를 세웠다. 그의 단호한 거절에 그를 생각해서 말을 꺼낸 사예가 조금 민망해졌다. 그는 그래도 아까처럼 일어설 기운은 없는지 구름 위에서 자세를 제대로 잡아 앉았다.

"어느 정도 왔나?"

"……토기와 수기가 충돌하는 흐름을 따라가고 있소. 그저 지나치라 말했던 빛은 아직 나오지 않았소."

"한참 남았군. 헌데……."

"왜 그러시오?"

"아무래도 이상한걸. 음기가 지나치게 강한 듯하다."

시건은 어둠을 빤히 응시하며 말했다.

"본래는 그렇지가 않소?"

"본래보다 그 정도가 지나친 것 같은데……. 용의 양기 때문에 몰려들어 그런 것 같기도 하고……. 본래 음기가 강한 것들이 양기에 끌리는 법이라."

그의 기억을 기준으로 할 때 이 정도는 본디 침입자를 혼란에 빠트리기 위한 다른 입구 쪽에 즐비한 원귀들이나 내뿜을 만한 음기였다. 아무래도 신경이 쓰여 시건이 물끄러미 어둠을 응시하는데, 사예가 말했다.

"하지만 한낱 원귀가 신수를 노리고 달려들 수는 없소. 결계도 쳤겠다……."

시건은 쉽사리 대답하지 않았다. 그가 침묵을 하고 있자 사예도 별다른 말을 하기가 애매했다. 어색하게 시선을 굴리던 사예는 한 가지 떠오른 의문을 입에 담았다.

"헌데 이 암굴은 어찌하여 지키고 있는 간수가 없소? 어쨌든 죄인을 가둔 옥사가 아니오?"

"이 암굴을 지키는 데 인간 병사를 둘 수는 없다. 인간이 이 안에서 버틸 수 없을 테니까. 무엇보다 이 암굴은 밖은 요괴가 둘러싸고, 안은 어둠과 원귀만 가득 찬 곳이기 때문에 누가 들어오는 일도 과거에는 없었다. 만일 선군이 이 암굴을 지키고 있다면 안의 죄인들을 지키는 게 아니라, 외려 바깥에서 요괴들을 잡느라 그의 세월을 보내야겠지. 어느 쪽으로 보나 이로울 게 없는 일이다."

말을 듣고 보니 그도 그랬으나 지나치게 허술한 경비 체계였다. 지금 상황만 봐도 류시건의 신수도 없어졌고, 사예 본인도 시건의 봉인을 풀어 데리고 나오고 있었다. 사예가 생각하기에 이건 그저 처치

곤란의 인물들을 어두운 암굴에 대충 처박아 두고 아예 잊고 사는 것과 다를 바 없었다. 거기까지 생각하던 사예는 곧 의문이 생겨서 물었다.

"전에 장수일 시절에 이곳에 몇 번 들어왔다고 하지 않았소?"

"아주 잠시 들어왔다 나간 것뿐이었지. 암굴에 죄인들을 봉인해 놓을 때."

그렇군, 하고 대답한 사예는 더 이상 할 말이 없어 그저 입을 다물었다. 어색한 침묵이 흘렀다. 사예는 운보를 사용하지 않고 걸어가는 김에 괴황지를 꺼내 부적을 만들기로 했다. 암굴 밖에 요괴가 들끓는다 하니 술법을 쓰지 못하는 시건에게 쓰라고 주기 위해서였다. 사예는 걸어가면서 팔에 걸고 있던 짐을 뒤져 세필과, 주묵을 간 물이 든 묵통을 꺼냈다. 세필과 묵통이 각각 하나뿐이고 또 이 어둠 속에서 쉴 생각도 없었기 때문에, 부적은 사예 혼자 걸어가면서 안은 짐 꾸러미 위에 올려놓고 끙끙대며 만들어야 했다. 그 모습을 보던 시건이 물었다.

"불편하면 그 짐이라도 내가 들까?"

"아니! 됐소!"

사예는 아까 류시건이 그녀의 배려를 거절했을 때만큼 단호하게 거절했다. 고집스럽게 짐을 끌어안고 그 위에 대고 부적을 만들었다. 겨우 부적을 여러 장 만든 사예는 그것들을 시건에게 넘겼다.

한동안 또다시 침묵이 흘렀다. 그대로 시간이 얼마나 흘렀는지도 알 수가 없었다. 한참을 날아가던 중 어둠 속에서 번쩍이는 불빛을 발견했다.

"어, 저기!"

시건이 말했던 대로, 그들이 따라가던 수기는 불빛과 다른 방향으로 흘러갔다. 사예와 그녀의 뒤를 따라오는 청하와 구름은 불빛을 지나 수기를 따라갔다. 그리고 그렇게 구름을 타고 가면 갈수록 시건은 더 이상하다고 생각했다. 귀신들의 음기가 늘어나는데 이제는 요괴의 요기마저 느껴지기 시작했다.

'대체 이게…….'

암굴은 본디 사방이 들끓는 요괴들로 둘러싸여 있었다. 그러나 단 두 군데의 출구는 요괴가 둘러싸지 못하고 있었고, 그중 하나가 바로 지금 향하고 있는 북하의 출구였다. 흑하의 물줄기가 채워진 이쪽 출구는 요괴의 수가 비교적 적은 곳이었다. 그런데 이만한 요기가 느껴지다니 기이한 일이었다. 시건은 사예가 떨어질 때 생긴 구멍으로 요괴들이 들어온 것인가 생각했다. 그러나 그렇다고 치기엔 요괴의 요기가 지나치게 강했다. 사예가 만들어 준 부적을 쥔 손에 힘이 들어갔다.

"지금 맞게 가고 있는 것이오?"

사예의 물음에 시건은 곤란해하며 대답했다.

"내 기억에 따르면 그러하다. 허나 이미 말했을 텐데. 내 기억은 오십 년 전의 기억이라고. 그리고 하계에서 오십 년이란 선계와 달리 굉장히 긴 시간이지."

두 사람은 어둠 속에서 점점 가까워지는 요기를 느꼈다. 그리고, 첫 번째 요괴가 나타났다.

❊ ❊ ❊

요괴들은 삼욕(三慾) 중에 무언가가 결핍되어 극심한 욕구를 느끼던 생명체가, 하계에서 떠돌던 원귀와 만나 변이한 존재였다. 이렇게 생겨난 요괴는 본래의 결핍이나 다른 욕구에 극도로 집착하게 되는 특성이 있었다. 인간의 영혼이 죽어서도 원한이 풀리지 않아 저승사자를 따라가지 않고 하계에서 맴도는 것이 바로 원귀이므로, 요괴는 선계에서는 볼 기회가 거의 없었다. 사예는 하계로 떨어지기 전에 천제가 가마와 함께 보낸 우견여들을 보긴 했지만, 그래도 우견여 외의 요괴를 본 적이 없었으므로 어둠 속에서 다가오는 요괴들의 모습이 신기하기 그지없었다.

"저것이 무엇이오?"

어둠 속에서 입을 벌리고 슬금슬금 기어오는 요괴를 가리키며 사예가 물었다. 요괴는 앙상하게 마른 팔과 다리를 휘적휘적 휘두르며 커다랗게 입을 벌린 채 팔, 다리로 기어오고 있었다. 시건은 요괴를 보며 대답했다.

"저것은 걸괴(乞怪)이다."

"걸괴?"

"그래. 하계의 생물이 먹을 것을 제때 먹지 못해 식욕에 대한 결핍을 느낄 때 원귀와 만나 요괴가 되면 걸괴가 된다."

"그렇다면 저 요괴가 굶어 저리된 거란 말이오?"

"그렇다고 볼 수 있지."

"걸괴는 다 저리 생겼소?"

"아니, 그도 요괴마다 다르다. 무엇과 무엇이 만나 요괴가 되었느냐에 따라 다르지."

"그럼 어떻게 걸괴인지 아오?"

"대개 입을 벌리고 다가오거나, 살점 없이 말라비틀어져 구걸하는 모양새로 접근하는 것들은 걸괴일 가능성이 크다. 그리고 저 녀석은 둘 다로군."

사예와 시건이 태연하게 대화를 나누는 동안 청하가 유연한 몸놀림으로 다가오는 걸괴의 시야를 혼란스럽게 했다. 녹이 슨 쇳덩이처럼 걸괴가 삐걱삐걱댔다. 굶주려 빌빌대는 요괴는 눈으로라도 청하의 빠른 움직임을 따라잡을 수는 없었다. 청하가 시선을 잡아챈 동안 사예와 시건이 탄 구름은 그런 걸괴를 지나쳤다.

"헌데 본래 요괴라는 것들이 저렇게 느리고 의지가 없는 것이오?"

그럼 수만 마리가 있어도 하나도 안 무서운걸, 하고 생각하며 사예가 물었다. 시건은 고개를 저으며 대답했다.

"그 또한 걸괴마다 다르다. 야생 짐승이 원귀와 만나면 그만큼 공격적이 되고, 아닌 경우도 있지. 요기가 점점 강해지는 걸로 봐서는 저쪽에는 좀 거친 녀석들이 기다리고 있을 모양인데. 일단 불을 줄여라."

사예는 시건의 말대로 암굴을 밝히기 위한 불꽃의 개수를 줄였다. 청하는 빠르게 사예의 바로 뒤로 날아와 조심스럽게 날았다.

그리고 시건의 말은 정말이었다. 한참 수기를 따라가는 동안, 사방이 수기라고 생각될 정도로 점점 수기가 강해졌다. 그리고 수기가 강해졌다 함은, 음기도 그만큼 강해졌다는 의미이기도 했다. 바닥에서 수기로 물들어 질척거리는 흙이 밟혔다. 얼마 가지 않아, 무언가가 빠르게 그들을 향해 쇄도했다. 사예는 시야를 확보하기 위해 띄워 놓은 불꽃 중 몇 개를 쇄도하는 요괴에게 날렸다. 날아온 불꽃을 피해 뒤로 날아간 요괴가 다시 달려들었다. 불꽃이 몇 번이고 요괴들을 먼 어둠으로 날려 버렸다. 그러나 요괴는 그놈으로 끝이 아니었다.

하나씩, 하나씩 날아오거나 달려왔다. 그것들은 모두 모습이 다르고 하는 짓도 달랐다. 나는 것도 있고 네 발, 혹은 다섯, 여섯 발로 기는 것도 있었다. 무작정 달려든 몇 마리의 요괴가 결계에 아등바등 매달렸다. 그런 요괴들을 사예가 화기를 모은 불꽃으로 내쳤다. 그러나 앞에서 그렇게 날아가는 꼴을 보면서도 요괴들은 무작정 달려들었다. 요괴들은 생각이라는 것을 할 줄 모르는 것 같았다. 연신 달려드는 요괴들 때문에 결계가 계속 진동했다. 이대로는 안 되겠다 싶어 사예는 화기를 더 모았다. 화기로 인해 생겨난 불꽃이 손끝으로 몰려들었다. 한 놈, 한 놈씩 달려드는 놈들에게 팔을 휘둘러 불꽃을 날렸다. 뒤에 앉아 있던 시건이 금행의 부적을 요괴들에게 던졌다. 불에 맞은 요괴가 몸을 비틀며 탄내를 뿌리고, 부적에 맞은 요괴가 바닥으로 떨어졌다. 결계 밖에서 달려드는 놈들을 그렇게 처리하면서 그들은 앞으로 점점 나아갔다.

그러나, 그들은 더 이상 앞으로 가지 못하고 멈춰 섰다. 더 이상 앞으로 갈 수가 없었다. 청하가 상황을 느끼고는 얼른 사예의 주변을 휘감았다. 사예는 힘이 쭉 빠져서 손을 내려트렸다.

"이건……."

시건이 전에 말한 대로 암굴 아래로는 수기가 가득 차 있었다. 물이 흐르는 소리와 함께 직접적으로 발아래 찰박거리는 물웅덩이가 밟힐 정도였다. 그러나 그보다 더 강한 기운이 경고하듯 날 선 감각을 건드렸다. 일단 사예는 불꽃의 밝기를 최대한 줄였다. 그리고 신경을 집중해 요기를 살폈다.

앞으로 가는 길이 요괴로 꽉 막혀 있었다. 제대로 보이지는 않았으나 엄청난 요기가 느껴졌고, 그들이 계속 기이한 소리를 냈다. 살이 찢기는 소리와 뼈가 부서지는 소리, 으득, 으득 하고 무언가를 계속 씹는 소리가 사방에서 계속 들렸다. 소리를 듣자 하니 아까와는 비교도 안 되는 수의 요괴들이 있는 모양이었다.

아까부터 달려든 요괴들은 저기에서 떨어져 나와 암굴 안쪽으로 들어온 녀석들인 모양이었다. 사예와 시건이 있는 쪽으로 요괴가 한, 두 마리씩 도망치듯 기어왔다. 요기가 조금씩 앞으로 다가오는 것을 볼 때 요괴들이 암굴을 막은 채로 통째로 움직이고 있는 것 같았다. 다 같이 안으로 들어오고 있는 것을 보아하니 밖에서 수많은 요괴가 한꺼번에 안으로 밀려들어 암굴 입구가 요괴로 막혀 버린 것 같았다.

그리고 그렇게 들어온 요괴들이 배고픔을 이기지 못하고 저들끼리 서로를 잡아먹고 있었다.

"이게 대체 어찌 된 일이오? 이곳이 비교적 안전한 곳이라 하지 않았소?"

사예는 목소리를 최대한 낮추고 물었다. 그녀의 물음에 시건은 쉽사리 대답하지 못했다. 답답한 마음에 사예는 시건을 쳐다봤다. 시건은 어둠을 물끄러미 응시하다가, 그들 쪽으로 기어오는 요괴들을 쳐다봤다.

"……걸괴가 많군."

사예는 고개를 돌려 앞으로 슬슬 기어오는 요괴들을 쳐다봤다. 어느 한 부분씩이 성하지 않은 요괴들은 모두 바싹 마르고 텅 빈 입을 쫙 벌린 채 다가오고 있었다.

"……그게 무슨 문제라도 되오?"

시건은 어둠으로 인해 아무것도 보이지 않고 오로지 요기만 느껴지는 곳에 시선을 두고 말했다.

"걸괴가 많다는 것은 그만큼 굶주림에 시달린 백성이 많다는 의미이지."

사예는 바짝 마른 입 안을 느꼈다. 굶주려 죽은 백성이라는 것은 선계에 살았던 사예로서는 그다지 실감이 나지 않는 말이었다. 그러나 말을 하는 시건의 목소리가 심상치 않아서, 그녀도 긴장한 목소리로 물었다.

"어찌해야 하오?"

"……뚫고 나가야겠지. 헌데 수가 생각보다 많은 것 같군. 단번에 저들을 뚫고 이 암굴에서 나갈 방법이 필요하다. 물이 새어 들어오는 것으로 보아 출구가 멀지는 않다. 할 수 있겠나?"

사예는 금방 대답을 할 수 없었다. 그녀는 고민했다. 화행의 술법으로 한 번에 저들을 모두 태워 버리는 것이 가장 간단하겠지만 암굴로 들어온 내내 주변을 밝히느라 오행궁의 화기를 계속 써 온 상황이었다. 저 수많은 요괴들을 모두 태울 정도로 화기가 남아 있을지 알 수가 없었다. 무엇보다 저 요괴들을 뚫고 나간 후에 제 기운을 무사히 유지하고 있을 자신이 없었다. 암굴에 들어왔을 때부터 그녀는 이미 지쳐 있었고, 그 상태에서 시건의 봉인까지 풀었다. 이 상황에서 저 요괴들을 뚫고 나간다면 남은 기운을 모두 소진하고 정신마저 잃을 가능성이 컸다. 그 이후에 뒤에 앉은 그녀의 동지 아닌 동행이 어떻게 나올지는 알 수 없는 노릇이었다.

'어찌한다…….'

뒤에 앉은 시건은 어차피 부적 없이 술력을 쓸 수 없고, 저 요괴들은 그녀가 뚫고 나가는 수밖에 없었다. 사예는 시건에게 직접 말을 하고 그 이후를 부탁해야 하나 고민했다.

'어머니께선 누구도 믿지 말라고 하셨지만, 이건 저자를 믿어서가 아니야.'

옥사에서조차 신의를 따지던 자이니, 그가 다른 마음을 품지는 않기를 바라는 수밖에 없었다. 지금의 상황에서는 어쩔 수 없는 선택이라고 되새기며 사예는 고개를 돌렸다.

"이보시……."

그리고 시건은 그새 다시 기절해 있었다.

"아니, 뭘 했다고!"

구름 위에 엎어져 있는 시건을 보고 황당해서 소리친 사예는 놀라서 얼른 눈치를 봤다. 다행히 요괴들은 제 배 채우는 데 급급해 있는 모양이었다. 한숨을 내쉰 그녀는 차라리 잘됐다고 생각했다.

'됐어. 차라리 안심이다.'

혀를 찬 그녀는 짐 속에 손을 넣고 뒤져 사진검을 다시 꺼냈다. 손으로 수인을 맺어 아까 걸어 뒀던 사진검의 환술을 풀었다. 사진검이 다시 장검의 크기로 자라났다. 한 손에 검을 든 사예는 고민에 고민을 거듭하다가, 사진검을 옆구리에 끼고 다시 그녀의 짐을 뒤졌다. 그리고 그 속에서 치마를 하나 꺼냈다. 치마를 길게 둘둘 만 그녀는 기절한 시건의 몸에 치마를 이용하여 그녀의 짐을 묶었다. 요괴를 상대하는 데 짐이 방해가 되지 않도록 하기 위함이었다. 그 후에 그녀는 주변에 수기가 많은 김에 시건에게 좀 더 안전하도록 구름을 키웠다. 안심할 수 있을 정도로 구름을 키운 그녀는, 청하에게 팔을 뻗었다. 날아온 청하에게 그녀가 속삭였다.

"내가 쓰러지면 네가 잘 지켜 줘야 해, 알지? 좋아, 가자."

사예는 그들 주변을 밝히고 있던 불꽃을 없앴다. 다시 주변이 어둠에 잠겼다. 사예는 요기가 느껴지는 앞으로 조심조심 걸어갔다. 요기와, 요괴들이 저들의 살을 찢고 씹어 먹는 소리가 조금 가까워졌다. 혐오스러운 소리가 계속 귀와 신경을 건드렸다. 사예는 눈을 감고, 검을 쥔 채 마음을 다잡았다. 크게 심호흡을 했다. 긴장한 손바닥에 땀이 고였다. 그녀는 괜찮다고 생각했다. 그녀는 밖으로 나가야 했고, 저것들은 그저 앞을 가로막은 벽일 뿐이었다. 부수고 나가야만 하는 벽이었다.

눈을 감은 채로, 그녀는 암굴 가득한 수기를 느꼈다.

'아래에는 지독히 강한 수기가 흐르고 있다.'

그리고 나무는, 물을 먹고 자라는 법이다.

사예는 눈을 떴다. 날붙이의 소리를 내며 검이 다시 열렸다. 사예는 검을 든 손에 그녀의 목기를 실었다. 다가온 청하의 몸이 다시 빛을 내며 검에 스며들었다. 사예의 기운과 청하의 기운을 받은 날에서 빛이 나기 시작했다. 검의 빛이 어둠에 잠긴 공간을 비추고, 검에서 숨길 수 없는 양기가 흘러나오기 시작했다.

그 양기에 온갖 소리를 내며 요기를 쏟아 내던 요괴들이 움직임을 멈췄다. 그들의 시선이 단번에 사예 쪽을 향했다. 요괴들은 처음 마주하는 거대한 양기에 단숨에 정신이 나가 버렸다. 너나 할 것 없이 정신을 놓고 사예에게로 달려들었다. 암굴을 틀어막은 요괴들이 서로를 밀치고 짓밟으며 사예에게로 몰려들기 시작했다. 사예는 양기를 흘리는 검을 든 손을 옆으로 뻗어, 검날이 아래로 향하게 했다. 몸을 한껏 낮춘 그녀는 팔에 힘을 주고, 거센 기운을 내뿜는 검을 그대로 암굴의 바닥에 꽂았다. 물줄기 섞인 질척한 바닥에 검이 수월하게 꽂혔다. 바닥의 수기가 사진검을 향해 모여들었다. 사예는 동시에 발에도 수기를 모았다. 그녀는 운보를 이용해 그대로 빠르게 앞으로 날아갔다.

그녀가 내리꽂은 사진검은 바닥에 흐르는 물을 거스르며 앞으로 나아갔다. 손에 든 검은 어차피 베기 위한 검이 아닌 참사검, 물이 묻어 날이 상하는 것 따윈 그다지 문제가 아니었다. 사예의 목기를 받아들인 사진검은 수기를 단숨에 빨아들였다. 수기를 먹고 자란 목기가 사진검이 닿은 부분부터 싹을 틔우고, 사방으로 뻗어 나가기 시작했다. 검이 수기를 잔뜩 빨아들여 자라나는 기세가 폭풍 같았다.

앞으로 달려가 사진검의 기운에 미쳐 달려든 요괴들과 맞부딪치기 바로 직전에, 사예는 사진검을 휘둘러 목가장서 술법의 인을 허공에 그렸다. 그녀가 할 수 있는 장서 8장의 술법 중 가장 파괴력이 큰 술법의 인이었다. 그와 동시에, 자라난 나뭇가지가 살아 있는 촉수처럼 뻗어 나가 그대로 요괴들을 꿰뚫었다. 가지는 무자비하게 요괴들의 사이를 가르고 길을 텄다. 암굴 가운데를 막은 요괴들을 짓누르고 찢어발기며 나무는 억지로 길을 벌렸다.

암굴 가운데에 난 길로 사예는 빠르게 운보로 날아갔다. 그녀의 뒤로 시건을 태운 구름도 빠르게 따라왔다. 빛나는 사진검은 계속 사방으로 목기를 뿌리고 암굴 안 한가득 나뭇가지를 키웠다. 사예는 점점 검을 든 손이 부들부들 떨리는 것을 느꼈다. 그러나 이를 악물고 버텼다. 요괴의 피가 뿌려지는 끔찍한 광경을 오로지 밖으로 나갈 생각으로 외면하며 앞으로 나아가는 데만 집중했다.

나무는 엄청난 속도로 계속 자라나, 가지 위에서 새 가지를 틔워내는 소리가 귀에 들릴 정도였다. 요괴들은 계속 그들을 찢는 나무속에서 튀쳐나오려고 발버둥을 쳤다. 그러나 줄기 위에서 자라난 가시들이 사방에서 그런 요괴들을 짓눌렀다. 피와 어둠으로 점철된 숲, 나뭇가지가 에워싼 통로를 통해 사예는 사진검을 들고 계속 앞으로 나아갔다. 흐르는 물의 양이 점점 많아졌다. 나뭇가지 사이사이로 물이 쏟아졌다. 요괴의 피 섞인 물이 점점 차오르고 그 흐름이 세졌다.

이제는 사예도 더 이상 운보로 날 수 없었다. 그녀의 발이 물에 잠기기 시작했다. 이제 사예는 나뭇가지를 밟고 물을 헤치며 달려갔다. 사진검을 든 손에 점점 힘이 빠지는 것을 느꼈다. 수기를 잔뜩 먹고 목기를 미친 듯이 뿌린 사진검이 제 기운을 주체 못 하기 시작했다. 그걸 알면서도 사예는 손에 든 검을 놓을 수가 없었다. 아직도 나뭇가지 너머 요괴들이 빼곡했다. 물이 점점 차올라 이제는 허리까지 물에 잠기기 시작했다. 물살을 가르고 달려가는 발도 너무 무거웠다. 지친 사예가 대체 언제까지, 하고 생각하는 찰나, 나뭇가지가 요괴들을 치우고 벌린 구멍 끝에 빛이 쨍하고 들어왔다. 사예는 눈을 크게 떴다.

'빛!'

그녀는 차오른 물 아래에서 나뭇가지를 딛고 있는 힘껏 뛰었다. 나뭇가지들이 그녀의 기세처럼 뻗어 나가 빛이 들어오는 자리를 크게 확 벌렸다. 그 순간, 벌어진 구멍에서 파도처럼 물이 덮쳤다. 사예는 그대로 물에 휩쓸렸다. 사진검을 놓치고 말았다. 눈을 질끈 감았다. 숨이 막혀 왔다. 코와 목이 아파 왔다. 청하를 잡으려고 손을 뻗었다. 뭐라도 잡으려고 팔을 휘젓는 사이, 무언가가 강한 힘으로 그녀의 팔을 낚아챘다. 강하게 끌어당기는 힘을 느꼈다. 그러나 눈을 떠 확인할 수가 없었다. 기운이 쫙 빠져 그녀를 끌어당기는 힘에 매달리지도 못했다. 그저 물 때문에 꽉 막혀 오는 숨에 답답해하며, 그녀는 정신을 잃었다.

❋ ❋ ❋

몸이 무거웠다. 물 먹은 솜처럼 무겁고 힘이 들어가지 않았다. 그녀는 일단 좀 더 자고 싶다고 생각했다. 조금만 더, 하고 생각하는 순간 손에 익숙한 것이 느껴졌다. 차게 닿지만 실체 없이 손을 스쳐 지나가는 그것은 청하의 기운이었다. 그 순간, 정신이 확 들었다.

"헉!"

사예는 눈을 번쩍 떴다.

"깼는가. 그럼 결계를 쳐라."

"뭐……."

낮은 목소리가 귓가에서 바로 들리자 사예는 놀라서 고개를 돌렸다. 고개를 돌리자마자 낯선 이의 얼굴이 바로 가까이에 있었다. 어두운 탓에 상대의 얼굴이 잘 보이지 않았고 긴 머리카락이 달라붙어 얼굴을 가린 탓에 사내의 몰골은 굉장히 무서워 보였다. 그녀는 몸을 벌떡 일으켰다. 자기도 모르게 버럭 소리를 질렀다.

"지, 지금 뭐하는 거요!"

시건이 빠른 속도로 말했다.

"저기 처녀귀신이 나를 노리고 있다. 그러니까 빨리 결계를 쳐!"

"뭐……."

사예는 고개를 돌렸다. 어두워서 잘 보이지 않는 풀들 사이로 머리를 풀어헤친 귀신 몇이 맴도는 게 보였다. 그녀는 그제야 정신이 들어서 자신의 상태를 살폈다. 그녀는 물에 완전히 젖은 상태였고, 귀신이 접근하지 못하게 청하가 그녀의 몸을 휘감고 있었다. 그리고 귀신으로부터 본인의 몸을 지킬 힘이 없는 가련한 반선은 그런 청하와 사예에게 찰싹 달라붙어 있었다.

"아……."

이 무슨 한심한 상황이란 말인가. 몸을 휘감고 있던 청하가 몸을 풀고 옆에 몸을 늘어트렸다. 한숨을 내쉰 사예는 문뜩 그녀를 기다리는 시건에게로 고개를 돌렸다가, 결국 외면했다. 그녀는 최대한 다른 곳을 보기 위해 노력했다. 물에 젖은 탓에 시건이 입은 단벌의 옷이 몸에 달라붙어 차마 더 봐서는 안 될 광경이기 때문이었다. 거의 본능적으로 그녀는 바로 시선을 내려 스스로의 상태를 살폈다. 다행히 선녀들이 이 옷, 저 옷을 껴입힌 탓에 옷이 젖었어도 그녀의 속살이 비치는 일은 없었다.

안도의 한숨을 내쉬며 사예는 일단 손에 기를 모으려고 했다. 그러나 힘이 도통 들어가지가 않아 바로 기운을 움직일 수가 없었다. 곤란함을 느낀 사예는 최대한 시건을 외면하며 말했다.

"아무래도 일단 부적을 써야겠는데."

유감스럽게도 시건은 이미 부적을 빼서 살펴본 모양이었다. 그가 가지고 있던 괴황지를 들어 보였다. 사예는 괴황지를 쳐다봤다. 괴황지는 물에 푹 젖어 도무지 쓸 만한 상태가 아니었다. 만들어 놨던 부적도 마찬가지였다. 하선이 싸 준 괴황지는 모두 무용지물이 되었다.

"아……."

한숨을 내쉰 사예는 어떻게든 기운을 끌어 올리려고 했다. 그러나 암굴에서 빠져나오기 위해 쓴 술법에 온 기운을 소진한 터라 금방 결계를 만들 수가 없었다. 사예는 고개를 절레절레 저으며 말했다.

"지금 당장은 불가능할 것 같소."

사예가 말하자 시건이 한숨을 낮게 내쉬었다.

"그럼 미안한데, 조금만 더 이대로 있어도 되겠나? 사실 뭐라도 모아 불이라도 피우려고 했는데, 도통 멀리 갈 수가 없어서."

비록 신수를 빼앗긴 반선이라고는 하나 그는 엄연히 선단을 취한 선인이었고, 그 몸에서 흐르는 고귀한 기운은 자연적으로 귀신을 끌어들이는 경향이 있었다. 그래서 시건은 귀신이 함부로 접근하지 못하는 청하의 주변에서 떨어질 수가 없었고, 청하는 의식을 잃은 제 주인에게서 떨어지지 않으려고 했다. 그리하여 결과적으로 지금 시건과 사예 둘 다 완전히 젖은 상태로 계속 가까이 있었다는 말이었다.

시건의 부탁 때문에 사예는 엄청 곤란해졌다. 허공을 쳐다보고 고민하다가, 하는 수 없이 시건에게 원하는 대로 하라고 말은 했다. 그러나 솔직히 굉장히 불편했다. 외간 사내와 쫄딱 젖은 상태로 달라붙어 있으려니 여간 부끄러운 게 아니었다. 거기다 몸이 조금씩 떨려와서 문제였다. 몸이 젖은 데다 사방에서 한기가 느껴졌다. 계절이 막 봄에 들어서서 그런지 아직 기운이 찬 편이었다.

'이러다 고뿔이라도 걸리면 어째.'

그럼 진짜 곤란해질 터였다. 그녀는 얼른 몸의 기운을 되찾으려고 했다. 옷의 물기를 짜며 치마 속에 찬 노리개 형태를 더듬었다. 노리개의 향갑 안에 담긴 여의주의 양기로 기운을 보하며 사예는 사방을 둘러봤다. 다행히 그들이 있는 곳은 사방이 나무와 풀로 둘러싸인 숲이라 금방 기운을 되찾을 수 있을 것 같았다. 주변이 온통 나무로 둘러싸여서 그런지 공기가 나쁘지 않은 것도 다행이었다. 사방이 그녀에게 익숙한 목기로 가득 차 있었다. 꼭 그녀의 가족이 나무를 많이 심어 목기가 넘쳤던 동선에 있는 것 같았다.

나뭇잎 사이사이로 어두운 하늘이 보였다. 늘 구름 속에 섞여 살았던 그녀로서는 어둠에 물든 구름이 저렇게 멀어 보이는 게 신기했다. 분명 암굴에서 나올 때 빛을 봤는데, 사방이 이미 어두웠다. 정신을 잃고 시간이 많이 지났나, 하는 생각이 들었지만 옷이 마르지 않은 것으로 보아 그것도 아니었다.

사예는 혹시 몰라 청하에게 네가 나를 여기로 데려왔냐고 물었다. 청하는 고개를 저었다. 사예는 불편한 마음으로 시건을 쳐다봤다. 숲이나 산이란 풀과 나무에 둘러싸인 공간이라 도망친 귀신들을 잡으러 오는 저승사자를 피해 숨기가 용이해, 귀신들이 많은 곳이었다. 그녀를 여기로 데려온 게 시건이라면, 귀신 때문에 본인에게 위험할지도 모르는 곳을 사예를 위해 선택해서 왔을 가능성이 컸다. 점점 불편한 마음이 더 커졌다. 사예는 애써 시건을 피해 고개를 돌린 상태로 나무를 응시하며 말했다.

"어찌 된 것이오?"

시건 역시 그녀에게서 시선을 돌린 채로 다른 곳을 보며 대답했다.

"그대 덕분에 암굴에서는 무사히 빠져나올 수가 있었다. 그 많은 요괴를 뚫고 나오다니 대단하군."

"……뭐, 뭐 그 정도 가지고."

"쉬이 할 수 있는 일이 아니다. 내 선계 있을 때에도 어린 여선이 그만한 술법을 쓰는 것을 본 일이 없다."

사예는 고개를 돌려 시건을 쳐다봤다. 그가 그녀를 쳐다보고 있지 않아서 차라리 조금 편했다. 그녀는 그의 뒤통수에 시선을 고정한 채 물었다.

"그 말이 사실이오?"

"그래. 어쨌든, 나는 물에 빠져 정신이 들었는데 그대가 정신을 잃은 것 같아 일단 급한 대로 이곳으로 왔다."

사예는 정신까지 잃고 기절했던 시건의 모습을 떠올림과 동시에 그녀의 팔을 잡아챘던 힘을 떠올렸다. 물이 쏟아지던 것이 생각나서 놀라서 물었다.

"나를 데리고 강을 거슬러 왔소?"

"그대의 용이 길을 잡았다. 난 그저 그대를 데리고 따라왔을 뿐. 그대 신수는 영리하더군. 주인에게 해를 끼칠 자와 해치지 않을 자를 구별할 줄 알아. 신수도 그 주인도 여러모로 천서제의 선인행적(仙人行跡)에 오를 법해."

사예는 청하를 쳐다봤다. 손을 뻗자 청하가 부드럽게 다가와 손을 스치고 날아갔다. 뿌듯하고 자랑스러운 마음이 들었다. 천서제의 선인행적이란 천서제 시절에 뛰어났던 선인과 신수들을 길이 남기고자 천서제의 명에 따라 목판에 그들의 이름을 새겨 찍어 낸 비록이었다. 그에 오를 법하다는 것은 선인에게 있어서는 굉장한 찬사였다. 더욱이 무미건조한 어투였다곤 해도 그 말을 입에 올린 시건은 선계와 하계에 고루 이름을 떨쳤던 장수였다. 사예는 기분이 좋아져서 입술 끝을 슬쩍 올리다가 멈칫했다. 저번에 진사담의 이름을 올렸던 것도 그렇고 천서제까지, 너무 과한 찬사가 아닌가.

'혹 저자가 내게 잘 보여 안심을 시킨 뒤 도망을 치려고 술수를 쓰는 건가?'

갑자기 마음속에 경계심이 확 치솟았다. 그제야 하선이 했던 말이 다시 떠올랐다. 그녀의 어머니는 설령 상대가 천제 폐하라도 믿지 말라고 경고했다. 상대가 옥사에서 겨우 빠져나온 역적이라면 더 말할 것도 없었다.

그녀가 갑작스러운 의심 때문에 마음에 다시 경계의 벽을 세우는 와중에, 청하에게 잠깐 시선을 뒀던 시건이 말을 이었다.

"이곳은 북하에서 동남쪽에 있는 금산(金山) 아래의 숲인 강림(剛林)이다. 암굴의 입구와 가깝고 동하와도 가까운 곳이지. 암굴에서 나왔을 때가 해 지기 직전이었던 터라 금방 어두워졌다. 그리고 이건 그대의 짐이지?"

"고, 고맙소."

사예는 어색한 표정으로 감사의 인사를 전하며 시건이 내미는 사진검과 짐 꾸러미를 받아 들었다. 다행히 사진검은 검집에 무사히 꽂혀 있었다. 사예는 짐 속의 물건들을 살피다가, 깜짝 놀라 얼른 짐 속에 있던 천제의 교서를 꺼냈다. 물에 잔뜩 젖었던 괴황지가 떠올랐기 때문이었다. 교서는 비단 두루마리로 이루어져 안의 내용이 젖었는지 멀쩡한지 알 수가 없었다. 혹여 물에 번져 안을 못 알아보게 되었으면 어쩌나, 이걸 열어 봐도 되나 온갖 생각이 들었다. 사예가 교서를 손에 든 채로 망설이고 있는데 시건이 말했다.

"천제의 교서는 특별히 귀한 백추지(白硾紙)로 이루어지기 때문에 설령 내용이 없어져도 그 자체로 천제의 교서임을 증명할 수가 있다."

"참말이오?"

"그렇다. 남하에서 진상하는 백추지는 설령 남선의 제후라도 사용할 수 없지. 오로지 천제만이 사용할 수가 있다. 몇 백 년을 그리해 왔는데 고작 오십 년 만에 바뀌지는 않았겠지."

그렇다니 다행이라고 생각하며 사예는 교서를 다시 짐 속에 넣었다. 그녀는 그녀의 짐을 살폈다. 괴황지는 둘째 치고 옷까지 온통 젖어 있어 하나씩 말려야 할 것 같았다. 일단 못 쓰게 된 괴황지를 꺼내 놓은 사예는 약통을 열어 살펴보고 묵통을 열어 물이 섞였나 확인했다. 다행히 둘 다 그다지 문제 될 것은 없어 보였다. 돈이 든 주머니를 열어 안을 살펴본 후 사예는 짐 속에 하선이 챙겨 줬던 육포를 꺼냈다.

'이게 괜찮을까?'

육포를 싸 놨던 마지(麻紙)는 바깥이 조금 젖어 있었다. 사예는 불안해하는 시선으로 안을 살피다가, 시건을 쳐다봤다. 그는 사예와 붙어 앉아 있었지만 시선은 다른 곳에 두고 있었다. 헛기침을 몇 번 한 다음에 그에게 말했다.

"혹 이것 좀 들겠소?"

시건이 그녀가 내미는 육포 꾸러미를 쳐다봤다. 그가 시선을 들어 쳐다보자 사예는 어색한 얼굴로 말했다.

"그쪽이 자꾸 정신을 놓고 기절을 하길래. 혹여 기운이라도 좀 동하지 않을까 하여……. 나 혼자 먹기도 좀 그래서……."

선단을 취한 선인은 꼭 식사를 하지 않아도 그 생을 유지할 수는 있었지만, 그래도 음식은 체력을 보하고 기운을 나게 하기 위해 섭취하는 것이 이로웠다. 그런 현실적인 이유인지 아니면 사예의 권유를 거절할 수가 없어서인지는 알 수 없었지만, 어쨌든 시건은 육포를 거부하지 않았다.

"……고맙군."

그렇게 말하며 시건은 사예가 내민 육포를 하나 꺼내 들었다. 그러곤 표정 변화나 어떠한 말 없이 육포를 먹었다. 그가 먹는 모습을 유심히 살핀 사예는 별문제 없이 괜찮나 보다, 생각하며 그녀도 육포 조각을 몇 개 꺼내고 나머지는 다시 마지로 싸서 두었다. 기운이 없어선지 모르겠지만 그리 꺼내 먹는 육포는 제법 맛이 있었다. 지금 이 순간, 그녀에게는 서선의 포호궁에서 먹은 진수성찬보다 이 육포 몇 조각이 훨씬 맛있게 느껴졌다. 육포를 씹다가 꿀꺽 삼킨 사예는 불편한 침묵을 견디지 못하고 입을 열었다.

"기분이 어떻소?"

시건이 사예를 쳐다봤다.

"암굴에서 나온 소감 말이오. 무려 오십 년 만의 바깥세상 아니오?"

"……글쎄."

시건은 무미건조한 어조로 대답했다.

"어떻게 나오긴 했지만, 그대가 진정 선계로 되돌아가고 싶다면 나와는 최대한 빨리 헤어지는 게 나을 것이다. 나와 함께 있다가 괜한 오해를 사기 싫다면 말이지."

그 말에 사예가 어이없다는 듯 헛웃음을 흘렸다. 그럼 그렇지, 하는 생각에 그녀는 고개를 끄덕였다. 눈을 가늘게 뜬 그녀는 이참에 못 박아 둘 요량으로 일부러 당차게 말했다.

"누구를 등신 천치로 아시오?"

"……뭐?"

시건은 선계의 여선이 저런 말을 쓰는 것을 한 번도 본 적이 없으므로 당황해서 아무 말도 하지 못했다. 사예는 그런 시건의 당황을 눈치채지 못하고 그저 그녀의 생각을 말했다.

"이대로 그쪽하고 헤어지면? 그럼 나는 진짜 역적을 놓아준 역적이 되는 것이 아니오? 지금 상태로 헤어진다고 한들 어차피 그대는 얼마 못 가 잡힐 테고, 그럼 내가 봉인을 풀어 준 게 들킬지도 모르는데. 내 어찌 선계로 돌아가든, 그쪽을 그대로 다시 내 손으로 잡아가야, 본의 아니게 역적의 봉인을 풀어 주었으나 결코 역적을 풀어 줄 생각은 없었다고 설명할 명분이 생기지 않겠소?"

"……."

"기껏 암굴 밖으로 나왔는데 미안하게도, 나는 그쪽에게 자유를 되찾아 줄 생각은 없소. 어차피 내 도움이 없으면 그쪽은 이 하계에서 원귀밥이나 될 것이 자명하오. 그쪽 입장에서도 잠시 바깥바람을 쐬다가 암굴로 돌아갈 것이라 생각하는 게 마음이 편할 것이오."

시건이 주변에서 아직도 맴도는 처녀귀신을 쳐다보다가 사예에게로 시선을 돌렸다.

"……사과를 하지."

"……왜?"

"내가 아무래도 그대를 과소평가한 것 같군. 그대는 어린 여선이지만 나보다 속세에 밝고 계략에 능한 것 같다."

"……칭찬이요, 욕이요?"

"칭찬이라고 해 두지."

그렇게 말하며 시건은 손을 털었다. 그가 육포를 다 먹은 것 같아 사예가 더 먹겠냐고 내밀었지만 그는 고개를 저었다. 사예는 먹던 육포를 내려놓았다. 아까 본인이 한 말 때문에 좀 면이 서지 않았지만 그래도 그녀에게 제일 중요한 문제였기 때문에 시건에게 묻지 않을 수가 없었다. 이왕 큰 죄를 무릅쓰고 데리고 나온 김에 단물이고 짠물이고 다 빨아먹자는 생각으로 그녀는 헛기침을 하고 물었다.

"그대는 하계에 대해 잘 알 것 같소. 그럼 혹, 내 이제 어찌해야 하는지도 알고 계시오? 나는 선계로 돌아가야 하는데, 운보로는 하계에서 선계를 오갈 수 없는 것으로 알고 있소."

운보는 선인이 선계에서 생활하기 위한 가장 기본적인 술법이었지만, 선인이 수기를 모아 술력을 사용하는 것이었으므로 사용하는 데 한계가 분명히 있었다. 그저 선계에서 생활할 때야 실내로 들어가 그냥 걸을 수도 있으니 문제가 없었지만, 선계에서 하계에 이르는 먼 거리까지 사용하는 것은 어려운 일이었다. 그녀가 수행을 타고났다면 그래도 시도해 볼 만했겠지만, 그게 아니기 때문이었다. 선계에 도달하기도 전에 오행궁에 모아 놓은 수기를 다 써 버릴 가능성이 더

켰다. 같은 이유로 구름을 모아 타는 것 또한 선계와 하계를 오갈 수 있는 방법으로는 좋지 못했다. 사예의 의문에 시건은 고분고분 대답해 줬다.

"하계와 선계를 오갈 수 있는 방법이 세 가지가 있는데, 그중 첫째는 선군이 용마를 타는 것이요, 두 번째는 선녀가 익의를 입는 것이고, 세 번째는 천교(天轎)를 타는 것이다. 용마나 익의는 아무나 타고 입을 수 있는 것이 아니지만 천교는 주기적으로 선계와 하계를 오가며 물건을 나르고 선인들을 보내지. 물론 특별히 허락이 떨어지면 정해진 때가 아니더라도 선계에서 천교를 내려 보내 줄 가능성도 있다. 그대 같은 경우는 천제의 교서가 있으니, 북하의 태수(太守)를 만나 교서를 증명하고 선계에 연락이 닿기를 기다리는 것이 나을 것이다."

"태수라는 자가 선인이오?"

"그렇다. 더욱이 그대처럼 선계를 통하는 세 가지 방법이 아닌 다른 방법으로 하계에 떨어진 경우는 반드시 선계로 되돌려 보내게 되어 있다. 그러니 그대가 태수를 만나는 것은 어렵지 않은 일일 것이다."

사예는 고개를 끄덕였다. 역적이든 뭐든 어쨌든 그녀보다는 하계에 대해서 잘 알고 있는 사람의 말을 들으니 마음이 푹 놓였다. 시건의 말대로 그녀는 천제의 교서까지 가지고 있으니 태수를 만나는 것도 선계로 돌아가는 것도 어려운 일은 아닐 것 같았다.

기분이 좋아져선지 기운도 조금 돌아온 것 같아 사예는 일단 결계를 치기로 했다. 목기를 모아 주변으로 결계를 치자 맴돌던 귀신들이 멀리 떨어졌다. 시건이 바로 일어나서 그녀와 조금 떨어져 앉았기 때문에 사예로서는 한층 편해졌다. 사예는 그다음으로 화행의 술법을 써 불을 만들었다. 오행궁의 화기가 나와 시건과 사예의 사이에 조그

마한 불꽃이 피어올랐다. 목기를 아래 둘러 불꽃이 꺼지지 않게 했다.

불꽃을 만든 사예는 얼른 불꽃으로 다가갔다. 불을 쬐며 그녀는 그녀의 짐을 다시 뒤졌다. 짐 속의 젖은 옷들을 말리기 위해 바닥에 몇 벌 안 되는 옷을 조금씩 펴 놓기 시작했다. 차마 속곳을 사내의 눈이 닿는 곳에 훤히 펼쳐 놓을 수는 없어 치마로 가려서 슬쩍 치마 아래에 펴 놨다. 짐을 쌌던 보자기도 젖어서 말리기 위해 펴 놔야 했다. 그래서 그 안에 있던 나머지 물건과 사진검은 한쪽에 치워 놨다. 정리를 끝내고 사예는 만족한 표정으로 피운 불 가까이에 앉았다. 피운 불꽃에서 훈훈한 기운이 느껴졌다. 청하는 그녀의 옆에 몸을 말고 있었다. 조금 눈치를 보다가, 사예는 시건의 주변으로 화기를 좀 더 모아 보냈다. 시건이 사예를 쳐다봤다. 사예는 겸연쩍어하며 말했다.

"그쪽도 옷이 젖어서. 이왕이면 옷부터 빨리 말리는 게 낫지 않겠소?"

"……고맙다. 하지만 나 때문에 기운을 소모할 필요는 없다."

"……내가 눈을 두기가 곤욕스러워서 그렇소."

시건은 결국 다른 말 없이 그녀의 도움을 받아들일 수밖에 없었다. 그대로 둘 사이에는 한동안 침묵만 흘렀다. 옷이 말라 가는 동안 사예는 어색한 표정으로 피워 놓은 불꽃만 쳐다봤다. 어둠이 내린 숲은 조용했고 바람결에 나뭇잎 부딪치는 소리만 울렸다.

"……여기는 요괴가 없소?"

사예가 겨우 입을 열어 물었다. 시건은 불꽃에 시선을 둔 채로 답했다.

"요괴가 있는데 나타나지 않았을 뿐이다. 불을 피우면 나타날 줄 알았는데 나타나지 않는 걸 보아하니 운이 좋군."

"그렇소?"

그래, 하고 대답하며 시건이 고개를 끄덕였다. 대화가 끊겼다. 그대로 또 불편한 침묵의 시간이 흘렀다. 사예는 마른 입술에 침을 바르며 불꽃을 응시하다가, 말리려고 펴 놓은 옷만 수시로 확인했다. 시간이 좀 지나자 얇은 보자기는 이미 바싹 말라 있었고, 있는 옷들도 그럭저럭 말라 가고 있었다. 사예는 먼저 구깃구깃해진 돈을 모아 놓고, 마른 옷은 접어서 쌓아 뒀다. 마른 보자기 위에 치워 놓았던 물건들을 올려 두며 짐을 다시 쌀 준비를 했다. 그리고 사진검도 환술로 작게 하려고 하는데 문뜩 시건에게 물어볼 게 생각났다.

"헌데, 이 검을 어찌 아시오?"

시건은 짧게 대답했다.

"모른다."

"아니, 아까 내가 이 검을 꺼냈을 때 아는 척을 하지 않았소? 내 보기에 그런 것 같았는데."

"그건 그 검 때문이 아니다. 내가 아는 것은 그것과 비슷하나 다른 검이다."

"다른 검? 이런 검이 또 있소?"

사예가 의아해서 묻자 시건이 차분히 설명했다.

"내가 아는 검은 사인참사검(四寅斬邪劍)이다. 인년(寅年), 인월(寅月), 인일(寅日), 인시(寅時)에 맞춰 제련해 호랑이의 기운이 강하게 서린 검이지. 서선 왕가인 호(虎)가의 가보이다."

"그럼, 서선 제후인 지왕께서 가지고 계신 검이란 말이오?"

"아니, 내 기억하기로는 그때 지왕의 장자가 가졌었다. 아마 지금도 그렇겠지."

시건이 사예가 든 사진검을 쳐다보곤 물었다.

"그 검을 어찌 손에 넣었나?"

"……비록 왕가는 아니지만 이 또한 우리 가문의 가보요. 줄곧 가지고 있었던 검이고, 나는 어머니께 물려받았소."

시건은 사진검을 빤히 응시했지만 그 이상 별다른 말을 하지는 않았다. 사예는 그가 더 쳐다보지 못하게 사진검을 한쪽으로 치웠다. 다시 사진검에 환술을 걸어 작게 만든 사예는 검을 짐 속에 집어넣었다.

짐을 다시 챙기며 그녀는 시건에게 전해 들은 사인검에 대해 생각했다. 무려 제후 왕가 가문의 가보라면 대단한 물건임이 분명했다. 물론 그녀는 사인검에 대해 잘 몰랐지만, 그녀가 가진 사진검 또한 대단한 물건이라고 자부할 수 있었다. 심지어 청하는 제후 왕가의 신수와 견주어도 전혀 부족함이 없을 뛰어난 신수였다. 무려 용이 아니던가. 그녀는 옆에 앉아 있는 청하를 쳐다봤다. 푸른 용이 노란 눈을 깜빡거렸다. 청하는 제후 가문의 신수들처럼 계속 그녀의 혈연과 계약을 맺고 있기까지 했다. 어쩌면 도망 다닌 그녀의 가족들은 그 본가가 굉장히 위용 있는 가문이었을지도 모르겠다는 생각이 무심코 들었다.

'제후 왕가와 어깨를 나란히 할 정도로 권위 있는 가문이었을까?'

어쩌면 대단한 가문이었는데 너무 오랜 세월이 지난 일이라 아무도 기억하지 못하고 있을 뿐인지도 몰랐다.

'무영……. 그것들이 우리를 쫓는 이유와 분명 연관이 있을 거야.'

그녀는 고민했다. 증조부 이전의 일은 너무 오래된 일이고, 그녀는 그렇게 오래된 역사에 대해 어디에 가서 알아봐야 할지 알 수 없었다. 천제가 있는 궁에는 오랜 역사에 대해 기록이 남아 있는지 알 수 없는 노릇이었다.

'하지만 있다고 한들 볼 방법이 없어. 어머니께선 그저 얌전히 있으라고만 하셨는데.'

거기까지 고민하던 사예는 그녀의 어머니가 사인검에 대해 알고 있을지 의문을 품었다. 하선은 분명 찾아야 할 것들이 있다고 말했다. 어쩌면 그녀의 어머니가 찾으러 간 것은 오래된 본가의 기록 같은 것일지도 몰랐다.

고민을 하며 사예는 그녀의 남은 물건들을 모두 보자기 안에 넣고 보자기를 묶었다. 그녀가 그렇게 싼 짐 보따리를 옆으로 치워 두는데, 불꽃만 응시하고 있던 시건이 말했다.

"옷을 갈아입는 게 낫지 않겠는가?"

사예는 눈을 부릅떴다.

"뭐, 뭐라고?"

되묻는 사예의 목소리가 좀 떨렸다. 시건은 태연하게 대답했다.

"그대가 아직도 몸을 좀 떠는 것 같아서. 마른 옷으로 갈아입고 젖은 옷을 제대로 말리는 게 나을 것이다. 내가 불편하다면 등을 지고 있겠다. 멀리 갈 수는 없으니 그건 이해해 다오."

"아니, 그건……."

사예는 고민을 하며 청하를 힐끔 쳐다봤다. 시건의 태도가 너무 아무렇지 않아서 오히려 그녀가 민망해졌다. 솔직히 몸에 닿은 옷이 차가워 갈아입고 싶은 것도 사실이었다. 기껏 선녀들이 입혀 준 고운 비단옷이 요괴의 피 섞인 물에 빠진 터라 얼룩덜룩 더러워져 있었다. 이런 꼴로 안 갈아입겠다고 고집을 부리는 게 더 이상할 것 같기도 했다.

그러나 동시에 아무렇지 않게 그녀에게 코앞에서 옷을 갈아입으라고 하는 시건도 잘 이해가 되지 않았다. 아무리 그래도 남녀가 유별한데, 계속 어린 여선이라고 말하더니 정말 그녀를 어리게 보는 건가 싶었다. 그게 꼭 그녀 혼자 이 상황을 의식하고 있는 것처럼 느껴져서 기분이 상했다. 그녀는 나도 널 전혀 사내로 의식하고 있지 않다, 라는 것을 알려 주기 위해 일단 이렇게 말했다.

"그, 그쪽도 젖었잖소. 그럼 그쪽도 갈아입……."

그 순간 사예와 시건의 시선이 마주쳤다. 스스로의 말이 어떤 문제를 내포하고 있는지를 깨달은 사예는 얼굴이 빨개졌다. 시건은 갈아입고 싶어도 갈아입을 옷이 없었다. 창피함에 사예가 아무 말도 하지 못하자, 시건은 그녀를 비웃지도 않고 차분하게 거절했다.

"……고맙지만 사양하지."

그가 웃지도 않아서 오히려 사예는 더 민망해졌다. 사예는 스스로의 바보 같은 제안이 부끄러워져서 얼른 대답했다.

"그, 그럼 잠시만 돌아 있으시오."

시건은 대답 없이 등을 지고 앉았다. 청하가 시건과 사예 사이로 유유자적 날아갔다. 청하 너머에 있는 시건의 눈치를 좀 더 보던 사예는 얼른 싸 놓은 짐 보따리를 다시 풀어 그 안에서 마른 옷들을 집어 들었다. 혹시나 싶어 주변에 인적이 없는지 살폈다. 아무도 없고 시건도 보지 않음을 확인한 사예는 먼저 불편한 비단 저고리를 벗었다. 고름을 풀고 옷자락이 쓸리는 소리가 유난히 크게 들리는 것 같아 얼굴이 붉어졌다.

'아니 평소엔 들리지도 않던 소리가 오늘따라 어찌 이리 커!'

낯선 사내의 옆에서 옷을 벗고 있다는 게 실감이 났다. 그녀는 자기도 모르게 옷을 벗던 동작을 멈추고 시건을 쳐다봤다. 그는 미동도 없이 등을 지고 앉아 있었다.

눈을 질끈 감았다 뜬 사예는 최대한 빨리 갈아입어야겠다고 생각하며 젖은 치마도 벗었다. 치마 안에 여의주가 든 노리개를 풀고 풀 위에 내려놓은 그녀는, 저고리와 속적삼을 일단 마른 옷으로 갈아입었다. 그리고 일어나서 마른 치마를 겉에 입은 후에, 그 안에 입고 있던 속치마와 겹겹의 치마를 벗고 덜 마른 속곳들을 갈아입었다. 속곳들은 아직 조금 차가운 감이 있었지만 꾹 참고 입어야만 했다.

불편한 상태로 급하게 갈아입기 위해 고군분투를 하니 진땀이 막 났다. 선녀들이 입혀 놓은 게 많아서 벗고 갈아입는 데 시간이 너무 오래 걸린 것 같았다. 민망함에 얼굴이 붉어진 사예는 손을 치마 안으로 넣어 속치마 끈에 대충 노리개를 찼다. 계속 시건의 눈치를 보며 사예는 얼른 저고리 고름을 제대로 묶었다. 그녀는 젖은 속바지, 속치마와 속적삼 등을 조금 멀찍이 떨어트려 놓고, 그 위에 비단 치마와 저고리들로 덮어 놨다. 눈을 굴려 상황을 대충 살펴본 그녀는 헛기침을 하고는 시건에게 말했다.

"다 됐소."

그녀의 말에 시건은 조금 몸을 틀어 불 쪽을 쳐다보고 앉았지만 몸을 완전히 틀지는 않았다. 청하가 사예에게로 더 가까이 다가와 사예의 옆에 몸을 말고 앉았다. 사예는 손으로 치마 위로 얼핏 느껴지는 노리개의 향갑 모양을 만졌다. 다시 한 번 어색한 침묵이 흘렀다. 불꽃을 응시하고 있던 사예가 침을 꿀꺽 삼켰다. 근데 그 소리가 너무 크게 났다. 당황해서 침 삼키는 것조차 불편해진 사예는 필사적으로 또 다른 이야깃거리를 찾았다.

"하나 물어도 되겠소?"

시건이 사예를 쳐다봤다. 대답은 없었지만 그가 돌린 시선이 긍정임을 알아서 사예는 헛기침을 하고 물었다.

"천제 폐하와 잘 아는 사이시오?"

말하면서도 이게 해도 되는 질문인가 하는 생각이 들었다. 역적을 상대로 완전히 불편하기 그지없는 질문이었다. 그러나 그럼에도 사예는 천제에 대한 것이 궁금했기 때문에 그저 횡설수설 설명만 덧붙였다.

"아까, 암굴에서 이름을 불렀잖소. 천제 폐하와 잘 아는 사이인 것처럼."

놀랍게도 시건은 아무렇지 않게 긍정했다.
“잘 아는 사이였지.”
사예는 눈을 크게 떴다.
“정말이오?”
“그렇다.”
“그럼, 천제 폐하께서는 어떤 분이시오?”
넘치는 호기심 때문에 그녀는 얼른 물었다. 시건이 주는 정보가 천제를 만나기 전에 마음의 준비를 하는 데 도움이 될 수 있을 것 같았다. 그녀는 어쨌든 선계로 돌아가 천제를 만나야 했고, 천제가 어떤 사람인지 미리 알아두는 것은 그때 도움이 될 터였다.
시건은 가라앉은 목소리로 말했다.
“무진은 천성이 선한 이다. 옳고 그름을 구별할 줄 알며, 매사에 성급히 판단하지 않고 약자의 말을 들을 줄 안다.”
“아……. 허면 좋은 분인 모양이오.”
“그렇지.”
사예는 그 순간, 눈앞의 사내가 본래 타인에 대해 후한 평가를 내리는 것이 습성인가를 고민하기 시작했다. 그녀가 천제에 대해 알지 못했으므로 그 고민의 해답은 알 수 없었다. 그래도 어쨌든 기본적으로 천제가 그 자리에 걸맞은 인품을 지닌 자임을 기대할 수는 있게 되었다. 멀게만 느껴졌던 가장 긍정적인 가능성이 어쩐지 코앞까지 다가온 느낌이었다.
“그렇다니 다행이오.”
“설령 그대가 용과 계약을 맺은 여선이라고 해도, 무진은 섣부르게 그대를 벌주거나 그 계약을 탓하지는 않을 것이다. 그대의 사정을 듣고 도와주려고 할 수는 있겠지.”
“그, 그게 무슨 소리요?”

사예가 놀라서 되묻자 시건은 침착한 어조로 대답했다.

“용과의 계약 때문에 교서를 받은 게 아닌가? 아마 그럴 거라고 생각하는데.”

사예는 놀라 되물었던 그 얼굴 그대로 굳어 시건을 쳐다봤다. 그리고 시건은 마치 책을 읽는 것처럼 고저 없는 목소리로 줄줄이 이어 말하기 시작했다.

“그대가 입고 있던 옷은 남하 백잠(白蠶)의 누에실을 뽑아 짠 비단으로 만든 것이고, 그 비단은 남하에서 남선을 통해 선계의 용수궁으로 진상하는 공물 중 하나다. 그것은 천제의 옷이나 그 식솔, 선계 대신들의 관복, 혹은 익의 중에서도 오로지 용수궁에서 일을 하는 궁관들의 익의를 만드는 비단이지. 그대가 입은 것이 익의가 아니니 궁관일 리는 없고, 선계의 대신일 가능성은 더더욱 없고. 선녀도 아닌 여선이 궁으로 불려 갈 이유도 없고. 그러나 저 용의 존재는 분명 천제가 교서로 논할 법하니, 짐작건대 그대는 그 용 때문에 천제의 교서를 받아 궁으로 가던 중에 하계로 떨어졌겠군. 내 말이 틀렸나.”

“그…….”

사예는 아무 대답도 하지 못하고 시건을 쳐다만 봤다. 그녀가 당황해서 말을 잇지 못하자 시건이 그녀를 쳐다봤다.

“모르는 척을 했어야 했나?”

사예는 팔이 부들부들 떨리는 것을 느꼈다. 자기 이야기를 하는 걸 알았는지 청하가 숙이고 있던 고개를 들었다. 청하와 사예는 나란히 눈을 부릅뜨고 시건을 쳐다봤다. 그녀는 애써 진정을 하려고 노력하며 말했다.

“그렇소……. 모르는 척을 했어야 했소. 내게 그런 말을 하는 저의가 뭐요?”

"저의? 그런 것은 없다. 그저 그대가 내게 무진에 대해 물었기 때문에 대답한 것일 뿐."

"아, 그러니까. 내가 그쪽한테 불편한 이야기를 꺼내 물었으니 그쪽도 모른 척하고 있던 걸 대놓고 얘기했다 이거요?"

"불편한 이야기라고? 나는 무진의 이야기를 불편하게 생각하지 않는다."

시건은 담담하게 이야기했고, 그래서 사예는 오히려 당황했다.

"어째서?"

"이유가 있어야 하나?"

사예는 망설였다. 입에 담기가 애매해서 망설이다가, 시건이 아무 말도 하지 않고 응시하자 하는 수 없이 말했다.

"왜냐면…… 그, 그쪽이 이제 역적이니까. 아무리 전에 가까운 사이였어도 지금의 천제 폐하는 당연히……."

말하면서도 이건 아니다라는 생각이 강하게 들었다. 사예는 입을 꾹 다물었다. 애초에 그녀가 설명할 일은 아니었다. 당사자가 불편하지 않다고 이야기하는데 그녀가 아니라고 하는 게 더 우스웠다. 역적은 당연히 천제 폐하를 싫어해야 한다는 법이 있는 것도 아니었다. 그건 결국 역적에 대한 그녀의 선입견이 만들어 낸 이유일 뿐이라, 사예는 그녀가 한 말이 명백히 자신의 실수라는 것을 깨달았다. 그 순간, 용에 대한 이야기에 스스로가 지나치게 예민하게 굴었다는 사실을 깨달았다. 그래서 그녀는 결국 시건을 보고 사과했다.

"……아니오. 내가 실언을 했소. 못 들은 걸로 해 주시오."

시건은 쉽사리 대답하지 않았다. 사예는 그를 피해 고개를 돌려 버렸다.

'그냥 애초부터 침묵을 당연하다 여기고 아무런 질문도 하지 말 것을. 아니 애초에 암굴에서 데리고 나오지 말걸.'

연신 후회만 하고 있는데 시건의 목소리가 들렸다.

"아니……. 사과는 내가 해야겠군. 그대 말이 맞다."

사예는 시건을 쳐다봤다. 이제 시건은 그녀를 보지 않았다. 그는 흔들리는 불꽃만 응시하고 있었다.

"편하게 할 수 있는 이야기는 아니지."

사예의 옆에서 시건을 노려보고 있던 청하는 다시 몸을 수그렸다. 사예는 뭐라고 말해야 할 것만 같은데 뭐라고 말해야 할지를 모르겠어서 좀 고민했다.

"……잘 아는 사이였다고 하니, 기분이 좀 그렇겠소."

"실감이 안 나긴 하군. 채 오십 년도 안 되는 세월에 제위가 바뀌었다니."

"……암굴에 있는 동안 많이 힘들었겠소. 신수도 빼앗기고, 빛도 없는 암굴에서 오랜 시간을 보냈잖소."

시건은 뜸을 들였다. 사예가 또 말을 잘못 꺼냈나 싶어서 눈치를 보자 그가 입을 열었다.

"그보다는 답답함이 컸다. 내가 아버님께 아무 도움이 되지 못했으니까."

사예는 차분하게 말하는 시건의 옆모습을 쳐다봤다. 어차피 제대로 보이지는 않았다. 그러나 정리 안 된 머리카락이 가리고 있어도 그녀는 그 옆모습에서 지나칠 정도로 정리된, 감정의 메마름을 느꼈다. 억누르는 기운조차 없이 담담해서 마치 남의 이야기를 하는 듯이 들렸다. 암굴에서 그녀를 답답하게 했던 바로 그 모습이었다.

그 모습을 애써 외면하며 고개를 돌리던 사예는, 시건이 한 말이 아무래도 마음에 걸려 눈썹을 찌푸리고 물었다.

"도움이 되지 못했다니, 허면 그대도 함께 역모라도 꾸몄어야 한다는 것이오?"

그 말에 시건이 고개를 홱 돌렸다. 전에 없던 기세라 사예는 화들짝 놀랐다. 그러나 시건은 그 기세에도 불구하고 지금까지와 변함없이 가라앉은 목소리로 그저 이렇게 말했다.

"내 아버님께서는 성미가 대쪽 같기로는 사관(史官) 백암(白巖)에 뒤지지 않는 분이시다. 오로지 장수로서의 충정으로 일생을 사셨다. 결코 역모를 꾸미실 분이 아니다."

사관 백암은 천서제 이전의 선인으로 선인들 사이에서 그 충절과 기개가 대단하다고 칭할 때 으레 회자되는 이였다. 사예는 그녀를 똑바로 보며 말하는 시건에게서 그의 아비에 대한 흔들림 없는 신뢰를 봤다. 대쪽 같은 것은 오히려 아비에 대한 시건의 믿음 같았다. 그리고 부모에 대한 믿음이란 사예 역시 타인에게 뒤지지 않는 터라, 그녀는 시건에게 아무 말도 할 수 없었다. 그렇게 절대적인 믿음에 누군가 재를 뿌리는 것은 불쾌하고 참아 줄 수 없는 일임이 분명했다. 역적이고 아니고를 떠나 어쨌든 대화의 화두에 오른 것은 상대가 피를 나눈 아버지였다. 그래서 사예는 이번에는 망설이지 않고 사과했다.

"내가 또 실언을 했소. 미안하오. 그럼, 그대는 그대 가문이 누명이라도 썼다고 생각하는 것이오?"

시건은 이번에도 쉽사리 대답하지 않았다. 기분이라도 상했나 싶어서 저절로 그의 눈치를 보게 됐다. 이 이상은 정말로 지나치게 정도를 넘어서는 것이겠다 싶어서, 사예도 더 이상은 묻지 않았다. 불편한 질문 몇 번에 침묵이 감사하게 느껴질 지경이 되었다.

침묵 사이에서 사예는 괜히 몸을 일으켜 젖었던 옷이 다 말랐는지 확인하고, 또 확인했다. 몇 번 괜히 덜 마른 옷을 뒤적거리던 결과, 결국 비단옷이 조금 덜 말랐지만 그냥 정리를 하고 있는데 시건이 말했다.

"암굴에서 많은 기운을 소모했으니 눈이라도 붙이는 게 좋을 것이다."

"……그쪽은?"

사예는 온갖 의심과 불안함 따위가 섞인 시선으로 시건을 쳐다봤다. 그 시선을 눈치챈 시건이 이어 말했다.

"숲은 귀신은 물론 요괴가 많이 숨어 있는 곳이다. 혹시 모르니 누구 하나라도 주변 상황을 살피는 게 낫겠지. 불편하다면 등을 지고 있겠다. 그대가 말했듯 나는 귀신과 요괴가 나타나는 숲에서 홀로 운신할 상황이 아니고, 지금은 용이 지키는 주인을 해할 능력도 없다."

사예는 여전히 의심이 걷히지 않는 눈으로 시건을 보며 퉁명스럽게 말했다.

"그 말대로라면 요괴가 나타나도 내가 깨어 있는 편이 낫지 그쪽이 홀로 뭘 할 수 있겠소? 그리고 내가 그쪽의 뭘 믿고 주변 상황을 맡긴단 말이오? 그건 청하가 알아서 할 테니 걱정 말고 그쪽이야말로 눈이나 좀 붙이시오. 계속 암굴에 갇혀 있어 그쪽이야말로 기가 쇠한 듯한데. 아니면, 오랜만의 바깥세상이라 계속 구경이라도 하고 싶소?"

"……아니, 그런 것은 아니다. 헌데 이대로 자리를 고르지 않아도 되겠나?"

"내가 이래 봬도 야영은 제법 경력이 있어서."

사예는 간단한 수인을 맺었다. 가까이 있던 나무 위의 나뭇잎들이 끌려오듯 쏟아지기 시작했다. 나뭇잎이 수북하게 쌓이자 사예는 손으로 눌러 누울 만한가, 확인했다. 손으로 눌러 보니 폭신폭신하니 제법 괜찮았다. 사예는 만족한 얼굴로 고개를 끄덕였다. 그러고는 시건을 힐끔 쳐다보더니 그의 옆에서 비슷한 자리를 만들어 줬다.

"그쪽이 또 기절이라도 하면 그땐 정말로 내게 폐가 될 테니 그게 싫다면 가능할 때 푹 쉬어 두도록 하시오. 내일 날이 밝는 대로 태수를 찾아가야 하니. 물론, 그쪽도 같이."

"……고맙군."

사예가 마지막을 특히 강조해서 말하자 시건은 마지못해 대답했다. 그녀는 얼른 청하에게 눈치를 줬다. 청하가 시건과 사예 사이에 몸을 말고 자리를 잡았다. 잘 감시하라고 신신당부를 한 뒤, 사예는 짐에서 말린 치마 한 장을 꺼냈다. 치마를 몸 위에 덮으며 사예는 모은 나뭇잎 위에 누웠다.

불안한 마음에 그녀는 시선을 돌려 시건을 쳐다봤다. 그는 눈 붙일 생각이 아직 없는지 그녀가 준비해 준 나뭇잎 무더기 위에 앉아만 있었다. 사예에게는 살짝 등을 보이고 있는 상태였다. 그가 미동도 안 하고 다른 쪽만 쳐다보고 있었지만 그래도 혹시나 하는 마음에 사예는 청하에게 계속 눈치를 줬다. 시건이 도망을 친다거나 다른 마음이라도 먹거나, 혹은 요괴가 나타나면 정말 큰일이었으므로 청하에게 잘 살피라고 계속 눈치를 줬다.

치마를 덮고 누운 상태로 사예는 검은 하늘을 쳐다봤다. 구름이 저렇게 멀리 있는 건 처음 봤다. 까마득하게 멀어서 절대 닿을 수 없을 것 같은 거리였다. 선계가 아닌 하계에 있다는 사실이 실감이 났다.

'어차피 바로 돌아갈 거니까.'

태수를 만나서 바로 선계로 돌아간다. 지금 그녀는 그것이 제일 중요했다. 전혀 생각지도 못한 일이었지만, 하계 유람한다, 치고 이 시간을 견디자고 그렇게 생각했다. 하강을 명받은 선인이 아니면 하계로 내려오는 경험을 할 수 없었고, 그녀는 아주 우연히 그런 놀라운 기회를 얻은 것이었다. 이건 그녀의 어머니조차 단 한 번도 겪어

본 적이 없는 일인 것이었다. 물론, 그 '놀라운'이 온전히 긍정적인 의미를 내포한 것은 아니었지만.

'그나저나, 무영이 하계까지 올 수 있을까?'

그녀가 하계로 떨어졌으니, 그 끈질긴 것들이 어찌 나올지 알 수 없는 노릇이었다. 어쩌면 사예의 행방이 묘연해져 그녀의 어머니 하선에게 그 추적이 모두 쏠릴지도 몰랐다. 흔적을 감추는 신수 자운영의 능력은 그녀도 익히 알고 있었지만, 그래도 불안한 것은 어쩔 수 없었다.

불안한 마음을 애써 다잡으며, 그녀는 시건과 한 대화를 생각했다. 역적으로 몰린 상황에서도 좋게 말하는 것을 보아하니 천제는 제법 성품이 괜찮은 사람인 모양이었다. 적어도 천제를 만나는 것에 대한 부담은 줄었다. 그러나 그보다는 일단 북하의 태수를 만나는 게 먼저였다.

'태수를 만나면, 저자를 어찌해야 한다.'

애초 작심했던 대로 당연히 시건을 하계에 있는 선군들에게 보내야 하겠지만, 마음이 영 좋지 못했다. 조만간 다가올 그 상황의 불편함이 예상됐다.

'아, 그 봉인을 푸는 것이 아니었나.'

하루도 지나지 않아 후회할 짓이었다, 결국은.

'그러고 보면 괜한 것들을 너무 많이 물어봤어.'

결국 선군들에게 돌려보낼 바에는 차라리 그에 대해 더 알지 않는 편이 나을 터였다. 그녀에 대한 이야기도 너무 많이 했나 싶었다. 심하게 실수한 게 있나 되짚어 봤다. 큰 실수는 하지 않은 것 같았다. 어쨌든 후회스러운 마음으로, 그녀는 더 이상 저자에게 질문을 하지 않고 답도 하지 않기로 결정했다. 진짜로 같이 하계 유람을 나온 것도 아닌데 사이좋게 이야기를 주고받고 친분을 쌓아 봐야 좋을 것도 없을 터였다.

'……물론 저자가 도움이 안 된 건, 아니지만.'

사예는 한숨을 내쉬었다. 그는 어쨌든 그녀가 모르는 사실을 제법 친절하게 가르쳐 줬고, 덕분에 그녀는 앞으로 할 일을 쉽게 결정한 상태였다. 그녀가 시건에게 도움을 받은 것은 사실이었다. 그래서 더 불편했다. 무엇보다 상대가 스스로에게 가장 아플 이야기를 하면서도 담담한 게 그녀를 더 불편하게 했다.

'……아버지라.'

사예는 그녀의 아버지에 대해 생각했다. 선단을 취한 선인은 스무 살이 되면 성장이 둔화된다. 그래서 그녀의 아버지는 그녀가 자라는 동안에도 계속 약관(弱冠) 정도밖에 되어 보이지 않는 젊은 얼굴을 하고 있었다. 늘 그 얼굴 한가득 해사한 미소를 지으며 따뜻하게 손 잡아 주던 이. 엄한 하선이 선녀가 되고 싶다 조르는 어린 딸을 혼내려고 매를 들 참이면 놀라서 달려와 그 매질에 자기가 맞고 마는 사람이었다. 그에 아프다 말하며 웃던 그런 사내. 이리 아프니 네 대신 내가 맞아 다행이다, 말하던 그녀의 아버지.

사예는 시건이 앉아 있는 쪽을 등지고 옆으로 돌아누웠다. 아버지에게 도움이 못 되어 답답했다는 시건의 말은 그녀에겐 너무나 절실히 공감이 갔다. 가족과 함께 살았던 동선에서, 그녀는 인사도 제대로 하지 못하고 아버지와 헤어졌다. 쏟아지는 무영들 틈에서 등을 보이고 서 있던 아버지의 모습이 아직도 눈앞에 선했다. 우는 그녀를 데리고 그 자리에서 벗어나던 어머니 하선은 뒤도 돌아보지 않았다.

지금 하선의 신수인 자운영은 본래는 아버지 백운(白雲)의 것이었다. 백운을 홀로 남겨 두고 와야 했던 그날 아침에, 하선은 그녀의 신수였던 청하를 사예에게 떠넘기고, 백운이 계약을 파기한 자운영과 계약을 맺었다. 그리고 지독한 무영은 어찌 알았는지 그런 그녀의 가족을 노리고 나타났고, 무영에게서 벗어나기 위해 백운은 하선과 사예만을 떠나보냈다. 자운영은 새 주인과 그 딸의 흔적을 감쪽같이 지웠고, 부적을 든 백운 홀로 그 무영들 틈에 남았다.

그것이 마지막이었다. 아버지와의 마지막. 그러나 사실 아버지 백운과만 겪었던 마지막은 아니었다. 사예는 이미 그런 마지막을 그녀의 할머니와 헤어질 때 겪었고, 하선은 그녀의 부모와 모두 그렇게 헤어졌다.

'어쩌면 그래서일까.'

우는 딸을 데리고 가던 하선은 뒤도 돌아보지 않고 눈물 한 방울 보이지 않았다. 오로지 그 자리에서 벗어나는 것만, 그것만 생각하는 사람 같았다. 백운과 헤어져 남선을 지나 서선으로 도망가는 동안에도 하선이 백운의 일로 슬퍼하거나 괴로워하는 모습을 본 적은 없었다.

'저도 결국은 그렇게 될까요, 어머니.'

그렇게 잃고, 잃다 보면 결국 상실조차 익숙해지는 것일까. 슬퍼울지도 않고 오로지 더 중요한 것만 생각하고 달려갈 수 있게 되는 걸까. 그러나 지금 사예에게 잃을 수 있는 사람은 오로지 하선 한 사람만 남아 있었다.

'어머니께서는, 아버지를 찾아가셨을까?'

백운과 헤어진 곳, 과연 그곳으로 하선이 다시 그를 찾아갔을지 궁금했다. 아니면 어차피 이미 늦었을 일이라 바쁜 걸음을 구태여 돌리지 않고 가야 할 길을 떠났는지. 하선이 말한 '찾아야 할 것들'에 아버지도 포함되어 있었는지.

한참 생각에 잠겨 있는데 주인의 우울한 기운을 느꼈는지, 청하가 꼬리를 움직였다. 푸른 꼬리가 눈앞에 확 나타났다. 얼굴 앞에서 꼬리가 살랑살랑 흔들렸다. 사예는 눈을 감고 피식 웃었다.

'그래, 내게 너도 있구나.'

어쩌면 남아 있다는 것들이 존재한다는 것만으로도 기뻐해야 하는 것일지도 몰랐다. 적어도 가족을 모두 잃고 이제는 신수마저 잃어버려, 남은 것은 역적이라는 오명뿐인 반선보다는 나으리라. 그러나 그것이 전혀 위안이 되지는 않았다. 비교의 대상이 겨우 목숨만 부지한 역적이라는 사실 때문에. 신수를 빼앗기고 암굴에 갇힌 반선과 다를 바 없는 신세라는 것은 전혀 위안이 되는 이야기가 아니었다.

사예는 눈을 꼭 감았다. 눈을 감고 있자 환하게 미소 짓던 아버지의 얼굴이 계속 떠올랐다. 하선이 끝내 보여 주지 않은 눈물은 결국 사예의 볼 위로 떨어졌다. 사예는 덮고 있던 치마를 들어 얼굴을 가렸다. 아마 다시는, 그 미소를 볼 수 없을 것이었다.

❈ ❈ ❈

사예가 잠이 든 후에도 시건은 눕지 않고 앉아서 먼 곳을 응시하고 있었다. 그는 가만히 앉아, 참으로 오랜만에 느끼는 바깥의 공기와 기의 흐름을 느꼈다. 그를 암굴에서 데리고 나온 어린 여선은 잠이 들었고, 그 곁에 기를 세우고 주인을 지키고 있는 용이 있었다. 여선이 피워 둔 불꽃이 몸에 열기를 전달하고 있는 와중에도, 그는 봉인이 풀리고 암굴에서 나왔음이 실감나지 않았다.

사실 그는 요괴로 꽉 틀어막힌 암굴의 입구를 봤을 때 다 틀렸구나 생각했다. 그의 신수는 없었고, 앞은 없어야 할 요괴들이 온통 가로막고 있었다. 일이 안 풀리려니 이렇게도 안 풀리는구나, 하고 생각했다. 겨우 버틴 오십 년이 이리 끝나나 했다. 이렇게 허망하고, 의미없게.

그러나 난데없이 암굴로 떨어진 여선의 입장에서는 그런 최악의 상황이라도 그저 물러날 수 없으리라는 것을 알고 있었다. 그래서 그는 사예가 요괴들을 뚫고 나가는 데에 있어서 적어도 방해는 되지 않기 위해 정신을 잃은 척했다. 어쩌면 당연한 일이었지만 사예가 그를 경계하고 있는지라, 그가 뒤에서 지켜보고 있다면 요괴들을 해치우는 데 온전히 집중할 수 없을지도 모르겠다고 판단했다. 암굴 안으로 흑하의 강물이 쏟아져 들어오자마자 휩쓸린 사예를 바로 붙잡을 수 있었던 것도 사실은 그럴 것을 예상하고 대비한 덕택이었다.

사예가 그녀의 짐을 그의 몸에 묶을 때는 내심 당황했지만 어쨌든, 그의 선택은 나름 옳았다. 믿을 수 없는 일이었지만 어린 여선은 마음 놓고 그녀의 실력을 발휘해 막힌 길을 뚫었고, 그들은 이제 암굴 밖으로 나와 있었다. 암굴 밖에 스스로가 나와 있다는 사실도 실감나지 않았지만, 어쩌면 저리 실력 좋은 여선이 그의 옥사에 떨어진 것이 가장 실감나지 않는 일이었다.

시건은 시선을 들어 하늘을 쳐다봤다. 바람에 흔들리는 나뭇잎과 어둠 사이사이로 달과 구름이 자리 잡은 하늘은 사실 그전에는 별 의미 없이 보아 넘겼던 광경들이었다. 그러나 암굴 밖으로 나오니 어느 것 하나 그냥 봐 넘길 수가 없어서, 그는 쉼 없이 그것들을 응시했다.

산 자들은 본디 가진 것의 소중함을 잃고 나서야 아는 법이었다. 그러나, 가지고 있을 때부터 소중하던 것들은 어떠한가. 존재만으로 마음에 온기를 충만하게 하고, 매일을 살아가는 데 의욕이 되고 삶의 목표가 되는 그런 것들은.

그에게 그의 아버지가 그런 존재였다. 항상 닮고 싶어 늘 올려다봤던 아버지. 지나치게 어렵게만 느껴졌던 조부 강왕보다는 좀 더 가깝고, 그러면서도 때로는 까마득히 멀었던 분이었다. 강하고 올곧았던 분. 그에게 도달하는 것이 삶의 목표였고 그분처럼 사는 것이 그의 꿈이었다. 그런데.

'그리 쉽게 외면받을 충정이었던가.'

아버지 류의민은 선제 헌정제와는 즉위하기 전인 천자 시절부터 굳건한 우정을 쌓은 관계였다. 신수와 계약을 맺기 이전부터 우정과 충성으로 맺어진 사이였다. 선제와 숨김없이 마음을 나누고 주군에 대해 충성을 바쳤던 아버지 류의민은 진실로 천제의 훌륭한 방패였다. 너무나 굳건하여 그 방패가 영원히 부서지지 않으리라 생각했다. 그러나 그 방패가 결국 그 주인의 손에 부서질 줄을 누가 알았으랴.

쥐고 있던 주먹에, 서서히 힘이 들어갔다. 타인의 앞에서는 억누르고 감춰 뒀던 분노가, 단단한 껍데기 속에서 서서히 고개를 내밀었다. 차갑게 내려앉은 분노는 암굴의 어둠보다 더 검었다. 암굴 속에서 원귀와 요괴들에 몰려 있던 요기보다도 더 진득했다. 담담했던 얼굴이 추악한 현실에 일그러졌다. 잘 알지도 못 하는 여선이 누명을 언급하는 것조차 말이 안 됐다. 누명 따위가 감히 가릴 수 없는 충정이었다!

'더립힐 게 없어서 감히 그 충정에 오물을 끼얹었나!'

숨기지 못한 서슬 퍼런 기운에 청하가 머리를 들어 시건을 쳐다봤다. 그러나 시건은 사예 쪽에서 몸을 돌린 채로, 분노로 무너진 스스로의 모습을 그의 등으로 가렸다. 그 누가, 무슨 이유로, 그런 것 따윈 하나도 중요하지 않았다. 감히 그의 아버지를 모욕한 이들보다 선제가 더 원망스러웠다. 오해였든 누명이었든 그런 것은 이제 중요하지 않았다. 자신의 방패를 그 손으로 꺾어 버린 어리석은 이였다.

'채 오십 년도 못 채우고 떠날 자리를 지키기 위해, 그리 어리석게 스스로의 왼팔을 잘라 냈나.'

그도 모르는 새에 그는 웃고 있었다. 비웃음인지 헛웃음인지 스스로도 알 수가 없었다. 비웃음이라면 그 대상은 사실 그 자신이었다. 그 와중에도 그는, 믿고 있었다.

'무진. 내 너를 믿고 있었는데.'

천자였던 무진과 시건 또한 류의민과 선제 같은 사이였다. 어린 시절부터 둘도 없는 벗이었다. 그들의 아버지들처럼 그들도 주군과 그의 방패가 될 것이라, 믿어 의심치 않는 사이였다. 무진은 시건의 충정을 잘 알았고, 또 류의민의 충정을 잘 알았다. 그래서 시건은 믿고 있었다. 시건이 오십 년 전에 하계에 있을 때, 아버지께서 어떤 곤경에 처하셨는지를 알았으나 그의 임무 때문에 선계로 갈 수 없었다. 다행히도 무진이 직접 도울 테니 걱정하지 말라는 연락을 보냈다. 해서, 그저 믿고 있었다.

그러나 도무지 믿을 수 없는 소식과 함께 암굴에 갇힌 후에는, 결국 무진으로서는 꺾을 수 없는 선제의 깊은 오해가 있었겠거니, 생각했다. 그러나 선제가 어떤 오해를 했더라도 무진이 제위에 오르면 달라질 것이라고, 무진이 제위에 오르면 모든 것을 바로잡기 위해 자신을 부를 거라고 생각했다. 결국은 끝이 정해져 있는 암굴 생활이라는 것을 알고 있었기에, 그는 버텼다. 무진이 부르면 다시 선계로 돌아가면 된다고, 그때 그가 해야 할 일들을 하면 된다고, 그렇게 스스로를 다잡았다.

그러나 그 무진이 제위에 오른 지가 이미 삼십 해가 되었다는 말에 어떤 표정을 해야 할지 알 수가 없어서, 시건은 그저 아무 표정도 지을 수 없었다. 세 달도, 삼 년도 아닌 삼십 년이었다. 마음속에 쌓여 있던 믿음이 말 몇 마디에 순식간에 짓밟혔다. 그가 모르는 사이 벌어진 현실은 할 수 있는 가장 잔인한 방식으로 그의 믿음에 먹칠을 했다.

그는 어리석게 믿고 있었다. 무진이 제위에 오르면 그를 부를 거라고. 가당찮게도 그렇게 믿고 기다렸다. 그의 어리석은 믿음이 날카로운 칼날이 되어 그의 모든 것을 잘라 낸 것을 알지 못한 채. 피를 흘리면서도 피 흘리는 것을 몰라, 그는 이제껏 그가 무사함을 과신하고 버텨 왔다. 남은 한 방울의 피까지 흘리고 남는 것은 결국 하나뿐이었다. 쓰러지고, 무너지는 것. 그에게 그것밖에 남지 않았다.

二
연막

자희와 함께 용수궁으로 돌아왔던 천제 무진은 궁으로 백호위 상장군 호혜강과 흑귀위 상장군 연귀호(然龜扈)를 불렀다. 아침 일찍, 용마를 받은 선계 유일한 선녀인 혜강이 용수궁으로 용마를 타고 날아왔다. 그녀는 여선의 몸으로 익의가 아닌 갑주를 차려입는 유일한 선군이기도 했다. 또한 그녀는 서선 제후인 지왕의 장녀로 현재 연로한 지왕을 대신해 서선을 다스리는 장본인이기도 했다.

용수궁으로 들어온 혜강은 그녀의 용마를 용수궁 술시에게 맡겨두고 무진이 있는 용주당으로 향했다. 용주당 안에 들어서 무릎을 꿇고 무진에게 인사를 했다. 용주당 안에는 이미 흑귀위 상장군인 연귀호가 있었고, 천제를 지키는 검용군 상장군 주석호가 함께 있었다. 혜강이 일어서 다른 장수들과 함께 앉자 무진은 근엄한 태도로 입을 열었다.

"서선에서 내 명으로 데려오던 객이 불의의 사고를 당했다."

평소의 무진답지 않은 무게감이 실린 목소리였다. 젊은 천제인 무진이 선인 관리들이 있거나 공식적인 자리에서는 부러 더 엄격한 태도를 취한다는 것은 여기 있는 상장군 모두 이미 알고 있는 일이었다. 사적인 자리에서의 무진은 늘 함부로 하대를 하지 않고 예의 바른 태도를 취했지만, 사적인 자리가 아닌 공식적인 자리에서는 엄격하게 타인과 자신 사이에 선을 그었다. 지금 이 자리는 사적인 자리가 아니었기에, 혜강 또한 그런 무진의 태도를 당연하게 받아들이며 대답했다.

"함께 가던 백호위 군사들도 해를 당했다 들었습니다."

"그래, 자네는 서선에서 일어난 일이니 이미 알고 있겠지. 아무래도 내 교서를 받은 여선은 하계로 떨어진 것 같다. 그러니 흑귀위 상장군, 자네가 선군들과 함께 하계에 내려가 그 여선을 찾아오라. 어디로 떨어졌는지 알 수 없으니 하계에 있는 선군을 동원하여 빠른 시일 내에 찾도록 하되, 괜한 소란을 피워서는 안 된다. 최대한 소용히 데려오도록 하라."

"예, 폐하. 명을 받들겠습니다."

"백호위 군사들 중에 살아남은 자가 있는지 알 수 없으니 그에 대해서는 서선 지왕의 결정에 맡기도록 하겠다. 백호위 상장군, 자네는 지왕의 명에 따르도록 하라. 만일 지왕이 사라진 백호위 군사들을 찾으라고 명한다면 하계로 군사를 보내는 것을 허하겠다."

"예, 폐하."

"그럼 이만 물러가 보도록."

세 장수는 천제에게 공손히 인사를 한 뒤 함께 나왔다. 나오자마자 귀호는 바로 두 장수에게 고개를 숙여 인사를 했다. 석호는 그 인사에 대응하지 않았고, 혜강은 가볍게 목례를 했다. 귀호는 석호의 외면에도 별다른 반응 없이 몸을 돌리곤 그의 용마를 찾으러 갔다.

"건방진 놈."

석호가 그런 귀호의 뒷모습을 보며 투덜거렸다. 혜강은 석호의 그 모습에 인상을 찌푸린 채로 혀를 찼다.

"한심한 놈."

"뭐야?"

"네 어찌 그리 대놓고 흑귀위의 상장군을 무시하느냐? 폐하께서는 어떻게든 선계의 균형을 바로잡고자 늘 고심을 하시는데 그런 폐하께 도움이 되지는 못할망정."

"무시당할 만하니까 무시하지."

석호가 시선을 다른 곳에 둔 채로 불만 가득한 얼굴로 중얼거렸다. 그러자 혜강이 혀를 차더니 말했다.

"그럼 나도 널 무시해도 되겠구나. 아직도 류시건에 대한 열등감 때문에 그의 휘하에 있던 장수를 푸대접하는 네 꼴이 참 한심해서, 무시하는 것 말고는 영 방법이 없을 것 같아 말이야."

"뭐야?"

과연 혜강의 입에서 나온 류시건의 이름이 정답이었는지, 석호가 목소리를 높였다. 혜강은 그런 석호를 날 선 시선으로 응시하며 말했다.

"목소리 줄여라, 주석호. 예가 남선에 있는 조현궁(鳥翾宮)이라도 되는 줄 아느냐?"

"넌 헛소리나 하지 마라. 누가 누구한테 열등감을 가지고 있어?"

"네가 류시건한테. 아니라고 말할 테냐? 그럼 왜 연 장군을 무시하지? 류시건의 휘하에 있던 장수를 너와 같은 상장군으로 인정하고 싶지 않기 때문이 아닌가?"

혜강은 얼어붙어서 말도 못 하는 석호를 무시하곤 휘적휘적 걸어가 버렸다. 석호는 얼른 그런 혜강에게 따라붙어 분을 토했다.

"그건 저놈이 충정도 절개도 모르는 놈이기 때문이다! 저놈이 따르던 장수가 역적이 되었는데도 저놈은 저리 뻔뻔하게 살아 있지 않느냐! 심지어 그 자리까지 꿰차고 있다!"

혜강이 걸어가던 걸음을 멈췄다. 그녀는 고개를 돌려 그녀를 따라온 석호를 빤히 쳐다봤다.

"……너 류시건을 그리 싫어하더니 그래도 인정은 남아 있던 모양이구나."

"뭐?"

"그렇지 않고서야 연 장군이 암굴로 잡혀갔던 류시건을 따라 하강하지 않은 것을 배반이라 여길 이유가 없지."

석호는 얼빠진 얼굴로 혜강을 쳐다보다가, 얼굴을 확 붉히곤 말했다.

"그런 게 아니다! 난 저놈이 수상하기 때문에 그러는 것이다! 저놈은 류시건의 충복이었어! 헌데 류시건이 역적이 되자마자 안면몰수하고 저 자리를……."

"오냐, 그래."

"야!"

혜강은 대충 고개를 끄덕이며 다시 걸음을 옮겼다. 화가 난 석호가 씩씩거리며 그런 혜강을 따라갔다. 혜강은 용수궁 담 한쪽에서 날개를 접고 기다리고 있던 그녀의 용마를 찾았다. 그녀의 용마, 천금(天錦)은 아까 천금을 데려간 술시들이 지키고 있었다. 흰 용마 곁에서 있던 용수궁 술시들이 혜강과 석호를 발견하고는 뒤로 물러났다. 술시들이 사라지고, 혜강은 얌전히 주인을 기다리고 있었던 용마를 쓰다듬으며 물었다.

"헌데, 정말로 괜찮은 것이냐?"

"무얼?"

"그 여선 말이다. 선계에 있는 선군까지 하계에 보낸다면 선인 관리들 또한 그 여선에 대해 알게 될 위험이 있지 않겠느냐? 제대로 확인한 것도 없는 이 마당에, 괜히 그 용과 여선에 대해 알려진다고 한들 좋을 일이 없을 터인데. 어전에서야 말을 삼갔지만, 그 여선을 그렇게까지 해서 데려오는 게 과연 옳은 일인가 싶다."

혜강은 서선에서 있었던 일을 다 알고 있었고, 해서 서선에 나타났다는 용과 여선에 대해서도 이미 알고 있었다. 석호는 안 그래도 답답하던 찰나라 한숨을 푸욱 내쉬었다.

"안 그래도 내가 계속 폐하께 말씀을 드렸지만, 폐하께서는 듣지 않으셨다."

"그래……. 하긴 그게 폐하다우시지."

혜강은 걱정이 서린 표정으로 용주당의 기와를 응시했다. 그 옆에서 석호는 한눈에 보기에도 영 개운하지 않은 표정을 하고 있었다. 석호는 아직도 흑귀위의 선군들까지 보내 그 여선을 찾아오려고 하는 무진을 이해할 수 없었다. 석호가 생각하기에 지금은 그 여선을 처리할 수 있는 적기이기 때문이었다.

용주당을 응시하던 혜강은 조용히 시선을 돌려 혼자만의 생각에 빠진 석호의 얼굴을 유심히 살폈다. 깊은 수심에 빠진 얼굴을 꿰뚫어 보듯이 응시했다. 그녀는 속을 꿰뚫어 보려는 것처럼 석호의 얼굴을 보다가, 시선을 돌렸다. 흰 용마를 끌고 구름 위를 걸어가며 혜강은 아직도 생각에 잠긴 석호를 향해 말했다.

"……흑뢰(黑雷)는, 아직도 네가 데리고 있느냐? 류시건의 용마 말이다."

석호가 고개를 돌려 혜강을 쳐다봤다. 남선 조현궁에 있는 검은 용마를 떠올린 석호는 좋지 못한 표정으로 시선을 돌렸다.

"……데리고 있긴. 난 그 고약한 놈 근처에도 안 간다. 주인을 닮았는지, 성미가 고약한 게 보통이 아니다."

혜강이 피식 웃었다. 그녀는 얌전히 서 있는 그녀의 용마를 응시했다. 용마는 일생에 오로지 한 명의 주인을 모셨다. 따라서 주인이 죽으면 그 용마도 생을 마감하는 경우가 많았다. 시건의 용마는 그가 암굴로 잡혀 들어갈 때 앞발로 차고 뒷발로 차고 난동을 피우는 녀석을 환술로 잠재워 겨우 선계로 데려왔다. 비록 포악스럽게 굴긴 하지만 생을 마감하지 않고 아직껏 버티는 것을 보면 그놈도 주인이 살아 있는 건 아는 모양이었다. 그러나, 다시는 만날 수 없는 주인일 터였다.

"보통 녀석이 아니긴 했지. 그 용마는 태어났을 때부터 아주 처치곤란이었다고. 사실 류시건도 그 녀석을 길들이는 데 꽤나 애먹었다고 들었으니까. 기어코 흑뢰를 길들였을 때는 전 선계가 떠들썩했잖아."

"그러니까 애초부터 말 잘 듣는 좋은 녀석들도 많은데 왜 그런 심술보가 가득한 용마를……."

석호가 툴툴거리자 혜강이 잠시 생각에 잠겼다가 말했다.

"흑뢰의 체력과 빠르기는 어떤 용마도 따라갈 수가 없다. 솔직히 어느 선군이라도 탐낼 만한 용마인 것은 사실이야. 그래서 석호 너도 류시건이 잡혀가고 혼자가 된 흑뢰를 데려간 거 아니었나? 그리고 뭐랄까…… 류시건은 아무래도 그런 게 취향인 것 같았지. 우열을 가릴 수 없게 강한 것. 사실 난 류시건을 제대로 마주한 일은 없지만, 그자의 술시는 마주한 일이 있어서."

석호는 시건의 술시를 떠올렸다. 보통 술시란 주인인 선인이 시키는 일을 하는 종이었기 때문에 주인이 어떤 자인지에 따라 각양각색이었다. 만드는 이의 개인적인 선호에 따라 그 능력에 차이가 있었다. 그 수도 주인이 필요에 따라 결정했기 때문에 선인별로 술시가 많은 자도 있고 적은 자도 있었다.

그러나 시건의 술시는 단 하나였다. 단 하나의 술시였으니 얼마나 공을 들여 만들었는지는 구태여 말할 것도 없었다. 술시 주제에 오행의 술법을 높은 수준으로 구사하며 요괴나 귀신을 잡을 정도였으니 그의 용마만큼 유명했던 게 바로 그의 술시였다. 더불어 당시 류시건의 흑귀위는 비록 경험이 적었어도 그 기세가 대단했다. 그 당시 흑귀위 장수들은 대부분 선계에서 난다 긴다 칭해지던 선인들을 시건이 무릎 꿇리고 제 수하로 끌어들인 이들이 많았다. 당시에는 그에 대해 우스갯소리로 흑귀의 선인사냥이라 칭해지기도 했다.

혜강은 시건을 제대로 마주할 기회가 없었기 때문에, 대충 전해 들은 이야기로 그가 어떤 사람일지 짐작만 하고 있었다. 사실 시건이 어릴 적부터 여기저기서 주목을 많이 받았기 때문에 그에 대한 이야기는 관심이 없어도 듣게 될 수밖에 없었다. 이런저런 소문을 통해 혜강이 결론 내린 바로, 시건은 강한 것들을 힘으로라도 굴복시켜 제 곁에 두는 이였다. 그래서 혜강은 잘은 몰라도 류시건은 그토록 강한 것들을 자기 것으로 길들이는 걸 즐기는 포악한 성미일 거라고 짐작했었다. 그러나 잠깐 본 인상이 그와는 사뭇 달라 도통 종잡을 수 없는 인물이라고 생각한 적도 있었다. 어차피, 이제는 구태여 이해를 할 필요도 없는 인물이었다.

"아무튼, 흑뢰가 아까워서 네가 말도 안 듣는 그놈을 억지로 남선으로 데려갔다는 사실을 안다. 하지만 그만 포기하는 게 어떠냐? 이미 주인이 있는 용마는 다른 이가 길들일 수 없어."

"……길들이는 건 진즉에 포기했다. 그래서 그놈을 살려 두는 건 아니야."

석호는 혜강의 시선을 피한 채로 대답했다. 혜강은 그런 석호를 빤히 쳐다봤다. 말하지 않아도 그 이유를 어렴풋이 짐작할 수 있기 때문이었다.

"……내 사매(師妹)는, 잘 지내나? 역시 흑뢰를 보내지 못하는 건 사매겠지?"

석호는 쉽사리 대답하지 못했다. 그가 입 밖으로 내뱉지 않은 답을 혜강도 그도 이미 알고 있었다.

아니라고 소리를 질러도 석호는 오랜 시간 시건에 대해 열등감을 가져 왔다. 안타깝게도 시건이 없는 지금도 피치 못할 사정으로 현재 진행형인 모양이었다. 혜강은 석호가 가진 그 열등감의 근원을 잘 알고 있었다. 그건 단순하지 않고 생각보다 오래된 이야기였다.

그 옛날에 무진의 옆을 항상 지키는 이는 본래 석호가 아니었다. 그 어떤 선인이든 천자 무진 하면 자연스레 그의 벗이자 장수인 시건을 떠올렸다. 시건이 임무 때문에 하계에 내려가 있을 때도 마찬가지였다. 그가 선계에 없어도, 무진의 호위를 석호가 하고 있어도, 선인들은 천자를 시건이 지킨다고 생각했다. 그 정도로, 무진과 시건 간의 우정은 깊었고 둘은 서로를 지극히 신뢰했다.

안 그래도 석호는 어릴 적부터 연배가 비슷한 시건과 줄곧 비교를 당해 왔다. 석호의 부친인 정왕 역시 날 때부터 비슷한 연배였던 간용군 상장군 류의민과 태어났을 때부터 비교당하며 자라 온 사이였고, 대를 이어 내려온 그 경쟁의식은 석호와 시건도 피해 갈 수 없었다. 그러나 그 비교는 불운하게도 시건이 날 때부터 무관으로서의 재능이 남달라 석호에게는 늘 좌절감만 안겨 줬다. 그렇게 어릴 적부터 이어진 재능에 대한 비교와 상대적인 무진의 신뢰로 인해 석호는 어릴 적부터 시건을 싫어했다.

그러나 단순히 싫은 감정을 열등감과 분노같이 강렬한 감정으로 불붙인 원인은 따로 있었다. 그 원흉이 바로 혜강의 사매, 도화(桃花)였다. 혜강은 선상태산에서 선녀 수행을 할 적에 도화와 처음 만났다. 도화는 태산에서도 재능 있는 선녀 후보 중 하나였다. 그녀는 술법 다루는 실력이 좋고 영민하여 제법 빠른 시일 내에 익의를 받았다. 혜강은 성품이 온화하고 따뜻한 도화를 동생처럼 생각하며 많이 예뻐했다. 착하고 마음이 여린 아이였다.

그리고 선녀가 된 도화는, 당시 선계에서 가장 주목받던 장수를 그 마음에 담았다. 도화가 시건을 마음에 담은 것은 사실은 바람직한 일이었다. 그때 북선의 류가와 도화의 가문은 이미 둘의 혼담이 오가고 있었다. 그에 대해 물었을 때 수줍게 웃던 도화의 얼굴을 혜강은 아직도 또렷하게 기억하고 있었다.

그러나 그 아름다운 선녀를, 지금 혜강의 앞에 있는 바보 같은 녀석이 마음에 품었다. 아마 석호로서는 그녀가 자신의 배필이 될 수 없다는 것보다 미워하는 상대의 배필이 된다는 사실이 더 충격이었을 터였다. 그리하여 석호의 시건에 대한 마음은 증오로 변했다. 그러나, 이미 먼 옛날의 이야기였다.

"류시건에 대해 더는 날 세우지 마라, 주석호. 어차피 이미 다시는 볼 수 없는 사람이 아니냐. 도화도 그걸 알고 있으니 그때 너와의 혼인을 받아들였겠지."

"……나도 알아."

나지막한 석호의 대답에 혜강은 한숨을 흘렸다.

"아니, 너는 아직도 혼자 열등감에 사로잡혀 있어. 그럴 수밖에 없는 상황이었던 건 나도 안다. 하지만 이미 오십 년이 흘렀어. 그리고, 나는 도화가 너와 혼인해서 차라리 다행이라고 생각해. 그때 류시건은 도화에게 마음이 전혀 없었어. 먼발치서도 마음 한 점 주지 않은 게 느껴질 정도였지."

혜강은 그 언젠가 용수궁에서 봤던 모습을 떠올렸다. 따뜻한 말 한 마디 건네지 않던 시건과, 그저 그와 마주한 것만으로도 좋아서 연신 미소 짓고 있던 도화를. 그 마음의 차이가 너무도 선명하게 보였다. 아무리 도화가 마음에 담은 선군이고 가문끼리 혼담이 오가고 있다곤 하나, 온 마음으로 도화의 혼인을 축복하기는 어려울지도 모르겠다는 생각을 무심코 했었다. 난폭했던 용마와 술시, 능력 있다는 선인들을 짓밟고 제 수하로 끌어들이는 폭력성, 그리고 잠깐 본 온기 없는 인상. 혜강의 입장에서 시건은 도통 알 수 없는 인물이었지만 어쨌든 여린 도화와는 어울리는 인물이 아니었다. 온통 강한 것들만 제 곁에 두던 장수에게 한 손에 바스러질 듯 꽃 같은 선녀가 마음에 찼기를 기대하기도 어려웠다.

"바보 같은 짓 그만하고, 자신감을 가져라. 사매를 행복하게 해 줄 수 있는 사람은 너밖에 없어. 물론, 폐하를 보필할 장수로도 내 다음으론 너만 한 장수가 없다."

"내가 왜 네 다음이냐!"

버럭 소리 지르는 석호를 보며 혜강이 피식 웃었다. 그녀는 그녀를 기다리고 있던 용마 위에 올라타며 외쳤다.

"폐하의 곁을 이리 오래 비우고 있는 게 바로 네가 나보다 못하다는 증거다!"

"아니라니까!"

혜강은 씩씩대는 석호를 무시한 채로, 잡은 고삐를 잡아당겼다. 용마가 앞발을 구르며 크게 울다가, 흰 날개를 펼쳤다. 구름 사이를 날아 용마 천금은 용수궁의 담을 훌쩍 넘어갔다. 혜강이 탄 용마는 금세 구름 사이로 사라졌다. 그 뒤로 혼자 남은 석호만 빈 하늘을 응시했다. 천제의 장수는 그렇게 아픈 기억을 건드린 오랜 벗이 떠나간 자리를 한참 동안 바라봤다.

❊ ❊ ❊

그때, 용주당에서 벗어난 흑귀위 상장군 연귀호는 그의 용마를 찾으려고 용수궁의 담을 따라 걸어가고 있었다. 담을 돌아가자마자 그는 그를 기다리는 그의 용마를 발견했다. 그러나 그의 용마는 용수궁의 술시들이 잡고 있지 않았다. 그의 용마를 데리고 있는 것은 날개옷을 입은 선녀였다. 선녀가 눈을 동그랗게 뜨며 말했다.

"어머나, 이 용마의 주인이 장군이시옵니까?"

"……그렇소."

연귀호는 무뚝뚝한 어조로 대답했다. 용마를 데리고 있던 선녀, 자희가 연귀호에게 손에 들고 있던 용마 고삐를 내밀었다.

"장군의 용마가 참으로 크고 건강해 보입니다. 주인이 얼마나 공을 들여 관리를 했을지 보지 않아도 상상이 가옵니다."

"……당연한 일이오."

연귀호는 무표정한 얼굴로 고삐를 받으려고 했다. 그러나 그의 손이 고삐에 닿기 바로 직전에 자희가 고삐를 홱 뒤로 숨기며 몸을 틀었다. 연귀호가 눈썹을 찌푸리고 자희를 쳐다봤다. 용마를 향한 두 눈을 동그랗게 뜬 채로 자희가 천연덕스럽게 물었다.

"소녀도 선녀가 되지 않았다면 장군처럼 듬직한 장수가 되어 이리 훌륭한 용마를 받을 수 있었을까요?"

"……익의를 받을 정도로 뛰어난 여선이시니 그럴 수도 있었겠지."

연귀호가 다시 손을 내밀었다. 그러나 자희는 마치 그가 손을 내민 의미를 전혀 알아차리지 못한 것처럼 이젠 아예 고삐를 두 손으로 꼭 모아 쥐며 말했다.

"어머나, 상상만 해도 정말 설레네요. 사실 저는 용마를 타고 날아다니는 선군들을 늘 우러러보곤 했답니다. 물론 소녀의 수행이 미진하여 감히 선군의 자리를 넘볼 실력이 되지 못한다는 걸 잘 알고 있지요. 그래도 말씀이라도 그리해 주시니 참으로 부끄럽사옵니다."

연귀호는 이제 대답도 하지 않고 손만 내밀고 있었다. 자희는 눈치 없는 선녀처럼 크게 뜬 눈을 깜박이며 그런 연귀호를 쳐다봤다. 그러나 연귀호는 끝내 자희에게 더 이상 맞장구를 쳐 주지 않았다. 그저 손을 내민 채로 석상처럼 굳어 있을 뿐이었다. 결국 자희는 하는 수 없이 연귀호에게 조용히 용마의 고삐를 건네야 했다. 그러나 그녀는 끝까지 미소를 잃지 않고 쉼 없이 재잘거렸다.

"소녀가 경망스럽게 바쁘신 선군 나리의 갈 길을 막고 있었군요. 송구하옵니다. 부러 그런 것은 아니오니 부디 양해해 주셔요."

연귀호는 부정조차 하지 않고 대답 없이 용마 고삐를 받았다. 그는 가볍게 목례를 한 후 이상할 정도로 기분이 상해 보이는 그의 용마를 끌고 갔다. 자희는 뒤도 돌아보지 않고 가는 연귀호에게 공손히 인사를 해 보였다. 고개를 든 그녀는 용마의 위에 올라타 용수궁 담을 넘어 날아가는 연귀호를 쳐다봤다.

'누구 닮아서 영 재미가 없네. 충복은 충복인가.'

자희는 그렇게 생각하며 미소를 지었다. 그녀는 손가락을 세워 환술의 수인을 맺었다. 그와 동시에, 용마의 꼬리에 묶어 놓은 그녀의 머리카락 몇 가닥이 검은 연기를 내며 타들어 갔다. 검게 탄 재는 용마의 꼬리털 사이에 숨어 버렸다.

자희는 멀어지는 용마에게 손을 들어 살랑살랑 흔들었다. 미소 짓는 얼굴은 세상의 어떤 어둡고 더러운 일도 모르는 사람처럼 천진난만했다.

❊ ❊ ❊

"폐하의 곁을 지켜야 할 궁관이 소임을 다하지 않고 어딜 싸돌아다니다 오는 것이냐?"

자희가 용주당 안으로 들어가자마자 석호가 핀잔을 줬다. 둘은 무진이 있는 방으로 가기 위해 나란히 서서 복도를 걸어가야 했다. 석호는 자희와 절대 닿아서는 안 되는 사이인 것처럼 거리를 두고 떨어져서 걸었다. 자희는 대놓고 거리를 두고 있는 석호의 행동을 전혀 눈치채지 못한 사람처럼 천연덕스럽게 석호 쪽으로 더 붙어 걸었다.

"그러는 상장군이야말로 어디서 농땡이를 부리다 오시는 것이어요? 소녀는 폐하께 올릴 다과를 받아 오는 길이랍니다."

눈웃음을 살살치며 대답한 자희는 손에 든 다과를 들어 보였다. 석호는 그런 자희를 경멸에 찬 시선으로 쳐다보며 그녀를 피해 아예 벽에 붙어 걸었다.

"네년이 다른 곳에서 놀다가 들어올 때마다 핑계거리 삼으려 폐하께 간식을 가져다 바친다는 사실을 내 모를 것 같으냐? 네년의 그 건방진 짓 때문에 폐하께서 주전부리가 많아 식사라도 거르시면 어쩔 셈이냐?"

자희는 엄청 끔찍한 이야기를 들은 사람처럼 충격받은 표정을 지어 보였다.

"어머, 그건 또 무슨 말씀이람. 소녀는 도통 생각해 본 적도 없는 일이온데. 혹시! 상장군이야말로 폐하의 곁을 비우고 돌아올 때마다 그런 꼼수를 부리시는 것이 아니어요?"

"뭐라?"

"꾀도 부려 본 놈이 잘 부린다고, 그렇지 않고서야 어찌 그런 걸 그리 아신담? 무지한 소녀는 생전 듣도 보도 생각도 못 해 본 일이어요."

석호는 건방진 여우를 향해 뭐라고 한마디 해 주려고 했다. 그러나 술시들이 지키고 서 있는 무진의 방이 나오자 입을 다물었다. 자희는 흥, 하고 콧소리를 낸 다음 닫힌 문을 향해 간드러지는 목소리로 말했다.

"폐하, 폐하께 올릴 다과를 가져왔사옵니다."

안에서 들어오라는 무진의 목소리가 들렸다. 문 앞의 술시들이 문을 열었다. 자희는 이를 가는 석호에게 눈웃음을 친 다음 문 안으로 종종 걸어 들어갔다. 방 안쪽에서 무진의 목소리가 들렸다.

"상장군. 상장군도 같이 들라."

"예, 폐하!"

석호는 얼른 방 안으로 들어갔다. 그는 들어가자마자 한쪽 무릎을 꿇고 무진에게 인사했다. 무진이 손짓을 하며 말했다.

"가까이 오게."

"예, 폐하."

석호가 가까이 다가가 앉자 무진이 말했다.

"고개를 들게, 상장군. 보름달이 뜨는 날에 자희와 함께 옥사로 가게. 거기 하계에서 구금해 와 처형을 앞둔 요선이 있네."

"어마? 이번엔 요선이어요?"

자희가 못마땅한 어조로 묻자 석호가 쯧, 하고 혀를 찼다.

"감히 폐하께서 말씀하시는데!"

"다 알아들으셨으면서 구태여 입을 다물고 계실 건 또 뭐랍니까? 폐하께서 목만 아프시고 입만 아프시지. 아니 그렇사옵니까, 폐하?"

무진은 한숨을 내쉬었다. 그는 지치지도 않고 이어지는 석호와 자희의 투닥거림을 외면한 채로 그가 해야 할 말만 입에 담았다.

"자희, 현재 선계 사정이 복잡하여 어쩔 수가 없다. 옥사에 잡힌 요선이 많으니 당분간은 그걸로 만족해야 할 것이다."

자희가 찌푸리고 있던 눈썹을 펴고는 대답했다.

"폐하께서 그리 말씀하시니 어쩔 수 없지요. 이 소녀야 오로지 폐하의 명을 따를 뿐인 것을요. 허나 사실은 이 소녀도 폐하께 드릴 말이 있었답니다. 폐하, 이번에는 꼭 소녀의 몫을 준비해 주지 않으셔도 괜찮사옵니다."

"뭐라?"

무진과 석호가 의아해하는 시선으로 쳐다봤다. 식욕만 추구하는 요선이 먹이를 거부하다니 눈앞에서 보고도 믿을 수 없는 일이었다. 석호는 의심이 가득 서린 눈초리로 자희를 쳐다봤다.

"네 이년, 대체 어디서 무슨 짓을 한 것이냐!"

"상장군, 그게 무슨 말씀이셔요?"

"어디서 죄 없는 선인에게 해를 가하여 네 사욕을 채운 것이 아니냐? 그렇지 않고서야 네년이 폐하께서 하사하시는 요선을 거부할 리가 없다!"

자희는 숨을 크게 들이마시며 놀란 얼굴을 했다.

"어쩜 폐하의 안전에서 그리 심한 막말을? 그리고 상장군께서는 잘 모르시겠지만, 여인이란 다 그렇답니다. 최근 폐하께서 소녀에게 많은 은혜를 베풀어 주신 결과, 소녀가 도통 체중 관리가 되지를 않고 있사와요. 이대로 있다간 소녀의 요 가느다란 허리가 사라지게 생겼으니, 당분간은 곡기를 끊고 열심히 수행을 할까 한답니다. 그래야 소녀가 이 고운 미모를 유지하지요. 노력 없이 얻어지는 것은 아무것도 없사와요."

석호는 어이가 없어서 말했다.

"아니, 환술을 부려 선녀로 둔갑한 요괴가 무슨 노력을 해서 뭘 유지를 한단 말이냐? 대체 네년의 꿍꿍이가 무엇이냐? 바른대로 말하지 못할까!"

석호의 목소리가 지나치게 높아지자 결국 무진이 나섰다.

"상장군, 그만하게. 자희, 진심으로 하는 말이냐?"

자희는 활짝 미소 지으며 대답했다.

"그럼요, 폐하. 선, 하계가 여러모로 소란스러운 이때에, 소녀 때문에 폐하께서 괜한 근심을 키우실까 염려가 되옵니다. 그까짓 배고픔 좀 참는 것쯤 소녀에겐 아무것도 아니랍니다. 소녀는 그저 폐하에 대한 충심과 존경으로 아무것도 안 먹어도 늘 배가 부르니 말이어요, 오호호호!"

혀에 기름칠을 했군, 기름칠을 했어, 하고 생각하며 석호는 치를 떠는 표정으로 자희를 쳐다봤다. 자희는 옷자락으로 입을 가리고 웃고 있었다. 무진은 눈을 가늘게 뜨고 자희를 쳐다보다가, 결국 고개를 끄덕였다.

"좋다. 내 네 몫을 하사하는 것을 다음으로 미루겠다."

"예, 폐하."

"그만 나가 봐도 좋다."

"예, 폐하. 그럼 말씀 나누셔요."

자희는 공손히 인사를 하고는 호호호, 웃음을 흘리며 나갔다. 석호는 그런 자희를 기분 나빠하는 얼굴로 계속 쳐다봤다. 자희가 나가고 문이 닫히자마자 석호는 일그러진 얼굴로 자희가 놓고 나간 다과를 쳐다봤다.

"그것을 드시지 마십시오, 폐하. 무슨 수를 썼을지 모릅니다."

"상장군, 말이 지나치군. 설마 그런 짓을 했겠는가. 만약 그리했다면 자네가 가만있지 않을 테고, 그럼 스스로가 어떤 위험에 처할지 모를 자희가 아닐세."

"아무리 그래도…… 뭔가 이상합니다, 폐하. 저 요물이 무언가 이상한 꿍꿍이가 있지 않고서야 저렇게 나올 리가 없습니다."

"그래……. 이상한 일이긴 하군. 자네, 자희의 움직임을 늘 살피고 있었지? 수상한 점은 없었나?"

"제가 알기로는 그렇습니다."

“그래……. 혹여나 무언가 알게 된다면 반드시 짐에게 가장 먼저 알리게.”

“예, 폐하.”

석호가 고개를 숙이며 대답했다. 무진은 입을 다물고 그런 석호를 응시했다. 침묵이 조금 길어지자 석호는 의아해서 고개를 들었다. 어리둥절한 석호의 표정을 보고 무진이 설핏 웃었다.

“자네에겐 짐이 늘 고마워.”

석호는 무진의 말에 황망해서 얼른 고개를 숙였다.

“……폐하. 어찌 그런 말씀을 하십니까? 신하로서 당연한 일입니다.”

“그래. 그래도 짐에게 그대 같은 신하가 있어 참 다행이야.”

“폐하…….”

석호는 고개를 들어 무진을 쳐다봤다. 무진은 씁쓸한 미소를 짓고 있었다. 그 미소 사이 신뢰가 가득한 무진의 눈을 보며 석호는 몸 둘 바를 몰랐다. 때때로 무진이 저렇게 잊지 않고 마음 가득한 감사를 표현할 때마다 석호는 마음이 아팠다. 신하로서 당연한 일을 고마워하는 무진의 모습이 슬펐다. 단지 용과 계약하지 못했다는 사실 때문에, 스스로가 제위에 오를 자격조차 없다며 자책하던 무진의 모습이 떠올라서 그랬다. 반선의 몸으로 제위에 오를 수 없으니 선계를 떠나겠다고 주장하던 천자의 앞에서, 무릎을 꿇고 그의 주군으로 모실 분은 오로지 무진이라고 말했던 그런 때도 있었다.

무진은 결국 제위에 올랐지만 아직도 마음의 짐을 덜지 못하고 있는 게 분명했다. 무진의 감사 인사가 그 때문이라는 것을 잘 알아서, 석호는 차마 위로의 말조차 건네지 못했다. 그리고 무진은 언제나처럼, 부드럽게 미소 짓는 얼굴로 말했다.

“이만 나가 보게. 짐이 바쁜 사람을 너무 붙들고 있었군.”

"아닙니다, 폐하."

"계속 수고하게."

무진이 미소를 지었고, 석호는 공손히 인사를 한 후 방에서 나왔다. 술시들이 방의 문을 소리 나지 않게 닫았다.

문 앞에 서서, 무진이 있을 문 너머를 바라보는 석호의 마음은 편치 못했다. 차라리 무진의 심성이 조금만 덜 선했다면, 스스로의 치부 따윈 묻어 버리고 오로지 현실만 볼 정도로 냉정했다면 나았을지도 몰랐다. 그러나 그의 주군은 천성이 선했으며 옳지 않은 것을 묵과하기에는 지나치게 의로웠다. 그가 덮어야 할 것이 그 자신의 결함이라고 해도. 지금 무진이 앉아 있는 저 자리는 타인을 속이며 지키고 있는 가장 권위 있는 자리였다.

'그것이 외려 폐하의 마음에 상처가 되고 있구나.'

그 모습을 바라보는 석호의 마음이 아무리 아프다고 한들, 무신 본인의 마음에 비할 바가 아닐 터였다. 홀로 파이고 파여 흉이 졌을 마음이리라. 이럴 때면 석호는 다시금 용을 원망하곤 했다. 가장 제위에 어울리는 사람을 선택하지 않고 사라진 용을 끝없이 원망했다. 그런데 뜬금없이 용이 웬 여선과 계약을 맺었다니 이게 웬 날벼락이란 말인가. 석호는 무거운 한숨을 쉬며 조용한 복도를 걸어갔다.

❋ ❋ ❋

용주당에서 나온 석호는 그간 자희의 동태를 살피라 명한 검용군의 장수를 불러 그동안 뭔가 수상한 행동이 없었는지를 물었다. 아니나 다를까 선군은 석호에게 얼른 대답했다.

"아까 폐하를 알현하고 돌아가던 흑귀위 상장군께 접근하는 것을 보았습니다. 대화까지 확인하지는 못 하였으나 잠시간 대화를 나누었습니다."

"대화를? 연귀호와?"

"예, 장군."

"알았다. 수고했다. 계속 주시해라."

"예, 장군."

고개를 숙여 인사한 선군이 물러나고, 석호는 홀로 생각에 잠겼다. 연귀호는 용과 계약한 여선을 찾으러 하계로 내려갈 것이었다.

'이 요물이 무슨 꿍꿍이로 연귀호에게 접근한 거지?'

아무래도 수상했다. 아까 무진에게 이번 '먹이'가 필요 없다고 했을 때부터 영 수상하다고 생각은 했었다.

사실 석호도 처음부터 그렇게 자희에게 날을 세웠던 것은 아니었다. 처음에는 석호도 자희를 싫어하지 않았다. 비록 요선이었지만 선인인 그가 전혀 이상함을 느끼지 못할 정도로 완벽히 선녀의 모습으로 둔갑하고, 온갖 환술로 무진을 돕고 있는 자희였다. 폐하의 곁에 저런 요괴라도 있는 게 다행이다 생각한 적도 있었다.

그러나 그런 석호의 생각은 자희의 본성을 본 이후에 완전히 바뀌었다. 무진을 돕는 대가로 자희가 받는 먹이는 바로 평범한 인간이나 짐승이 아닌, 살아 있는 선인이나 요선이었다. 무진은 죄를 지어 처형이 정해진 선인이나 하계에서 잡아 온 요선을 옥사에서 빼내어 자희에게 먹이로 넘겼다. 자희의 힘이 그렇게 강한 이유는 바로 선인이나 요선의 생간을 취하고 그 정기를 제 것으로 하기 때문이었다. 그 사실을 알고 나니 자희의 강한 환술이 그전처럼 훌륭하거나 괜찮아 보이지 않았다.

무엇보다, 자희가 생간을 취하는 것을 들키지 않기 위해서는 석호가 그런 자희와 함께 가서 주변을 살펴야 했다. 자희의 정체나 무진의 진실에 대해 아는 사람이 석호뿐이니 어쩔 수 없는 노릇이었다.

그때마다 석호는 바로 눈앞에서, 요괴의 잔인한 본성을 봐야만 했다. 산 자의 가슴을 손톱으로 가르고 그 안에서 뛰는 장기를 꺼내 으득으득 씹어 먹는 자희의 모습을 봐야만 했다. 그 밤마다 진동하는 피 냄새가 그의 뼛속까지 스며들어 사라지지 않는 것 같았고, 붉은 피를 머금은 생생한 장기를 이로 씹는 소리가 머릿속에 자리 잡은 듯 잊히지 않았다. 자희는 지금이야 고운 선녀의 모습을 하고 호호 웃고 있지만, 그 밤만 되면 미쳐서 피를 삼키고 사람 살을 찢는 요괴로 돌변했다. 요괴는 그저, 요괴일 뿐이었다. 그러니 석호에게는 자희의 어떤 모습도 곧이곧대로 보이지 않았다.

'좀 더 지켜봐야겠군.'

그런 요괴가 갑자기 먹이를 거절하다니 정말로 이상한 일이었다. 환장을 하고 피를 삼키고 생살을 찢던 모습을 그 누구보다 잘 알고 있는 그였다. 자희가 갑작스럽게 연귀호에게 접근한 것도 뭔가 연관이 있겠거니 싶었다. 고민하던 석호는 일단 무진에게로 가서 자희가 연귀호에게 접근했다는 사실을 알린 후, 좀 더 지켜보라는 하명을 받았다.

그렇게 하루 종일 용수궁에서 무진의 곁을 지켰던 석호는 저녁 늦은 시간에 남선으로 돌아갔다. 석호가 탄 용마는 하늘을 날아 남선의 조현궁 앞에서 멈췄다. 궁 앞에서 내린 그는 조현궁의 술시들이 용마를 데려가게 고삐를 넘긴 뒤 조현궁의 남문을 향해 들어갔다. 문을 지나 들어가는 그를 따라 술시 하나가 따라붙어 그날 있었던 일을 고했다. 안색이 좋지 않아진 석호가 구름이 뒤덮인 앞마당에서 걸음을 옮기는데 작은 그림자가 그에게 달려들었다.

"아버지!"

석호는 그에게로 달려든 아들을 안고 번쩍 들어 올렸다.

"그렇게 느린 속도로는 귀신도 못 잡는다!"

"아버지는 잡히셨잖아요!"

"잡혀 준 거지, 이 녀석아!"

석호가 그를 쏙 빼닮은 어린 아들을 안고 웃는 사이, 도화가 그들에게로 걸어왔다. 석호는 도화를 쳐다봤다. 그가 보는 도화는 그 옛날과 다름없이, 손안에서 바스러질 약한 꽃 같은 모습이었다. 갸름한 하얀 얼굴과 물기 서린 눈동자는 늘 그의 시선을 잡아끌었다. 고운 빛깔로 서 있는 그의 작디작은 꽃이었다. 석호와 눈을 마주친 도화는 차분한 어조로 석호에게 인사했다.

"오셨습니까."

"돌아왔소. 무슨 일은 없었소?"

"예."

도화는 시선을 살짝 내리깐 채로 얌전히 대답했다. 석호는 그런 도화를 응시하다가, 품에 안긴 아들, 단우(丹遇)를 내려 줬다.

"우야, 아비가 오랜만에 네 실력이 얼마나 늘었는지 한번 봐야겠다. 이 아비가 할바마마께 인사를 올려야 하니, 그동안 얼른 준비해서 나오너라!"

"예!"

단우는 얼른 신이 나서 술시를 잡아끌고 달려갔다. 단우가 술시와 함께 가자 앞마당에 석호와 도화만 남았다. 고개를 돌린 석호가 도화에게 물었다.

"흑뢰가 또 난동을 피웠다고 들었소. 괜찮은 것이오?"

도화는 석호의 시선을 피했다.

"술시 하나가 해를 입었습니다. 말씀드리지 못해 송구합니다."

"아니, 아니! 부인이 다치지 않았다면 괜찮소!"

석호가 얼른 두 손을 내저었다. 도화는 그저 시선을 내리깐 채로 괜찮다 대답했다. 그 모습을 보며 석호는 안도의 한숨을 내쉬었다.

"혹시 모르니 흑뢰의 주변에 가까이 가는 일은 없도록 하시오. 아이가 가까이 가서는 더더욱 안 되오. 흑뢰의 성미가 사나워 큰 해를 당하게 될 것이오."

"예."

도화는 그저 고분고분 대답을 할 뿐이었다. 그 모습을 보며 석호는 마음 한구석이 아린 것을 느꼈다. 도화의 얌전함에 그가 좋아했던 고운 미소가 함께하지 않았기 때문이었다. 그녀가 그저 눈물만 흘리지 않았으면 좋겠다고 생각했던 때도 있었다. 그리고 이제는 그녀가 눈물을 흘리지 않게 되자 그에게 웃어 줬으면 좋겠다고 생각했다. 그와 자신들의 아들을 보며, 그 옛날의 환한 미소를 보여 줬으면 좋겠다고 생각했다.

그러나 도화는 시선을 내리깐 채 조용히 기다리고 있을 뿐이었다. 석호는 그런 도화에게 쉽사리 말을 걸지 못했고, 그래서 두 사람 사이에는 침묵만 흘렀다. 그녀에게 무슨 말이든 걸고 싶어도 그 얼굴을 보면 하려던 말도 잊어버리고 그저 바라보기만 한 게 어언 이십오 년이었다. 석호는 이번에도 역시 감히 그의 꽃에게 말을 붙이지 못하고 그저 그 아리따운 자태를 지켜만 봤다. 이리 어여쁜 여인이 제 아내라니 매일 한시도 잊지 않고 생각하는 일이지만 그래도 생각할 때마다 심장이 떨리고 덩실덩실 춤을 추고 싶은 기분이었지만, 앞에 있으면 저절로 작아지고 차마 떨려 말도 제대로 꺼내지 못했다. 몇 십 년을 함께 산 사이라도 여전히.

석호가 아무 말도 하지 않고 쳐다만 보자 결국 그 침묵을 먼저 깬 것은 도화였다.

"가서 단우의 준비를 도와야겠습니다. 전하께 인사를 드리고 오십시오."

"그, 그리하겠소."

도화는 목례를 하고는 단우가 뛰어간 쪽으로 걸음을 옮겼다. 석호는 멍하니 그 고운 뒷모습을 쳐다만 봤다. 그는 그녀의 뒷모습이 사라지자마자 살갑게 말도 제대로 못 건 스스로의 멍청함을 탓했다. 보고 싶었다고, 오늘도 하루 종일 그대 생각만 했다고 그렇게 말을 하리라 몇 십 년째 다짐을 했는데. 그러나 정작 도화의 앞에서는 꿀 먹은 벙어리처럼 입이 떨어지지 않았다.

'내일은 꼭.'

석호는 꼭 하고야 말리라, 하고 굳게 다짐했다.

발걸음을 돌려 정왕의 처소로 가면서, 석호는 주먹을 세게 쥐었다. 꿈도 꾸기 힘들었던 행복이 지금 그의 눈앞에 펼쳐져 있었다. 아름다운 아내와 그의 뒤를 이을 아들, 주군의 막대한 신임. 이보다 더 완벽하고 행복할 수는 없으리라. 단 한 사람이 사라지고 나서, 그는 천하에서 가장 행복한 사람이 되었다.

'내가 열등감에 사로잡혀 있다고.'

어찌 잊을 수 있으랴. 길고 긴 비교의 세월, 그간 그가 시건에게 쌓은 감정은 한낱 열등감으로 표현할 수 있는 감정이 아니었다. 치를 떨며 싫어했고, 존재 자체로 끔찍했다. 혜강은 그 마음을 알겠다고 했지만 그 누구도 알 수 없을 터였다. 그렇게 타인을 미워하는 스스로가 싫으면서도 그만둘 수 없을 정도로, 그는 시건을 증오했다. 그리고 그런 시건이 사라지고 이제 그는 모든 것을 가졌다. 시건은 그 무엇도 지키지 못했지만, 그는 온 힘을 다해 지킬 것이었다. 그의 가정을 지키고, 무진을 지킨다. 모두 그의 목숨을 바쳐 지켜야만 했다.

'그러니 그 여선을 대체 어찌한단 말이냐.'

석호는 한숨을 내쉬었다. 혜강도 용과 계약을 맺은 여선에 대해 걱정을 드러냈다. 석호가 몇 번이고 군사를 보내지 말라 말렸지만 무진은 듣지 않았다. 석호는 무진의 올곧음을 존경하고 좋아했지만, 이럴 때는 그게 답답했다. 용과 계약을 맺은 여선이 나타나면 선계에 큰 혼란이 올 것이 분명했다. 더군다나 그 상황에, 무진이 계약을 맺지 못한 반선이라는 것이라도 알려진다면. 끔찍했다. 그 이후 어떻게 될지는 상상도 하고 싶지 않았다.

그 여선이 선계로 돌아오는 것도, 무진의 곁에 두는 것도 안 될 일이었다. 무진이 반선이라는 사실을 알고는 그 여선이 변심이라도 하면 어떻게 한단 말인가. 그 여선이 하계로 떨어진 지금이 절호의 기회였다.

'더군다나 그 여우도 수상하기 짝이 없으니.'

문제의 여선도 그렇지만, 자희도 계속 살펴볼 필요가 있었다. 그는 일단은 여우가 왜 연귀호에게 접근했는지 알아봐야겠다고 생각했다. 여우가 사실대로 말할 리는 없으니 하계로 하강했을 흑귀위 선군들에게 군사를 좀 붙이는 게 나을 터였다. 어떻게 무진을 설득해야겠다고 결심을 한 석호는 정왕을 찾아가는 걸음을 빨리했다.

❋ ❋ ❋

"세상에. 내가 지금까지 이 꼴로 있었던 거야?"

수기로 물을 만들어 소세를 하려고 했던 사예는 만든 수면에 비친 그녀의 얼굴을 보곤 질겁했다. 머리는 엉망이었고 선녀들이 공들여 해 줬던 화장이 번져 있었다. 지워지다 만 화장이 옆으로 이리저리 번져 차마 봐 주기 힘든 얼굴이었다. 다른 것보다 입술에 발랐던 연지가 입술 주변으로 번진 게 제일 보기 싫었다. 이래서야 시건의 상태를 보고 뭐라고 할 처지가 전혀 아니었다. 이런 얼굴을 태연하게 마주 보고 대화한 시건이 신기하게 여겨질 지경이었다.

사예는 얼른 손으로 물을 퍼 얼굴에 남은 화장을 닦아 냈다. 이리

저리 번진 화장기를 닦아 내자 얼굴이 그제야 제대로 드러났다. 사예는 화장이 다 닦인 얼굴을 몇 번이고 응시했다. 세수를 한 것만으로도 개운하고 시원한 느낌이 들었다. 그제야 그녀 자신으로 제대로 돌아온 느낌이었다. 사예는 물을 고이게 하기 위해 오행궁에서 금기를 긁어모아 만든 작은 그릇을 옆으로 밀어 뒀다. 사예는 얼굴에 물기가 마르는 동안 헝클어진 머리도 제대로 묶기 위해 댕기를 풀었다. 그녀가 앉아서 긴 머리를 하나로 열심히 땋는 와중에 주변을 살피던 시건이 말했다.

"아무래도 이상하군."

"뭐가 말이오?"

"밤새 요괴가 한 놈도 나타나지 않았다."

"그게 이상하오?"

머리를 다 땋은 사예가 쳐다보자 시건이 그런 그녀를 쳐다봤다. 그가 대답 없이 응시만 하고 있어서, 사예는 눈치를 보다가 물었다.

"그, 그쪽도 좀 닦겠소?"

시건은 대답하지 않았지만 사예는 시건에게 금기로 만든 그릇을 밀어 넘겼다. 그러곤 수기를 움직여 물을 그 안에 고이게 했다. 시건은 고인 물을 빤히 쳐다보다가, 손을 넣어 소세를 했다. 사예는 시건이 소세를 하고 헝클어진 검은 머리카락도 물 묻혀 정리하는 모습을 빤히 쳐다봤다.

시건이 소세를 해서 제대로 얼굴을 닦고 머리도 정리하니 어째 시선이 계속 갔다. 좀 깔끔해진 것만으로도 금세 보기가 좋아졌다. 그가 어제까지 같이 있던 역적이 아니라 본래 이름난 장수였다는 사실이 새삼 인식이 될 정도였다. 제대로 차림새를 갖춘다면 제법 마음을 설레게 할 법도 하다고 혼자 생각한 사예는 시건을 힐끔힐끔 쳐다보다가 옆에 있는 청하에게로 시선을 돌렸다. 청하는 목기 충만한 숲에서 밤을 보낸 게 만족스러웠는지 제법 기분이 좋아 보였다. 다행이라고 생각하며 사예는 시건에게 물었다.

"헌데, 요괴가 나타나지 않은 게 무슨 문제라도 있소?"

손에 묻는 물기를 다른 손으로 훔친 시건이 대답했다.

"안 그래도 이상하다고 생각하고 있었던 건데, 암굴에서 나올 때도 요괴가 없었다. 암굴 안에는 오히려 요괴가 있었지."

"아, 그렇지. 암굴 밖은 요괴가 둘러싸고 있다고 하지 않았소?"

"그래. 헌데 내 기억으로 그렇지 않은 입구가 본래 한 곳이 있었는데, 그는 바로 동하의 암굴 입구였다."

"동하?"

그렇다, 하고 대답하며 시건이 고개를 끄덕였다.

"동하의 암굴 입구는 물론, 동하의 숲이나 산에서도 요괴를 볼 수는 없다. 이유는 동하에 요선들이 있기 때문이다."

"요선……."

요선이란 요괴가 오랜 시간 인간의 정기를 취하고 환술을 쓸 수 있게 된 경우를 의미했다. 요선이 된 요괴는 욕구를 어느 정도 조절을 할 수 있었고, 또 환술을 부릴 수 있으므로 평범한 요괴와는 질적으로 달랐다. 많은 정기를 취해 힘이 강할수록 사람과 유사한 모습으로 변이했다.

"요선이 있는 곳은 요괴들이 함부로 돌아다니지 못한다. 동하의 요괴들은 대부분 요선들의 통제를 받지. 따라서 암굴 입구에서 먹이를 노리거나 숲이나 산에 요괴가 숨어 살지 않는 것이다. 요선을 피해 도망친 요괴들은 암굴 속에 숨어 있기도 하지."

"헌데, 이곳은 북하잖소."

"그래……. 그래서 알 수 없는 노릇이지. 선인 화탁이 북선의 제후가 됐다고 했나?"

"그렇소."

시건은 잠시 생각에 잠긴 듯 말이 없었다. 눈썹을 찌푸린 채로 있던 그가 말했다.

"상황이 생각과는 조금 다를지도 모르겠다. 현 북선 제후인 화탁은 내 기억에 따르면 그 이전에 하계에 내려온 경험이 없다. 그가 누구를 북하의 태수로 명했는지는 모르겠지만, 하계 상황에 대해서 잘 알고 있기를 기대하긴 어렵겠지. 만약 그동안 동하에서 넘어온 요선들이 북하에 자리를 잡았다면 여기 요괴가 없는 것도 대충 설명이 가능하다. 만약 동하에서 요선들이 넘어왔다면 힘없는 결괴들은 요선들을 피해 암굴로 숨어들어 왔을 가능성이 있다."

"그게 암굴에서 본 그 요괴들이란 말이군. 허면 나는 이제 어찌해야 하오?"

"상황을 잘 모르니 가까운 마을로 가서 알아보는 게 낫겠다. 현재 태수가 누구인지, 정황이 어떻게 흘러가고 있는지."

고개를 끄덕이던 사예는 문뜩 시건의 상태를 훑어보고는 말했다.

"그쪽은 가기 힘들 것 같은데. 그 모습으론 아무래도 눈에 띄잖소."

"그건 그렇지. 대낮에 원귀가 나타나진 않을 테니 나는 괜찮다."

사예는 눈썹을 찌푸렸다.

"그쪽을 뭘 믿고 그냥 홀로 두고 간단 말이오? 내 무슨 일이 생길지도 모르니 청하를 놓고 갈 수는 없고, 그렇다고 그쪽을 데려갈 수도 없으니, 내 술시를 만들어 곁에 두고 가겠소."

"……술시를 만들 수 있나?"

어린 선인의 경우 술시를 굳이 만들어 봤자 큰 필요성이 없고 그다지 쓸모가 없어서 대개는 직책을 얻거나 연식이 찬 후에 만드는 게 보통이었다. 그러나 늘 무영으로부터 도망을 다니느라 술시를 보내 상황을 살피는 게 일상 다반사였던 하선은 사예가 목가장서를 제대로 익히기도 전에 술시를 먼저 만들게 했다. 그래서 술시에 제법 자신이 있었던 사예는 시건의 질문에 황당해서 헛웃음을 흘렸다.

"이보시오. 우리 어머니께서는 칭찬에 참으로 인색한 분이신데 말이오, 그런 어머니께서 가장 칭찬하신 게 바로 술시였다오. 그쪽 말대로 대낮이고 원귀 걱정은 없으니 결계는 풀겠소. 대신 내 술시를 남겨 놓고 갈 테니, 도망갈 생각은 절대 하지 마시오."

"……알았다."

경고를 잊지 않는 사예를 보며 시건은 느지막하게 대답했다. 사예는 그녀의 술시를 만들기 위해 머리카락을 뽑고 목기를 모았다. 밤새 숲에 있었던 터라 기운이 충만해서 손안에 목기는 금방 모였다. 목기를 가득 머금은 머리카락을 돋아난 땅에 떨어트리고, 수기를 모아 그 위에 뿌렸다. 바닥에 떨어졌던 머리카락과 함께 목기가 금세 형상을 가지고 구체화됐다. 땅에서 나무가 자라나듯 크기를 키우고, 팔과 다리가 돋아나고 머리가 생겼다. 목기가 작달막한 아기도령으로 자라났다. 양 뺨에 포동하게 살이 오른 술시는 푸른 호건(虎巾)을 쓰고 도포 위에는 푸른 전복을 걸쳤다. 짧은 다리로 아장아장 걸어온 술시가 시건의 발치까지 다가왔다. 자그마한 손을 뻗어 시건의 바지 자락을 움켜쥐었다.

"……."

시건은 고개를 숙인 상태로 그저 침묵했다. 한참을 말을 잇지 못하고 사예의 술시를 빤히 쳐다봤다. 술시의 똘망똘망한 눈과 시건의 검은 눈이 마주쳤다. 시건은 빛나는 그 눈을 피했다. 그는 고개를 들자마자 그 술시의 주인이 기대 어린 눈으로 쳐다보고 있다는 걸 깨닫고는 겨우 입을 열었다.

"그래……."

천성이 빈말이나 거짓을 입에 담지 못하는지라, 그는 그 이상은 차마 말할 수가 없었다. 실망이 여실히 드러난 그의 얼굴에 사예가 헛기침을 하더니 말했다.

"표정 관리 좀 하시오. 작은 고추가 맵다는 말도 모르오? 술시가 그저 쓸데없이 덩치만 크다고 다가 아니오. 얘가 이렇게 보여도 한 능력 한다오. 이름은 청하요."

가까이로 날아온 신수 청하가 눈을 가늘게 뜨고 술시 청하를 빤히 쳐다봤다. 시건은 그 설명을 듣고서도 뭐라고 말해야 할지 알 수가 없어서, 그저 침묵했다. 결국 사예는 시건에게 그녀의 술시에 대해 찬사를 듣는 것을 포기했다.

"어쨌든, 얘랑 같이 있으시오. 내 일단 가서, 그렇지. 그쪽이 갈아입을 옷이라도 좀 사 올까?"

"……옷과 교환할 만한 곡물이나 물건이 있나? 아니면 하계의 동전을 가지고 있나?"

"어? 저화(楮貨)나 사천통보(四天通寶)는 있는데……."

"……그것은 하계에서 쓸 수가 없다. 그대가 옷을 사려거든 선계의 돈을 가져가 하계의 돈으로 바꾸든가, 아니면 상인과 교환할 만한 물건을 가지고 가야 한다. 하지만 오십 년 동안 상황이 어떻게 바뀌었을지 알 수는 없지."

당황한 사예는 민망해서 그저 시선을 피했다.

"그, 그럼 하는 수 없지. 내 일단 가서 상황만 좀 살펴보고 오겠소. 여기서 기다리고 계시오."

"……알았다."

"출출하면 요기라도 좀 하면서 기다리고 계시오."

그렇게 말하며 사예는 짐 속에 있던 육포를 일부 꺼내 시건에게 나누어 주었다. 시건은 별다른 반응 없이 사예가 떠넘기는 육포를 받아

들었다. 시건에게 육포를 주고 다시 짐을 싸던 사예는 혹시나 하는 마음으로 손등을 확인했다. 계약을 맺고 시간이 조금 흘렀기 때문에, 표식은 이제 유의해서 보지 않으면 눈에 띄지 않을 정도로 흐려져 있었다. 다행이라고 생각하며 사예는 마지막으로 빼놓은 것은 없는지 확인했다. 사진검과 돈, 옷, 남은 육포 등을 꼼꼼히 확인한 후 짐 보따리를 품에 안은 채로, 사예는 말했다.

"그럼 다녀오겠소."

"그래."

몸을 돌려 걸어가던 사예는 어째 찜찜한 마음에 눈썹을 찌푸렸다.

'이건 뭔가 좀 이상해.'

어쩐지 손이라도 흔들어 줘야 할 것만 같은 상황이었다. 애초에 이런 인사를 할 법한 사이가 아니라고 생각한 사예는 불편한 마음으로 걸어갔다. 굳건한 마음으로 뒤를 돌아보지 않고 그 자리를 떠났다. 나무로 가려진 숲 사이에 남은 것은 시건과 사예의 술시 청하뿐이었다.

❇ ❇ ❇

사예는 청하를 날려 보내 가까운 마을을 찾게 했다. 다행히 멀지 않은 곳에 마을이 있어 금방 다녀올 수 있을 것 같았다. 그녀에게 방향을 가르쳐 준 청하가 다시 표식으로 들어가 사라진 후, 사예는 계속 땅을 쳐다봤다. 암굴에서야 워낙 경황이 없었고 밤에는 그저 바로 눈 붙였으니 제대로 실감하지 못했지만, 흙바닥을 밟고 걸어 다니자니 참으로 기분이 묘했다. 신 아래에서 모래와 돌이 밟히는 소리가 연신 났다. 자박자박. 그게 신기해서 일부러 종종걸음으로 걸었다.

선계에 있을 때도 실내에서는 운보를 사용하지 않고 걷기도 했으니 운보 없이 딱딱한 땅을 밟는 게 완전히 낯선 일은 아니었다. 그러나 하계는 사방 천지가 온통 흙바닥으로 이루어져 운보 없이도 모든 이가 걸어 다닐 수 있으니 참으로 신기하지 않을 수가 없었다. 신수와 계약을 맺기 전인 어린 선인들은 구름 위에서 걷기 위해 부적을 써야 하는데, 그런 번거로움도 없으니 더 편하겠다 싶었다.

흙 위에 돋아난 풀이나, 나무들도 신기하기 그지없었다. 선계의 식물들은 모두 구름 위에서 토기를 모으고 그 위에 목기를 더하고 수기를 더해 선인들이 직접 싹을 틔워 내는 노력의 산물들이었다. 그녀가 알고 있는 식물이란 끊임없는 애정과 노력을 가해야만 뿌리를 내리고 자라날 수 있는 존재였다. 사예의 가족들은 동선에 숨어 살 때 그렇게 성심성의껏 길러 낸 채소와 야채를 먹고 살았다. 그러나 하계의 식물들은 모두 누구의 손길이 탄 흔적도 없이 홀로 제멋대로 자라난 것이 참으로 놀라웠다. 그럼에도 불구하고 나무들은 크고, 튼튼했다.

'식물이라는 게 선인의 술법 없이도 싹을 틔울 수가 있는 것이었다니.'

참으로 신기한 노릇이라고 생각하며 그녀는 연신 주변을 살피며 걸어갔다. 자란 나무들은 잎의 폭이 좁고 길었다. 넓고 잎이 큰 나무가 아니었다. 하지만 나무들은 하나같이 키가 컸다.

한참 숲을 구경하며 걸어가니 사예는 금세 숲에서 벗어날 수 있었다. 숲에서 벗어나도 암굴에서처럼 탁한 공기가 느껴지지는 않았다. 아무래도 암굴만 공기가 안 좋은 모양이라고 생각하며 사예는 안도의 한숨을 내쉬었다. 구태여 결계를 치거나 서둘러 숲으로 돌아가야 할 필요는 없을 듯했다. 숲에서 벗어나니 하계는 기의 흐름이 선계와 확실히 다르다는 게 느껴졌다. 숲에 있을 때야 목기가 가득해서 숲이니까 그런가 보다 했는데, 벗어나니 확실해졌다.

선계는 사방 천지가 넓게 트여 있고, 기가 존재하는 자리가 정해져 있지 않았다. 그나마 수기를 가득 띤 구름도 늘 고정되지 않고 흘러가기 때문에 사방이 수기로 가득 차 있지도 않았다. 따라서 대개 기의 흐름은 선인이 어떤 술법을 부렸는지에 따라 영향을 받았다. 선인이 술법을 부리지 않는 한 어떠한 기가 고정되어 있는 일은 없었다. 그래서 사예의 가족이 몰래 숨어 살았던 동선에는 목기가 가득했고, 지왕이 다스리는 서선의 포호궁에는 금기가 가득했다.

그러나 하계는 기가 고정되어 있는 느낌이었다. 숲에는 목기와 수기, 토기가 느껴졌고 지금은 토기와 수기가 느껴졌다. 각 기운들이 고정된 곳에 자리를 잡고 눌러앉아 있는 것만 같았다. 선인의 입장에서는 기운을 다루기가 더 쉽겠다는 생각이 들었다. 곳곳에 너무나 충만한 기운이 자리 잡고 있어 그 기운을 움직이기만 하면 될 터였다. 그녀가 처음 빠졌던 암굴과는 전혀 다른, 상당히 정체되고 고정된 느낌이었다.

조금 더 걸어가자 저 멀리 초가지붕이 모여 있는 마을이 보였다. 사예는 발걸음을 빨리해서 마을 입구로 서둘러 걸어갔다. 길이가 제각각인 장승 세 개가 지키고 있는 마을 입구에 멈춰 선 그녀는 들어가기 전에 주변을 살폈다. 사람이 전혀 보이지 않는 것을 제외하고는 눈에 띄게 이상한 점은 없어 보였다.

짐 보따리를 품에 꼭 안은 채로, 그녀는 마을 안으로 들어갔다. 그녀는 이리저리 시선을 던지며 익숙하지 않은 마을의 모습을 구경했다. 토기로 누르면 바로 무너질 것만 같은 허술한 지붕들이 눈에 들어왔다. 단단한 기와로 얹은 게 아닌 지푸라기 따위로 얽은 초가지붕이었다. 지붕 아래에는 먼지가 쌓이고 하얀 거미줄이 매달려 있고, 지붕을 지탱하고 서 있는 나무 기둥들은 갈라지고 휘어져 있었다. 기둥 사이사이를 메운 흙벽은 금이 가 있거나 갈라진 자리를 대충 새로운 흙으로 메운 게 티가 났다.

'저런 곳에서 어찌 살지?'

선계의 기와를 얹은 깨끗한 가옥들만 보고 산 사예로서는 도무지 믿을 수 없는 광경이었다. 그녀는 동선에서 숨어 살던 때조차 저런 넝마 같은 가옥에서 살지는 않았다. 이 마을에 잔뜩 있는 지붕들은 그녀의 눈에는 구름이 한번 지나가면 모조리 휩쓸릴 것같이 보였다. 사예는 하긴 하계는 구름이 지척에 있는 것이 아니라 저 멀리 있으니 그래도 상관없나 보다 하고 생각하며 지나갔다.

그러나 안으로 들어갈수록 더 심해졌다. 개중에는 아예 무너져 가는 집도 있었다. 늘어선 폐가를 보면서 사예는 지금 이 마을이 아무도 살지 않는 마을이라고 해도 이상하지 않다고 생각했다. 온갖 허름한 집들을 지나치면서, 그녀는 겨우 다섯 명의 사람을 마주쳤다. 그러나 그렇게 겨우 마주친 사람들도 정상은 아니었다. 그들은 머리가 제대로 정리되어 있지 않았고, 옷도 온통 구깃구깃 주름이 가 있었다.

'왜 다들 옷을 저렇게 입고 다니지?'

그녀야 지금 암굴로 떨어지고 강물에 빠진 옷을 대충 펴 말려 옷꼴이 말이 아니라곤 해도, 시건이야 줄곧 감옥에 갇혀 옷이 정상이 아니라도 해도. 저들은 자신들의 집이 있고 이곳에 자리를 잡고 사는 이들이 아니던가. 그런데 어째서 제대로 의복을 갖춰 예의를 다하지 않고 저런 모습으로 돌아다니는지 도통 알 수가 없는 노릇이었다. 심지어 하계의 인간들은 그게 이상하다는 생각조차 하지 못하는 것 같았다. 그녀 혼자만 의아해하는 것 같았다. 사예는 이유가 알고 싶었지만 어리석게 하계의 인간을 붙잡고 이유를 묻는 짓은 하지 않았다. 궁금한 것은 숲으로 돌아가면 시건에게 죄다 물어볼 심산으로 마음속에 차곡차곡 쌓아 두기만 했다.

정신없이 걸어 다니다 보니 넓은 길로 들어섰다. 그녀가 들어선 길은 아마 본래는 장이었던 듯했다. 양쪽으로 온갖 물건을 올려놓고 팔았을 게 분명한 수레와 평상이 마구잡이로 엉켜 있었다. 그러나 그 위는 물건이 없이 그저 텅 비어 있었다. 사람조차 거의 보이지 않았다. 다행히 그 사이에서 물건을 걸어 놓고 파는 사람이 몇 있었지만, 내놓은 물건 상태는 하나같이 변변치 않았다. 제대로 정리도 되어 있지 않아서 아무도 살 것 같지 않았다. 그리고 어차피 물건들을 보고 살 손님도 없어 보였다.

사예는 그중 옷감과 커다란 남자들의 도포를 걸어 놓고 파는 사람 하나를 발견했다. 그녀는 옷감 모서리의 실밥을 정리하고 있는 상인에게 다가갔다. 그녀가 다가가자 상인이 고개를 들었다. 그녀는 큰 도포 하나를 가리키며 물었다.

"이런 것 하나 사려면 돈으로 얼마를 내야 합니까?"

"5원이라오."

사예는 눈을 깜빡였다. 입을 벌리고 아무 말도 하지 못했다.

'지금 5원이라고? 5원?'

그녀는 믿을 수가 없었다. 멍하니 걸린 옷들을 쳐다봤다. 아무리 질의 차이가 난다고 해도, 이건 너무 심한 가격 차이가 아닌가 싶었다. 그녀는 그제야 시건이 왜 그녀에게 하계의 돈이 있냐고 물었는지 실감이 났다. 선계에서 쓰는 돈은 사천통보와 저화였는데, 그나마 단위가 적은 사천통보는 최소가 10단위였다. 심지어 지금 그녀가 가진 은전은 단위가 100단위였다. 그녀가 아는 사천통보의 10원이 과연 하계의 10원과 같은 단위인지조차 알 수 없는 일이었다. 사예는 상인의 옆에, 그녀가 가지고 있는 사천통보가 아닌 조금 다르게 생긴 구리 동전이 주머니 입구 밖으로 튀어나와 있는 것을 발견하고는 눈썹을 찌푸렸다. 그녀는 스스로의 질문이 하계에 처음 온 선인임을 드러낼 수도 있다는 사실을 망각한 채로 목소리를 높여 물었다.

"지금 5원이라고 하셨습니까?"

"그렇다오."

"그리 팔아 남는 것이 있습니까?"

상인은 들고 있던 옷감을 접으며 말했다.

"팔려고 내놓았겠나. 얼른 정리하고 뜨려니 똥값으로라도 받는 게지."

"……정리하고 뜨다니요?"

다행히 5원으로 옷을 파는 것은 하계에서조차 말이 안 되는 일임이 분명했다. 그러나 상인은 그녀의 질문에서 이미 이상한 점을 눈치챈 모양이었다. 상인이 고개를 들어 사예를 쳐다봤다. 얼굴에 주름이 진 상인은 눈썹을 찌푸리며 말했다.

"처자는 이 마을 사람이 아니구먼. 지금 이 마을은 사람이 하나, 둘 떠나고 있다오. 사람이 그나마 모이는 곳은 객들이나 드나드는 주막 정도지. 나도 떠날 준비를 하고 있고."

"아…… 떠나시는 연유가 무엇입니까?"

상인은 고개를 갸웃거렸다.

"어디 산골 오지에 숨어 살다 오셨나? 북하가 요선 천지가 되었다는 사실을 천하가 다 아는데. 요선들이 선인 관리들에게 붙어 재물을 쌓고, 우리 같은 사람들을 그저 가만 살게 놔두지를 않는다고."

"아……."

"고리대를 놓고 시장을 들어엎고 난리가 아니었지. 그나마 있는 땅 사들여서 비싼 지대 받아 챙기고. 태수는 요선들과 매일 술이나 마시고, 하늘 임금님은 무슨 억하심정이 있는지 북하에는 관심도 없나 봐. 그러니 어디 살 수가 있나. 이 마을만이 아니라 많이들 북하를 떠나고 있다고."

"그래서 어르신께서도 이 마을을 떠나십니까?"

"그렇지."

사예는 고민을 했다. 그녀는 암굴에서 입고 있던 옷을 아직도 그대로 입고 있는 시건을 떠올렸다. 솔직히 성인 장정이 남루하기 짝이 없는 옷 한 벌만 걸치고 있으니 그녀로서도 여간 민망한 게 아니었다. 다행히 도포의 가격이 생각보다 심하게 싸서 저런 옷 하나 사는 것쯤이야 굳이 못할 일도 아니었다. 하나 사서 위에 입히면 그녀나 시건이나 여러모로 눈과 마음이 편해질 터였다.

"송구하지만 정확히 언제쯤 떠나실지 여쭈어도 괜찮은지요? 안 그래도 제 오라비가 입을 옷이 필요했는데, 장에 갈 기회가 없어 차일피일 미뤄 온 참이었습니다. 어르신께서 떠나시기 전에 시간이 되면 다시 들를까 합니다."

"아마 내일모레쯤."

"예에. 그전에 다시 들르겠습니다."

상인은 고개를 대충 끄덕이고는 또 다른 옷감을 꺼내 실밥을 정리하기 시작했다. 사예는 고개를 꾸벅 숙여 인사를 하고는 몸을 돌렸다. 그녀는 지금 하계의 돈이 없으니 일단 좀 더 마을을 돌아다니며 알아본 후에 숲으로 돌아가야겠다고 생각했다. 아까 상인이 사람이 그나마 모이는 곳이 주막이라고 말했던 게 떠올랐다. 가능하면 거기에서 돈 바꾸는 법도 알아내어 시건의 옷을 사서 숲으로 돌아가는 게 좋을 것 같았다.

'아, 돈을 바꾸는 것을 진즉에 물어보고 왔어야 하는데. 돈 바꾸는 법을 물었다가 괜히 시선을 받으면 어쩐담. 그냥 숲으로 돌아가 제대로 묻고 다시 나올까.'

시건이 돈에 대해 이야기할 때 좀 더 자세히 물어보지 않은 걸 후회했다. 괜히 번거롭게 되었다고 생각하며 그녀는 일단 걸음을 옮겼다. 다행히 조금 걸어가니 아까보다는 오가는 사람이 좀 더 늘었다. 그러나 그들 역시 차림새가 좋지 못했다. 아까 상인의 이야기를 듣고 보니 확실히 그들의 안색이 안 좋고 몸도 심하게 마른 게 눈에 들어왔다. 사람이 조금 늘어나도 마을에 자리 잡은 집들이 형편없이 초라하다는 사실은 변하지 않았다. 하나같이 비나 겨우 피할 법한 집들이었다.

그대로 한참을 걸어가니, 어떤 초가집 담장 안으로 사람들이 제법 드나드는 모습이 눈에 들어왔다. 아마도 저곳이 아까 상인이 말한 주막인 모양이었다. 이제껏 그녀가 이 마을에 들어와서 본 사람 수보다 저 주막 주변에 있는 사람 수가 더 많은 것 같았다.

주막은 낮은 돌담이 앞을 가로막고 있었고, 돌담 사이로 짐을 한가득 멘 사람 몇이 나오고 있었다. 돌을 쌓은 담장 안쪽에는 평상이 있고 그 평상 군데군데 작은 소반이 놓여 있었다. 소반 주변에는 짐을 내려놓고 앉아서 식사를 하거나 술을 마시는 사람들이 있었다. 평상 뒤로는 여러 개의 방이 있는 낡은 초가집이 보였다.

마당에서 머리를 틀어 올리고 억세 보이는 여자가 이 사람, 저 사람 사이를 돌아다니며 술병을 날랐다. 초가집 한쪽에 활짝 열린 문 안은 부엌으로, 그 안에서 열네, 다섯은 돼 보이는 계집아이가 나와 연기가 모락모락 피어나는 사발을 사람들에게 쉴 새 없이 날랐다. 비록 규모나 모양새가 달라도 대충 보아하니 선계의 객점처럼 객들이 머물거나 음식으로 주린 배를 채워 가는 곳임이 분명했다. 외부인이 이 마을에 대해 묻고 사정을 알아 가기에는 이만한 곳이 없을 터였다. 사예는 돌을 쌓아 만든 담장 밖에서 힐끔힐끔 눈치를 보다가, 담장 안으로 몇 사람이 들어가자 그 뒤로 바로 따라 들어갔다.

그녀보다 앞서 들어간 사람들은 평상 위에 자리를 잡고 마당을 이리저리 오가는 여자를 불러 이야기를 나누었다. 사예는 그 모습을 빤히 쳐다보다가, 아무래도 나이 있는 중년 여자는 어려운 느낌에 그보다 만만해 보이는 어린 계집아이에게로 시선을 돌렸다. 사예는 계집아이가 사발을 들고 나르며 걸어 다니는 방향을 잘 살피다가, 그 중간쯤에 있는 소반 앞에 자리를 잡고 앉았다. 그리고 그녀는 마침 다른 손님들에게 음식을 내어놓고 들어가려는 계집아이를 냉큼 불렀다.

"얘. 얘."

"예?"

"잠깐. 잠깐 이리 와 보거라."

계집아이가 얼른 그녀에게 다가왔다.

"주문하시겠어요?"

"아……. 그래. 헌데 그 전에, 내 잠깐 네게 물을 것이 있다."

그녀는 그렇게 말하며 심 꾸러미를 얼른 뒤졌다. 마지를 조금 열고 육포 조각을 꺼내 건넸다. 두 손으로 육포를 받아 든 계집아이가 영문을 모르는 얼굴로 쳐다보자, 사예가 먹는 것이다, 하고 말했다. 계집아이는 사예를 힐끔 쳐다보고는 육포를 입에 넣었다. 오물오물 씹는데 씹는 맛이 제법 괜찮은 모양이었다. 표정이 밝아지는 것을 확인한 사예가 얼른 입을 열었다.

"내 북하의 태수님을 만나러 가야 하는데, 태수님의 존함이 어찌 되시냐? 그리고 이 마을에서 태수님을 만나게 해 줄 만한 사람이 누가 있느냐?"

"태수님을 왜 만나려고 하시는데요?"

"그런 건 네 알 바 아니고. 묻는 말에만 대답해."

사예를 힐끔 쳐다본 계집아이가 손가락을 펴 보이며 말했다.

"하나 더 주세요. 아니, 두 개 더 주셔요. 그럼 만나게 해 줄 만한 분하고, 만날 방법까지 죄다 일러 드릴게요."

"나 먹을 것도 부족한데……."

계집아이의 얼굴을 쳐다본 사예는 투덜거리며 짐 속에서 육포 조각을 세 개 꺼내 건넸다.

"이건 입막음 값이다. 알지?"

계집아이가 고개를 끄덕이자 사예는 육포 조각을 넘겼다. 얼른 그것을 받아 한 조각을 입에 집어넣은 계집아이는 육포를 오물오물 씹어 넘기고는, 사예에게 귀엣말로 속삭였다.

"태수님은 허채(虛彩)이라는 분이시고, 태수님을 만나시려거든 이 마을에서는 모양해(谋洋亥) 어르신을 찾아가야 해요. 그분은 멧돼지가 변이한 요선인데, 고리대를 놔 돈을 잔뜩 벌어 엄청 부자예요. 요괴라 그런지 20년 동안 늙지도 않았대요. 그분의 돈을 갚지 못하면 집이고 자식이고 다 빼앗겨요. 듣자 하니 잡혀간 어린것들은 모양해님의 저녁 찬거리가 된대요."

사예는 눈썹을 찌푸렸다. 인간을 섭식하는 것은 요선들이 정기를 쌓기 가장 적합한 방법이었으므로 영 틀린 소문은 아닐 터였다. 계집아이는 육포 한 조각을 또 입에 넣고 잘근잘근 씹으며 말했다.

"그분께 뭔가 청을 넣고 싶으면 그저 돈 보따리만 안고 가면 돼요."

"돈만 주면 무엇이든 다 들어준다는 말이냐?"

"예."

"그래……. 알았다. 고맙다."

사예는 선계의 돈이 있으니 하계의 요선에게 가져다주는 정도야 그다지 부담스럽지 않은 일이려니 생각했다. 짐을 한가득 싸고 그 안에 돈주머니까지 챙겨 넣어 준 어머니 하선에 대한 감사함이 마구 솟구쳤다.

"별말씀을요. 주문하실 거예요?"

"아니……."

사예가 대답을 하려는 찰나, 시끄러운 소리가 들렸다. 사예는 놀라서 고개를 돌렸다. 담 너머에서 시끄러운 소리의 주범이 보였다. 길을 걸어오는 사람들은 덩치가 산만 하게 컸다. 그러나, 그들의 본질은 사람이 아니었다.

'요선!'

사예는 얼른 목을 쭉 빼고 담 너머를 쳐다봤다. 두 다리를 쩍쩍 벌리며 요선 둘이 걸어오고 있었다. 사예는 처음 보는 요선의 모습에서 쉽사리 시선을 떼지 못했다. 걸어오는 요선 둘은 분명 사람의 모습이었지만 대놓고 그들의 요기를 내뿜고 있었고, 그 기세가 위풍당당했다. 사예가 지금까지 본 인간들이 낡은 옷을 입고 마른 것에 비해 요선들은 빳빳한 좋은 옷을 입고 있었고, 체격도 좋았다. 요괴 주제에 큰소리를 떵떵 치며 하찮은 인간들은 앞길을 막지 말고 비켜라, 하는 꼬락서니가 우스워 헛웃음이 나왔다.

'요선도 선인이라고 되지도 않는 권세를 누리는가.'

기가 찬 노릇이었다.

"저런, 저런. 빚을 못 갚았다 하더니, 결국 딸이 팔려 가는구먼."

뒤에서 누군가 혀를 찼다. 사예는 요선들이 끌고 가는 처녀에게로 시선을 움직였다. 처녀는 울고 있었고, 맞기라도 했는지 눈가 한쪽이 크게 부어 있었다. 작고 마른 그녀는 요선에게 팔이 잡힌 채로 발을 질질 끌며 끌려가고 있었다. 그리고 그 뒤로 그녀의 가족일 게 분명한 늙은 여자와 남자가 따라오며 울음을 터뜨렸다. 요선 하나가 두 노인 중 하나를 귀찮다는 듯 던져 버렸다. 요괴의 힘에 약한 인간은 멀찌감치 날아갔다.

"아이고, 아이고!"

"저걸 어째, 쯧쯧……."

사예는 주변을 둘러봤다. 모두들 하나같이 혀를 차거나, 좋지 않은 표정을 하고 있었다. 그녀에게 육포를 받아먹은 계집아이나 그녀의 어머니일 게 분명한 여자도 표정이 좋지 않았다. 뿐만 아니라, 요선의 행태를 밖에서 보며 지나가는 이들 또한 안타깝다는 듯이 끌려가는 처녀를 보고 있었다. 그러나, 아무도 나서지 않았다. 한낱 요괴가 인간을 해하고 끌고 가는 것을, 모두 그저 한 발짝 물러서서 쳐다만 보고 있었다.

'아마도, 두려운 것이겠지.'

태수를 만나려거든 모양해를 찾아가라니 모양해는 북하의 태수와도 긴한 친분이 있는 모양이었다. 그렇다면 모양해는 재력은 물론이고 권세도 제법 틀어쥔 요선인 게 분명했다.

'허나 어찌 요선과 태수가 그리 가까운 사이일 수가 있지?'

더군다나 요선에게 돈을 가져다 바치면 태수를 만날 수 있다니. 도통 이해할 수 없는 일이었다. 천제와 제후의 하명으로 하계 관리로 내려온 선인이 어찌 요선과 그리 가까운 관계를 맺는단 말인가. 아까 상인이 북하는 요선 천지가 되었다고 말했던 게 자꾸만 뇌리에 남았다. 그녀는 선계에서 그런 이야기는 단 한 번도 들은 적이 없었다. 요선이 하계의 한 부분을 차지하고 인간들을 괴롭히다니 전혀 상상조차 해 보지 않은 일이었다. 그녀는 하계에 요괴나 요선이라고 해 봤자 어둠 속에 몰래 숨어 사는 음지의 존재 정도로 생각하고 있었다. 하마 하계에 와 보지 않은 대다수의 선계 선인들이 그렇게 생각하고 있을 게 분명했다.

사예는 다시 계집아이를 불렀다. 그녀는 육포 조각을 하나 더 꺼내 건네며 계집아이에게 말했다.

"하나 더 묻자. 어찌 태수를 만나려거든 모양해를 찾아가라 하느냐? 모양해가 태수와 무슨 관계라도 되느냐?"

육포를 잘근잘근 씹으며 계집아이가 대답했다.

"그게 아니고, 모양해 어르신 아래에 소군강(小軍強)이라는 요선이 있는데, 그분이 태수님하고 가까운 사이라고 하던걸요."

"그자는 왜?"

"글쎄, 저야 그것까지는 잘 모르지요."

계집아이가 별 도움 안 되는 대꾸와 함께 어깨를 으쓱거리는 와중이었다.

"야, 이년아!"

"악!"

짜악! 하고 차진 소리가 났다. 딸의 등짝을 후려친 주인 여자가 팔을 걷어붙이며 말했다.

"고만 농땡이 피우고 빨리 국밥이나 날라!"

"아, 주문받고 있잖아요!"

"들어가, 들어가! 내가 받을 테니까!"

사예는 어안이 벙벙해서 잔소리를 늘어놓는 주인 여자를 쳐다만 봤다. 그녀가 아무 말도 못 하고 쳐다보자 주인 여자는 상냥한 얼굴로 돌변해서는 말했다.

"그래, 뭐 드릴까?"

"아…… 아니, 됐소. 다음에 다시 오겠소."

사예는 슬금슬금 자리에서 일어났다. 여자는 그런 사예를 따라와 붙잡으려고 했다. 사예는 날랜 몸놀림으로 여자의 손길을 피했다.

"아니, 왜? 한술 뜨고 가지!"

사예는 꾸벅 인사를 하고는 얼른 돌담을 넘어 길가로 나왔다. 담 너머에 서서 뭐라고 투덜거리며 여자가 몸을 돌리는 게 보였다. 안도의 한숨을 내쉬며 사예는 몸을 돌렸다. 돌리는 시선에, 요선들에게 끌려가는 처녀의 뒷모습이 보였다. 사예는 멍하니 서서 그 모습을 지켜봤다.

처녀의 작은 몸이 요선들에 의해 질질 끌려가고 있었다. 요괴에게 끌려가니 가서 좋은 꼴은 당하지 못할 터였다. 그걸 알면서도 그 누구도 나서지 않았다. 그건 당연했다. 한낱 인간들이 목숨이 둘, 셋이 되지 않고서야 어찌 환술까지 쓰는 요선들을 막아설 수가 있겠는가.

물론, 그녀는 그럴 힘이 있었다. 당장 나서서 건방진 요선들을 혼내 주고, 가엾은 처녀를 구해 줄 힘이. 하찮은 요선들에게 진정 힘이 무엇인지를 보여 주고, 그 힘을 올바르게 쓰는 방도가 무엇인지를 보여 줄 힘이 있었다.

'허나, 그럴 수는 없다.'

사예는 시선을 내리깔고, 몸을 돌렸다. 태수를 만나려면 모양해에게 돈을 바치고 청을 하라고 했다. 그렇다면 그녀는 모양해에게 밉보여서는 안 될 입장이었다. 이 상황에 나서는 것은 그녀에게는 안 좋은 결과만 될 터였다. 물론 그녀는 천제의 교서를 가지고 있었지만, 섣불리 나섰다가 요선이 방해라도 하고 나서면 곤란할 터였다. 모양해에 대한 이야기도 그렇고 저렇게 제대로 인간의 형상을 한 요선이 대낮부터 활보하고 다니는 것을 고려해 보면, 이 마을에서 요선들의 힘이 심상치 않음이 분명했다. 그 수가 상당히 많을지도 모르는 일이고, 갑자기 선인이 나타나면 요선들이 어찌 나올지도 알 수 없는 일이었다.

'나섰다가 모양해가 내게 악감정을 품거나, 태수에게 안 좋은 말이라도 전한다면 큰일이야.'

요선과 가까이 지내는 태수라면 그녀가 교서를 가지고 가도 요선의 편을 들어 그녀를 도와주지 않을지도 모르는 일이었다. 그래서, 그녀는 장래가 일그러진 가엾은 처녀의 아픔을 뒤로하고 돌아섰다. 신경도 쓰지 않는 것처럼, 그저 발을 움직여 앞으로 걸어갔다. 그녀의 작은 도움을 받으면 삶의 가장 크나큰 위험에서 벗어날 수도 있을 연약한 처자를 외면했다.

'나는 그리 배워 왔다.'

힘이 있어도 약자를 위해 쓰지 말고, 불의를 봐도 묵과하는 법을 먼저 배웠다. 숨을 죽이고 숨어 사는 법을 익혔다. 그 어떤 것보다 그저 이 목숨을 부지하는 것만을 생각하며 살 것을. 그렇게 살아남은 하선에게, 그녀도 그렇게 배웠다.

그래서 그녀는 그녀의 외면이 죄스럽거나, 부끄럽지 않았다. 그리 살고 싶어 사는 것이 아니라, 오랜 시간 동안 끝없이 도망쳐야 했던 현실이 그리 살도록 만들었다. 그녀는 하선과 약속한 대로 그저 조용히, 조용히 있을 것이었다. 구태여 나서거나 일을 크게 만들지 않고.

'조용히 모양해를 만나고, 태수를 만나 선계로 돌아가야 해.'

그저, 그녀의 어머니를 만날 일만 생각할 것이었다.

걸음을 옮기며, 그녀는 자기도 모르게 그녀가 지나왔던 쪽을 쳐다봤다. 시선은 자연스레 옷을 팔던 상인과 만난 장 쪽으로 향했다. 돌이켜 보니 참으로 헛되이 시간을 낭비했다는 생각이 들었다. 돈 단위가 어떻든, 가격이 싸든 그게 무슨 상관이란 말인가. 애초에 시건과는 곧 있으면 다시 헤어질 사이였다. 그녀가 작은 돈으로 옷 한 벌 사 그에게 건네는 것이 오히려 우스운 일일 터였다. 그를 풀어 줄 것도 아니고 약 올리려는 의도도 아니라면 구태여 그런 것을 주고받는 당치 않은 일을 할 필요가 없었다. 그건 그녀가 요선에게 잡혀가는 가련한 처녀를 구해 주는 것보다 훨씬 더 얼토당토않은 일이었다.

'참으로 바보 같은 생각을 했구나.'

어머니께 혼이 나도 할 말이 없다, 하고 그녀는 마음을 다잡았다. 돌아가 돈을 어떻게 바꿔야 할지에 대해 물어본 후, 바로 돈을 바꿔 모양해를 찾아가리라. 그리고 선계로 돌아가리라. 그럼 시건과는 다시 볼 일도 없을 것이었다. 그게 미안하거나 그가 불쌍하게 느껴지지 않았다. 그건 그녀에게는 약자를 외면하는 것만큼 쉬운 일이었다. 그렇게, 사예는 어리석게 느려지는 발걸음을 채근했다.

❈ ❈ ❈

사예의 술시와 남은 시건은 풀밭 위에 앉아 하늘을 쳐다보고 있었다. 사예가 주고 간 육포를 다 먹은 그는 이제 시선을 돌려 사예의 술시, 청하를 쳐다봤다. 사예의 술시는 사예가 있을 때에는 마치 떨어지지 않을 것처럼 그의 옆에 붙어 웃고 있더니, 사예가 가자마자 그 손을 놓고는 바닥에 대자로 드러누워 버렸다. 그러곤 도롱도롱 코를 골며 자기 시작했다. 그리고 지금도 그대로 누워 자고 있는 상태였다.

"……."

저 녀석을 어찌해야 하나 생각하던 시건은 결국 다시 하늘로 시선을 돌렸다. 그는 지치지도 않고 하늘을 응시했다. 크지 않은 나무의 잎들이 모이고 모여 하늘을 가렸다. 그 너머에 떠 있는 구름은 모두 멀었지만, 그래도 암굴에 있을 때만큼 멀지는 않았다. 스스로가 생각하기에도 전혀 의미 없는 감상이라고 생각하며 시건은 계속 하늘을 응시했다.

그러니 그가 하늘 사이에서 용마를 탄 선인의 무리를 발견한 것은 당연한 일이었다. 시건은 본능적으로 앉아 있던 자리에서 벌떡 일어났다. 나뭇잎 사이로 하강하는 선군들의 모습이 보였다. 선군들이 쓴 투구의 위에 달린 검은 술이 흔들렸다. 흑귀위 장수들이었다.

생각보다 몸이 먼저 움직였다. 그도 모르는 새 그는 앞으로 내달리고 있었다. 하늘을 가로질러 날아가는 용마들의 뒤를 따라잡기라도 하려는 양 달렸다. 새를 따라 날아가려는 물고기처럼 힘껏. 물 밖으로 튀어 오르면 그저 그 발톱에 낚일 수밖에 없다는 사실조차 잊은 채. 다른 것은 보이지 않았다. 보이는 것은 하강하는 용마들과 그 위의 선군들이었다. 그 순간, 그가 내디딘 자리에서 순식간에 무언가가 뻗어 나와 그의 발목을 휘감았다. 두 다리가 그대로 모두 묶였다. 그 바람에 시건은 그대로 고꾸라질 뻔했다.

바닥에 닿기 전에 두 팔로 땅을 짚고, 넘어지는 상황은 겨우 면했다. 시건은 고개를 돌렸다. 자고 있다고 생각했던 사예의 술시가 그 작은 손을 땅에 파묻고 있었다. 시건은 시선을 내려 자신의 발목을 쳐다봤다. 다섯 갈래의, 갈퀴 같은 모양새로 나무뿌리 같은 것이 그의 발목을 잡고 있었다.

무표정한 얼굴로 자신의 발목을 보던 시건이 다시 고개를 돌려 하늘을 봤다. 용마를 탄 선군은 이미 제법 멀어져 있었다. 그 순간 시건은 용마들의 꼬리에 붙은 검은 자국을 보고 말았다. 흔들리는 꼬리 속에서 검은 것들이 슬그머니 그 모습을 드러냈다.

'……환술?'

시건은 눈을 가늘게 뜨고 그 자리를 계속 쳐다봤다. 용마는 보통 말이 아니었다. 그런 용마의 꼬리에 환술을 붙여 보내다니 보통 실력이 아니었다. 그만한 환술을 부릴 수 있는 이가 선계에 있다는 게 이상했다.

용마를 속일 수 있을 정도의 환술은 요선 중에서도 굉장히 실력 있는 요선이나 할 수 있는 일이었다. 그러나 음양오행의 술법 연마에 힘쓰는 선인들은 한낱 요선들이나 쓰는 환술을 설령 익힌다고 해도 그렇게까지 공들여 수련하지는 않았다. 용마마저 속일 수 있는 뛰어난 환술을 볼 수 있었던 것은 순전히 시건 본인이 술법이나 환술 등의 정체를 파악할 수 있는 눈을 태생부터 지니고 있었기 때문이었다.

실제로 시건조차 저 환술이 명확히 어떤 것인지는 알 수가 없었다. 그러나 그가 아닌 다른 이는 그 존재조차 발견할 수 없을 터였다.

'저 정도의 요선이 선계에 있을 리가.'

그것도 선군의 주변에 있다니 이상하다고 생각하던 시건은 계속 그쪽을 좌시했다. 용마의 꼬리에서 빠져나온 검은 것들이 이윽고 숲으로 떨어졌다. 떨어지며 그것들은 명확한 검은 형태를 갖추었다. 시건은 떨어진 것들이 누군가의 환술시(幻術厮)라는 걸 확신했다.

시건은 시선을 돌려 용마를 탄 선군들을 찾았다. 날아가는 흑귀위 선군들의 한참 뒤로 또 다른 선군들이 따라가고 있는 게 보였다. 이번엔 투구 위에 붉은 술이 달린, 적오위 선군들이었다.

"……."

이 또한 이해할 수 없는 일이었다. 선군이 왜 선군의 뒤를 쫓는단 말인가. 심지어 뒤따르는 선군들은 구름을 모아 기척을 가리는 술법만으로도 모자라 은신술이라는 환술까지 써서 그들의 자취를 감추고 있었다. 어쩌면 흑귀위 선군의 용마에 붙은 환술시와 관련이 있는 걸지도 몰랐다.

의아함에 계속 하늘을 응시하던 시건은 곧 고개를 숙이고 무거운 한숨을 내쉬었다. 어차피 여기서 그가 아무리 뛰어 봤자 저 선군들을 따라잡을 수는 없을 터였다. 따라잡아도 문제였다. 지금 그는 암굴을 탈출한 대역 죄인이었다.

시선을 내리자, 발목을 묶고 있던 나무뿌리가 슬슬 풀리며 바닥으로 축 늘어지는 게 보였다. 그것은 시든 나무처럼 말라비틀어져 떨어졌다. 시건은 고개를 돌려 사예의 술시를 쳐다봤다. 그것은 언제 잠들었냐는 듯 두 눈을 똘망똘망 뜨고 그를 쳐다보고 있었다. 땅속으로 파묻었던 손도 빼내어 원래의 작은 손으로 돌아가 있었다.

시건은 눈을 가늘게 뜨고 술시를 쳐다보다가, 고개를 돌리고 다시 달려가던 방향으로 움직였다. 그러나 이번에는 그의 발을 막아서는 게 아무것도 없었다. 진짜로 도망갈 심산도 아니었기 때문에, 시건은 얼마 가지 않아 움직임을 멈췄다. 그는 고개를 돌렸다. 사예의 술시는 다시 아까처럼 바닥에 드러누워 눈을 감고 있었다.

"……."

그는 도무지 이해할 수 없어서 직접 술시에게로 걸어갔다. 그의 그림자가 그늘을 드리우자 술시가 눈을 떴다. 눈을 깜빡이며 쳐다보는 모양새가 영락없는 어린아이였다.

"한낱 술시가 의도를 파악할 줄 아느냐."

술시 청하는 대답하지 않았다. 그저 아무것도 모르겠다는 얼굴로 고개를 갸웃거릴 뿐이었다. 시건은 그런 술시를 천천히 뜯어보며 물었다.

"네 주인이 네게 어디까지 허락했느냐?"

시건을 물끄러미 쳐다보던 술시가 헤죽, 웃었다.

❈ ❈ ❈

그리하여, 마을에서 숲으로 돌아온 사예는 사방이 술법 천지로 엉망이 된 광경을 볼 수 있었다. 군데군데 술시가 그 손을 뻗었을 게 분명한 자국들이 제멋대로 남아 있었다. 땅에서 솟아 나와 말라비틀어진 나뭇가지가 사방에 가득이라 어젯밤처럼 자리 잡고 눕기 위해서는 자리를 옮겨야 할 것 같았다. 사예는 고개를 돌려 서 있는 시건을 쳐다봤다. 시건은 묘하게 그녀의 눈을 피한 채로 대답했다.

"……도망치려고 한 게 아니다."

"……그럼 뭘 한 거요?"

시건은 대답하지 않았다. 사예는 눈썹을 찌푸린 채로, 그녀의 술시를 쳐다봤다. 이것이 지키라는 역적은 안 지키고 주인이 왔는데도 아주 세상모르고 잠들어 있었다. 사예는 그게 자기 솜씨 자랑하느라 여기저기서 술력을 퍼부어 지쳐 버린 것이라고는 상상도 하지 못했다. 그녀가 술시 청하를 째려보는데 시건이 말했다.

"선계에서 흑귀위 장수들이 내려오는 것을 보았다. 나도 모르게 그들을 쫓아가려고 했는데 그대 술시가 막더군."

"……그랬소?"

그래도 할 건 했군, 하고 생각하며 사예는 고개를 끄덕였다. 그녀는 좀 자게 내버려 둬도 괜찮겠다고 생각했다. 그런 사예를 물끄러미 쳐다보던 시건이 물었다.

"그대 술시가 의지를 구분할 줄 아나?"

사예는 들고 있던 짐을 내려놓으며 발로 술시 청하가 만들어 놓은 마른 나뭇가지를 차 버렸다. 사예는 겨우 빈자리를 만들고 앉으며 대답했다.

"멍청하니 힘만 넘치는 술시보다야 빠릿빠릿하니 눈치 좀 있는 술시가 훨씬 낫지."

"어찌 그럴 수가 있지?"

헛웃음을 흘린 사예는 조금 거리를 두고 앉은 시건에게 말했다.

"이보시오, 내 그 방도를 우리 어머니께도 가르쳐 드리지 않았소. 뭐 어차피 알아도 그쪽이 따라 하진 못하겠지만."

"어째서?"

"뭘 그리 궁금해하시오. 어차피 신수도 없는 그대가 술시를 만들 수도 없……."

말을 하다 말고 사예는 시건의 눈치를 봤다. 시건은 표정 변화 없이 가만히 있었고, 그래서 그녀는 한층 불편해졌다. 이놈의 입방정, 하고 생각하며 속으로 스스로를 탓했다.

"……미안하오."

시건은 계속 그랬듯 담담한 태도로 대답했다.

"아니, 그대 말이 맞다. 내가 알아봐야 하등 소용도 없는 일이지."

"아니, 그런 뜻이 아니오. 그냥……. 그냥 그건 저 술시가 살아 있는 실체가 따로 존재하기 때문이오."

"실체라."

시건이 생각에 잠긴 얼굴로 중얼거렸다. 사예는 좀 망설이다가, 그냥 빠르게 설명했다.

"그렇소. 이것의 실체는 살아 있는 나무인데, 그 위치는 나만 알고 있소. 그곳에 내 술법으로 연결을 해 놓은 터라, 나무가 자라면서 이 놈도 같이 자란다오. 그리고 본래 식물이란 주변 상황에 매우 예민한 법이오. 의지를 구분할 줄 아는 것 또한 놀라운 일은 아니지."

시건은 쉽사리 입을 열지 않았다. 사예는 대충 얼버무리며 마무리를 지었다.

"허나 목기를 통한 술시니 가능한 일일 것이오."

저 술시를 만들기 위해 그녀는 동선 한쪽에 작은 묘목을 심고, 목기와 토기, 수기를 들이붓고 한참의 공을 들여야 했다. 결국 뿌리를 내리고 나무는 자라났지만 그녀가 동선을 떠나는 바람에 언제 어떻게 될지는 알 수 없는 노릇이었다. 선계에서 식물은 계속적으로 보살펴 줘야 썩거나 마르지 않고 자라날 수가 있었다. 떠날 날을 대비하여 주변에 토기와 수기를 유지할 만한 부적을 붙여 두긴 했으나, 확신할 수 없는 일이었다. 사실 어머니인 하선에게 그 방도를 가르쳐 주지 않은 것은 하선은 사예 이상으로 목기에 능하므로 같은 방법으로 더 우수한 술시를 만들 가능성이 있기 때문이었다.

어쨌든, 그렇게 만든 그녀의 술시는 분명 일반적인 술시 이상의 능력을 가지고 있으나 그녀도 모르는 사이 어떻게 될지 알 수 없는 상태였다. 사예는 본인이 어떤 상황인지도 모르고 그저 태평하게 잠이나 자고 있는 술시 청하를 보며 한숨을 내쉬었다.

시건 역시 사예의 술시를 빤히 쳐다보고 있었다. 제 실력을 신나게 뽐내다 지친 술시는 깨울 때까진 절대 일어나지 않을 것처럼 보였다. 술시가 술력을 구사하는 것조차 흔한 일이 아니었다. 그러나 의지를 가지고 힘을 행할 때와 행하지 않을 때를 스스로 구분하는 것은 거의 불가능한 일에 가까웠다. 그가 선계 장수 시절에도 그런 술시를 본 일이 없었다. 그의 술시조차 그 뛰어난 술력을 주인의 명령에 따라 행함이 전부였다. 시건은 사예의 술시를 응시하며 말했다.

"그대의 재주가 남달라 매번 나를 감탄시키는군."

진심 어린 감탄에 사예는 자신의 귀를 의심했다. 그러나 시건의 표정은 농담을 하는 표정이나 장난을 하는 표정이 아니었다. 그 진지함이 단순히 아부나 도망치기 위한 술수가 아님이 한눈에 보였다. 사예는 태연한 척하려고 했지만 내심 뿌듯해서 자꾸 입술 끝이 올라갔다.

"그래서 내 말했잖소. 우리 어머니께서 칭찬을 하셨다니까. 우리 어머니께서 원래는 그런 분이 아니신데 말이오, 저 술시 만드는 방법은 탐이 나셨는지 계속 물으시더라고. 근데 자꾸 그러시니까 더 가르쳐 드리기가 싫어서 안 가르쳐 드렸지."

시건은 기분이 좋아진 걸 감추지 못하고 있는 사예를 물끄러미 응시했다. 신이 나서 재잘거리는 얼굴에 검은 눈동자가 미동 없이 박혔다. 시건은 느리게 고개를 끄덕였다.

"그래……. 나도 탐이 나는군."

"아, 정말 곤란하네. 탐내는 사람이 이리 많네, 이리 많아. 안 그래도 우리 어머니께서도 도통 포기를 못 하시기에 내 참으로 곤란했다오. 결국 내 어머니의 자식이니 내 술시가 곧 어머니 술시나 다름없다고 말씀드리며 피해 버리는 수밖에 없었소."

사예가 고개를 절레절레 저었다. 그러나 말을 하는 그녀의 얼굴은 연신 기분 좋아하는 얼굴이었다. 그리고 시건은 계속 사예에게서 시선을 떼지 않고 말했다.

"그래. 그게 맞는 말이지."

"그럼, 그럼."

사예는 얼굴 가득 미소를 머금고는 고개를 끄덕였다. 사실 하선은 그녀의 칭찬으로 인해 사예가 기고만장해지면, 숨죽이고 조용히 살아야 할 삶에 적합하지 않은 성품으로 자랄 것을 염려하여 부러 칭찬을 아꼈다. 그 탓에 사예는 오히려 하선의 기대와는 반대로 칭찬에 매우 약한 성품으로 자라났다.

그러니 유명했던 시건이 그녀의 재능을 대놓고 인정해 주니 사예의 기분이 좋지 않을 수가 없었다. 스스로가 정말로 실력 있고 뛰어난 선인인 것만 같은 기분이 들었다. 그녀는 늘 동선에 숨어서 술법을 연마하며, 태산에서 수행하고 날개옷을 받는 선녀들을 부러워했다. 시건의 칭찬이 마치 태산에서 수행하지 않았어도 그녀가 그들보다 뛰어나다고 말해 주는 것 같아서, 사예는 알게 모르게 기분이 들떴다. 그녀의 머릿속에서 시건은 이미 얕은 잔꾀로 그녀에게 아부하는 자가 아니라, 유명했던 장수임에도 불구하고 타인의 실력을 우습게 여기지 않고 높이 사는 아주 좋은 장점을 지닌 자로 탈바꿈해 있었다.

그리고, 사예가 그렇게 금세 들뜬 동안 사예의 술시 청하는 눈을 가늘게 뜨고 그런 주인과 시건을 쳐다보고 있었다. 사예는 기분 좋아서 혼자 웃고 있다가 그런 청하의 시선을 알아차리고는 눈썹을 찌푸렸다. 뭔가 묘하게 기분 나쁜 시선이었다. 일어난 김에 일단 술시를 없애야겠다고 생각한 사예는 얼른 손으로 수인을 맺었다. 술시 청하는 연기와 함께 자취를 감추었다. 손을 털며 사예는 그녀가 오는 길에 했던 생각을 바꿨다. 아까까지 가지고 있던 생각이 단숨에 바뀌어 버렸다.

'하긴, 겨우 오 원짜리 옷 한 벌이야 못 사 줄 것도 없지. 그래도 선계 갈 방법도 가르쳐 주고 도움도 줬으니 그 정도야 뭐 어때.'

그녀는 돈을 바꿔 시건의 옷을 사 주고, 남은 돈을 모양해에게 갖다 바쳐야겠다고 생각했다. 거기까지 생각이 닿으니 어쩐지 다시 마음이 불편해졌다. 시건은 본인이 암굴 옥사에 갇힌 와중에도 신의를 운운하며 그녀에게 나가는 길을 가르쳐 준 사내였다. 그런 이에게 그녀가 선계로 돌아가기 위해 요괴에게 돈을 가져다 바치겠다는 말이 어떻게 들릴지 알 수가 없었다.

'아니, 어떻게 생각하든 그건 내 알 바 아니잖아.'

요괴에게 돈을 바치는 일을 도와줄 수 없다고 시건이 주장한다면 그녀에게도 영 방도가 없는 것은 아니었다. 그로 인해 지금의 평화로운 분위기가 망가지는 것 또한 어쩔 수 없다 생각했다. 사실은, 역적과 평화로운 분위기로 담소를 나누고 있는 상황부터가 문제였다. 사예는 어느새 해이해진 마음을 단단히 먹고 입을 열었다.

"내 마을에 가 보니 그대 말이 맞았소. 북하는 아무래도 요선들이 차지한 모양이오. 태수라는 자의 이름은 허채라고 했고, 내 태수를 어찌 만나야 하냐고 물으니 모양해라는 요선에게 돈을 갖다 바쳐야 한다고 했소."

"모양해?"

"그렇소. 멧돼지가 변이한 요선이라고 하던데. 이십 년 동안 늙지 않았다 했으니 적어도 북하에 자리 잡은 지가 이십 년은 되었을 것이오."

"이십 년이라……. 기이한 일이군. 요선이 자리 잡았다고 해도 선군들이 있으니 한 번에 토벌했으면 그만인데."

어째서 이십 년이나 내버려 두고 있는 것인지 알 수 없다고 생각하며 시건은 생각에 잠겼다. 허채는 본래 북하에 하강해 있던 선인으로, 그가 기억하기로는 사람이 올곧지 못하고 제 일신 지키기에 급급했던 자였다. 어느 면으로 보나 태수라는 책임을 맡을 만한 자가 아니었다. 그래도 입 놀리는 재주는 있었으니 아마 하계에 대해 잘 모르는 화탁이 제후가 되었을 때 손을 써 그 자리를 받아 낸 게 아닌가 싶었다. 사예는 얼른 그녀가 들었던 정보를 이어 말했다.

"모양해 아래 소군강이라는 요선이 북하 태수와 가까운 사이라고 하였소. 혹시 아시오?"

"아니……. 나는 잘 모르겠군."

"아무래도 북하의 태수가 요선들의 횡포를 묵과하고 있는 것 같았소. 마을에 가 보니 모두 요선들 때문에 살기가 힘들어 북하를 떠나고 있다고 하던걸."

시건은 침묵했다. 그가 암굴에 있던 동안 일어난 일이 그의 입을 다물게 했다. 북하는 그가 하계에서 가장 자주 있었고 잘 알던 곳이었다. 그러나 그는 곧 그가 그의 입으로 스스로 했던 말을 떠올렸다. 그가 갇혀 있던 시간은 오십 년, 그 정도면 하계의 인간들에게는 생을 거의 마감할 정도로 길고 긴 시간이었다.

침묵하던 시건은 말을 돌렸다.

"그래서, 그대는 어찌할 생각이지?"

사예는 은근슬쩍 시건의 시선을 피했다.

"내게는 선계의 돈이 있으니 하계의 돈으로 바꿔 모양해에게 가져갈 것이오. 모양해가 재물에 대한 탐욕이 남달라 돈만 바치면 뭐든 들어준다고 하였소. 태수를 만나게 해 달라고 청을 할 것이오. 여기 요선이 많아 천제 폐하의 교서를 보이거나 내가 선인이라는 사실을 밝히기가 곤란하니, 태수를 직접 만나는 게 가장 안전할 성싶소."

시건은 금방 대답하지 않았다. 사예는 자기도 모르게 시건의 눈치를 봤다.

"그러니, 돈을 바꿀 수 있는 방법을 일러 주시오."

시건은 무표정한 얼굴로 사예를 물끄러미 쳐다보다가, 느릿하게 입을 열었다.

"……돈을 바꿀 필요는 없을 듯하다. 상대가 요선이고 태수와 그리 가까운 자라면, 그들은 하계의 것보다는 선계의 재화를 더 좋아할 것이다. 교서와 함께 그대로 가져가는 게 낫겠지."

"……그렇군, 잘 알겠소."

사예는 고개를 끄덕였다. 시건은 별말 없이 입을 다물었고, 그녀는 시건의 눈치를 힐끔힐끔 봤다. 시건은 무표정한 얼굴이었고 그런 그의 눈치를 보며 어떻게든 할 말을 찾던 사예는, 순간 마을로 가기 전에 그에게 육포를 줬던 것을 기억해 냈다.

"육포는 어쨌소? 다 먹었소?"

"그래."

기껏 시도한 대화는 바로 단절되었다. 사예는 슬쩍 시선을 피하며 또 할 말을 찾았다. 그리고 마침 좋은 질문거리가 생각났다.

"혹 하계에도 괴황지를 파오?"

"판다. 대신 선계의 저화로 구입할 수가 있고……. 태수가 있는 관아에 가 직접 받아야 한다. 신분이 확인된 자에게만 판매하기 위함이다."

"아……."

고개를 끄덕이며 사예는 연신 불편한 마음으로 시건의 눈치를 봤다. 그러나 시건은 끝내 달리 입을 열지는 않았다. 사예는 그의 침묵 때문에 마음이 점점 더 불편해지는 것을 느꼈다. 뭐라고 하지 않으니 그게 또 그 나름 불편했다.

'하긴 저자가 내게 뭐라고 할 입장은 아니니.'

성급하지 않고 입이 무거운 선인인 것 같으니 상황에 맞지 않는 말을 입에 담지 않는 것뿐이리라. 어차피 그가 그녀에게 뭐라고 할 수 있는 입장도 아니었다. 어쩌면 스스로의 입장을 잘 알고 있기 때문에, 그동안 그녀가 무슨 말을 하든지 화내지 않고 모르는 것을 물어도 그저 순순히 대답해 준 것일지도 몰랐다. 그러나 그 침묵 속에 사실은 편하지 않은 마음이 숨어 있을 거라는 생각이 자꾸만 들어서 사예는 혼자 가시방석 위에 앉은 기분이었다.

'상관없어. 상관없는 거야.'

요선에게 잡혀가는 가엾은 처녀마저 외면했는데 시건의 시선 따위가 마음에 걸릴 이유는 없었다.

그렇게 사예가 자기 나름의 합리화를 하는 동안, 가만히 앉아 있던 시건이 고개를 돌렸다. 그는 나무로 가려져 그늘진 먼 곳을 응시했다. 나무 사이에서 검은 무언가가 움직였다. 빠르게 움직이고 다시 몸을 감춘 그것은 아까 시건이 봤던, 용마의 꼬리에서 떨어진 환술시였다. 시건은 잠깐 시선을 돌려 피하듯 다른 곳만 보고 있는 사예를 쳐다봤다. 그러나 아주 잠깐이었다. 그는 다시 고개를 돌려 숲을 응시했다. 아주 잠깐 느껴졌던 기척이 다시 온데간데없이 사라졌다. 기척을 지우는 솜씨가 제법이었다. 시건은 검은 환술시가 사라진 자리를, 계속해서 응시했다.

❈ ❈ ❈

기척을 감추고 숲의 그늘 속에 숨어 있던 것들은 해가 다 지고 어둠만 남은 밤에 그 모습을 드러냈다. 나무 사이에서 그것들은 명백한 살기를 띠고 사예와 시건이 있는 자리를 에워싸고는 바로 사예에게로 달려들었다. 나뭇잎을 모아 잘 준비를 하던 사예에게 숲의 나무 사이에 있던 청하가 빠르게 날아왔다. 사예는 빠르게 손으로 수인을 맺었다. 땅이 진동하고, 땅 아래 묻혀 있던 나무뿌리가 땅을 뚫고 나왔다. 나무뿌리가 사방에서 자라나 공격적으로 뻗어 나갔다. 뻗어 나간 뿌리들이 달려드는 검은 인영들을 붙잡고, 사방으로 집어 던졌다. 날아간 검은 인영들 중 일부가 솟은 나무들에 부딪쳐 파삭 소리를 내며 부서졌다.

달려들던 검은 인영들이 거리를 두고 결계 밖에서 멈춰 섰다. 사예는 그제야 달려든 무리의 정체를 제대로 확인했다.

'무영!'

선계에서부터 그녀의 가족을 줄곧 괴롭혀 온, 무영이었다.

'어찌 여기까지!'

도무지 이해할 수 없는 일이었다. 그녀의 가족도 저 무영이 어떻게 늘 가족을 추적해 오는지는 대충 예상하고 있었다. 아마 그간의 끈질긴 추적을 통해 얻어 낸 혈육의 피를 통해 추적부를 만들어 쫓아오고 있는 것이리라. 그러나 아무리 그렇다고 한들 어떻게 한낱 환술이 선계에서 하계까지 도달할 수 있단 말인가. 선인이 술법을 써도 어려운 일이었다.

사예가 있는 곳이 숲이라는 것은 그나마 잘된 일이었다. 사방은 온통 높게 자라난 나무들이었으며, 그것들의 뿌리와 가지가 사방으로 뻗어 있어 마음만 먹으면 움직이는 것은 일도 아니었다. 굳이 사진검을 꺼낼 필요도 없었다.

잠깐 멈춰 있던 무영들이, 다시 날카로운 손톱을 빼 들고 그녀에게 달려들기 시작했다. 하늘보다 더 검은 무영들이 결계를 찢고 뛰어들어왔다. 사예는 자신만만한 기세로 바로 수인을 맺었다. 잠시 멈췄던 뿌리들이 다시 솟아오르기 시작했다. 뿌리가 계속 자라서 무영들을 잡아 던지고, 푸른 용이 날아다니며 원귀의 접근을 막았다. 무영이 나타나자마자 아무것도 할 수 없는 시건은 사예의 뒤로 숨었다.

이곳이 숲이어선지 하계여선지는 모르겠지만, 무영들은 생각보다 쉽게 제압됐다. 그리고 정신없이 무영을 상대한 그녀나 사예 뒤에 숨어 있기 바빴던 시건은, 주변의 나무가 가린 어둠 사이에 인영 하나가 서 있다 자취를 감춘 것을 채 발견하지 못했다. 날고 있던 청하만 예민하게 그 기척을 알아챘다. 청하는 기척이 사라진 방향을 쳐다봤다. 그사이 사예는 마지막 남은 무영까지 모두 없앤 후에야, 수인을 맺고 있던 손을 내리며 겨우 안도의 한숨을 내쉬었다.

'이곳이 하계라 그런지, 환술자가 무영을 평소처럼 보내지는 못하는구나.'

평소였다면 겨우 이 정도로 끝나지는 않았을 터였다. 상황이 이렇게 되니 어머니 하선이 더 걱정되기 시작했다. 상대는 하계까지 무영을 보낸 자였다. 선계에 있을 하선에게 계속 무영을 보내지 않았을 리가 없었다.

그녀가 하선에 대한 걱정으로 불안해하는 동안, 청하가 날아서 사예의 곁으로 돌아왔다. 청하가 노란 눈을 부릅뜨고 발견한 기척에 대해 전하기도 전에, 시건이 사예에게 먼저 물었다.

"어찌 된 영문이지?"

사예는 뭐라고 설명해야 할지 알 수 없었다. 그녀는 시선을 돌렸다. 그녀가 고개를 돌리자 청하는 얼른 꼬리를 출렁거리며 먼 곳을 가리켰다. 그러나 사예는 청하의 손짓을 따라 고개를 돌렸어도 어두운 숲에서 아무것도 발견하지 못했다. 사예가 그대로 시건에게로 시선을 돌리자 청하가 긴 수염과 앞발을 힘없이 축 늘어트렸다.

힘 빠진 신수를 외면한 채로 사예와 시건이 말했다.

"저 환술시는 선계에서 왔다. 헌데 마치 기다렸다는 듯 그대를 공격하고 있지 않나."

"저것들이 선계에서 온 줄을 어찌 아시오?"

"낮에 하강하던 선군들의 용마에서 저 환술시가 떨어지는 것을 보았다. 그 후에 저 환술시들은 이 숲에 숨어들었는데, 아는 게 그뿐이라 그대에겐 말하지 않았다. 헌데 왜 저 환술시가 그대를 노리는가?"

"잠깐. 그게 무슨 소리요? 용마에서 환술시가 떨어지다니?"

"말 그대로다. 용마의 꼬리에 붙어 있던 환술시가 숲으로 떨어졌다. 선군을 태운 용마는 저 멀리 하강했고."

사예는 입을 다물었다. 선군들. 선군은 천제의 군사들이었다.

'용마의 꼬리에 붙어 오다니 이게 대체 무슨 소리지?'

머릿속이 혼란스러웠다. 그녀는 청하와 함께 하계로 떨어졌고, 그 자리에 있던 선녀와 선군은 모두 번개를 맞았다. 그런데 누군지 모를 추적자는 용마의 꼬리에 숨기기까지 해서 무영을 하계로 보냈다.

'내가 하계로 떨어진 것은 어찌 알고?'

갑작스러운 의혹으로 그녀는 얼굴을 일그러트렸다. 그녀는 천제의 교서를 받아 가마를 타고 가던 중에 난데없는 벼락을 맞았다. 내려친 번개가 마치 작정한 듯이 그녀의 일행을 모두 태워 버렸다. 그제야 생각지도 못했던 깨달음을 얻었다. 그때 가마에 내리꽂힌 벼락을 대신 맞았던 청하의 모습이 떠올랐다. 본래 신수에게는 무력이 통하지 않았다. 신수는 실체가 없기에 오로지 술법이나 환술 등의 방법으로만 해를 끼칠 수 있었다. 그리고, 분명 그때 벼락으로 인한 불꽃을 대신 맞은 청하는 고통스러워했었다. 그 벼락은 단순한 벼락이 아니었다.

'만약 그렇다면 처음부터…….'

뜬금없고 갑작스러웠던 벼락. 어쩌면, 그녀를 떨어트린 벼락마저 처음부터 의도된 것일지도 몰랐다. 그녀는 시선을 홱 돌려 청하를 쳐다봤다. 축 처져 있던 청하가 얼른 몸을 출렁거리며 일으켰다. 사예는 그녀가 간과하고 있던 사실에 경악하느라 또 한 번 청하의 열띤 움직임을 외면했다.

'그걸 놓치고 있었다니!'

사예는 상황이 그녀가 생각했던 대로 순탄하지 않다는 것을 그제야 깨달았다. 생각할 수 있는 것은 오로지 두 가지였다. 무영을 보낸 이가 진짜 천제이던가, 아니면 적어도 그 환술자가 선군과 접할 기회가 있고 용마를 속여 무영을 하계까지 보낼 수 있을 정도로 대단한 존재라는 것. 만약 천제가 무영을 보낸 당사자였다면 지금 하계로 떨어진 그녀가 선계로 돌아오게 내버려 둘 리가 없었다. 태수를 만난다고 한들, 천제가 그녀를 데려오기 위해 천교를 내려 줄 리가 없었다. 아니, 어쩌면 이미 다른 선인들에게 그녀를 죽이라고 하명을 내렸을지도 모르는 일이었다.

상대가 천제가 아닌 다른 이라고 해도 문제였다. 지금 그녀는 상대가 누구인지도 모르지만, 상대는 그녀가 용수궁으로 오는 것은 물론 하계로 떨어졌다는 것조차 알아낸 사람이었다. 사예는 극도로 불안해졌다. 용수궁으로 가던 길에 이미 벼락을 맞았으니, 천교를 타고 선계로 가는 길에 또 다른 해를 입을지 누가 알겠는가. 한 번 실패를 했으니 이번에는 작심하고 선계로 올라가는 그녀에게 해를 가할지도 몰랐다. 더군다나 사예는 이미 먼저의 경험으로, 무언가에 몸을 의지한 채 하늘에 날아가는 것이 매우 위험한 일이라는 확신을 가지고 있었다.

'어느 쪽이든, 천교를 타고 선계로 돌아가는 것은 위험해.'

사예가 그렇게 결론 내리는 동안, 그녀에게서 시선을 떼지 않고 있던 시건이 말했다.

"그대는 저 환술시의 존재에 대해 놀라지 않는군. 본래부터 알고 있었던 것처럼."

사예는 입술을 꽉 깨물었다. 시건의 궁금증 따위는 그녀가 알 바 아니었다. 그녀는 일단 안전하고 은밀하게 선계로 돌아갈 방법을 찾아야 했다. 그 누구도 알 수 없는 비밀스러운 방법으로. 그녀는 시건의 시선을 피한 채로 입을 열었다.

"천교 말고 다른 방도는 없소? 선계로 돌아갈 수 있는 방도 말이오."

시건은 눈썹을 찌푸렸다. 비록 사예는 그의 질문에 대답도 하지 않았지만, 그는 담담한 어조로 사예의 질문에 대답했다.

"용마와 익의. 허나 어느 쪽도 그대가 취할 수 있는 방도는 아니다. 꼭 태수가 아니더라도 하강한 선인들이 그대의 존재를 안다면 반드시 천교를……."

사예는 답답한 마음에 버럭 소리를 질렀다.

"그거 말고! 아무도 모르게 선계로 돌아갈 방도가 없냔 말이오!"

어둠 사이로 찢어질 듯한 고함이 잠시간 메아리쳤다. 지쳐 늘어져 있다 깜짝 놀란 청하가 몸을 세우고 두 앞발을 허공에 든 채로 사예와 시건을 번갈아 쳐다봤다. 청하는 노란 눈동자를 계속 굴렸다. 자기도 모르게 성을 내 버린 사예는 시건의 시선을 피했다. 시건은 그녀가 소리를 질렀어도 표정 하나 바꾸지 않고 대답했다.

"그런 방도는 없다."

"……."

사예는 입을 벌렸다가, 그저 넋 놓은 얼굴로 침묵했다. 그런 방법이 없다면 그녀에게는 정말로 없었다. 선계로 안전하게 돌아가, 조용히 그녀의 어머니를 기다릴 방법이.

그녀는 기운이 쭉 빠져서, 바닥으로 털썩 주저앉았다. 놀란 시건의 팔이 움찔했지만 그는 움직이지 않았다. 청하만 그 유연한 몸을 구부려 주인에 시선을 맞춰 몸을 숙일 뿐이었다. 그러나 주저앉은 사예는 그저, 먼 하늘을 응시했다. 선계의 구름이 너무나 까마득하게 멀었다. 멀어도 너무 멀었다. 넋이 나간 얼굴로 하늘을 바라보던 사예는 주저앉은 땅으로 시선을 내렸다. 그녀의 술법으로 땅은 갈라지고 뿌리가 튀어나와 엉망으로 뒤집혀 있었다.

뒤집힌 것은 저 땅만이 아니었다. 그녀가 생각하고 있던 그 모든 것이 뒤집혔다. 그래서 술법을 써서 땅을 되돌릴 수 있음에도, 그녀는 아무것도 하지 않았다. 갈피를 못 잡는 얼굴로 넋을 놓고 있는 사예를 계속 말없이 지켜보던 시건이 결국 다시 입을 열었다.

"무슨 일인지는 모르겠지만, 선계로 돌아가야 한다 하지 않았나."

"……그랬지."

사예는 넋 나간 얼굴로 고개를 끄덕였다.

"저 환술시가 무엇인지는 몰라도, 그대는 천제의 교서를 가지고 있으니 태수에게 요청한다면 선군들이 보호해 줄 수 있을 것이다."

"하."

사예는 헛웃음을 흘렸다. 그 웃음에 시건이 입을 다물었다. 사예는 굳은 얼굴로 말했다.

"그렇지 않을 것이오."

"어째서?"

"그쪽이 직접 보았다고 하지 않았소! 무영이 선군의 용마에 붙어 왔다고!"

"그런데?"

"내 비록 경험이 적고 아는 바도 없으나 용마에게 환술시를 붙여 보내는 게 아무나 할 수 있는 일은 아님을 아오! 또한 선군은 천제 폐하의 명을 받드는 장수들 아니오?"

시건은 눈썹을 찌푸리곤 말했다.

"그대에게 환술시를 보낸 자가 무진이라고 생각하나."

"……명확한 확증이 없으나 아니라고 볼 수도 없소."

말은 그렇게 했지만 이미 확신하고 있는 어조로 사예가 말했다. 시건은 한숨을 내쉬었다. 그는 계속 사예를 내려다볼 수 없어 무릎 한쪽을 꿇고 그녀와 시선을 맞췄다.

"왜 그런 생각을 하는지는 모르겠으나, 무진이 그대에게 교서까지 내리지 않았던가. 그렇다면 그대를 해하기 위해 환술시를 보냈을 리가 없다."

"교서를 받아 제대로 궁에 갔다면 물론 그렇겠지. 헌데 내 교서를 받아 가는 길에 번개가 내렸소. 선녀는 다 죽고 선군이며 용마며 모두 사라졌소! 그 번개가 내 신수에게까지 해를 끼쳤소! 단순한 번개였을 리가 없단 말이오! 그것이 설령 천제 폐하께서 하신 일이 아니라고 한들 달라질 것이 없소! 그분의 주위에는 분명 나를 하계로 떨어트리고, 그것만으로 모자라 이 하계까지 무영을 보낸 이가 있을 것이오! 계를 구분하지 않는 집착이 선계에서는 오죽했을까! 내 천교를 타고 선계로 돌아간다면 아마 더 심해지겠지! 숨어 살아도 그 흔적을 찾아 좇아오는 이에게, 천교를 타고 공공연히 내 행방을 밝힐 수는 없소!"

"하지만 그대는 어차피 교서를 가지고 용수궁으로 가야 하지 않나. 그런 자가 있다고 해도 피할 수 없는 일이다. 그대는 환술자가 그대에게 해를 끼칠 것이 두려운 모양인데, 그렇다면 더더욱 용수궁으로 가는 것이 낫다. 상대가 누구이든 천제의 교서를 받은 객을 그리 쉬이 해할 수는 없을 것이다."

사예는 고개를 돌려 버렸다.

"용수궁에 가지 않을 것이오."

"뭐?"

사예는 앉았던 자리에서 벌떡 일어나 버렸다. 시건이 얼른 그녀를 따라 일어났다. 사예는 시건에게서 아예 등을 돌렸다. 청하가 얼른 사예를 따라왔다. 사예는 귀찮은 듯 손을 휘젓고는 시건에게 소리쳤다.

"가지 않을 거라고!"

그녀는 손을 들어 급하게 수인을 맺었다. 그녀는 얼른 수인을 맺어 숲에 남은 술법의 자취를 지우려고 했다. 그러나 성급하게 맺은 터라 술법이 그녀가 생각한 만큼 발휘되지 못했다. 사방으로 엉망이 된 뿌리들이 제멋대로 움직이다가 다시 땅 위에 어지러이 늘어졌다.

"아!"

답답함에 성이 났다. 사예는 그녀가 내는 짜증을 조용히 바라보고 있는 시건에게서 몸을 돌려 버렸다. 어떻게 해야 할지 모르고 너무 화가 나서 얼굴이 달아올랐다. 스스로의 화를 주체할 수가 없었다. 그녀는 그녀 스스로에게 화가 났다. 가마에 번개가 내려칠 때부터 이 상함을 깨달았어야 했다. 무언가 문제가 있음을 깨닫고, 어떻게든 정신을 붙들고 선계에 있어야 했다.

'어리석은 것 같으니!'

순진하게도 어쩌면 천제의 도움을 받을 수 있을지도 모른다고 생각했던 포호궁 옥사에서의 밤이 떠올랐다. 그때 그녀의 어머니는 그녀에게 궁으로 가라고 하면서도, 천제조차 믿지 말라고 했다. 교서를 받았다는 사실만으로 마음을 놓기에는 그들이 쫓긴 세월이 너무 길기 때문이었다. 그러나 가장 중요한 시점에 사예는 그 경계심을 놔 버렸다. 어리석게 조금의 반항도 못 하고 선계에서 하계로 떨어져 버렸다. 아마 그녀는 쉬이 선계로 돌아가지 못할 게 분명했다. 그리고 그것이야말로 얼굴도 이름도 알 수 없는 추적자가 원한 일일 터였다.

'어머니, 저는 이제 어찌해야 해요?'

사예는 답답한 마음에 급하게 숨을 내쉬었다. 흥분한 그녀와는 달리 시건은 연신 차분했다. 그는 마치 그녀에게 숨 돌릴 틈이라도 주는 것처럼 잠시 기다렸다. 주인의 혼란스러운 마음을 알아챈 청하는 숨을 죽이고 사예의 주변을 맴돌았다. 시건은 그녀의 호흡이 조금 진정되자 입을 열었다.

"진정해라. 무엇이 두려운지는 알 수 없으나, 교서를 받은 그대가 궁에 가지 않는 것은 중죄다."

"중죄? 그깟 게 대수요?"

사예는 몸을 홱 돌렸다. 그녀는 헛웃음을 흘렸다. 평생을 숨어 살았고 또한 숨어 살 거라고 생각했는데 죄인이 되는 게 두려울 리가 없었다.

"설령 이 환술시를 보낸 게 천제 폐하가 아니라고 해도 달라질 것은 없을 것이오. 그분은 내게 도움이 되지 않을 게 분명하오. 더군다나, 천제 폐하께서 그리 성심성의껏 나를 지켜 주시리라 기대하지 않소. 아니! 오히려 그분께서는 내가 죽길 바라실 것이오! 이대로 내가 하계에 눌러사는 것이야말로 진정 그분이 바라는 바가 아니겠소!"

"말도 안 되는 소리. 무진이 왜 그런 것을 바란단 말인가?"

"내가 용과 계약을 맺었으니까!"

난데없는 지적을 당한 청하가 귀를 세우고 사예를 쳐다봤다. 한숨을 내쉰 시건은 결국 두 팔을 들어 도무지 진정하지 못하는 사예를 잡았다. 사예는 눈을 크게 뜨고는 잡힌 팔을 얼른 뿌리치려고 했다. 그러나 시건은 그럴수록 더 강한 힘으로 그녀의 팔을 잡았다. 버둥대는 사예의 팔을 세게 잡은 상태로, 시건이 그녀와 눈을 마주하고 말했다.

"그대는 무진을 잘 몰라. 무진은 그런 일로 백성을 해할 이가 아니다. 외려 그대의 사정을 듣는다면 도와줄 수는 있겠지. 교서까지 내린 것을 보면 모르겠나? 오히려 그대의 입장에서는 저 환술시를 피해 무진의 곁으로 가 있는 것이 가장 나은 선택이다. 무진은 그대를 지켜 줄 수 있을 것이다."

"잘 모른다고? 잘 모르는 것은 그쪽이오! 지켜 주실 수 있는 분이셨다면 그분의 군사가 이 하계로 저 무영을 달고 왔겠소? 저 무영은 하계뿐만이 아니라 선계에서도 나타났소! 그게 얼마나 이상한 일인지 알고 있소? 이게 고작 한두 번의 일 같소?"

"그럼."

"천 년이오."

사예는 이를 갈며 말했다. 그 말에 팔을 잡고 있던 시건의 손힘이 풀렸다. 그는 눈썹을 찌푸린 채로 사예를 응시했다. 사예도 이제는 지쳐 버렸다. 끝없는 추적과 도망. 그리고 그것은 오로지 그녀의 생에 국한된 게 아니었다. 그녀의 어머니가, 할머니가, 그리고 그 이전부터. 그녀는 힘이 풀린 시건의 팔을 손을 들어 떼어 냈다.

"세상 천지에 어느 선인이 천 년 이상을 살 수가 있소? 어느 요괴가 천 년을 살 수가 있소?"

선단을 취한 선인이 오래 살아 봐야 사, 오백 년이었다. 요선이 오래 살아야 백 년을 넘게 살지 못했다. 그러나 이미 천 년의 길고 긴 시간이 흘렀다.

"허나 그리 오랫동안 줄곧 환술시를 보내는 이가 있더이다. 그에 대해 모른다면 천제 폐하께서는 선계를 다스릴 자격이 없으신 것이고, 안다면 그저 묵과하고 있는 것이겠지."

자격 없는 이라면 어차피 그녀를 지켜 주지 못할 테고, 묵과하고 있다면 결국 그녀의 죽음조차 묵과할 것이었다. 결국 천제가 있을 궁

어디에도, 그녀에게 안전한 답은 없었다.

✽ ✽ ✽

사예와 시건이 한창 무영과 상대하고 있을 때, 나무 뒤에 숨어 있다 천운으로 기척을 들키지 않고 그 자리에서 벗어난 이는 정신없이 발을 놀리고 있었다. 그는 인간이 아니었고, 따라서 비록 어린아이의 몸이었지만 이미 인간의 기준으로는 제법 나이가 있었다. 그러나 그의 가족들과 친구들의 기준으로 따지자면 아직도 어린아이에 불과했다. 그의 얼굴은 어렸지만 인상이 다부졌고, 다 크지 않은 팔다리는 이미 튼튼했다. 그의 눈은 그가 본 사실을 잊지 않기 위해 반짝반짝 빛나고 있었다.

달려가는 속도는 점점 빨라졌다. 가벼운 발은 너무나 능숙하게 거친 풀들을 뛰어넘었다. 그렇게 빨리 달려도 숨조차 흐트러지지 않았다. 그의 체구는 작은 편이 아니었지만, 달리는 속도만은 숲의 날짐승조차 따라잡을 수 없을 만큼 날쌨다. 그는 그저 스스로가 본 것을, 눈을 감았다 뜨며 확신한 사실을 계속 떠올리며 쉼 없이 뛰었다. 숲에 솟아난 나무들을 거의 본능적으로 지나치며 풀을 헤쳐 달려갔다.

한참을 달리던 이는 눈에 익은 장소에서 됐어, 하고 생각하고는 계속 달렸다. 솟아난 나무를 지나치고 지나치니 아까까지와는 완전히 다른 광경이 펼쳐졌다. 아까까지만 해도 빽빽이 솟아 있던 키 작은 나무는 슬슬 키 크고 잎이 넓은 나무로 변해 갔다. 환상이라도 보듯, 분명 아까와는 다른 숲의 전경이 펼쳐졌다. 다른 나무들의 모습이 보이자 달리던 소년은 얼른 고개를 이리 빼고 저리 뺐다. 다행히 그는 오래 찾지 않아 나무 사이에 서서 달을 쳐다보고 있는 사람을 발견할 수 있었다. 낡은 가옥 앞에는 머리 위에 삿갓을 쓰고 빛나는 달빛처럼 새하얀 도포를 걸친 사내가 서 있었다. 사내는 한 손으로는 머리를 넘어서는 기다란 나무 지팡이를 든 채로, 하늘을 응시하고 있었다.

"봤습니다! 제가 봤어요!"

그는 그가 찾은 사람에게로 소리를 지르며 달려갔다. 사내가 있는 거리까지 달려가는 시간에도 입이 근질거려 참을 수가 없었다. 그러나 상대는 내질러진 큰 목소리에도 동요하지 않았다. 그는 그저 달을 응시하며 느릿한 어조로 대답했다.

"그래, 나도 보았다……. 오늘은 해가 동쪽에서 뜨더구나……. 아니, 사실은 어제도……. 아니 그저께도……."

"그게 아니고요! 제가 용을 봤다고요!"

"……용?"

달을 쳐다보던 사내가 고개를 돌렸다. 침을 꿀꺽 삼키며 어린 소년이 고개를 위아래로 크게 끄덕였다.

"예! 분명 용이었습니다! 분명합니다! 폐하께서!"

긴장이 서린 얼굴로, 소년이 외쳤다.

"천제 폐하께서 하계에 오셨다고요!"

❈ ❈ ❈

겨우 진정을 한 사예와 시건은 겨우 주변을 정리하고 숲의 다른 곳으로 자리를 옮겼다. 사예는 다른 자리를 골라 불을 피우고 결계를 쳤다. 두 사람은 결계 안에서 화기로 피운 불꽃을 마주 보고 앉아 있었고, 그 옆에 청하가 몸을 말고 있었다. 어둠이 내린 숲에 쳐 둔 결계 밖으로는 역시 원귀들이 서성거리고 있었다. 그러나 그 원귀들은 결계 때문에 차마 접근하지 못했다. 깊은 숲에는 짐승도 요괴도 없었다.

나뭇잎을 모아 깔고 앉은 채로 사예는 불꽃만 응시했다. 그녀는 두 무릎을 세우고 앉은 채로 고개를 푹 숙이고 있었다. 그래도 아까보다는 조금 진정된 마음으로, 그녀는 머릿속으로 상황을 정리했다.

매해에 한 번씩, 달에서 만든 선단이 용수궁으로 왔다. 천제가 선단을 하사하는 용의 달 천서즉위일 연회가 열리면, 선계의 모든 선인이 용수궁으로 모여들었다. 전해의 용의 달 천서즉위일부터 그 해의 용의 달 천서즉위일까지 태어난 아기 선인들이 천제에게 직접 선단을 하사받고, 천제가 가진 선적에 아기 선인들의 피로 그 이름을 올렸다. 그러고 나면 아기 선인들은 그 선단을 취해 무병장수의 몸을 얻었다. 천제는 선적에 새겨진 이름으로 선단을 취한 모든 선인의 존재를 확인할 수 있었다. 그것이 바로 천서제 이후 천 년 동안, 선인들의 무병장수가 이어져 온 방식이었다. 달에서 만드는 선단이 나쁜 마음을 먹은 선인들에 의해 남용되거나 어린 선인들이 선단을 취할 기회를 빼앗기는 걸 방지하고자, 천서제가 직접 선단을 내리는 일을 관리한 것이었다.

그러나 아무리 선단을 취한 선인이라고 해도 천 년이나 그 생을 유지할 수는 없었다. 그것은 선도를 먹어 불로불사의 몸을 얻는 신선들이나 가능한 일이었다. 천 년 동안이나 무영을 보내고 있는 환술자가 신선인지, 혹은 모종의 방법으로 긴 생을 유지하고 있는지 알 길은 없었다. 신선이라면 선계 용수궁에서 선군에게 환술시를 붙여 보낼 리가 없었고, 선인이 긴 생을 유지하고 있다면 어쨌든 그 이름이 선적에 올라 있을 터였다. 선계에서 그토록 오랜 시간 환술시를 보낸 자가 한낱 요선이라고는 더더욱 생각할 수가 없었다. 하지만 그렇게 생각해도 이상한 점이 너무 많았다.

"세상에 어떤 선인도 환술을 그리 열심히 연마하지는 않는다 들었소. 음양오행의 술법을 연마하기에도 시간이 부족한데 환술 수련에 그렇게까지 힘을 쏟을 리가 없다고. 이곳은 하계라 쉬이 환술시를 파하였지만, 본래 선계에서의 무영은 그 실력이 무시할 수 있는 수준이 아니었소. 고작 환술시에 불과한데도 말이오."

"선인이 환술을 깊이 있게 수련하지 않는 것은 사실이다. 헌데 그 정도의 환술시가 천 년을 쫓아왔다고……."

시건으로서도 도통 이해할 수 없는 일이라, 쉽사리 말을 꺼내지 못하는 것 같았다. 그는 평소보다도 더 진지하고 무거운 어조로 말했다.

"선계 어디에서도 천 년을 산 선인에 대한 이야기를 들어 본 기억이 없다. 선단을 용수궁에서 천제의 명으로 관리하는 이상 선인이 두 개 이상의 선단을 취하는 것도 불가능하지. 차라리 그 환술시를 보내는 이가 그대 가족들처럼 대를 이어 보내고 있다고 보는 게 맞겠군."

"신선은 천하 일에 나서지 않으니, 선인이나 요선인데. 환술을 쓰니 요선일 가능성이 크지만, 혹 요선이 대를 이을 수 있소?"

"글쎄……. 그건 그 정도의 요선이 선계에 있다는 사실만큼이나 말이 되지 않는 소리인데. 그런 존재가 있었다면 나나 다른 선인들이 몰랐을 리도 없고."

결국, 답 없는 고민은 이렇게 늘 제자리걸음이었다. 사예는 그 옛날부터 익숙한 일이었기 때문에, 이 답 없는 고민에 지겨움만 느꼈다. 상대는 줄곧 그녀의 가족을 해치고 얻어 낸 피로 추적부를 만들어 끈질기게 추적을 하고 있음이 분명함에도, 이쪽은 그 상대가 누군지조차 모르고 있었다.

"어쨌든 용마 꼬리에 붙어 무영이 내려왔다니 그 환술자가 선계에서 용수궁과 관련된 이일 가능성이 큰 것 같소. 그러니 용마 꼬리에 환술시를 붙여 보낼 만큼 선군에게 가까이 접근할 수 있지 않았겠소?"

그리고 이 새로운 소식은 사예에게 도통 즐거운 소식은 아니었다. 그녀가 우울한 얼굴로 일렁거리는 불꽃을 응시하는데, 시건이 말했다.

"정확히는 모르겠지만……. 그대 가족이 숨기 시작한 것이 천 년이 되었다고 했나?"

"정확히는 나도 잘 모르오. 할머님께서는 증조모나 증조부께 그와 관련된 이야기를 제대로 듣지 못하셨소. 뭔가를 제대로 알기도 전에 부모님을 무영에 의해 동시에 잃으셨거든. 그 후엔 줄곧 홀로 숨어 사시다가 할아버님을 만나셨던 것으로 알고 있고. 어쨌든 증조부 이전부터로, 대략 추측하기에 천 년 정도 된 것으로 알고 있소."

"천 년이라……. 그렇다면 천서제 시절인데."

시건의 말에 사예가 고개를 들어 그를 쳐다봤다. 그녀는 조금 망설이다가 물었다.

"그래서 말인데, 혹시 그 정도로 오래된 기록을 볼 수 있는 방도가 있소? 하계도 상관없고, 선계라도 좋소."

"하계 감사(監司)가 있는 감사부에는 어쩌면 그리 오래된 기록 또한 남아 있을지도 모른다. 감사부는 천서제 이전부터 줄곧 자리 잡아온 역사 깊은 곳이고, 줄곧 이 하계를 다스리는 중심이었으니까. 감사 아래 직책을 받은 선인이 모든 일을 기록하지. 허나 하계 감사가 그 기록을 보는 것을 허락해 줄 가능성은 크지 않다."

하계에는 동하, 서하, 남하, 북하가 있었는데 그 네 곳을 모두 선계에서 보낸 선인들이 다스렸다. 이렇게 내려와 각 하계를 다스리는 선인들은 각 하(下)를 다스리는 태수(太守)가 총괄했다. 북선, 남선,

서선을 다스리는 제후들이 각각 북하, 남하, 서하의 태수를 천제의 허락을 받아 임명했고, 유일하게 동하의 태수만 천제가 직접 임명했다. 그 태수들을 총 지휘, 감독하는 감사(監司) 또한 천제가 임명했는데, 감사는 그야말로 하계를 다스리는 천제의 대리자나 다름없었다. 따라서 감사는 하계에서 가장 권위 있는 선인이었고, 그가 있는 감사부 또한 아무나 드나들 수 있는 곳이 아니었다.

"용수궁에는 물론 그간의 선계에 대한 기록이 남아 있겠으나, 그것은 아무나 볼 수 있는 자료가 아니다. 아마 그대가 보긴 힘들 것이다."

사예는 실망이 여실한 얼굴로 한숨을 내쉬었다. 그런 사예를 보며 시건이 말을 덧붙였다.

"다른 방도가 하나 더 있긴 하다. 허나 이 또한 어려운 일이지."

"방도가 또 있소?"

사예는 힘없이 떨어트렸던 고개를 빨딱 들었다. 시건은 고개를 끄덕이고는 말했다.

"백암의 사초(史草)."

"백암의……."

사관(史官) 백암(白巖)은 천서제 이전 평치제(平治帝) 시절의 사관으로, 으레 선계에서 그 충의와 절개를 칭송할 때 회자되는 이였다. 그가 이렇게 충의와 절개의 상징이 된 것은 바로 천서제와 깊은 연관이 있었다.

천서제는 당시 선제였던 평치제의 차남으로, 본래는 천제의 자리에 오를 수 있는 천자가 아니었다. 평치제는 기록에 의하면 폭군 중의 폭군으로, 그의 장자 또한 그리 훌륭한 인품은 아니었노라 전해졌다. 천서제는 그런 폭군 아버지를 가두고 품행이 바르지 못한 형의 목을 베고 그 자리에 오른 천제였다. 그 시작이 비록 과격했으나 혼란스러웠던 시대를 바로잡고 무려 천 년 동안 지속될 이 나라의 기틀을 잡은 군주이기도 했다.

그러나 평치제 시절 사관이었던 백암은 아무리 합당한 명분이 있었다고 한들 피를 뿌리고 그 자리에 오른 천서제의 즉위를 받아들이지 않았고, 그가 평치제 시절 내내 기록하던 사초를 가지고 행방불명되었다. 사초를 가지고 사라졌기 때문에 훗날 줄곧 그에 대한 평가가 엇갈렸는데, 그것이 사관으로서 의무감도 책임감도 없는 행위라고 칭해지는 한편, 일각에서는 천서제를 압박하기 위한 영리한 노림수였다는 평가도 있었다. 성군이라 칭해지는 천서제가 그의 치적에 대한 유일한 흠을 가리지 못한 이유가 백암의 사초가 남아 있기 때문이라는 설이 있었기 때문이었다. 만일 천서제가 아비와 형제에게 한 짓을 감추었다면 백암의 사초가 세상 밖으로 나와 천서제에게 돌이킬 수 없는 흠이 되었을 것이라는 이야기였다. 그 가설은 백암이 사라진 후 천서제가 줄곧 백암을 찾았기 때문에 더 관심을 끌었다.

천서제는 제위 시절 내내 백암을 찾기 위해 노력했으나, 결국 백암을 찾지 못했다. 무서운 협박도 있었고, 은근한 회유도 있었다. 그러나 백암은 올바르게 선제에게 제위를 선양받지 않은 천서제를 끝까지 인정하지 않았고, 천서제가 나라의 기틀을 잡으며 성군으로 칭송되어도 끝내 그 모습을 드러내지 않았다. 시작부터 그릇되게 끼워진 단추를 결코 인정하지 않고 스스로를 역사의 그림자 속에 묻은 이였다. 그리하여 사관 백암은 비록 폭군이었다곤 하나 어쨌든 자신에겐 주군이었던 평치제에 대한 충정과 흔들리지 않는 절개로, 천서제와 함께 기억되었다.

"사관이 글을 쓰는 사초는 아주 기이한 힘이 있지. 사관은 선계와 하계에서 일어나는 모든 일을 사초에 기록한다. 그것은 선인과 인간 하나, 하나의 삶이 군주의 치세와 관련이 없지 않기 때문에 모든 것을 소상히 기록하여 후대에 교훈으로 삼으라는 뜻에서, 그 옛날 무각도인이 특별히 부과한 힘이라고 했다. 선인이 사관으로 임명되는 것조차 오로지 사관들끼리의 일로 그에 대해서는 천제도 감히 영향력을 행사할 수가 없다. 사실은, 사관이 아닌 이들은 사관이 어찌 임명되고 그 힘을 갖는지조차 알지 못하지. 사관이 누구인지조차 알지 못하고 제위가 바뀌었을 때야 비로소 알 수가 있고. 선제 때의 사초는 이미 필요한 기록만 새기고 파기되었을 테고, 현재 새기고 있는 사초는 사관 아닌 타인이 볼 수 없다. 사관이 누군지는 당연히 알 수 없고. 그렇다면 남은 것은 백암의 사초뿐이겠지."

"그렇다면, 백암이 가지고 사라진 사초에 내 가문과 관련된 이야기가 있을 수도 있다는 것이오?"

"시기가 겹친다면 그럴 수도 있겠지. 그대가 백암의 사초를 찾을 수 있다면."

"하지만 그것이 아직까지 존재하겠소? 그 사초가 써진 것은 무려 천 년 전의 일이오. 그건 정체를 모르는 사관을 찾아내는 것보다 훨씬 불가능한 일로 들리는데."

"그래, 헌데……. 내 선계에 있을 당시 북선에서 백암의 사초가 발견되었다는 이야기를 전해 들은 적이 있었다."

사예는 시건의 말에 놀라 되물었다.

"그게 정말이오?"

"당시 강왕이셨던 내 할아버님께서 확인코자 흑귀위 군사들을 보내셨다. 사초를 찾았다는 이야기도 전해 들었다. 허나 그 이후에 어떻게 되었는지는 잘 알지 못한다. 나는 당시 하명 때문에 하계를 오가고 있던 상황이라."

"아……."

사예는 멍한 얼굴로 고개를 끄덕였다. 머릿속에는 자연히 찾을 게 있다며 떠나 버린 어머니 하선이 떠올랐다.

'어머니……. 어머니께서는 이 일에 대해 알고 계실까?'

그녀가 떠나 버린 하선을 생각하는데, 시건이 입을 열었다.

"아까 했던 말은, 빈말이 아니다."

"뭐라고?"

사예가 얼른 고개를 돌려 시건을 쳐다봤다. 시건은 불꽃에 시선을 둔 채로 말했다.

"환술시를 보낸 이가 어떤 이인지는 알 수 없으나, 적어도 무진은 아닐 것이다. 용과 계약을 맺었다는 사실만으로 무고한 그대를 해할 무진이 아니다. 교서를 보낸 것은 진정 그대가 용과 계약을 맺었는지, 그 용이 무엇인지 확인하기 위함일 것이다."

사예는 이해할 수 없어서 시건을 빤히 쳐다봤다. 그 시선에 시건이 시선을 돌려 그녀를 쳐다봤다. 눈이 마주치자 사예는 겸연쩍어하는 얼굴로 물었다.

"어찌 그리 속없이 천제 폐하를 두둔하시오?"

"속이 없다고?"

"그렇소. 그쪽이 아무리 천제 폐하에 대해 좋게 말하고, 과거에 가까운 사이였으면 무얼 하오? 그대는 역적의 자식이 되어 암굴에 갇혀 있고, 심지어 천제 폐하께서는……. 제위한 지 이미 한참이 지났는데도, 그대를 다시 불러들이거나 용서하지 않으셨잖소. 그대가 살아 있다는 사실을 아시면서도."

사예는 시건을 힐끔 쳐다봤다. 그는 도통 생각을 알 수 없는 얼굴로 사예를 응시하며 대답했다.

"한낱 인정 때문에 역적을 불러들이는 이가 천제라면 선계고 하계고 적합한 위계와 질서대로 다스릴 수 있겠나."

사예는 어이가 없어서 헛웃음을 흘렸다.

"역적인 당사자가 할 말은 아닌 것 같은데."

시건은 그저 침묵했다. 사실은, 그도 이미 진즉부터 받아들여야 했던 사실이었다. 무진이 그렇게나 옳고 바른 길을 걷는 이라는 사실을 그는 잘 알고 있었고, 그럼에도 불구하고 한낱 인정에 매달려 기를 쓰고 버텨 왔다. 제위에 오른 무진이 아무리 벗이었다고 한들 이제는 역적에 불과한 그를 부르지 않는 게 당연한 일이었다. 무진이 그까짓 어린 시절의 인정에 휩싸여 대역죄에 따른 처형의 법도를 무시할 이였다면 애초에 시건이 그를 평생을 바쳐 모실 주군으로 인정하지 않았을 터였다.

그래서, 그는 이제 인정해야 했다. 그가 무진의 뒤를 지키며 한 길을 보고 걷는 관계는 이미 오십 년 전에 끝이 났고, 결국 서로의 갈 길이 다시는 만나거나 같은 방향을 향해 나아갈 수 없다는 사실을.

"교서를 가지고 태수를 찾아가라. 천 년이나 숨어 살았으니 이제는 그대 스스로를 드러낼 용기가 필요할 때인 것 같다. 그대 고민과는 반대로, 천교를 타고 올라가면 그만큼 선군의 보호가 강해질 테니 오히려 안전할 수 있다. 용마의 꼬리 따위에 제 환술시를 숨겨 보낸 것을 보면 상대도 대놓고 나설 수는 없는 듯하니."

"그도 일리가 있지만……."

사예의 입장에서는 대놓고 나설 수 없는 상황에 어떻게든 하계까지 환술시를 보낸 집념이 더 지독하게 느껴졌다. 어쨌든 지금으로선 답을 알 수 없는 노릇이라, 사예는 한숨만 내쉬었다. 그녀는 청하를 쳐다봤다. 청하는 노란 눈을 감았다 뜨며 주인과 시선을 맞췄다. 차마 시건은 쳐다보지 못하고 그 노란 눈에만 시선을 맞춘 채로 사예가 말했다.

"아깐 미안했소. 내 그쪽에게 화가 나서 그런 것이 아니오."

"그래."

시건이 담담하게 대답을 해서 사예는 안도의 한숨을 내쉬었다. 본의 아니게 시건에게 성을 내고 말을 가리지 못했는데 그가 대수롭지 않게 넘어가 줘서 다행이었다. 그녀는 스스로가 그의 그 태도 때문에 오히려 더 편하게 굴 정도로 마음을 놓아 버렸다는 사실을 명확히 깨닫지 못했다. 다만 마음껏 성내고 겨우 진정시킨 마음이 제법 후련하다는 것은 알았다.

사실 그녀는 그간 계속 긴장을 하고 있었다. 그나마 투정을 받아주던 아버지 백운과는 동선에서 헤어졌고, 동선에서 빠져나온 후에는 상황이 좋지 않아 계속 주변 눈치를 보며 숨어 있어야 했다. 백운과 헤어진 게 제법 영향을 끼쳤는지 하선과의 분위기도 내내 굳어 있었다. 그러던 와중에 옥사에 잡혀가고, 하계로 떨어지기까지 한 것이었다.

당연한 일이었지만 타인에게 그녀에 대한 이야기를 제대로 하고 그에 대해 대화를 나누는 것은 처음이었다. 아니 사실은 가족 아닌 다른 사람과 이리 오래 함께 있는 것조차 처음이었다. 그 상대가 비록 역적이라도 시건이라는 것은 그녀에겐 조금 다행으로 느껴졌다. 그의 태도가 처음부터 줄곧 흔들림이 없어 꼭 굳건히 서 있는 고목나무처럼 느껴졌다. 윽박지르거나 투정 부려도 그저 그 자리에서 들어주고 있을 것만 같았다.

사과를 하고 마음이 편해지니 마음에 걸렸던 또 다른 사실이 떠올라, 이번엔 묻지 않고 넘어갈 수가 없었다. 사예는 고개를 돌려 시건을 쳐다보고 물었다.

"왜 내게 아무 말도 하지 않소?"

"무슨 말을 해야 하나?"

사예는 괜히 이야기를 꺼냈나, 하고 후회했지만, 어차피 꺼낸 김에 그냥 속 시원히 말하기로 했다.

"내 비록 장담할 만큼 긴 시간 그대를 안 것이 아니지만, 적어도 그대가 제법 진솔하고 담백한 성미라는 것은 알겠소. 옥사에서 신의나 논하고 있을 정도로 옳고 바른 것이나 따지고 그릇된 짓을 하지 못하는 답답한 성미라는 것도 알겠소. 헌데 왜 내게 아무 말도 하지 않는 것이오?"

"……무슨 말을 해야 하나?"

시건이 곤란해하는 얼굴로 되풀이하자 사예는 답답해하는 얼굴로 말했다.

"내 북하를 혼란스럽게 하는 요선에게 재물을 바치고 선계로 돌아간다고 했잖소. 내 지금껏 봐 온 그대 성미로는 도통 쉬이 받아들일 일이 아닐 것임을 아오. 헌데 왜 아무런 말도 하지 않소?"

시건은 무슨 생각을 하는지 알 수 없는 얼굴로 사예를 쳐다봤다. 조금 뜸을 들인 후에 그가 대답했다.

"그대 말대로 분명 그랬던 시절도 있었다. 의를 따르고 옳은 일이 아니면 범하지 않는 것이 당연하다 생각하고 살았지. 허나 지금의 나는 그게 전부가 아님을 안다. 진심이 모두 통하는 것도 아니고, 옳음을 추구한다 한들 그것이 늘 옳은 일이 되는 것도 아니더군. 내 아버지의 충심이 결국 역적의 역심이 되었듯이, 무진이 그대에게 베푼 선의가 의심받듯이. 그대의 상황이 상황이니 옳지 않은 일이라도 필요하다면 할 수밖에 없겠지. 내겐 그대의 선택을 비난할 자격도 권한도 없다."

솔직히 말하면, 타인의 행동을 비난할 힘조차 그에게 남아 있지가 않았다. 타인의 행동을 평가하는 것은 스스로가 평가의 잣대를 가지고 있을 때에나 가능한 일이었다. 그의 잣대는 무너졌고, 그에게는 그 잣대를 다시 세울 힘이 남아 있지 않았다. 시건은 지금 그저 마음을 비우고 상황이 흘러가는 대로 내버려 두고 있을 뿐이었다. 모든 의욕을 상실한 채. 입 밖으로 내뱉는 것은 그의 무기력함을 합리화하기 위한 궤변일 뿐이었다.

그리고, 시건의 대답을 들은 사예는 마음이 한층 무거워졌다. 그녀는 차라리 시건이 그녀에게 비난이나 질책을 했다면 더 마음이 편했을까 생각했다. 그건 그 나름 불쾌했겠지만 적어도 지금처럼 마음이 무겁고 자꾸만 가슴 안쪽을 찌르는 것 같은 이 불편한 감정은 들지 않았을 터였다.

"태어나 줄곧 숨어 살았다면 그 정도 실력에도 익의를 받지 못한 게 이해가 가는군."

시건의 말에 사예는 얼른 그를 쳐다봤다.

"나 정도면 족히 익의를 받을 수 있다고 생각하오?"

"글쎄, 그건 명확한 규정이 있어 확신하기 어려운 문제인데. 적어도 그동안 그대가 보인 목가의 술법이 보통의 선녀들이 보이는 술법 이상이니까."

"명확한 규정이라니, 그것은 무엇이오?"

"익의를 받으려면 오행의 술법 모두에서 5장 이상을 익혀야 한다. 술법에 한해서는 선군에 비해 규정이 더 엄하지."

"아……. 그럼 나는 못 받겠군. 나는 토행(土行)과 금행(金行)에서의 배움이 3장에 그친 터라."

"어릴 때부터 태산에서 수행하지 않는 이상 상극의 행마저 골고루 수련하기는 어렵겠지."

아까운 마음이 들었지만 어쩔 수 없는 일이었다. 동선에서 숨어 살며 일단 강해지는 데에 급급했던 터라 사예고 하선이고 모두 능숙히 다룰 수 있는 목행의 술법만 열심히 수련했다. 따라서 두 사람 다 일찍부터 목기를 상당히 높은 수준으로 다룰 수 있었지만, 목행과 상극인 토행과 금행에 대해서는 상대적으로 그 배움이 높지 못했다. 더군다나 상극인 행의 술법을 수련하는 것은 타고난 행을 수행하는 것보다 몇 배로 어려웠다.

계속 아쉬운 마음이 들어 그녀는 시건에게 또 선녀에 대해서 물었다.

"태산에 가면 오행을 골고루 익힐 방법을 가르쳐 주오?"

"그건 아닌데, 수행을 지도하는 선녀들이 오행의 같은 장을 동시에 익히도록 지도한다고 들었다. 만일 어느 한 행에서 익히던 장을 통달하지 못하면 다른 행에서도 그다음 장을 수행하지 못하게 하는 것이지. 그렇게 오행의 조화를 맞춰 수련한다고 들었다."

"아……. 그렇군."

그건 싫겠다, 하고 사예는 생각했다. 그러나 한편으로는 아쉬운 마음이 계속 들었다. 태산으로 가 수행하는 게 어차피 불가능한 일이었다는 것을 알면서도 그랬다. 그걸 눈치챈 시건이 그녀를 보곤 말했다.

"그대의 재주가 남다르니 작심하고 수행한다면 그리 어려운 일이 아닐 것이다."

사예는 시건을 쳐다봤다가, 그와 눈이 마주치자 홱 시선을 돌려 버렸다. 그녀는 실력을 인정받는 데에 익숙하지 못한 사람이었다. 그래서 시건이 저렇게 아무렇지 않게 그녀의 실력을 인정해 줄 때마다 들뜨고 기쁜 마음을 감출 수가 없었다. 그리고 기쁜 마음을 감추지 못하는 스스로가 부끄러워지기 시작했다. 얼굴빛 하나 안 변하고 저런 말을 계속 내뱉는 것을 보아하니 저자에게는 저런 칭찬이 너무나 흔하고 일상적인 일이었을지도 몰랐다. 그래서 그녀는 그저 말을 돌리기로 했다.

"그, 그런가? ……헌데, 그리 익히기만 하면 익의를 받소? 아니면 시험 같은 것을 보오?"

"한 해에 한 번씩 시험을 보는 것으로 알고 있는데……."

사예는 그간 궁금했던 선계의 사정에 대한 것을 시건에게 계속 물어봤다. 선군은 어떻게 되는지, 용마는 어떻게 받는지 그런 것들을 물어봤다. 그리고 시건은 차분한 어조로 그가 아는 것을 설명했다.

밤이 깊어 가고 갑작스러웠던 사달로 지쳤을 법한데도, 둘은 제법 오랫동안 앉아서 그렇게 대화를 나누었다. 그러나 그 대화는 지루하지 않았고, 사예에게는 끝내기 싫어 부러 다른 궁금증을 찾아내어 물을 정도로 괜찮게 느껴졌다. 시건은 그녀의 말에 집중하고 신중하게 대답을 해 줬다. 어쩐지 마음이 편하고 그대로 계속 대화를 나누고 싶은 기분이었다. 그녀는 졸음조차 느끼지 않고 시건과 대화하며 그 밤의 시간을 보냈다. 하늘로부터 내린 어둠을 나뭇잎이 가린 자리, 원귀조차 접근하지 못하는 결계 안에서 남녀의 속닥거림이 쉼 없이 이어졌다.

나란히 앉아 계속 대화를 나누면서, 사예는 초반에 작심했던 대로 시건을 그녀의 손으로 다시 암굴로 보내는 것은 좀 힘들지도 모르겠다는 생각을 했다. 괜한 오해를 피하기 위해 역적을 그녀 손으로 선군에게 직접 넘기겠다는 결심은 이미 흔들린 상태였다. 그녀는 이제 시건이 암굴에서 나오게 해 준 일로 그녀를 위험하게 할 사람이 아니라는 것 정도는 알았고, 그가 제법 괜찮은 선인이라고 생각하고 있었다.

그러나, 그녀는 선계로 반드시 돌아가야만 했고 선계로 가기 전에 역적인 시건과는 헤어져야 했다. 그를 그녀 손으로 군사들에게 넘기지 않는다고 해서, 암굴에서 나온 역적과 계속 함께 있을 수는 없었다. 그건 다른 의미로 더 위험해질 수도 있는 일이었다.

그래서 그녀는 시건과 어떻게 헤어져야 할지 알 수가 없었다. 그나마 불편함을 덜고 위험도 덜기 위해 남은 최선의 선택지는 그저 시건과 모르는 사람처럼 헤어지는 것뿐이었다. 그러나 그것조차 저 반선에게는 난감한 상황이 될 게 분명했다.

'그렇다면 차라리 암굴로 돌려보내는 것이 더 나은 선택일까?'

사예는 혼란스러워서 판단을 내릴 수 없었다. 다만 어느 쪽이든, 그 상황이 그녀 스스로에게 많이는 아니더라도 아주 조금은 힘들 것 같다고, 낮은 시건의 목소리를 듣는 내내 생각했다.

❋ ❋ ❋

밤이 깊어지고 더 이상 졸음을 참을 수 없을 지경이 됐을 즈음, 사예는 결국 치마를 덮고 잠이 들었다. 그 옆에 푸른 용이 몸을 틀고 자리를 잡고 있었다. 시건 역시 사예가 준비해 준 자리 위에 누워 있었지만, 그는 자리에 누워서도 잠들지 않고 있었다. 그는 그저 옆으로 누워서 사예의 힘으로 꺼지지도 않고 타오르는 불꽃을 물끄러미 응시했다. 고개만 돌릴라 치면 눈을 부릅뜨고 몸을 발딱 세우는 용 때문에 그 이상으로는 고개도 돌리지 못하고 있었다. 영리한 용이 저리 심하게 경계를 하는 것이 주인의 경계심이 많이 풀어졌기 때문인지 아니면 다른 이유 때문인지는 알 수 없었다.

시건은 몸을 똑바로 정면을 향하게 눕고 아직은 어둑한 하늘을 응시했다. 사실은 지금 이 시간이 그에게는 생애 최초로 가장 여유로웠다. 선인으로서 오행의 술법을 수련하는 것도 아니고, 장수로서 해야 할 임무가 있는 것도 아니었다. 무진에 대한 믿음까지 무너져 버린 지금, 그는 그저 모든 것을 비운 채로 이 시간을 보내고 있었다. 떠도는 구름처럼 맥없이 그저 흘러가는 대로.

시건은 고개를 살짝 돌려 사예가 누워 있는 쪽을 쳐다봤다. 그 시선이 제대로 닿기도 전에 용이 먼저 몸을 접어 주인을 가렸다. 그 영리함을 칭찬했었는데 지금은 좀 성가시다는 생각이 들었다. 티도 안 냈는데 그 마음을 알아차린 것처럼 청하는 콧김을 흥 내뿜고는 고개마저 돌려 버렸다. 그래서, 시건은 그저 용의 반투명한 몸에 가려진 사예의 형태만 대충 볼 수 있었다. 어찌나 잘 가렸는지 제대로 보이는 것은 사실 바닥에 깐 나뭇잎 정도였다.

그가 사예의 재능을 칭찬한 것은 빈말이 아니었다. 그는 본디 빈말이나 아부 따위는 입에 담지를 못했다. 본래 그는 기본적으로 능력으로 사람을 분별하곤 했고, 타인의 능력에 대해서 늘 공정하고도 엄격한 평가의 잣대를 가지고 있었다. 그 높은 잣대에 부합하는 뛰어난 인재는 힘으로라도 굴복시켜 그의 사람으로 삼았다. 하찮은 욕심 때문이 아니라 이 나라를 지키는 데 필요한 인재를 등용하기 위해서는 당연한 일이었다. 그는 좀 더 유능한 선군이 되기 위해 거친 흑뢰도 마다 않고 길들였고, 천제의 하명을 최대한 빠르고 효율적으로 수행하기 위해 그의 술시에 되지도 않는 술력을 부여했다. 받은 임무에 따라 하계를 난잡하게 하는 귀신을 잡고 난적을 토벌했다.

그러나 그 언젠가 나약했던 그의 어머니가, 네 지나치게 옳게만 살기를 강요받아 다른 것으로 그 빈 마음을 채우는구나, 하고 말했다. 넘을 수 없는 벽이었던 할아버지와 아버지. 행여나 그 높으신 위세에 해를 끼칠까, 수치가 되지 않기 위하여 줄곧 스스로를 채찍질하고, 조금도 어긋남이 없이 행동했다. 그의 할아버지와 아버지는 그런 그를 장하다며 칭찬했지만, 그의 어머니는 그런 그를 때때로 가련하다는 듯 쳐다봤다. 그녀는 살갑지도 않은 아들을 천하의 최고로 불쌍한 사람 쳐다보듯 바라만 보다가, 그가 명을 받아 하계로 하강하게 되었을 때야 비로소 겨우 입을 열었다.

"강한 것을 굴복시키고 얻는 성취감으로 네 답답한 마음을 해소하

지 마라. 너 혹여……. 무너진 이의 패배감을 보며 잔인한 만족을 느끼는 것이 아니냐?"

그때 시건이 놀란 것은 그의 어머니가 그의 속내를 간파했기 때문이 아니라, 나약하게만 생각했던 그의 어머니가 그토록 날카롭게 그의 마음이 뒤틀렸다 꼬집었기 때문이었다. 그러나 당시에는 그저, 이해하지 못했다. 어쨌든 그는 장수로서 책임을 다했고, 그게 나라에는 이로운 일이었다. 그 모든 게 그의 속풀이를 하기 위한 것은 아니었다. 그는 장수로서의 책임감과 주군에 대한 충성으로 그리했다. 그가 옳다고 생각하는 일을 했다.

그러나 어쩌면 그의 어머니가 했던 말대로, 그것이 전부는 아니었을지도 모른다는 사실을 이제야 깨달았다. 달아나려거나 벗어나려는 의지가 그에게 없는 것과는 별개로, 지금 상황은 사예가 마음대로 휘두르고 있었다. 그리고 그는 나름 유쾌한 기분으로 이 상황을 즐기고 있었다. 그를 옥사에서 끌고 나와 제멋대로 휘두르는 어린 여선의 실력이 그가 이제껏 본 누구와도 견줄 수가 없었다. 암굴에서 봉인을 풀어 줄 때부터 그는 이 여선의 실력이 남다름을 알았다. 그저 단순히 술력이 높은 것이 다가 아니라 술법을 가지고 놀듯 능수능란하게 다룬다는 점에서 그는 사예를 더 높이 평가했다. 설령 한계가 생겨도 스스로의 기지로 뛰어넘을 수 있는 가능성이 있었다. 그런 재기를 지녔으니 그가 탐내지 않을 수가 없었다.

비록 아직 어려 성급한 면이 있어도 그 재능이 흠을 가렸다. 곁에 두고 싶은 사람이 생긴 것은 참으로 오랜만이었고, 그 상대가 여선인 것은 실상 처음 있는 일이었다. 다시 말해 상대는 그의 충심이나 나라를 위해서라고 포장할 수 없는 상대인 것이다. 그러나 그가 인정할 수밖에 없는 심사를 드러내기엔 상대는 아직 어린 여선이었고, 근본적인 문제를 따지자면 지금 그의 상황이 여인을 취할 상황이 아니었다.

시건은 시선을 움직여 주변을 살폈다. 하늘은 어둡고 사방이 나무로 가려져 있었다. 결계 밖에는 요괴도 사람도 짐승도 없고 오로지 안으로 들어설 수 없는 원귀뿐. 닫힌 결계 안에는 졸음을 못 이기고 잠든 여자와 딴생각을 품게 된 남자 하나만 누워 있었다. 그리고 그 사이를 가로막고 예민하게 날을 세우고 있는 용 하나.

배회하던 시선이 다시 움직였다. 시건은 무표정한 얼굴로, 용이 가린 너머를 응시했다. 있을 수 없는 일이긴 했으나, 만일 지금 그가 역적이 아니고 이렇게 스스로의 힘으로 아무것도 할 수 없는 상태가 아니었다면, 이 밤을 그저 이렇게 보내지는 않았을 것이었다.

✻ ✻ ✻

구름이 아득히 낀 자리에, 여선 하나가 나타났다. 작은 보따리를 옆으로 멘 그녀는 고운 미색을 가지고 있었으나 젊은 여선은 아니었다. 그녀는 감쪽같이 그 흔적을 감춰 줬던 신수를 자유롭게 풀어 놓으며 구름 사이를 누볐다. 그녀의 고향이나 다름없는 동선에는 곧 그녀의 기운이 가득 찼다. 익숙한 동선의 구름을 느끼던 하선은 계속 바삐 시선을 움직였다. 잠시도 서 있지 않고 계속해서 구름 사이를 누볐다.

그녀는 그저 정신없이, 구름 위를 날아다녔다. 찾는 이의 그림자 하나라도 발견하기 위해서는 잠시도 쉴 틈이 없었다. 그러나 구름 사이에서 움직이던 신수 자운영이 그녀보다 먼저 옛 주인의 흔적을 찾았다. 하선은 얼른 자운영의 움직임을 따라갔다. 구름 사이에 만든 나무의 틈을 지나 과거 무엇의 흔적인지 알 수 없는 잔해 속으로 들어갔다. 형태를 알아볼 수 없을 정도로 무너진 잔해였지만 하선에게는 늘 맴돌아 익숙한 곳이었고, 군데군데 뿌리 내리고 자라난 나무들은 다른 누구도 아닌 그녀의 힘으로 키워 낸 나무들이었다.

구름 아닌 무너진 잔해의 단단한 바닥에 발이 닿았다. 아무도 오가지 않아 늘 그대로여야 할 폐허의 장소는 그녀의 기억과는 다르게 변해 있었다. 부서지고, 무너졌다. 그건 세월의 흐름 때문이 아닌 인위적인 파괴였다. 그 무너진 흔적을 발견할 때마다 심장이 거세게 뛰었다. 이곳저곳을 살펴보며 폐허에서 신수를 따라가던 하선은 눈썹을 찌푸렸다. 짙은 피비린내가 콧속으로 빨려 들어왔다. 하선의 움직임이 빨라졌다. 그녀의 눈이 이윽고 찾던 사람의 모습을 발견했다. 그리고, 그녀는 움직임을 멈췄다.

자운영이 맴도는 곳에, 사내 하나가 누워 있었다. 인간은 죽으면 영혼이 나와 그 영혼이 저승사자를 따라 명계로 향한 뒤, 명계에서 산 동안 지은 죄에 대한 적합한 벌을 받고 다시 하계에 환생을 했다. 하지만 선인은 인간과 달라 죽은 뒤 영혼이 나와 명계로 가지 않았다. 선인은 모체에 오행의 기가 모여 태어나는 존재로, 죽으면 그 기가 흩어져 사라지는 것으로 끝이었다. 그 흩어짐으로 다시는 돌아오거나 눈을 뜰 수 없는 이가 되는 것이었다. 그리고 누운 사내는 이미 그 기가 흩어져 본래의 기운을 그 몸, 그리고 주변 어디에서도 느낄 수가 없었다.

그러나, 그보다 더 충격적인 사실은 따로 있었다. 선단을 취한 선인의 몸은 썩지 않는다. 그리하여 사내의 몸속의 기가 흩어져 산 자가 아니게 되었어도, 그의 육체는 그대로 남아 있었다. 기가 흩어진 이는 어린 나이에 선단을 취해 얼굴은 여전히 약관의 얼굴을 하고 있었고, 그녀가 계속 옆에서 봐 온 얼굴이었다. 그러나, 지금 눈앞에 있는 얼굴이 하선에게는 조금도 익숙하지 않았다. 늘 미소 짓고 있었던 이의 얼굴이 미소 한 점 없이 차게 식어 있기 때문이었다.

하선은 천천히 누워 있는 지아비에게로 다가갔다. 무릎을 꿇고 가까이에서 숨을 거둔 이의 얼굴을 확인했다. 숨을 들이마시고 눈앞에 펼쳐진 광경을 응시했다. 찢어진 부적들보다, 더 잔인하게 찢어진 잔해가 깊은 마음을 찔렀다. 숨을 거둔 백운의 하얀 옷은 붉은 피로 더럽혀져 있었다. 옷이 덮고 있어야 할 가슴팍은 거칠게 찢겨 나가, 그 속을 드러내 보이고 있었다. 살갗이 갈라지고 드러난 몸속에 있어야 할 그 무언가가 없었다. 뼈 사이 빈 속이 공허했다. 그 속에 이미 그 생기를 잃고 늘어진 장기와, 흘러나오다 마르고 굳어진 검은 피…….

도무지 더 보고 있을 수가 없어, 하선은 결국 두 손으로 얼굴을 가렸다.

"아……."

손으로 가린 얼굴이 참지 못하고 일그러졌다. 목 깊은 곳에서부터 참지 못한 울음이 새어 나왔다. 참다못한 눈물이 기어코 손가락 사이를 헤집고 억누른 슬픔을 드러냈다. 몇 번을 봐도 익숙해지지 않는 광경인 것이다. 가족의 가슴이 파헤쳐지고 몸속의 장기가 뜯겨져 나간 광경은.

그녀는 전에 이미, 이런 시신을 보았다. 그녀의 어머니가 그리 죽었다. 잔인하게 생살이 갈라지고 그 몸속의 장기를 빼앗겼다. 겨우 도망쳐 살아남은 그녀가 후에 되돌아왔을 때는 이미 돌이킬 수 없이 참혹하게 파헤쳐진 상태였다. 그리고 이제, 그녀는 파헤쳐진 남편의 시신을 앞에 두고 있었다. 절대 익숙해질 수 없는 참혹한 광경을 다시금 마주하고 있었다.

어찌 이럴 수가 있나. 지독히 긴 시간 동안 이어진, 길고 긴 도주였다. 결코 잡히지 않으려고 도망쳐 온 데에는 이 끔찍한 최후를 피하고자 하는 마음이 더 컸다. 그 어떤 선인도 이렇게 비참하게 죽지는 않을 것이었다. 자리조차 고르지 못하고, 그 무엇 하나 남기지 못하고 온전히 가져야 할 것들을 빼앗긴 채.

'우리가 무슨 죄를 지어 이리한단 말이냐.'

울분으로 주먹 쥔 손이 부들부들 떨렸다. 눈물이 떨어져 피 묻은 도포 위를 적셨다. 분노에 울음이 먹혀 숨도 제대로 쉬어지지 않았다. 설령 누가 무슨 죄를 지었더라도, 남편 백운에게는 잘못이 없었다. 그저 그녀와 만난 것이 죄라면 죄였다. 멋모르고 세상 밖으로 나와 도망 다니던 어린 여선을 외면하지 못하고, 손을 내밀고, 돕고, 여린 마음에 그 곁을 떠나지 못한 가련한 사내. 그녀가 처음 세상 밖에서 만난 타인이자 유일하게 정 준 타인이었다. 고난과 분노, 괴로움만 가득했던 삶에 그래도 일말의 기쁨이 스며들 자리를 만들어 준 사람.

목석같은 여인네라 그 웃는 얼굴에 변변찮은 마음 표현조차 제대로 하지 못했다. 결계 치고 술법 수련하느라 정신없는 아내에게 슬그머니 다가와, 꺾어 온 꽃 한 송이 건네던 그런 지아비였다. 낡은 옷깃 꿰매느라 겨우 한 서투른 바느질을 보고 귀한 것이라도 되는 것처럼 마냥 손에서 놓지 못하던 소박한 자였다. 평범한 부부라면 일상의 당연했을 모든 일이 그들에겐 당연하지 않았다. 그렇게 함께 산 시간이 이십 년을 겨우 넘었다.

하선은 이를 악물었다. 떨리는 손에 수기를 모았다. 구름이 무너진 폐허의 틈을 타고 몰려들었다. 차게 식은 시신 아래 구름이 깔려 백운의 시신을 들었다. 하선은 그녀가 모은 구름을 움직였다. 백운의 시신은 구름에 의해 폐허 밖으로 이동되었다.

하선은 백운의 시신을 구름에 싣고 폐허의 밖으로 나갔다. 신수 자운영이 그녀를 따라왔다. 옛 주인이 생을 마감한 걸 알아선지 자운영은 고개를 푹 숙이고 기가 죽어 있었다. 하선은 구름만 아득한 자리에서 잠시 멈춰 서서 메고 있던 짐 보따리를 그녀가 모은 구름 위에 떨어지지 않게 올려놨다. 짐을 내려놓은 하선은 입고 있던 저고리의 고름을 풀었다. 치마끈을 풀어 치마도 벗었다.

속에 입고 있던 하얀 속적삼과 속치마만 입은 상태로, 그녀는 벗은 치마를 백운의 다리에 덮고, 저고리로 휑한 백운의 가슴을 덮었다. 하잘것없는 옷이라도 덮어 차게 식었을 그 가슴에, 생전에 제대로 전하지 못한 온기를 전달해 주길 바랐다. 지키지도 못한 마지막이 서글퍼, 흔적조차 지워 버릴 이 순간만큼은 함께할 요량으로.

옷을 벗은 탓에 하얀 속적삼 사이로 찬 기운이 파고들었다. 하선은 오행궁에서 화기를 모았다. 화기 모인 뜨거운 손으로, 다시 보지 못할 남편의 얼굴을 만졌다. 이십 년이 지났어도 한 점 변함없이 말끔한 얼굴을. 그 얼굴이 웃고 있지 않아 도통 남편의 얼굴 같지가 않았다.

'생전에 그리 속없이 웃기만 하여 죽어서는 웃질 못하시는가.'

올라가던 입꼬리와 휘어지던 눈이 아직도 눈에 선했다. 그 웃음, 맑디맑아 어디 백 년 넘게 산 선인의 것이 맞느냐 생각했던 웃음만 머릿속에 맴돌았다. 그러나 이제는 그렇게 미소 지을 수 없는 얼굴을, 화기로 덮었다. 하선의 손이 닿는 곳곳에 불길이 일었다. 백운에게 덮은 하선의 옷자락에 불이 붙고 불꽃은 그의 몸 전체로 번져 갔다. 그 모습을 더 볼 수가 없어, 하선은 눈을 감았다. 감은 눈꼬리를 따라 방울방울 떨어져 입가까지 흘러 들어오는 고통이 쓰디썼다. 오래 참고 담아 두기만 해 가슴속에서 곪아 버린 고통이었다.

하선은 겨우 눈을 떠서, 타오르는 불꽃을 응시했다. 수북하게 쌓인 하얀 구름 위로 불길만 거세게 솟아올랐다. 하선은 그녀의 눈물을 달게 삼켜 줄 수 있었던 유일한 사람의 몸이 타는 것을 눈도 깜빡이지 않고 지켜봤다. 남편의 시신을 덮고 타는 불꽃이 얇은 옷만 걸쳐 식어 가는 하선의 몸에 그 뜨거운 기운을 전달했다. 그러나 그 불이 아무리 커지고 활활 타올라도, 그 옛날 조심스럽게 잡던 손의 온기만 못했다. 기억 속에 남은 약한 온기보다도 못한 불꽃은 외려 차게 느껴져 그 불을 응시하는 마음만 얼어붙었다.

'내 기어코 내 대에 끝내리라.'

고통이 대물림되어 이어지는 이 지독한 악몽을 그녀 생에 끝내리라. 그림자도 없는 것들이 산 사람을 그림자로 만드는 이 지겨운 투쟁 때문에, 잃은 것들이 태산처럼 쌓여 갔다. 고통은 빚처럼 쌓여 그녀가 끊지 못하면 결국 딸의 몫이 될 터였다. 좋은 것 먹이지도 입히지도 못 했는데 묵은 빚만 안겨 줄 수야 있겠는가.

한참의 시간이 흐를 동안, 불꽃은 모두 타오르고 이제 그 속에 백운의 시신은 알아볼 수 없을 지경으로 재가 되어 있었다. 하선은 내려놨던 짐 보따리를 열어 저고리와 치마를 꺼내 하얀 옷 위에 입었다. 다시 떠날 채비를 하는 그녀의 마음은 평소처럼 문을 단단히 걸어 잠그고 넘어설 수 없는 벽을 세웠다. 그것만으로도 모자라 그 앞에 가시덩굴로 담을 쳤다. 고여 있던 눈물이 채 다 빠져나오지 못하고 굳건한 벽 안에 갇혔다. 마음 깊은 곳에서 소용돌이치는 눈물이 다시 밖으로 나올 일은 이제 없으리라. 그 문을 열 수 있었던 선인은 검은 재가 되어 이제 구름과 함께 날아가 버렸으므로. 처음 그녀와 만났던 날처럼 조용히, 백운은 흔적 없이 떠났다. 움직이는 구름결에 탄 냄새마저 흩어졌다.

그리하여 그 누가 무슨 방법으로 뒤흔들고 요동쳐도 다시 열리지 않을 마음으로, 그녀는 고개를 돌렸다. 먼발치에서 매섭게 다가오는 살기를 느꼈다. 잠시의 틈을 놓치지 않고, 무영은 드러난 그녀의 흔적을 좇아오고 있었다. 하선은 바로 신수인 자운영을 움직이며 몸을 돌렸다. 그녀에겐 찾아야 할 것들이 있었고, 그 모든 걸 찾을 때까진 멈추지 않을 것이었다. 주인을 따라 움직인 신수가 주인의 흔적을 지웠다. 고향을 떠나 언제 끝날지 모를 길을 떠나는 여선의 자취는, 그렇게 사라졌다.

三

구름 위에 사는 자, 구름 아래 사는 자

구름 위에 선 용수궁 담 위로 용마들이 날아다녔다. 용마에 탄 선군들은 사방에서 날아다니며 궁을 지켰고, 술시들은 담 안쪽에서 연신 종종거리고 걸어 다녔다. 천제가 머무르는 용주당, 술시들이 오가는 복도 사이로 미색이 고운 선녀 하나가 걸어갔다.

걸어가는 선녀, 자희는 무진의 부름을 받고 온 참이었다. 물론 그녀는 궁에 들어 대부분의 시간 동안 무진의 곁을 지키고 있었으나, 오늘은 무진을 찾아온 검용군 상장군 주석호가 아주 그녀를 잡아먹을 기세이기에 불똥을 피하고자 잠시 자리를 비우고 있었다. 그러나 얼마 지나지 않아 석호와 함께 있던 무진이 자희를 불렀다.

사뿐한 걸음걸이로 걸어온 자희가 문 앞에서 멈춰 섰다. 술시들이 그녀의 방문을 고하고, 무진의 허락이 떨어지자 문이 열렸다. 자희는 고운 미소를 지으며 방 안으로 들어와 인사를 했다.

"폐하, 소녀를 찾으셨사옵니까?"

"가까이 오라."

자희는 무진과 석호 사이의 심상치 않은 분위기를 느꼈지만 아무렇지 않은 얼굴로 가까이 다가왔다. 무진은 굳은 얼굴로 앉아 있었고 그 앞에 석호 역시 표정이 좋지 않았다. 그녀가 다가가자 무진이 단도직입적으로 말했다.

"자희, 네가 하계로 보낸 흑귀위 장수들에게 환술을 썼느냐?"

자희는 소매 자락으로 입을 가리곤 놀란 얼굴을 했다. 그녀는 울상이 된 얼굴로 말했다.

"이건 또 무슨 당황스러운 모함이실까? 폐하, 소녀는 참으로 억장이 무너지옵니다. 이 소녀의 환술이 오로지 폐하를 위해 쓰인다는 것을 하늘이 알고 땅이 알 것입니다. 헌데 어찌 폐하께서는 한낱 간사한 혀 놀림에 이 소녀의 충정을 곡해하시는지요?"

듣다 못한 석호가 참지 못하고 목소리를 높였다.

"간사한 혀 놀림이라니? 네 그 무슨 무엄한 망발이냐!"

"상장군께서는 왜 화를 내시지요? 간사한 혀 놀림의 당사자가 아니시고서야 어째서 화를 내시는지 이 소녀는 도통 모르겠네요. 하긴 이 소녀를 상장군께서 모함하셨다고 해도 이상한 일이지요. 폐하를 지키셔야 할 분이 이 하찮은 궁관의 뒤나 캐고 다니시니 말이에요. 소녀가 선군 나리들께 환술을 썼다는 증거라도 있답니까?"

"네가 흑귀위 상장군 연귀호에게 접근한 것을 알고 있다. 또한 하강하는 그의 용마 꼬리에서 환술시가 떨어지는 것을 본 선군이 있다! 용마 꼬리에 환술시를 붙여 보낸 게 네가 아니란 말이냐?"

"결국 상장군께서 이 소녀를 모함하신 것이 맞군요. 물론 이 하찮은 요괴가 천제 폐하의 가장 큰 힘이 되고 있으니 폐하의 곁을 지키는 선인으로서 받아들이기 힘드셨다는 것 정도는 소녀도 안답니다. 하지만 그렇다고 이리 소녀를 모함하시다니요? 이 소녀는 전혀 모르는 일이어요. 아니면 상장군께서는 연 장군께서 누구를 언제 어디서 어떻게 만나는지를 늘 살피고 계시옵니까? 소녀 아닌 다른 누가 연 장군께 접근하여 환술시를 붙였을지 누가 알지요?"

보다 못한 무진이 결국 손을 들어 두 사람을 막았다.

"그만. 그렇다면 자희, 네가 연 장군과 대화를 나눈 것은 사실이냐?"

자희는 입을 다물었다가, 결국 고개를 끄덕였다.

"예, 그것은 사실이어요. 허나 폐하, 소녀 단지 그분의 용마가 용주당 담을 넘어가려고 하기에 그저 붙들고 있었던 것밖에는 죄가 없사옵니다. 소녀가 베푼 친절이 그리 지엄하게 처벌받아야 하는 죄인가요?"

"네 이년, 감히 누구의 앞에서 거짓을 고하느냐! 바른대로 고하지 못할까!"

"바른대로 고하고 있사와요. 상장군께서야말로 소녀의 진심을 바르게 들으셔요. 하기야 그릇된 마음으로 천하를 보는 이는 맑은 물조차 구정물로 보는 법이지요."

무진은 한숨을 내쉬었다. 그가 한숨을 내쉬자 석호는 열려던 입을 다물었다. 자희는 당당한 얼굴로 무진을 쳐다봤다. 무진은 여전히 굳은 얼굴로 말했다.

"자희 네가 연관이 없다 주장하나 환술시에 대해 고한 선군이 있으니 그저 묵과할 수는 없다. 용마 꼬리에 환술시가 붙어 있었던 것만으로도 네가 오해 받을 여지가 있다는 것은 잘 알고 있을 것이다. 지금 선계에는 그만한 환술을 부릴 수 있는 자가 너 말고는 없다."

"하오나 폐하."

"짐의 말이 끝나지 않았다. 짐은 네 충정을 의심하는 것이 아니다. 다만 네가 아니라고 주장하니, 상황에 대해 좀 더 자세히 알아보기 위해 그동안은 네게 자숙을 명하겠다. 짐의 명이 있을 때까지 궁에 들지 말고 근신하라."

"폐하!"

자희는 화들짝 놀라 얼른 무릎을 꿇으며 목소리를 높였다.

"어찌 소녀에게 이러실 수가 있사옵니까? 소녀를 의심하지 않는다고 하시면서 어찌 근신을 명하시는지요? 정말 너무하시옵니다!"

"짐의 생각은 바뀌지 않는다. 네게 아무런 죄가 없다면 의심도 풀리겠지. 또한 짐은 네게 짐을 돕는 것 이상의 행동을 허락한 일이 없다. 요선인 네가 다른 선인과 마주한 것만으로도 위험한 일임을 모르지 않을 터. 우연이라도 묵과할 수 없으니, 당분간 자숙하도록 하라."

"폐하!"

무진은 고개를 돌리고 울먹거리는 자희를 외면했다.

"이만 물러가라."

무진은 그답지 않게 엄한 표정으로 명했다. 석호는 자희가 좀 더 고집을 부릴 거라고 생각했지만, 의외로 자희는 그대로 입을 다물었다. 그녀는 고개를 살짝 숙이고는 한 발 물러났다.

"폐하께서 그리 말씀하시니 명을 받들겠사옵니다. 훗날 소녀의 무고함이 밝혀진다면, 이리도 엄격하신 폐하께서는 상장군의 모함에 대한 적합한 처벌을 내려 주시겠지요."

"네 이년! 감히……!"

"그럼 폐하, 소녀는 이만 물러가 보겠사옵니다."

그녀는 원망이 가득 묻어나는 얼굴로 방에서 나갔다. 그런 자희를 보며 석호는 혀를 찼다.

"저런 뻔뻔한 것……. 그것 보십시오, 폐하. 그동안 폐하께서 저 요물에게 지나치게 잘해 주셔서 저 요물이 하늘 높은 줄 모르고 콧대를 세우게 된 것 아니겠습니까. 어디 감히 폐하께서 명을 내리시는데 더러운 세 치 혀를…….”

“됐네. 그나저나 저렇게 강경하게 부인하는데 왜 연귀호에게 환술시를 붙였는지 말할 리가 있겠나. 비록 답을 얻지는 못했지만, 적어도 자희가 무언가 다른 생각을 하고 있는 것만은 분명하군.”

선계에 자희만 한 요선이 있을 수가 없었고, 연귀호에게 환술시를 붙인 것은 자희가 분명했다. 사실대로 말하지 않는 것을 보아하니 분명 수상했다. 그러나 수상하다고 생각해도 당장 손을 쓸 방도는 없었다. 자희가 저렇게 당당하게 스스로의 결백을 주장하니 그에 대해 제대로 알아보려면 연귀호의 용마부터 조사해야 할 판이었다. 그러나 그렇게 되면 괜한 주목을 받게 될 우려가 있었다.

“제가 감히 폐하의 혜안을 폄하하고자 하는 의도는 아니나, 저 요물은 본래부터 수상했습니다. 폐하께서도 이 기회에 거리를 두는 것이 낫습니다.”

“그럴 수야 있겠는가. 자희가 없으면 짐은 그야말로 반선에 불과한 것을.”

“폐하, 어찌 그런 말씀을!”

무진은 미소를 짓고는 손을 저어 보였다. 짓는 미소가 영 편하지 않아 보여 석호는 아무런 말도 할 수가 없었다. 무진의 마음을 짐작하고도 남은 석호는 두 주먹만 꽉 쥐었다. 사실 무진이 제위에 오른 이후에 자희에게 이렇게 엄하게 대하는 건 처음 있는 일이었다.

‘저 요물이 자꾸 이상한 움직임을 보이고 있으니…….’

결국 자희에게 엄하게 근신을 명하긴 했지만, 무진으로서는 그로 인해 자희가 마음을 달리 먹을지도 몰라 걱정스러울 게 분명했다. 어쨌든 무진이 용과 계약하지 못한 반선이고 자희가 환술로 그의 비밀을 감춰 주고 있다는 사실은 무진에겐 안으로 가시 달린 족쇄나 다름없지 않은가. 움직이면 움직일수록 그 가시는 무진 스스로를 찌를 수밖에 없었다. 엄하게 내린 근신 명령을 가까운 시일 내에 풀어 주지 않으면 저 요망한 자희가 그 세 치 혀를 어떻게 놀릴지 알 수 없는 일이었다. 석호는 나가기 전에 원망이 가득한 얼굴로 쳐다보던 자희의 모습을 떠올리고는 마음 한 켠이 서늘해졌다. 그가 그렇게 생각할 즈음 무진도 비슷한 생각을 하고 있었던 것 같았다. 무진은 가라앉은 어조로 말했다.

"아마 이번 먹이는 반드시 선인으로 준비해 줘야 하겠지. 옥사에 처형이 정해진 선인이 있는지 자네가 알아보게."

"……예, 폐하."

"혹시 모르니 자희에 대해서도 더 유심히 살피도록 하게. 근신을 명받은 동안 뭔가 다른 움직임이 없는지."

"예!"

"이만 물러가 보게."

허리를 숙여 인사한 석호는 무진의 방에서 나왔다. 석호는 무거운 마음으로 복도를 걸어갔다.

'그래도 잘됐어.'

사실 석호는 무진이 제멋대로 구는 자희를 지나치게 풀어 주는 것 같아 걱정을 많이 하고 있었다. 그러나 오늘 일로 무진도 자희에 대해 완전히 경계를 놓고 있는 것은 아닌 것을 확실히 알았으니, 그나마 다행이다 싶었다. 대놓고 자희에게 무슨 짓을 했냐고 묻는 무진의 정직함이 답답하긴 했다. 그래도 자희가 시치미를 뗀 덕분에 무진이 그 요물을 경계라도 하게 되었으니 다행이었다.

'하긴 우리 폐하께서 얼마나 현명한 분이신데. 그 요물의 말을 곧이곧대로 믿으실 리는 없지.'

석호는 무진을 어린 시절부터 줄곧 알아 왔고, 무진이 얼마나 총

명한지 잘 알고 있었다. 한낱 요선의 도움을 받고 있다고는 하나, 그렇게 영리한 무진이 자희를 완전히 믿고 있었을 리가 없었다.

'암, 그렇고말고.'

고개를 끄덕이면서도, 석호는 내심 불편함을 느꼈다. 사실은, 그게 더 피 말리는 일일 터였다. 완벽히 믿을 수 없는 이에게 자신의 흠을 드러내고 도움을 받아야 한다는 사실.

'그러니 내가 지켜 드려야 한다.'

석호는 검을 든 손에 힘을 주며 씩씩하게 걸음을 옮겼다. 그 상대가 요물이든, 다른 누구이든 간에. 오직 그만이 티끌 한 점 없는 순수한 충심으로, 무진을 지킬 수 있었다.

※ ※ ※

현재 궁관 자희가 머무는 처소는 남선에 위치한 곳으로, 자희는 매일 그곳에서 용수궁으로 입궐, 퇴궐을 반복하고 있었다. 지금 그녀는 무진에게 명을 받은 후 바로 그녀의 처소로 돌아와 있었다. 그녀는 서안(書案)을 앞에 두고 보료 위에 앉아 있었고, 서안 위에는 화려한 화각함 하나가 놓여 있었다.

화각함을 앞에 둔 채로 무언가 골똘히 생각에 잠긴 얼굴로 쳐다보던 자희는, 결국 결단을 내린 듯 자신의 머리카락을 한 가닥 뽑았다. 그리고 손바닥 위에 그 머리카락을 올려놓고 두 손으로 환술의 수인을 맺었다. 머리카락은 금세 자라나 자희와 똑같은 형상의 환술시가 되었다. 자희는 앉아 있던 자리에서 일어나 스스로를 꼭 닮은 환술시에게 그녀가 앉아 있던 자리를 양보했다. 만들어진 환술시는 완전히 자희와 똑같은 모습으로 아까까지 진짜 자희가 앉아 있던 자리에 앉았다. 진짜 자희는 환술시가 앉은 맞은편에 앉아, 서안 위의 화각함을 열었다. 그 안에는 붉은 글씨가 새겨진 부적이 여러 장 들어 있었다.

함 안에서 부적을 하나 꺼내 품속에 챙긴 자희는 화각함을 닫고 물고기 모양 자물쇠로 잠갔다. 화각함을 든 그녀는 방 한쪽으로 걸어가 이불장을 열었다. 이불을 살짝 꺼내니 막혀 있어야 할 이불장 벽 부분에 열 수 있는 작은 미닫이문이 있었다. 자희는 그 문을 열어 화각함을 넣어 숨겨 놓고는 문을 닫았다. 그러곤 이불을 다시 제대로 넣고 이불장을 닫고 몸을 돌렸다.

자희는 얌전히 서안 뒤에 앉아 있는 환술시를 쳐다봤다. 얌전히 앉아 있는 환술시를 쳐다보고 고개를 끄덕인 후에, 자희는 슬그머니 문을 밀고 밖으로 나섰다.

그리고 방문을 열자마자 그녀는 얼굴을 한껏 일그러트리고 쳐다보는 석호를 마주할 수 있었다.

"어머나……."

자희는 눈을 동그랗게 뜨곤 움직임을 멈췄다. 그녀는 곧 아무렇지 않은 얼굴로 미소 지으며 말했다.

"상장군, 무슨 일이셔요? 어쩜 기척도 없이 이렇게 문 앞에 떠억하니…… 아니, 혹여 우리 폐하께서 소녀의 무고함을 알아주시고 근신을 하지 않아도 좋다 명을 하셨사와요? 소녀는 근신을 하다가 잠시 해우소에……."

그러나 석호는 이미 잠깐 열렸던 문틈 사이로 자희가 만들어 놓은 환술시까지 확인한 참이었다.

"네 이년. 자숙이 단 반나절을 가지를 못 하는구나. 네년이 환술을 빙자하여 폐하의 명까지 무시하려 드느냐? 이 건방진 것아. 당장 들어가지 못하겠느냐?"

안 그래도 무진의 술시가 사실은 자희의 환술이기 때문에 자희가 진실로 자숙을 하는지 또 다른 짓을 하는지 알 수가 없어 직접 선군들을 데리고 와 본 참이었다. 그리고 석호는 와 보길 잘했다고 생각하고 있었다. 무슨 말을 해도 그에게 통하지 않을 것임을 안 자희가 손가락을 들어 입을 가렸다.

"쉿. 잠시 기다리셔요, 상장군. 제 말을 들으셔요."

"닥쳐라, 네년이 무슨 꿍꿍이인지는 모르겠지만, 내가……."

"그 여선과 관련된 일이라도?"

"……뭐라?"

석호는 입술 끝을 한쪽으로 올려 미소 짓는 자희를 날 선 시선으로 응시했다. 저 얄미운 미소가 숨긴 속내가 뭔지 도통 알 수가 없었다. 자희는 수상한 미소를 연신 흘리며 방문을 열었다.

"일단 드시지요. 소녀가 어인 연유로 연 장군을 만났는지 다 말씀드릴 터이니. 아마 장군께서도 그게 가장 궁금하시겠지요?"

석호는 의심에 가득 찬 눈으로 자희를 쳐다봤다. 자희는 태연한 얼굴로 싱긋 미소를 지었다. 일단 석호로서는 별다른 도리가 없었다. 그는 하는 수 없이 여우의 소굴로 걸어 들어가는 수밖에 없었다. 그가 방으로 들어가자 자희는 방문을 닫았다. 그러곤 그녀의 환술시를 손을 들어 없앴다.

"앉으셔요, 장군."

"싫다. 당장 무슨 꿍꿍이인지나 말해라, 이 요망한 것아."

석호는 자리에 앉지도 않고 허리를 꼿꼿이 세운 채로 말했다. 자희는 한숨을 내쉬었다.

"정말 이 소녀는 우려가 돼서 견딜 수가 없사옵니다. 분명 이 소녀가 장군께 말씀을 드렸지요? 진실된 충정은 말과 행동이 아니라 마음으로 하는 것이라고."

"네년이 감히 내게 훈수를 두려고 하느냐? 그것도 감히 내 충심에 대해?"

"물론 소녀도 장군의 충심이 얼마나 깊은지는 잘 알고 있답니다. 하지만 충심에 대해서라면 이 소녀도 뒤지지 않지요. 이 소녀는 오로지 폐하를 위해 궂은 일도 마다하지 않는답니다. 동시에 폐하께 근심 걱정을 드리지 않기 위해 부러 일일이 고하지 않는 일도 있고요. 설령 그런 행동으로 인해 의심을 받게 된다고 해도, 그것이 폐하를 위한 일이라면 어쩔 수 없는 일이지요."

"뭐라?"

자희는 이해 못 하는 석호를 어린아이 바라보는 시선으로 응시하며 혀를 찼다.

"상장군은 참으로 답답하시옵니다. 장군께서도 우리 폐하께서 어떤 분이신지 잘 아실 거여요. 그분은 성미가 올곧고 백성을 아끼는 분이시고, 무엇보다 천제 폐하이시지요. 그런 분께 대놓고 신이 용과 계약을 맺은 여선을 처리해 드리겠습니다, 하면 폐하께서 어디 옳거니, 좋다, 하시겠습니까? 당연히 그래선 안 된다 말씀하실 테지요. 장군께서는 어찌 그리 생각이 모자라셔요?"

"……뭐, 뭐라고?"

석호는 차마 아무런 말도 할 수가 없었다. 자희는 석호에게 한 걸음, 한 걸음 다가왔다.

"소녀는 상장군과는 달리 폐하의 깊은 속내까지 헤아리는 충신이니, 폐하께 굳이 그 여선에 대해 왈가왈부하지 않았사와요. 폐하께서 의미도 없는 죄책감에 시달리시거나, 괴로워하시는 것을 원치 않으니까요. 허나 그렇다고 해서 소녀가 폐하의 안위에 대해 걱정하지 않는 것은 아니어요. 소녀 비록 어전에서는 침묵하였으나, 솔직히 소녀의 생각도 장군과 같사와요. 하늘에서 그 여선께서 변을 당하신 것은 어쩌면 하늘의 뜻이 아닐까 사료되어요. 지금이야말로 폐하의 큰 근심거리를 처리할 적기이지요. 그래서 이 소녀가, 하계로 떨어진 여선을 처리하고자 연 장군의 용마에 환술시를 붙여 보냈지요."

"역시 네년이……."

석호가 이를 가려는 찰나에, 자희가 그의 코앞까지 걸어왔다. 석호는 움찔 놀라서 뒤로 한 걸음 물러났다. 치를 떠는 표정으로 석호가 말했다.

"저리 꺼지지 못하겠느냐, 이 요물아."

자희는 눈웃음을 쳤다. 고운 선녀의 얼굴이 화사하게 웃고 있었다. 붉은 입술 사이로 간드러지는 속삭임이 새어 나왔다.

"이것부터 받으셔요, 장군."

그녀는 품속에서 부적을 꺼냈다. 손에 들린 부적으로 석호의 턱선을 쓸며 웃었다. 날렵한 눈꼬리가 휘어지며 요사스러운 웃음을 흘렸다. 그러나 그 웃음에 아무리 색이 넘쳐도 석호의 눈에 자희는 그저 살아 있는 자의 생간이나 뜯는 요괴일 뿐이었다. 석호는 고개를 틀어 그런 자희의 행동을 피했다. 그는 손을 뻗어 자희의 손에서 부적을 빼앗아 들었다. 그러고는 팔로 자희를 세게 밀쳤다. 벌레를 떼어 내듯 망설임도 없고 거친 태도였다. 어머, 하고 밀려난 자희가 울먹거리는 척을 하며 석호를 쳐다봤다. 석호는 그런 자희를 쳐다보지도 않고 부적을 쳐다봤다. 피로 새긴 부적이었다.

"이것이 무엇이냐."

"서선에서 구름 사이에 남아 있던 그 여선의 피를 가지고 와서 소녀가 만든 추적부이옵니다. 하계 사방을 언제 다 뒤져 그 여선의 자취를 찾겠다는 것인지, 참. 허나 그 추적부가 있다면 하계에서 그 여선을 찾는 게 어렵지는 않겠지요. 이 소녀의 환술시는 실패하였으니, 장군께서 직접 그 여선을 찾으셔요. 소녀가 직접 하계로 내려가 처리를 하고자 하였으나, 장군의 말씀대로 폐하의 지엄한 명이 계시니 하는 수 없지요. 소녀가 진정한 충심이 무엇인지 보여 줄 기회를 장군께 양보하겠사와요."

석호는 부적에서 시선을 떼지 못했다. 그런 석호를 보며 자희가 다시 그에게 가까이 다가왔다. 그녀는 석호의 주변을 돌며 말을 이었다.

"허나 소녀가 말씀드렸듯, 그에 대해 폐하께서 아셔서는 아니 될 거여요. 만천하의 군주이신 폐하께 그런 일까지 모두 고하고 알리셔서야 어디 쓰나요? 이런 일은 폐하께서 모르시게 그분의 충성스러운 신하들이 알아서 처리하는 것이 당연한 것을요. 하늘과 구름이 어두워야 달이 빛나는 법인데, 하물며 천하의 주인이신 천제 폐하의 곁은 오죽할까! 설령 주군께서 그 노고를 몰라주시더라도, 그분을 위해 험한 일도 마다하지 않는 것이 바로 참된 신하의 본분이지요. 굳이 폐하께 마음의 짐을 더해 드릴 필요는 없사와요. 그러니 폐하께서 모르게 은밀히 처리하셔요. 소녀는 하지 못하였으나 잘난 선인인 장군께서는 하실 수 있으시겠지요. 해야만 하는 일이기도 하고요."

부적을 든 석호의 손에 힘이 들어갔다. 마음이 무거워졌다. 저 여우의 말이 틀린 구석이 없었다. 그는 무진에게 말할 것이 아니라 차라리 은밀하게 그 여선을 미리 처리했어야 했다. 한낱 요물도 한 생각을 그가 미리 하지 못했다는 생각에 입맛이 썼다.

그러나 석호는 저 여우가 그보다 한발 빨리 무진을 위해 행동했다는 사실을 인정할 수가 없었다. 무엇보다 지금 그의 행동이 무진 모르게 저 여우와 내통하는 것처럼 느껴졌다. 무진은 분명 자희에 대해 알게 된 모든 것을 고하라고 명했었다. 부적을 쥔 손바닥에 땀이 고이기 시작했다. 계속 불편한 마음이 들어서 그는 쉽사리 입을 열지 못했다.

그리고 자희는 그런 석호의 마음을 아는 것처럼 부드럽게 미소 지었다. 안심을 시키듯 온화한 목소리로 자희가 말했다.

"장군께서 뭘 걱정하고 계신지 잘 아옵니다. 더불어 폐하께서도요. 하지만 걱정하지 마셔요. 이 모든 건 오로지 폐하를 위한 일인 것을요. 무엇보다 이 소녀는 우리 천제 폐하를 참으로 좋아한답니다."

"뭐라?"

자희는 석호의 주변을 돌던 걸음을 멈췄다. 그녀는 하얀 옷깃을 들어 입가를 가리곤 웃었다.

"소녀는 간사하거나 얄미운 이보다는, 오히려 폐하처럼 순수하고 올곧은 분을 좋아한답니다. 원래 그런 분들이 제 뜻대로 다루기가 좋거든요. 오호호호호."

"뭐라? 감히 누가 누구를 뜻대로 다룬다고?"

"폐하께서 저를, 그리고 제가 폐하를 말이지요. 그러니 그만 날 세우셔요. 소녀는 지금 하고 있는 생활이 너무도 편하여 더 바랄 것이 없답니다. 그 여선이 선계로 돌아와 폐하의 자리를 위협하는 것은 이 소녀로서도 두려운 일이어요. 그랬다간 이 소녀는 선계에서 쫓겨나 선인들로 하여금 잔인하기 짝이 없는 처벌을 피하지 못할 테니까요. 어쩌면 소녀뿐만은 아니겠지요."

자희의 입가에 웃음이 진해졌다. 석호는 부적을 쥔 채로 주먹을 꽉 쥐었다. 눈을 질끈 감았다 뜬 그는 굳은 얼굴로 자희를 쳐다봤다.

"난 네년의 말을 듣는 것이 아니다. 다만 어느 것이 폐하를 위하는 일인지 더 심사숙고한 후에, 폐하께 네 죄를 고할지 말지를 결정하겠다."

"장군의 뜻대로 하시옵소서."

자희는 생긋 웃었다. 석호는 결국 부적을 챙겼다. 그는 다른 말 없이 홱 하니 몸을 돌리고는 그대로 문을 열었다. 추적부를 손에 든 장수는 뒤도 돌아보지 않고 방 밖으로 나갔다. 문이 그의 혼란스러운 마음을 대변하듯 시끄러운 소리를 내며 요란하게 닫혔다. 자희는 나가 버린 석호에게 들으라는 듯 목소리를 높였다.

"그럼 수고하셔요, 장군! 소녀는 한동안 자숙을 좀 할 터이니!"

당연히 대답은 없었고, 자희는 애초부터 대답을 기대하지 않은 듯 신경 쓰지 않았다. 그녀는 콧방귀를 뀌고는 서안 너머에 자리를 잡고 앉았다. 구겨진 치마를 곱게 정리하고 앉은 그녀는 만족스러운 듯 미소를 지었다.

"이제 남은 건 하나인가?"

입가의 웃음이 점점 더 진해졌다.

❈ ❈ ❈

자희의 처소에 감시를 하기 위한 좌우위 선군들을 배치하고 온 석호는, 용마를 타고 남선의 하늘을 날아가다가 남선 조현궁을 지키고 있는 적오위(赤烏衛) 선군들을 발견했다. 그는 용마의 방향을 틀어 그들에게로 날아갔다. 용마가 빠르게 날아와 조현궁 담 안으로 내려섰다. 용마를 데리고 있는 선군들 중 적오위의 상장군이 석호를 발견하고는 얼른 다가왔다. 석호는 시선을 주고는 적오위 상장군과 구석진 곳으로 자리를 옮겼다. 석호가 목소리를 낮춰 선군에게 말했다.

"태전, 적오위 선군들을 한 번 더 움직여야겠다."

"하명하십시오."

"은신과 기습에 능한 선군들 몇을 더 모아 은밀히 하계로 보내라. 최근에 하계로 불시착한 여선이 하나 있는데, 그 여선을 찾아야 한다. 여기 추적부가 있으니 이 추적부를 사용해서 찾으면 빨리 찾을 수 있을 것이다."

"찾아서 어찌합니까?"

선군의 물음에 석호가 잠시 입을 다물었다. 잠시 망설임이 있었다. 요사스러운 자희에게 그가 이용당하고 있나? 추적부를 쥔 손에 힘이 들어갔다.

'아니, 해야만 하는 일이다.'

그는 이 일이 진실로 무진을 위한 일임을 믿어 의심치 않았다. 그는 그 누구도 알지 못하는 무진의 비밀을 안고 지금까지 지켜 왔으며, 무진을 바로 옆에서 보좌해 왔다. 무진을 지키기 위해서라면 무슨 일이든 할 마음이 있었다. 무엇보다 이 일은 분명 그밖에 할 수 없는 일이었다. 그 여선이 하계로 떨어진 것은 하늘이 내린 기회였다. 여우의 현혹에 넘어가는 것이 아니었다. 무진을 위해 꼭 필요한 일을 할 뿐이었다.

답을 기다리는 선군을 향해, 결국 결단을 내린 석호가 말했다.

"아무도 모르게, 그 여선의 목숨을 거두어라."

자희가 준 부적은 그렇게 석호의 손을 떠났다.

❋ ❋ ❋

사예는 마을에서 가져온 옷을 들어 보이며 시건에게 말했다.

"어때? 이 정도면 괜찮겠소?"

두 사람은 여전히 숲에 있었고, 시건은 풀밭 위에 앉아서 조금의 감흥도 없는 얼굴로 사예가 보여 주는 도포를 받아 들었다. 그는 암굴에서부터 입고 있던 옷 위에 푸른 빛깔 도포를 겹쳐 입었다. 사예는 그녀가 상인에게 같이 얻어 온 세조대(細條帶)를 도포 위에 묶는 시건을 쳐다봤다. 그녀가 낑낑거리며 안고 온 큰 옷이 그에게 잘 맞는 것을 보니 좀 신기했다.

시건의 앞에는 그녀가 머리를 묶으라고 사 온 끈이 놓여 있었다.

사예는 아침에 마을에 가 시건에게 필요할 만한 물건을 가져온 참이었다. 돈을 바꾸지 않은 대신 그녀는 돈이 들어 있던 주머니를 상인과 옷으로 교환해 왔다. 가지고 있던 돈은 육포의 양이 줄어 남게 된 마지를 찢고 뒤집어 싼 다음, 핏물이 든 비단 치마로 싸서 짐 속에 챙겨 뒀다.

사예는 시건이 겹쳐 입은 도포를 쳐다보며 만족스러운 마음으로 고개를 끄덕였다. 계속 눈 둘 곳이 없어 곤란했는데 그래도 이젠 눈 둘 만한 곳이 많이 생겼다. 시건을 위에서 아래로 훑어보던 그녀는 시건의 머리카락 아랫부분이 엉켜 제대로 정돈이 안 되고 있는 것을 발견했다.

선단을 취한 선인은 일정 세월 이상을 살면 모든 신체의 노화나 성장이 둔화되었고, 그 덕분에 암굴에 오십 년이나 갇혀 있었어도 시건의 머리카락이나 손톱, 발톱이 끔찍하게 길진 않았다. 그러나 암굴에서 있는 동안 머리카락이 계속 자란 것은 사실이었고, 땋아 있던 머리카락 끝이 어쩌다 엉킨 모양이었다. 기껏 마을에서 받아 온 머리끈이 영 쓸모없게 되어 버릴 판이었다. 눈썹을 찌푸리고 쳐다보던 사예는 별생각 없이 시건에게 충고랍시고 말했다.

"머리카락을 좀 자르는 게 어떻소?"

"자를 만한 게 있나?"

"어…… 내 사진검밖에 없는데……."

사예는 당황했다. 그녀의 사진검은 지금 환술로 크기를 작게 해 놓아 머리카락을 자르는 데 심하게 부담이 되진 않을 것 같았지만, 귀중한 자신의 검을 타인에게 함부로 맡길 수는 없었다. 그녀가 말을 잇지 못하자 시건이 말했다.

"그럼 미안한데, 그대가 직접 잘라 다오."

"내, 내가?"

사예가 손가락으로 그녀를 가리키며 물었다. 그건 좀 그렇다, 하고 생각하는데 시건이 담담한 어조로 덧붙였다.

"자를 만한 건 그대 검밖에 없는데 내게 맡길 수도 없지 않나. 불편하다면 잘라 주지 않아도 괜찮다."

그렇게 말하며 시건은 엉킨 부분을 빼놓고 남은 부분의 머리카락을 다시 땋기 시작했다. 사예가 사 온 끈으로 묶기 위해서인 것 같았다. 사예는 시건이 빼놓은 부분을 불편해하는 얼굴로 쳐다보며 고민했다. 그녀가 생각하기에 그녀와 시건은 배려 넘치게 머리카락을 잘라 줄 만한 사이가 전혀 아니었다.

머리카락이나 손톱, 발톱은 몸에서 자라는 것이므로 몸에서 떨어져 나와도 그 당사자의 일부나 다름없었다. 선인들은 먼 과거로부터 자신의 기운이 담긴 머리카락과 손톱, 발톱이 타인의 손에 들어가 잘못 악용될 것을 걱정하고, 또한 술법을 부릴 때 요긴하게 쓰기 위해 함부로 남의 손에 맡기거나 버리지 않았다. 선인들의 영향을 받아 하계 인간들 또한 뭣도 모르면서도 머리카락을 소중히 여기는 관습이 남아 있었다. 더군다나 사예는 혹시나 흔적이 남아 무영들에게 들키면 곤란하기 때문에 머리카락과 손톱, 발톱을 유독 조심해서 관리해왔다. 그런 그녀로서는 지금 시건의 요구가 굉장히 당황스러웠다.

'아니, 뭘 믿고 나한테 머리카락을 맡겨…….'

대체 저자는 태수에게 넘겨 다시 암굴로 보내겠다고 주장하는 그녀에게 왜 저렇게 무르게 구는지 알 수가 없었다. 묻는 말에는 대답했고, 그녀의 술법은 칭찬했고, 머리카락마저 맡기려고 했다. 그저 시건의 입장으로서는 어쩔 수 없는 상황이니까 그러려니, 하고 넘기기에도 한계가 있었다. 느릿느릿 머리를 땋는 시건의 모습을 불편한 마음으로 바라보던 사예는 결국 결단을 내렸다. 엉킨 부분만 단번에 잘라 내면 되겠거니 생각하며 마음을 정했다. 애초에 머리카락을 자르는 게 어떻겠냐고 말을 꺼낸 사람은 그녀 자신이었다.

"아, 알았소. 내 잘라 주겠소."

"그래."

시건이 땋은 머리카락을 다시 푸는 동안 그녀는 짐 속에서 작아진 사진검을 꺼냈다. 검집을 열고 시건의 뒤로 가 앉았다.

'뭔가…….'

뒤에 앉으니까 앞에 앉은 사내가 그냥 볼 때보다 더 크게 느껴졌다. 사예는 긴장한 얼굴로 침을 꿀꺽 삼켰다. 이제껏 가까이 있었던 남자라고 해 봐야 유약해 보이고 하하 웃기만 하는 아버지가 고작이었다. 시건처럼 강건하고 제대로 된 사내를 만난 건 처음이었다. 그런 자가 머리카락을 맡기고 등까지 보이고 있으니 기분이 더 이상했다. 사예는 시선을 아래로 고정한 채로 손을 뻗어 시건의 머리카락 밑을 쥐었다. 허리도 넘어선 머리카락이 손에 잡혔다. 그런데 손이 떨리고 있었다.

'아, 왜 이리 손이…….'

별것도 아닌데 검은 머리카락을 쥔 손이 엄청 떨렸다. 손 위에서 새까만 머리카락이 흔들렸다. 사예는 시건의 눈치를 봤다. 다행히 시건은 아무 말 없이 앉아 있었다. 그녀는 손가락에 잡힌 검은 머리카락을 쳐다봤다. 새까맣기만 한 머리카락이 손가락 사이에서 흘렀다. 암굴에서 가까이에서 제대로 봤던 시건의 눈동자만큼 검은 머리카락이었다. 그녀는 그 검은 머리카락을 들어 올려 눈앞에서 빤히 쳐다봤다. 그 검은 빛깔이 시건과 잘 어울린다고 생각했다. 나쁜 의미는 아니었다. 어두워도 깊이 있는 하늘처럼 어둠이 쌓이다 못해 빛 한 점 보이지 않는 그런 빛깔이었다.

사예는 시건이 뒤를 돌아 있어 다행이라고 생각하며 그의 머리카락에 사진검을 가져다 댔다. 그녀는 입술을 꽉 깨물고 사진검으로 머리카락을 자르려고 했다. 그런데, 머리카락이 잘 잘리지가 않았다. 사예는 눈썹을 찌푸렸다. 당황해 버렸다. 머리카락을 잡은 손과 사진검을 든 손에 힘이 들어갔다. 시건의 고개가 살짝 뒤로 꺾였다.

"아."

"미, 미안하오. 헌데 이게……. 날이 제대로 선 게 아니라 그런가, 잘 안 되네……."

사예는 쩔쩔매며 시건의 눈치를 봤다. 사진검의 무딘 날로는 머리카락조차 제대로 자를 수가 없었다. 시건은 아무 말도 하지 않고 버텼다. 검은 머리카락이 후두둑후두둑 떨어졌다. 사예는 겨우 잘라 낸 머리카락이 고르지 못한 길이로 제멋대로 잘린 것을 보며 뭐라고 말해야 할지 알 수가 없었다. 제멋대로 잘린 머리카락이 들쑥날쑥한 모양새를 보니 영 이상했다. 그녀는 당황한 마음에 빠르게 말했다.

"이게 좀…… 이상하게 잘렸소. 아무래도 다시 좀 잘라야 할 것 같은데……. 아, 그냥 대충 자를 테니까 나중에 알아서 하시오. 아, 나중이 있을지는 모르겠는데, 아, 아무튼……."

그녀가 엄청 당황해서 횡설수설하자 시건이 말했다.

"길이만 적당히 맞춰 주면 그걸로 충분하다."

"그……."

심각한 얼굴로 시건의 머리카락 끝을 쳐다보던 사예는 결단을 내리고는 다시 칼질을 했다. 칼날에 걸리는 머리카락이 어떤 부분은 잘리고 어떤 부분은 잘리지 않았다. 그렇게 들쑥날쑥한 모양새 그대로 길이만 점점 짧아졌다. 사예는 이를 악물고 끙끙대며 한참을 진땀을 흘렸다. 사예는 그래도 암굴에 있던 탓인지 머리카락이 많이 길어서 다행이라고 생각했다. 머리카락 길이가 가슴 바로 아래 부분까지 짧아지긴 했지만 그래도 뽑아서 술법을 쓰기에는 그럭저럭 문제없는 길이였다.

'아니야. 어차피 신수가 없어서 술법을 쓸 수도 없잖아.'

사예는 애써 그렇게 합리화했다. 그녀는 그제야 모든 것을 포기하고 시건의 머리카락에서 손을 놨다. 하도 손에 힘을 줘서 손가락이 다 붉어졌다. 아마 머리카락이 당겨져 시건도 제법 아팠을 게 분명했다.

포기하고 머리카락을 놓았지만, 고르게 잘린 것이 아닌 조금씩 다른 길이의 머리카락을 보니 사예는 도통 손에 쥔 사진검은 놓을 수가 없었다. 손이 아팠음에도 불구하고 다시 손을 대고 싶은 마음이 자꾸 생겨났다. 그러나 더 손을 대 봤자 이 이상 좋은 꼴은 못 볼 것 같았다. 그녀는 필사적으로 자제했다. 다만 그녀가 만들어 놓은 참사를 참혹한 심경으로 응시했다. 차마 말도 못 하고 있는데 시건이 아무렇지 않은 태도로 머리카락을 앞으로 가져가려고 했다. 도무지 당사자에게 머리카락의 상태를 알릴 수가 없어 사예가 얼른 그를 막았다.

"자, 잠깐! 내가 땋아 주겠소!"

시건이 고개를 돌리려고 했다. 사예는 얼른 그의 머리를 두 손으로 잡고 앞을 보게 고정했다. 그러곤 버럭 소리를 질렀다.

"내가 땋아 준다니까!"

"……그래."

시건은 결국 뒤를 돌아보는 것을 포기했다. 사예는 안도의 한숨을 내쉬면서 그의 머리카락으로 손을 내렸다. 머리카락을 갈래로 나눠 대충 땋기 시작했다. 남의 머리를 땋아 주는 건 처음이라 조금 익숙하지 않아서 그냥 땋았다가 당사자인 시건의 입장에서 뒤집힌 상태로 땋아졌다는 사실을 깨달았다. 땋아진 모양이 아래로 내려가는 게 아닌 위로 올라가는 모양이었다.

눈썹을 찌푸리고 땋은 머리를 쳐다보던 그녀는 시건의 뒤통수를 힐끔 쳐다봤다. 얌전히 앉아 있는 그의 눈치를 보다가, 결국 땋은 머리카락을 다시 풀었다. 다시 머리카락을 나눠서 이번엔 제대로 땋았다. 그녀는 시건에게 손을 내밀었다. 시건이 앞에 있던 끈을 들어 사예에게 넘겼다. 사예는 얼른 땋은 머리를 묶고는 손을 떼었다. 아래가 좀 지저분하긴 했지만 이미 어쩔 수 없는 일이었다. 그래도 땋아서 모아 놓으니 한결 나았다. 사예는 이 정도면 내가 할 건 다했다, 하고 생각하며 말했다.

"됐소."

그녀는 주춤주춤 자리에서 일어났다. 다행히 시건은 머리카락을 확인하는 행동으로 사예를 기겁하게 만들지는 않았다. 사예는 안도의 한숨을 내쉬면서 일부러 시건에게 밝은 목소리로 말했다.

"옷도 입고 머리도 정리하니 훨씬 낫소! 인물이 사네, 살아!"

그렇게 말하면서 그녀는 시건과 시선을 마주할 수가 없었다. 그녀는 얼른 떨어진 시건의 머리카락을 한곳에 모았다. 시건이 너무 길이가 다르게 잘린 머리카락을 보기 전에 그녀는 얼른 손에 화기를 모아 머리카락을 전부 불태웠다.

"이제 요선을 찾아갈 생각인가?"

시건이 묻자 사예의 얼굴이 굳었다. 그녀는 그녀가 입히고 정리해준 시건의 모습을 쳐다봤다. 그녀가 요선을 찾아간다는 게 어떤 의미인지 모를 리가 없을 텐데도, 시건의 얼굴은 무표정했다. 사예는 머뭇거리다 대답했다.

"아직은 가지 않을 것이오."

"어째서?"

"……아직 마음을 정하지 못했소. 용수궁에 가야 할지 말아야 할지……. 북하의 요선들에 대해 좀 더 알아보고 마음을 정할 것이오."

시건은 사예의 이도 저도 아닌 결정에 대해 별다른 토를 달지는 않았다. 괜히 혼자 마음이 불편해져서 사예는 마을에서 알아 온 정보를 시건에게 말했다.

"마을에서 모양해 아래 있는 소군강이라는 요선이 태수와 왜 가까운 사이인지를 알아 왔소. 듣자 하니 소군강이라는 요선은 환술로 군사를 만들 수 있다고 하오."

"군사?"

"그렇소. 그래서 태수가 그 요선을 가까이 두는 것이라고 하오. 환술로 군사를 만드니 이리저리 쓸데도 많고, 그러니 약한 인간들이야 죽든 말든 관심도 없는 거라고. 어차피 환술로 군사야 다시 만들면 되니."

시건은 생각에 잠긴 얼굴로 침묵했다. 사예는 시건의 눈치를 살폈다.

"사람들이, 천제 폐하께서 북하에 관심도 없는 것 같다고 하던데. 누구는 그쪽 가문의 반역 때문에 마음이 상하셔서 그렇다고 말하기도 했소."

시건은 쉽사리 입을 열지 못했다. 생각에 잠긴 얼굴로 가만히 있는 그에게 사예가 이어 말했다.

"내 솔직히 마을로 내려가 적잖이 놀랐소. 집이고 옷가지고 하나같이 남루하고 제대로 된 것이 없었소. 그 와중에 사람들은 마을을 떠나고 있고……. 본래 하계의 생활이 이 모양이오? 아니면 정말로 북하가 이렇게 변해 버린 것인지……."

"굳이 말하자면, 선계와 하계는 본래 사는 방식이 많이 다르다. 하계의 인간들 중에 기와를 얹은 집에 살 수 있는 이는 거의 없지. 아마 비단옷을 제대로 입을 수 있는 자도 거의 없을 것이다. 기껏해야 관직에 오른 이들 정도일 텐데, 그 관직 또한 올라갈 수 있는 데에 한계가 있지."

하계의 인간들이 관직을 받는 경우도 있었지만 그 관직이 승격되는 데에는 명확한 한계가 있었다. 하계의 인간이 가장 높은 자리에 올라 봤자 하계의 지역 단위 중에서도 비교적 낮은 부류에 속하는 현(縣)을 다스리는 현관(縣官)에 그쳤다. 그러나 그마저도 굉장히 드문 경우였다. 그보다 위의 관직은 모두 선인들이 차지하고 있었다. 만약 군사가 되어도 높은 직위는 모두 선군이 차지하고 있었기 때문에 인간이 제대로 된 장수의 역할을 하는 일도 거의 없었다. 따라서 하계의 인간들은 아주 당연하게 농사를 짓거나 장사나 직공인이 되는 등 소소한 일을 하고 사는 게 대부분이었다.

"그럼 하계의 인간들은 모두 그리 산단 말이오?"

"그대가 말하는 '그리'가 뭔지는 모르겠지만, 적어도 선계와는 많이 달랐지."

"어째서? 어째서 그렇소?"

"어째서?"

시건이 사예를 따라 되물었다. 사예는 고개를 끄덕였다.

"왜 다른 것이오? 내 아는 바로 인간이 선인과 다른 점은 술법을 부리지 못하고 육십여 년의 생을 살다 죽는 것밖엔 없소. 헌데 그 두 가지가 사는 것에 그렇게까지 영향을 끼치는 것이오?"

"술법을 부리지 못하니 할 수 있는 것이 얼마 없다. 따라서 그들은 직접 손으로 밭을 갈거나 씨를 뿌려 농사를 지어야 한다. 그마저도 날씨의 영향을 받아 성패가 갈리지. 성공하면 다행이지만 농사가 실패하면 먹을 것을 구하는 것도, 재물을 모으는 것도 어려운 일이다. 더욱이 인간은 선단을 취하지 못하니 그 와중에 병에 걸릴 수도 있고, 오래 살지 못하니 그 삶을 바꾸기도 어렵지."

"아……."

"따라서 선계에서 하강한 선인 관리의 지속적인 관리가 필요하다. 날씨가 좋지 않으면 술법으로 다스려 줘야 하고, 그들이 일한 만큼의

대가를 받을 수 있도록 가격이나 교환량을 적당히 조절해야 한다. 요괴와 원귀가 난무하면 잡아들여 백성을 괴롭히지 못하게 해야 한다. 그러니 태수가 그를 포기하는 순간, 하계 인간들의 삶은 망가지는 것이다."

시건은 담담하게 말을 맺고는 입을 다물었다. 사예는 멍하니 시건을 응시했다. 시건에게 들은 말을 되새기다가, 지금 그녀가 그에게 들은 말이 생각보다 훨씬 끔찍한 말이라는 사실을 깨달았다.

동선에 숨어 살고 무영에게 쫓기면서도 사예의 가족은 어쨌든 살 수는 있었다. 그들은 술법을 사용할 수 있었고 필요하다면 먹을 식물을 키워 먹고 살면 되었다. 돈이 필요하면 식물을 키워 말려 약재나 음식을 만들어 돈으로 바꿔 오면 되었다. 물론 그때마다 쫓아오는 무영을 피해 도망쳐야 했지만, 어쨌든 그랬다. 흔적만 잘 감추면 먹고 사는 것은 가능했기 때문에 지금까지 그 도망과 추적이 이어진 것이기도 했다.

그러나 지금 그녀와 시건은 그럴 힘도 없는 자들에 대해 이야기하고 있었다. 그녀는 요선에게 잡혀가던 가여운 처녀와, 그들을 따라가던 노부모를 떠올렸다. 인간이 힘이 약하다는 것은 그저 그때 그녀가 생각했듯 요선보다 힘이 약하다는 무력적인 측면만의 문제가 아니었다. 그건 생명 유지와 직결된 문제였다. 그들은 저들 힘으로 나무 한 그루 싹 틔울 힘도, 물 한 방울 모을 힘도 없는 이들인 것이다.

그녀는 스스로가 하계에 대해 잘 모른다는 것은 알고 있었지만, 단순히 모르는 정도가 아니라 아예 감을 잡고 있지 못하다는 것을 그 순간 실감했다. 선인의 손길이 그들의 삶에 그렇게 큰 영향을 끼친다는 것은 처음 알았다. 그리고 그녀는 그 선인의 손길을 받지 못한 인간들이 어떤 삶을 살게 되었는지 그녀의 눈으로 직접 보기까지 했다.

"허면, 북하는 어찌 되는 것이오? 북하 태수는 요선들을 곁에 두고 북하의 백성들을 제대로 돌보지 않는다고 들었소. 말 그대로라면 태수란 참으로 중요한 존재인데, 그대가 말했듯 천제 폐하께서 그렇게 좋으신 분이라면 왜 이 북하를 이대로 내버려 두고 계신 것이오? 어찌 요선과 손이나 잡는 이를 태수로 임명하셨단 말이오?"

"무진은 북하의 상황에 대해 모르고 있을 가능성이 크다. 태수와 북선 제후 화탁이 손을 잡고 고하지 않았다면 그럴 가능성이 있지. 알았다면 북하를 이 상태로 내버려 두진 않았을 것이다. 태수와 제후가 손을 잡았다면 천제에게 올라가는 인적(人籍) 또한 그들이 손을 댔을 테니, 무진은 북하에 굶어 죽는 이가 늘고 요선에 의해 죽는 이가 늘어나는 것조차 제대로 알지 못할지도 모르고."

인적은 태수가 선인 관리들과 함께 인간에 대한 정보를 모두 모은 것으로, 이름과 생년월일, 나이, 그들의 삶에 대한 것이 빼곡히 적혀 있었다. 천제는 그 인적을 통해 하계 인간들의 이름과 나이, 삶에 대해 파악할 수 있었다. 그렇게 인적을 확인한 천제는 매일 인간의 죄와 수명을 따져 그날 목숨을 거둘 이들의 이름에 명수인(命收印)이라는 도장을 찍었다. 이 명수인은 용 모양의 조각이 얹어진 황금빛 도장으로, 인적에 이 도장이 찍힌 인간은 그대로 숨을 거두게 되며, 동시에 그의 이름은 명계 저승사자들의 명부에 나타나게 되었다. 그럼 저승사자는 하계를 순회하며 명부에 생긴 이름의 영혼을 데려가는 것이었다.

사실 이 인적은 옛날부터 이어져 온 천제의 가장 막강한 권한이었다. 그러나 각 하의 인적을 정리하여 올리는 태수가 인간의 행적에 대해 죄를 더하고 누명을 씌워도 천제는 그 누명을 보고 그의 삶을 판가름하기 때문에, 인간은 죄도 없이 생을 마감하게 되는 단점도 있었다. 그전에는 천제가 직접 자신의 술시를 보내 인적을 새겼노라 전해졌지만, 천서제 이후부터는 그 인적이 각 하 태수의 몫이 되었다.

천서제 이후 선, 하계가 명확히 분리되고 선계에서 선인 관리를 보내어 하계를 다스리게 되면서 생긴 변화였다.

"선계와 하계는 너무 멀고, 천제가 하계의 모든 일을 면밀히 알기는 힘들다. 따라서 천제에게는 그와 제후가 임명한 태수와 감사가 참으로 중요한 신하인 것이다. 그 신하가 제대로 역할을 하지 않는다면 천제가 하계에 대해 알지 못할 수밖에 없지."

사예로서는 이해하기가 어려웠다. 그 말대로라면 그녀가 생각하기에 천제는 선계와 하계를 다스리는 군주가 아니었다. 그저 백성을 다스려야 하는 책무를 다른 선인에게 떠넘기고 그 자신은 선계의 궁궐에서 호의호식하는 한량으로밖에는 느껴지지 않았다. 실제로 대다수의 선인들이 선계에서 술법 수련이나 하며 태연히 놀고먹는 상황을 떠올리자 그 생각은 더 굳건해졌다.

선인들은 일을 힘들게 하지 않아도 사는 데 큰 무리가 없었고, 대부분 하계와는 비교도 안 되는 단위의 재화를 쌓아 놓고 있었다. 그들은 그 재화로 좋은 옷과 먹거리를 구입해 편히 살 수 있었다. 그 모습이 하계에서 푼돈으로라도 물건을 팔고 국 한 사발이라도 더 팔려고 애쓰던 인간들의 모습과 너무 비교가 됐다. 그 좋은 옷과 좋은 먹거리는 모두 하계의 인간들이 살기 위해 쉼 없이 일을 해 선계로 진상하거나 파는 물건들이었다.

"고하지 않는다고 모른다면 천제 폐하께서 하시는 일이 대체 뭐요? 그 말대로라면 애초에 그 화탁이라는 자를 북선 제후로 임명한 선제께서 문제가 있으신 것 아니오?"

"어쩌면 정말로 선제께서는 북하와 북선에 노여움이 컸던 모양이지. 다시는 살펴보지 않을 요량으로."

"그런……."

시건은 시선을 내리깐 채 침묵했다. 노여움이든 무엇이었든, 화탁을 북선 제후로 명한 선제의 뜻을 이해하는 것은 시건에게도 무리였다. 결과적으로 선제는 북하를 버린 셈이 되지 않았는가. 담담하게 말하지만 그의 속도 좋지 못했다. 결국 이리 되라고 그가 동하와 서하의 난적을 토벌하고 다녔던 게 아니었다. 결국 북하가 이렇게 되라고.

무진에 대해 변명 아닌 변명을 해 주고 있긴 하지만, 사실 시건으로서도 어째서 무진이 삼십 해가 되도록 이 상태를 내버려 두고 있는 것인지 알 수는 없었다. 천자 시절의 무진은 비록 하계에 온 일은 없었지만 시건이 직접 전한 바를 듣고 하계의 상황에 대해 제법 많이 알고 있었다. 하계의 생활이 선계에서 생각하는 것처럼 녹록하지 않으며, 하계 인간들을 위해 선인들이 매사에 유심히 마음을 써야 한다는 것도 분명 알고 있었다. 그런데 제위에 오르며 그 사실을 잊기라도 했나. 아니면 뭔가 다른 이유로 하계에 일일이 신경을 쓸 수 있는 상황이 아닌 것인가. 시건으로서는 알 수 없는 일이었다.

"난 도무지 이해할 수가 없소. 선제께서 그러셨다고 해도 지금은 제위가 바뀌었소. 헌데 현 천제 폐하께서는 아직도 북하를 이대로 내버려 두고 계시지 않소. 이래서야 어디 그분이 선하계를 다스리는 천제라고 할 수 있겠소? 아니면, 그분께서는 마음이 곧고 선한 대신 자리에 어울리지 않는 인물에 대해 판별할 눈은 없으신 분인 모양이오."

사예의 거침없는 폄하에 시건은 한숨을 내쉬었다.

"그보다는 선제께서 명하신 제후를 무진의 손으로 어찌할 방도가 없는 것이겠지. 돌아가신 선제에 대한 예의도 아니고."

"예의 따지다 하계를 다 말아먹고 있지 않소."

사예의 머릿속에서 천제 무진에 대한 신뢰도는 이미 바닥이었다. 그녀가 생각하기에 안희제는 사안의 경중도 따질 줄 모르는 이였다.

그러니 천제는 그녀를 무영이나 환술자로부터 지켜 줄 수 없을 게 분명했다. 역시 아무도 모르게 선계로 돌아가 그저 숨어 버리는 것이 정답일 듯싶었다. 그녀가 그런 생각을 하는 동안 시건은 피식 웃고는 말했다.

"그러니 그대가 가서 무진에게 고하면 되겠군. 지금 북하가 이 난리가 되었다고 말이야."

사예는 놀란 눈으로 시건을 쳐다봤다. 시건은 자리에서 일어나며 말했다.

"용수궁으로 갈 이유가 하나 더 늘지 않았는가."

"……그거랑은 다른 문제지."

사예는 중얼거렸다. 그녀는 시건을 째려보고는 자리에서 일어섰다. 먼저 일어난 시건은 한숨을 내쉬었다.

"선, 하계의 분리는 천서제 이후 줄곧 이어졌다. 오늘내일의 일이 아니야."

천서제 이전에는, 인간과 선인 모두 하계에서 함께 살았다고 했다. 현재는 각 선계를 다스리는 제후들도 본래는 각 하계를 다스리는 왕이었다. 선계에는 오로지 천제의 용수궁이 있었고, 적합한 이유가 있을 때마다 선인이나 인간이 허락을 받아 천교를 타고 하계와 선계를 오갈 수 있었다. 그러나 힘 있는 선인들의 횡포가 심해지고, 지상에서 힘 있는 선인들이 그 힘을 이용하여 약한 인간을 괴롭히거나 이용하는 일이 빈번해졌다.

결국 천서제는 선인과 인간 사이의 구분을 명확히 하고 선인들을 모두 하늘로 올려 보냈다. 북하, 서하, 남하를 다스리던 왕들은 선계로 올라가 북선, 서선, 남선을 다스리는 왕이 되었고, 하계에 남은 인간들은 선계에서 선인 관리를 보내 다스리게 되었다. 그리고 천서제 때는 이 방법이 문제가 없었다. 그때 관리들은 그 직책에 맞게 일했고, 하계에 남은 인간들은 그들끼리 평화롭게 삶을 유지할 수 있었다. 그렇게, 천서제는 훌륭히 선계와 하계를 다스렸다. 처음부터 버려진 하늘과 땅이었던 동선, 동하를 제외하고 나머지는 모두 평화로웠다고 전해졌다.

"위계를 명확히 잡고 질서를 유지하기 위해서는 옳은 선택이었지. 하지만 시간이 흘러 변하는 것마저 천서제가 좌지우지할 수는 없는 노릇이니."

사예는 그렇게 말하는 시건을 빤히 쳐다봤다. 그녀는 어쩐지 궁금해졌다. 시건이 장수로 내려와 있을 때의 북하는 어땠는지. 물론 그는 태수나 감사는 아니었으나, 어쨌든 흑귀위의 장수였고 북선 제후의 손자였다. 또한 선인 관리가 하계 인간들을 위해 해야 할 일이 무엇인지를 명확히 알고 있었다.

아마 그때는, 지금과는 달랐을 터였다. 그러나 어쨌든 지금 북하의 상황은 동하와 견줄 정도로 최악이었다. 마치 버려진 동하의 불운이 옮아 버린 것처럼, 북하도 무너져 가고 있었다. 하계의 균형은 그렇게 조금씩 무너져 가고 있었다.

❈ ❈ ❈

낮 동안 사예는 주변을 걸어 다니면서 숲에 있는 나무들을 하나, 하나 관찰했다. 동선에 그녀가 심어 둔 나무들은 언제 어떻게 될지 알 수 없는 운명이었다. 불행하게도 정작 그녀에게 술시가 필요할 때 나타나지 못할 가능성도 있었다. 고민하던 사예는 여기저기 자란 나무들을 쳐다봤다. 하계는 굳이 선인이 손대지 않아도 식물이 알아서 자라는 것 같으니, 아예 이쪽에도 술시를 더 만들어 놓는 것도 괜찮겠다고 생각했다.

'여기 있는 나무들로 술시 여러 명 만들어야겠어.'

곰곰이 생각해 보니 정말 괜찮은 생각이다 싶었다. 오히려 부적을 붙여 수기와 지기를 유지해야 하는 선계보다 환경이 훨씬 좋았다. 사예는 혼자 고개를 끄덕였다.

결정을 내린 그녀는 가장 튼튼해 보이는 나무를 찾기 위해 이리저리 돌아다녔다. 그런 그녀를 따라 그녀의 술시 하나가 요리조리 나무를 찾고 다녔다. 이번에 부른 술시는 전에 불렀던 술시 청하가 아닌 그보다 좀 더 큰 계집아이인 청아(靑雅)였다.

술시의 모습이 모두 작달막한 어린아이인 것은 어쩔 수 없는 일이었다. 술시의 실체가 된 나무는 모두 동선에 사예가 심은 나무들이었는데, 혹여 누군가에게 발각되어 해라도 당할까 봐 사예는 이 나무들을 크게 키울 수가 없었다. 술시 간에 연차가 나는 것은 사예가 실체가 되는 나무를 더 크게 키우고, 적게 키우고의 차이였다. 저번에 부른 술시 청하는 아직 너무 어려서 그런지 영 못 미더운 감이 있었지만, 지금 부른 술시 청아는 좀 더 커서인지 얌전하게 그녀가 시키는 일을 하는 편이었다. 그래도 이 술시 역시 겉으로 보기에는 아직도 종종거리며 걷는 꼬마에 불과하긴 했다. 그러나 지금 그녀가 보는 나무들은 하계의 숲에 있어 안전하니 술시도 더 성숙하게 키울 수 있을 터였다.

열심히 나무를 찾아다니는 사예의 뒤를 따라, 술시 청아 역시 작은 발을 종종거리며 여기저기를 누비고 다녔다. 시건은 멀지 않은 곳에 서서 그저 그 모습을 물끄러미 쳐다보고 있었다. 그의 시선이 술시 청아에게 따라붙은 것을 깨달은 사예가 시건을 쳐다봤다. 시건은 금방 말을 꺼내지 않고 느지막하게 말했다.

"술시가…… 저번과는 다르군."

사예는 시건이 손으로 가리키는 술시 청아를 쳐다봤다. 푸른 치마를 입은 술시는 열심히 나무를 살피며 돌아다니고 있었다. 사예는 너무 당연해서 고개를 끄덕였다.

"그때랑은 다른 술시요."

"다른 술시라고?"

사예는 고개를 끄덕였다.

"내 술시가 하나라고 말한 적이 없는데."

시건은 침묵했다. 그런데 그의 표정이 영 좋지 않아 보였다. 사예는 뭐가 문젠지 알 수가 없었다. 그래서 술시는 많을수록 좋지, 하고 덧붙였다. 시건은 여전히 침묵을 유지했다. 결국 사예는 그저 나무를 찾는 데 집중하기로 했다.

한동안 돌아다니며 나무 두 그루를 찜한 사예는 술시 청아와 함께 나란히 쭈그려 앉아 손으로 나무 밑을 팠다. 열심히 파던 사예는 손이 아파져 얼른 시건을 불렀다.

"이리 와서 좀 도와주시오!"

시건이 오자 사예는 쭈그리고 앉아 있던 자리에서 슬쩍 비켜섰다. 시건이 술시 청아와 함께 땅을 파는 동안 그녀는 머리카락을 뽑고 기다렸다. 술시가 열심히 팔을 움직인 결과 어느새 나무뿌리가 슬쩍 보이고 있었다. 사예는 파서 뿌리가 드러난 자리에 머리카락을 묻었다. 그녀는 손에 금기를 모아 빛나는 바늘을 만들어 손가락 끝을 쿡 찔렀다. 손가락 끝에 확 열이 쏠렸다. 바늘이 찌른 자리에서 붉은 피가 톡, 톡 나왔다. 핏방울이 땅에 묻은 머리카락 위로 떨어졌다. 시건은 그 모습을 바로 옆에서 지켜봤다. 사예의 술시가 다시 드러난 땅을 흙으로 덮기 시작했다.

만든 바늘을 던진 사예는 얼얼한 손가락을 털며 몸을 일으켰다. 시건도 그녀를 따라서 일어났다.

"다 된 건가?"

"아니……. 이만큼 자란 나무는 나도 처음이라. 머리카락이 자라서 뿌리를 감을 때까지 시간이 좀 필요할 것 같소. 뿌리가 많아서……."

사예는 피 나는 손가락을 확인했다. 이왕 피를 본 김에 한 그루 더 파서 머리카락을 묻어도 괜찮을 것 같았다. 고민을 하던 그녀는 시건이 아까부터 계속 그녀에게서 잠시도 시선을 떼지 않고 있다는 사실을 깨달았다. 그녀는 그제야 시건이 그녀의 술시 만드는 비법을 탐냈던 것을 떠올렸다.

'아니, 이자가 아무리 반선이라도 내 일급 비기를…….'

더는 보여 줘서는 안 되겠다는 생각에 사예는 오늘은 여기까지 하기로 했다. 그래서 괜히 목소리를 높였다.

"아, 오늘은 여기까지만 해야지."

슬금슬금 몸을 돌린 사예는 흙을 다 덮고 서서 눈을 빛내고 기다리고 있는 그녀의 술시를 쳐다봤다. 손에 온통 흙이 묻은 상태로 칭찬을 기다리는 술시의 머리를 쓰다듬어 준 사예가 손으로 수인을 맺자, 술시가 없어졌다. 사예는 아직 핏방울이 맺힌 손가락을 어떻게 할까 고민했다. 지혈할 만한 게 없어 고민하던 그녀는 급하게나마 옷소매로 눌러 지혈을 할까 생각했다. 그러나 소매에 남게 될 핏자국 때문에 고민하던 그녀의 시선은, 잠시 뒤 가만히 서 있는 시건에게 닿았다. 사예는 그를 위아래로 훑어봤다. 시건은 아침에 그녀가 주머니를 가지고 맞바꿔 온 옷을 입고 있었다. 좀 찔렸지만 그녀는 아무렇지 않은 척 얼굴에 철판을 깔고 물었다.

"옷 좀 써도 되오?"

"……그래."

시건은 무슨 의미인지 이해하지 못했지만 일단 동의를 표했다. 그래서 사예는 망설이지 않고 시건의 소맷자락을 끌어당겨 피 묻은 손가락을 눌러 지혈했다. 사예는 주머니까지 넘기며 옷을 받아 온 보람이 있다고 생각하며 손가락을 눌렀다. 손에 힘을 주던 그녀가 무심결에 시선을 들자 옷이 잡힌 채로 오도 가도 못 하고 있는 시건과 눈이 마주쳤다. 핏방울 묻은 남의 옷자락이 좀 미안해서 그녀는 얼른 시건의 옷자락을 놓으며 헛기침을 했다.

"잘 썼소. 이쪽은 잘 안 보일 것이오."

그렇게 말하며 그녀는 필사적으로 핏방울 묻은 소매 자락을 뒤로 밀었다. 시건이 팔을 들자 옷소매가 들렸다. 검붉게 묻은 핏방울 자국이 고스란히 보였다. 사예는 당황해서 눈을 크게 떴다. 그녀는 그의 팔을 덥석 잡고 얼른 내렸다. 그러곤 그의 팔에 자신의 손이 맞닿아 있는 것에 스스로 더 화들짝 놀라 바로 손을 떼었다. 시건이 다시 팔을 들었다. 그 모습을 본 사예는 당황해서 다시 손을 들어 그의 팔을 내리고 손을 꽉 누른 채로 말했다.

"알았소, 내 빨아 주겠소."

"아니. 괜찮다."

"헌데 왜 자꾸 그리 보는 것이오?"

사예가 퉁명스럽게 묻자 시건은 팔을 잡은 사예의 손을 떼어 냈다. 그녀의 손을 돌려 잡고 손가락을 확인한 그가 말했다.

"피가 아직 덜 멎었다."

그러면서 다시 자신의 옷자락으로 손가락을 눌렀다. 사예는 눈을 크게 뜨고 그녀의 손가락을 누르고 있는 시건의 손을 쳐다봤다. 닿은 손이 차가웠다. 잡은 손가락은 그녀의 손이나 어머니 하선의 손과는 달리 단단한 남자의 손가락이었다. 손가락도 손톱의 모양도 그녀와는 너무 달랐다. 당황해서 아무 말도 못 하다가, 시선을 들었다. 눈을 내리깐 채로 시건이 그녀의 손가락을 지혈하고 있었다. 사예는 겨우 정신을 차리곤 손을 뺐다.

"이, 이제 됐소."

그녀는 몸을 홱 돌렸다. 그녀는 무작정 걸음을 옮겨 그 자리를 벗어났다. 뒤에서 시건이 따라오는 발걸음 소리가 들렸다. 뒤도 돌아보지 않고 걸어가면서 그녀는 생각했다.

'이 일을 어째. 나한테 흑심이 있나 봐.'

그렇지 않고서야 남녀가 유별한데 손을 꼭 잡고 옷으로 그녀의 피까지 닦아 줄 이유가 없었다. 아니 시건의 입장에서는 오히려 화를 냈어야 하는 상황이 아니던가. 사예는 빠르게 걸음을 옮겼다. 목적지가 정해진 움직임이 아니라 그저 가만히 있을 수 없어 행한 움직임이었다.

하긴 시건이 그녀에게 한 행동들을 생각해 보면 수상한 게 한, 두 가지가 아니었다. 아버지 백운 왈, 사내가 손을 잡으려 한다거나 뭘 챙겨 주려고 한다거나 계속 도와준다거나 하는 행동은 모두 흑심을 품었기 때문이라고 했다. 생각해 보니 시건의 행동이 거기에 일부 포함되는 측면이 있는 것 같았다. 아니 완전히 들어맞는 것 같기도 했다. 그리고 백운은 사내가 흑심을 품으면 위험하니 가까이해선 안 된다고 했다. 물론 지금 시건은 그녀에게 해를 끼칠 능력도 되지 않았지만, 그래도 곤란하다는 생각이 들었다.

'아니, 곤란할 이유는 없지.'

당황한 얼굴로 고민하던 그녀는 얼른 고개를 저었다. 스스로가 고민이나 걱정을 하는 게 우스운 일이었다. 상대는 어쨌든 역적이 아닌가. 지금 같이 있는 건 그저 그녀가 선계로 올라가기 전에 잠시 동안일 뿐이었다. 시건이 흑심을 품었든 뭘 품었든 그녀로서는 그저 무시하면 그만이었다.

그러나 어쨌든 엄청 당황스럽고 혼란스러운 마음으로, 그녀는 따라오는 시건을 외면하고 걸어갔다. 빠르게 걸어가서 그런지 조금 더

웠다. 그러나 차가운 손에 닿았던 손가락은 어느새 차게 식어 있었다. 본래 가지고 있던 열을 누군가에게 빼앗긴 것처럼.

❈ ❈ ❈

사예는 시건과 일부러 거리를 두고 애써 그를 외면한 상태로 있었다. 어색하게 시간이 지나고 해가 졌을 무렵, 아닌 밤중의 홍두깨처럼 화살이 날아왔다. 사예와 시건은 또 한 번 급습에 놀라 얼른 앉아 있던 자리에서 일어났다. 어둠이 내린 숲 나무 사이에서 튀어나온 검은 옷을 입은 무리가 공격을 개시했다. 화살이 쏟아졌으나 다행히 사예가 미리 집중해서 쳐 놓은 결계 덕분에 바로 해를 입지는 않았다. 또 무영이 왔나 하여 술법을 쓰려던 사예는 문뜩 이상한 점을 깨닫고는 움직임을 멈췄다. 상대는 환술시가 아닌 살아 있는 이들이었다. 그들이 쏘는 화살은 분명 진짜 화살이었다.

부적도 없고 섣불리 술법을 쓰기도 애매한지라, 사예와 시건은 일단 그 자리에서 벗어났다. 사예는 옆에 뒀던 짐 보따리를 안고 앞서 달리는 시건을 따라 달렸다. 그러나 달리자마자 사예는 당황했다. 시건의 달리기가 너무 빨랐다. 사실 사예는 오로지 자신의 발로 달리는 것이 그렇게 익숙하지 않았다. 선계에서 무영을 피해 도망칠 때도 늘 운보를 사용했기 때문이었다. 그러나 보아하니 시건은 운보 없이 다리만으로 달리는 게 익숙한 모양이었다. 그래서 시건이 오십 년을 옥사에 갇혀 있었음에도 불구하고 둘 사이에 제법 거리가 벌어지기 시작했다. 사예가 어쩔 수 없이 술법을 써 날아야 하나 생각하는 와중에, 앞서 가던 시건이 갑자기 몸을 돌려 뒤로 돌아왔다. 놀란 사예를 팔로 안아 들고 다시 달리기 시작했다.

"어어!"

당황한 그녀가 버둥거리는 와중에, 뒤에서 불꽃이 날아왔다. 사예는 놀라 고개를 돌렸다. 이제는 불붙은 화살이 날아오고 있었다. 사예는 어쩔 수 없이 팔로 시건의 어깨를 잡았다. 시건이 달리며 중얼거렸다.

"술법이군."

"뭐라고?"

"선인이다."

사예는 고개를 돌려 화살을 쏘는 이들을 쳐다봤다. 사실이었다. 시위를 당김과 동시에 그들의 화살에 불꽃이 일었다. 추적자들은 그냥 화살을 쏘는 것으로는 안 되자 이제는 아예 술법을 쓰고 있었다. 화기를 모아 화살촉에 불꽃을 만든 후, 망설임 없이 화살을 쐈다. 술력으로 조종하는 불꽃으로 인해 화살은 숲에 내려앉지 않고 오히려 위로 치솟았다. 화행에 능한 선인들인 게 분명했다. 불꽃이 춤추며 그들을 따라왔다. 저들의 실력이 제법 능숙해서 나뭇잎에 붙은 불은 번지지도 않았다. 아니, 습격자들은 불이 번지지 않게 굉장히 주의해서 불꽃을 다루고 있었다. 사예는 이를 악물었다.

'일을 키우지 않으려는 거야!'

이대로라면 쥐도 새도 모르게 처리될 판이었다. 상대가 선인이고 작정하고 쫓아오는 거라면, 이대로 도망가는 것은 아무 의미가 없었다. 시건의 어깨를 잡은 손등 위에서, 표식이 빛을 발했다. 푸른 용이 빛을 뚫고 나와 불길이 이는 숲을 날아갔다. 용을 보고 놀란 추적자들이 순간 움직임을 멈췄다. 그 틈을 타 사예가 얼른 손으로 수인을 맺었다. 주변의 나뭇가지들이 놀라운 속도로 자라났다. 순식간에 나뭇가지가 담장을 치고 추적자들의 시야와 오는 길을 막았다. 그녀의 생각대로, 저자들은 이 상황을 키우고 싶지 않은 게 분명했다. 정체 모를 습격자들은 사예가 키운 나뭇가지와 나뭇잎에 불길이 옮겨붙지 않게 고군분투를 하고 있었다.

사예는 열심히 수인을 맺어 나무를 키웠다. 앞을 가로막는 나무가 늘어날수록 저들이 불길을 다루기 곤란해질 게 분명했다. 자란 나무가 정체 모를 습격자들을 가리고, 그들의 불꽃을 가렸다. 사예는 나무를 키우고 시건은 그녀를 안은 채로 달려가는데, 갑자기 낯선 목소리가 들렸다.

"여기요! 여기예요!"

사예는 무시했고 시건은 고개를 돌렸다. 나무 사이에 작은 사람이 손짓을 하고 있었다. 시건이 발을 멈췄다.

"도깨비?"

"도깨비라고?"

술법을 쓰고 있던 사예는 고개를 돌렸다. 그녀는 처음 보는 도깨비의 모습을 어두운 와중에 겨우 확인했다. 겉으로 보기에는 인간과 그다지 다른 점이 없었다. 그저 어린아이치고 몸이 단단하고 건강해 보인다는 점 정도였다. 어린 도깨비는 사예의 옆에서 날고 있는 용을 뚫어져라 쳐다보다가, 겨우 정신을 차렸다. 도깨비가 열심히 손짓을 했다.

"이리 오세요! 폐하!"

사예와 시건은 넋을 놨다.

"……폐하?"

"……폐하?"

시건은 침착하게 부정했다.

"폐하가 아니…… 윽."

사예는 잡고 있던 시건의 어깨를 꼬집었다. 그러곤 도깨비에게 냉큼 소리쳤다.

"어디?"

"이리로! 어서요!"

도깨비가 몸을 돌리고 뛰어갔다. 사예는 얼른 쫓아가라고 시건에게 눈치를 줬다. 시건은 한숨을 내쉬고는 다시 달렸다. 청하는 나무를 유연하게 피하며 시건을 따라 날았다. 달리는 시건 뒤로 사예가 술법으로 풀과 나무를 더 키웠다. 추적자들은 한계를 깨달았는지 그 이상 술법을 부리지는 않았다. 정말로 이 이상은 소란을 피우지 않으려는 것처럼 보였다. 사예는 안도의 한숨을 내쉬었다. 자란 나무와 가지 사이로 추적자들의 모습이 점점 멀어졌다.

❊ ❊ ❊

한참 도깨비를 따라가던 시건은 도깨비의 모습을 놓쳐 버렸다. 오십 년이나 옥사에 갇혀 있던, 심지어 사예를 안은 시건이 기운 팔팔한 도깨비를 따라가는 것은 애초부터 무리였다. 그래도 제법 열심히 도깨비를 따라간 시건과 사예는 아까와는 다른 곳에 와 있었다. 사예는 고개를 들어 북하의 숲과는 조금 다른 숲을 물끄러미 응시했다. 나무의 키가 제법 크고 잎도 크고 무성한 것이 북하의 숲과는 확연히 다른 모습이었다.

"여기가 대체 어디……."

그렇게 말하며 고개를 돌리는데, 가까이에서 시건과 눈이 딱 마주쳤다. 그녀는 그제야 자신이 아직도 시건에게 안겨 있다는 사실을 깨달았다. 비록 옷이 가리고 있었지만, 그래도 그녀의 손이 그의 어깨에 닿아 있었고 그의 손이 그녀의 허리와 다리에 닿아 있었다. 사예는 놀라서 얼른 시건을 밀쳤다.

"이거 놓으시오!"

시건은 별말 없이 사예를 내려 줬다. 사예는 얼른 바닥을 딛고 서서 옷매무새를 가다듬었다. 시건의 시선을 피한 채로 중얼거렸다.

"고, 고맙소. 무겁지 않았소?"

"아니."

"그래."

그녀를 안은 채로 달렸는데도 시건이 지친 기색도 없어 보여서, 사예는 마음이 좀 떨렸다. 그렇게 안고 뛰기까지 했는데 무겁지 않았다니 힘이 세구나, 하는 생각이 들었다. 선단을 취해서 그런가, 하고 생각하며 사예는 괜히 손으로 시건의 손자국이 남은 치맛자락만 만지작거렸다. 그가 단번에 자신을 안아 든 게 생각나서 도통 쳐다볼 수가 없었다. 완전히 의지했던 어깨가 단단했던 게 자꾸만 떠올랐다. 그녀는 정작 그녀를 안고 뛴 사람도 힘들어하거나 더워하지 않는데 왜 자신의 숨이 차고 더워지는지 알 수 없다고 생각했다.

주변이 낯선 숲이라는 것이 그나마 다행이었다. 사예는 마치 주변을 살피는 척 열심히 시선을 이리저리 돌렸다.

"대체 여기가 어디요?"

"추측건대 동하인 것 같다. 강림이 동하와 맞닿아 있던 곳이라……. 오십 년 전과 달라진 바가 없다면 동하 능림(陵林)이겠군."

"헌데 북하와 동하가 그리 가깝소?"

엄청 오래 달린 것 같진 않은데 금세 동하라니 어쩐지 이상했다. 청하는 기분이라도 좋은 것처럼 신나서 키 큰 나무 사이를 날아다녔다. 저렇게 들뜬 것을 처음 보는 것 같았다. 사예는 신기한 마음으로 날아다니는 청하를 쳐다봤다. 시건 역시 고개를 돌려 숲을 날아다니는 용을 쳐다봤다.

"아니다. 이리 빨리 도달한 것은 아마도 누군가 숲에 결계를 쳐 두었기 때문이지 싶은데. 달리다가 아마 그 결계에 걸려 이곳으로 오게 된 것 같다."

"결계?"

사예의 물음에 시건은 고개를 끄덕였다.

"그래. 이건 도술(道術)이다."

"도술?"

사예는 놀라 눈을 크게 떴다.

천서제 이래 선계와 하계가 분리되고, 선인은 선계에 인간은 하계에 살게 되었다. 그러나 때때로 하계에서 인간 이상의 그릇을 타고난 자가 태어나는 일이 종종 있었다. 이리 태어난 인간은 천하를 보는 눈이 남다르고 원귀를 보는 경우가 있어 하계의 무당이 되거나 박수가 되곤 했다. 또한 그 실력이 남다른 경우 아주 운 좋게 선인 관리의 눈에 들어 관직을 얻는 경우도 있었다.

그러나 그보다 드문 경우로, 이런 인간이 하계에 유람을 온 신선의 눈에 띄는 경우가 있었다. 이렇게 신선의 눈에 띈 인간은 도사가 되어 신선이 되기 위해 도술을 수행할 수 있는 기회를 얻게 되었다. 그러나 천서제 이래 천 년 동안 그런 기회를 얻어 도사가 된 인간은 단둘이었다. 그리고 신선을 실제로 보는 것이 거의 불가능한 현실에서, 도술을 쓸 수 있는 이도 오로지 그 두 명의 도사뿐이었다.

"헌데 이게 도술인지 무엇인지 그대가 어찌 아오?"

사예가 의아해서 물었다. 시건은 잠깐 고개를 돌려 사예를 쳐다보곤 답했다.

"내 가문에 종종 신안(神眼)이라 하는 기이한 힘이 전해져 내려오는데, 그 힘을 지니고 태어난 류가의 선인은 보는 것만으로도 정해진 현실의 이치에 인위적으로 더해지거나 그로부터 벗어난 것들의 진위 여부를 알 수가 있었다."

"……그럼, 보는 것만으로 그게 진짜인지, 술법인지 다 알 수 있단 말이오?"

"환술도 그렇고, 도술도 그렇지."

사예는 눈썹을 찌푸렸다. 순간 아까 도깨비를 한눈에 알아본 것도 그래서였나 싶었다. 뭐 이런 경우가 있는지 알 수 없었다. 그녀는 문득 암굴에서 봤던 시건의 눈동자가 조금 특이하다고 생각했던 것을 떠올렸다. 동공 주변으로 보였던 빛깔, 검은 눈동자 사이에서 특이했던 그 빛깔이 그제야 다시 떠올랐다. 그때 봤던 그의 눈을 떠올리며 시건의 말을 곰곰이 생각하던 사예는 궁금한 점이 생겼다. 그녀의 입 밖으로 나오는 말이 따지듯 빨라졌다.

"환술과 도술이 뭐가 다르오? 술법은 뭐가 다르고? 어찌 달라 구분할 수 있는 것이오?"

"글쎄, 뭐라고 말하기가 애매한데. 그저 다르게 보이는 것일 뿐이라……."

사예는 기분이 나빠져서 시건에게서 고개를 돌렸다. 천하에 제후왕가 출신으로 태어나 좋은 신수에 좋은 가르침과 좋은 자리를 다 얻었던 이가 저런 눈까지 지니고 있었다는 것은 심하게 불공평한 것 같았다.

'아니 물론 너무 그렇게 모든 운을 몰아 받은 대신 지금은 역적이 되었지만.'

사예는 사실은 천하가 제법 공평한 것일지도 모른다고 무심결에 생각했다.

그리고 그녀가 그렇게 생각하는 동안, 시건은 그와 사예를 동하로 옮긴 이 도술의 주인에 대해 생각하고 있었다. 신선은 세상일에 나서지 않고, 모습을 드러내지도 않았다. 그리고 신선들의 세상인 도가는 그 누구도 가 본 일도 없고 실재하는지조차 알 수 없는 미지의 장소였다. 그 아무리 대단한 선인이라고 해도, 설령 천제라 해도 생애 신선을 보는 일은 거의 없었다. 그러니 신선이 되기 위해 수련을 하는 도사 또한 태생이 인간이라 해도 하계에서 보기는 힘들었다.

그러나 그것은 먼저 나타난 도사의 경우였다. 두 명의 도사 중 늦게 나타난 도사 하나는, 그렇게 정해진 길에서 어긋났다. 그 도사는 세상일에 적극적으로 나섰으며, 도술로 인간사에 관여하는 것을 전혀 개의치 않았다. 마치 도가보다 하계에 있는 게 당연한 것처럼 그는 하계 이곳저곳에서 모습을 드러냈다. 그리고 그 도사는, 시건과는 안 좋은 인연으로 과거에 만난 일이 있는 자였다.

시건은 목소리를 높여, 어둠만 내린 동하의 숲으로 그를 안내했을 게 분명한 도사의 이름을 불렀다.

"도사 양상! 그대인가!"

나뭇가지가 흔들리고, 바람이 일었다. 어둠 사이에서 발걸음 소리가 들렸다. 저벅저벅하는 소리와 함께, 나무 뒤에서 아까 시건과 사예를 안내한 작은 도깨비가 나타났다. 그러나 그 도깨비는 이번엔 혼자가 아니었다. 도깨비 옆에 하얀 도포를 입고, 한 손에는 나무를 깎아 만든 구불구불한 지팡이를 든 약관의 사내가 함께 서 있었다. 머리에 쓴 삿갓을 살짝 들어 얼굴을 드러낸 사내는 웃는 얼굴로 인사했다.

"이것 참, 오랜만이외다. 장군!"

그저 보이는 것만으로는 제법 반가워하는 것 같은 인사였다. 그러나 시건은 도사처럼 반갑게 인사를 하진 않았다. 둘은 결단코 반갑게 인사를 나눌 사이가 아니었다.

약 칠십오 년 전의 하계 동하에, 은공이라는 요선이 있었다. 이 요선은 동하에 자리를 잡고 온갖 요선들을 그의 수하로 두고, 동하 태수를 쥐락펴락하며 하계의 질서를 어지럽혔다. 본래 동하의 사정이 좋지 않은 터에 요선이 활개를 치니 선인 관리들과 선군들에게도 발등에 불이 떨어졌다. 당시 하계에 있던 시건은 은공와 수하 요선들을 토벌하라는 감사의 하명을 받았다.

어렵지 않은 일이라 생각했던 그 토벌에 시간이 걸린 것은 바로 갑작스럽게 나타난 도사 때문이었다. 그 당시 은공과 한 패가 되어 익숙하지 않은 도술로 군대를 흐트러트리는 양상 때문에 시건도 제법 애를 먹었다. 그러나 결국 은공은 잡혔고, 양상은 그길로 행방을 감추었다. 그게 바로, 대략 칠십오 년 전의 일이었다.

양상은 과연 도가에 있다고 전설처럼 전해지는 불로불사의 선도를 입에 댄 도사라 그런지, 인간이었음에도 불구하고 칠십오 년 전과 조금도 다를 바 없는 모습이었다. 그는 그때를 회상하며 감회에 젖은 얼굴로 말했다.

"이야, 그때 장군은 참 대단했지요. 세월이 흘러 결국 이런 모습으로 다시 보게 될 거라고 누가 상상이나 했겠소이까?"

시건은 그저 무표정한 얼굴로 양상을 쳐다봤다. 양상은 시선을 돌려 옆에 있는 사예를 쳐다봤다. 정확히는, 사예 주변을 신이 나서 맴도는 용을.

"홍례(弘禮)가 용을 봤다 하기에 과연 진실인가 하였더니 참으로 용이로군. 허나 현 천제인 안희제께서 여선일 리는 없고, 아직 가례도 올리지 않았으니 슬하에 여식이 있을 리도 없는데."

나무 사이를 날아다니던 청하가 몸을 멈추고 양상을 쳐다봤다. 양상의 옆에서 도깨비가 눈을 크게 떴다.

"아니 그럼, 천제 폐하가 아니란 말씀이십니까?"

사예는 헛기침을 하며 도깨비의 시선을 피했다. 도사는 웃으며 말을 이었다.

"그렇다마다. 심지어 안희제께 누이가 있으신 것도 아니고. 대체 여선님의 정체가 무엇이오?"

청하의 얘기에 또 예민해진 사예는 굳은 얼굴로 말했다.

"본인의 정체부터 밝히는 게 예의 아니오? 이쪽하고는 구면이나 나하고는 초면이 아니오? 도가의 예의라는 것은 본디 그 모양이오?"

양상은 사예의 불만에 찬 대꾸에 그저 하하하, 하고 웃음을 흘렸다.

"이것 참, 내 여선님께 큰 실례를 했소이다. 소생(小生)은 도가 신선인 연서진군(淵棲眞君)의 제자요, 동하 백모소(白毛所) 출신인 도사 양상(楊常)이라고 하오. 거기 류 장군님과는 전날 동하에서의 난으로 몇 번 면을 마주한 일이 있지요."

사예는 퉁명스러운 어조로 대꾸했다.

"나는 선계의 선인인 이사예라고 하오. 의도된 것인지 아닌지는 모르겠으나 어쨌든 도사님의 도움을 받았소. 허나 고마운 건 고마운 거고, 아무리 도움을 받았더라도 그 이상은 도사님에게 말할 생각이 없소."

"깊은 내막은 알 수 없으나 쉬이 입에 담기 힘든 일이라는 것은 알겠소이다. 소생이 천리안(千里眼)으로 확인했던 바에 따르면, 여선님과 장군을 따르던 자들은 선계에서 용마를 타고 내려온 선군들이었소. 갑주를 벗고 신분을 감춘 뒤 그대들에게 접근하더이다."

"뭐라고?"

사예는 눈을 부릅떴다. 그녀는 얼른 시건을 쳐다보고 이를 갈며 말했다.

"것 보시오……. 내가 뭐라고 했소……."

"그럴 리가 없는데……."

이상하군, 하고 시건은 사예의 시선을 피했다. 사예가 시건을 질책하고 있을 때 양상의 옆에 있던 도깨비가 말했다.

"참말입니까, 도사님? 저자가 그럼 우리 형님을 암굴로 보낸 상장군인 것입니까?"

"형님?"

사예와 시건이 화가 난 도깨비를 쳐다봤다. 양상은 그의 옆에 서 있는 어린 도깨비를 가리키며 말했다.

"그렇소이다. 이 홍례는 바로 장군이 암굴로 보내 버린 도깨비 파적의 아우라오. 물론 장군 덕분에 큰형님의 얼굴을 본 일도 없지만."

도깨비 홍례는 적의가 가득한 시선으로 류시건을 쳐다봤다. 사예가 어째 상황이 굉장히 불편하게 되었다고 생각하는 찰나에, 양상이 말했다.

"일단은, 두 분이 우리와 함께 가 주셨으면 좋겠소. 소생이 도움을 드렸다니 그 정도는 두 분 다 해 주실 수 있으시겠지? 어차피 두 분을 쫓는 이들을 보내기 위해서도 소생과 함께 가시는 편이 나을 것이외다. 소생이 일찍이 숲 여기저기 진을 쳐 둔 터라 도술로 그들의 접근을 차단하는 것은 그리 어려운 일이 아니거든."

양상은 가서 이야기를 나누자고 하며 사예와 시건을 안내하려고 했다. 사예는 그런 양상을 보다가 좋은 생각이 떠올랐다. 그녀를 습격한 자가 선군이라니 더 고민할 필요가 없었다. 이미 그녀의 머릿속에서 천제는 믿을 수 없는 인물로 낙인찍혀 있었다.

무엇보다 저자는 도사이니, 천교를 이용하지 않고도 선계에 올라갈 수 있는 방법을 알고 있을지도 몰랐다. 그녀가 듣기로 도사와 신선은 눈 깜짝할 사이에 천 리를 가고 온데간데없이 사라졌다 전혀 다른 곳에서 나타난다고 했다. 그런 기이한 재주를 부릴 줄 아는 도사라면 그녀를 아무도 모르게 하계에서 선계로 보내 주는 것도 가능하지 않을까 싶었다. 그렇게 무사히 선계로 돌아가 그녀를 찾아올 하선을 기다릴 수만 있다면 더 바랄 것이 없었다. 어쨌든 저 도사는 수상하지 않은 것은 아니었으나 당장 위험한 인물 같아 보이지는 않았다.

결국 사예는 양상을 따라가기로 마음을 정했다. 그녀가 손을 뻗자

신수 청하는 그녀의 표식으로 얌전히 빨려 들어갔다. 사예가 마음을 정하니 시건은 별다른 말 없이 따랐다. 두 사람이 안내하는 방향으로 걸음을 옮기자 양상의 미소가 환해졌다. 그는 만족한 얼굴로 몸을 돌렸다.

"자아, 이쪽으로 오시오! 길을 안내해라, 홍례야."

"예에……."

어린 도깨비는 시건을 대놓고 경계하며 도사의 명을 따랐다. 도깨비와 함께 시건, 사예를 안내하려던 양상은 무언가를 발견하고는 눈을 크게 떴다. 그는 손가락을 들어 시건 쪽을 가리키며 물었다.

"헌데 장군, 머리가 왜 그 모양이시오?"

사예는 갑자기 이 도사를 따라가고 싶은 마음이 싹 사라졌다. 그녀는 버럭 소리를 질렀다.

"머리가 뭐 어때서!"

✻ ✻ ✻

양상이 사예와 시건을 데려간 곳은 숲의 사이에 위치한 가옥이었다. 가옥은 본래 집주인이 떠나고 오랜 세월 방치되어 있었던 터라 폐가나 다름이 없었다. 그러나 낡고 무너져 가고 있던 집을 양상과 도깨비들이 힘을 써 되돌려 놨다고 했다. 지붕에는 기와가 얹어지고 칸이 제법 여러 채로 늘어났다. 본래는 더 작았던 집을 도깨비들이 요술로 키워 놓은 결과였다. 일반적으로 어른 도깨비들은 인간과 생김새가 거의 비슷했으나 키와 풍채 면에서 인간을 훨씬 웃돌았다. 그런 도깨비들이 오가려니 집의 크기를 안 키울 도리가 없었다.

그리하여 가꾼 가옥 자체는 제법 살 만하게 정리되어 있었으나, 양상도 도깨비들도 안마당이나 담 안쪽은 정리하지 않아 겉으로 보기에는 영 깔끔한 모양새가 아니었다. 온통 제멋대로 자라난 풀들이 가옥과 돌을 쌓은 담장을 둘러싸고 있었기 때문에 담장 밖이 바로 숲이었다. 지금은 그 중간중간 양상이 도술로 결계를 쳐 아무나 함부로 접근할 수 없는 곳이기도 했다.

가옥 안에는 도깨비 몇이 있었고, 사예와 시건은 그들의 도움을 받아 씻고 옷을 갈아입을 수 있었다. 고개를 한참을 뒤로 꺾어야 할 정도로 커다란 도깨비를 보고 사예는 조금 겁을 먹었지만, 그 도깨비의 성미가 온순하고 말씨가 친절해서 많이 불편하지는 않았다. 실제로 이 도깨비들은 다 무너진 가옥을 요술로 전보다 더 훌륭히 세워 현재의 집주인에게는 은인들이나 다름없었지만, 그의 집에서 신세진다는 이유로 집안 살림을 이것저것 돕고 있을 정도로 성미가 착했다. 그중에서 지금 사예를 도와주는 도깨비 이름은 덕향(德香)으로, 알고 보니 시건이 암굴로 보내 버렸다는 도깨비 파적의 누이이자 그녀가 먼저 봤던 어린 도깨비 홍례에겐 누님 되는 도깨비였다.

사예는 도깨비가 끓여 준 따뜻한 물에 몸을 씻고 준비해 준 저고리와 치마를 입었다. 덕향은 옷을 입는 사예를 도와주며 이게 그녀의 딸이 어릴 적, 즉 서른 살 즈음에 입었던 것이라 말을 해 사예를 당황스럽게 했다. 그녀는 그녀가 처음 본 도깨비 홍례가 현재 스무 살이라는 이야기를 듣고는 경악해야 했다. 그녀가 봤던 홍례는 인간이나 선인의 기준으로 겨우 열한 살이나 열두 살 정도 되었을 것으로 보였기 때문이었다.

선인은 선단을 취해도 약관에 이르기까지는 일반적인 인간과 같은 속도로 성장을 했다. 그러나 약관 이후에는 그 성장이 둔화되어 4, 500년에 이를 때까지 아주 느린 속도로 노화가 진행되었다. 반면 도깨비는 대략 300년의 삶을 사는 동안 쉬지 않고 꾸준히, 아주 느리게 성장했다. 그래서 도깨비는 나이를 세는 기준이 인간이나 선인과는 많이 달랐고, 덕분에 덕향의 딸이 서른 살일 때 입었던 옷은 사예에게 조금 품이 남아도 그럭저럭 입을 만했다.

무명으로 만든 미색 저고리와 푸른 치마를 입은 사예를 이리저리 돌려 보며 덕향은 연신 곱다느니 역시 여선은 뭔가 다르다느니 하는 칭찬을 쏟아 냈다. 덕분에 사예는 딸이 입었던 이 옷, 저 옷을 입히고 싶어 하는 덕향의 종이인형 놀이를 잠시 해 줘야 했다. 좀 피곤하긴 했으나 덕향의 기대감에 가득 찬 커다란 눈 때문에 차마 거절할 수가 없었다. 색색의 저고리와 치마를 갈아입는 사예를 보며 덕향이 말했다.

"아이구, 역시 여선님이라 그런지 태가 다르네! 씨름하면 아주 천하장사감이겠어!"

"……."

씨름을 한 적도, 본 적도 없는 사예는 저고리를 벗으며 저게 칭찬인지 욕인지 잠시 고민해야 했다. 도깨비가 씨름을 좋아한다는 이야기를 어디선가 주워들어 알고 있었으므로, 기분이 영 좋지는 않았으나 그저 좋은 의미이겠거니 하고 넘어갔다. 그러나 자꾸만 찜찜한 기분이 들었다. 그녀가 알기로는 씨름이 상당히 거친 남정네들의 경기였는데 도깨비는 여자도 씨름을 하는 모양이었다.

그녀는 덕향이 다시 내민 푸른 빛깔 저고리와 초록 빛깔 저고리를 쳐다봤다. 과연 붉은색을 세상에서 제일 무서워하는 도깨비라 그런지 옷 어디에도 붉은 빛깔은 없었다. 덕향이 두 눈을 가리고 도통 다가오지를 못해 사예가 하고 있던 붉은 댕기도 숨겨 놓았다. 현재 그녀의 머리는 덕향이 꺼내 준 푸른 빛깔의 댕기로 묶은 상태였다. 푸른 저고리를 집어 들며 사예가 물었다.

"헌데, 본래 동하에 도깨비가 많습니까?"

"도깨비는 어디든지 있지요, 여선님. 저희는 본래 서하에 살았으나, 파적 오라버니의 일 이후 서하에서 도깨비를 보는 시선이 곱질 않아 동하로 온 지가 꽤 되었답니다. 운 좋게 도사님을 만나 여기서 함께 지내게 되었지요. 그 후에 바깥세상을 떠돌던 집주인이 돌아왔고요."

"동하에 요선들이 있다고 들었는데 그래도 괜찮았습니까?"

"요즘은 차라리 북하보다 동하가 살기에 낫답니다. 그래도 동하 요선들은 북하 요선들처럼 선인 관리의 뒷배를 믿고 설쳐 대진 않으니까. 사실 동하 요선들이야 오래전부터 끈 떨어진 두레박 신세인 것을요."

이런저런 이야기를 하며 옷을 고르던 덕향이 겨우 돌아간 후에 사예는 오랜만에 제대로 푹신한 요 위에 누워 따뜻한 이불을 덮고 잠을 잘 수 있었다. 깊은 밤인지라 일단 내일 날이 밝으면 이야기를 나누자 한 양상의 배려는 참으로 고마웠고, 사예는 바로 누워 잠이 들었다.

잠을 푹 자고 일어난 그녀는 방문의 창호지 너머로 빛이 들어오는 것을 볼 수 있었다. 그녀는 일어나서 제일 먼저 잘 때조차 치마 속에 매어 둔 노리개와 청하의 여의주를 확인했다. 여의주가 무사하다는 것을 확인하고는 안도의 한숨을 내쉰 사예는, 방 한구석에 둔 그녀의 짐 보따리 속을 확인했다. 사진검과 기타 내용물을 모두 확인한 후 그녀는 도깨비가 큰 손으로 고이 접어 놓은 저고리와 치마를 입었다. 도깨비가 가장 처음 입혀 줬던 미색 저고리와 푸른색 치마였다. 도깨비가 딸의 옷을 소중히 관리했는지 옷 빛깔이 선명히 살아 있었다. 구깃구깃했던 저고리와 치마가 아니라 제대로 된 옷을 입으니 기분이 좋았다. 선녀들이 열심히 입혀 줬던 비단옷보다 움직이기도 편했다.

옷을 입고 밤새 자느라 헝클어진 머리를 제대로 땋아 댕기로 묶고 있는데, 도깨비가 고맙게도 그녀에게 소세할 물을 가져다줬다. 소세를 하고 물기를 닦은 후 사예는 옷매무새를 제대로 확인했다. 차마 면경이 없어 얼굴까지 제대로 살피지는 못했으나 이 정도면 괜찮겠지 싶었다. 방바닥에 깔린 요를 접어 이불장에 넣은 사예는, 아침에 대화를 나누자고 했던 양상의 말이 떠올라 방에서 나왔다. 사실은 배가 고픈데 어찌 아침 식사를 해야 할지도 알 수 없어 일단 밖으로 나왔다.

나무로 된 마루를 걸어가는데, 검은 도포를 입고 서 있는 사내가 보였다. 사예는 걸음을 멈췄다. 낡은 옷을 걸치고 머리카락을 엉망으로 늘어트리고 있을 때와는 전혀 다른 사내가 마루 끝에 서 있었다. 제대로 씻고 그 눈과 머리 빛깔의 검은 도포를 입은 사내는 값싼 도포를 입고 대충 머리를 정리했을 때와는 분위기가 사뭇 달랐다. 가라앉은 분위기가 장수답게 건장한 체격과 맞물려 다가가기 어려운 분위기를 흘리고 있었다. 들여다봐도 온통 어두워 그 깊이를 헤아릴 수 없는 물처럼, 빠질까 두려워 다가가기가 힘들었다.

해서, 사예는 차마 가까이 걸어가지 못하고 거리를 둔 채 그를 쳐다봤다. 행색만 제대로 차려입으면 제법 훤칠하겠다고 생각했던 게 떠올랐다. 그런데 눈앞에 둔 시건의 모습이 제법이 아니라 많이 훤칠해서, 그녀는 그저 멍하니 쳐다봤다. 걸음을 멈춘 채로 시건을 쳐다보던 사예가 헐겁게 땋은 그의 머리카락 아래가 아직도 들쭉날쭉 제멋대로라는 것을 발견했을 때였다.

“곱군.”

‘어?’

사예는 얼른 고개를 들어 시건의 얼굴을 쳐다봤다. 그는 그녀를 쳐다보고 있었다. 사예는 방금 들은 말이 시건이 자신에게 한 말이 맞는지 고민했다. 검은 눈동자는 흔들림 없이 그녀에게 고정되어 있었다. 갑자기 얼굴이 확 달아올랐다. 방금 곱다고 말한 낮은 목소리가 자꾸 귓가에서 맴돌았다. 사예는 더듬거리며 일단 대답했다.

"고, 고맙소."

정말로 그녀에게 한 말이 맞았는지 시건은 별다른 반응이 없었다. 무심하게 고개를 돌리는 그에게 얼른 다가가 사예가 물었다.

"그쪽도 신수가 훤해졌소. 헌데, 왜 정리하지 않았소? 그 머리카락."

안 그래도 시건의 머리카락 끝을 볼 때마다 양심이 쿡쿡 찔렸다. 차라리 빨리 제대로 정리해 줬으면 하는 마음으로 그녀는 시건을 쳐다봤다. 시건은 사예를 보곤 말했다.

"그대가 애써서 잘라 준 거라."

사예는 얼굴을 이상하게 일그러트린 채로 시건의 시선을 피했다. 뭔가 알쏭달쏭했다. 저 대답이 단순히 그녀의 노고를 무시하지 않기 위한 배려인지 아니면 다른 의미인지. 그러나 마음 한편에서는 이미 그 답을 내리고 있었다.

'역시 나한테 흑심이 있나 봐.'

열병이라도 걸렸는지 자꾸만 더워졌다. 혼란스러운 마음으로 그녀는 시건의 옆에서, 시건을 애써 외면하며 걸어갔다.

❈ ❈ ❈

시건과 사예가 머물고 있는 가옥은 본래 동하에 살았던 이(李)가(家)의 가옥으로, 아직까지도 그 마지막 자손이 소유하고 있는 가옥이었다. 이 유일하게 남은 이가의 마지막 자손은 바로 몽룡(夢龍)이라는 자로, 이자는 환갑을 앞둔, 즉 하계 인간으로 치자면 내일 죽어도 이상하지 않을 만큼 산 노인이었다.

그래서 방에 앉아 바로 앞에 잡곡밥과 간장 종지, 나물 반찬 하나와 메밀묵무침이 올라간 소반을 앞에 두고도 사예는 금방 손을 뻗을 수가 없었다. 앞에 앉은 노인이 수저를 들고 있지 않았기 때문이었다. 각자의 앞에 소반이 놓여 있고, 그 위의 밥과 반찬은 산처럼 수북하게 쌓여 있었다. 은유적인 표현이 아니라 진짜로 손이 큰 도깨비들이 밥상을 차린 결과였다. 사예는 마음 같아서는 얼른 밥을 퍼먹고 싶었지만, 흰 수염을 지긋이 기른 노인이 허허 웃고만 있어 차마 먼저 숟가락을 들 수가 없었다.

"이게 꿈인가 생시인가 싶습니다. 내 생애 도사님에 선인님을 두 분이나 한자리에 뫼시고 아침 식사를 다 하게 되다니. 허, 참. 하늘에서 내려오신 귀한 선인님들 입맛에 맞을지는 모르겠으나 부디 성의라 생각하고 드십시오."

"말씀을 편히 해 주십시오, 어르신."

"허허, 그럴 수야 없지요. 어쨌든 선계 선인들이라 하니 두 분 모두 이 노인네보다 연치가 높으시지 않겠습니까? 거기 계신 류 장군만 해도 소인보다 훨씬 오래 사셨지요."

헉, 하고 사예는 숨을 들이켰다. 생각해 보니 그의 말이 일리가 있었다. 그녀는 고개를 홱 돌려 옆에 조용히 앉아 있는 시건을 쳐다봤다. 그녀는 어색하게 시선을 돌려 깔고 앉은 방석 모서리만 만지작거렸다. 이 노인의 옆에서 하하 웃은 양상이 말했다.

"그럼 소생이 가장 연식이 높으니 먼저 들겠소이다."

겉으로 보자면 사예 다음으로 나이가 어려 보이는 양상은 손을 뻗어 제일 먼저 숟가락으로 밥을 펐다. 나무를 깎아 만든 숟가락에 밥알이 동그랗게 올라갔다. 입을 크게 벌리고 한입에 꿀꺽하는 양상을 보며 이 노인이 허허 웃었다.

"우리 도사님은 참 먹는 모습이 보기 좋으시오. 어쩜 저리 복스럽게 드시는지.”

“아, 그저 식탐이 많은 것일 뿐이지요. 소생이 인간일 적에 하도 못 먹고 살아서 그렇습니다. 우리 스승님의 은혜로 도사가 되지 않았다면 아마 진즉에 걸괴가 되었을 테지요. 하하하. 두 분 뭐하십니까? 어서 드시지요.”

양상은 젓가락으로 바싹 마른 나물을 집어 들며 말했다. 사예는 눈치를 조금 보다가 숟가락을 집어 들었다. 밥 한 술을 퍼서 입가로 가져가는데, 입을 벌리자마자 양상이 물었다.

“헌데 장군은 암굴에서 어찌 빠져나온 것이오?”

사예는 숟가락을 든 채로 입을 다물었다. 양상은 숟가락으로 밥을 퍼 올리며 말했다.

“암굴에 역적으로 잡혀 들어간 자가 멀쩡히 숲을 활보하고 있다니 영 이상한 일이 아니오?”

“그건…….”

숟가락을 내려놓은 사예가 곤란한 기색으로 시건을 힐끔 쳐다봤다. 담담한 얼굴로 앉아 있던 시건이 입을 열었다.

“그 역적을 바로 데려온 그대야말로 이상하군. 마치 기다렸다는 듯이 나를 찾아오지 않았는가.”

“하하, 사실 틀린 말은 아니외다. 소생은 꼭 다시 한 번 장군을 보고 싶었으니까. 물론 장군이 역적이 되어 암굴에 갇혔다는 소식을 들은 후로는 더더욱 그랬지요.”

“무슨 말이지?”

양상은 숟가락을 내려놓고 씨익 웃었다.

“기분이 어떠시오, 장군.”

시건의 눈이 가늘어졌다. 양상은 장난기 가득한 얼굴로 시건에게 말했다.

"동에 번쩍, 서에 번쩍하며 온갖 난적과 귀신을 잡아들였는데, 오호, 통재라. 선제께서는 그런 장군의 가족들 목을 치고 장군에게는 역적의 탈을 씌워 주셨구려. 그것이 바로 하늘에 계신 임금님께서 장군에게 내린 충성에 대한 대가요. 그러니 기분이 어떠시오?"

가벼운 양상의 어조와는 달리 방 안에는 무거운 분위기가 흘렀다. 사예는 숟가락을 든 채로 눈치만 살폈다. 이 노인은 속을 알 수 없는 얼굴로 여전히 숟가락을 들지 않고 앉아 있었다. 양상은 혼자 태연하게 젓가락을 움직여 나물을 집어 들었다.

"소생이 전에 장군에게 물었지요. 하계에 내려와 인간들의 삶을 그 눈으로 보면서도, 어찌 그리 아무렇지 않게 천제 폐하의 신하 노릇을 할 수 있느냐고. 그때 장군은 참 충성스러운 군사였지요. 장군은 그저 선인은 바른 신하의 역할을 다함으로써 천제 폐하께서 선, 하계를 다스리는 데 일조해야 한다 주장하셨소. 그를 위해서 싸우고 있다고. 아, 참으로 한 치도 틀에서 벗어나지 않는 발언이었소. 그래, 그게 맞소. 천서제 이래 모든 선인 관리가 그리했어야 옳지. 헌데, 어디 봅시다……."

나물을 입에 집어넣고 씹으며 양상은 음, 하고 신음을 흘리다가 고개를 끄덕였다. 젓가락으로 나물을 가리키며 그가 말했다.

"그냥 풀 맛이오."

사예는 눈썹을 찌푸리고 양상을 쳐다봤다. 씨익 웃은 양상은 젓가락으로 다시 나물 하나를 집어 들었다.

"풀이니 풀 맛인 게 당연하겠지. 허나 소도 아닌데, 주구장창 이 풀을 뜯는 게 입에 붙을 리가 있나. 헌데 풀이 싫으면 풀 아닌 찬을 골라 먹어야 하는데, 보시오. 찬이 몇이나 올라와 있소이까. 고기도 없고, 생선도 없고. 있는 것이라고는 이 시꺼먼 간장하고, 잡곡밥이 전부로군. 다시 말하자면……."

미소 짓고 있던 양상의 얼굴에서 웃음이 사라졌다. 그는 무표정한 얼굴로 나물을 집고 있던 젓가락을 탁 소리 나게 내려놨다. 그는 역시 무표정한 얼굴로 앉아 있는 시건을 보며 말을 이었다.

"이게 바로 하계 인간들의 생활상이오."

시건은 표정 변화 없이 그저 양상의 말을 듣고 있었다. 양상의 입에서 나오는 말이 조금씩 빨라졌다.

"그렇게 충심을 다한 장군은 역적이 되었고, 북하는 결국 요선 천지가 되었소. 선계에서 하강한 선인들이 북하 요선들과 손을 잡고 인간들을 괴롭히는 터라, 북하는 이제 인간이 살기 어려운 곳이 됐소이다. 본래부터 선인들의 관심에서 벗어나 있었던 동하는 예나 지금이나 변함없이 살기 힘든 곳이오. 그나마 자리 잡혀 있던 동하 요선들 사이의 위계도 북하에서 설치기 시작한 요선들 때문에 엉망이 되어가고 있소. 개중 살 만한 서하와 남하는 선인들이 인간들 위에 군림하여 모든 삶을 주도하고 있지. 보시오."

양상은 작은 소반 위의 소박하기 짝이 없는 밥과 밥상을 가리키며 말했다.

"이 정도면 진수성찬이오."

사예는 시선을 내려 소반 위의 음식을 쳐다봤다. 잡곡밥과 작은 간장 종지, 찬은 나물무침과 메밀묵무침뿐. 기실, 숨어 살던 사예 가족이 먹던 것보다도 찬의 수가 적은 차림새 없는 식사였다. 그러나 사예 또한 알고 있었다. 선계 선인들은 이리 하찮게 식사하지 않았다. 선계에는 하계에서 농사지은 쌀이나 만든 좋은 물건들이 진상되어 올라왔고, 선인들은 하계에서 온 물건들을 웬만하면 어렵지 않게 구할 수 있었다. 따라서 음식도 마찬가지였다. 그들은 오색으로 멋을 낸 정갈한 반찬과 흰 쌀밥으로 배를 채우며, 그마저도 배가 차면 나태해져 술법 수련을 게을리 한다는 이유로 다 먹지 않고 남기기 일쑤였다.

“하계에는 이조차 먹지 못하고 굶주리는 이들이 부지기수지. 돌 씹히는 밥을 애써 입 안으로 우겨넣고, 독초인지도 모를 것을 그저 배 채우겠다고 뜯어 먹는다오. 헌데 하계로 내려온 선인들은 어찌 사는지 아시오? 그들은 밤마다 연회를 연다오. 비단옷을 입고 고기를 뜯으며 술을 마시지!”

하하, 하고 웃은 양상이 시건을 똑바로 응시했다.

“장군, 내게 보여 주고 싶었소이까? 바른 뜻을 품은 선인이 인간들을 제대로 통솔하고 그들의 삶을 풍족하게 채워 줄 수 있노라, 그렇게 말했소이까? 헌데 보시오. 장군은 실패했소이다. 장군은 내게 장군이 말했던 답을 보여 주지 못했소.”

허공에서 시건과 양상의 시선이 마주쳤다. 양상은 처음의 웃던 얼굴과는 전혀 다른 낯으로, 시건에게 말했다.

“그러니 이번엔, 장군께서 내 답을 들어 줘야 하는 순번이 아니겠소이까?”

사예는 숨소리조차 내면 안 될 것 같은 분위기 속에서 오로지 밥과 나물 반찬만 쳐다봤다.

‘저런 얘기는…… 내가 없는 데서 해야 하지 않을까……?’

그녀는 그저 멍한 얼굴로 식어 가는 밥을 응시했다. 굶은 속이 고프다 못해 죄이는 느낌이었다. 며칠 동안 육포로만 겨우 채운 배가 어서 제대로 된 음식을 넣어 달라고 아우성을 치고 있었다. 그녀는 결국 참지 못하고 기운이 쭉 빠진 목소리로 말했다.

“식사 먼저 하면 안 되겠소……?”

지금 나한테는 이게 진짜 진수성찬이거든, 하고 덧붙이며 사예는 양상을 쳐다봤다. 양상과 이 노인이 삶은 나물처럼 축 처진 사예를 쳐다봤다. 양상이 웃음을 터뜨렸다.

"아하하, 이런, 미안합니다, 여선님! 어서 드십시오!"

사예는 그제야 다시 숟가락을 움직였다. 그러는 동안에도 시건은 숟가락조차 들지 않은 채 조용히 앉아 있었다. 지친 얼굴로 사예가 다시 밥을 퍼서 입으로 가져가려는 찰나에, 양상이 마침 생각났다는 듯 다시 입을 열었다.

"헌데 여선님은 대체 어떻게 용하고 계약을 맺으신 거요?"

사예는 결국 이번에도 밥숟가락을 입에 집어넣지 못했다.

"아, 밥 좀 먹읍시다!"

❋ ❋ ❋

겨우 식사를 마친 후에, 도깨비 하나가 차를 준비해 줬다. 사예는 도깨비의 큰 손 안에서 부서질 것만 같은 잔을 조심해서 받아 들었다. 그릇 위에 수북하게 쌓인 말린 국화를 몇 송이 골라다가 찻잔에 담자, 도깨비가 따뜻한 물을 부어 주었다. 잔 안에서 꽃의 노란 잎이 기지개 켜듯 펴졌다. 꽃잎이 둥둥 떠올랐다.

주전자를 내려놓은 도깨비가 나가고, 방은 침묵에 잠겼다. 양상은 차를 입에 대자 그제야 좀 조용해졌다. 처음에 몇 마디 한 후 입조차 열지 않은 시건은 굳이 말할 것도 없었다. 국화차의 향기가 방 안에 가득 찼을 무렵, 이번에는 이 노인이 먼저 입을 열었다.

"소인의 선친(先親)께서는 인간이라는 신분의 한계로 큰 관직에 나갈 수 없는 바, 애초부터 관직 출사의 꿈을 접고 오로지 물려받은 이 집만 지키며 일생을 보내고자 하셨습니다. 허나 본래 동하 인간의 삶은 고단하지요. 관직에 나가지 않으셨으니 돈벌이할 길도 없고, 그리하여 겨우 있는 이 집조차 제대로 관리하기가 힘이 드셨지요. 식사는 하루에 한 끼요, 옷은 다 닳아 빠진 바지저고리를 매번 돌려 입었습니다. 어느 날은 땔감이 부족하여 숲으로 나무를 하러 가셨는데, 웬 사슴 한 마리가 사냥꾼의 덫에 걸렸는지 들짐승에게 당했는지 다리를 절며 도망가고 있지 뭡니까. 하도 안쓰러워 그 사슴을 나무 뒤에 숨겨 주고 지나가던 사냥꾼에게는 그저 보지 못했노라, 그리 말씀하셨지요. 사냥꾼이 가고 나서 다리를 봐 주려고 하니 이놈의 사슴이 그저 겁을 먹어서는 도망치기 바빴다고 합니다. 그래도 저대로는 보낼 수가 없지 싶어 얼른 따라가 봤더니 글쎄, 웬 고운 비단옷이 숲 사이에 있지 않습니까."

이 노인은 차로 목을 축인 뒤에 말을 이었다.

"한눈에 보기에도 좋아 보이는 비단옷이라, 저것을 팔면 내일 하루 식사는 모르긴 몰라도 두 끼는 할 수 있겠거니 싶었답니다. 헌데 그 생각을 하는 찰나 마침 인근에서 여인네들의 목소리가 들리더랍니다. 화들짝 놀라 선친께서는 그래서 얼른 그것 중 하나를 집어다가 도망을 쳐 버렸답니다."

"아니……."

"허허허……."

사예가 황당해서 쳐다보자 이 노인은 그저 태평하게 웃었다. 그는 찻잔을 내려놓으며 말했다.

"헌데 옷을 가지고 가다 보니 나무를 올려 뒀던 지게랑 도끼를 놓고 왔다는 사실을 깨달았지 뭡니까. 어쨌든 그날 방에 불을 땔 땔감은 필요한지라, 비단옷을 일단 숲 깊은 곳에 숨겨 두고 지게와 도끼를 찾으러 갔지요. 땔감 모은 지게를 이고 도끼를 들고 비단옷을 다시 가지러 가는데, 숲 사이에서 웬 여인네가 우는 소리가 들리더랍니다. 선친께서 놀라 다가가니 이 여인네가 여간 미모가 곱지 않고, 심지어 옷차림새도 제대로 하지 않고 안에 속적삼과 치마만 입고 서 있더랍니다. 귀신에 홀렸나 싶어 넋만 놓고 있는데, 이 여인이 선친께

도움을 요청했습니다. 사정인즉슨 그 여인은 천제 폐하의 명을 받고 하계로 내려온 선녀였는데, 다른 선녀님들과 함께 목욕을 나온 사이 벗어 둔 날개옷이 사라졌다는 것이지요. 다른 선녀들은 모두 날개옷을 찾고 돌아갔으나, 돌아가지 못한 선녀님만 옷을 찾으라고 보낸 신수만 기다리며 전전긍긍하고 있었다고 했습니다. 그 순간 선친께서는 스스로가 한 짓이 얼마나 큰 중죄였는지를 깨달았습니다. 상황이 이렇게 되니 선친께서도 상당히 곤란하게 되었지요. 그 옷을 숨긴 본인이다 말을 하면 당장 선녀님에게 잡혀가 관아에서 큰 벌을 받을 터이고, 돌려주지 않으면 이대로 선녀 인생을 망치게 생겼으니. 스스로도 시간을 돌리고 싶을 정도로 괴로웠다고 합니다. 그래서, 여선님께서는 어떻게 생각하십니까? 소인의 선친께서 어떻게 하셨을 것 같습니까?"

사예는 이 노인의 씁쓸한 얼굴을 조용히 응시했다. 약한 인간이, 그것도 두려운 결과가 예상됐을 때에 결국 내린 선택은 한 가지뿐이었으리라.

"처벌이 두려워 돌려주지 못하였군요."

이 노인은 미소 지었다.

"다행히 선녀님의 신수는 선친께서 숨겨 놓은 옷을 찾지 못했습니다. 선친께서는 결국 곤란해하는 선녀님을 일단 이 집으로 데려온 뒤, 본인이 숲을 뒤져 날개옷을 찾아 주겠노라 말했다고 합니다. 허나 해가 지고 숲이 어두워지는 바람에 선친께서도 정작 본인이 숨긴 날개옷을 찾지를 못하였습니다. 결국 날이 밝으면 다시 찾아 주겠노라 한 다음, 일단 선녀님에게 이 집에서 하루를 묵게 해 드렸지요. 헌데 그게 참……. 제대로 갖춰 입지도 못한 선녀님이 얼마나 고왔는지, 선친께서는 결국 그 밤 저지르지 말았어야 할 큰 죄를 저지르고 말았지요."

"……헉."

이 노인은 차를 마시며 고개를 끄덕였다. 방 한쪽에서 양상이 차 맛이 좋다, 하하, 하며 웃었다. 시건은 여전히 차에도 손을 대지 않은 채로 가만히 앉아 있었다. 사예는 입만 벌린 채로 멍하니 앉아 있었다. 이 노인은 가라앉은 목소리로 말했다.

"기이한 점은 선녀님께서도 그 밤을 거세게 거부하지 않으셨다는 것이지요. 밤이 무엇인지, 허허……. 허나 날이 밝자 선친께서는 두려워졌습니다. 날개옷을 찾아 주면 이 고운 선녀님이 하찮은 사내를 버리고 도망가실 거라고 생각했지요. 그래서, 결국 숨긴 날개옷을 찾아 주지 않았습니다. 날개옷을 찾지 못하자 선녀님도 벌받을 것을 두려워해 돌아가지 못했고, 그렇게 어영부영 함께 이 집에서 살게 되었습니다. 그렇게 일 년……. 소인이 태어나고 또 육 년이 흘렀지요. 선친께서는 줄곧 죄책감에 시달리던 터라, 이제는 더 이상 안 되겠다 싶어 선녀님에게 진실을 고했습니다. 아들을 봐서라도 용서해 달라고 그리 빌었지요. 이야기를 듣자마자 선녀님은 당장 날개옷을 찾으러 갔고, 그리고……. 선친께서는 결국 주(州)의 주관(州官)에게 끌려갔습니다. 감히 선녀의 날개옷을 훔치고 숨기고 또 오랜 세월 숨긴 것은 크나큰 죄라, 결국 옥사에 갇혀 있다 처형을 당하셨습니다."

"어찌 그렇게까지……."

"본래 하계의 법도가 인간에게는 더더욱 엄격한 법이라……. 특히 선인과 관련된 일에 대해서는 더더욱 그렇습니다."

찻잔 속에 어느덧 늙은 얼굴이 담겼다. 수십 년의 세월이 흘러 얼굴이 그리 변했어도 그는 아직도 그때의 일을 또렷하게 기억했다.

"소인은 이 이야기를 옥사에 갇혀 있던 선친께 전해 들었습니다. 모든 사실을 안 후에 어떻게든 선녀님을 찾아뵙고 선친의 사죄를 전하려 하였으나, 선녀님과 만나는 것은 불가능했지요. 결과적으로 저는 줄곧 숨어 있어야 했습니다. 선친께서 처형을 당하실 때에도, 그 선녀님이 날개옷을 입고 하늘로 돌아가실 때에도. 아주 잠깐이었으나, 분명 잠깐 선녀님과 시선이 닿았습니다. 허나 결국, 그 선녀님께서는 뒤도 돌아보지 않고 하늘로 올라가더이다…….”

허허, 하고 짓는 웃음이 스스로가 보기에도 어색했다. 결국 아비가 지키고자 했던 이 집은 버리고 떠나야 했다. 그 어린 나이에, 집을 떠나 이곳저곳을 방황했다. 선녀의 태를 타고났기 때문인지 비상한 머리와 괜찮은 재주가 많아 그럭저럭 살 만은 했다. 그의 이름이 과분하게도 꿈속의 용(夢龍), 선녀가 무려 태몽으로 승천하는 용을 꾸었더랬다. 그러나 꿈은 꿈일 뿐이었고, 현실은 달랐다. 그는 인간이었고, 할 수 있는 것은 그저 숨고 도망치는 것뿐이었다. 그리하여 어린 시절 내내 그 마음속은 계속해서 썩어 들어갔다. 신세를 한탄하고 어리석었던 아버지를 탓했다. 죄 없는 자식마저 버리고 떠나 버린 잔인한 선녀를 원망하며 그리 젊은 시절을 보냈다.

“나이 들으니 선녀님을 이해 못 하는 바는 아닙니다. 제 얼굴이 다시는 보고 싶지 않으셨겠지요. 허나 소인은 동시에 제 선친 또한 이해합니다. 이해를 하기에 더 안타까웠습니다. 남의 옷 훔치지 않아도 배 채울 여유가 있었다면, 그날 하루 땔 땔감조차 아까워 돌아가지 않았다면, 적어도 그 밤이 지나기 전에 사실을 말했다면……. 한, 두 가지가 아니지요. 제 선친의 죄를 합리화하는 것은 아닙니다. 다만 한 가지, 제 선친이 받은 처벌이 어찌하여 같은 죄를 짓는 다른 이에게는 같게 적용이 되지 않는가 말입니다.”

이 노인은 시선을 들었다. 그는 먼 기억을 되새기듯 허공에 시선을 뒀다.

“선인 관리들은 하계에 있는 어린 처자들을 제멋대로 겁탈하여 하룻밤에 그 인생을 망치고는 나 몰라라 하기 일쑤입니다. 그 어린 처자들은 찾아서 입고 날아갈 날개옷도, 대신하여 벌을 내려 줄 사람도 없습니다. 그리하여 저는 그 옛날, 겨우 만나 장래를 약속한 제 정인을 떠나보냈습니다. 높은 관직에도 오를 수 없는 한낱 인간이 힘도 권력도 아무것도 없으니, 자기 정인조차 지킬 수가 없더이다. 정조 지키겠다고 모진 고문 견디던 처자의 얼굴조차 보지 못했습니다. 그 처자는 결국 겁탈당하여, 치욕을 견디지 못하고 혀를 물고 자결하였습니다. 물론 그 선인 관리는 여전히 하계에서 관리 노릇을 하고 있지요……."

이 노인은 씁쓸한 얼굴로 말을 끊었다. 그가 이토록 늙어 간 동안에도 그 오만한 관리는 아직껏 젊은이의 얼굴을 유지하고 있었다. 기억 속의 정인 또한 젊은 모습이었다. 하나는 시간을 느리게 살고 있는 선인이었고, 하나는 정말로 그 상태에서 시간이 멈춰 버렸다. 봄날의 향기 같았던 곱디고운 처자는 차가운 옥사에서 그 생을 마감했다. 그리고, 남은 그는 세월의 흐름 속에 돌이킬 수 없을 만큼 늙어버렸다. 이 노인은 어느새 바싹 마른 입 안을 느꼈다. 찻잔 속의 차는 이미 차게 식어 있었다. 그러나 이 노인은 찻잔을 들어 그 찬물을 마셨다. 말을 하며 저절로 불타오른 속을 그 차게 식은 물로 식혔다.

"저는 그 옛날 이 하계를 지킨 장군의 업적에 대해서 익히 들어 알고 있습니다. 그래서 궁금했습니다. 장군은 아직도 그리 생각하십니까. 선인이 인간의 삶을 지탱하고 인간이 쉬이 살아갈 수 있도록 다스리는 것, 그것이 진정 하계의 답이라 보십니까. 장군의 생각이 틀렸다는 것은 아닙니다. 한 치의 그름도 없이 옳고, 그것이 천서제의 바른 생각이었다는 것도 잘 압니다. 옳게 시행되기만 하면 인간으로서도 편히 살아갈 수 있는 방도이긴 하지요. 허나 문제는, 천하의 모든 선인이 천서제나 장군과 같지는 않다는 것입니다."

시건은 고개를 들어 이 노인과 시선을 마주했다. 한 점 빛 들어갈 기색도 없이 검은 눈과, 노인의 흐릿하게 빛바래 선명하지 못한 눈동자가 마주쳤다.

"오히려 그 방도가, 천서제 이전보다도 더 극심하게 이 하계를 파탄으로 몰고 있습니다. 선인들은 인간의 삶을 돌보지 않고 그저 하계에서 그들이 누릴 수 있는 모든 것을 누리기만 하고 있지요. 그들이 누리는 만큼 하계의 인간들은 빼앗기는 것입니다. 헌데 하계의 실정이 이러하다는 것을 선계에서는 압니까? 천제 폐하께서는 알고 계십니까?"

이 노인은 무거운 한숨을 내쉬었다. 그는 창호지 너머 빛 들어오는 방향을 응시하며 말했다.

"구름 위에 사는 자들은 구름 아래를 내려다보지 않지요. 그러니 구름 아래 사는 자들이 암만 그 위를 쳐다본다고 한들, 시선을 마주할 수 있겠습니까."

지친 노인의 목소리만 계속해서 방 안을 울렸다. 듣는 선인 두 사람 다 아무 말도 하지 못했다. 한 사람은 애초에 자기 삶 사는 데 바빠 다른 삶에 관심 두지 않았기 때문이고, 다른 한 사람은 그가 믿던 답이 줄기차게 부정되어 온 현실에 대하여 변명할 방도가 없었기 때문에.

사예는 시건의 눈치를 봤다. 그녀야 하계 상황이 어떻든지 하계 인간이 선인을 뭐라 비난을 하든지 그런 것은 별로 상관이 없었다. 그러나 그녀의 옆에 앉아 있는, 천제의 명으로 내려와 하계를 지키던 선군의 입장에서는 듣기에 편한 말은 아닐 게 분명했다. 그는 선인이 하계에서 해야 할 일을 명확히 알았고 또한 스스로가 과거에 옳은 일만 추구했던 사람이라 말했으므로, 스스로에 대한 비난이 아니어도 이 노인의 말들이 아프게 느껴질 것이 분명했다.

그러나 사예가 쳐다봐도 시건은 아무 말도 하지 않았고, 미동도 없이 가만히 앉아 있었다. 답답한 침묵이 이어졌다. 결국 사예는 그녀가 직접 입을 열어 궁금한 것을 묻는 수밖에 없었다.

"그래서 어르신께서 생각하는 것이 무엇입니까?"

양상과 이 노인이 시선을 마주했다. 그에 대한 대답은 양상이 했다.

"소생이 일전에 동하의 요선인 은공을 만났을 적에, 그가 그랬지요. 하계에 요선에 대한 선인들의 대우가 짐승을 다루듯 거침이 없고 오히려 그만도 못 하여, 도통 견딜 수가 없다. 실제로 그가 인간에게는 불필요한 해를 가하지 않고 오로지 선인들에게 그 불만을 품은 자였기에, 소생이 그와 손을 잡았소이다. 이 요선이 한낱 요괴로 출발하였으나 품은 뜻이 크고 심성이 악하지 않아 뜻을 함께해 볼 만하다, 생각했지요. 물론 그런 은공을 잡아들인 것은 장군님이셨고."

사예는 시건을 쳐다봤다. 양상의 말은 곧 심성이 나쁘지도 않은 요선을 오로지 요괴라는 이유로 잡아들였다는 것처럼 들렸다. 시건은 침묵했고, 양상이 그런 사예를 보고 웃었다.

"은공이 요괴의 본성을 억누를 수 없는지라, 군대를 부리고 피를 볼수록 그 성미가 포악해지더이다. 기어코 소생조차 막아설 수 없는 지경이 되었고 소생도 더 이상 은공과 뜻을 함께할 수가 없었소이다. 결국 은공이 흉포하기 그지없어졌을 즈음에, 장군이 힘을 써 은공을 잡았지. 소생이 그때 개인적으로 장군과의 마주침이 참으로 인상 깊었던지라, 장군과도 더 깊은 대화를 나누고 싶었소. 물론 장군이 참으로 굳건한 태도로 그조차 거부하였지만. 소생이 그때 장군에게 들은 말은 그야말로 역사서에서나 읽을 법한, 천서제 시절에나 일컬어졌을 선인 관리의 의무라."

양상은 고개를 절레절레 저었다. 그는 비어 버린 찻잔을 손안에서 굴리며 말했다.

"현실은 다르다는 것을 이제 인정할 때가 되었소. 하계로 내려온 선인 관리들의 패악이 정도를 넘어섰소이다. 하계 감사는 하계에서 무슨 일이 일어나든 그저 시간의 몫으로 남겨 둔 채 손을 떼고 음주가무만 즐긴 지가 벌써 수백 년이오. 감사부에 자리 잡고 있는 선인들은 하계에는 관심이 없소. 그리고 선계에 있는 선인들도 하계에는 관심이 없겠지. 이게 옳은 일이오? 이 선계와 하계가 옳게 굴러가고 있는 것이오? 아니지. 그른 것을 옳게 바로잡을 때가 되었소이다. 그럼 대체 남은 것은 무엇이겠소이까?"

양상이 찻잔을 탁 소리 나게 내려놓았다. 시선을 내리깐 채로, 양상의 옆에 앉은 이 노인이 말했다.

"선인과 인간의 삶을 이해하지 못하고, 이해하려고 들지도 않습니다. 그런 선인들이 이대로 계속 인간들을 다스리는 일은 불가할 것입니다. 이제 선인들은, 스스로의 잘못을 인정하고 이 하계에서 물러나야 할 겁니다."

사예는 본의 아니게 굉장히 난감한 상황에 빠졌다. 그녀는 이런 대화에 낄 입장이 전혀 아니었다. 당황한 마음으로 앉아 있던 그녀는 연신 시건을 쳐다봤다. 시건은 여전히 말없이 그 자리만 지키고 있었다. 참지 못하고 사예는 이번에도 그녀가 입을 열었다.

"선인이 물러난다면 하계는 누가 다스립니까? 어찌 하계와 인간들을 보호한단 말입니까?"

사예의 물음에 양상이 다시 입을 열었다.

"여선님께서는 현재 안희제와 명계 귀제(鬼帝)의 사이가 좋지 않다는 사실을 아시오?"

"명계 귀제?"

이 말은 확실히 의외인지라 시건조차 의문이 서린 얼굴로 양상을 쳐다봤다. 명계는 천제가 명수인을 찍은 인간들의 영혼이 가는 곳으로, 그곳에서 영혼을 심판하는 이가 바로 귀제였다. 귀제의 심판을 받은 인간의 영혼은 명계에서 오랜 시간 벌을 받은 후, 다시 하계의 인간으로 환생할 수가 있었다. 그런데 그런 귀제가 갑자기 왜 나오는지 사예로서는 이해할 수 없었다.

양상은 고개를 끄덕이곤 말을 이었다.

"본래부터 명계에서는 불만이 많았소이다. 그 옛날부터 천제가 직접 인간의 생과 사를 결정하였지. 천제의 결정으로 죽은 인간 영혼을 저승사자가 데려오면, 명계의 주인인 귀제가 그들을 앞에 두고 죄를 물어 벌을 내렸고. 그러니 귀제는 충분히 알 수 있었을 것이외다. 천제가 명수인을 찍어 죽음을 결정한 이들이, 실상은 죄보다 삶의 고충이 더 많은 이들이었다는 것을. 그리하여 결국은 선인 관리들의 파탄을 더 이상 묵과할 수 없게 된 것이겠지. 아직 선제께서 살아 계실 적에, 그러니까 장군이 암굴에 들어간 후, 안희제 즉위 전이 되는군. 귀제는 결국 대대적인 선전포고를 했소이다. 천제가 가진 인적과 명수인에 대한 권한을 넘길 것, 그리고 하계에 내려와 있는 선인 관리들을 모두 거둬들일 것. 그리하여 앞으로 하계와 인간들의 생과 사를 명계에서 직접 관리하겠다고 말이오."

사예는 말도 안 되는 일이라 눈을 크게 떴다.

"그게 무슨 소리요? 하계와 인간을 명계에서 다스리다니? 명계는 오로지 영혼의 세상이요, 귀제는 영혼들을 다스리는 자가 아니오?"

사예는 물론, 시건으로서도 이해할 수 없는 이야기였다. 양상은 그런 두 사람을 보며 씨익 웃었다.

"허나 그도 일리가 있소이다. 어차피 그 영혼이란 하계에서 올라온 인간의 영혼이외다. 귀제의 말인즉 본디 인간의 사후를 명계에서 관리하고 있었다 이 말이지. 더불어 앞으로는 인간의 사후뿐만 아니라 그 이전까지 직접 다스리겠다는 것이외다. 소생은 차라리 그것이 낫다고 보고 있소. 선인들의 군주나 다름없는 천제께서는 선계만을 다스리는 것이 더 적합하지 않겠소이까? 또한 귀제는 그 본래 의무가 인간사를 공정하게 따지고 그에 적합하게 심판을 내리는 것이니, 한쪽으로 치우쳐 공정함을 잃는 행위는 하지 않겠지. 오히려 하계 인간들이 선인에 의해 피해를 보거나 그에 따른 불이익을 받는 경우가 줄어들 가능성도 있소이다. 물론 심판을 내리는 것과 다스리는 것은 엄연히 다른 문제요. 솔직히 그에 대해서는 소생 또한 귀제를 직접 마주한 일이 없어 장담할 수 있는 바가 없소. 어차피 소생이 귀제보다 우선적으로 마주해야 할 이들은 바로 하계에 있는 선인 관리들이니까. 허나 귀제가 적어도 고려해 볼 만한 대안인 것은 사실이지."

양상은 잠시 말을 끊었다가 이어 말했다.

"헌정제께서는 명수인과 인적에 대한 권한을 포기하지 않으셨소이다. 그리고 제위를 선양하셨고, 결과적으로 상황은 점점 더 악화되어 지금 귀제와 천제는 언제 불붙을지 알 수 없는 관계. 제위에 오른 지 얼마 안 되는 안희제께서는 명계에 날을 세우느라 하계에는 더 신경을 쓰지 못하고 있고, 그 덕분에 하계는 악순환의 반복이라오."

사예는 당황으로 말을 이을 수 없었다. 그녀는 그동안 숨어 사느라 제대로 알지 못했던 선계의 사정을, 그제야 제대로 알았다. 그리고 그건 아마 시건도 마찬가지일 터였다. 양상은 아까부터 줄곧 조용히 앉아만 있는 시건을 똑바로 응시했다. 그러고는 한 점 흔들림도 없는 목소리로 말했다.

"장군. 소생은 장군이 아직도 그토록 굳건하던 선인의 의무를 주장할 거라고는 생각하지 않소이다. 장군의 가문이 어찌 역적이 됐는지는 소생은 모르오. 허나 적어도 장군이 대역죄를 짓지 않을 이라는 것 정도는 알지. 헌데도 장군은 이대로 있으실 셈이오? 이 하계를 보고도? 현재 천제 폐하를 대신하여 하계를 다스리는 선인 관리들이 제대로 그 역할을 하고 있다고 보오? 아직도 장군의 생각에는 변함이 없소?"

양상이 굳은 얼굴로 내뱉는 목소리는 점차 격앙되었다. 그는 시건을 향해 말했다. 억누르고 억눌러도 결국 숨길 수 없는, 그의 뜨거운 이상으로 점철된 목소리로.

"역적이 역적이 아니게 되는 방법은 오직 하나뿐이외다, 장군."

그 짧은 말로, 시건에게 그가 뜻한 바를 전달했다. 시건은 끝내, 대답하지 않았다.

❈ ❈ ❈

불편하기 짝이 없는 식사와 후식 시간이 지났다. 그 불편한 자리에서 이어진 양상의 말에 시건이 한 대답은 참으로 그다운 대답이었다. 그는 그저, 역적에서 벗어나기 위해 역적이 되라 하는군, 하고 말했다.

양상은 처음부터 시건이 쉽사리 마음을 돌리지 않을 것을 예상한 듯, 그저 미소 짓고 물러났다. 대화가 멈추자마자 사예는 얼른 그 자리에서 벗어났고, 그대로 방에 들어가 아침에 들은 모든 것을 잊어버리기 위해 애썼다. 그러나 아무리 잊으려고 해도 쉽게 잊을 수 없었다.

결국 홀로 방에 있는 게 답답해진 사예는 방에서 슬그머니 나왔다. 바람이나 쐴까, 아니면 여기다 또 술시를 만들까 고민하며 그녀는 마루를 돌아다녔다. 삐걱삐걱 소리 나는 나무 마루를 밟다가 마루 끝에 시건이 걸어가고 있는 것을 발견했다.

아침부터 왠지 다가가기 힘들다고 생각했던 사내는 이제는 완전히 먼 사람처럼 거리감이 느껴졌다. 그의 분위기가 너무 무거워서 주변마저 지하로 푹 꺼진 것 같았다. 그냥 혼자 있게 두는 편이 낫겠다고 생각하던 찰나에, 시건의 시선이 잠깐 사예에게 닿았다. 눈이 마주친 상황에서 그냥 무시하고 갈 수도 없어서, 그녀는 시건에게 다가갔다. 다가가서는 시선을 피하며 복화술이라도 하듯 제대로 입도 안 열고 중얼거렸다.

"……표정 좀 펴시오. 누가 보면 하늘 무너진 줄 알겠소."

말하고 보니 시건의 입장에서는 하늘이 무너진 것이나 진배없나 하는 생각도 들었다. 그녀는 괜히 눈치를 보며 말을 걸었다.

"하계 상황이 생각보다 더 심각한 모양이오……."

"그런가 보군."

"어찌할 셈이오?"

"무엇을?"

"아까 도사님 말이오. 그쪽한테 손을 잡자고 내민 거잖소."

"내게 선택할 권리가 있나."

"없소?"

사예가 어리둥절해서 묻자 시건이 사예를 빤히 쳐다봤다. 사예가 눈만 깜빡거리자 시건이 대답했다.

"그대 역적이 되고 싶지 않다고 하지 않았나."

"어……. 그건 그랬지."

사예는 고개를 끄덕였다. 설명을 기다렸지만 시건은 그 이상 입을 열지 않았다. 시건의 말을 곰곰이 생각하던 그녀가 말했다.

"그 말은 내 뜻대로 하겠다는 말이오? 내가 도사님이 한 말이고 뭐고 난 알 바 아니고, 그저 그대를 태수에게 바치고 선계로 돌아가겠다고 말하면, 그대도 내 선택을 따르겠단 말이오?"

"어차피 나는 그대가 아니었다면 그 암굴에서 나와 양상을 만날 일도 없었을 것이다."

“그……건 그런데. 아무리 그래도 그렇지, 그건…….”

사예는 어쩐지 난감해졌다. 갑자기 마음이 무거워졌다. 지금 시건은 그녀의 뜻에 자신의 모든 것을 맡기겠다고 말하고 있었다. 그러나 이런 상황에서 그 선택을 그녀에게 맡기는 것이 일반적인 일인지 알 수 없었다. 사예는 혹시나 하는 생각에 시건의 표정을 살폈다. 그러나 쳐다보는 시건의 얼굴은 농담을 하는 기색이 전혀 없었다. 전부터 했던 생각이 자꾸만 머릿속에 맴돌았다. 아무래도 이건 그냥 넘길 일이 아니다 싶었다. 사예는 결국 마음을 굳게 먹고 시건에게 물었다.

“내, 내게 흑심이 있소?”

“아니.”

“…….”

시건은 망설임도 없이 대답했고, 사예는 민망해졌다. 그리고 양상이 웃음을 터뜨렸다.

“푸하하하하하!”

사예의 얼굴이 확 달아올랐다. 그녀는 양상에게로 고개를 홱 돌렸다.

“지금 들었소? 엿들은 거요?”

양상은 웃으며 고개를 돌렸다. 그는 손에 서책 한 권을 들고 마당을 걸어가고 있었다.

“뭘 말씀이시오, 여선님? 아, 이 서책이 참으로 재미가 있네……. 하하하.”

양상은 손에 든 서책을 보며 가던 길을 계속 갔다. 계속 웃으며 걸어갔다. 그가 지나가고 보이지 않게 되고 나서도 사예는 여전히 달아오른 얼굴을 어찌할 방도가 없었다. 부끄러움에 두 손이 부들부들 떨렸다. 그녀는 눈을 질끈 감았다 뜨고는 시건을 째려봤다.

“알았소. 그럼 내 심사숙고하여 결정하도록 하겠소!”

사예는 몸을 홱 돌려, 오던 길을 되돌아갔다. 시건은 선 자리에 그대로 서 있었고, 그녀는 얼른 마루를 지나 그녀의 방으로 향했다. 돌아가는 걸음이 점점 빨라지고 숨이 차올랐다. 당장 어디 콕 처박혀서 모습을 숨기고 싶었다. 너무 부끄러웠다. 부끄러움에 달아오른 얼굴 가죽을 벗겨 내든 가려 버리든 뭐든 하고 싶었다. 망설임도 없던 시건의 부정 때문에 참을 수 없이 민망했다.

'됐어, 차라리 잘됐지! 나도 마음 편하고 좋지! 도사고 하계고 뭐고…….'

"여선님. 여선님."

"뭐요?"

사예는 짜증이 난 얼굴로 고개를 돌려 손짓을 하는 양상을 쳐다봤다. 양상이 책을 든 손은 뒷짐을 지고 다른 한 손은 그녀에게 흔들면서 미소 짓고 있었다.

"잠시 소생과 이야기 좀 하시겠소이까."

사예는 단 몇 마디 질문으로 그녀의 아침 식사를 모조리 망쳐 놨던 장본인을 향해 눈썹을 찌푸리곤 목소리를 내리깔아 말했다.

"나중에 하겠소이다."

"어어, 여선님."

사예는 양상을 무시하고 걸어갔다. 그는 다시 몸을 돌려 걸어가는 사예를 따라잡기 위해 신을 홀라당 벗고 마루로 올라왔다. 사예가 방으로 돌아가 막 문을 열려는 즈음에, 그녀를 열심히 쫓아온 양상이 말했다.

"듣자 하니 장군을 암굴에서 데리고 나온 건 여선님이셨던 모양이오."

사예는 문 앞에서 우뚝 멈췄다. 얼굴에 열이 다시 확 올랐다. 그녀는 문고리를 쥔 채로 눈을 감았다 떴다. 아까의 민망한 상황이 떠올라 도무지 태연하게 있을 수가 없었다. 그녀는 양상을 향해 고개를 돌리고는 이를 악물고 말했다.

"역시 엿들은 게 맞잖소."

"아니, 들으려고 들은 게 아니라……. 아하하. 어쨌든 미안합니다. 앞으로는 소생이 귓구멍을 요렇게 막고 다니지요~"

양상은 그러면서 한 손과 손에 든 서책으로 자기 귀를 막았다. 그러다가 눈을 동그랗게 뜨고 말했다.

"아니 하긴, 장군이 그리 대차게 부정을 했으니 여선님께서 더 이상 오해하실 일도 없겠구려! 그럼 소생이 귀를 안 막고 다녀도 되는 겁니까? 하하하하."

그 모습을 보며 사예는 문고리를 쥔 손을 부들부들 떨었다. 시간을 아주 조금 전으로 되돌리고 싶었다. 다시 아까 그 자리로 돌아가서 그녀에게 면박을 준 시건을 타박해 주고 싶었다. 아니, 그럴 수만 있다면 시건에게 그따위 질문을 하는 일부터 없었을 터였다. 그녀가 민망함과 화가 뒤섞여 거칠어진 숨을 내쉬는데, 양상이 웃으며 손을 저었다.

"아, 미안합니다. 본론으로 돌아가서, 거 소생이 듣자 하니 여선님은 아무래도 선계로 돌아가야 하는 모양이오."

"……그렇소."

"헌데 이 일을 어쩌나? 소생은 여선님을 결계 밖으로 내보내 줄 마음이 없는데."

"……지금 뭐라고 하셨소?"

사예가 눈썹을 찌푸렸다. 그녀가 들은 말을 의심하고 있는 사이, 양상은 시선을 이리저리 돌리며 주변 눈치를 살폈다.

"일단, 일단 좀."

"어어어."

양상이 팔을 뻗어 문을 열었다. 그러고는 사예의 방으로 밀고 들어갔다. 얼떨결에 사예도 끌려 들어갔다.

"뭐, 뭐요? 뭐……."

"쉿."

양상이 손가락으로 입을 가리며 뱀 같은 소리를 냈다. 문을 닫은 그가 사예에게 몸을 숙였다. 사예는 뒤로 슬금슬금 물러났다. 가까이 다가온 양상이 씨익 미소를 지으며 낮은 목소리로 말했다.

"아까 소생과 이 씨가 한 말을 들으니 어떻소이까, 여선님. 마음이 아프지 않소이까? 하계의 인간들이 불쌍하지 않소이까? 현 선, 하계의 상태에 극심한 문제가 있다는 생각이 들지 않소이까? 소생을 돕고 싶다는 의협심과 정의감이 막 활화산처럼 불타오르지 않소이까?"

"전혀."

사예는 가까이 다가온 양상을 피해 물러나며 선을 딱 그었다.

"미안하지만 도사님, 난 그 무엇보다 선계로 돌아가는 게 제일 중요한 사람이오. 도사님과 어르신의 말씀은 이해가 가지만, 나하고는 상관없는 일이오."

"너무하신 것 아니오? 이 모든 사달은 선인들로 인해 벌어진 일이외다. 하계 인간들은 아무런 죄도 없이 고통을 받고 있소. 그런데도 그저 상관없는 일이라 말하실 참이오?"

"내가 하계에서 비단옷 입고 고기 뜯었나? 나도 선계에서 무진장 힘들게 살았소. 남 도울 입장이 아니란 말이오."

"허허, 거참……."

흔들림 없는 사예의 태도에 양상이 고개를 절레절레 저으며 웃었다. 사예는 한 점 부끄러움도 없다는 듯 뻔뻔한 얼굴로 서 있었다. 그런 사예를 보고 한숨을 내쉰 양상은 곧 다른 사람처럼 진지한 얼굴로 바뀌었다.

"미안하지만 여선님, 아까 아침에 있었던 대화는 절대 밖으로 나가서는 안 되는 대화였소이다. 헌데 여선님이 들어 버렸잖소. 그러니 소생이 어찌 여선님을 세상 밖으로 함부로 보내 드릴 수가 있겠소이까. 그래도 소생이 인정은 남아 있는 바, 여선님께도 선택의 기회를 드리려고 했소이다. 여선님께서 선택하실 수 있는 길은 본래는 두 가지였소. 우리랑 뜻을 함께하시든가, 아니면 그냥 여기 평생 갇혀 사시든가."

"뭐요?"

사예는 어이가 없어서 목소리를 높였다. 양상은 얼른 다시 손가락을 들어 쉿, 하고 소리를 냈다.

"허나 여선님이 선계로 돌아가야 한다고 하고, 또 장군이 여선님의 선택에 맡기겠다고 하니, 소생이 생각을 바꾸기로 했소이다. 여선님께서 장군의 마음을 돌리시오."

사예는 입만 벌린 채로 양상을 쳐다봤다. 양상은 씨익 웃고는 말했다.

"그럼, 소생이 여선님은 이곳에서 빠져나가실 수 있도록 해 드리겠소이다."

"하."

사예는 어이가 없어서 헛웃음을 흘렸다. 그녀가 웃자 양상은 의아함에 눈을 크게 떴다. 사예는 하, 하, 하, 하고 몇 번 더 허탈한 웃음을 흘렸다. 그러다가 얼굴 위에서 그 의미 없는 웃음을 싹 지웠다. 그녀는 양상을 보고는 혀를 찼다.

"우리 어머니께서 하신 말씀이 하나도 틀린 바가 없소."

"여선님의 모친께서 뭐라고 하셨소이까?"

사예는 눈을 부릅떴다. 그녀는 양상을 향해 삿대질을 하며 말했다.

"우리 어머니께서 말씀하시기를, 천하에 옳고 그른 거 따지며 자기 가는 길이 옳다 고집부리는 이들 중에, 진정 옳은 길을 가는 이가 하나도 없다고 하셨소이다! 협박이나 해서 발을 묶고 자기편으로 끌어들이는 게 도사님이 생각하는 바른 하계를 만드는 방법이오? 요선은공이 왜 변했는지 알 만도 하오. 도사님이 옆에서 이런 식으로 치사하게 행동을 했으면, 정신머리 제대로 박힌 선인, 아니 신선이라도 미쳐 날뛰지 않을 수가 없을 것이오!"

사예는 눈만 깜빡이고 있는 양상에게 팔을 걷어붙이며 본격적으로 따졌다.

"하계가 어쩌고저쩌고 말은 그럴싸하게 하더만, 도사님은 생각부터가 틀려먹었소. 큰일을 하겠다는 사람이 협박부터 하는 건 대체 무슨 경우요? 얕은 수작으로 관심도 없는 사람 끌어들이는 모양새를 보아하니 더 볼 것도 없소. 그딴 식으로 해서는 도사님이 무슨 수를 써도 도사님 생각대로 성공하지는 못할 것이오! 언젠가 뒤에서 칼이나 맞지 않게 조심하시오!"

사예는 실컷 따지고는 더 말할 것도 없다는 듯 팔짱을 끼고 고개를 돌려 버렸다.

"뭐, 결계가 어쩌고 어째? 내 힘으로 나가면 되지, 참나."

그녀는 숨도 쉬지 않고 말하느라 차오른 숨을 급하게 내쉬었다. 그녀가 숨을 고르는 동안 양상은 침묵을 유지했다. 조용히 사예의 말을 듣고 있던 양상은 한참 만에 겨우 입을 열었다.

"여선님, 그리 말하면 소생이 양심의 가책이라도 느낄 줄 아셨소이까?"

"뭐요?"

사예는 눈을 크게 뜨고 양상을 쳐다봤다. 양상은 사뭇 진지한 얼굴로 말했다.

"여선님에게 중요한 것이 따로 있듯이, 이 소생에게도 중요한 게 따로 있소이다. 그것은 누가 어떻게 받아들이고, 소생을 손가락질해도 달라지는 것이 아니오. 여선님이 뭐라고 비난을 들어도 좋으니 기어코 선계로 돌아가야 한다고 주장하는 것처럼 말이외다. 여선님의 말대로 치사하게 행동해서라도 이 소생은 반드시 이루어야 할 것이 있소이다. 그리고 그것을 이루자면 소생에게는 큰 힘이 필요하고, 류 장군이 암굴에서 나온 지금은 참으로 절호의 기회요. 소생은 류 장군이 어떤 장수인지 잘 알고 있고, 이런 기회를 놓칠 수는 없지. 해서, 소생의 생각은 바뀌지 않소이다."

아무 말도 못 하는 사예를 향해, 양상이 겨우 다시금 미소를 보였다. 그러나 그가 하는 말은 그 미소와 조금도 어울리지 않는, 상냥하지도 따뜻하지도 않은 말이었다.

"소생은 분명히 말했소이다, 여선님. 류 장군의 마음을 돌리고 여선님은 그저 아무것도 듣지 못했다 치고 선계로 조용히 돌아가시든가, 아니면 여선님과 류 장군, 그리고 소생이 이 씨와 함께 여기서 오순도순 정답게 살든가. 굳이 고민할 문제는 아니라고 보오. 더불어, 음양오행술과 도술은 그 근본부터가 다른 바, 여선님이 나가려고 한들 소생이 만들어 둔 결계를 쉬이 빠져나갈 수는 없을 것이외다. 도사 인생 400년을 걸고 장담하지요."

그 말을 마지막으로, 양상은 몸을 돌렸다. 끼익, 소리와 함께 낡은 문이 열렸다 닫혔다. 사예는 닫힌 문을 멍하니 쳐다보고 있었다. 당장 위험한 인물 같지는 않다고 생각했던 도사는 사실 굉장히 위험한 인물이었다.

'어머니께서…… 그 누구도 믿지 말라 하셨는데…….'

내 발등을 내가 찍었구나, 하고 사예는 생각했다.

✻ ✻ ✻

그 이후 멍하니 시간을 보내던 사예는 이대로는 안 되겠다고 생각했다. 도사가 일생을 걸고 장담을 했지만, 그녀는 작심한다면 도사의 결계를 깨지 못할 것도 없다고 생각했다. 사실은 도사의 결계가 뭐가 다른지, 도술이 뭐가 다른지도 명확히 몰랐지만, 그렇다고 이대로 손 놓고 약아빠진 도사의 수작에 놀아날 수는 없었다. 일단 결계에 대해 좀 더 살펴보자고 생각한 그녀는 벌떡 일어나 얼른 방에서 나왔다. 마루를 빠른 걸음으로 걸어가는데, 마당에서 하늘을 쳐다보고 있던 양상이 말했다.

"거, 산책이라도 나갈 거면 조심하시오, 여선님……. 괜히 결계의 끝에 잘못 걸려 이상한 곳으로 가 버리면 소생도 구할 방도가 없소이다……."

"이, 이상한 곳?"

"너무 이상해서 차마 입에 담을 수도 없는 그런 곳이지요, 하하……."

그게 뭐야, 하는 심정으로 사예는 양상의 뒤통수를 째려봤다. 양상은 뒤도 돌아보지 않고 말했다.

"결계와 결계 사이에 걸려 머리와 사지가 각기 다른 곳으로 날아갈 수도 있으니, 조심, 또 조심하시오……. 소생의 말이 허언 같겠지……. 그리 여기다 골로 간 사람 여럿 봤소이다……."

"……."

결국 사예는 차마 용감하게 담 밖으로 나가 돌아다닐 수는 없었다. 그녀는 조용히 그녀가 묵는 방으로 돌아와 그 앞 마루 위에 앉았다. 불편한 마음으로 앉아 있는데, 생각하면 생각할수록 아까 도사가 그녀의 속내를 알고 농을 한 것만 같은 느낌이 들었다. 이 도사를 대체 어찌해야 하나, 고민을 하다가, 도사의 결계에 대해 시건에게 물어볼까 고민했다. 그러다 지금 시건과 이야기를 나누기도 애매하다고 생각했다. 말하다 보면 저 도사의 치사한 협박에 대한 이야기를 해 버릴 것만 같았다.

'아, 내가 왜 이런 고민을…….'

솔직히 말하면, 도사의 말대로 해서 그녀에게 나쁠 것은 없었다. 짐처럼 딸린 역적을 처리하고 도사의 도움을 받아 선계로 돌아갈 수 있다면 그보다 좋은 일은 없을 터였다. 그건 그녀의 손으로 시건을 하계 태수에게 넘기는 것보다는 죄책감이 덜한 방법이기도 했다.

'아, 그런데…….'

사예는 고개를 푹 숙이고 바닥만 쳐다봤다. 차마 그렇게 할 수가 없었다. 그녀는 아침 식사 때에 제대로 말도 하지 않았던 시건을 떠올렸다. 그가 선인이자 장수로서 노력했던 모든 일이 부정당했다. 그리고 지금 양상이 제시한 길은 시건이 말했던 대로 역적이 되는 것이나 다를 바 없는 일이었다. 양상과 뜻을 함께한다면 누명이었던 것이 누명이 아니게 될 터였다. 그녀는 차마 시건에게 그렇게 하라고 할 수는 없었다. 그는 암굴에 갇힌 주제에 신의를 따지고, 역적이 된 상황에서도 천제를 두둔하던 그런 사내였다. 제 선친이 결코 역모를 저질렀을 리가 없다고 단호하게 부정하던 이였다.

"아, 정말……."

물론 그녀는 그런 것 따위, 신경도 쓰지 않아야 했다. 그녀는 수단 방법을 가리지 않고 선계로 돌아가야만 했다. 그런데 차마 그럴 수가 없었다. 그녀가 시건에게 갖는 감정은 너무 애매하고 복잡했다. 그녀는 시건에게 너무 많은 도움을 받았고, 그는 생각보다 상당히 괜찮은 사람이었고, 솔직히 말해서 그녀는 그에게 좀 미안한 부분도 있었다.

이제 사예는 그녀에게 이런 중대한 선택을 떠넘겨 버린 시건이 원망스러워졌다. 온갖 감정이 뒤얽혀 도통 깔끔하게 정리할 수가 없었다. 사예가 그렇게 한참 고뇌를 하고 있을 때, 양상이 그녀에게 또다시 슬그머니 다가와 귓가에 속삭였다.

"여선님."

"엄마야."

사예는 화들짝 놀라 고개를 들었다. 양상이 씨익 웃으며 그녀의 옆에 앉았다. 사예는 양상에게서 슬금슬금 떨어졌다.

"뭐요, 도사님? 지금 날 감시라도 하시는 거요?"

"아하하, 그럴 리가. 다만 여선님이 소생 때문에 너무 고민을 하는 것 같아 말이지요."

"알긴 아시네."

사예가 퉁명스럽게 대답해도 양상은 사람 좋아 보이는 얼굴로 웃었다.

"너무 그렇게 날 세우지 맙시다, 여선님. 좋은 게 좋은 거 아니겠소이까? 마음속의 벽을 허물고 대화를 좀 나눠 봅시다……. 그러다 보면 해답이 보일 수도 있지 않겠소이까."

"해답?"

양상은 고개를 끄덕였다.

"사실 소생이 궁금하지 않을 수가 없소이다. 여선님과 장군은 대체 어떻게 알게 된 사이시오? 암굴에서 데리고 나왔다는 건 또 뭐고?"

사예는 마음의 벽을 더 높게 세우기로 했다.

"알게 뭐람……. 신경 끄시오."

"에이, 여선님. 말 좀 해 봅시다. 혹여 그 사정이 지극히 감동스러우면 소생이 여선님의 사정을 배려하여 마음을 돌려먹을 수도 있지 않겠소이까?"

"퍽이나 그러시겠소. 내가 그렇게까지 사람 보는 눈이 없는 줄 아시오? 저리 가시오."

사예는 말은 그렇게 하고는 그녀가 자리에서 일어나려고 했다. 양상이 어어, 하고 놀란 소리를 내고는 급하게 말했다.

"알았소, 알았소. 그럼 여선님, 이거라도 답해 주시오."

"또 뭐요?"

"여선님 신수가 용인 까닭이 대체 뭐요?"

사예는 지친 얼굴로 양상을 쳐다봤다.

"나도 도사님한테 여쭤 볼 게 있소. 도사님은 어찌 그리 궁금한 게 많으시오? 질문하다 대답 못 듣고 죽은 귀신이라도 붙으셨소?"

"아, 이 도술이란 게 본디 천하 모든 일에 의문을 품는 데서 시작하는 것이라. 하하하. 듣기에 불편하셨다면 사과하겠소이다. 헌데 용을 신수로 둔 선인을 보면 누구라도 궁금해하지 않겠소이까. 소생이 생각하기를, 여선님의 신수가 용이고, 또한 여선님이 선계에서 살기가 힘드셨다고 함은 아무래도 그 신수와 관련이 있지 않을까 하는데. 소생의 말이 틀렸소이까?"

"……틀렸소. 완전히 틀렸소."

"강한 부정은 강한 긍정이라……. 어쨌든 좋소이다. 헌데 왜 선계로 돌아가고자 하시오?"

"무슨 소리요? 선인이 선계로 돌아가는 게 당연하지."

"흠, 그 말인즉 하계에 오고 싶어서 온 것은 아니고 관리로 명받아 온 것은 더더욱 아니라 이 말씀이시군? 그럼 뭐지? 발이라도 삐끗해서 구름에서 떨어지셨나? 선인이니 그랬을 리가 없고, 그럼, 무슨 사고라도 당하셨나?"

"……."

사예는 이 도사와 말을 나누면 나눌수록 그녀에게 안 좋은 일만 된다는 것을 깨달았다. 입을 꾹 다물고 다시 일어서려고 하는데, 양상이 하하하 웃음을 터뜨렸다.

"알았소이다, 여선님. 소생이 단 한 마디만 하겠소이다."

"어디 한번 해 보시오. 내 숲에서 도와준 은혜를 보아 들어는 주겠소."

"고맙소이다. 은혜를 갚을 줄 아시는 여선님이시군. 여선님이 고민을 많이 하시는 것 같아 하는 말이오. 고민을 하는 이유는 여선님이 본인 사정 아닌 일에는 눈조차 돌리지 않는 협소한 성미인 척하지만, 실상은 그런 사람이 아니기 때문이겠지."

"아, 우리 어머니보다 더하시네. 한 마디가 그렇게 긴 줄 내 처음 알았소."

"알았소이다, 알았소이다. 이왕 류 장군의 입장을 생각해 준 김에, 좀 더 깊게 생각해 주시오."

"뭐라고?"

"여선님께서는 본래 류 장군과 어쩔 셈이셨소? 계속 함께 있으실 생각은 아니셨겠지."

사예는 대답하지 못했다. 짧게 한 말이 정곡을 찔렀다. 그녀가 아무 말도 하지 못하자, 양상은 다 알고 있다는 얼굴로 고개를 끄덕였다.

"어차피 이 상태로 세상 밖으로 나가 봐야 암굴로 도로 들어가게 될 운명이오. 그리 썩히기엔 아까운 인품이고, 아까운 재주요. 조금이라도 더 천하를 위해 쓰게 하시오. 류 장군이 류가에서 유일하게 살아남은 것 또한 결국 그런 뜻이 아니겠소이까."

그 말을 끝으로, 양상은 자리에서 일어났다. 사예는 멀어지는 흰 도포를 빤히 쳐다봤다. 양상의 말이 맞았다.

'어차피 이 상태로는…….'

사예는 영 편치 못한 얼굴로 한숨을 푹 내쉬었다. 그냥 무심결에, 도사가 400년을 헛살지는 않았구나, 그리 생각했다.

✽ ✽ ✽

해가 지고 어둠이 내렸다. 붉은색을 무서워하는 도깨비들은 해 질 무렵엔 무조건 집 안에 숨거나 낮잠을 자곤 했으므로, 조용하기 짝이 없는 저녁이 지나갔다. 해가 완전히 다 진 후에 겨우 숨어 있다 나온 도깨비들이 저녁 식사를 준비해 줬다. 저녁 식사를 하고 방 안에서 여유로운 한때를, 아니 사실은 지루하기 짝이 없는 시간을 보내던 사예는 결국 문을 박차고 밖으로 나왔다. 달이 뜬 하늘을 바라보고 밤공기를 마시며 이 혼란스러운 마음을 가라앉히려고 했다. 열고 나온 방문을 닫고 돌아서자마자 그녀는 깜짝 놀랐다.

"으아아."

그녀는 얼른 화기를 움직여 불꽃으로 주변을 밝혔다. 그녀의 오행궁에서 나와 생긴 불꽃이 어둠 속에 서 있는 사람의 얼굴을 제대로 비췄다. 사예는 숨을 급히 들이마셨다가, 다시 내쉬었다. 안도의 한숨을 내쉬며 그녀는 놀란 가슴을 손으로 쓸어내렸다.

"야밤에 대체 뭐 하는 거요?"

사예는 어둠 속에 검은 옷을 입고 서 있는 시건을 보곤 타박을 했다. 그는 마당에 서서 하늘을 보고 있었던 모양이었다. 그녀는 그가 마주 보이는 마루에 걸터앉았다. 안 그래도 검은 사내가 검은 옷까지 입고 한밤중에 무표정한 얼굴로 서 있으니, 명계에서 영혼 잡으러 오는 저승사자가 딱 저리 생겼을 것 같았다. 사예는 만든 불꽃을 없앴다. 상대가 누구인지 알았으니 두려울 것도 없어 구태여 불꽃을 만들 필요는 없었다. 어둠에 익은 눈이 달빛을 의지해 겨우 구분은 할 수 있을 정도였다. 사예는 잠시 시선을 돌려 주변을 살피고는, 마침 잘 됐다 생각했다. 그녀는 얼른 시건에게 손짓을 했다.

"이리, 이리 좀 와 보시오."

시건은 별 반응 없이 그녀에게 다가왔다. 그녀는 그녀와 조금 떨어진 자리를 손으로 툭툭 두드리며 말했다.

"여기, 여기 좀 앉아 보시오."

시건은 이번에도 별말 없이 그녀의 옆에 다가와 앉았다. 사예는 지척에 앉은 시건을 차마 쳐다보지 못하고 달만 쳐다봤다. 어색한 침묵이 흘렀다. 사예는 마루에 앉아 허공에 뜬 버선발을 앞뒤로 흔들고만 있다가, 겨우 입을 열었다.

"다, 달이 참 밝네."

"그래."

그리고 대화가 끊겼다. 사예는 답답한 마음에 입술만 연신 잘근잘근 깨물었다. 어색한 분위기는 여전했다. 대체 어떻게 말을 꺼내야 할지 고민하던 사예는, 에라 모르겠다, 하는 심정으로 입을 열었다.

"아까 도사님이 나한테 협박을 했소. 그쪽이 마음을 돌리면, 나를 여기에 친 결계 밖으로 내보내 준다고 하오. 안 그러면 나를 내보내 주지 않겠다고."

사예는 어느새 긴장으로 바싹 마른 입술을 축였다. 그녀는 애써 어둠만 내린 하늘을 응시하며 말했다.

"그리고 그쪽이 나한테 선택하라고 말했지 않소."

"그래."

"그래서 말인데……."

사예는 차마 말을 잇지 못하고 망설였다. 침을 꿀꺽 삼켰다. 다시 입술을 축이고, 다시 침을 삼키고, 또 아랫입술을 깨물었다. 그러는 동안 시건은 그저 그녀가 말을 잇기를 기다렸다. 결국 견디다 못한 사예는 한숨을 내쉬고는 말했다.

"아, 나는 진짜 모르겠소. 하계가 어떻든 난 그런 것은 관심도 없소. 그래서 아까 도사님이 한 말도, 이 노인이 한 말도 그냥 한 귀로 듣고 한 귀로 흘려들었소. 어차피 나랑은 상관없는 일이니까. 근데, 그쪽은 아니지 않소?"

사예는 결국 시건을 쳐다봤다. 시건도 사예를 쳐다봤다. 그렇게 마주친 서로의 눈은 달빛만 담고 있었다. 어둠에 묻힌 얼굴의 선이나 겨우 비춰 줄 정도로 나약한 빛이었다. 사예는 아무 말도 하지 않고 표정 변화도 없는 시건을 보며 답답해서 캐물었다.

"내가 묻지 않을 수가 없소. 아까 무슨 생각을 했소? 아까 도사님이나 어르신이 한 말을 듣고 뭔가 생각한 게 있을 것 아니오?"

시건은 금방 대답하지 않았다. 사예는 대답을 듣겠다는 의지로 눈도 깜빡이지 않고 그를 쳐다보다가, 결국 쉽사리 대답이 나오지 않자 고개를 돌렸다. 말 없는 상대인 건 익히 알고 있었지만 갈수록 더 심한 것 같았다. 다시 한숨을 푸욱 내쉬는 그녀를 보며 시건이 결국 입을 열었다.

"양상이 하고자 하는 일은 옳은 일이 아니다."

"그놈의……."

옳은 일 타령, 귀에 딱지가 앉겠다, 하고 사예는 중얼거렸다. 그녀는 시건을 똑바로 보고 진지한 표정으로 말했다.

"우리 어머니께서 말씀하시기를, 세상에서 제일 의미 없는 일이 옳고 그른 일을 따지는 것이라 하셨소. 천하에 옳고 그른 일이 정해져 있는 것이 아니오. 그건 사람과 상황에 따라 천차만별로 달라지는 일이라, 그것을 따지는 데 시간을 쓰는 것은 전혀 의미가 없는 일이오. 보시오. 그 도사님도 옳은 일을 하려고 하고, 그대 역시 옳은 일을 하려고 했던 거 아니오. 둘 다 옳은 일을 하려는데 왜 생각이 전혀 다른 것이오?"

사예는 대답 없는 시건을 보며 마치 어린아이 타이르듯 말했다.

"옳은 것은 정해져 있는 것이 아니고 만들어 가는 것이라 했소. 가문의 역모가 누명이었다 하지 않았소? 옳다고 생각하는 일만 하는 게 꼭 옳은 일이 아닐 수도 있음을 알았다 하지 않았소?"

"……그래."

시건은 나지막하게 대답했다. 그는 어쩐지 웃음이 나올 것 같았다. 사실 그는 이미 모든 것을 놓아 버렸다. 의지도, 선택하고자 하는 마음도 남아 있지 않았다. 그저 떠도는 구름처럼 상황에 수동적으로 몸을 맡기고 있었다. 그래서 떠넘긴 것이다. 어린 여선에게, 그가 해야 할 무거운 선택을 떠넘겼다. 솔직히 아무래도 상관없다는 마음으로.

그러나 어린 여선은 그가 했던 궤변으로 그를 설득하고 있었다. 그저 게으르고 나약해진 마음으로 내뱉었던 궤변이었다. 그런데 그 궤변이 진정 그에게 필요한 답이었음을 누가 알았으랴. 사예가 그걸 기억하고 그에게 말하는 게 어쩐지 즐겁게 느껴져서, 그는 사예가 하고자 하는 말이 뭔지를 이해했음에도 그 이상 입을 열지는 않았다.

"세상 사는 데 융통성이 필요한 법이오. 내가 봐도 도통 선인들이 이 하계에서 제대로 역할을 해내고 있는 것 같지는 않소. 그 눈으로 보기에도 그렇지 않소? 그쪽도 이미 답을 알고 있소. 그리고 그건 나한테도 답이기도 하지. 그쪽이 이곳에 남고 나는 선계로 돌아가면, 실상 내게도 마음에 걸릴 것이 없소. 댁을 태수에게 바치고 선계로 올라가는 것은 나 또한 마음 편한 일이 아니오."

"그런가."

"당연하지."

사예는 입술을 삐쭉 내밀며 대답했다. 말을 하면서 오히려 마음이 조금씩 후련해지는 것을 느꼈다. 스스로조차 정리되지 않은 상황이 말로 내뱉으며 정리가 되다니 스스로도 기이한 일이었다. 말을 하는 게 점점 편해졌다.

"그래서, 차라리 그쪽이 여기 남았으면 좋겠소. 아, 이게 꼭 그 얄미운 도사님 말대로 하는 것 같아서 꺼림칙하긴 한데. 어쨌든, 옳은 일만 하다 그 지경이 되었으니, 이번에는 꼭 옳은 일이 아니더라도 옳은 일이 될 수도 있는 일을 해 보시오. 끝에 가서는, 어쩌면 그것이야말로 옳은 일이 될지도 모르지. 그쪽은 인간들을 위해 해야 하는 일이 뭔지 잘 알고 있으니, 설령 그 방도가 어긋난다고 한들 잘못된 일을 하지는 않을 것 같소."

시건은 사예를 빤히 쳐다봤다. 달빛만 담은 눈에서 반짝반짝 빛이 났다. 그가 인정한 여선은 그 빛나는 재기로 그에게 답을 주고 있었다. 그가 내려놓고 떠넘긴 짐들을 대신 들어 준 것은 아니었다. 다만 그것을 다시 들 힘을 그에게 줬을 뿐이었다. 그리고 사실은 그것이야말로 그에게 제일 필요한 도움이었다. 그에게는 놓아 버린 것들을 다시 들 마음이 생기게 할 수 있는 무언가가 필요했다.

"암굴에서 그대 신수를 찾아오라 말했던 당당함은 어디에 갔소? 아비가 역적이라는 말에 보이던 기세는 어디로 갔소? 암굴로 다시 돌아가면 아마 그 모든 것을 잃어버린 채로 남은 생을 살겠지. 물론 저 도사와 뜻을 함께해도, 언젠가 다시 암굴로 돌아가게 될 수도 있지만."

"어쩌면 이번에야말로 이 목이 떨어질 수도 있겠지."

그리고 사실은 그것이야말로 그가 처음 암굴에 갇힐 때 바라던 바였다. 차라리 아버님과 함께 죽여 달라고, 그는 간절히 빌었다. 어둠 속에 홀로 남았을 때는 결국, 함께 죽지 못할 바에야 반드시 살아 돌아가겠다고 생각했다. 유일하게 살아남았기에 해야 할 일이 있었다.

잃어버린 명예, 이름, 하늘. 되찾아야만 하는 것들이, 어둠 속에 묻혀 있다가 다시 되살아났다. 그건 달빛과 함께 그를 향해 빛나는 눈동자에서부터 되살아났다. 어둠 속에서도 선명해서 놓칠 수 없는 빛이었다.

"어쩌면 그럴지도 모르지. 하지만 말이오, 그때 내게 그랬지. 용수궁에 가 천제 폐하께 고하라고. 북하의 상태에 대해서, 하계의 상태에 대해서."

"그래."

"생각해 보니까, 그런 건 해야겠다고 생각한 사람이 해야 되는 거 아니오? 그러니 그쪽이 하시오."

"무슨 의미인가."

"역적이 암굴 밖으로 나와 하계를 휘젓고 다니면 천제 폐하께서도 하계에 관심을 안 가질 수가 없겠지. 솔직히 아침에 들은 말이 틀린 말이 아니오. 나는 선계 있을 적에 구름 아래 하계가 어떤 상황인지도 몰랐고, 전혀 관심도 없었소. 어쩌면 천제 폐하도 마찬가지일지도 모르지. 폐하께서 편협한 이도 아니고, 올곧은 분이라 그 입으로 직접 말하지 않았소. 정말 그분께서 그런 분이라 내게 교서를 보내신 거라면, 그쪽 사정도 하계의 사정도 몰라주지는 않을 것이오. 물론, 그리하면 좀 위험할 수는 있겠지만, 그래도 그저 어두컴컴한 암굴에 갇히는 것보다는 일말의 가능성이 생기는 것 아니겠소?"

시건은 사예에게서 눈을 떼지 않았다. 사예는 대답을 기다리는 것처럼 그를 응시하고 있었다. 그는 이미 대답을 가지고 있었고, 그 대답을 전달하는 것은 어렵지 않았다. 그러나 그는 차마 입을 열어 대답할 수가 없었다. 말보다 다른 것이 더 먼저 대답하고 싶어 했다. 달빛이 겨우 비춘 얼굴에서 그의 시선은 떨어지지 않았다. 갸름한 얼굴선에, 눈과 코, 그리고 그 아래 자리 잡은 입술. 그를 다시 일어서게 할 말들을 조리 있게 쏟아 낸 그 작은 입술에서. 그 입술이 건네는 말씨 하나하나가 어찌나 야무진지 이대로는 그냥 넘어갈 수 없는 기분이었다.

덕분에 사예는 어쩐지 아까보다 조금 가까워진 시건의 얼굴을 봤다. 입술의 당사자인 그녀는 시건의 눈에 잡힌 듯 가만히 있었다. 순간 이게 아닌데, 하는 생각이 들었다. 그러나 그러면서도 그녀는 움직이지 않았다. 달빛도 채 비추지 못한 검은 눈동자가 조금씩 가까워지는 것을 느꼈다. 다가오는 눈동자의 빛깔은 한 번 닿으면 그 흔적이 쉬이 지워지지 않을 먹의 깊은 빛깔이었다.

왜 이렇게 되는 거지, 하는 생각이 계속 들었지만 그녀는 눈만 크게 뜬 채로 가만히 있었다. 어떤 상황인지 알 것 같은데 왠지 몸을 움직일 수가 없었다. 피하는 방법을 잊어버린 사람처럼, 그저 어떻게 하지, 하고 생각했다. 어둠과 달빛, 분위기에 모든 것이 잠식되고, 뒷일을 예상한 마음만 살아서 주체할 수 없이 뛰고 있었다. 침을 꿀꺽 삼켰다. 그녀는 시건의 얼굴이 더 가까워지는 것을 더 이상 못 보겠다고 생각했다. 그래서 그저 눈을 질끈 감았다.

그리고 그 순간, 뒤에서 양상이 말했다.

“거 달빛 차암 밝고 좋다.”

사예는 소리를 지를 뻔했다. 그녀는 저도 모르게 그 자리에서 벌떡 일어나 고개를 홱 돌렸다. 마루 안쪽에 서 있는 양상을 발견하자마자 고함이 튀어나왔다.

“뭘 자꾸 엿들으시오!”

“소생이 엿듣긴 뭘 엿들었다고 그러시오. 소생은 그저 휘날리는 바람 소리를 듣고 영롱한 달빛을 감상했을 뿐…… 하하.”

양상은 웃으며 몸을 돌렸다. 혀를 차며 그가 말했다.

“야밤에 거참 남사스러워서…….”

사예는 치맛자락을 꼭 잡은 채로 몸을 부들부들 떨었다. 양상은 하하하, 웃으며 벽을 돌아 사라졌다. 사예는 민망하고 부끄러워 도통 참을 수가 없었다. 멀어지는 양상의 웃음소리가 그렇게 얄미울 수가 없었다. 그녀는 그저 아랫입술만 깨물고 씩씩거렸다. 그리고, 내려트리고 있던 손 하나에 차가운 감각이 닿았다. 사예는 눈을 크게 떴다.

언젠가 느낀 적이 있는 차가움이었다. 일전과 같은 온도, 아니 그보다 더 찬 느낌이 그녀의 손을 감쌌다. 크고 차가운 손. 단단한 손가락이 치맛자락을 잡은 손가락을 풀었다. 그의 손이 당기는 힘에 의해 사예의 손이 이끌렸다. 그리고, 손가락 끝에 전혀 다른 감촉이 닿았다. 사예의 몸은 서 있던 그대로 경직됐다.

먼저 닿은 것보다 아주 조금 따뜻하고, 축축하고 물렁한 것이었다. 사예는 차마 고개를 움직여 그 느낌의 원인을 확인할 수 없었다. 그녀는 그저 굳은 상태로 서 있었다. 그러나 보지 않으니 감각은 더 극대화됐다. 젖은 촉감이 손끝을 물었다. 살짝 닿았던 것이 떨어졌을 때, 시건이 말했다.

"그대 옥수(玉手)에…… 상처가 덜 아물었군."

그녀의 손을 잡은 시건의 손에 힘이 들어갔다. 그의 손가락이 여린 손등을 지그시 누르다가, 그 위를 쓰다듬듯이 스쳤다. 잡혀 있던 손이 곧 허전해졌다. 스륵, 하고 움직이는 옷자락 소리에 귀가 집중됐다. 예민하게 신경이 집중된 귀에 이번엔 끼익, 하고 마루 밟히는 소리가 들렸다. 아주 작은 소리였으나 그 소리가 와서 박힌 듯 귀에 남았다. 끼익, 끼익하고 몇 번의 소리가 더 이어졌다.

그 소리가 멀어져 제대로 들리지 않게 되고 나서야, 사예는 느리게 고개를 돌렸다. 시건이 앉아 있던 자리는 비어 있었고, 그는 이미 그 자리를 떠난 후였다. 사예는 멍한 얼굴로 시건이 앉아 있던 자리를 쳐다보다가, 천천히 몸을 돌렸다. 멈췄던 숨통이 그제야 트였다.

흙을 그대로 밟아 버린 버선발을 털 생각도 하지 못하고 마루로 올라갔다. 그녀는 아무 생각도 하지 못하고 그저 방으로 돌아갔다. 늘어져 흔들리는 손이 그녀의 손이라고 생각할 수가 없었다. 본래 가지고 있던 열을 빼앗겨 식은 손과 반대로 얼굴은 뜨끈뜨끈했다. 차마 보지 못한 탓에 더 적나라하게 느낀 촉감만이 손가락 끝에 남았다.

四

유람의 끝

"제정신이 아니었나 보다."

사예는 아침에 눈을 뜨자마자 아무도 없는 방 안에서 혼자 중얼거렸다. 그녀는 이불 위에 누워 있다가 상체를 벌떡 일으켜 세워서는 밤의 일에 대해 다시 생각했다. 그녀는 자기도 모르게 손을 들어 쳐다봤다. 손끝에 그녀가 바늘로 찔렀던 자국이 남아 있었다. 그 자리를 보자마자 차마 보지 못했지만 닿았던 감촉과, 그 후에 들었던 낮은 목소리가 떠올랐다.

"그대 옥수에……."

"……아니, 아니."

그녀는 얼른 손을 도로 내려놓고 이불로 덮어 버렸다. 그렇게 밤의 기억을 다시 상기시키는 손을 눈앞에서 치워 버린 후에, 차분히 마음을 정리했다.

'아니, 나한테 흑심이 없다면서.'

그런데 왜 손에, 아니 그 전에, 하고 생각하며 사예는 눈썹을 찌푸렸다. 그 전에 양상의 방해로 진전은 없었으나, 분명 그녀는 상황이 어떻게 돌아가고 있는지를 알아차렸다. 그런데 더 이해할 수 없는 것은 움직이지 않았던 스스로였다.

'등신 천치가 맞았구나.'

움직이지도 않고 가만히 눈만 감았던 스스로를 욕하며 사예는 몸을 부들부들 떨었다. 차라리 양상이 방해한 게 다행이었다고 생각했다. 그녀는 입술을 꽉 깨물었다.

'왜 가만히 있었던 거야? 따귀를 때리든가, 소리를 지르든가! 뭘 하든 했어야지!'

스스로의 행동도 이해할 수 없었지만 시건이 한 행동은 더 이해할 수 없었다.

'나한테 흑심이 없다면서!'

거짓말이 아니고서야 그럴 수가 없다, 하고 계속 생각했다. 그 생각을 하느라 이불을 삐뚤빼뚤하게 접어 다시 폈다가 접고, 옷도 속치마를 겉치마 밖에 입었다가 벗는 등 누가 보면 부끄럽기 짝이 없는 짓을 반복했다. 저고리 고름을 자꾸 잘못 묶어 풀었다가 다시 묶기를 반복하면서 그녀는 계속 어젯밤에 대해 생각했다.

방에서 나와 소세를 하며 겨우 정신을 차린 그녀는 가기 싫은 마음으로 아침 식사를 하러 갔다. 식사는 저번처럼 이 노인과 양상, 시건과 사예의 소반 네 개가 한방에 준비되어 있었다. 소반 위에 식사는 잡곡밥과 간장 종지, 나물에 메밀묵무침으로 전날 아침과 같았다. 방안에는 먼저 와 있던 이 노인과 시건이 있었다. 사예는 방석을 끌어당겨 앉으면서 시건을 보지 않기 위해 필사적으로 노력했다.

마지막으로 양상이 들어오자 네 사람이 식사를 위해 한자리에 모였다. 양상은 제일 먼저 숟가락을 들며 이렇게 말했다.

"여선님, 밤새 평안하셨소이까?"

아주 평범한 물음이었지만 그 어조가 도통 범상치 않게 들렸다. 사예의 얼굴 표정은 저절로 굳었다. 양상은 천연덕스러운 얼굴로 그녀와 시선을 마주했다. 사예는 부러 환하게 미소 지으며 대답했다.

"물론이오, 도사님. 평안하지 않았을 리가 있겠소?"

"아, 그렇소이까? 참으로 다행이외다. 소생은 사실 잠을 잘 못 잤거든."

사예의 얼굴에서 미소가 사라졌다. 이 노인이 눈을 크게 뜨고 물었다.

"도사님, 간밤에 잠을 설치셨습니까?"

"아, 달구경을 하러 나갔다가 엄한 구경을 하고 왔으니 잠을 잘 수 있었을 리가 있나. 헛헛."

"이보시오!"

사예는 도무지 참을 수가 없어서 목소리를 높였다. 당황한 얼굴로 그녀가 목소리를 높이자 이 노인이 더 놀라서 사예를 쳐다봤다. 양상은 하하, 웃으며 말했다.

"아니, 여선님이 소생과 엄한 구경을 한 것도 아닌데 왜 그리 흥분을 하시오? 여선님은 간밤이 평안하셨다면서? 어서 식사나 하시지요~ 아, 거 밥맛은 차암 좋다."

그는 입을 크게 벌리고는 숟가락 가득 푼 밥을 한입에 넣었다. 사예는 천진난만한 얼굴로 식사를 계속하는 양상을 째려보다가, 참자, 참아, 하고 생각하며 그저 숟가락을 들었다. 입 안으로 들어오는 밥알이 까슬하고 목이 껄끄러워 도통 제대로 넘어가질 않았다. 시건은 아무 말도 하지 않았고, 이 노인은 어리둥절한 얼굴로 있다가 그저 식사를 계속했다.

그렇게 이상한 분위기로 식사가 진행되는 와중에, 시건이 웬일로 말을 꺼냈다. 그 말에 놀란 양상이 눈을 크게 뜨고 되물었다.

"응? 지금 뭐라고 하셨소, 장군?"

"내게 도술을 가르쳐 다오, 양상."

양상은 눈을 깜빡거렸다. 이해할 수 없어서 그는 사예를 쳐다봤다. 마찬가지로 놀라서 시건을 쳐다보던 사예는, 양상이 그녀를 쳐다보자 왜 날 쳐다보냐고 따지려고 했다. 그러나 바로 시건의 속내를 깨닫고는 아, 하고 소리를 냈다. 갑자기 웃음이 나왔다. 사예는 씨익 웃었다. 양상이 그 웃음에 불안함을 느낀 찰나, 사예가 친절한 어조로 설명했다.

"도사님은 모르시지, 참. 도사님이 그렇게 믿고 있는 여기 류 장군은 지금 신수를 잃어버려서, 부적이 없으면 술법을 '하나도' 쓸 수가 없다오. 그러니 도사님이 도술이라도 가르쳐 주지 않으면 그저 무병장수하는 인간과 다를 바가 없다 이 말이지."

사예가 일부러 강조하며 한 말을 듣고, 양상은 숟가락을 든 채로 굳어 버렸다. 그는 쉽사리 입을 열지 못했다. 한참 후에 그는 정말이냐고 시건에게 확인했다. 시건은 그렇다고 대답해 양상을 완전히 돌로 만들었다. 그 좋다는 밥도 제대로 먹지 못한 채 그대로 멈춰 있던 양상이 급하게 물었다.

"아니, 어째서?"

사예는 젓가락으로 나물을 집으며 새침하게 대답했다.

"어째서는 무슨 어째서? 역적이 되어 옥사에 갇혔는데 그럼 신수를 그냥 놔두나?"

"아니 그럼 신수도 없는데 그냥 몸만 홀랑 나온 것이오? 선인이?"

"그건 아니고 신수를 찾으려고 했는데 이미 없더라고."

"허."

양상은 쉽사리 말을 잇지 못했다. 그 모습을 보는 사예는 엄청 고소함을 느꼈다. 갑자기 밥맛이 좋아졌다. 그녀는 남은 식사를 아주 즐겁게 할 수 있었다.

✽ ✽ ✽

식사를 마친 후에 양상과 시건, 사예는 따로 마루 위에 자리를 잡고 앉아 있었다. 사실은 양상과 시건이 앉은 자리에 사예가 은근슬쩍 끼어들었다. 신선의 힘이라는 도술이 대체 어떤 힘인지 그녀도 궁금했다.

빛이 들어오는 나무 마루 위에 앉은 채로 양상이 시건에게 말했다.

"사실, 선인이 도술을 익히는 것은 매우 어려운 일이라오. 선인의 음양오행술은 기본적으로 천하를 분리시키는 개념인데, 이것이 도술과는 상당히 상반되는 측면이 있기 때문이오."

시건은 고개를 저었다.

"아니다. 음양오행술은 천하를 분리시키는 개념이 아니라, 천하에 대한 조화의 개념이다. 음양과 오행은 서로 조화를 이루는 천하의 가장 기본적인 요소이다."

양상이 웃음을 터뜨렸다. 그는 그럴 줄 알았다는 듯 고개를 끄덕이며 말했다.

"하하하. 그건 그런데, 그 조화라는 건 말이오, 장군. 일단 분리를 기본으로 하고 있는 개념이란 말이외다. 나누어져 있으니 서로 어우러져야 한다는 것 아니겠소? 처음부터 하나라면 조화를 이룰 필요도 없겠지. 실상 이 선, 하계는 어찌 보면 그 선인이 천하를 음양오행으로 구분하듯 모든 것이 명확히 분리되어 있다오. 선, 하계를 선인들이 다스려 왔으니 그게 당연하겠지. 허나 도술에서는 천하를 그리 이해하지 않는다오. 그러니, 장군이 도술을 익히려고 고생하느니 차라리 잃어버린 신수를 찾는 게 훨씬 빠르고 이로울 것이오."

양상의 말에 시건은 고개를 저었다.

"단순히 잃어버렸다고 말할 수 없는 것이, 내 봉인이 풀렸는데도 신수가 날 찾아오지 않고 있다. 표식이 나타나는 것으로 보아 계약이 깨진 것도 아닌데 내 부름에 응답하지 않는 것은 결단코 일반적인 일이 아니다. 상황이 어찌 된 것인지 알 수가 없으니, 무작정 내 신수를 찾아 나설 수도 없다."

양상이 곤란해하는 얼굴로 눈썹을 찌푸렸다.

"뭐, 상황이 그렇다면야. 하지만 소생이 이미 말했듯, 두 선인께서 도술을 익히는 것은 매우 어려운 일일 것이오. 간단하게 질문을 해 볼까."

양상이 손가락을 들어 올려 하늘을 가리켰다. 사예와 시건의 시선이 동시에 하늘로 향했다. 시선이 닿는 곳은 그저 파랗고 하얀 구름이 둥실 떠 있을 뿐이었다. 손가락을 든 상태로 양상이 물었다.

"저것이 무엇이오?"

"하늘."

양상의 물음에 시건이 망설임도 없이 대답했다. 양상은 그 대답을 기다린 사람처럼 씨익 웃었다.

"하지만 선인들에겐 땅이잖소."

시건은 이번에도 역시 조금도 망설이지 않고 대답했다.

"아니다. 선인들에게도 하늘은 하늘이고 땅은 땅이다. 구름을 딛고 산다고 하여 하늘이 땅이 되는 것은 아니다."

그 말에 양상은 다시 한 번 웃음을 터뜨렸다.

"아하하, 아, 좋소이다. 그럼 내 여선님께 묻지. 저것이 무엇이오?"

사예는 양상이 여전히 가리키고 있는 하늘을 쳐다봤다. 그녀는 빙긋 미소 짓고는 대답했다.

"땅이오."

시건이 옆에서 한숨을 내쉬었다. 사예는 그런 시건을 쳐다보지 않았다. 양상은 눈을 크게 뜨고는 물었다.

"오, 어째서?"

"선인들은 구름을 딛고 사니 선인들에게는 하늘이 땅이나 다름없지."

사예가 능청스럽게 대답하자 양상은 이번에도 웃었다. 그러더니 갑자기 표정을 굳힌 그가 시건에게 슬그머니 다가가 다 들리게 속삭였다.

"보시오, 저 여선님이 저 위가 땅이라고 주장하고 있지 않소? 미친 게 아니오?"

"이보시오!"

사예가 어이가 없어서 목소리를 높이자 양상은 허허 웃었다. 시건은 말없이 그저 양상을 쳐다봤다. 사예는 웃는 양상을 보며 답답해서 따졌다.

"대체 뭐요? 하늘도 아니다, 땅도 아니다! 다 아니면 그럼 저게 뭐란 말이요? ……아니, 잠깐."

말을 하던 사예는 갑자기 움찔했다. 그 모습에 양상이 눈을 크게 떴다. 시건도 사예를 쳐다봤다. 사예는 양상이 한 말을 곰곰이 되새겼다. 하늘도 아니다, 땅도 아니다. 그녀는 혹시나 하는 마음으로 눈을 가늘게 떴다. 그녀가 양상에게 물었다.

"도술의 근본이 '부정(否定)' 이오?"

"어!"

양상이 눈을 더 크게 떴다. 사예도 눈을 크게 떴다. 둘의 눈이 마주쳤다. 양상은 손가락을 들어 사예를 가리키다가, 무릎을 탁 치고 자리에서 벌떡 일어났다. 그 모습을 보며 사예는 옳거니, 하고 생각했다. 그녀의 답이 정답인 모양이었다. 난 신선이 됐어야 했나 봐, 하고 생각하며 사예는 이어질 양상의 칭찬이나 찬사를 기다렸다. 그러나 하얀 두루마기를 펄럭이며 몸을 홱 돌린 양상은 뒷짐을 지고 먼 산을 보며 말했다.

"오늘 수업은 여기까지 하겠소이다……."

"……."

"아니, 뭘 했다고!"

사예는 황당해서 소리쳤다.

❈ ❈ ❈

서하에 위치한 백산(白山) 아래, 요괴들이 요괴들을 짓밟고 산처럼 쌓여 있었다. 저들끼리 손톱을 세워 서로를 할퀴다가, 물러나고 또다시 덤벼들었다. 요괴들이 시체를 밟고 올라선 이곳은 바로 선, 하계 중죄인을 가두는 암굴의 서하 입구였다. 요괴들은 발아래 요괴와 산짐승, 인간이 이리저리 뒤섞인 시체를 밟고 있었으며 저들끼리 날을 세우고 있었다. 요괴들이 저들끼리 싸우고 서로에게 덤벼드는 것은 요괴가 잔뜩 있는 암굴 입구에서는 늘 반복되는 일이었으므로 특별할 것도 없었다.

그러나 오늘은, 그보다 특별한 일이 있었다. 꿈틀거리던 요괴들이 갑자기 몸을 멈췄다. 그들은 본능적으로 암굴 안쪽에서부터 날아오는 거대한 기운을 느꼈다. 그러나 피할 생각을 하지는 못했다. 그럴 틈이 없었다. 요괴들은 그저 날아온 거대한 불덩어리에 그대로 맞고 날아갔다. 불덩어리에 맞고 날아간 요괴들은 괴성을 지르며 타들어 가는 수밖에 없었다. 암굴에서 굴러 나온 불덩어리가 요괴들을 덮치고, 사방으로 탄내를 흘렸다. 요괴들이 몸을 비틀며 발악했으나 몸에 붙은 불꽃은 쉽사리 꺼지지 않았다. 바닥에 쌓인 모든 것들에 불이 붙었다. 그렇게 쌓인 요괴의 산을 불태우는 불덩어리 뒤로, 거대한 그림자가 움직였다. 불길 사이에서 각종 요괴들이 비명을 지르는 가운데 거대한 그림자는 한 걸음, 한 걸음 암굴 밖으로 나왔다.

거대한 돌, 혹은 작은 바위산으로 느껴질 정도의 크기였다. 사람보다 큰 것은 당연하고 몸을 세운 곰보다도 컸다. 인간을 닮은 생김새, 그러나 인간이 감히 견줄 수 없는 이토록 거대한 크기를 지닌 존재는 이 하계에 오로지 도깨비밖에 있을 수가 없었다. 그리고 그런 도깨비 중에서도 이 남자 도깨비는 유독 그 체격이 남달랐다. 씩씩거리며 숨을 내쉬는 얼굴엔 울그락불그락 열이 올라 있었다. 제멋대로 자란 수염이 얼굴을 다 덮어 털복숭이나 다름없었다. 어깨는 양옆으로 떡 벌어지고 팔다리는 튼튼한 나무기둥처럼 두꺼웠다. 양팔에 어찌나 힘을 줬는지 힘줄이 가득 서 있었다. 양쪽으로 늘어트린 손의 살갗은 발갛게 붓고 여기저기가 찢어져 있었다. 그가 갇혀 있던 옥사로 날아든 불덩어리를 그 손으로 막고 집어 던진 결과였다.

으득, 으득 하고 그의 거대한 발아래 뼈가 짓밟혔다. 도깨비는 맨발 아래 뭔가가 귀찮게 밟히는 바람에 시선을 내렸다. 발아래 고인 요괴들의 피와 굳은 검은 핏자국이 보였다. 도깨비는 붉은색을 두려워하므로, 이 도깨비 또한 그 피를 본 순간 지레 겁을 먹고 도망쳤어야 옳았다.

그러나, 지금 이 도깨비는 아니었다. 그는 붉은색을 전혀 두려워하지 않았으며, 타오르는 불꽃의 붉은 빛깔도 두려워하지 않았다. 외려 그는 오랜만이라 낯선 햇볕에 이를 갈며 타오르는 불꽃을 발로 연신 짓밟아 껐다. 옷자락에 붙은 불꽃을 후후 불어 껐다. 그는 피를 보는 것을 전혀 두려워하지 않았고, 앞을 가로막은 요괴들을 발로 뻥뻥 차며 앞으로 나아갔다. 요괴들은 이 거대한 도깨비의 발길질에서 무사할 수가 없었다.

안 그래도 지금 이 도깨비는 굉장히 분노해 있었다. 오랜 시간 빛 한 점 없는 옥사에 갇혀 있었던 것도 속 터질 일인데, 난데없이 나타난 정체를 알 수 없는 불덩어리가 옥사를 덮쳐서 그대로 타 죽는 줄 알았다. 날아온 불덩어리 덕분에 팔을 묶은 봉인의 결박이 약해진 것은 다행이었지만 그와 동시에 그는 온몸에 화상을 입을 뻔했다. 물론 그건 그가 튼튼한 피부를 가진 도깨비였기 때문이지 다른 존재였다면 벌써 온몸이 잿덩어리가 되었을 터였다.

다행히 팔이 풀리자마자 그는 도깨비다운 힘과 무식함으로 당장 그 불덩어리를 팔로 집어 던지며 옥사에서 빠져나왔다. 마구 덮쳐 오는 불덩어리를 피하고 던지며 어디가 어딘지 알 수도 없는 암굴을 내내 달렸다. 그건 도깨비 인생 150년을 걸고 맹세컨대 가장 뜨겁고 처절한 달리기였다. 부딪치고 박살 낸 게 얼마나 되는지 알 수도 없었다. 그리고, 그 힘든 방황 끝에 그는 무려 오십 년 만에 세상 빛을 보게 되었다.

"야……."

도깨비는 아직도 불기운 때문에 후끈후끈한 손을 움직였다. 두툼한 도깨비의 손가락이 까딱까딱 움직였다. 도깨비는 고개를 돌려 사방을 살폈다. 그가 있는 곳은 산자락 아래였고, 사방은 너무나 조용했다. 주변에 있는 것은 거대한 도깨비 때문에 저들끼리 얽히고설킨 요괴들뿐.

그러나 도깨비는 그의 말을 듣는 사람이 없어도 개의치 않았다. 그는 그저, 그가 당장 찾아야만 하는 선인을 찾고자 했다. 그는 말도 못 알아듣는 요괴들만 있는 자리에서 이를 갈며 말했다.

"흑귀위 상장군 류시건. 그놈 어디 있냐."

✻ ✻ ✻

어린 도깨비의 호기심 어린 시선이 계속 움직였다. 시선이 향하는 곳에는 사예가 나무를 살펴보며 담 주변을 이리저리 돌아다니고 있었다. 양상의 결계가 쳐진 조용한 이 노인의 가옥 안에서, 사예는 동하의 나무들이 북하보다 더 키가 크고 잎도 무성하니 여기에도 술시를 만들어 두면 좋겠다고 생각했다. 그녀는 전에 들었던 양상의 협박 탓에 차마 멀리는 가지 못했지만 담장 주변에도 제법 큰 나무들이 있어 그 나무들을 유심히 살펴보고 있던 참이었다. 무엇보다 이 안은 양상이 결계를 쳐 놔 누가 함부로 들어올 일도 없다고 하니 북하나 동선보다 훨씬 안전하겠거니 싶었다. 한참을 돌아다녀도 잎이 큰 나무들 덕분에 그늘이 시원해 그다지 힘들거나 수고스럽지 않았다. 오히려 솔솔 부는 바람결에 생생한 목기가 충만해서 기분이 더 좋아졌다.

계속 돌아다니던 그녀는 나무 중에 키가 크고 건강해 보이는 나무 몇 그루를 찜했다. 가장 큰 나무 한 그루를 정하고 그 앞에 서 있던 사예는 고개를 홱 돌렸다. 마루 옆에 서서 쳐다보던 시건은 별 반응이 없었고 벽 한쪽에 숨어서 지켜보던 도깨비 홍례는 화들짝 놀랐다. 사예는 놀란 도깨비에서 시선을 돌리고는 시건에게 손짓을 했다.

"이리 좀 와 보시오."

시건이 다가오자 그녀는 나무 아래를 가리키며 말했다.

"땅 좀 같이 팝시다."

그리하여 시건은 사예와 나란히 주저앉아 땅을 파게 되었다. 본래 사예가 땅을 파게 시키려고 술시 청하를 불렀으나, 이놈이 키 큰 어른 나무들을 보고 겁을 먹었는지 노목 공경을 하기 위해선지 도통 나무뿌리에 손을 대지 않으려고 했기 때문에 어쩔 수 없는 선택이었다. 결국 사예는 딴짓만 하는 술시 청하를 마루 위에 앉혀 놓고 물 한 바가지를 떠서 물이나 마시게 했다. 이렇게 물이라도 주면 동선에 붙여 놓은 부적의 수기를 그나마 덜 쓰겠거니 싶어서였다. 생각난 김에 사예는 술시 청아도 꺼내 같이 물을 줬다. 결과적으로 술시 청하와 청아는 마루 위에 나란히 앉아 물바가지를 들고 물을 꼴딱꼴딱 나눠 마시고 있었고, 사예는 술시 대신 시건을 부려 먹게 되었다. 사실 작정하면 토행의 술법을 사용해 흙을 움직이는 방법도 있었으나, 그녀는 토행은 그다지 익숙하지 않은 터라 차라리 손을 이용하는 편이 나았다.

그렇게 두 사람이 나무 아래를 열심히 파고 있는데 홍례가 다가와서는 주변을 얼쩡거렸다. 이 어린 도깨비는 하늘에서 온 여선님이 뭘 하는지 궁금해서 도통 참을 수가 없었다. 홍례는 이 여선님이 과연 하늘에서 와서 그런지 나무를 살펴보고 땅을 파고 하는 짓이 하계의 김 서방들, 즉 인간들하고는 좀 다르다 생각하고 있었다. 처음 도사인 양상을 봤을 때는 매일 하늘을 보고 달을 보고 해서 별 희한한 짓을 한다, 그랬는데 하늘에서 온 여선님은 나무를 보고 땅을 파고 있었다.

도깨비들 사이에서 자란 홍례로서는 참으로 이해할 수 없는 일이었다. 홍례가 보기에 하늘을 보거나 나무를 보는 것은 도깨비들이 좋아하는 씨름처럼 박진감이 넘치는 것도 아니고 통쾌한 결말이 있는 것도 아닌, 그야말로 의미 없는 일이나 다름없기 때문이었다.

그런데 도사고 여선이고 그런 일에 집중을 하니 뭔가 그로서는 알 수 없는 다른 재미가 있나 호기심이 일었다. 그러나 홍례는 사예가 형님인 파적을 암굴로 보낸 시건과 보통 사이가 아닌 것 같아 차마 사예에게 그의 궁금증을 직접 물어 해결하지 못하고 그저 주변만 맴돌고 있었다. 홍례는 전에 사예와 시건을 동하로 안내할 때 두 사람이 남부끄럽게 꼭 안고 있었던 것을 기억하고 있었고, 그래서 둘이 적어도 장래를 약속한 사이일 거라고 짐작하고 있었다.

그런 홍례의 짐작에 대해서 상상도 하지 못하는 사예는 계속 느껴지는 도깨비의 시선을 꿋꿋하게 외면하다가, 결국 주변을 맴도는 도깨비에게 귀찮은 심경으로 먼저 말을 걸었다.

"뭐. 뭐 할 말 있느냐?"

사예가 말을 걸자 홍례가 화들짝 놀랐다. 시건은 홍례를 쳐다보지도 않은 채로 땅을 파고 있었다. 홍례는 눈치를 보다가 물었다.

"……지금 뭘 하는 겁니까?"

"술시를 만드는 것이다."

"술시?"

"그런 게 있다. ……너 땅 좀 팔 줄 아느냐?"

사예는 비록 어린아이의 행색이지만 그녀보다 훨씬 단단해 보이는 도깨비의 손을 보고는 물었다.

"한번 해 볼래?"

손을 털며 사예는 옆으로 비켜섰다. 홍례는 눈치를 보며 망설였다. 사예는 마구 손짓을 했고, 시건은 홍례를 쳐다보지도 않았다. 결국 시건과 거리를 두고 쭈그리고 앉은 홍례가 땅을 파기 시작했다. 그것도 아주 놀라운 속도로 파기 시작했다.

"오……."

사예는 시건의 옷자락을 잡아당겼다. 둘은 나란히 물러서서 귀신

같은 솜씨로 땅을 파는 도깨비를 구경했다. 도깨비는 눈 깜짝할 새에 뿌리가 보이게 땅을 파고는 몸을 일으켰다. 지치지도 않은 기색으로 사예를 쳐다봤다. 사예는 감탄해서 열심히 박수를 쳤다.

"야, 너 대단하다! 어쩜 그리 땅을 빨리 파지?"

"그냥, 그냥 파는 건데."

"그러니까 더 대단하지!"

사예는 얼른 시건의 옆구리를 찔렀다. 시건도 사예의 옆에서 같이 박수를 쳤다. 사예는 부끄러워서 고개를 숙이는 홍례를 보며 연신 칭찬을 늘어놨다.

"이렇게 힘이 세니 씨름을 해도 천하장사는 따 놓은 당상이네! 너 혹, 내가 저기 봐 둔 데 있는데 거기 몇 번 더 파 줄래? 네 힘이 이리 좋으니 금방 할 수 있을 거 같다! 내가 하면 며칠은 족히 걸릴 텐데!"

"무슨 이런 일로 며칠이나요?"

"참말이다! 내가 파면 며칠은 걸릴 거야! 네가 해 주면 반나절도 안 걸리겠다! 그러니까 저것도 파 줄래?"

그녀는 홍례를 끌고 그녀가 찜해 둔 이 나무, 저 나무로 옮겨 다녔다. 도깨비는 땅을 파는 데 정말로 얼마 걸리지 않았다. 홍례가 헤헤거리며 열심히 땅을 파는 동안 사예는 옆에서 연신 대단하다, 대단하다 칭찬을 했다. 만족할 만큼, 아니 사실은 그 이상으로 도깨비가 땅을 다 판 후 사예는 머리카락을 뽑아서 열심히 묻기만 했다. 홍례는 사예가 하는 행동이 신기한지 옆에 서서 계속 쳐다봤다. 머리카락을 파헤쳐진 나무뿌리 위에 떨어트린 사예는 금기로 만든 바늘로 손끝을 푹 찔러 피를 냈다. 붉은 핏방울이 톡 불거져 나오는 순간 놀란 홍례는 냉큼 흙 묻은 두 손으로 눈을 가리고 도망갔다.

"으아아악!"

멀찌감치 떨어진 도깨비를 보며 사예는 입을 벌렸다.

"어, 맞다. 미안."

사예는 도깨비가 붉은색을 무서워하지, 하고 중얼거리고는 벌벌 떨고 있는 홍례를 외면했다. 뿌리 위에 놓인 머리카락에 핏방울을 떨어트리던 그녀는 갑작스러운 의문이 들어 옆에 서 있던 시건을 쳐다봤다.

"헌데, 파적이라는 도깨비는 어찌 난을 일으킨 것이오? 도깨비는 피를 무서워하지 않소."

그녀의 옆에 서 있던 시건이 대답했다.

"정확히는 모르겠는데, 파적이 붉은색을 두려워하지 않았던 것으로 알고 있다."

"두려워하지 않는다고?"

눈을 가린 채로 홍례가 바들바들 떨며 대답했다.

"듣기로는 형님께서는 나실 때부터 그 색을 두려워하지 않으셨다고 들었습니다."

"날 때부터 붉은색을 두려워하지 않았다고? 그럼 도깨비가 피도, 팥도 무서워하지 않는다고?"

"예에."

홍례는 혹시나, 해서 슬그머니 눈을 가린 손가락을 벌렸다. 흙 묻은 손가락이 벌어졌다. 그러나 벌리자마자 다시 화들짝 놀라 눈을 가리곤 이제 아예 그 자리에서 도망쳐 버렸다. 사예는 그 모습을 보며 신기하다고 생각했다. 도깨비가 붉은색을 두려워한다는 것은 익히 잘 알려진 사실이었다. 도깨비가 붉은색을 두려워하는 이유는 과거 선인들이 도깨비를 잡을 때 부적을 많이 사용했기 때문으로 알려져 있었다. 무각도인이 선인들을 위해 신수를 보내 주기도 전의 옛날에는 선인들이 술법을 쓸 때 부적을 사용해야 했고, 도깨비를 잡을 때도 마찬가지였다. 처음에는 부적의 붉은 글씨가 도깨비들에게 공포의 상징이 되었다가 점차 붉은색 자체에 대한 공포로 변했다.

이후 하계에서 도깨비보다 요괴의 수가 늘어나 더 큰 골칫거리가 되고 선인들이 신수와 계약을 한 후에는 도깨비가 부적에 해를 당하는 일이 거의 없어졌지만, 그럼에도 불구하고 도깨비는 여전히 붉은색을 무서워했다. 이 노인의 가옥에 머무는 도깨비들은 지금도 붉은색은 쳐다보지도 않았으며, 해가 질 무렵이 되면 모두 가옥 안으로 숨어 버렸다.

해 질 무렵마다 허둥지둥 집 안으로 숨어 버리던 도깨비들을 떠올린 사예는 문뜩 의아함을 느꼈다.

"아니 그럼, 힘도 세고 요술도 부리고 심지어 붉은색도 두려워하지 않는 도깨비를 그쪽은 대체 무슨 재주로 잡아다 암굴에 넣은 것이오?"

시건은 잠시 고민하다 대답했다.

"도깨비가 영원히 극복할 수 없는 약점이 하나 있다. 그건 사실 붉은색보다 훨씬 심각한 문제인데."

"그게 뭐요?"

"……도깨비는 머리가 좋지 못하다."

"음……."

그 도깨비의 형제가 열심히 판 흙구덩이를 보며 사예는 고개를 끄덕였다. 더 안 들어도 무슨 말인지 단번에 알 것 같았다. 핏방울을 떨어트리고 흙을 발로 꾹꾹 눌러 덮은 그녀는 이제 피가 거의 굳어 가는 손가락을 확인하고는 몸을 돌렸다. 몸을 돌리자마자 그녀를 빤히 쳐다보고 있는 시건과 눈이 마주쳤다. 그녀는 그의 시선이 자신의 손가락에 닿아 있는 것을 깨달았다. 그녀 역시 자기도 모르게 시선을 내려 자신의 손가락을 쳐다봤다. 덜 아문 상처가 다시 찌른 바늘 때문에 커진 자리를.

"……."

시선이 자기도 모르게 다물린 시건의 입술로 가 닿았다. 어쩐지 얼굴이 홧홧하니 달아올랐다. 사예는 얼른 들었던 시선을 내리고는 손가락을 치마 뒤로 숨겼다. 그녀는 괜히 민망해져서 흙으로 덮은 자리를 신발로 다시 건드렸다. 시선을 한 곳에 두지 못하고 발만 움직이며 흙을 건드리다가, 제대로 덮이지 않은 흙 사이로 발이 푹 들어갔다.

"으!"

사예는 놀라서 얼른 발을 뺐다. 그러나 신발 속으로 이미 흙이 한 웅큼 들어온 후였다. 짜증이 난 얼굴로 사예는 신을 벗어 흙을 털려고 했다. 그러나 그녀보다 시건이 더 빨랐다. 허리를 숙인 그가 한쪽 무릎을 세우고 앉아 그녀의 신발로 손을 뻗었다.

"어어!"

놀란 사예는 발이 들리자 놀라서 본능적으로 손을 뻗었다. 본의 아니게 시건의 양 어깨를 짚고 몸을 지탱했다. 시건은 그녀의 발에서 신발을 벗겨 속으로 들어간 흙을 털었다. 그동안 사예는 시건의 어깨를 짚은 채로, 그가 신발을 벗긴 한쪽 발은 들고 한쪽 발로만 서서 중심을 잡았다. 그러나 그의 어깨에 완전히 의지하면 그녀를 무겁다고 생각할까 봐 슬그머니 손의 힘을 빼고 몸을 세웠다. 시건의 어깨에는 손을 그저 올려만 둔 상태로, 그녀는 한쪽 발로만 중심을 잡고 서 있었다. 눈을 어디다 둬야 할지 알 수가 없었다. 고개를 숙여 아래를 보는데 시건의 머리가 있는 게 너무 이상했다.

신발을 턴 시건이 덧신 신은 발에 다시 신발을 신겨 줬다. 사예는 그의 어깨를 짚고 있던 손을 내렸다. 일어난 시건을 힐끔힐끔 쳐다보다가 새침하게 말했다.

"고맙소."

그녀는 몸을 홱 돌렸다. 그 순간, 마루 위에 나란히 앉은 두 술시가 허공에 뜬 발을 달랑달랑 흔들며 자신을 쳐다보고 있는 걸 발견했다. 사예는 그녀에게 꽂힌 두 쌍의 눈이 왠지 모르게 부끄러워서 얼른 수인을 맺어 술시를 없앴다. 그러고는 바로 그 자리에서 도망쳤다. 시건이 신겨 준 신발을 냉큼 벗어 던지고 마루로 올라가 버렸다. 시건은 그런 사예의 모습을 계속 쳐다보고 있다가, 그녀가 방으로 들어가 보이지 않게 되고 나서야 고개를 돌렸다. 그는 사예의 발자국 난 흙을 발로 눌러서 제대로 덮었다.

그리고 방 안에서 창을 활짝 열고 장기를 두던 이 노인과 양상은 그저 허허 웃었다. 열린 창 너머로 시건과 사예의 모습을 지켜보고 있었던 두 사람이 말했다.

"거참, 400년 인생 홀로 수행하는 도사는 서러워서 살 수가 있나……."

"도사님, 아무렴 이 늙은이만 하시겠습니까……."

"아니, 이제 겨우 환갑이시잖습니까, 아직 청춘이시지……. 내가 그 나이 땐 뭐 했더라……."

"하하하……."

웃는 게 웃는 게 아닌 그런 이야기를 나누고 있었다.

❈ ❈ ❈

사예는 바로 방으로 들어와 문을 쾅 닫고 그대로 문에 몸을 기댔다. 숨이 이렇게 가쁘고 몸이 더운 게 그저 뛰어서 마루를 올라왔기 때문이라고 합리화했다. 그녀는 숨을 몰아쉬었다. 앉아서 그녀의 신발을 벗기고 털어 주던 시건의 모습을 떠올렸다. 눈을 질끈 감았다 떴다.

'나한테 흑심이 없을 리가 없어.'
그녀는 그대로 바닥에 주저앉아서는 고민했다.
'아니, 헌데 어찌하여 내게 흑심이 없다고 하는 거야?'
참나, 이해가 안 되네, 하고 중얼거리며 그녀는 혀를 찼다. 눈썹을 찌푸리고 고민하던 그녀는 곧 스스로가 또다시 멍청하기 짝이 없는 생각을 하고 있다는 사실을 깨달았다.
'아니, 나는 이런 생각을 할 필요가 없지. 흑심이 있든, 없든.'
그녀는 어떻게든 양상에게 선계로 돌아갈 수 있는 방법을 물어 선계로 돌아갈 생각이었다. 시건이 여기 남기로 했으니 그녀가 선계로 돌아가면 헤어지게 될 터였다. 그렇게 헤어질 날이 어차피 멀지도 않았다.
'그래. 여기 더 있을 이유가 없다.'
사예는 바로 방문을 벌컥 열고 나왔다. 마루를 뛰어나온 그녀는 양상을 찾아 달려갔다.
"도사님! 도사님!"
"예?"
양상은 방 안에서 이 노인과 마주 앉아 장기를 두던 상태에서 소리쳐서 대답했다. 사예는 목소리가 들린 방으로 뛰어와 문을 벌컥 열었다. 그녀는 장기를 두고 있는 두 사람의 앞에 앉아서는 말했다.
"나 언제 밖으로 나가게 해 줄 셈이오?"
"음? 아, 선계로 돌아가신다는 건가?"
"그렇소. 나와 약조했잖소. 그……."
순간 사예는 눈썹을 찌푸렸다. 그녀는 그녀가 시건을 뭐라고 불러야 하는지에 대해 갑작스러운 혼란이 왔다. 양상은 그를 장군이라고 부르고 있었다. 그러나 그것은 과거 양상이 시건이 장군일 시절에 만났기 때문에 가능한 호칭이었다. 그녀도 류 장군이라고 불러야 하는 것인가, 아니면 달리 불러야 하는 것인가 혼란스러운 와중에 양상이 장기말을 내려놓으며 말했다.

"소생이 약조를 하긴 했지요. 헌데 말이오, 여선님……. 여선님도 소생한테 말씀하지 않으신 게 있지 않으시오."

"무슨 소리요?"

사예가 의아해하는 얼굴로 쳐다보자 양상이 혀를 차며 말했다.

"류 장군이 신수가 없어 반선의 몸이라고 왜 미리 말씀을 하지 않으셨소이까!"

"……뭐요, 그게 중요한 거요?"

"중요하다마다! 상황이 이렇게 되면, 류 장군은 할 수 있는 게 없고, 결국 이 상황이, 이거이거 제자리걸음인데……."

한숨을 내쉬며 고개를 절레절레 저은 양상이 장기판에서 시선을 떼고는 사예를 쳐다봤다. 그가 눈을 가늘게 뜨고는 진지한 목소리로 말했다.

"그런 상황에, 소생이 용과 계약한 여선님을 보내고 싶겠소, 안 보내고 싶겠소?"

"뭐요?"

사예는 저절로 목소리가 높아졌다. 그녀는 순간 말을 내려놓다가 놀란 이 노인을 쳐다보고는 어색하게 미소 지었다. 그러고는 고개를 홱 돌려서 뻔뻔하게 장기판을 응시하고 있는 양상을 째려봤다.

"이보시오, 도사님! 약조한 바와 다르지 않소?"

"그을쎄……."

양상은 팔짱을 끼며 흐으음, 하고 신음을 흘렸다. 사예는 답답한 마음으로 양상을 쳐다봤다.

"도사님, 나는 선계로 돌아가야 하오! 아니, 나도 이렇게는 그냥 못 넘어가겠소! 내 도사님과 말했던 대로, 그 뭐냐, 류 장군의 마음을 돌렸으니 나를 선계로 보내 주시오!"

"선계로 보내 달라?"

양상이 팔을 뻗어 장기말을 집어 들며 사예를 쳐다봤다. 그가 말을 내려놓자 이 노인이 아이고, 하고 소리 내며 헛웃음을 흘렸다. 하하, 웃은 양상이 말했다.

"소생더러 선계로 보내 달라니 그게 무슨 말씀이시오, 여선님."

"내 아무도 모르게 조용히 선계로 돌아갈 방도가 필요하오. 도사님은 도술을 할 줄 아니 그런 방도도 알고 있지 않소?"

"그을쎄……."

양상은 또다시 흐으음, 하고 신음을 흘리며 장기판만 응시했다. 그 모습을 보며 사예는 속이 터졌다.

"도사님!"

이 노인이 곤란한 미소를 지으며 웃었다. 그가 장기말을 내려놓자, 양상이 그의 말을 하나 들었다. 생각조차 하지 않고 바로 말을 탁, 소리 나게 내려놓으며 양상이 대답했다.

"생각을 좀 해 봅시다."

그러고는 빙긋 웃었다. 사예는 기가 차서 입만 벌리고 양상을 쳐다봤다. 양상은 자기 장기판으로 시선을 돌렸다. 사예는 그런 양상을 눈도 깜빡이지 않고 뚫어져라 쳐다보다가, 입을 꾹 다물고 자리에서 벌떡 일어났다. 그녀가 문을 쾅 소리 나게 닫고 나가자 양상과 이 노인은 어깨를 움츠렸다. 말을 집어 들며 이 노인이 말했다.

"참으로 짓궂으십니다, 도사님."

"소생이 말입니까?"

"처음부터 류 장군에 대해서는 생각지도 못했던 일 아닙니까. 그런 류 장군을 빌미로 여선님을 잡는다고 한들 도리가 아닙니다. 약조하신 바가 있으시다면 지키셔야지요."

양상은 장기판을 내려다보며 웃었다. 이 노인이 말을 이었다.

"갈 길이 너무 멀지요. 하계에는 수많은 선인들이 있습니다. 귀제는 하계를 노리고 있으나 과연 그가 어떤 자인지조차 알지 못하지요. 어쩌면 귀제는 그저 또 하나의 천제가 될지도 모릅니다. 선인을 앞세워도 승리한 선인이 또 다른 하계의 지배자가 될지도 모르지요."

"그 말씀대로라면 어쩌면 소생이 그리될 수도 있겠지요. 염려하시는 바가 그러할진대, 어째서 소생과 함께하고 계십니까?"

양상이 물었다. 이 노인은 주름이 진 눈을 휘며 미소 지었다.

"이 늙은이를 판의 졸로 올려 둔 것이 도사님이시니, 움직이라는 대로 움직일 뿐이지요. 그 이상 무슨 다른 수가 있겠습니까."

"하하하."

양상이 웃었다. 이 노인이 말을 이었다.

"지난날 요선이 이 판의 궁으로 올라왔다가 내려갔고, 도깨비가 올라왔다 내려갔고. 심지어 이번 판은 아무리 봐도 졸로 승기를 잡을 수 있는 판도 아니지요. 그러니 이 노인네야 그저 정해 주신 몫을 따를 뿐. 하지만 도사님, 이번 판에 모든 것을 걸기 위해 수단 방법을 가리지 않는 것은 경계를 하셔야 할 듯합니다. 멀리 보실 수 있는 분이 왜 멀리 보지 않으십니까?"

"말씀하신 대로 그저 소생의 말을 따르기만 하는 이였다면 그런 말조차 하지 못하셨겠지. 노인장이 선, 하계의 경계에 있어 인간의 기준보다 넓게 보는 것은 확실합니다. 허나, 소생의 생각은 다르지요."

양상이 웃었다. 그는 단호해서 조금의 흔들림도 없는 어조로 말했다.

"이만한 기회가 다시 오지 않을 것입니다. 이 판에 승리하지 않으면 다음 판이 준비되지 않을 수도 있습니다. 승리한 선인이 또 하나의 천제가 된다라. 재미있는 말이군. 그리 걱정하는 마음도 이해가 갑니다. 소생도 걱정을 하지 않을 수가 없었지. 그러던 와중에, 저 류장군이 나타난 겁니다."

탁, 탁, 탁, 하고 양상이 장기판 위에서 말을 하나, 하나 손으로 모았다. 순서 없이 그저 겹쳐 쥔 말을 손에 든 채로, 양상이 말했다.

"천제는 용이 선택하는 법 아닙니까."

모아 쥔 말을, 단번에 판 위에 쫙 뿌렸다. 흐트러지고 무너진 말들이 판 위에 쏟아졌다. 어떤 것은 떨어지고 어떤 것은 판 위에서 굴렀다. 두던 판은 망가지고 흐름은 깨졌다. 선이 그어진 대로 움직이던 말이, 그 선과 자리를 벗어나 뒤엉켰다.

❈ ❈ ❈

방문을 쾅 닫고 마루를 가로질러 나오던 사예는 그녀 쪽으로 걸어오던 도깨비 덕향과 마주쳤다. 그녀는 큰 손에, 어디까지나 도깨비의 기준에서 조그마한 쟁반을 들고 있었다. 쟁반 위에 노란 콩고물을 묻힌 인절미가 먹음직스럽게 담겨 있었다. 인절미를 들고 오던 덕향이 사예를 보곤 얼른 말했다.

"아, 여선님. 혹시 이 떡 좀 드실래요? 이게 남하에서 제 사촌이 동네 씨름에 참가해서 탔다고 큰맘 먹고 보낸 찹쌀하고……."

사예는 진정되지 않은 마음에 퉁명스럽게 말을 잘랐다.

"전 지금 떡을 먹을 때가 아니……. 아니, 그건 누구에게 가져가는 것입니까?"

"이건 김 서방하고 도사님이 드실 거랍니다."

사예는 눈을 크게 떴다. 그녀는 떡을 보며 저기다 침이라도 뱉어서 가져다주고 싶은 기분을 겨우 참았다. 그러나 도깨비가 김 서방이라고 부르는 이 노인이 아무 잘못도 없이 봉변을 당할 것이 걱정되어 그 못된 마음을 접었다. 운 좋았다, 혼자 있었으면 못 먹을 거 만들어서 갖다 줬다, 하고 생각하며 그녀는 고개를 절레절레 저었다.

"남은 게 더 있습니까?"

"물론이지요. 부엌에 가시면 남은 게 있습니다."

잠시 부엌 쪽으로 시선을 돌린 사예가 갑자기 고개를 홱 돌리곤 물었다.

"어, 혹시, 저 말고 다른 이에게는 이미 가져다줬습니까? 그 남자 선인이요."

"아뇨, 이거 먼저 가져다 드리고 드리려 했지요."

덕향이 고개를 저었다. 사예는 눈을 반짝였다. 안 그래도 시건에게 해야 할 말이 있었다. 그녀는 덕향에게 얼른 말했다.

"제가 직접 가져다줄 테니 개의치 마십시오."

"그래 주시면 고맙지요."

"예."

사예는 얼른 걸음을 돌려 부엌으로 갔다. 어두운 부엌으로 들어가 떡이 어딨나, 하고 뒤졌다. 떡은 닫힌 솥뚜껑 옆에 보자기로 가려 놓은 바구니 안에, 넓적한 그릇에 들어 있었다. 떡을 덜 그릇 하나를 꺼내며 떡을 살펴보던 그녀는 눈을 크게 떴다.

"어, 이거!"

그녀는 옆에 하얀 콩고물이 따로 놓인 것을 보며 얼른 방향을 틀었다. 노란 콩가루보다 하얀 두부콩가루가 좋은 사예는 얼른 가루를 묻히지 않은 떡을 찾았다. 바로 옆에 잘라진 떡이 그릇에 담겨 있어 찾는 게 어렵진 않았다. 한 지 얼마 안 되었는지 아직 떡에서 따끈따끈한 김이 올라오고 있었다. 왜 떡을 만들다 만 거야, 하고 생각하며 사예는 일단 손을 닦을 것을 찾았다. 아까 흙을 팠던 게 떠올랐기 때문이었다.

뚜껑이 덮인 물독을 연 그녀는 바가지로 물을 퍼서 손을 닦고 마른 헝겊을 찾아 물기를 닦았다. 그리고 찾은 떡에 콩고물을 한꺼번에 들이부었다. 한입에 먹기 좋게 잘라진 떡에 하얀 콩고물이 묻었다. 그릇을 움직여 콩고물이 골고루 묻도록 떡을 열심히 굴리며 사예는 속으로 내내 양상의 욕을 했다.

'치사하기 짝이 없는 도사 같으니, 약조도 지킬 줄을 모르고…….'

그에 비하면 시건은 옥사에 갇혀 있을 때조차 약조를 지킬 줄 아는 아주 괜찮은 선인이었다. 암굴에 떨어졌을 때 시건이 있는 곳으로 떨어진 것은 다시 돌이켜 봐도 천운이었다.

'사람이 참 괜찮아, 사람이.'

시건은 그녀에게 흑심을 품은 주제에 아니라고 발뺌하는 것만 빼면 참 괜찮은 선인이었다. 떡을 담으면서 사예는 시건이 왜 그녀에게 흑심을 품었을까에 대해 생각했다. 아버지 백운은 하선이 어린 여선임에도 불구하고 대나무 같은 꼿꼿함을 가지고 있어 마음이 갔노라, 그리 말했었다. 하긴 그녀가 암굴에서 봉인도 풀어 주고 원귀에 쓰이지 않게 지켜도 주고 했으니, 시건이 그녀에게 흑심을 품을 만한 일이 한, 두 가지가 아니었다. 그가 말하기를 선계에서 그녀만 한 실력을 가진 여선을 본 일이 없다고 하지 않았던가. 더군다나 암굴에 오십 년간 갇혀만 있었으니 그 눈에 그녀가 고와 보이지 않을 리가 없었다.

'으이구, 보는 눈은 있어 가지고.'

그러나 어쩌랴, 그녀는 선계로 돌아가야 했고 역적과 깊은 관계를 맺을 마음은 추호도 없는 것을. 그녀는 그 마음을 보답받지 못할 가련한 반선을 동정하며 혀를 찼다. 안 그래도 얄미운 양상에 대한 일로 시건에게 할 말도 있었다. 가엾은 시건에게 떡이라도 많이 갖다 줘야겠다고 생각한 사예는 콧노래를 부르며 떡에 콩고물이 골고루 묻었는지 살폈다. 만족한 얼굴로 웃은 사예는 아까 시건도 흙을 팠던 게 떠올라서 마른 헝겊에 물을 묻힌 다음 떡 그릇과 같이 챙겨서 시건을 찾아갔다.

시건은 아까 사예가 머리카락을 묻은 나무 밑에 아직도 서 있었다. 사예는 그를 발견하자마자 젓가락 든 손을 들어 손짓을 했다.

"이리 오시오."

고개를 돌려 사예를 쳐다본 시건은 그녀를 따라왔다. 사예는 마루에 떡이 든 그릇을 올려놓고 걸터앉았다. 시건도 마루에 앉자 사예가 말했다.

"드시오. ……내가 한 것이오."

"그대가 했다고?"

시건은 눈썹을 찌푸렸다. 방금까지만 해도 나무 아래를 파고 있던 사예가 금세 떡을 해 올 수 있을 리가 없었다. 그러나 사예는 눈도 깜빡이지 않고 고개를 끄덕였다. 인절미는 콩고물을 묻혀 완성하는 것이야말로 화룡점정이니 이 떡은 그녀가 한 것이나 다름없었다.

"뭐, 내가 한 것이나 다름없소."

사예는 일단 손부터 닦으라는 의미로 물로 적신 헝겊을 내밀었다. 물기 있는 헝겊으로 손을 닦은 시건은 헝겊을 내려놓고 손을 뻗어 떡 하나를 들었다. 사예는 두 눈을 반짝이며 그런 시건을 쳐다봤다. 한 거라곤 콩고물 묻힌 것밖엔 없지만 왠지 모르게 마음속에 기대가 치솟았다. 시건이 떡을 하나 입으로 가져갔다. 사예의 눈이 점점 커졌다. 그리고, 떡을 입에 넣고 씹은 시건의 인상이 찌푸려졌다.

"……왜 그러시오?"

사예가 의아해서 물었다. 겨우 떡을 삼킨 시건이 곤란해하는 얼굴로 말했다.

"미안. 못 먹겠다. 맛이 없다."

댕, 하고 울리는 머리가 쇠로 만든 대종이 된 것 같았다. 사예는 당황해서 말했다.

"마, 맛이 없다고?"

시건은 영 좋지 못한 얼굴로 고개를 끄덕였다. 사예는 얼른 떡을 하나 들어 입에 넣었다.

"읍."

저절로 인상이 팍 써졌다. 형언할 수 없는 맛이 입 안에 가득 찼다. 담백한 콩고물 맛이 아니라 이상하게 섞인 맛에 사예는 차마 떡을 더 씹을 수 없었다. 바로 뱉어 내지 않은 것이 그녀가 할 수 있는 최선이었다. 사예는 그제야 도깨비가 왜 남은 떡을 이 콩고물에 굴리지 않고 그냥 내버려 뒀는지 알 수 있었다. 콩고물에 무언가의 실수가 있어 떡에 묻히지 못하고, 아까워서 차마 버리지도 못한 게 분명했다. 대체 무슨 짓을 해서 담백한 콩고물 맛을 이 모양으로 만들었는지 알 수가 없었다.

표정을 찌푸린 채로 있던 사예는 아까 그녀가 이 떡을 했다고 말했던 게 떠올랐다. 낭패감이 들었다. 시건은 그녀가 요리를 굉장히 못한다고 생각하고 있을 게 분명했다. 입가가 파르르 떨리는 것을 느끼며 사예는 입 안의 떡을 제대로 씹지 않고 억지로 삼켰다. 다행히 삼킨 정도는 되었지만, 삼키고도 입 안에 그 맛이 남아 금방 입을 열 수가 없었다. 침을 연신 꿀꺽 삼키고 억지로 미소를 지으며, 그녀는 말했다.

"맛이…… 맛이."

그러나 차마 말을 이을 수가 없었다. 눈을 질끈 감았다 뜬 그녀는 다시 사실대로 말할까 고민했다. 그녀가 이 떡을 한 게 아니라고 도깨비가 뭔가 실수를 한 게 분명하다고 말하고 싶었다. 그런데 그렇게 말을 바꾸자니 또 면이 서질 않았다. 동시에 또 머릿속에 못된 생각이 들었다. 맛이 없어도 직접 해 왔다고 말했으니 괜찮은 척 먹어 줄 수도 있는 것 아닌가. 딱 한 입 먹자마자 맛없다고 손을 떼 버리는 것은 또 무슨 경우인가. 스스로의 민망함을 감추고 싶은 뒤틀린 마음으로, 그녀는 그저 이렇게 말했다.

"맛이 없어도, 드시오."

그녀는 시건을 보며 억지로 미소 지었다.

"가져온 사람의 성의를 이렇게 무시하는 게 아니오. 성의를 봐서라도 맛이 없어도 있는 척, 마음에 안 들어도 마음에 드는 척 받아야 하는 것이오. 그게 예의요. 그러니 드시오."

"……."

시건은 한숨을 내쉬었다. 그는 곤란해하는 얼굴로 사예를 쳐다봤다. 사예는 조금도 물러서지 않고 눈을 매섭게 뜨고는 시건을 응시했다. 결국 시건은 다시 손을 뻗어 떡을 들었다. 그가 정말로 떡을 먹는 모습을 보며 사예는 눈을 크게 떴다. 억지로 먹기 힘든 떡을 먹는 모습을 보며 사예는 속으로 생각했다.

'역시 나한테 흑심이 있어.'

그렇지 않고서야 아무리 그녀가 뭐라고 했다고 한들 저 떡을 순순히 입에다 넣을 까닭이 없지 않은가. 그렇게 자기 합리화나 다름없는 생각을 하고 있으니 왠지 모르게 입술 끝이 저절로 올라갔다. 사예는 그래도 조금 양심이 찔려서, 그녀도 떡으로 손을 뻗었다. 떡을 하나 들어 먹으려고 하는데, 시건이 그녀의 손을 막았다.

"먹지 마라. 맛이 없다."

"……."

배려가 고마우면서도 한편으로는 맛이 없다고 단언하는 시건의 모습에 기분이 안 좋았다. 사예는 떡에서 손을 뗐다. 손가락에 하얀 콩고물이 묻어 있었다. 그녀는 거의 반사적으로 콩고물 묻은 손가락을 입으로 가져가 묻은 콩고물을 빨아 먹었다. 손가락을 혀로 핥는 순간 묻은 콩고물의 맛이 느껴졌다. 사예는 인상을 쓴 채로 손가락을 쳐다봤다. 손가락 끝에 바늘로 찌른 자국이 남아 있었다. 정확히 그녀의 입이 아닌 다른 누군가의 입이 닿았던 자리였다.

'헉.'

사예는 저도 모르게 시선을 돌려 시건을 쳐다봤다. 시건은 그녀를 물끄러미 쳐다보고 있었다. 그 시선이 그녀의 어디에 꽂혀 있는지 더 알고 싶지 않아서, 사예는 얼른 시선을 피했다. 마루에 시건이 손을 닦고 내려놓은 헝겊이 보였다. 사예는 얼른 그걸 들어서 손가락을 닦아 냈다. 그러곤 바로 헝겊을 마루에 내려놨다. 손가락이 보이지 않게 주먹을 꽉 쥔 채로 다른 곳만 쳐다봤다. 잠시 당황을 가라앉힐 시간이 필요했다.

얼마간 그러고 있다가, 조금 궁금해진 마음으로 사예는 시건을 힐끔 쳐다봤다. 그는 그녀에게서 시선도 떼지 않고 바라보고 있었다. 눈이 마주치자 사예는 괜히 움찔거렸다. 시건은 그제야 시선을 다시 떡으로 내렸다. 떡을 집어 드는 시건을 계속 힐끔힐끔 쳐다보던 사예가 급하게 말했다.

"무, 물 좀 떠 오겠소."

시건이 대답도 하기 전에 그녀는 얼른 일어나서 부엌으로 달려갔다. 부엌에 가서 물 항아리를 열어 바가지에 물을 푼 그녀는 일단 그녀가 먼저 마셨다. 물을 들이마시고 겨우 숨을 내쉰 후에, 물을 다시 퍼 그릇에 담고는 두 손으로 들고 부엌에서 나왔다. 시건이 앉아 있을 마루로 돌아가며 그녀는 시건에게 해야 할 말이 있었는데 깜빡하고 있었다는 사실을 깨달았다. 당장 말해야겠다고 생각하며 사예는 최대한 빠른 걸음으로 걸었다.

얼른 마루로 가 앉은 그녀는 앉아 있는 시건에게 물을 건넸다. 시건은 바로 물을 입으로 가져가 꿀꺽꿀꺽 마셨다. 사예는 그녀도 모르게 그를 따라 침을 꿀꺽 삼켰다. 시건이 물을 마실 때마다 움직이는 목울대가 보였다. 여인과는 전혀 다른 선의 움직임에서 어쩐지 시선을 뗄 수가 없었다. 그 옛날에 아버지 백운의 목울대를 봤을 때와는 전혀 다른 느낌이 들었다. 시건이 물을 급하게 마신 탓에 물줄기 하나가 그의 목을 타고 흘러 내려갔다. 사예는 입을 벌린 채로 목 위에서 떨어지는 물줄기를 따라 시선을 내렸다. 물을 다 마신 그가 손으로 입가를 훔치는 동안 겨우 정신을 차린 그녀는 바로 시선을 돌려 다른 곳을 쳐다봤다. 눈을 연신 깜빡이며 사예가 냉큼 말했다.

"도사님이 뭐라고 하면, 절대 그 말 듣지 마시오."

그릇을 내려놓은 시건이 다시 사예를 쳐다봤다. 사예는 고자질이라도 하듯이 그에게 말했다.

"그 도사님이 나랑 분명히 약조를 해 놓고서는 이제 와서 딴소리를 하고 있소. 아니, 애초부터 날 내보내 줄 생각이 없었나? 아무튼, 내가 도술을 이용해서 선계로 갈 수 있는 방도가 없냐고 물으니 지금은 그저 두루뭉술하게 둘러대고만 있소."

"양상이 그러던가."

"그렇소!"

사예는 노여움이 서린 시선으로 양상이 있을 방 쪽을 쳐다봤다.

"그러니까, 도사님이 만약 뭐 하라고 하면 절대 그렇게 하지 마시오. 하지 말고 날 내보내 줘야 그 말을 듣겠다고 해 주시오."

"……그래. 알았다."

시건이 대답하고 나서야 사예는 만족한 표정으로 고개를 끄덕였다. 이제 시건이 떡을 먹는 둥, 마는 둥 하고 있는 동안 사예는 연신 그의 눈치를 봤다. 말을 할까, 말까 고민하던 그녀가 결국 입을 열었다.

"저, 그런데……. 내가 뭐라고 불러야 되나?"

시건이 사예를 쳐다봤다. 헛기침을 한 사예가 괜히 다른 곳을 쳐다보며 말했다.

"아니, 그 도사님은 그쪽을 장군이라고 부르는데. 지금은 장군이 아니지 않소? 내 아까 말을 하다 보니 어떻게 불러야 되나 조금 난감해서. 그러니까 내가 뭐라고 부르는 게 맞나?"

"……."

"……서방."

사예는 깜짝 놀라 뒤를 쳐다봤다. 고개를 내민 채로 양상이 웃으며 말했다.

"……이라고 도깨비들은 부르는데 여선님은 뭐라고 불러야 하나? 아참참, 그건 도깨비가 인간을 부를 때의 이야기구나~ 하하하하."

"……이보시오! 깜짝 놀랐잖소!"

사예는 놀란 가슴을 손으로 쓸어내리며 소리쳤다. 이 도사는 대체 무슨 재주로 이렇게 기척도 없이 불쑥불쑥 나타나는지 알 수가 없었다. 분명 이 노인과 건너편 방에 있었던 사람이 어떻게 단숨에 그녀와 시건의 뒤로 나타났는지 알 수가 없었다. 양상은 놀란 그녀를 보며 웃었다.

"아니, 죄를 지은 것도 아닌데 뭘 놀라시오, 여선님. 오잉, 이건 소생이 이 씨와 먹은 떡이 아니네."

마루 위에 자리를 잡고 앉은 양상이 손을 뻗어 떡 하나를 입으로 가져갔다. 그 모습을 본 시건이 말했다.

"먹지 않…… 윽."

"엄마야."

사예는 자기도 모르게 차 버린 시건의 정강이를 쳐다봤다. 놀라서 뻗다 만 손을 허공에 든 사예는 당황한 얼굴로 시건을 쳐다봤다. 시건은 전혀 괜찮지 않은 표정으로 괜찮다는 듯 손을 저었다. 그리고 그러는 동안 떡을 입에 넣은 양상은 곧 이상한 소리를 냈다.

"아, 이어 어야!"

사예는 제대로 입도 다물지 못하고 있는 양상을 보며 내심 꼴좋다고 생각했다. 그녀는 시건에게 뻗느라 어색하게 들고 있던 손을 내려 마루를 짚었다. 그녀의 손으로 차 버린 시건의 정강이를 어떻게 해 줄 수도 없는 노릇이었다. 그래도 너무 세게 맞지는 않았는지 시건은 그럭저럭 괜찮아 보였다.

그리고, 떡을 뱉지도 삼키지도 못한 채로 양상은 입만 다물고 있었다. 대체 이 떡의 정체가 무엇인가를 고민하는 양상에게 사예가 일부러 딴 얘기를 꺼냈다.

"그건 그렇고 도사님, 애초에 도술을 가르쳐 줄 생각은 눈곱만큼도 없었던 것 아니오? 그러니 아침에는 딴소리만 하다 도망간 것이 아니오?"

양상은 씹지도 않고 떡을 그냥 꿀꺽 삼킨 다음에 퉤퉤, 하고 소리를 냈다. 그는 마루에 올려진 그릇을 살펴봤지만 이미 그 안에 남은 물은 시건이 마신 뒤였다. 뒷맛이 남은 듯 입을 쩝쩝거리던 그는 고개를 절레절레 저었다.

"그런 것이 아니라, 이 도술이란 게 말이오……. 누가 가르친다고 되는 것이 아니라오. 소생이 언젠가 여선님께 말했을 것이외다. 무릇 도술이란 세상 모든 일에 의문을 품는 것에서 시작을 하지. 답을 얻고 깨달음을 얻고 그 깨달음을 마음으로 받아들이는 것은 모두 스스로의 몫이라오. 소생도 스승님께 제대로 가르침을 받은 적은 없소이다. 장군이 도술을 익히고 싶다고 해도 소생이 가르쳐 줄 수 있는 것은 없소. 장군 스스로 묻고 답을 찾아야 하지."

"뭘 묻는단 말이오?"

사예가 물었다. 양상은 시건을 보며 씨익 웃었다.

"나와 너와 천하에 대해서."

양상은 자리에서 일어나며 덧붙였다.

"도술을 익히려면 또한 그 모든 질문과 고민을 깊고 깊은 산중에서 홀로 자리를 잡고 해야 한다오."

"반드시 그리해야 하는 이유라도 있소? 깊고 험준한 산속이 아니면 그 질문이나 고민을 할 수 없는 것이오?"

사예의 물음에 양상은 다시 미소 지었다. 그러나 그는 그 질문에는 대답하지 않았다.

※ ※ ※

서선 포호궁은 며칠 전부터 분위기가 어두웠다. 안 그래도 기운이 없던 지왕이 어제부터는 아예 자리에 누워 일어나질 못하고 있기 때문이었다. 아침 일찍부터 혜강은 지왕이 찾는다는 소리에 조반도 거르고 그녀의 아버지를 찾아왔다.

향과 등잔불을 피워 둔 방 안은 조용했다. 혜강이 들어오자 지왕은 술시의 도움을 받아 상체를 일으켜 앉았다. 지왕을 보살피던 모든 술시가 물러가고 나자, 혜강과 겨우 일어난 지왕만 남았다. 지왕의 앞에 무릎 꿇고 앉은 그녀는 표정이 좋지 못했다.

"아바마마."

지왕이 느릿하게 손을 뻗었다. 혜강은 얼른 그 손을 맞잡았다. 잡히는 손의 거침에 지왕이 쓴웃음을 흘렸다.

"여인네의 손이 어찌 이리 거칠어……."

혜강은 조용히 시선을 내리깔았다. 그녀의 손은 거의 매일을 검을 들고 활을 잡아 온통 굳은살이 박여 있어 여느 장수들 못지않게 거칠었다. 그리고, 혜강은 스스로의 그런 손이 자랑스러웠다. 그러나 아비 된 자의 입장에서는 그렇지 않았다.

"네 어서 혼인을 해야 할 터인데……."

혜강은 쉽사리 대답하지 못했다. 지왕이 하는 말의 의미를 알았기 때문이었다.

서선 왕가인 호 가의 신수는 백호였지만, 이 가문에는 백호 말고도 줄곧 계약을 맺어 온 십이지(十二支) 신수 인지(寅支)가 있었다. 십이지 신수란 신수들 중에서 특별한 기준에 의해 선별된 열두 마리의 신수였다. 그 옛날 무각도인이 도가에서 연회를 열었을 때에 하계 동물들에게도 그 연회에 참여할 수 있는 기회를 줬다. 그러나 모든 동물들을 참여시킬 수 없으므로, 그 연회에 가장 먼저 도착한 순서대로 단 열두 마리만 받아 주겠다고 했다. 열두 마리의 동물이 순서대로 연회에 도착했고, 무각도인은 그 연회에 참여한 열두 마리의 동물의 성의와 열정을 높이 샀다. 그리하여 특별히 그들을 평범한 동물에서 십이지라 하여 영수로 승격시켜 주고, 해와 달과 날과 시를 새는 기준으로 삼았다.

이 십이지는 이후 도가의 신수가 되었다가, 무각도인이 선인들에게 신수를 하사할 때 함께 선인들에게 보내졌다. 그 십이지 중 다섯 번째로 들어왔던 용, 진지(眞支)를 제외하고. 진지가 어째서 다른 십이지처럼 선인들에게 보내지지 않았는지 명확한 이유는 밝혀지지 않았으나, 아마도 무각도인이 용을 특별히 천제에게 하사했기 때문에 따로 존재하지 않는 것으로 추정되고 있었다. 현재 용을 제외한 열한 마리의 신수는 모두 선계에서 선인들과 계약을 맺고 있었고, 그중 인지는 십이지 신수 중에서 세 번째로 연회에 도착한 호랑이였다.

호 가에는 아주 옛날부터, 왕의 자녀들 가운데 신수 백호와 계약한 선인이 왕좌에 오르고, 신수 인지와 계약한 선인은 가보인 사인참사검을 물려받아 왕의 배필이 되는 전통이 있었다. 현재 백호와 계약한 건 혜강이었고, 인지와 계약을 하고 사인검을 가진 선인은 혜강의 동생인 혜렴(慧廉)이었다. 가문의 전통대로, 혜강과 혜렴은 태어났을 때부터 장래 혼인할 운명으로 정해져 있었다.

"혜강아, 네 아직도 결단을 내리지 못했느냐."

그러나, 혜강이 그 혼인을 거부했다. 단순한 이유로 가문의 전통을 거부할 혜강이 아님을 알고 있기 때문에 지왕도 그저 기다렸다. 그렇게 시간은 흘렀고 달라지는 것은 없었다. 지왕은 이제 혜강이 마음을 잡을 때가 되었다고 생각했다. 그러나 혜강의 대답은 완고했다.

"저는 이미 수년 전에 결정을 내렸습니다, 아바마마. 제 결정을 받아들이지 않으신 분은 아바마마이십니다."

"혜강아……."

지왕이 한숨을 내쉬었다. 그는 지친 얼굴로 고집스럽게 앉아 있는 딸을 설득했다.

"네 어찌 여인의 몸으로 혼인도 하지 않고 홀로 왕좌에 올라 이 서선을 다스리겠다고 하느냐. 네 아우가 비록 아직 어리나 너에 대한 애정이 깊고 마음이 선하니 네 짝으로는 더 바랄 것이 없거늘. 또한 그 아이도 이제는 어엿한 선군이 되었으니 네 옆에 서기에 부족함이 없다. 헌데 네 어찌 아직도 그리 고집을 부려."

"허면 저는 어떻습니까, 아바마마."

지왕이 혜강을 물끄러미 쳐다봤다. 혜강은 그 눈을 조금도 피하지 않고 마주 보며 말했다.

"저 또한 어엿한 선군이 되어 아바마마의 곁을 지켰습니다. 헌데 어찌하여 아바마마께서는 아직도 제가 홀로 해낼 수 없다 하십니까.

제가 무엇을 더 보여 드려야 합니까. 무엇을 더 보여 드려야, 제가 왕좌에 오를 수 있음을 인정해 주실 겁니까."

"혜강아……. 무릇 혼인을 해야 성인으로 인정받고 왕좌에 오를 수 있는 법이다. 설령 네가 사내로 태어났다고 해도, 그 옆을 보좌할 인지와의 결합 없이 이 왕좌에 오를 수는 없느니라. 그것이 바로 우리 가문의 전통이다. 네 어찌 그리 항상 정해진 것을 부정하고 네 멋대로 하려고만 하느냐?"

"그 전통을 위해, 어마마마께서는 어찌 사셨습니까. 아바마마께서는요. 전통을 지키기 위해 두 분 모두 부부 아닌 부부로 사셨습니다. 헌데 어찌 제게 그 삶을 강요하십니까. 정해진 것이 늘 옳은 것은 아닙니다. 전통이라고 해도 그것이 그릇된 것이라면 바꾸어야 합니다."

그 말에 지왕은 숨을 급하게 들이마시며 얼굴을 일그러트렸다.

"네 어찌 그런 말로 부모를 모욕하느냐! 그 말인즉 네 부모가 옳지 못하다는 것이냐! 네 혹, 아직도 그 일 때문이냐? 혜렴이 그 일을 아직도 마음에 두고 있어? 그러지 말아라. 혜렴이도 이제 정신을 차렸다. 그땐 그저 그 애가 철이 없어서 그랬다. 하지만 이제 맘잡고 널 도우려고 하지 않느냐."

혜강은 무거운 한숨을 내쉬었다.

"연관도 없는 일을 끼어 들이지 마십시오. 저는 다만 전통이라 자부하시는 그 관습이 가족의 삶을 옭아매는 것이 싫습니다. 아바마마께서는 신수 인지의 보좌가 필요하다고 말씀하시지만, 다른 제후 왕가 모두 다른 신수의 도움 없이 선계를 다스립니다. 선계에서 이다지도 기이한 전통을 잇고 있는 것은 오로지 저희 가문밖에는 없습니다. 저는 제가 제 힘으로 서선을 다스릴 수 없다 생각하지 않습니다. 이미 서선의 모든 일은 제가 관리하고 있고, 제가 아바마마께 받지 않은 것은 왕좌뿐입니다. 헌데 지금 서선에 문제가 있습니까. 저를 아직도 믿지 못하실 정도로 제가 잘못하고 있습니까."

"혜강아, 나는 네가 잘못하고 있다고 말하고 있는 게 아니다. 법도와 전통을 무시하고 네가 어찌 왕좌에 오를 수 있겠느냐. 나는 네가 그런 오명을 뒤집어쓰고 이 왕좌에 오르기를 바라지 않는다. 모두의 인정과 축복을 받고 이 왕좌에 오르길 바란다. 나는 그 옛날부터 너와 혜렴이가 서선을 함께 다스릴 날만 바라보며 이 자리를 지켜 왔다. 네가 혜렴이 아닌 다른 이와 혼인하게 된다면 이 호 가의 피가 어찌 되겠느냐. 어쩌면 이 호가에서는 다시는 강한 금행의 선인이 태어나지 않을지도 모를 일이다."

"제가 다시 한 번, 다른 제후 왕가와 우리 가문을 비교해야 합니까. 이 가문의 사람이 아닌 다른 피가 섞인다고 하여 강한 선인이 태어나지 않는다고 누가 자신합니까. 설령 강한 선인이 태어나지 않는다고 한들, 그게 무슨 문제입니까. 제가 더 강해지기 위해 선군이 되겠다고 했을 때, 아바마마께서는 군주란 그저 술력이 강한 것이 다가 아니라고 말씀하셨습니다. 아닙니까?"

"혜강아……."

"저는 그저, 한 가지만은 분명하게 알겠습니다."

혜강이 시선을 내리깔고 말했다. 지왕이 그런 그녀를 물끄러미 쳐다봤다.

"제가 무엇을 해도, 아바마마께서는 인정하지 않으신다는 것을. 선녀가 되는 것으로 모자라, 검을 들고 선군이 된 접니다. 강한 것이 다가 아니라고 하시기에 사리분별에 맞게 서선을 다스리고자 노력했습니다. 그럼에도 아바마마께서는 아직도 여인이라는 이유로 저를 인정하지 않으십니다. 어찌 왕좌를 이어받는 데 혼인으로 저 스스로를 증명해야 합니까. 한 사내의 아내가 되는 것이 저의 무엇을 보여 줄 수 있습니까. 저는 더 이상 보여 드릴 수 있는 게 없습니다.”

그 말을 끝으로, 혜강은 자리를 박차고 일어났다. 손을 뿌리치고 나가는 혜강의 뒤로 이름을 부르는 지왕의 목소리가 들렸다. 그러나 혜강은 뒤도 돌아보지 않고 그 방에서 나왔다. 방 밖에서 기다리는 술시들을 무시하고, 혜강은 빠른 걸음걸이로 복도를 걸어 나왔다.

수백 번을 준비했던 말들인데, 준비했던 말의 반만큼도 제대로 전달하지 못했다. 마음속에 채 전달하지 못한 감정들이 제멋대로 뒤엉켰다. 솟아오르는 울분을 참을 수가 없어 결국 발걸음을 멈췄다. 가빠진 숨을 내쉬고 있는데, 누군가가 다가오는 기척을 느꼈다. 혜강은 얼른 표정을 가다듬고 고개를 돌렸다.

“누님.”

복도 끝에서 걸어오는 선군이 그녀를 불렀다. 그녀의 아우, 혜렴이었다.

“왔느냐.”

혜강은 최대한 무미건조한 어조로 대답했다. 백호위 장군인 혜렴은 군 내에서는 혜강의 수하였다. 그러나 지금 이 자리에서는 그녀의 수하가 아닌 아우였다. 혜렴은 혜강에게 다가와 고개를 숙여 인사를 하고는 말했다.

“아바마마를 뵙고 오십니까.”

“그래.”

“먼저 날을 잡자고 제게 말씀을 하셨습니다. 누님께도 말씀을 하신다 하셨습니다. 아십니까?”

혜강은 잠시 입을 다물고 다시금 마음을 가다듬었다.

“혼인은 하지 않겠다고 말씀드렸다. 너도 그리 알고 마음 쓰지 마라.”

“누님.”

혜강은 가던 걸음을 다시 옮겼다. 혜렴은 발을 빨리 움직여 그런 혜강의 앞을 막아섰다. 혜강이 눈썹을 찌푸렸다.

"이게 무슨 짓이냐."

"누님, 제발 이러지 마십시오. 누님은 연로하신 아바마마가 보이지도 않으십니까."

"좋게 말할 때 비켜라."

"누님."

혜강의 눈썹이 더 찌푸려질 수 없을 지경으로 찌푸려졌을 때쯤, 망설이던 혜렴이 결국 말을 꺼냈다.

"저 때문입니까."

"뭐라?"

"지금 제게 보복이라도 하시는 겁니까."

혜렴의 말에 혜강이 헛웃음을 흘렸다. 지왕도 그렇고 혜렴도 계속 그 이야기를 꺼내니 답답하기 짝이 없었다. 그러니까, 그건 사실은 입에 담기에도 부끄러운 이야기였다.

예전부터 혜강과 혜렴의 사이는 애매했다. 가문의 전통이 전통인지라 둘은 날 때부터 장래 혼인하게 될 사이로 내정되어 있긴 했다. 그러나 상황이 본래 이어졌던 전통과는 반대가 되었다. 그간 그래 왔듯 금행을 타고난 사내아이와 화행을 타고난 여자아이가 태어난 게 아니었다. 혜강이 금행을 타고나고 혜렴이 화행을 타고난 것이었다.

심지어 어릴 저부터 혜강의 재능이 눈에 띄는 편이었던지라, 혜렴은 강한 누이를 존경하면서도 일종의 자격지심을 가지고 자랐다. 그리고 결국 혜강이 여인의 몸으로 신수 백호와 계약을 하고 혜렴은 신수 인지와 계약을 함으로써, 탄생 시부터 논란거리였던 두 사람의 운명은 확정되었다. 여선이 백호와 계약해 왕위에 오르는 것은 이례적인 일이라 혜강과 백호의 계약에 대해 서선 내에서도 말이 많았으나,

지왕은 신수의 선택을 받아들이겠다는 선언으로 모든 혼란을 종결시켰다. 그렇게 둘은 비록 서로의 입장이 바뀌었으나, 어쨌든 호가의 오랜 전통대로 혼인 상대로 확정되었다.

그러나 그 혼담은 갑작스럽게 깨지고 말았다. 그건 아직 혜강이 선상태산의 선녀로 있을 시절의 일이었다. 혜강을 만나러 온 혜렴은 그 태산의 어느 선녀를 보고 그녀를 마음에 담았다. 연정에 휩싸여, 신수 인지도 내어놓고 사인검도 내어놓고, 모든 것을 포기하고 그녀와 떠나겠노라 주장했다. 당연히 혜렴과 장래가 약속되어 있던 혜강으로서는 황당하기 짝이 없는 이야기였고, 아들이 비록 왕위에 오르지는 못해도 혜강과 혼인해 서선을 다스리는 데 일조하리라고 철석같이 믿었던 지왕에게는 청천벽력이었다.

가문의 위신이 떨어지고 온갖 사담거리가 된 상황에서, 가장 화를 냈어야 할 당사자임에도 불구하고 혜강은 화를 내거나 혜렴을 원망하지 않았다. 혜렴은 그때 혜강이 그에게 뭐라 말했는지 기억하고 있었다. 늘 침착하고 현명한 누님, 그의 누님은 그에게 정말로 모든 것을 버릴 각오가 되어 있거든 아무도 모르게 그녀와 떠나라, 그리 말했다. 미안하고 고맙게도, 누이는 반대하거나 막아서지 않고 그를 보내 주었다.

그러나 지왕은 혜강과는 생각이 달랐다. 지왕은 재능 있는 혜강을 많이 총애했지만, 혜강이 왕위에 오르기 위해서는 혜렴과의 혼인이 반드시 필요하다고 생각했다. 그게 혜렴에게 잔인한 방식이라고 해도, 혜강을 적법하게 왕위에 앉히기 위해서는 수단 방법을 가리지 않고 혜렴을 혜강의 옆에 앉혀 놓을 작정이었다.

그리하여, 선녀와 도망쳤던 혜렴은 결국 지왕이 보낸 백호위 선군들에게 잡혀 서선 포호궁으로 돌아왔다. 마음을 줬던 선녀와는 말도 제대로 못 나누고 헤어졌다. 거의 감금과 다를 바 없는 생활이 이어지고 시간이 흐를 동안 혜렴은 홀로 마음 정리를 했고, 결국 스스로에게 정해진 운명을 받아들이기로 했다. 그의 누이인 혜강은 강했고, 왕좌에 오르는 데 부족함이 없는 사람이었다. 혼인하여 곁에서 그녀를 돕는 것이 스스로의 운명임을 받아들였다. 그러나, 그것은 명백히 혜강과는 상관이 없는 혜렴만의 이야기였다.

혜강은 혀를 찼다.

"보복이라니, 생각하는 것 하고는 유치하기 짝이 없구나. 보복을 하려 했거든 겨우 이 정도로 끝냈겠느냐."

혜강의 말에 혜렴은 이 이상 뭘 하겠다는 거냐는 말이 목구멍까지 치밀어 오르는 걸 겨우 참았다. 그는 답답하다는 듯 말했다.

"허면 어째서입니까? 왜 혼인을 하지 않겠다고 하십니까?"

혜강은 말하고 싶지 않았다. 하고 싶은 말은 늘 많았지만 입에 담을 가치도 없는 말들뿐이었다. 입에 담는 것조차 그녀 스스로를 모욕하는 일이 돼서 하고 싶지 않았다. 그러나 앞을 막아서고 몰염치하게 그녀에게 이유를 묻는 혜렴 때문에, 그저 덮어 뒀던 울분이 급작스럽게 치솟았다. 그녀는 결국 참지 못하고 숨겨 둔 마음을 내뱉었다.

"그럼 내가 너와 혼인할 줄 알았더냐."

혜렴은 놀란 얼굴로 혜강을 쳐다봤다. 혜강은 무표정한 얼굴로, 그러나 숨도 쉬지 않고 빠르게 이어 말했다.

"다른 여인네가 좋다고 도망친 사내놈이 자의도 아니고 타의로 돌아와 적선하듯 하는 혼인을 냅다 받아들일 성싶으냐. 내 자존심을 있는 대로 짓밟아 놓고 뭐가 어째?"

"……누님."

"연심 따위에 빠져 의무고 뭐고 내팽개치는 놈을 내 낭군으로 받아들일 성싶으냐. 내 네게 그때 아무 말도 하지 않은 것은, 그저 널 철없는 아우로 여겼기 때문이다. 내 미래를 맡길 사내로 여겼다면 그리 보내지 않았을 터."

아무 말도 못 하고 굳어 버린 혜렴에게, 혜강이 마지막으로 고했다.

"난 너 같은 놈과는 혼인하지 않을 것이다."

더 말할 가치도 없어서, 혜강은 혜렴을 지나쳐 가려고 했다. 그녀가 걸어가는 뒷모습을 멍하니 쳐다보던 혜렴이, 겨우 입을 열어 말했다.

"죄송합니다, 누님."

"……."

"제가 잘못했습니다. 제가……."

혜강은 한숨을 내쉬며 멈춰 섰다. 그녀는 뒤도 돌아보지 않고 말했다.

"날 연모하느냐."

혜렴은 입을 벌린 채로 멍하니 혜강의 뒷모습을 쳐다봤다. 그건 그가 누이에게 들을 것이라고는 단 한 번도 생각해 본 적은 질문이었다. 사실은, 강하고 늘 흔들림 없는 누님에게는 어울리지 않는다고 생각했던 단어이기도 했다. 어쩌면 그들 사이에 어울리지 않는다고 생각했던 단어일지도 몰랐다. 질문에 대답하지 못한 스스로를 깨달을 즈음, 혜강이 말했다.

"이러지 말자, 아우야."

"누님, 저는……."

"나는 그때의 너를 기억하고 있고, 너도 그때의 너를 잊지 못할 것이다."

연심에 빠져 정인과 함께 떠나겠다고 주장했던 혜렴의 모습을, 혜강은 아직도 기억하고 있었다. 정인을 떠올리는 눈이 반짝반짝 빛나고, 그녀에 대해 말하는 입이 연신 웃고 있었다. 기억하건대 남매간의 긴 인연 동안 본 모습 중 가장 밝고 빛나던 모습이었다.

"혼인하여 부부가 된들 서로에게 불행만 될 뿐이다. 너와 나, 서로에게 서로가 불행이 되지 않기 위해 그리 선택했다. 모두가 외면할 때 내 네 편이 되어 주었으니, 이번엔 네가 내 편이 되어 주어야 할 때다. 내 선택을 존중해 다오."

그 말을 끝으로, 혜강은 그 복도를 벗어났다. 아우의 치기 어린 행동이야 철없어서 그랬으려니 하고 넘어갈 수 있다. 그러나 끝내 마음을 바꾸지 않는 지왕의 태도가 그녀를 더 힘들게 했다. 혼인을 하고, 누가 옆에 있고가 그녀에게 중요한 게 아니었다. 처음부터 그녀는 홀로 이루었고, 홀로 이 자리에 섰다. 선녀의 익의보다 선군의 갑주를 몸에 두르고, 검을 들고 용마를 탔다. 그러나 그럼에도 그녀를 제대로 보아 주지 않는 지왕의 모습에 힘이 빠졌다. 화가 나고, 슬펐다.

혜렴이 다른 선녀와 마음이 맞아 도망가지 않았다면 영영 몰랐을 사실이었다. 옛날의 그녀는 지왕이 자신을 아낀다고 생각했다. 스스로가 부족함 없는 딸이고, 믿고 뒤를 맡길 수 있는 후계가 될 거라고 자신했다. 그러나 어떻게든 혜렴을 다시 데려와 그녀와 짝지어 주려는 지왕의 모습을 보고 깨달았다. 아버지인 지왕이 그녀를 아끼면서도, 왕좌에 함께 오를 사내 없이는 그 자리에 오를 수 없는 흠 있는 존재로 여긴다는 것을. 그녀는 생각해 본 적도 없는 그 흠을 채워 주기 위해 안달복달하고 있었다는 사실을. 그녀를 인정하고 아끼는 것과 그 자리를 물려주는 것은 별개의 일이었다. 그녀가 여인의 몸으로 태어났기에.

몸에 입은 갑주가 유난히도 무겁게 느껴졌다. 한숨을 내쉰 그녀는 용마를 찾으러 가기 위해 발걸음을 돌렸다. 그녀를 안내하기 위해 포호궁의 술시가 얼른 다가왔다. 술시를 따라 복도를 다 지나고 궁 밖으로 나오는데, 백호위 선군 하나가 빠르게 다가오는 것이 보였다. 혜강은 용마에게로 그녀를 안내하던 술시를 멈춰 세우고 선군을 응시했다. 그가 다가와 고개를 숙이자마자 혜강이 물었다.

"알아보았느냐."

"예. 남선 경계의 방비를 서던 선군 둘이 적오위 상장군의 부름을 받아 이동했고, 그 이후에는 행방이 묘연합니다. 공석은 다른 선군들로 채웠습니다."

"행방이 묘연하다? 허면 명계와 다른 문제가 있는 것은 아니란 말이지?"

"예."

혜강은 눈썹을 찌푸렸다. 지금 선계는 명계와의 좋지 않은 사이 때문에 선군들이 계속 경계 태세를 갖추고 있는 상황이었다. 그런데 그 명계와 충돌이 있는 것도 아닌데 선군들의 배치에 갑작스러운 변화가 생긴 것을 그냥 좌시할 수는 없었다. 수하를 시켜 알아본 결과는 만족스럽지 못했지만, 만족스럽지 않은 결과가 오히려 그녀에게 답을 주었다. 혜강이 고개를 끄덕이는데, 선군이 다시 입을 열었다.

"그리고, 서하에서 급한 전갈이 왔습니다."

"무엇이냐?"

"서하에 도깨비 하나가 난동을 부리고 있다고 합니다."

"도깨비?"

혜강이 눈썹을 찌푸렸다. 선군이 곤란해하는 얼굴로 대답했다.

"예, 헌데 그 도깨비가, 파적이라고 합니다."

혜강은 순간 그녀가 잘못 들었나 했다. 그녀를 다시 찾아 뒤따라온 혜렴도 혜강의 뒤에서 선군이 전하는 그 이야기를 들었다. 얼굴이 경악으로 일그러졌다.

"뭐라?"

도무지 믿을 수 없어서, 혜강은 되물었다. 암굴에 갇힌 오십 년 전의 난적이, 옥사를 탈출했다.

❈ ❈ ❈

혜강은 그길로 용마 천금을 타고 용수궁으로 날아갔다. 그녀의 뒤로 용마를 탄 백호위 선군들이 따라왔다. 그중에는 혜강의 아우인 혜렴도 있었다. 투구에 하얀 술이 달린 백호위 선군들이 용수궁에 도착했다. 용마에서 내려선 혜강은 천제 무진을 찾아갔다. 천제가 정사를 돌보는 위정전(威政殿)으로 들어간 혜강은 무진에게 허리를 숙여 인사를 했다. 위정전 안에는 선인 관리들이 죽 늘어서 있었다. 그들의 시선을 한 몸에 받으며 들어간 혜강은 보고받은 서하의 사정에 대해 고했다. 파적이 암굴 밖으로 나왔다는 이야기에 선인 관리들의 표정이 좋지 않아졌다. 그들은 당장이라도 입을 열어 하계 선군들이나 하강한 관리들의 무능력함에 대해 비판을 가하고 싶은 얼굴이었다. 그 사이에서 혜강은 꿋꿋이 무진만을 응시했다.

"현재 파악되는 바로는 암굴에서 나온 도깨비는 파적뿐이며, 혹여 암굴에서 나온 다른 죄인이 없는지에 대해서는 선군들이 암굴 안으로 들어가 조사해 봐야 할 것입니다. 서하뿐만이 아닌 각 하계에서도 확인을 해 봐야 합니다."

"그래. 알았다. 일단 서하에 나타난 도깨비는 파적뿐이라고 하니 서둘러 진상을 파악하는 일이 급선무일 터. 짐은 하계 감사에게도 교서를 보내 백호위 선군의 암굴 조사에 지원을 아끼지 말라 명하겠다."

"폐하, 말씀 중에 송구하오나, 이번에 신이 직접 하계로 하강하고

자 하옵니다."

"자네가 직접 가겠다고?"

그 말에 위정전 안에 있던 선인 관리들도, 무진의 곁을 지키던 석호도 놀랐다. 석호도 그렇지만 혜강도 그전에 하계에 내려간 경험이 없었다. 둘 다 남선과 서선을 지키는 데 집중해야 했기 때문이었다. 그래서 남하와 서하는 적오위와 백호위의 장군이나 중랑장이 하강하여 지켰다. 하계에는 그 외에 흑귀위나 청진위(靑辰衛)에서 하강한 군사의 수가 많았다.

청진위는 본래가 옛날부터 하계나 지켜야 하는 대우 못 받는 군대였다. 버려진 하늘인 동선을 기를 써서 지킬 이유가 없기 때문이었다. 그리고 흑귀위가 지켜야 하는 북선은 명계로 가는 길과 연결되어 있는 터라 구름의 움직임이 차고 혼란스러워 선인이 많이 살지 않았다. 따라서 북선 역시 많은 곳을 방비할 필요가 없어, 하계에 인력을 수시로 보냈다. 흑귀위 상장군이었던 류시건이 하계에 내려가 있었던 것도 그 때문이었다.

그러나 서선의 백호위나 남선의 적오위는 상황이 달랐고, 무엇보다 혜강은 지금 지왕을 대신해 서선의 정무를 처리하고 있었다.

"하지만 자네는 서선을 지켜야 하지 않나. 지왕의 건강도 좋지 못한 것으로 알고 있다."

무진의 말에도 혜강은 단호하게 그녀의 뜻을 전했다.

"상대는 하계를 혼란스럽게 한 난적이옵고, 요술을 쓸 수 있는 도깨비입니다. 또한 파적이 홀로 탈옥했을 리도 없으니, 이는 필시 밖에서 파적의 탈출을 도운 이가 있을 것으로 사료됩니다. 만일 상황이 그렇다면 현재 암굴에서 파적만 탈옥했다 장담할 수도 없습니다. 어쩌면 더 많은 죄인들이 탈옥을 했을지도 모르는 일입니다. 서선은 현재 서하와 비교하자면 당장 위험한 상황이 아니니 제가 반드시 자리를 지키고 있어야 할 이유도 없습니다. 그러니 신이 직접 하계로 가 확인하고 오겠습니다. 대신 백호위 대장군이 서선을 지킬 것입니다."

선인 관리들은 그들끼리 웅성웅성 말이 많아졌다. 그리고 무진은 그들이 다시 입을 열기 전에 말했다.

"자네가 그렇게 말해 주니 짐도 안심이 되는군. 알겠다. 믿고 좋은 소식만 기다리겠다."

"황공하옵니다, 폐하."

무진은 붓을 들고 혜강에게 하계 하강을 허하는 교서와 하계 감사에게 보낼 교서를 직접 써 내렸다. 천제의 직인이 찍힌 교서 두 개를 술시를 통해 건네받은 혜강은 고개를 숙임과 동시에, 시선을 잠깐 석호에게 주었다. 석호도 그 시선을 눈치챘다. 교서를 챙긴 혜강은 인사를 올리고 물러서 방에서 나갔다. 석호가 무진을 보고 말했다.

"폐하, 송구하오나 신이 잠시 자리를 비워도 괜찮겠습니까."

"그리하라."

무진은 그럴 줄 알았다는 듯 미소 지으며 허락을 해 줬다. 석호는 고개를 숙여 보이고는 얼른 방에서 나갔다. 방 안에는 무진과, 무진에게 각 선계의 상황에 대해 고하는 선인 관리들만 남았다.

석호는 술시들이 방문을 닫기도 전에 걸음을 빨리해서 혜강을 찾아갔다. 안 그래도 파적이 암굴에서 탈옥했다는 이야기를 듣고 심난하던 참이었는데, 혜강이 하강한다니 그에 대해 이야기를 나눠 볼 필요가 있었다. 파적과 암굴이라는 단어의 조합이 그로 하여금 심히 안 좋은 상대를 떠올리게 했기 때문이었다.

혜강은 이미 복도를 다 빠져나가 위정전 밖에서 석호를 기다리고 있었다. 마찬가지로 위정전 밖으로 나간 석호는 혜강의 뒤에서 기다리는 백호위 선군들을 발견했다. 그는 용마와 함께 서 있는 선군들 사이에서 혜강의 동생인 혜렴을 발견했다. 석호는 인사하는 혜렴을 발견하자 인상을 팍 찌푸리곤 째려봤다. 혜강은 그런 석호를 보며 혀를 찼고 혜렴은 한숨을 내쉬었다. 백호위 선군들에게 잠시 기다리라고 이야기한 뒤 혜강은 석호와 자리를 옮겼다. 함께 자리를 뜨는 뒷모습을 선군들과 함께 남은 혜렴은 물끄러미 응시했다.

"그만 좀 해라."

자리를 옮겨 담장 구석까지 걸어온 혜강은 석호에게 타박을 했다. 석호는 쳇, 하고 듣기 싫은 소리를 내며 답했다.

"뭘 그만해. 너 저 녀석 때문에 아직도 왕위에 오르지 못하고 있잖냐. 아우란 놈이 도움은 되지 못할망정……."

"혜렴이 때문이 아니다. 그러니 적당히 해라. 다른 선군들 보기 민망하지도 않으냐?"

"민망해야 할 놈은 네 아우 녀석이지."

혜강은 혀를 차며 석호를 쳐다봤다. 괜히 헛기침을 한 석호가 말했다.

"그나저나 너, 진짜 하계로 갈 거냐?"

"그럼 폐하께 거짓을 고했겠느냐?"

"……그래, 그럼. 가서, 상황 좀 제대로 알아봐라. 혹시 뭐, 더 큰 일이 생기면 안 되니까. 지금 상황이 어떤지 너도 알지? 하계에서 혼란이 일어나선 안 되는 때야."

석호가 시선을 피하며 하는 말에 혜강은 바로 대답하지 않았다. 그녀도 석호가 지금 뭘 걱정하는지 알고 있었다. 암굴에서 파적이 나왔다. 그럼 암굴에 있을 또 다른 누군가도 나오지 않았으리란 보장이 없지 않은가. 한숨을 내쉰 혜강이 석호의 어깨를 치며 말했다.

"또 다른 누군가가 암굴에서 나왔다면 이미 보고가 올라왔을 것이다. 하지만 지금 보고된 건 파적뿐이지 않느냐. 하강하여 확인해 봐야 알 일이지만, 아마 괜찮을 것이다.”

“……그래.”

석호가 고개를 끄덕이고는 느릿하게 대답했다. 혜강은 영 좋지 않은 얼굴로 서 있는 석호를 보며 눈을 가늘게 떴다.

“그보다 너. 사실대로 말해라. 적오위 선군들을 움직여 어디로 보낸 것이냐?”

“뭐, 뭐? 무슨 소리냐?”

화들짝 놀라는 석호를 보며 혜강은 혀를 찼다.

“씨알도 안 먹힐 시치미 떼지 마라. 갑자기 선군 몇을 있던 자리에서 빼 움직였는데 내가 그걸 모를까 봐. 명계도 조용한데 갑자기 선군을 움직일 이유가 뭐가 있어?”

석호는 어이가 없어서 허, 하고 헛웃음을 흘렸다.

“내가 적오위냐? 그걸 왜 나한테 물어? 그리고 너, 남의 군대 군사가 뭐 하는지까지 살피고 있냐? 네가 그렇게 오지랖이 넓은지 오늘 처음 알았다!”

“적오위 상장군이라고 해 봤자 줄곧 네 아래 있던 선군인데 더 말해 무얼 할까. 말 돌리지 말고 사실대로 말해라. 너. 선군들을 움직여 하계로 보냈느냐?”

“뭐, 뭐? 무슨 소리냐!”

석호가 팔짝 뛰자 혜강은 그럼 그렇지, 하고 혀를 찼다.

“내 그럴 줄 알았다. 어째 생각 없는 놈이 생각하는 척 좀 한다고 했다. 네 전에 하계로 하강한 연 장군에게도 군사들을 붙인 것을 알고 있다. 그때부터 살펴보길 망정이지, 네 말대로 지금 때가 어느 땐데 선군들을 네 마음대로 움직여? 선군들을 하계로 보내서 대체 뭘 어쩐 것이냐? 이리 시치미를 떼는 것을 보아하니 영 수상한데, 너 설마, 폐하께서 부르신 여선에게 해라도 가한 것은 아니겠지?”

"……."

"……주석호."

대답하지 못하는 석호를 보며 혜강이 얼굴을 굳혔다. 설마 하는 마음으로 던져 봤는데 설마가 사람 잡는다는 말이 괜히 있는 게 아니었다. 그녀는 목소리를 높이지 않기 위해서 잠시 숨을 골랐다. 그러곤 한 번 참았다가, 입을 열었다.

"네 어찌 그리 어리석은 일을 벌인 것이냐! 생각이 있어, 없어!"

"……폐하를 위해서였다. 그 여선이 오면 폐하께는 해가 될 것이다!"

"그걸 폐하께서 바라실 것 같으냐! 폐하께 어디 가서 말씀드려 봐라! 네가 폐하를 위해 군사를 보내 폐하의 백성을 해하였노라고!"

"폐하께서는 모르셔야 한다. 그런 일로 폐하께 근심을 드릴 수는 없다."

"뭐라고?"

경악한 얼굴로 석호를 쳐다보던 혜강이 참지 못하고 결국 석호의 정강이를 발로 세게 찼다.

"악!"

석호는 허리를 팍 숙이고 다리를 짚었다. 그는 버럭 성을 냈다.

"야! 너 미쳤냐!"

"주먹이 날아가지 않은 것을 다행으로 여겨라, 이 한심한 놈아. 뭐가 어쩌고 어째? 구름 한 점 없는 하늘에서 해가 가장 밝게 빛나는 법이다! 폐하의 곁을 지키는 군사가, 하명도 받지 않고 그 권력을 남용하여 무고한 백성에게 해를 가하느냐? 그걸 무얼 잘했다고 뻔뻔하게 입에 담아! 내 그래도 네놈이 그 정도 사리분간은 할 수 있다 여겼는데!"

석호는 아무런 말도 하지 못했다. 화가 난 얼굴로 혜강도 석호를 쳐다볼 뿐, 더 이상 말을 하지는 않았다. 그러나 그 침묵이 더 무거웠다. 석호는 시선을 피하고 혜강은 분노한 시선으로 그를 째려보는 사이, 갑자기 간드러지는 목소리가 들렸다.

"장군께서는 소녀와는 생각이 다르시군요. 하늘에 구름 한 점 없으면 이 용수궁부터 무너질 터인데, 그래서야 어디 쓰겠나요?"

혜강과 석호가 고개를 돌렸다. 담을 따라 걸어오는 선녀는 흰 저고리와 자색 치마의 익의를 입은 궁관 자희였다. 그녀는 무진이 내린 근신 명령이 풀려 다시금 용수궁으로 나와 무진의 곁을 보좌하고 있었다. 화사하게 웃으며 걸어오는 자희를 보고 혜강은 다시 석호를 쳐다봤다.

"……너 설마."

석호는 다시 혜강의 시선을 피했다. 그런 석호와 혜강의 모습을 보며 자희가 입가를 옷자락으로 가리며 웃었다.

"상장군께 너무 그러지 마시어요. 예, 소녀가 감히 그리해 주시라 청했답니다. 물론 백호위 상장군께서 이 소녀가 궁관의 본분에서 벗어나는 일을 했다 책망을 하셔도 어쩔 수 없사와요. 소녀와 상장군은 그것이야말로 천제 폐하를 위한 일이라고 생각했으니까요."

혜강은 날 선 어조로 대답했다.

"폐하께서 이 일을 아신다면 그저 묵과하지는 않으실 것이오. 진실을 숨기고자 한 것은 그대와 검용군 상장군 또한 이 일이 옳지 못하다는 것을 알고 있기 때문이 아니오?"

"그리 말씀하지 마시어요. 어차피 상장군께서 보내신 군사들은 그 여선님께 손톱자국 하나 내지 못했답니다."

"……뭐라?"

혜강이 석호를 쳐다봤다. 석호는 인상을 찌푸렸다. 저 요괴가 그 사실을 어찌 알고 있는지 알 수가 없었다. 당장 뭐라고 해 주고 싶었지만 그는 일단 옆에서 도끼눈을 뜨고 쳐다보는 혜강에게 답을 했다.

"어찌 된 일인지는 모르겠지만, 그 여선이 갑자기 사라져 행방이 묘연해졌다고 한다. 그래서 보냈던 선군들을 일단 다시 불러들였다. 헌데 듣자 하니 그 여선이 웬 사내와 같이 있었다고 하던데."

"사내?"

혜강이 의아해서 되묻는 사이 자희는 어머, 하고 손으로 입가를 가리며 놀란 얼굴을 했다.

"더불어 지금 하계에 도깨비 파적이 다시 나타났다지요? 이런 상황에 용과 계약한 다른 여선이 있다는 것이 알려지면, 선, 하계가 얼마나 혼란스러워질지……."

혜강은 기다렸다는 듯이 자희의 말을 잘랐다.

"그러니 최대한 빨리 그 여선을 찾아 폐하께 데려왔어야 하는 것이오. 그랬다면 파적이 암굴에서 나왔다고 한들 그 여선까지 걱정할 일은 없었겠지. 지금 두 사람이 폐하를 위해 했다는 행동이 오히려 폐하의 근심을 키우게 되지 않았소? 그 여선이 폐하께 해가 될지, 안 될지는 폐하께서 결정하실 몫. 내 지금은 하계로 하강해야 해서 넘어가지만, 돌아오면 반드시 폐하께 이 일을 고할 것이오."

조금도 물러섬이 없는 단호한 태도였다. 흔들림 없는 완고함에 결국 자희는 한 걸음 뒤로 물러나며 웃었다.

"물론 소녀도 과했다는 것을 안답니다. 또한 상장군께서 말씀하신 대로 소녀의 그릇된 판단이 폐하께 더 큰 근심거리가 되었다는 사실도요. 이번 일은 소녀가 직접 폐하께 말씀드리고 그 벌을 받겠사옵니다. 그러니 상장군께서는 모든 근심을 더시고, 서하의 도깨비를 잡아들이는 데 집중하셔요."

석호는 놀라서 자희를 쳐다봤다. 그러나 그는 입술을 위로 올리며 웃는 자희를 보며 그 속내를 알 수 있었다. 저 요물은 무진이 자신에게 큰 벌을 내리지 못할 거라고 자신하고 있는 게 분명했다. 석호는 차마 티는 못 내고 그저 시선만 돌렸지만, 속이 부글부글 끓는 것을 참을 수 없었다. 그리고 혜강은 눈썹을 찌푸린 채로 자희를 쳐다봤다.

"진심으로 하는 말이오?"

"뉘 앞이라고 거짓을 고하겠사옵니까? 걱정하지 마시어요."

화사하게 미소 지은 자희는 그길로 공손히 인사를 하고 몸을 돌렸다. 혜강은 멀어지는 자희의 뒷모습에서 시선을 떼지 않았다. 어딘가 걸리는 부분이 있는 듯 좋지 못한 표정이었다. 그녀가 들릴 듯 말 듯 작은 목소리로 중얼거렸다.

"……참으로 기이한 일이다."

"왜, 왜?"

석호가 혜강의 눈치를 보며 물었다. 혜강은 자희가 사라진 자리에서 시선을 떼지 않은 채로 대답했다.

"그 옛날 태산에 있을 적에도 분명 같이 수행을 한 사이지만, 도통 저런 성정이 아니었던 것으로 기억하는데. 완전히 다른 선인인 것처럼 변했단 말이다."

석호는 눈을 크게 떴다. 갑작스럽게 충격을 받았다. 요선이 날개옷을 받을 수 있을 리가 없었다. 한마디로 그가 아는 자희는 제대로 된 선녀일 수가 없었다. 궁의 궁관이 되는 것이야 천제인 무진의 뒷배가 있었으니 문제없었겠지만, 선녀의 이익를 받는 것은 무진이 왈가왈부할 수 없는 명백한 규정이 있었다. 그래서 석호는 저 요괴가 선인으로 둔갑한 후 날개옷은 어떤 선녀의 것을 훔쳐 입은 것이 아닐까 생각하고 있었다. 그러니까 은연중에 그는, 이제껏 자희라는 선녀가 실제로 존재하는 선인이 아니라고 생각하고 있었던 것이었다. 그러나 지금 혜강은 자희와 같이 태산에서 수행을 했다고 했다.

"그 말은 너 저 선녀와 태산에서 같이……."

"그래. 내가 선녀일 시절에 선녀 자희도 태산에서 수행을 하고 있었다. 내가 먼저 익의를 받아 하산했기에 그 이후는 잘 모르겠지만……. 성품이 저리 변할 수가 있나."

석호는 의심이 가득한 얼굴의 혜강을 더 보고 있을 수가 없어 시선을 피했다. 머릿속에 혼란이 가득 찼다. 그럼 진짜 선녀 자희는 어디로 갔나. 아니, 애초부터 날개옷의 주인이 어떻게 됐는지에 대해 알아봤어야 했다. 날개옷을 그냥 훔친 것과, 그 날개옷의 당사자 행세를 하고 있는 것은 엄연히 다른 의미였다. 혼란 속에 이미 그는 답을 알고 있었다.

'그 선녀는…….'

살아 있지 않을 것이다. 그러지 않고서야 삼십 해 동안 사라졌을 리가 없었다. 그리고, 그 선녀가 그냥 죽지는 않았을 터였다. 자희가 먹이를 취하는 밤마다 봐야만 했던 피로 물든 광경이 떠올랐다. 손톱이 살아 있는 이의 가슴을 가르고, 그 속에서 뛰고 있는…….

"……석호. 주석호?"

"어, 어? 그래."

"너 또 왜 그러냐?"

"아니……. 아무것도 아니다. 이제 하계로 가냐?"

"그래."

"그래……. 잘 갔다 와라."

석호는 대충 인사를 하고는 서둘러서 그 자리를 벗어나 버렸다. 혜강은 허둥지둥 도망치듯 가 버리는 석호를 의심과 걱정이 가득 찬 시선으로 쳐다봤다.

아무리 바로 곁에서 함께 천제를 모신다고 해도 궁관 자희와 석호가 작심하여 일을 꾸민 것은 이상한 점이 너무 많았다. 이제까지의 두 사람 모습이 합심하여 일을 벌일 정도로 가까워 보이지 않았거니와, 그녀가 기억하는 선녀 자희는 그런 일을 꾸밀 만한 인사가 전혀 아니었다. 그녀가 기억하는 바로는 선녀 자희가 실력이 모자란 것은 아니었지만, 성정이 지나치게 조심스럽고 내성적이라 들어갈 자리고 나설 자리고 뭐고 그저 다 피하는 선인이었던 것이다.

'변해도 너무 변하지 않았나. 석호 저 녀석도 영 이상하고.'

혜강은 아무래도 수상하다고 생각했다. 그녀는 하계에 갔다 돌아오면 선녀 자희에 대해서 좀 알아보고, 주석호는 탈탈 털어 줘야겠다고 결심했다. 아무튼 연배는 또래인데 어째 하는 짓은 아우 혜렴이나 저놈이나 다를 바가 없었다. 근심 섞인 한숨을 내쉰 그녀는 그녀 또한 맡은 바 임무가 있기에 지금은 일단 넘어갈 수밖에 없었다. 일단 혜강은 그녀의 용마와 선군들이 기다리는 곳으로 갔다. 그녀를 기다리고 있던 용수궁의 술시로부터 용마의 고삐를 넘겨받았다. 용마를 데리고 걸어가며 혜강이 혜렴에게 말했다.

"백호위 선군들과 함께 서선으로 돌아가 맡은 바 자리를 지켜라."

"저도 하계로 가겠습니다."

"어리석은 소리. 전하의 곁을 지켜라."

"그럼 제가 하계로 가겠습니다. 누님께서 하계까지 가실 필요는 없습니다."

멈춰 선 혜강이 혜렴에게 싸늘한 어조로 말했다.

"때와 장소를 구분하지 못하는군. 군법의 지엄함을 보여 줘야 명을 따를 테냐."

칼같이 내려친 말이 냉정하게 떨어져 조금의 여지도 남기지 않았다. 결국 혜렴은 하는 수 없이 고개를 숙이고 물러났다. 혜강은 뒤에서 기다리던 백호위 선군들에게 손짓을 했다. 그녀가 용마에 올라타고, 다른 선군들 몇도 혜강을 따라 용마에 올라탔다. 고삐를 잡아당기자 용마가 단숨에 날개를 펼쳤다. 혜강이 탄 천금이 가장 앞에서 날고, 그 뒤로 용마들이 따라 날았다. 혜렴과 남은 백호위 선군들은 멀어지는 그들의 수장에게 고개를 숙여 인사했다. 하얀 용마를 따르는 용마의 무리가 점점 멀어졌다. 그 모습을 물끄러미 보던 혜렴도 몸을 돌리고 용마에 올라탔다. 혜렴은 그와 마찬가지로 용마에 올라탄 다른 선군들과 함께, 혜강이 없는 동안 그가 지켜야 할 서선으로 날아갔다.

❊ ❊ ❊

아침 일찍부터, 양상은 이 노인과 함께 외출을 하고 오는 길이었다. 동하에는 선인들의 모진 대우나 요선들 때문에 도망친 인간들이 많았는데, 그동안 양상과 이 노인은 그런 인간들과 접촉하며 교류를 해 왔다. 그들이 모여 있는 곳은 양상이 결계를 쳐 두어 비교적 안전했고, 어찌 알았는지 최근 북하에서 넘어온 이들 중에 그들에게 합류 의사를 계속 밝히는 이들이 있었다. 양상은 이 노인과 함께 그곳으로 가 그들을 만나고, 그들에게 그의 결계를 위험하지 않게 오가는 방법에 대해 알려 주고 오던 참이었다.

양상과 이 노인이 나가 있던 동안에, 이가의 가옥에 숨어 있던 도깨비들에게도 서하의 소식이 전해졌다. 외출을 마치고 이 노인과 함께 마당으로 들어오던 양상은 급히 달려오는 도깨비를 보고는 의아해서 고개를 갸웃거렸다. 도도도 달려온 홍례가 양상 앞에 멈춰 서기도 전에 입부터 열었다.

"도사님, 큰일이 났습니다!"

"무슨 일이냐?"

"서하에 우리 형님이 나타나셨다고 합니다!"

"응?"

양상은 이해할 수가 없어 고개를 갸웃거렸다. 그러자 홍례가 답답하다는 듯 말했다.

"아이참, 파적 형님이오! 암굴에 가신 우리 형님! 지금 우리 형님이 서하 송현(松縣)에서 류시건 장군을 찾으며 난동을 부리고 있다고 하는데요! 그래서 지금 하늘에서 우리 형님 잡으려고 선인들이 내려오고 있다고요!"

눈썹을 찌푸리고 홍례를 쳐다보던 양상은 이 노인과 시선을 마주쳤다. 이 노인도 영문을 모르기는 매한가지였다. 홍례와 이 노인에게 잠시 기다리라고 말한 양상은 일단 시건이나 사예를 찾아 발걸음을 돌렸다. 사예는 쭈그리고 앉아서 머리카락을 묻은 나무를 확인하고 있었고, 시건은 나무 그늘 아래 서서 그런 사예를 쳐다보고 있었다. 사예는 급하게 걸어오는 양상과 그 뒤를 따라오는 홍례를 보곤 의아해서 손을 털며 자리에서 일어났다.

"무슨 일이오?"

"무슨 일이 있다마다. 혹시 여선님, 암굴에서 류 장군 말고 다른 이도 내보내 주셨소이까?"

"아니, 그런 일은 없는데."

사예는 시건을 쳐다보곤 고개를 저었다. 시건은 무표정한 얼굴로 양상을 쳐다봤다. 양상은 헛웃음을 흘리고 말했다.

"장군이 좀 곤란하게 되었는데. 지금 서하에 파적이 나타났다고 하오."

시건은 별 반응 없이 양상을 응시했다. 질문은 사예가 했다.

"그래서?"

"류 장군을 찾으며 난동을 피우고 있다고 하는구려."

"응?"

사예는 시건을 쳐다봤다. 시건은 여전히 별다른 반응을 보이지 않았다. 양상은 기대가 잔뜩 서린 눈으로 쳐다보고 있는 홍례를 쳐다봤다. 연신 깜빡이는 커다란 눈을 보고 웃은 양상은 그 기대에 부응하듯 말했다.

"일단 소생은 파적을 데려올 생각이외다. 그런데 파적이 장군을 보고 어떻게 나올지 알 수가 없어서. 소생은 파적이 암굴에 가게 된 정황을 제대로 알지 못하는지라. 장군이 여기 있다고 하면 파적은 따라올 것 같긴 하지만, 그랬다간 혹여 장군이 곤란해지는 것 아니오?"

시건은 담담하게 대답했다.

"곤란해지지 않는다."

"정말?"

사예가 시건을 쳐다보곤 눈을 크게 떴다. 시건은 고개를 끄덕였다.

"파적을 데려와도 상관이 없다."

"저, 정말입니까?"

오히려 홍례가 놀라서 시건에게 물었다. 시건은 더 할 말은 없는 듯 그저 팔짱을 낀 채로 나무에 몸을 기댔다. 사예는 이해가 안 돼서 물었다.

"그 도깨비가 그대를 찾으며 난동을 부리고 있다지 않소?"

"그러니 오히려 양상이 파적을 데려오는 편이 나을 것이다. 허튼 곳에서 더 난동을 부리게 놔둘 수는 없겠지."

양상은 시건의 담담한 대답에 만족한 얼굴로 씨익 웃었다.

"뭐, 당사자가 그렇다니 일단은 가 볼까. 조금만 기다리고 계시오. 소생이 바로 가서 파적을 데려올 테니. 가자, 홍례야."

"예, 예!"

양상은 지팡이를 짚으며 몸을 돌려 가 버렸다. 그리고 그 뒤를 따라 홍례가 얼른 달려갔다. 사예는 양상과 홍례가 함께 가는 모습을 쳐다보다가, 시건에게로 시선을 돌렸다.

“그쪽이 암굴로 잡혀가게 만들었으니 그 도깨비가 억하심정을 가지고 난동을 부리는 게 아니오?”

“그렇다고 해도 그다지 문제 될 것은 없다.”

“아까부터 계속 어찌 그리 단언하오? 그 도깨비는 붉은색도 두려워하지 않는다면서? 만약 그 도깨비가 덤벼들기라도 하면 그대는 막을 방도도 없지 않소.”

“그렇긴 하지.”

시건은 계속되는 사예의 의문을 대수롭지 않게 받아들였다. 그러나 그 이상 설명할 생각도 없어 보였다. 입을 다문 시건을 쳐다보던 사예는 조금 상한 기분으로 시선을 돌렸다. 그녀는 시건에게 다 들리게 중얼거렸다.

“뭐야, 사람이 물어보는데 무시를 하는 것도 아니고……. 대답을 하는 것도 아니고…….”

시건은 고개를 푹 숙인 채로 괜히 흙 묻은 손을 만지작거리고 있는 사예를 쳐다봤다. 그는 물끄러미 정수리만 보이는 머리를 쳐다보다가 물었다.

“내가 걱정이 되나?”

사예는 눈을 부릅뜨고 고개를 홱 들었다. 그녀는 눈썹을 찌푸린 채로 시건을 향해 단호하게 대답했다.

“아니!”

“그런데 왜 계속 신경을 쓰지?”

사예는 손가락으로 허공을 삿대질하며 목소리를 높였다.

“도깨비가 와서! 난동을 부리다가! 내 나무를 부수기라도 하면 안 되니까! 당연한 거 아니오?”

"……그래. 그럴 일은 없을 것이다."

"그럼 됐고."

새침하게 대답한 사예는 손으로 구겨진 치마를 털었다. 그러곤 돌아서려고 하는데, 시건이 그런 그녀를 멈춰 세웠다.

"마음은 정했나."

"무슨 마음?"

"나를 뭐라고 부를지."

사예는 눈을 동그랗게 뜨고 시건을 쳐다보다가, 글쎄, 하고 대충 얼버무리며 시선을 피했다. 솔직히 더 고민해 보지 않은 터라 그녀는 왠지 난감해졌다. 우물쭈물하며 대답을 피하고만 있자, 시건이 말했다.

"난 그대 이름을 부르고 싶다."

사예는 눈을 더 크게 뜨고 시건을 쳐다봤다. 눈이 마주쳤다. 시건은 표정 변화가 전혀 없는 얼굴로 사예를 쳐다보고 있었다. 조금도 시선을 움직이지 않고 쳐다보고 있어서, 결국 사예가 먼저 시선을 피했다. 그녀가 시선을 피했음에도 시건은 조금의 흔들림도 없이 그녀만 쳐다보고 있었다. 그 시선이 고스란히 느껴져서 괜히 몸이 더워지는 것 같았다. 사예는 다른 곳을 쳐다보며 대답했다.

"그럼, 그러시든가."

맞잡고 만지작거리는 손안에 왠지 땀이 고였다. 사예는 계속 다른 곳을 보며 고민하다가, 마음을 한순간에 다잡았다. 시건이 계속 흑심을 스멀스멀 드러내는 것 같은데 이대로 홀라당 넘어갈 수는 없다 싶었다. 그래서 그녀는 새침한 어조로 말했다.

"생각해 봤는데, 내가 그대를 부를 일이야 따로 없을 것 같소. 그러니, 난 그냥 아예 안 부르려고. 어차피 계속 볼 사이도 아닌데 굳이 부를 필요가 있겠소. 난 그렇게 마음을 정했으니…… 그쪽은, 내 이름을 부르든가, 말든가."

"……그래."

벌처럼 톡 쏘아 말한 뒤 사예는 몸을 홱 돌리고 그 자리에서 후다닥 벗어났다. 시건은 멀어지는 그녀의 뒷모습을 계속 쳐다봤다. 비색 저고리 아래 팔랑팔랑 흔들리는 노란 치마가 금세 벽 너머로 숨어 버렸다. 검은 머리에 매진 푸른 댕기가 쏙 사라지고 나서도 시건은 계속 그 자리를 쳐다봤다.

❈ ❈ ❈

도깨비는 하계에 존재하는 모든 것들 중에서도 유독 알 수 없는 존재였다. 도깨비방망이로 부리는 요술에는 한계나 규칙이 없었기 때문에, 그것을 막는 것은 선인에게도 어려운 일이었다. 도깨비가 도깨비방망이를 휘두를 때마다 땅이 갈라지거나 불이 나며, 금이 쏟아지기도 했다.

그러나 요술을 부리지 않더라도 도깨비는 그 자체만으로도 충분히 위협적인 존재였다. 백 년 넘게 산 도깨비의 키는 대개 팔 척이 훨씬 넘었고 피부는 튼튼하여 웬만한 화살로는 뚫을 수도 없었다. 대개의 도깨비는 성미가 착하여 그 신체적 조건이 큰 문제가 되진 않았으나, 분노가 터지면 그 화가 도무지 주체가 되지 않는 불같은 측면이 있었다. 따라서 화난 도깨비 하나라도 난동을 부리면 그로 인한 피해는 막대했다. 그 탓에 보편적인 도깨비의 성품이 타인에게 크게 해를 끼치는 성품이 아님에도 불구하고, 인간들과 선인들은 도깨비에 대해 요괴에 비견되는 안 좋은 인상을 가지고 있었다. 그리고 지금과 같은 상황에서는 그 안 좋은 인상이 더 안 좋아질 수밖에 없을 터였다. 지금 서하에서, 그런 도깨비 중에서도 유독 강하고 풍채가 남다른 도깨비가 난동을 부리고 있기 때문이었다.

"비켜라, 이놈들아!"

도깨비 파적은 그 거대한 팔을 휘둘러 날아오는 화살을 후려쳐 버렸다. 도깨비방망이가 없어 요술을 부리지 못함에도 불구하고 그는 충분히 재해였다. 거대한 파적이 팔을 휘두를 때마다 초가집 지붕과 담벼락이 부서졌다. 인간들은 이미 멀리 도망친 상태였다. 활을 들고 쏘던 인간 병사들은 두려움에 두 다리를 벌벌 떨며 창을 들고 서 있었다. 뒤에서 인간 병사들이 쏘는 화살은 파적에게 있어서 한낱 장난감에 불과했다. 파적은 거칠게 팔을 휘둘러 날아드는 화살을 튕겨 냈다. 그는 떨어진 화살들을 짓밟았다. 파적이 몸을 돌리며 소리쳤다.

"야, 류시건 그놈은 어디 갔냐!"

사실 파적은 파적 나름대로 답답해하고 있었다. 기껏 암굴 밖으로 나왔는데 류시건 이놈을 대체 어디서 찾아야 할지도 모르겠고, 심지어 그가 나타나자마자 인간 병사들이 장난감 같은 것이나 휘두르며 설쳐 대고 있었다. 그는 주먹질 한 방에 저 인간들을 선계까지 날려 보낼 자신이 있었고, 그를 경계하며 되지도 않게 주변을 맴도는 인간 병사들이 같잖았다. 그냥 무시할까 하다가, 차라리 저놈들과 시간이라도 때우고 있으면 류시건 이놈이 나타나겠지, 하는 생각으로 버티고 있었다.

영문을 모르는 인간 병사들이 쩔쩔매고 있는 와중에, 드디어 선군들이 탄 용마가 달려왔다. 투구 위에 푸른 술이 달린 청진위 선군들이 화기로 불꽃이 붙은 화살을 파적에게 날렸다. 보통의 도깨비라면 붉은 빛깔의 불꽃이 날아오는 것을 보고 지레 겁먹어 도망갔어야 했다. 그러나, 파적은 날아오는 붉은색을 보고도 전혀 두려워하지 않았다.

거대한 몸으로 가능하리라고는 상상도 할 수 없는 움직임으로 화살을 피하던 파적이, 갑자기 시선을 들어 하늘을 봤다. 무언가가 빠른 속도로 돌진해 오고 있었다. 그가 드디어 왔나, 싶어서 계속 쳐다보는데, 날아오는 날개 달린 말은 검은 녀석이 아니라 하얀 녀석이었다.

파적이 발견한 선군은 바로 용마 천금을 탄 혜강이었다. 날아오며 그녀는 등 뒤에서 화살을 뽑아 활시위에 걸었다. 시위를 당긴 손에 금기가 실렸다. 화살촉에 새겨진 금행의 인은 금세 그녀의 금기를 받아들이고 묵직한 기운을 머금었다. 먼 거리가 남아 있음에도 불구하고, 그녀는 망설임 없이 화살을 쐈다. 금행은 다른 행보다 유독 공격적이라, 그 기운을 잔뜩 실어 날아간 것만으로도 화살은 대단한 위력을 발휘했다. 금기로 무장한 화살은 파적조차 피할 수 없는 속도로 빠르게 날아가, 앞을 막은 그의 팔에 그대로 내리꽂혔다. 파적이 크게 소리를 지르며 괴로워하다가, 곧 이를 악물고 팔에 꽂힌 화살을 뽑아냈다. 붉은 피가 허공으로 뿌려졌다.

하늘을 크게 돌아 날며, 혜강과 백호위 군사들이 파적에게로 돌진했다. 혜강은 다시 한 번 활시위를 당겼고, 그녀의 뒤에 있던 백호위 군사들도 활시위를 당겼다. 혜강을 선두로, 선군들이 동시에 화살을 쐈다. 쏟아지는 화살이 하늘에서 내리는 빗줄기 같았다. 쏟아지는 화살 세례가 목표물을 향하고, 이를 악문 파적이 몸을 수그리려 할 때였다. 펑, 소리와 함께 갑자기 하얀 연기가 나타나 시야를 가렸다.

"아이고, 무서워라."

낯선 이의 목소리에 놀란 파적이 눈을 크게 떴다. 파적은 팔을 휘둘러 시야를 가리는 하얀 연기를 치웠다. 눈 감았다 뜬 새에, 그의 앞에 한 사내가 서 있었다. 하얀 도포를 입고 구불구불한 지팡이를 든 도사 양상이었다.

파적은 그제야, 그를 향해 날아오던 화살이 온데간데없이 사라졌다는 사실을 깨달았다. 그는 눈을 휘둥글게 떴다. 그의 시선이 양상의 옆에서 같이 지팡이를 잡고 선 작은 도깨비, 홍례에게로 향했다. 홍례는 계속 고개를 돌려 슬금슬금 파적의 눈치를 보고 있었다. 파적이 이 수상한 두 명으로 인해 의아해하는 동안 연기가 조금씩 걷히고, 갑작스러운 연기로 인해 도깨비를 살필 수 없어 당황했던 선군들도 이제 양상와 도깨비 홍례를 제대로 볼 수 있었다. 경계가 서린 얼굴로 응시하고 있는 혜강을 보곤 양상은 고개를 갸웃거렸다. 그는 태평한 목소리로 이렇게 말했다.

"여선이 익의를 입으면 선녀요, 남선(男仙)이 철갑주를 입으면 선군인데. 여선이 갑주를 입으면 뭐라고 불러야 하나?"

용마를 타고 하늘을 날고 있던 혜강은 양상을 내려다보며 무표정한 얼굴로 답했다.

"장군님이라고 불러라."

그와 동시에, 그녀는 보이지도 않을 속도로 다시 화살을 꺼내 시위를 겨눴다. 혜강이 망설임 없이 화살을 날렸다. 양상은 하하 웃었다. 지팡이를 들어 올린 채로 그가 눈을 감았다 떴다. 얼굴 위의 웃음이 잠시 사라졌다 다시 떠올랐다. 양상은 날아오는 화살을 향해 지팡이를 휘둘렀다. 금기를 머금고 내리꽂히던 화살이 이번에도 역시 온데간데없이 사라졌다. 놀란 선군들은 눈을 크게 떴다. 옆에 있는 작은 도깨비가 요술을 부린 것도 아니고, 앞에 서 있는 이는 음양오행의 기를 움직인 것도 아니었다. 아니 음양오행의 술법을 다뤄도 날아가던 화살을 그대로 사라지게 하는 일은 가능한 일이 아니었다.

활을 쏜 혜강 또한 놀라서 눈을 크게 뜬 채로 양상을 쳐다봤다. 그녀는 저자의 정체를 알지 못하는 이상 섣불리 활을 쏘는 것이 아무런 쓸모가 없음을 알았다. 그녀가 경계가 서린 얼굴로 쳐다보자, 양상은 지팡이를 좀 더 높이 들어 올리며 웃었다.

"그리 바라시는 이유는 선하계의 법칙을 부정하기 위함이오, 아니면 여선님 스스로를 부정하기 위함이오?"

"뭐……."

혜강은 순간 입을 벌린 채로 대답하지 못했다. 씨익 웃은 양상이 지팡이를 높이 들었다가 땅을 세게 내리쳤다. 쿠웅, 하고 땅이 울리듯 공명이 일었다. 양상이 목소리를 높여 소리쳤다.

"미안하지만 여선님, 여기 이 도깨비는 소생이 데려가겠소이다!"

그 말과 동시에, 홍례가 얼른 팔을 뻗어 파적의 옷자락을 잡았다. 파적이 영문을 몰라 눈만 깜빡이는 사이, 혜강이 소리쳤다.

"멈춰!"

그녀와 선군들이 탄 용마가 빠른 속도로 하강했다. 선군들이 다시 활시위를 당겼다. 여유롭게 미소 지은 양상은 지팡이를 다시 들며 말했다.

"머지않아 또 볼 것 같소이다."

그 말과 동시에, 양상은 지팡이로 다시 한 번 땅을 내려쳤다. 겨누어진 화살이 활시위를 벗어났다. 동시에 펑, 소리와 함께 불꽃이 튀고 하얀 연기가 터져 나왔다. 연기 뒤에서 양상과 그를 따라온 홍례, 그리고 파적의 거대한 모습이 온데간데없이 사라졌다. 날아간 화살은 연기만 남고 아무것도 없는 땅에 그대로 내리꽂혔다.

혜강은 거칠게 용마의 고삐를 잡아당겼다. 바닥으로 하강하던 용마 천금이 크게 울며 하늘에서 멈췄다. 다른 선군들도 마찬가지였다. 혜강과 선군들이 탄 용마들이 하늘을 크게 돌았다. 그들은 하늘 위에서 주변을 샅샅이 살폈다. 그러나 사방엔 무너진 초가집과 청진위 선군들, 그리고 물러난 인간 병사들만 있을 뿐이었다. 거대한 도깨비가 서 있던 자리는 그저 휑하니 비어 있었다. 그야말로 귀신이 곡할 노릇이었다. 혜강은 지팡이를 휘두르며 이상한 소리만 해 대던 사내를 떠올렸다. 그녀는 황당해하는 어조로 옆에서 날고 있는 선군에게 물었다.

"아까 그 미친놈은 대체 뭐냐?"

옆에서 선군이 당황한 어조로 대답했다.

"모, 모르겠습니다."

혜강은 어이가 없어서 허, 하고 헛웃음만 흘렸다. 그녀는 얼른 용마의 고삐를 당기며 소리쳤다.

"감사부로 간다!"

※ ※ ※

"야, 너 도깨비냐?"

백호위 선군들 사이에서 낯선 숲으로 갑자기 장소가 바뀌자마자, 정신을 겨우 차린 파적이 양상에게 물었다. 양상은 지팡이를 휘둘러 시야를 가린 연기를 치우고는, 앞서서 동하의 숲을 헤쳐 나가며 답했다.

"그게 무슨 말씀이시오, 파적 씨."

"그렇지 않고서야 도깨비방망이를 들고 요술을 부릴 수 있을 리가 없지 않냐. 근데 뭘 잘못 먹어서 그렇게 못 큰 거야?"

파적의 말에 양상은 자기도 모르게 손에 든, 도깨비방망이가 되어버린 지팡이를 쳐다봤다. 그는 도깨비를 향해 웃음을 터뜨렸다. 옆에서 듣고 있던 홍례가 기겁을 해서는 두 손을 저었다.

"아닙니다, 형님! 이분은 도사님이세요!"

"도사? 형님?"

파적이 홍례를 쳐다봤다. 고개를 끄덕이는 홍례의 옆에서 양상이 설명했다.

"여기 홍례는 그대의 아우라오. 처음 보겠지만."
"아, 그래? 아우가 그새 또 생겼냐? 너 말고 또 있냐?"
"아니요, 저밖에 없어요."
"그래? 그럼 네가 여섯째야? 야, 다섯째는 잘 있냐? 많이 컸어? 다섯째가 도깨비감투를 받았던가? 너 도깨비방망이는 받았냐?"
대답을 하려는 찰나에 홍례는 파적의 팔에 흐르는 붉은 피를 보고야 말았다.
"으아아악!"
홍례는 기절했다.
"어이구."
파적은 기절한 홍례를 짐처럼 집어 들었다. 양상은 하하 웃으며 그런 파적에게 말했다.
"잠깐, 잠깐, 파적 씨. 중요한 이야기 먼저 합시다. 서하에서 류 장군을 찾고 계셨지?"
"어?"
"류시건 장군 말이오. 그대를 암굴에 잡아넣은."
파적이 놀라 눈을 크게 떴다. 그가 잊어버렸다 다시 떠오른 듯 손으로 철썩 소리 나게 세게 이마를 쳤다. 그는 크게 소리를 질렀다.
"맞아! 그놈 어디 있냐! 난 그놈을 찾고 있었어!"
양상이 그럴 줄 알았다는 듯 웃으며 고개를 끄덕였다.
"안 그래도 류 장군에게로 지금 소생이 안내할 것이외다. 일단 따라오시오. 저기 기와지붕이 보이시오? 저기 가면 류 장군이 있소이다. 다른 건 일단 자리를 옮긴 후에 이야기합시다. 여기 오래 있을 상황은 못 되니. 무엇보다 그 팔에 상처도 좀 치료해야 할 것 같고."
그러나 파적은 그 상처의 아픔조차 느껴지지 않는 모양이었다. 파적의 시선은 오로지 숲 사이 보이는 기와지붕으로 향했다. 흥분을 해서인지 파적은 양상보다도 더 빨리 발걸음을 재촉했다. 그는 씩씩거리며 큰 발로 성큼성큼 걸어갔고, 그 탓에 팔에 들린 홍례는 허공에서 이리저리 흔들렸다. 파적의 발이 땅을 디딜 때마다 쿵쿵 하고 땅 울리는 소리가 크게 울렸다. 양상은 얼른 그 뒤를 따라갔다.

✻ ✻ ✻

사예는 방 안에서 그녀의 오행궁에 기를 모으고 있었다. 처음에도 느꼈지만 하계는 솔직히 선계보다 음양오행술을 다루기가 훨씬 좋은 환경인 듯했다. 바닥과 벽에는 토기가 가득하고, 타는 초에서는 연신 화기가 느껴졌다. 밖으로 나가기만 해도 숲에 목기가 가득했다. 오행궁의 각 구슬은 저절로 기를 빨아들여 담아 두는 특성이 있었고, 그간 사예의 오행궁이 방 안의 여러 가지 물건에서 저절로 기를 빨아들인 터라 오행궁의 기가 많이 부족하지는 않았다. 그래도 수기는 좀 부족하지 싶어, 사예는 물을 방에다 떠다 놓고 수기만 따로 모으고 있었다.

그렇게 기가 풍족히 모이길 바라며 기다리고 있는데, 갑자기 땅이 쿵쿵 울리기 시작했다. 사예는 놀라서 밖으로 나왔다. 마루를 가로질러 온 그녀는 신발을 신고 내려서서는 주변을 살펴봤다. 마당에 서서 목을 빼고 먼 곳을 살피는데, 마침 시건이 그녀에게 다가와서 섰다. 사예가 그에게 물었다.

"이게 대체 무슨 소리요?"

시건은 말없이 흔들리는 나무 너머를 응시했다. 사예도 그쪽으로 고개를 돌렸다. 그들은 머지않아 흉악한 얼굴로 다가오고 있는 도깨비를 발견할 수 있었다. 험상궂은 인상에 거칠게 자란 수염을 가진 도깨비는 표정을 무섭게 굳히고는 성큼성큼 걸어오고 있었다.

"어……."

사예는 조금 놀랐다. 다가오는 도깨비는 분명 멀리 있음에도 불구하고 벌써 컸다. 다가올수록 그 큰 모습은 점점 더 커졌다. 거리를 가늠할 수 없는 크기였다. 사예가 당황하고 있는 사이, 시건은 얼른 사예의 뒤로 물러났다. 사예가 어안이 벙벙해서 고개를 돌렸다.

"아니, 왜 내 뒤로 숨는 것이오?"

"나도 모르게……."

그리고 그러는 동안 도깨비는 어느새 시건을 발견하고는 그들의 코앞까지 걸어왔다. 다가온 도깨비의 얼굴을 보기 위해 사예는 고개를 반쯤 뒤로 꺾어야 했다. 사예의 얼굴은 물론이고 온몸 위로 도깨비의 큰 그림자가 졌다. 도깨비가 쿵 소리를 내며 발을 바닥에 내리꽂았다. 땅이 울리고 긴장이 감돌았다. 사예는 눈을 크게 뜨고 침을 꿀꺽 삼켰다. 커다랗고 우락부락한 도깨비의 모습은 도깨비로서는 어린아이인 홍례나 그동안 본 다른 도깨비들보다 훨씬 무서웠고, 위압적이었다. 파적의 눈에는 앞에 서 있는 사예는 보이지도 않는 것 같았다. 그는 그저 울그락불그락 달아오른 얼굴로 콧김을 세게 내뿜더니, 사예의 뒤에 서 있는 시건의 이름을 불렀다.

"야. 류시건."

사예는 저 도깨비가 당장 저 팔을 들어 휘두를 것 같다고 생각했다. 그 순간 그녀는 파적이 손에 든, 아마도 파적에게 얻어맞아 기절했을 게 분명해 보이는 홍례를 발견했다. 처음 만난 아우마저 저리 패다니 저 도깨비의 성미가 난폭하기 그지없는 게 분명했다. 도깨비의 단단한 팔에 맞으면 이 동하에서 바로 저 북하까지 도로 날아가게 될 것만 같았다.

파적이 팔을 움직이기만 하면 당장 술법을 쓸 요량으로, 그녀는 긴장을 하고 있었다. 사실 속으로는 온갖 욕을 하고 있었다. 괜찮을 거라고 장담하던 시건은 그녀의 뒤로 숨어 버렸고, 파적을 데리러 간 양상은 왜 보이지도 않는 건지 알 수가 없었다. 사예는 긴장한 얼굴로 파적의 동태를 예리하게 살폈다. 다행히 도깨비는 팔을 움직이는 대신, 입을 천천히 열었다. 그 순간 사예는 입에서 불이라도 쏘는 건 아니겠지, 뭐가 나오는 건 아니겠지, 도깨비가 그런 것도 할 줄 알던가, 하고 온갖 걱정을 했다. 그때, 입을 연 도깨비가 세상 그 어떤 일보다 중요한 일을 말하듯 진지한 어조로 말했다.

"씨름 한판 하자."

"……."

긴장으로 굳어 있던 어깨의 힘이 딱 풀어졌다.

'뭐라고?'

사예는 눈썹을 찌푸린 채로 그녀의 귀를 의심했다. 그리고 그녀의 뒤에 있던 시건은 그럴 줄 알았다는 듯 태연하게 답했다.

"싫다."

사예는 영문을 알 수가 없어 고개를 돌려 시건을 쳐다봤다. 의문이 서린 그녀의 눈을 바라보는 시건의 얼굴은 여전히 담담했다. 그의 그 표정이 마치 그녀에게 그것 보라고, 괜찮다고 하지 않았냐고 말하는 것만 같았다. 사예는 마음속으로 열렬히 했던 욕과 그전에 했던 의심과 걱정이 왠지 부끄러워졌다. 시선을 돌리자 파적이 헤쳐 나온 나무 사이로 양상이 다가오고 있었다.

파적은 양상이 오거나 말거나, 매서운 시선을 오로지 시건에게로 고정한 채 소리쳤다.

"왜! 왜 싫다는 거냐!"

"그럴 마음이 없다."

"왜!"

파적이 거칠게 소리를 지르며 위협적으로 가까이 다가왔다. 사예는 그 기세에 놀라 뒤로 물러났다. 그러나 그녀의 뒤에 있는 시건은 물러나지 않았다. 사예는 등에 닿는 시건 때문에 놀라서 몸을 움찔거렸다. 그녀가 쳐다보자, 시건은 팔을 뻗어 손으로 사예의 어깨를 감쌌다. 사예는 그의 손길에 따라 슬금슬금 옆으로 비켜섰다. 그동안 파적의 고함에 깨어 버린 홍례가 버둥거렸다. 파적은 홍례를 바닥에 내려놨다. 홍례는 몸을 털며 멀쩡히 자리에서 일어났다. 뭐야, 얻어맞고 기절한 게 아닌가, 하고 생각한 사예가 의문이 서린 시선으로 홍례를 쳐다보고 있을 때, 양상이 가까이까지 다가와 겨우 상황을 정리했다.

"자, 자. 파적 씨. 거 무슨 일인지는 모르겠지만, 일단 들어가서 얘길 합시다."

"무슨 소리냐! 씨름은 밖에서 하는 거야!"

"웬 씨름?"

파적이 버럭 소리를 질렀다.

"내가 전설의 김 서방 말고 다른 누구한테도 씨름을 져 본 적이 없어! 딱 한 놈만 제외하고!"

그 딱 한 놈이 누구일지를 예상하는 건 어려운 일이 아니었다. 실제로 파적이 손가락을 들어 시건을 삿대질하고 있기 때문이었다. 잠시 침묵이 흘렀다. 사예는 눈썹을 찌푸린 채로 물었다.

"전설의 김 서방?"

홍례가 양상의 뒤에 숨어서 고개를 끄덕였다.

"그것은 참으로 오래된 이야기지요. 힘이 천하장사라 그 어떤 도깨비가 와도 넘어트릴 수 없었다고 말해지는 인간이랍니다."

이야기인즉 이랬다. 그 옛날, 하계에 김 씨 성을 가진 인간이 있었다. 이자는 아마도 하계에서 태어났지만 인간 이상의 그릇을 지니고 태어난 자로, 전해져 내려오는 바에 따르면 힘이 천하장사라 도깨비조차 그를 힘으로 넘어트릴 수가 없었다고 전해졌다.

당시 하계 곳곳에서 열렸던 큰 씨름 대회에서, 그는 체구가 훨씬 큰 도깨비들을 모두 물리치고 몇 해 내내 천하장사가 되었다. 그 어떤 도깨비가 도전을 해도 씨름으로 그를 이길 수가 없어 그 명성이 대단했다고 전해졌다. 그리하여 하계의 도깨비들 사이에서, 그 김 씨 성의 사내는 가장 유명한 사내가 되었다.

그러나 그도 인간인지라, 나이가 드니 기운이 쇠하고 연로하여 결국 죽음을 맞이하게 되었다. 그리고 도깨비들은 그 인간의 대단한 실력을 영원히 잊지 않기 위해 그의 존재를 전설로 남기고, 그 이후로는 모든 인간을 김 서방이라고 부르게 되었다는 이야기였다.

그리고 약 오십 년 전에, 명계로 갔던 그의 영혼이 벌을 다 받고 하계에서 환생했다. 그리하여 또 한 번, 서하에서 전설의 김 서방만큼 대단한 힘을 지닌 인간이 태어났다. 도깨비들끼리는 진작부터 전설의 김 서방이 드디어 환생했다고 입소문이 났다. 그를 보기 위해서 서하로 찾아오는 도깨비들도 있을 정도였다.

당시 파적은 서하 도깨비 중 가장 씨름을 잘했는데, 전설의 김 서방이 환생했다는 소식을 듣고서는 당연히 가만히 있을 수 없었다. 파적은 그 즉시 그를 찾아갔고, 그와 씨름을 해 우열을 가리고자 했다. 모든 도깨비가 그 씨름에 시선을 집중했다. 결과는 놀랍게도, 그 놀라운 인간의 승리였다.

"김 서방은 타고난 씨름꾼이었어. 마음으로 깊이 인정하지 않을 수가 없었지."

파적은 그때를 떠올리듯 추억에 서린 어조로 말했다. 언제 화가 났었냐는 듯 금방 눈물이라도 흘릴 기세였다. 홍례는 파적의 상처 때문에 등을 지고 서서 다른 곳을 쳐다보고 있었지만, 그 이야기를 많이 전해 들은 듯 고개를 위아래로 열심히 끄덕였다. 치열했던 파적과 전설의 김 서방의 씨름은 도깨비들 사이에서 모르는 이가 없었다. 그렇게 잠시 김 서방에 대한 추억에 잠겨 있던 파적이 고개를 홱 돌리곤 시건을 쳐다봤다. 그는 눈을 부릅뜨고는 소리를 질렀다.

"그렇게 뛰어난 씨름꾼을! 너희 선인들이 잡아가 죽여 버렸단 말이다! 나쁜 놈들아! 천하의 나쁜 놈들!"

양상이 웃음을 흘렸다.

"그리하여, 도깨비 파적의 난이 시작되었다 이거지."

"어찌 겨우 그런 이유로……."

사예가 어이가 없어 중얼거렸다. 그녀의 말을 들은 파적이 길길이 날뛰었다.

"겨우라니! 김 서방은 억울하게 누명을 쓰고 잡혀갔다고! 건방진 선군 놈들이 요술을 써서 잡아갔단 말이다! 우린 다 알고 있었지! 선군 놈들이 힘이 센 김 서방이 두려워서 괜한 누명을 뒤집어씌웠다는 걸! 우린 서하 태수 놈과 선인들을 용서할 수 없었어. 그래서 아주 된통 혼을 내 주려고 쳐들어갔는데, 류시건, 저놈 때문에 다 망했단 말이다!"

시건은 묵묵히 서 있기만 했다. 문제의 김 서방이 누명을 썼다고 말하기엔 애매한 것이, 그는 서하에서 유명한 도적이었다. 문제는 그가 선인들의 물건을 훔치는 도적이라는 점이었다. 때로 그리 훔친 물건을 인간들에게 나눠 주기도 했다고 들었다. 덕분에 서하의 선인 관리들 사이에서는 악명이 높았던 반면, 인간들 사이에 제법 평가가 후했던 모양이었다.

심지어 온갖 도깨비들과 연을 맺고 있었으니, 당연하게도 서하 태수로서는 김 서방을 그대로 내버려 둘 수 없었다. 그가 선인 관리의 재산을 훔치고 도망을 친 것과, 반항하다 선군에게 해를 입힌 것은 서하 태수에게는 좋은 명분이 되었다. 도깨비도 모래밭에 메다꽂을 수 있었던 그는 상처나 피해 없이 구금할 수 있는 대상이 아니었고, 결국 서하 태수도 강수를 둬 발견 즉시 사살을 명한 것으로 알고 있었다.

그러나 김 서방의 억울함이야 김 서방의 몫이고, 파적이 그의 형제들을 이끌고 선인들을 다 없애 버리겠다고 나타난 것은 그야말로 난이었다. 원인이 하잘것없어도 당시 서하의 상황은 비상이었다. 일단 도깨비는 힘이 센 것을 떠나 그 요술의 위력이 대단하기 때문에, 도깨비 여럿이 한꺼번에 작심하고 요술을 부리는 것만으로도 온 하계가 완전히 엉망이 되어 버릴 수도 있었다.

규칙도 체계도 없는 도깨비의 요술 앞에서 선인의 음양오행술은 큰 위력을 발휘할 수가 없었다. 오행의 기를 아무리 능숙하게 다루어도 요술은 그 모든 것을 도깨비 마음대로 바꿔 버릴 수 있었다. 그나마 다른 도깨비들은 짐승의 피를 뿌리거나 팥을 뿌려 겁을 줄 수 있었지만, 붉은색을 두려워하지 않는 파적을 막을 길은 없었다. 결국 서하의 태수는 하계 감사에게 도움을 요청했고, 감사는 당시 북하의 흑귀위 상장군이었던 시건에게 하명을 내렸다.

명을 받고 서하로 왔던 시건은 파적을 막을 방법이 필요했고, 그리하여 그는 단순한 도깨비를 가장 흥분시킬 수 있는 방법을 찾았다. 바로, 씨름이었다. 시건은 씨름을 무시하는 발언으로 하여금 도깨비들과 파적의 자존심을 건드렸고, 파적은 그런 시건에게 진정한 씨름으로 건방진 선인에게 본때를 보여 주고자 했다. 그야말로 시건이 원하던 결과였다. 이미 씨름 때문에 흥분한 파적을 홀로 씨름판에 불러들이는 것은 시건에게 일도 아니었다. 시건은 그 씨름의 승패에 파적이 일으킨 난의 결과를 걸었다. 시건은 파적이 이기면 그의 요구대로 들어주기로 약조를 했고, 만약 자신이 이기면 파적을 암굴로 보내겠다고 주장했다.

사실은 시건 본인으로서도 이게 통할까 의구심을 품은 게 사실이었다. 다행이라고 해야 할지 알 수 없었지만, 시건은 씨름의 명예와 씨름판에서의 의리 따위에 대해 잘 모르는 반면 도깨비들은 그런 것에 상당히 목숨을 거는 것 같았다. 파적은 시건과의 약조대로 홀로, 심지어 도깨비방망이도 들지 않고 나타났다. 그리하여, 도깨비 파적과 선인 류시건의 씨름 한판이 벌어졌다. 둘이 씨름을 하는 동안 파적과 떨어진 다른 도깨비들은 선군들이 팥을 뿌려 잡았다. 파적은 그가 씨름하러 나온 동안 다른 도깨비들의 안전을 보장받는 영리함을 발휘하지 못했다. 물론 씨름에서 이기면 어차피 시건이 그가 원하는 대로 해 주기로 했으므로 오로지 씨름에서 이기는 것만 생각한 것이기도 했다. 결과적으로, 파적은 졌다. 씨름에서 진 파적은 결국 약조대로 시건에게 잡혀 암굴로 향했다.

사예는 시건을 쳐다봤다. 파적과는 체격 차이부터가 엄청난데 씨름에서 이겼다고 하니 새삼 시건이 엄청 달라 보였다. 그녀는 눈을 빛내며 물었다.

"씨름을 그리 잘하오? 어찌 그리 잘하오?"

시건은 곤란해하는 얼굴로 고개를 숙였다. 갑자기 다가온 그의 얼굴에 놀란 사예가 뒤로 물러나려는 순간 다가온 그가 귓가에 속삭였다.

"씨름은 못 한다. 술법을 썼다."

사예의 두 눈에 서린 기대감이 팍 죽었다.

"그건 반칙이잖소."

"애초에 도깨비가 도깨비 아닌 상대와 씨름을 하는 것부터가 반칙이다. 체급이 다르지 않나."

나름 일리가 있는 항변이라 사예는 고개를 끄덕였다. 둘이 그렇게 속닥거리는 동안 양상이 고개를 끄덕이며 파적에게 말했다.

“거 사정은 알겠지만, 파적 씨. 지금 류 장군은 씨름을 할 때가 아니라오.”

“그게 무슨 소리냐? 씨름보다 중요한 일은 없어!”

“암요! 삼시 세끼를 굶어도 씨름은 해야 합니다!”

“암, 암!”

두 도깨비는 열성적으로 소리쳤다. 양상은 그런 둘을 보고는 혀를 쯧쯧 찼다. 그가 고개를 절레절레 저었다.

“이리 궁금해하니 어쩔 도리가 없군. 소생이 파적 씨에게 그간 있었던 류 장군의 고난에 대해 말해 주도록 하겠소이다…….”

“그게 뭐…….”

당황한 사예의 중얼거림을 무시하고, 혀를 쯧쯧 찬 양상이 지팡이를 휘두르며 일행을 한쪽으로 몰았다. 모두 양상에 이끌려 본의 아니게 마루 주변으로 모였다. 커다란 파적이 자리를 잡고 앉자 마루가 한가득 찼다. 마루가 부서지지 않는 게 용할 정도였다. 홍례는 파적에게서 떨어져서 멀찌감치 앉았다. 양상은 모두를 앉혀 놓고 그 앞에 서서 팔을 벌리며 소리쳤다.

“들어는 봤나, 눈물 없이는 들을 수 없는 우리 류 장군의 이야기! 캬, 이게 참 슬프고도 가슴 아픈 이야기지!”

“그게 뭐냐?”

다행히 파적과 홍례는 양상의 거창하기 짝이 없는 시작에 제법 흥미를 느낀 모양이었다. 두 도깨비는 눈을 빛내며 양상을 쳐다봤다. 사예는 황당해하는 얼굴로 앉아 있었고, 시건은 무표정했다. 양상은 파적과 홍례를 향해, 나라에 충성을 다했음에도 불구하고 역적의 누명을 쓰고 암굴에 갇히고 심지어 신수까지 잃어버린 가엾은 류 장군에 대해 열변을 토했다. 시건이 하계를 지키는 동안 선계에서는 그의 부모가 역적으로 몰려 목이 베인 지점에 이르렀을 때, 파적과 홍례는 그 큰 눈에서 눈물을 뚝뚝 흘리고 있었다. 두 도깨비는 주먹을 불끈 쥐며 소리쳤다.

"말도 안 돼! 역시 선인 놈들은 나쁜 놈들이다! 어떻게 그럴 수가 있냐! 잔인한 놈들!"

"맞아요! 나쁜 선인들! 불쌍한 류 장군!"

"저놈이 얼마나 열심히 하계를 지켰는지 내가 아는데! 배은망덕한 놈들! 이 팥만도 못한 놈들! 크흐흑!"

두 도깨비는 눈물이 그렁그렁한 눈으로 시건을 쳐다봤다. 시건은 그런 도깨비들의 시선을 외면했다. 양상은 지치지도 않고 이야기를 계속했다. 그리하여 파적이 암굴에 있었던 오십 년의 세월 동안 시건도 같은 암굴에 갇혀 있었다는 대목에 이르자 파적이 소리쳤다.

"야, 진작 알려 주지! 그럼 종종 가서 씨름 한 판씩 했을 텐데!"

"아니, 그게 말이 되나……. 일단 갇혀 있었을 것 아니오? 어쨌든 그게 중요한 게 아니고, 좀 집중해서 들으시오! 아무튼, 그렇게 모든 것을 잃은 우리 류 장군은 지금 씨름을 할 때가 아니라, 하계를 바로 잡기 위해 고군분투해야 하는 상황이라 이거지! 이제 류 장군이 어째서 씨름을 할 때가 아닌지 아시겠소이까!"

양상의 말은 사예가 듣기에는 마치 시건에게 압박이라도 주는 것처럼 느껴졌다. 사예가 고개만 절레절레 젓는 동안, 양상은 도포의 고름을 들어 눈물을 닦는 척했다. 그는 그렇게 우는 척을 하며 이야기를 마쳤다. 거칠게 팔을 들어 눈물을 닦던 파적은 이제 알겠다는 듯 고개를 끄덕였다. 그는 무릎을 팍 내리치더니 시건을 향해 소리쳤다.

"야! 그럴수록 씨름을 해야 돼! 씨름을 해서 그 고통을 잊으란 말이다, 이 한심한 녀석아! 그러니까 씨름 한판 하자!"

"맞아요! 그럴수록 씨름을 해야 합니다! 모래밭 위에서 씨름이라도 해서 마음속에 쌓인 한을 풀어야 한다니까요!"

"……."

"……."

"음……."

시건과 사예는 침묵했고 양상은 파적을 이해시키는 걸 포기했다.

❊ ❊ ❊

파적과 홍례의 씨름 타령은 그들을 발견한 덕향이 파적의 상처를 보고는 소리를 지르고 기절을 하는 바람에 끝났다. 쓰러진 덕향 때문에 땅이 심하게 울리자 조용히 안에 있던 이 노인도 결국 밖으로 나왔다. 마루에 앉은 상태로 이 노인이 파적의 상처를 봐 줬다. 파적이 이따위 상처야 침 바르면 된다고 소리치는 걸, 홍례와 양상이 기를 쓰고 막았다. 팔의 상처는 술법까지 쓴 화살이 깊게 박혔다 빠진 터라 도통 쉽게 볼 상처가 아니었기 때문이었다.

이 노인이 파적의 상처에 약초를 갈아 올리고 붕대를 감아 주는 동안, 기절한 덕향은 다른 도깨비들이 와서 데려갔다. 이 노인이 상처를 치료해 주는 동안에도 파적은 끊임없이 씨름 타령을 했다. 이 노인과 양상이 이 팔로 무슨 씨름이냐고 안 된다 고개를 저어도 요지부동이었다. 물론 씨름을 하지 않겠다고 거부하는 시건 또한 요지부동이었다.

그 모습을 지켜보던 사예는 아무래도 마음에 계속 걸리는 부분이 있었다. 그래서 계속 그 자리를 지키다가 붕대를 다 감고 팔을 휘두르는 파적에게 물었다.

"헌데, 대체 암굴에서 어찌 나온 것이오?"

파적은 그제야 사예에게 시선을 던지며 물었다.

"처자는 누군데?"

대답은 양상이 했다.

"이 여선님은 류 장군의 각시……."

"무슨 소리요!"

사예는 자기도 모르게 이 노인이 내려놓은 붕대를 양상에게 집어 던졌다. 하얀 붕대가 양상의 어깨에 맞고 날아갔다. 그러는 동안 홍례가 눈을 크게 뜨고 물었다.

"아닙니까?"

"아니야!"

사예가 강하게 부정했다. 그리고 시건은 아무 말 없이 조용히 앉아 있었다. 왜 부정도 하지 않는 거냐고 생각하며 사예는 시건을 째려봤다. 양상은 웃으며 말을 고쳤다.

"하늘에서 오신 여선님이라오. 하하하하. 사고로 하늘에서 떨어졌다고 하는군."

파적은 대수롭지 않게 대답했다.

"아, 그래?"

"그렇소. 사실 안 그래도 우리 모두 궁금해하던 참이었소이다. 파적 씨는 대체 어찌 암굴에서 나온 것이오?"

파적은 기다렸다는 듯이 소리쳤다.

"아니, 웬 불덩어리가 옥사 안으로 굴러 들어오지 뭐겠냐! 진짜 타 죽을 뻔했다! 그건 뭐냐, 대체. 그 덕분에 나오긴 했지만!"

"……불덩어리?"

"그래! 활활 타는 불덩이가!"

"……."

사예와 시건은 그들만의 깨달음으로 그저 조용히 앉아 있었다. 양상이 고개를 갸웃거리며 중얼거렸다.

"것 참 이상한 일이군. 암굴에 뜬금없이 불덩어리라니."

"그래도 무사하셔서 다행입니다, 형님."

파적은 콧방귀를 뀌었다.

"다행은 뭐가 다행이냐. 그 암굴에 다른 도깨비들은 그대로 갇혀 있는데!"

"흠, 흠."

양상이 잠시 생각에 잠긴 얼굴로 마루만 응시하다가, 시건에게 물었다.

"소생이 궁금한 게 있는데, 장군은 어떻소이까? 그래도 상장군이었는데, 하계에 믿을 만한 수하들도 있었을 것 아니오? 그들 중에 같이 암굴에 갇혔던 이들이 있소이까?"

"그런 이들도 있고 아닌 이들도 있다."

"흠, 그렇단 말이지……."

양상이 수상하기 짝이 없는 얼굴로 웃으며 고개를 끄덕였다. 그는 그에게로 집중된, 의아해하는 시선들을 하나씩 응시하며 진지한 얼굴로 말했다.

"슬슬 여기도 구색이 갖춰지는 것 같은데 말이오. 이제 판을 벌일 때가 된 것 같소이다. 자고로, 판을 벌이려면 각 자리에 세울 말이 있어야 하는 법."

침묵이 흘렀다. 양상은 조금의 틈을 둔 뒤에 이어 말했다.

"쓸 만한 말들을 암굴에서 썩힐 수는 없지."

사예는 양상의 그 말과 수상한 미소에 불안함을 느꼈고, 시건은 시선을 내리깐 채로 침묵했다. 이 노인은 양상이 하는 말의 의미를 이미 알고 있는 듯 얼핏 미소를 짓고 있었다. 그리고, 양상의 말을 들은 파적은 고개를 갸웃거렸다.

"암굴에서 말도 키우냐?"

"……."

양상은 도깨비가 과연 쓸 만한 말일지에 대해 아주 진지하게 고심해야 했다.

※ ※ ※

하계 감사부는 하계의 중심에 위치하고 있었다. 감사부의 대문을 넘어, 선군들이 탄 용마들이 들어왔다. 용마들을 따라온 인간 병사들은 감히 감사부의 담장을 넘지 못하고 대문 밖에 서서 대기하고 있었다.

용마가 멈추고 선군들이 내려서자, 감사부의 술시들이 나와서 용마의 고삐를 잡고 이끌었다. 용마들이 술시들을 따라가고, 선군들의 제일 앞에 서 있던 혜강은 무진이 내린 교서를 챙겨 그녀를 감사에게 안내하는 술시의 뒤를 따랐다.

하계로 내려온 내내, 혜강은 기묘한 불편함을 느꼈다. 바로 지척에서 용마를 타고 날며 보는 하계의 광경이 그녀가 생각한 것과는 많이 달랐기 때문이었다. 아니, 혜강은 감사부로 날아오면서, 그녀가 하계에 대해서 그다지 깊이 생각한 적이 없다는 사실을 깨달았다. 하계가 선계와 다르다는 것은 물론 그녀도 알고 있었다. 그러나 선계와 하계는 그냥 다른 게 아니었다. 그녀의 눈에는 하계의 모든 것이 약해 보였다. 인간뿐만이 아니라, 인간의 주변을 둘러싼 모든 것들이. 부서질 듯 망가질 듯, 그렇게 어느 것 하나 안전하지 않아 보였다. 다르다는 의미의 깊이감이 달랐다.

그 불편함은 감사부에 도착하자 더 커졌다. 감사부의 위용은 선계에서 그녀가 으레 보곤 했던 포호궁에 못지않았기 때문이었다. 담장과 지붕 위의 기와들은 빛깔이 곱고 가지런했고, 벽과 기둥은 금 하나 가지 않고 깨끗했다. 단청은 새 단장을 한 지 오래되지 않아 빛깔이 오색빛으로 선명했고, 마당에는 술시들이 열심히 관리해 가지 위로 꽃을 틔워 낸 나무들이 장식하고 있었다. 그녀의 눈에 보인 하계가 생각과는 너무 달라, 정작 선계의 궁이나 다를 바 없는 감사부가 더 기이하게 보일 지경이었다.

복잡한 심사를 겨우 누르고 감사가 기다리는 방으로 들어간 혜강은, 방 안의 상석에 앉은 감사에게 허리를 숙여 인사를 했다.

"처음 뵙겠습니다. 백호위 상장군인 호혜강입니다. 서선에서 서하의 도깨비 탈주 소식을 접하고 하계로 하강하게 되었습니다."

"어서 오시오. 먼 길 오시느라 수고하셨소, 상장군."

먼 자리, 의자 위에 앉은 늙은 감사가 차분한 목소리로 인사했다. 현 하계 감사인 황장명(黃長明)은 혜강의 아버지인 지왕만큼 오래 산 장수 선인으로, 이미 하계 감사의 직위를 맡은 지가 거의 400년이었다. 즉 그는 선제인 헌정제 이전부터 이 하계의 감사였고, 따라서 젊은데다가 이제 겨우 제위한 지 30년인 안희제로서는 함부로 대하기 어려운 인물이었다. 무엇보다 그의 피는 천서제 이전 천제였던 평치제의 형제로부터 이어진 것으로, 엄밀히 말하자면 그는 현 천제인 안희제와는 먼 혈족이기도 했다.

감사가 앉은 상석 아래에는 감사를 돕는 선인 관리들이 방석을 깔고 앉아 있었다. 그들의 앞에 놓인 소반들 위에는 찻주전자와 찻잔이 올라와 있고, 다과가 올라가 있는 게 보였다. 다 함께 여가라도 즐기는 것만 같은 모습이라, 혜강은 인식하지 못한 새 굳어지는 표정을 관리할 방도가 없었다. 그녀는 방금까지 도깨비의 손길에 의해 난리가 났던 서하 상황을 그 눈으로 보고 온 참이었다.

혜강은 일단 다가오는 술시에게 그녀가 가져온 무진의 교서를 넘겼다. 술시는 발소리도 내지 않고 걸어가 감사에게 교서를 올렸다.

감사가 교서를 읽는 동안 혜강은 한쪽에 서 있는 흑귀위 상장군 연귀호를 발견했다. 둘 사이에 가벼운 눈인사가 오갔다. 인사를 하면서 혜강은 조금 의아함을 느꼈다. 그녀가 기억하기로 귀호는 무진의 명으로 용과 계약한 여선을 찾기 위해 하강했었다. 그런데 감사부에 떡하니 있다니 대체 무슨 일인가. 그녀가 이상하게 여기는 동안 감사는 교서를 다 읽었는지 내려놓았다. 혜강은 바로 시선을 그에게 돌리며 말했다.

"아뢰옵기 송구하오나 사안이 급박한 터라 먼저 인사를 드리고 찾아뵙지 못했습니다. 선계에서 천제 폐하의 하명을 받아 백호위 선군들과 함께 서하로 하강한 후, 서하에서 난동을 부리는 도깨비 파적을 압송하려 하였으나 한 사내의 방해 공작으로 실패하였습니다."

"괜찮소. 서하의 사정이 여의치 않았으니 어쩔 도리가 없었겠지. 그런데 한 사내의 방해 공작이라? 상장군과 선군들을 막아설 정도라면 보통 사내가 아닌 듯한데, 그게 누구란 말이오?"

"확신할 수는 없사오나 선인은 아니었습니다. 그자의 솜씨는 분명 음양오행술도, 환술도 아니었고 그렇다고 도깨비로도 보이지 않았습니다. 인간과 같아 보이되, 눈앞에서 쏜 화살을 그 자리에서 사라지게 만드는 기이한 재주를 지니고 있었습니다."

그 말에 감사의 주변에 앉아 있던 선인들이 수군대기 시작했다. 혜강은 그 모습을 보고 저들이 그 사내의 정체에 대해 알고 있다는 인상을 받았다. 더군다나, 말 한 마디에 그 정체를 알아챌 정도로 유명한 사내인 게 분명했다. 주름살이 늘어진 눈을 가늘게 뜨고 혜강을 응시하던 감사가 고개를 끄덕였다.

"그렇군. 도사 양상. 칠십오 년 만에 다시 그 모습을 드러냈는가."

"예?"

"상장군 그대가 본 이는 필시 도사 양상으로, 약 칠십오 년 전 난적 은공의 오른팔이 되어 하계를 혼란스럽게 한 일당 중 하나라오. 그때도 딱 상장군 그대가 말한 것과 같은 재주를 선보였었지. 헌데 그 난적이, 도깨비 파적과 손을 잡았단 말인가."

이는 확실히 보통 일이 아니라, 감사의 표정도 확실히 좋지 않았다. 깊은 신음을 흘리는 감사를 보며 혜강이 말했다.

"은공이라 함은, 역적 류시건이 잡아들였던 요선을 말씀하십니까."

"그렇소. 역적 류시건이 은공과 그 수하 무리들은 잡아들였으나, 도사 양상은 감쪽같이 사라진 터라 그 행방을 알 수 없었지. 헌데 다시금 나타나다니……."

감사는 혀를 차고는 그의 앞에 놓인 찻잔을 들어 한 모금 마셨다. 혜강은 그녀가 봤던 사내에 대해 떠올렸다. 그녀는 도술을 쓰는 도사를 오늘 처음 봤다. 그녀는 도깨비 요술을 본 일이 없으나 아마 그와 비슷하지 않을까 하고 내심 생각했다. 도술을 쓰는 도사에 요술을 쓰는 도깨비라니, 이는 필시 보통 일이 아니었다. 혜강은 의욕적으로 감사에게 고했다.

"우선, 암굴에서 나온 파적 외의 죄인이 있는지부터 조사해 봐야 할 것 같습니다. 말씀대로라면 도사 양상이 파적 외의 다른 죄인 또한 풀어 줬을 가능성이 크지 않겠습니까. 소장에게 선군들과 함께 암굴을 조사할 수 있는 권한을 주십시오."

혜강의 말에 감사는 고개를 저었다.

"아니, 그럴 필요는 없소. 내 이미 하계에 있는 청진위와 흑귀위 선군들을 보내 알아본 바에 의하면, 암굴에서 나온 죄인은 오로지 파적뿐이었소. 안 그래도 마침 여기 흑귀위 상장군에게 그 일에 대해 논하기 위해 부른 참이었지."

혜강은 당황한 얼굴로 잠시 연귀호에게 시선을 던졌다. 귀호는 무표정한 얼굴이라 무슨 생각을 하는지 알 수가 없었다. 혜강은 그의 얼굴에서 답을 얻는 것을 포기했다. 어쨌든 감사의 말대로 하계에 하강해 있던 선군들이 이미 암굴을 조사했을 게 당연했다. 죄인이 탈출하자마자 가해졌어야 할 지당한 조치였다. 고개를 끄덕인 그녀는 감사에게 시선을 돌려 물었다.

"허면 암굴에서 파적만 탈출을 했다는 말씀이십니까?"

"암굴을 조사해 본 바에 의하면 그렇소. 그러니 상장군은 백호위 선군들과 함께, 오로지 서하에 다시 나타날 도깨비 파적과 도사 양상을 잡아들이는 데 집중하도록 하시오."

"허나, 분명 암굴에는 파적의 난 시 그와 함께한 다른 도깨비들 또한 잡혀 있다고 알고 있습니다. 도깨비가 홀로 나왔다면 그 도깨비들을 풀어 주기 위해 다시 암굴로 나타날 게 분명합니다. 만일 도깨비와 도사가 손을 잡은 것이라면 더더욱 위험합니다. 도사가 다른 도깨비들 또한 풀어 주지 않으리라고 장담할 수도 없는 노릇입니다. 미흡한 소장의 소견으로는, 소장이 선군들과 함께 암굴 주변에 매복하는 것이 낫지 않나 사료됩니다."

감사는 혀를 차며 손을 저었다.

"어허, 상장군은 암굴에 대해 잘 모르니 그리 생각할 수 있으나, 암굴은 누군가 들어가 갇힌 죄인을 탈출시킬 수 있는 곳이 아니오. 천서제 이래, 그리고 내가 하계 감사로 있던 400년 동안 그런 일은 없었소. 제아무리 도사라 한들 암굴의 길을 알 수 없거니와, 다른 도깨비들이 갇힌 곳 또한 알 방도가 없소. 도사가 파적은 물론 암굴의 다른 죄인들을 풀어 주는 것은 불가능하오. 아마도 파적은 천운으로 홀로 암굴에서 빠져나온 게 분명하오."

혜강은 순간 당황해서 아무 말도 하지 못했다. 그렇다면 천운으로 암굴에서 홀로 빠져나오는 것은 가능한 일이란 말인가. 아니면 그런 일이 400년 동안 또 있었던 것인가. 그녀로서는 전혀 이해할 수 없는 결론이었다. 그러나 토를 달기에는 그녀가 하계에 대해 잘 몰랐고, 상대는 너무나 연로하고 경험 많은 선인이었다. 잠시 말을 잇지 못하는 그녀를 보며 감사가 말을 이었다.

"서하로 가서, 도깨비와 도사가 다시 나타나면 즉결처형을 할 수 있게 경계 태세를 갖추도록 하시오. 그 도깨비는 이미 평생을 암굴에 갇혀 있기를 처결받은 중죄인이었는데, 심지어 암굴에서 탈출한 것은 경중을 따질 수 없는 크나큰 죄지. 압송하기 위하여 괜한 인력을 낭비할 필요는 없소. 암굴을 지키는 것은 내 따로 청진위와 흑귀위 군사들을 보낼 터이니 걱정하지 마시오."

"……예."

혜강은 그렇게 대답하며 고개를 숙이면서도 감사의 하명이 조금 곤란하다고 생각했다. 즉결처형을 한다면 파적이 어떤 수를 써 암굴에서 나왔는지, 또한 파적을 데려간 도사의 생각이 무엇인지 알아내는 것은 어려워질 터였다. 그러나 하계의 안전을 최우선해야 하는 감사라면 저리 생각할 수도 있겠다는 생각이 들어서 그녀는 일단 한발 물러났다. 그녀가 얌전히 대답하자 감사는 만족한 듯 고개를 끄덕였다.

"여기 흑귀위 상장군이 지난날 파적과 마주한 경험이 있으니, 어쩌면 백호위 상장군에게 도움을 줄 수도 있을 것이오. 그렇지 않소?"

"……예."

가만히 있던 귀호는 마지못해 대답했다. 혜강은 안 그래도 그에게 물을 게 많았으므로, 알겠다고 대답하고 물러났다. 마침 귀호도 물러날 참이었는지, 감사는 두 장군 모두 조심해서 돌아가라고 말했다. 혜강은 잘됐다 싶어 인사를 하고 귀호와 함께 방에서 나섰다.

술시들이 문을 닫자마자 혜강이 귀호에게 물었다.
"선군들이 암굴을 조사한 것이 맞소? 진정 파적 외에는 도주한 이가 없는 것이오?"
귀호는 혜강을 쳐다보지도 않고 느릿하게 대답했다.
"모르겠소. 감사께서 그리 말씀하셨으니 그런 것이겠지."
혜강은 순간 말문이 막혔다. 모르겠다니, 자기 휘하의 장수들이 무엇을 하고 다니는지도 모른단 말인가. 그녀의 말이 빨라졌다.
"모르겠다니, 흑귀위 선군들이 그대에게 그 일에 대해 보고하지 않았단 말이오? 아무리 감사께서 명을 내리셨다고 한들, 총 지위책임자인 그대에게 보고하지 않았을 리가 없지 않소."
"글쎄. 폐하의 하명에 따라 사라진 여선을 찾느라 다른 일에 신경을 쓸 겨를이 없었소."
혜강은 당황해서 아무 말도 하지 못했다. 침묵하며 걸어가는 동안 머릿속에 화가 치솟았다. 저게 지금 한 위를 책임지는 상장군이 할 말이란 말인가. 어찌 저리 무책임한 말을 할 수가 있단 말인가. 이자가 지금 날 놀리나, 하는 생각까지 들었다.
그녀는 일단 당황을 뒤로하고 묻고 싶은 것을 물었다.
"감사께서 파적이 암굴에서 홀로 나왔을 것이라 장담하시는 이유가 따로 있소? 정황상 아무리 봐도 도사의 도움을 받았을 것이라 짐작되는데, 감사께서 너무 확고하시니 의아하오."
걸어가던 귀호가 걸음을 멈췄다. 그를 따라 혜강도 걸음을 멈췄다. 귀호가 혜강에게로 시선을 돌렸다. 그는 무표정한 얼굴로 말했다.
"이 하계는 장군께서 생각하시는 것과는 많이 다르오."
"다르다고?"
"그렇소. 이상한 것이 있어도, 감사께서 이상하지 않다 말씀하시면 그리 받아들여야 하오. 어찌하여 이상하지 않다 생각하시는지 궁금해하지도 마시오."

"그게 대체 무슨 소리요?"

귀호는 한숨을 흘렸다. 그는 피곤해하는 얼굴로 답했다.

"솔직히 말해, 장군께서 어찌 하계까지 직접 하강했는지 모르겠소. 서선을 안전히 지키다 왕위를 물려받으시면 될 터인데 무엇 때문에 하계까지 와 일을 키우려고 하시오? 그저 성의만 보이고 선계로 돌아가시오. 파적이야 아둔한 도깨비이니 수를 써 잡지 못할 바가 아니고, 변덕스러운 도사야 저번처럼 또 상황이 좋지 않다 싶으면 혼자 도망치겠지. 지난 시간 동안 하계에는 이와 같은 크고 작은 일이 수도 없이 있었소. 그 같은 일 모두에 장군처럼 직책 높은 선인까지 내려와 일을 키우고, 선인들이 일희일비하는 모습은 외려 인간들에게는 불안함을 줄 수 있지. 또한 감사께서는 이런 일로 말이 많아지는 것을 좋아하지 않으시오."

"아니, 잠시."

혜강이 손을 들어 귀호의 말을 막았다. 그녀는 속 깊은 곳에서부터 화가 치밀어 오르는 것을 느꼈다. 그녀는 그녀가 감사부로 오며 봤던 하계의 모습을 떠올렸다. 저런 감사와 이런 선군 때문에, 하는 비난이 목구멍까지 올라와 걸렸다. 화 때문에 머리가 뜨거워지고 말이 빨라졌다.

"이같이 크고 작은 일이 수도 없이 있었다고? 왜 그리 됐는지 모르겠소? 바로 그런 태도 때문이오. 일이 벌어졌을 때 제대로 조치를 취하지 않고 지금 그대나 감사처럼 쉬이 넘기는 태도가 바로 그 같은 온갖 분란을 자초한 것이란 말이오. 인간들에게 불안함을 줄 수 있다고? 그 같은 사건, 사고가 지속적으로 반복되는 것이야말로 인간들을 불안하게 하는 것이오. 도깨비든 도사든 단번에 뿌리를 뽑아야 다시는 이런 일이 생기지 않을 것이 아니오."

"그래서 그 일을 직접 하시겠다? 열정이 넘치다 못해 과하시군. 그대의 책무는 서선을 방비하는 것이지 하계의 난적을 소탕하는 것이 아니오."

"서하를 수호하는 것 또한 내 책무요. 그리고, 감사께서 좋아하지 않으신다고? 그분의 비위를 맞추기 위해 위험한 상황을 적당히 덮고 넘어가자는 말이오? 하계가 그동안 그리 불합리하게 다스려져 왔던 말이오?"

귀호는 이 상황이 귀찮아진 것처럼 몸을 돌렸다. 혜강은 더 해 주고 싶은 말이 많았으나 귀호가 걸음을 옮기는 바람에 제대로 해 줄 수 없었다. 다만 그녀는 참을 수 없는 마음이 들어 귀호의 뒷모습에 대고 이렇게 말했다.

"그리 살기 위해 류시건이 압송되는 것을 외면했소?"

걸어가던 귀호가 우뚝 멈춰 섰다.

"나태한 감사의 곁에 붙어 상장군이라는 직함을 얻기 위해 그를 외면했던 것이오?"

귀호의 고개가 천천히 돌아갔다. 그의 일그러진 얼굴이 혜강에게로 향했다. 그는 아까의 게으르고 무신경한 어조가 아닌, 완전히 날이 선 어조로 말했다.

"내 앞에서 그의 이름을 입에 담지 마시오."

귀호는 빠르게 고개를 돌리고는, 그대로 성큼성큼 걸어갔다. 혜강은 어이가 없어서 입을 벌린 채 그를 쳐다봤다. 확실히 하계는 그녀가 생각했던 것과 많이 달랐다. 안 좋은 쪽으로, 많이 달랐다.

❋ ❋ ❋

경보라도 하듯 빠르게 걸어가던 귀호는, 감사부의 복도를 한참을 걸어오고 나서야 그 속도를 늦추었다. 입 안이 바싹 마르고, 주먹이 부들부들 떨렸다. 그건, 시간이 지나도 그에게는 가볍게 듣고 넘길 수 없는 이름이었다.

'나태한 감사에게 붙어 이 직함을 얻기 위해서라고!'

어림도 없는 소리! 단 한 번도 이 자리를 원한 적이 없었다! 단 한 순간도!

귀호는 가던 걸음을 멈추고, 고개를 숙인 채 시선을 내리깔았다. 차마 내뱉지 못한 말이 가슴을 아프게 옥죄고 있었다. 버리지 못한 충심이 이리 버텨야 하는 스스로를 짓눌렀다.

나태하고 무신경한 감사. 그 곁에 붙어 그저 부귀영화를 즐기는 선인 관리들. 그로 인해 어딘가 뒤틀려 있는 하계의 상태. 이 상황이 옳지 못함을 지적한 이가 호혜강이 처음이 아니었다. 그의 상관이었던 시건이 먼저 그 그릇됨을 바로잡고자 했다. 하나는 천제의 먼 친척이자 하계에서 오랜 시간 고위직을 맡아 왔던 감사였고, 하나는 북선 강왕의 손자이자 간용군 상장군의 아들인 흑귀위 상장군이었다. 둘 사이의 충돌이 심상치 않음을 알고 당시 선인 관리들 또한 몸을 사렸다.

사실 상황은 여러모로 감사에게 불리했다. 괜찮아졌다 싶으면 나타나 하계를 혼란스럽게 하는 난적들 때문에, 감사는 때마다 눈엣가시였던 시건에게 자존심을 굽히고 들어가야 했다. 감사의 직분으로 내리는 하명이었으나 진실은 달랐음을 선군들과 선인 관리들 모두 익히 알고 있었다. 그리고 시건이 연달아 그 난적들을 암굴로 잡아넣으면서, 하계의 중심추는 시건에게로 기우는 듯했다. 만일 그의 가족들이 역모를 뒤집어쓰지 않았다면, 감사가 그 자리를 더 이상 지키고 있기는 힘들었으리라.

그러나 역모가 터지자마자, 안 그래도 시건에게 악감정이 있던 감사는 그때를 기다리기라도 한 것처럼 얼른 선군들을 보내 시건을 잡고자 했다. 더불어 그는 하계에 하강해 있던 시건의 휘하 장수들도 같이 잡아 암굴로 보내야 했다. 시건의 휘하에 있던 장수들 중에 시건이 역적이 되었다는 사실을 쉬이 받아들일 이는 없었고, 그들은 그들이 존경하는 장수에 대한 충심을 지키고자 했기 때문이었다. 그리고 그건 귀호 역시 마찬가지였다. 애초에 그를 선군으로 만든 이가 시건이기에. 시건이 없는 군에 그가 계속 몸담을 이유도 없었다. 분명, 그랬는데.

"자리를 지켜라. 귀호."

그에게 내려진 명은 선군으로서 그 자리를 지키라는 명령뿐. 그 명령에 어리석게 시건을 원망하거나 하는 짓은 하지 않았다. 하계의 선군들이 모인 것은 물론, 선계의 선군들도 남은 역적을 잡겠다고 내려온 상황이었다. 상황이 상당히 불리했고, 그래서 귀호는 시건이 좀 더 멀리 내다보고 있다는 것을 깨달았다. 그의 절친한 벗인 무진이, 바로 다음 대 제위에 오를 천자였던 것이다. 그 우애가 대단하다는 것은 선계에 모를 이가 없었고, 류가에서 유일하게 시건이 목숨을 부지한 것조차 무진이 선제인 헌정제에게 간곡히 청했기 때문이라는 것 또한 암암리에 알려진 사실이었다.

먼 훗날에 충분히 바로잡을 기회가 있다고 생각하고, 귀호는 명받은 대로 그의 자리를 지켰다. 그의 동료와 시건이 잡혀 암굴에 끌려가고, 다른 선군들이 그를 배신자라고 욕하는 것조차 묵묵히 들어 넘기며 선계에 남아 이 자리를 지켰다. 그래야, 그의 상관이 다시 세상 밖으로 나왔을 때 이 흑귀위를 온전히 그의 군대로 되돌려 드릴 수 있을 거라는 확신하에.

비록 시건 아래 있던 낭장(郞將)급까지의 선군들 중 충심이 뛰어났던 이들 대부분은 죽음이나 암굴행을 면치 못했지만, 계급이 낮은 병사들 중 죽지 않은 이들은 그대로 귀호가 물려받아 흑귀위 장수로서 지휘를 하고 있었다. 그 자리를 열심히 지킨 것은 무진을 믿기 때문이 아니었다. 시건이 그의 벗에게 가진 믿음을 믿고 기다린 것이었다. 어쨌든 남은 이들 중에 흑귀위에 대해 잘 파악하고 있는 이가 귀호였고 또 그가 시건이 잡혀간 것에 대해 상당히 냉담한 태도를 취했으므로, 그는 비교적 쉽게 흑귀위 상장군의 직함을 얻을 수가 있었다.

그러나 제위에 오르고 한참의 시간이 지났어도, 안희제는 시건의 누명을 벗겨 주기는커녕 불러들이지도 않고 있었다. 그는 마치 시건에 대해서는 잊어버린 것 같았다. 현재 안희제의 옆은 주석호가 지키고 있었는데, 그는 강왕과 간용군 상장군 류의민을 잡아들이는 데 열과 성을 다했던 정왕의 아들이었다. 심지어 하계 감사의 직위는 기회가 오자마자 바로 시건을 잡아들이고자 안달 났던 선인이 여전히 맡고 있었다.

희망과 기대가 꺾이고, 위구심은 확신이 되었다. 안희제는 그의 상관을 구해 주지 않을 셈이었다. 그가 충성을 바친 상관은 돌아올 수 없을 것이다. 이제 그는 그저 이름만 선군인 채로 선, 하계를 오가고 있을 뿐이었다. 하계에 무슨 문제가 있고, 흑귀위가 나태한 감사의 손에 휘둘려 엉망이 되고 그런 것은 이제 그에게는 아무래도 상관없었다. 부패한 감사과 선인 관리가 무슨 짓을 하고, 하계 인간들이 어떻게 살건 그런 것에도 관심 없었다. 어그러진 충심 사이로 오십 년 전에도 품지 않은 원망이 스며들어, 빈껍데기처럼 사는 그의 마음을 채웠다. 그때는 그를 그만큼 믿으시기 때문이라고 생각하며 기쁘게 받아들였던 명령이, 지금은 그의 삶을 묶는 족쇄가 되었다.

그에게 이 갑옷을 내려 준 사람은, 다시는 보지 못할 사람이 되어 버렸다.

※ ※ ※

이가의 가옥 마당에, 커다란 도깨비와 작은 도깨비가 서 있었다. 두 도깨비는 손에 돌을 대충 깎아 만든 것처럼 보이는 울퉁불퉁한 방망이를 들고 있었다. 파적은 손에 든 방망이를 휘두르며 감회에 젖었다. 그의 도깨비방망이는 그가 시건과 씨름을 하러 갈 때 정직하게 가족에게 맡겨 두고 간 터라, 홍례와 덕향에 의해 무사히 받을 수 있었다.

"야, 이거 오랜만이네."

그는 그렇게 말하며 다른 한 손에 든 메밀묵을 우걱우걱 먹었다. 그 메밀묵은 어제 저녁 파적이 돌아온 기념으로 덕향과 다른 도깨비들이 솜씨를 발휘해 쑨 묵이었다.

도깨비들은 메밀묵을 하도 좋아해서 가옥 옆 텃밭에 메밀 씨를 뿌리고 요술을 부려 무럭무럭 자라게 하고 있었다. 오랜만에 가족과 만난 파적은 그의 누이 덕향이 정신을 차리자마자 메밀묵을 찾았고, 덕향과 다른 도깨비들은 얼른 메밀을 수확해 묵을 쑬 준비를 했다. 저녁 내내 도깨비들이 요술 부려 키운 메밀을 거대한 돌절구에 담은 뒤 도깨비방망이로 가는 모습을 보며, 사예는 저 방망이를 저렇게 쓴다는 사실에 안타까움을 느껴야 했다.

그녀가 메밀을 갈고 있는 도깨비들의 주변을 맴돌며 도깨비방망이에 대해 묻자, 도깨비들은 그녀에게 도깨비방망이를 휘둘러 볼 기회를 주었다. 그러나 도깨비방망이는 일단 도깨비가 아닌 사예가 들기엔 너무 크고 무거워 도깨비들처럼 자유자재로 휘두를 수 없었다.

또한 낑낑대며 겨우 휘둘러도 아무 일도 일어나지 않았다. 도깨비들은 애초에 도깨비가 아니면 도깨비방망이를 휘둘러도 요술을 부리지 못한다고 말하며 낄낄 웃었다. 도깨비는 죽으면 몸이 굳어져 돌이 되었는데, 도깨비방망이는 그 돌을 깎아 만든 방망이였고 오로지 도깨비의 손에 들려 휘둘러질 때만 요술이 발휘되었다. 결국 사예는 도깨비들 주변을 오가며 노력한 보람도 없이, 도깨비방망이에 대한 관심을 딱 끊어야 했다.

사예가 그렇게 허탕을 치고 있었던 때에, 양상은 오랜만에 메밀묵을 배 터지게 먹고 기분이 좋아진 파적에게 그의 아우들과 벗들을 암굴에서 데리고 나오자고 제안했다. 당연하게도 파적은 고민할 것도 없이 얼씨구나 좋다 했다. 파적은 요술을 부리는 데다가 붉은색을 두려워하지 않는 도깨비고 또 그의 형제와 벗들이 암굴에 갇혀 있으니, 양상에게는 함께 암굴에 가 일을 도모하기 딱 좋은 상대였다. 그리고 그때까지 조용히 있던 시건이 파적에게 물었다.

"헌데 어찌 붉은색을 두려워하지 않지?"

듣자 하니 파적은 태어났을 때부터 붉은색을 봐도 아무렇지 않았다는 것이었다. 양상도 그 까닭을 묻자 파적이 그 내력을 설명했다.

"내 어머니께서 날 가지셨을 때 우리 아버지가 어떤 김 서방이랑 친해진 일이 있었지. 그때 그 김 서방한테 우리 아버지가 집사람이 임신을 했는데 붉은색도 무찌를 수 있는 건강한 아들이 태어났으면 좋겠다고 했나 봐. 원래 도깨비들은 수태를 했을 때 그런 얘기를 덕담 삼아 해. 근데 그랬더니 그 김 서방이 부적을 써서는 출산을 할 때까지 품속에 넣어 두라고 했다대. 신기한 게 우리 어머니 말씀하시길, 그 부적을 가지고 있으니 부적에 붉은 글자가 써 있는데도 하나도 무섭지가 않더라는 거야. 어쨌든 어머니는 그 부적을 한시도 떼어 놓지 않고 기다렸대. 그리고 난 정말로 태어났을 때부터 붉은색을 무서워하지 않은 거지. 그리고 그 부적은 둘째가 생기기 전에 찢어져서 버렸고.”

“흠, 흠.”

파적의 말을 들은 양상은 고민에 잠겨 있다가 말했다.

“어쩌면 그 김 서방이 신선이었는지도 모르겠소.”

“엉? 신선?”

“그렇소이다. 흠, 그렇단 말이지…….”

고개를 끄덕이던 양상은 진지한 얼굴로 잠시만, 이라고 말하고는 집 안으로 들어가 버렸다. 어리둥절해서 남은 사람들이 고개를 갸웃거리는데, 집에서 나온 양상은 손에 부적을 들고 있었다. 하계에서 괴황지를 아무나 구할 수 없다는 사실을 잘 아는 시건이 괴황지를 어디서 났냐고 물었으나 양상은 그저 웃기만 하며 끝내 대답하지 않았다. 어쨌든 양상은 도술을 부린 부적을 홍례에게 전해 주었고, 놀랍게도 그 부적을 지닌 홍례는 붉은색을 두려워하지 않았다. 사예가 붉은 빛깔의 불꽃을 아무리 보여 줘도, 홍례는 전혀 아무렇지 않아 했다. 그 모습을 본 모두는 놀랐고, 양상은 의기양양해졌으며, 파적은 양상에게 이렇게 대단한 녀석인 줄 몰랐다며 씨름을 제안하기에 이르렀다. 물론 양상은 절대 응하지 않았다.

어쨌든 그리하여 암굴에는 붉은색을 두려워하지 않을 도깨비 둘과 도사 양상, 그리고 암굴에 대해서 잘 알고 있는 시건이 함께 가게 된 것이었다. 파적과 함께 갇혔던 다른 도깨비들과, 암굴에 갇혀 있는 시건의 수하 장수들을 꺼내 올 계획이었다.

파적이 메밀묵을 먹으며 출발을 기다리는 동안, 시건과 양상, 그리고 이 노인은 이가의 창고에 갔다. 시건에게 그의 몸을 지킬 무기 하나 정도는 필요했기 때문이었다. 시건은 이 노인이 열어 준 창고의 안에 들어가 쓸 만한 검을 찾았다. 옛날 이씨 가문에 병사가 되었던 조상이 있어 보관된 것이라고 했다. 그러나 그 이후 검을 잡은 이가 없고 관리를 한 사람도 없어, 그 검이 제대로 쓸 수 있는 상태는 아니었다. 칼집을 조금 열어 관리가 안 되어 녹슨 날을 확인한 시건은 그대로 검을 가지고 파적에게로 갔다. 시건이 다가와 검을 내밀자 메밀묵을 먹으며 기다리고 있던 파적은 눈을 크게 떴다.

"이거 왜?"

"날이 녹슬었다. 쓸 만하게 만들어 다오."

"그거 해 주면 나랑 씨름 한판 할래?"

"아니."

"그럼 안 해 줘! 안 해 준다!"

파적은 고개를 절레절레 저으며 거부했다. 그 모습을 보고 있던 양상이 뒤에서 웃으며 말했다.

"하하, 류 장군, 보아하니 파적 씨는 그럴 솜씨가 되지 못하는 모양이외다. 하는 수 없지! 홍례야, 네가 이 검을 성한 검으로 만들어 다오! 파적 씨는 못 하지만 넌 할 수 있지?"

그 말에 파적이 펄쩍 뛰었다.

"무슨 소리야! 나도 할 수 있다! 그 정도야 일도 아니야!"

파적은 얼른 도깨비방망이를 휘둘렀다. 시건은 손에 들고 있던 검의 날을 아까처럼 확인했다. 살짝 보이는 틈 사이 빛나는 은빛 날을 확인한 그가, 검을 제대로 잡고 빠르게 검을 뽑아 세워 들었다. 조금의 망설임도 없는 손놀림이었다. 날이 선 쇠붙이의 소리와 함께, 검날이 드러났다.

"오!"

홍례가 그 날이 무서워 눈을 가린 동안, 양상은 아주 열심히 관리한 듯 날이 시퍼렇게 선 검을 보고 감탄을 흘렸다.

"정말이구려! 파적 씨, 대단하오!"

파적은 그 정도야 당연하지, 하고 말하며 콧방귀를 뀌었다. 시건은 검을 세워 든 채로, 칼날보다 더 예리하게 날 선 시선을 위에서부터 아래로 내렸다. 꼼꼼히 날을 확인한 그가 검을 검집에 꽂았다. 이번에도 역시 한 치의 망설임이나 흔들림이 없는 움직임이었다.

"쓸 만하군."

"그렇다니 다행입니다."

이 노인이 웃으며 고개를 끄덕였다. 그리고 그러는 동안 사예가 그녀의 방에서 부적을 들고 나왔다. 그녀는 양상이 어떻게 구했는지 알 수 없는 괴황지를 가지고 부적을 만들어 온 참이었다.

직접 글씨를 쓴 부적을 건네주기 전에, 사예는 시건의 소매를 잡아끌었다. 시건은 사예가 이끄는 대로 끌려왔다. 양상과 다른 이들이 있는 자리에서 좀 떨어진 그녀는 시건에게 부적을 내밀며 말했다.

"내가 한 말 기억하오?"

"무슨 말?"

부적을 받아 챙기던 시건이 담담한 얼굴로 묻자 사예가 답답해했다.

"아이참, 내가 말했잖소! 저 도사가 뭔가 하자고 하면, 내 얘기를 하라고 말이오! 암굴에 들어가면 저 도사에게, 날 선계로 보내 주겠다 약조해야 길을 알려 준다고 말해야 하오. 그냥 말하면 안 들어줄게 분명하니, 꼭 암굴에 들어가서 말해야 하오. 도사님이 계속 딴소리를 하면 길을 알려 주어선 안 되오. 꼭 확답을 받아야 하오. 아시겠소?"

"……그래. 알았다."

시건이 대답을 하고 나서야 사예는 만족한 얼굴로 웃었다.

"부적은 넉넉히 만들었소. 술법도 못 쓰는데, 괜히 앞으로 나서 원귀에 씌거나 하지 말고, 그저 방향이나 일러 주시오. 그리고 그냥 도사님 뒤에 숨어 계시오. 혹시나 저번에 암굴에서 나올 때처럼 요괴가 많을지도 모르니, 조심, 또 조심하고."

"그래."

선군들은 파적이 암굴에서 나왔다는 사실을 이미 알고 있었다. 어쩌면 암굴에 선군들이 매복해 있을지도 모르는 일이었다. 해서 암굴에 갔다가 선군과 마주칠 위험이 있다고 판단한 사예는 그들과 함께 가지 않기로 했다. 양상과 시건, 파적, 홍례가 암굴에 갔다 올 동안 그녀는 이 노인과 다른 도깨비들과 함께 이 집에 남아 있을 예정이었다.

정말 같이 가지 않을 거냐고 몇 번이고 떠보는 양상의 물음에 사예는 꿋꿋하게 가지 않겠다고 답했지만, 그래도 마음이 완전히 편한 것은 아니었다. 시건 아닌 다른 이들은 모두 위험한 일 있으면 자력으로 그 암굴에서 빠져나올 능력이 충분한 이들이었다. 치사한 도사야 파적을 데려온 것만 봐도 그럴 능력이 된다는 것은 알 수 있었고, 요술 부리는 도깨비 역시 마찬가지였다. 그러나 시건은 어떤가. 사예는 암굴에서 계속 기절하던 시건을 기억하고 있었다. 그랬던 그가 다시 그 암굴로 들어간다고 하니 당연히 불안할 수밖에 없었다. 그렇다고 그녀가 위험을 무릅쓰고 따라갈 수는 없어서, 사예는 편치 않은 마음을 묻어 두고 그저 잘 가라고 손을 흔들었다.

채비를 모두 마치고 인사까지 나누자, 양상이 지팡이를 휘둘렀다. 그러자 눈앞에서 펑 소리와 함께 연기가 나며 그들의 모습이 감쪽같이 사라졌다. 사예는 두 눈으로 보고서도 믿을 수가 없어 몇 번이고 눈을 비볐다. 옆에 서 있던 이 노인은 그 광경이 익숙한지 태연했다.

연로한 이 노인이 그만 쉬기 위해 집으로 들어가고, 사예는 한숨을 푹 내쉬며 몸을 돌렸다. 점점 이 집이 역적의 소굴이 되어 가는 느낌이라, 최대한 빨리 이곳에서 떠나는 게 낫겠다 싶었다. 만일 시건이 양상에게 확답을 못 받고 돌아온다면 그녀 혼자만이라도 빠져나갈 방도를 강구해야 했다. 그렇게 생각에 빠져 걸어가던 그녀는 부엌에서 도깨비 몇 명과 덕향이 부산스럽게 움직이는 걸 발견했다.

"또 뭘 그리 하십니까?"

사예가 묻자 바삐 움직이던 덕향이 대답했다.

"묵무침 좀 하느라고요. 모두들 돌아오면 허기가 질 텐데."

사예는 덕향이 메밀묵의 양념장을 만들기 위해 간장을 꺼내는 모습을 빤히 응시했다. 파적이 어제부터 메밀묵을 그렇게 먹었는데 돌아와서도 먹고 싶을까 하는 생각이 들었으나, 덕향이 묵무침을 만드는 중간에도 쉼 없이 메밀묵을 맛보는 모습을 보고서는 괜한 걱정을 접었다. 그녀는 어제도 분명 쉬지 않고 메밀묵을 먹으며 요리를 했기 때문이었다. 하긴 어제 파적이 메밀묵을 먹던 모습을 떠올리니 암굴에서 데려올 도깨비들도 저 메밀묵을 쉬지 않고 들이켤 것 같기도 했다. 도깨비가 참으로 메밀묵을 좋아하나 보다 생각하던 사예는 슬쩍 덕향 옆에 붙어서 말했다.

"제가 좀 거들어도 되겠습니까?"

"여선님께서요? 하실 수 있으시겠어요?"

사예는 순간 이 도깨비가 그녀를 무시하는 줄 알고 울컥할 뻔했으나, 덕향의 표정을 보고는 그게 아니라는 것을 깨달았다. 덕향은 그저 순수하게 하늘에서 온 여선님이 이런 일도 할 줄 알다니, 하고 놀란 얼굴이었다. 사예는 나름 자신만만하게 말했다.

"그럼 못할까 봐. 제가 요리는 제법 합니다. 저희 어머니보다도 잘해요."

사실은 비교의 대상인 하선이 지나치게 요리 솜씨가 없는 것이었지만, 어쨌든 사예는 요리나 바느질은 그나마 하선보다 솜씨가 나았다. 술법을 다루는 데는 기이할 정도로 특출 났던 하선은 이상하게도 집안 살림과 관련된 재주는 영 없는 편이었고, 덕분에 사예는 그나마 솜씨가 나은 아버지 백운을 도와 종종 식사 준비나 바느질 같은 것을 거들어야 했다.

그러나 그런 사실을 알 리 없는 덕향은 모친보다도 솜씨가 좋다니 제법 손이 야무진가 보다 생각하고는 신이 나서 얼른 그러마 했다. 손을 바삐 움직인 덕향이 김이라도 찢고 계시라고 사예에게 김을 줬다. 김을 받아 들던 사예는 문뜩 전에 덕향이 실수로 망쳐 놓았던 떡의 콩고물을 떠올렸다. 이 도깨비 실수 때문에 시건에게 요리도 못하는 이로 낙인찍혔을 것을 생각하니 괜히 성이 났다. 이번엔 정말로 제대로 된 음식을 가져다줘야겠다고 생각하며 김을 부수던 그녀는 덕향에게 이것저것 말을 걸었다.

"요리는 왜 요술로 하지 않습니까?"

"이 여선님이 뭘 모르시네. 자고로 요술을 부려서는 결코 제맛을 낼 수 없는 게 두 가지가 있는데, 하나는 요 메밀묵이고, 다른 하나는 바로 씨름이지요!"

덕향은 자고로 메밀묵은 손맛이지, 암! 하고 덧붙이며 고개를 위아래로 끄덕였다. 그전에 메밀을 요술로 키우지 않느냐고 토를 달까 하던 사예는 신난 덕향을 보며 그냥 말을 돌리기로 했다.

"……헌데, 요술로 망친 음식의 맛을 좋게 바꾸거나 되돌릴 순 없습니까? 전에 보니까 간을 잘 못 한 콩고물이 있던데. 그 왜, 떡 해놨을 때 말입니다."

그녀의 말에 덕향이 낄낄 웃으며 말했다.

"그건 일부러 망쳐 놓은 겁니다. 도사님 부엌 들어와서 먹다가 걸리라고! 그 도사님이 슬그머니 부엌에 들어와 뒤적거리는 일이 많거든요! 아이고, 그거 여선님이 먼저 드셨구만!"

"……."

'이 도깨비가?'

사예는 눈썹을 찌푸렸다. 덕향은 신이 나서 두 손으로 박수를 치며 웃었다.

"혼자 먹었습니까?"

"……나랑, 도사님이랑 류 장군이 먹었습니다."

덕향은 박장대소를 했다. 사예는 그런 덕향의 웃음소리를 듣고는 어이가 없어서 그녀를 탓했다.

"아니, 하계에 먹을 게 그리 부족하다면서 먹을 걸로 장난을 칩니까?"

"요술로 다시 돌려놓으면 되지!"

사예는 태연하게 대답하는 덕향을 보며 어이가 없어 입을 하, 벌렸다. 그녀는 분한 마음을 담아 손에 든 김을 갈기갈기 찢었다. 그 모습을 보고 놀란 덕향이 소리쳤다.

"에그머니! 그리 막 하면 어째요!"

사예는 울컥해서 소리쳤다.

"요술로 멀쩡하게 만드시든가!"

❈ ❈ ❈

그사이, 시건과 양상, 홍례와 파적은 양상의 도술로 바로 동하 암굴의 입구 주변으로 이동해 있었다. 그들은 숲의 나무 사이에 숨어 주위를 살피고 있었다. 시건이 기억하고 있던 대로, 동하 암굴 입구에는 요괴가 없는 게 분명해 보였다. 대신 그 앞은 선군들이 지키고 있었다. 시건은 암굴 입구를 지키고 서 있는 선군들이 흑귀위와 청진위 선군들이라는 사실을 깨달았다. 그들의 투구에 검은 빛깔의 술이 달려 있거나, 푸른 빛깔의 술이 달려 있기 때문이었다.

"흠, 이 일을 어찌하나?"

양상이 옆에서 말하자, 시건은 파적을 쳐다보고는 말했다.

"네 모습으로 허깨비를 만들어라, 파적. 이곳에서 먼 곳으로 선군들을 유인해라. 양상의 허깨비도 함께 있다면 더 좋을 것이다."

"네가 뭔데 나한테 명령을 하냐!"

울컥해서 소리친 파적에게 양상이 웃으며 대답했다.

"하하, 부탁을 하는 것이지요, 파적 씨. 왜냐면 여기에서 파적 씨의 요술 솜씨가 제일 믿을 만하니 그런 것 아니겠소이까!"

"그, 그래?"

머리를 긁적인 파적은 바로 도깨비방망이를 휘둘렀다. 허공에 휘두르자 펑, 하고 연기와 함께 커다란 파적의 허깨비와, 인간 크기의 도사 양상 허깨비가 생겨났다. 둘이 나타나자마자 선군들의 시선이 집중됐다. 허깨비 파적이 소리를 지르며 마구 뛰쳐나갔다.

"우와아아, 메밀묵이다아아아!"

허깨비 양상도 지팡이를 휘두르며 달려갔다. 허깨비 파적은 거대한 팔을 휘저으며 숲 아무 곳으로 마구 뛰어가기 시작했다. 놀란 선군들이 경계 태세를 갖추고는 그런 가짜 파적과 양상을 좇았다. 용마를 타고 달려가는 선군들의 뒷모습을 쳐다보며 양상이 의아해서 물었다.

"헌데 어찌하여 메밀묵을 찾으며 달려가는 것이오?"

파적은 당연하다는 듯 대답했다.

"멍청아, 메밀묵이라도 있는 게 아니면 저렇게 달려갈 이유가 없잖아!"

"……."

양상은 파적과 논리적으로 대화하길 포기했다. 고개를 돌려 보니 홍례도 당연하다는 듯 고개를 끄덕이고 있었다. 그들 사이의 대화를 조금의 웃음기도 없이 듣고 있던 시건이 말했다.

"파적, 너는 여기 남아 저들을 계속 유인해라. 선군들이 암굴에 가까이 오지 못하게. 다른 어떤 일이 있어도 오로지 그 일에만 집중해라."

"그럼 저기 갇힌 도깨비들은!"

"걱정하지 마십시오, 형님! 제가 꼭 우리 가족과 벗들을 찾아올 테니까요! 전 이제 피도 팥도 두렵지 않은걸요!"

파적은 홍례를 쳐다봤다. 그는 그보다 아직 조그마한 홍례가 눈을 빛내며 말하는 모습에 감동한 얼굴로 외쳤다.

"녀석, 벌써 다 컸구나! 이제 감투 받아도 되겠다!"

"헤헤, 뭘요."

"돌아가면 씨름 한판 하자!"

"제가 어떻게 벌써 큰형님하고요? 말도 안 됩니다!"

"뭐 어때, 그러면서 크는 거지!"

시건과 양상은 신난 두 도깨비를 외면하고 일어섰다. 양상은 들뜬 홍례를 불렀다.

"가자, 홍례야."

"예, 도사님!"

"야, 꼭 아우들을 구해 와야 해! 다른 도깨비들도! 꼭이다! 꼭!"

파적의 외침을 뒤로하고, 시건과 양상, 홍례는 암굴 안으로 들어갔다. 홍례가 도깨비방망이를 휘둘러 푸른 도깨비불을 만들었다. 붉은색을 두려워해 푸른 빛깔의 불꽃을 만드는 것은 도깨비 요술의 가장 흔하고 잘 알려진 특징이었다. 홍례는 지금은 붉은색이 두렵지 않았지만, 그래도 습관처럼 푸른 불꽃을 만든 것이었다. 어둠으로 인해 아무것도 보이지 않는 암굴 안이 조금 밝아졌다. 양상이 암굴 안으로 걸어 들어가며 시건에게 물었다.

"아무래도 장군의 수하들을 먼저 풀어 주는 게 좋겠는데. 그들 신수도 찾아야 할 것 아니오?"

시건은 침묵했다. 그는 그의 신수가 없어진 것처럼 다른 선인들의 신수가 사라졌을 가능성이 있을지 고민하고 있었다. 애초에 그의 신수가 어째서 암굴에 봉인되어 있지 않은지 알 수 없는 일이었기 때문에, 쉽사리 답을 찾을 수는 없었다.

"각 죄인들이 어디 갇혀 있는지 알 방도가 있소이까?"

"기의 흐름을 따라 들어가다 보면 빛이 나는 곳이 있다. 그 빛이 기준이다. 그 빛을 기준으로 봤을 때 지기의 흐름을 따라 움직여야 한다. 각 옥사 안에 어떤 죄인이 갇혀 있는지는 양상, 그대가 도술로 직접 보는 게 낫겠다. 내 지금 술법을 사용할 수 있는 입장이 아니니."

"흠, 흠. 좋소이다. 일단 장군이 원귀에 씌면 안 되니 이 부적부터 받으시고."

시건은 양상이 내미는 부적을 받아 들었다. 선인들이 음양오행의 기를 새겨 만드는 부적과는 내용이 달랐다.

"원귀가 다가오지 못하게 할 부적이라오. 홍례 너도 받아라."

양상은 본래 도술을 쓸 때에는 부적을 사용하지 않았지만, 양상 본인이 아닌 다른 이에게 도술의 위력을 발휘하기 위해서는 부적이나 그의 머리카락 등의 연결고리가 필요했다. 시건과 홍례는 양상이 준 부적을 품에 챙겼다. 양상은 만족한 얼굴로 웃었다.

"그럼 갑시다."

양상은 손짓을 했다. 그러나 시건은 움직이지 않았다. 그 자리에 뿌리 내린 것처럼 우뚝 서 있었다. 양상과 홍례는 의아해하는 얼굴로 시건을 쳐다봤다.

“장군, 왜 그러시오? 무슨 문제라도 있소?”

“뭔가 생각과 다르십니까?”

시건은 담담한 목소리로 대답했다.

“가지 않겠다.”

“엥?”

양상과 홍례는 나란히 고개를 갸웃거렸다. 시건은 양상을 보며 말을 이었다.

“그대가 사예와 한 약조를 지키겠다고 다짐하지 않으면 나도 암굴의 길을 알려 주지 않을 것이다.”

“…….”

양상은 황당해서 입을 벌린 채로 굳었다. 그는 곧 떠나는 그들을 향해 손을 흔들던 사예의 모습을 떠올렸다. 그는 어안이 벙벙한 얼굴로 시건을 쳐다봤고, 시건은 조금의 웃음기도 없는 얼굴로 양상을 응시했다. 농담을 하는 게 아닌 시건의 얼굴을 쳐다보던 양상은 결국, 웃음을 터뜨렸다. 어두운 암굴 안에 큰 웃음소리가 퍼졌다.

“아니, 여선님이 그러라고 시켰소? 그런 것이오?”

시건은 묵묵부답이었다. 그는 오로지 그가 원하는 대답만 들을 수 있는 사람처럼 양상의 질문을 무시했다. 양상은 하도 어이가 없어서 웃음만 나왔다.

“지금 배도 안 맞았는데 베갯머리송사부터 하는 거요?”

“배가 맞는다고요?”

“아니, 하하하하…….”

의아해하는 홍례를 내버려 두고 양상은 고개를 절레절레 저었다. 그는 무표정한 얼굴로 그저 서 있기만 하는 시건에게 웃는 얼굴로 말했다.

"장군, 장군이 이 암굴에서 길을 찾아 주지 않는다 해도 소생이 도술로 길을 찾을 방도가 전혀 없는 것이 아니오! 이리 억지를 쓸 일이 아니란 말이외다!"

"그리 쉬이 찾을 수 있다면 굳이 나를 데려오지 않았겠지. 그대 도술이 도깨비 요술만큼 자유로운 것이 아니고, 그대가 아는 바에 한해서만 자유자재로 사용할 수 있다는 것을 알고 있다. 그리고 그대는 이 암굴이 처음이지."

"……소생이 천리안으로 보고 여기 홍례가 요술을 부리면 되는 일이라오."

"그리한다면 내 수하 장수들은 그대 말을 듣지 않을 것이다. 암굴의 쓸 만한 말 중 절반은 버리게 되겠군."

"……."

양상은 어깨를 축 늘어트렸다. 그는 허허, 웃으며 암굴의 어둠을 응시했다.

"천하는 사내가 움직이고 그 사내는 여인이 움직인다 하더니……. 거참……."

웃던 양상은 하는 수 없다는 듯 결국 고개를 끄덕였다.

"좋소이다, 장군. 소생이 이 암굴에서 나가 돌아가면, 여선님이 원하는 곳으로 여선님을 보내 주겠소이다. 이제 됐소이까?"

"그대 품은 뜻을 걸고 약조해야 할 것이다."

"……그리하겠소이다. 이제 갑시다."

양상이 고개를 끄덕였다. 그제야 손에 들고 있던 검을 바로 뽑을 수 있게 고쳐 잡은 시건이 발걸음을 옮기며 말했다.

"내 길을 아니 앞서 가도록 하겠다."

"그래도 괜찮겠소? 장군은 지금 술법을 쓸 수가 없지 않소?"

시건은 양상의 물음에도 별다른 반응 없이 걸음을 옮겼다. 양상의 부적 덕분인지, 그들이 암굴 안으로 깊숙이 들어갔지만 원귀는 그들에게 다가오지 않았다. 덕분에 셋 다 무난히 암굴 안으로 들어갈 수 있었다. 그대로 한참을 걸어가니, 암굴 안의 요괴들이 다가오기 시작했다. 날아오는 요괴 때문에 놀란 양상이 지팡이를 들어 올리려고 할 때, 시건이 검을 뽑았다. 그는 그대로 검을 들어 거침없이 요괴의 목을 베었다. 홍례는 저도 모르게 눈을 감았다 떴다. 어두운 공간에 피가 뿌려지고, 단숨에 가해진 시건의 공격에 분리된 요괴의 목이 몸과 함께 바닥을 굴렀다. 시건은 확실히 오랜만이라 그런지 팔 움직임이 예전만 못하다고 생각하고는 검을 든 팔을 돌려 풀며 앞으로 나아갔다. 양상과 홍례는 멍한 얼굴로 피 묻은 검을 털며 걸어가는 시건의 뒷모습을 쳐다봤다.

요괴가 한 마리, 한 마리 늘어나 점점 많아졌다. 그러나 양상과 홍례는 달리 할 일이 없었다. 앞에서 걸어가는 시건이 검을 휘둘러 요괴의 대가리를 후려치고, 사지를 잘라 내며 길을 트고 있었기 때문이었다. 양상과 홍례는 그저 그 뒤를 따르기만 했다. 요괴의 피가 시건의 검에 의해 뿌려지고, 또 뿌려졌다. 시건은 지치는 기색도 없이, 그저 앞으로 걸어가는 게 전부인 사람처럼 요괴를 닥치는 대로 베어 넘기고 있었다. 양상은 조용히 시건을 따라가다가, 시건이 잠시 검을 내린 틈을 타 물었다.

"음……. 장군. 반선이 된 게 아니었소?"

시건이 힐끔 시선을 돌렸다. 그 바람에 앞만 보고 있던 그의 얼굴도 조금 보였다. 양상과 홍례는 헉, 하고 숨을 들이켰다. 요괴의 핏방울 튄 살벌한 얼굴이었다. 여느 때와 같은 무표정이었으나 그 얼굴에 피가 묻어 있으니 심하게 무서웠다. 그의 얼굴을 비추는 푸른 도깨비불마저 소름 끼치게 느껴졌다. 겁먹어 어깨를 움츠린 양상과 홍례에게 시건은 낮게 가라앉은 목소리로 말했다.

"반선이 된 거지, 인간이 된 게 아니니까."

그 말을 끝으로, 그는 다시 검을 들고 덤벼드는 요괴를 도륙하는 일을 시작했다. 양상과 홍례는 나란히 붙어 서서 그런 시건을 얌전히 따라갔다. 둘은 밖에 홀로 남아 있는 파적이 부러워졌다.

※ ※ ※

암굴 안은 어두웠고, 그 안에 갇힌 선인은 봉인에 사지가 결박된 채 명상을 하고 있었다. 그는 오십 년 전에 이 암굴에 갇힌 전(前) 흑귀위 중랑장 박유신(朴遊晨)이었고, 지금은 그의 신수인 십이지 신수 신지(辛支) 또한 이 암굴 어딘가에 봉인당해 있을 터였다. 막 암굴에 갇혔을 때엔 분노하고 억울해하며 미치기 일보 직전으로 버텨 오던 이 선인은, 이미 오십 년이나 흐른 터라 지금은 불같은 마음을 가라앉히고 조용히 어둠 속의 세월을 보내고 있었다. 단지 그는 기를 모으고 정신을 집중하며 스스로를 놓지 않기 위해 애썼다. 그러나 때때로 억울하게 뒤집어쓴 누명이 떠올라 다시금 분이 차오르는 것은 어쩔 수 없는 노릇이었다. 이 하계를 그 누구보다 열심히 지켰던 그의 상관이 억울한 누명을 썼고, 그 뜻에 따라 그를 지키다가 갇혔다. 아마 이 암굴 어딘가에 그의 상관 또한 갇혀 있을 터였다.

"어떤 모습으로 갇혀 계실라나?"

그는 부러 입 밖으로 소리를 내 홀로 중얼거렸다. 암굴 안에 지난 오십 년간 그래 왔듯, 오로지 그의 목소리만 울렸다.

솔직히 말해서, 그는 그들의 상장군이 옥사에 사지가 묶인 채로 갇혀 있는 모습을 감히 상상할 수가 없었다. 기억 속의 상장군은 그 태생부터가 고귀하고 늘 한 점 흐트러짐 없는 훌륭한 장수였던 터라, 도무지 지금 자신과 같은 몰골로 갇혀 있을 거라고는 생각할 수 가 없는 것이었다. 그 후에는 그 아닌 다른 장수들이 어떤 모습으로 갇혀 있을지를 생각했다. 그는 그렇게 같은 흑귀위 선군 시절에 서로가 어떤 모습으로, 어떻게 지냈는지를 떠올리며 길고 긴 시간을 보냈다.

모두들 잘 있을지 상관의 벗이었던 천자 무진은 아직도 제위에 오르지 못했는지. 하루도 빠짐없이, 조금의 쉴 틈도 없이 과거와 닿아 있는 인연을 생각하며 시간을 보냈다. 스스로를 놓지 않기 위해 부러 아무도 듣지 못할 말을 중얼거리고 허공에 말을 걸었다. 그리고 오늘도 어김없이 그런 생각을 반복하고 있는데, 갑자기 이상한 소리가 들렸다.

쩌저적.

"응?"

쩌저적.

"이게 대체 무슨……."

말을 한 유신은 소스라치게 놀라 버렸다. 스스로가 입 밖으로 내뱉은 언어가 놀라워 잠시 넋을 놓고 있었다. 그간 그가 내뱉은 말은 홀로 중얼거리는 것에 불과한 자조적인 말들뿐. 그러나 이번엔 아니었다.

놀란 그가 정신을 채 차리기 전에, 어둠 한구석에서 큰 소리와 함께 벽이 무너지는 소리가 들렸기 때문이었다. 연기가 마구 일고 기가 정신없이 몰아쳤다.

"뭐야! 뭐야!"

이제 유신은 사지가 묶인 채로 당황해서 소리쳤다. 마구 버둥거려도 그가 묶인 봉인은 풀리지 않았다. 겁먹은 그가 아무것도 보이지 않는 어둠 속에서 시선을 이리저리 돌리는데, 갑자기 푸른 불빛이 들어왔다. 빛이 시야를 비추자 남자는 깜짝 놀라 눈을 감았다 떴다. 너무 오랜만에 보는 빛이었다. 다행히 선단을 취한 선인의 뛰어난 육체는 이 낯선 상황에도 금방 익숙해졌다. 빛이 눈에 익자 유신은 다시 눈을 뜨고 시선을 들었다. 무너진 벽 너머에서 누군가 들어왔다. 푸른 도깨비불에 의해 푸르게 물들었으나 본래는 하얀 빛깔인 도포를 입고, 구불구불한 지팡이를 든 도사 양상이었다.

"어디 보자."

양상은 소매 속에서 그가 쓴 부적을 꺼내 붙잡힌 선인의 이마에 찰싹 붙였다. 놀란 유신은 눈만 깜빡거렸다. 그는 자신에게 다가온 양상을 빤히 쳐다보다가, 그가 누군지를 떠올렸다.

"도, 도사? 도사가 어찌……."

양상이 빙긋 웃었다. 양상의 뒤에서 걸어온 도깨비 홍례가 도깨비 방망이를 홱 휘둘렀다. 그러자, 유신의 사지에 묶인 봉인과 결박이 그대로 사라졌다.

"어어!"

유신은 그대로 휘청거렸다. 바닥을 팔로 디디고 엎어져 버렸다. 그는 눈을 휘둥글게 뜨고 고개를 들었다. 웃고 있는 양상의 뒤에서 피로 물든 사내가 다가왔다. 유신은 멍하니 그를 쳐다봤다. 그는 바로 그의 상관이었던 흑귀위 상장군 류시건이었다. 시건이 품에 있던 부적 몇 장을 던졌다. 유신은 떨어진 부적을 멍하니 쳐다봤다. 부적은 신수 이름을 새길 자리가 비워진 추적부와 수행의 공격용 부적들이었다.

부적을 멀뚱멀뚱 쳐다보고 있는데, 앞에 서 있던 시건이 검을 뽑았다. 놀랄 사이도 없이 시건이 그 검으로 유신의 팔을 그었다. 유신은 악 소리를 질렀다가, 그의 팔이 잘린 것이 아님을 깨달았다. 꼴사납게 사지가 후들후들 떨리고 있었다. 상처가 나 피가 흐르는 유신의 팔을 힐끔 쳐다본 시건이 짧게 말했다.

“신수를 찾아와라.”

“예……. 예?”

유신이 고개를 갸웃거렸다. 그러나 그러는 동안 시건은 이미 그대로 몸을 돌려 그의 옥사에서 나가고 있었다. 양상이 하하 웃으며 품에서 부적 하나를 더 꺼냈다.

“신수를 찾을 때까지는 소생이 붙인 부적을 떼지 마시오. 원귀가 그대의 존재를 못 느끼도록 하는 부적이니. 그리고 이것도. 이건 암굴에서 나와 소생들과 함께 돌아가기 위해 꼭 필요한 것이외다. 밖에서 요괴 조심하시고, 여유가 많지 않으니 서두르시오.”

양상도 몸을 돌려 나갔고, 홍례가 그를 졸졸 따라갔다. 유신의 곁에는 도깨비가 만들어 놓은 푸른 도깨비불만 남았다. 유신은 멍하니 시건과 양상, 도깨비가 사라진 방향을 쳐다보고 있다가, 믿을 수 없어서 연신 눈을 감았다 떴다. 도무지 실감이 나지 않았지만 팔에서 흐르는 피와 따끔한 상처는 진짜였다. 유신은 어안이 벙벙해서 다시 그가 본 사람을 불렀다.

“상장군?”

거의 동시에, 또 한 번 쾅 하고 벽이 무너지는 소리가 들렸다. 저 너머 또 다른 누군가의 옥사 벽이 무너져 내리는 소리였다.

❈ ❈ ❈

암굴 밖에서, 흑귀위 상장군 연귀호는 도깨비와 도사가 난동을 부리는 광경을 용마를 탄 채로 하늘에서 쳐다보고 있었다. 날뛰는 도깨비를 보며 그는 혀를 찼다. 그 옛날에도 파적은 유난히 힘이 세 다루기 힘든 도깨비였다. 암굴에 무려 오십 년을 갇혀 있었는데 여전히 그 기세가 남달랐다. 대체 어찌 암굴에서 나왔는지 곤란한 노릇이었다.

감사의 판단과는 별개로, 귀호는 확실히 암굴에서 파적의 도주를 도운 이가 있을 거라고 생각했다. 더불어 그 조력자는 이 암굴에 대해서 잘 알고 있는 게 분명했다. 그렇지 않고서야 어찌 동하의 암굴 입구에 요괴가 없다는 사실을 알고 왔겠는가. 그리고 그 조력자가 도사인지 아닌지는 좀 더 조사해 봐야 할 터였다. 사실 귀호로서도 도사가 어찌 암굴에 대해 알 수 있는지, 누군가가 어떤 연유, 어떤 방도로 도깨비 도주를 도울 수 있었는지 도무지 짐작하기 힘들었다.

하강한 백호위 상장군 호혜강은 여전히 그에 대해 계속 신경을 쓰고 있는 모양이었다. 하지만 하계 사정에 대해 잘 모르는 선인이 하강하자마자 감사와 맞설 수도 없는 노릇이라, 일단은 서하를 방비하는 데 신경 쓰고 있는 것 같았다. 그리고 감사가 제대로 조사할 의지가 없는 상황에서, 이번 일에 대해 명확히 진상을 파악할 만한 사람은 귀호 자신밖에는 남아 있지 않았다.

'진상을…….'

귀호는 한숨을 내쉬었다. 그러나, 그는 그럴 마음이 없었다. 일단 감사는 귀호가 이 일에 나서는 것을 좋아하지 않을 게 분명했다. 하계 감사는 귀호를 좋아하지 않았다. 귀호가 본디 시건의 아래 있었던 휘하 장수이기 때문이었다. 감사는 귀호가 하계만 내려왔다 하면 왜 왔는지, 언제 다시 선계로 돌아갈 건지, 뭘 할 셈인지 꼬치꼬치 캐묻곤 했다. 그는 언제든 귀호가 암굴에 가 당장이라도 시건을 풀어 줄 거라고 의심하고 있었다. 백호위 상장군 호혜강이 감사부에 왔을 때, 그가 그 자리에 있던 것도 그의 갑작스러운 하강에 불안해진 감사가 그의 마음 상태를 떠보기 위함이었다.

혜강의 앞에서는 아무 말도 하지 않았지만, 귀호는 감사가 암굴 조사를 어찌하여 흑귀위 상장군인 그에게 고하거나 맡기지 않고, 그저 청진위와 흑귀위 군사들을 자의로 보내 시켰는지 이미 짐작하고 있었다. 아마도 귀호가 암굴에 가서 다른 마음을 먹을까 두려웠을 게 분명했다. 그가 지금 여기 와 있다는 것만으로도 감사는 의심을 할 게 분명했다. 그래서 귀호는 선군들이 괜히 그를 발견하기 전에 상황만 적당히 살피고 얼른 사라질 작정이었다.

그런 마음으로 상황을 하늘 위에서 계속 주시하던 귀호는, 문뜩 이상하다는 것을 느꼈다. 도깨비와 도사가 암굴로는 도통 향하지 않고 멀리서 맴도는 모양새였다. 그들은 암굴에 관심도 없는 것 같았다. 그저 애먼 숲을 망가트리거나 선군들 주변만 돌아다녔다. 거기까지 생각한 귀호는 순간 소름이 돋았다.

'허깨비구나! 시간을 끌고 있는 것이다!'

지난날 파적과 대면한 경험이 있는 터라, 그는 어찌 된 일인지 금세 파악할 수 있었다. 귀호는 얼른 용마의 고삐를 잡아당겼다. 어딘가 분명 다른 움직임이 있을 터였다. 그리고 높은 곳에서 암굴 주변을 살피며 날아다닌 결과, 귀호는 숨어 있던 진짜 도깨비 파적을 발견할 수 있었다. 파적은 낄낄거리며 도깨비방망이를 휘두르고 있었다. 귀호는 거의 본능적으로, 용마의 고삐를 당겼다. 그의 용마가 매서운 기세로 날아갔다. 그가 날아오자 파적도 귀호를 발견했다. 몸을 돌린 파적이, 날아오는 용마를 향해 방망이를 휘두르려고 할 때였다.

콰앙—!

파적과 귀호는 거의 동시에 시선을 옆으로 돌렸다. 쿵, 쿵, 쿵, 하고 땅이 울리기 시작했다. 그 울림소리가 더 커지고 가까워졌을 즈음, 엄청난 소리와 함께, 암굴에서 거대한 도깨비들이 우르르 쏟아져

나왔다.

"이야아아아!"

"메밀묵! 메밀묵!"

"무슨……."

"야, 나왔구나!"

파적이 그대로 뛰어올랐다. 귀호는 얼른 파적을 따라가려고 했다. 그걸 알아차린 파적이 바로 도깨비방망이를 휘둘러 용마의 앞을 가로막았다. 도깨비방망이에서 피어난 푸른 불꽃 때문에 놀란 용마가 크게 울며 몸을 틀었다. 귀호는 얼른 용마의 고삐를 잡아당겼다. 그가 용마를 진정시키는 동안, 암굴에서 도깨비들이 다 나오고 그 뒤로 선인들이 나왔다. 방망이를 휘두르는 파적과 용마 때문에 정신없던 귀호는, 암굴에서 나온 이들 사이에서 익숙한 목소리를 들었다.

"어이, 대장군!"

귀호는 움직임을 멈췄다. 파적도 고개를 돌려 뒤를 쳐다봤다. 파적은 그의 아우가 그에게 보내는 손짓을 보고는 얼른 그쪽으로 달려갔다. 그러나 귀호는 이번에는 그런 파적을 쫓아갈 수 없었다. 그는 그저 시선을 돌려 목소리가 들린 방향을 멍하니 응시했다. 암굴에서 나온 이들은 그의 눈에 익은 얼굴들을 하고 있었다. 비록 행색이 남루하고 지저분하기 짝이 없어도, 분명 그와 늘 등을 맞대고 싸웠던 동료 선군들이었다. 그들의 가운데에, 하얀 옷을 입은 도사 양상이 지팡이를 들고 서 있었다. 그리고, 그 옆에 선 사람. 검은 옷을 입고, 검은 머리칼에 그보다 더 검은 눈동자를 지닌.

그와 눈이 마주치자, 귀호의 손에서 힘이 쭉 빠졌다. 용마의 고삐가 손에서 주르륵 흘러내렸다. 귀호의 뒤에서, 파적의 허깨비가 사라진 바람에 암굴에 집중할 수 있게 된 청진위와 흑귀위 선군들이 용마를 타고 달려오고 있었다. 그러나 그들이 달려오는 소리가 귀호에게는 들리지 않았다. 그는 그저, 시건이 피 묻은 검을 들어 올린 채로 전하는 낮은 목소리만을 들었다.

"자리를 지켜라. 귀호."

그 말의 의미를 잊고, 뒤에 달려오는 선군들을 잊고. 귀호는 눈물 고인 눈으로 감동에 찬 대답을 할 뻔했다. 그러나 다행히 그 전에 양상이 지팡이를 휘둘렀다. 펑, 소리와 함께 암굴에서 탈출한 무리는 그대로 자취를 감추었다. 청진위와 흑귀위 선군들이 지척까지 다가왔을 때는 이미 그들의 자취 따윈 남아 있지 않았다.

혼란스러워하는 선군들 사이에 멍하니 서서, 귀호는 그가 듣고, 본 것을 의심했다. 상장군 류시건과 그의 동료 선군들. 그들 모두 어두운 암굴이 아니라, 세상 빛을 보고 서 있었다. 비록 지금은 신기루처럼 사라졌다고 해도, 그가 들은 목소리는 분명 시건의 목소리였다.

'드디어!'

귀호는 당장 울 것 같았다. 류시건과 진짜 흑귀위가, 드디어 암굴 밖으로 나온 것이었다. 오십 년의 기다림이 끝이 났다.

※ ※ ※

도깨비가 메밀묵무침 양념하는 것을 거든 후에 마루에 앉아 쉬고 있던 사예는, 소란스러운 소리를 들었다. 그녀는 얼른 고개를 돌렸다. 제멋대로 자란 풀숲과 나무 사이에서 이쪽으로 걸어오는 거대한 도깨비 무리를 발견한 사예는 얼른 마루에서 뛰어내렸다. 집 안에 있던 다른 도깨비들도 얼른 마당을 가로질러 그들의 가족과 벗을 맞이하러 나갔다. 사예는 걸음을 빨리해 그들에게로 걸어갔다. 보폭이 큰 도깨비들보다 조금 늦게 도착한 그녀는 복작대는 도깨비와 선인들 틈새에서 시건을 찾았다. 시건이 그녀가 일러둔 대로 잘했는지 궁금했고, 암굴에서 무사히 돌아왔는지도 아주 조금 궁금했다.

사예는 도깨비들 사이에서 시건을 발견하고는 그에게로 달려갔다. 걸어오던 시건이 멈추고 고개를 들었다. 그리고, 사예는 그의 얼굴에 묻은 핏방울을 발견했다. 가까이 다가가자마자 그에게서 짙은 피비린내를 맡았다. 사예는 놀라서 멈춰 섰다. 그녀는 얼굴을 굳히고 중얼거렸다.

"피 냄새가……."

"내 피가 아니다."

"그건 나도 아는데……."

자세히 보니 그의 도포 또한 피로 젖은 것을 알 수 있었다. 검은 옷이 더 검게 물들 정도로, 그의 옷은 피로 젖어 있었다. 그녀는 입을 벌린 채로 시건을 쳐다봤다. 그녀는 검과 그 검을 든 시건의 손에 묻은 핏방울을 발견했다. 인상을 굳힌 채로 시건을 응시하던 사예는 바로 고개를 돌려 양상을 쳐다봤다. 아니나 다를까, 양상은 처음 입고 갔던 하얀 도포에 핏방울 하나 묻히지 않은 채로 서 있었다.

'나 참.'

사예는 하도 어이가 없어 헛웃음을 흘렸다. 어찌 된 영문인지 듣고 보지 않아도 눈에 훤했다. 저 치사한 도사는 길을 알려 달라는 명목으로 술법도 못 쓰는 시건을 앞세워 암굴로 들어간 게 분명했다. 또 이 고지식한 반선은 길을 알려 주기에 그게 수월하다는 이유로 앞서서 암굴을 헤집고 다녔을 게 분명했다. 그리고 사예는 그 암굴에 얼마나 많은 요괴들이 있었는지 잘 기억하고 있었다.

'술법도 못 쓰는데 얼마나 답답했을까!'

양상이 시건을 앞세운 채 뒤에서 편하게 도술이나 부리고 있었을 모습이나, 시건이 앞에서 술법도 못 쓰면서 요괴들을 상대로 쩔쩔매고 있었을 것을 상상하니 기가 막혔다. 도깨비들은 대체 뭘 했단 말인가! 그러나 그녀가 고개를 돌려 쳐다봐도 도깨비들은 이미 자기들끼리 부둥켜안느라 제정신이 아닌 것 같았다. 결국 사예는 원망의 눈길을 양상에게로 돌렸다. 그녀가 백옥처럼 깨끗한 옷을 입고 하하 웃고 있는 양상을 째려보는데, 시건이 말했다.

"나는 괜찮다."

시건이 담담하게 말해서, 사예는 한층 답답해졌다. 요령 없이 올곧기만 한 둔한 사내가 한심하고, 답답하고, 피 묻은 모습이 어딘지 모르게 불쌍하고 그랬다. 마음이 무겁고 기분이 좋지 않았다. 시건에게 뭐라고 해 주고 싶었지만, 해 주고 싶은 말조차 답답하게 마음속에 들어차기만 할 뿐이었다. 그 말들은 피로 젖어 지쳐 보이는 시건의 얼굴을 보니 도통 입 밖으로 나오질 않았다.

'바보 같으니라고.'

어차피 술법도 못 쓰는 신세, 그저 뒤로 물러나 있을 것이지. 한숨을 내쉰 사예는 무겁기 그지없는 마음으로, 몸을 돌렸다. 그대로 언제까지 서 있을 수도 없는 노릇이라, 그녀는 애써 안 움직이는 발을 움직였다. 멈춰 있던 시건도 그녀를 따라 걸음을 옮겼다. 그 순간, 발을 움직인 시건이 휘청했다. 사예는 놀라서 팔을 뻗어 그를 부축했다. 그의 팔을 잡은 손에 닿은 옷이 피로 젖어 축축했다. 사예는 마음이 더 안 좋아졌다. 심지어 암굴에서 계속 기절했던 시건의 모습이 떠올라 표정은 점점 어두워졌다. 시건은 그런 사예에게 말했다.

"피가 묻는다."

"……됐소."

사예는 몸을 세운 그를 부축하고 함께 걸어갔다. 그러나 몇 걸음

떼지 않아, 그녀는 몸을 제대로 세운 시건이 그녀에게 조금도 기대고 있지 않다는 사실을 깨달았다. 그는 그저 팔로 그녀의 어깨를 안고 있을 뿐이었다. 사예는 이 배려심 많은 사내가 이 상황에조차 그녀에게 부담을 주지 않기 위해 노력하고 있다는 사실을 깨달았다. 그녀는 답답한 마음에 시건에게 말했다.

"그냥 기대시오. 내 그만한 힘은 있소."

"그래."

시건은 고개를 끄덕였지만, 끝내 그녀에게 기대지는 않았다. 그저 기대는 척 그녀의 어깨를 감싼 팔에 힘을 주기만 했을 뿐이었다. 꼭 안고 가는 모양새라 그 순간, 사예는 지금 상황이 그녀가 생각한 것과 뭔가 다르다는 걸 깨달았다. 그녀는 어깨를 꽉 안고 있는 시건을 째려봤다. 이건 누가 봐도 그저 부축을 받는 게 아니었다.

'이자가 지금 피투성이 된 몸을 핑계로 흑심을 채우고 있는 건가?'

경계심이 되살아나 시건에게서 멀어지려고 하는 순간, 사예는 움찔했다. 그녀의 어깨를 안은 손조차 핏방울이 묻어 있었다.

'……봐줬다.'

어쨌든 그가 오랜 시간 갇혀 있었던 그 암굴에 다시 다녀온 것은 사실이고, 술법도 못 쓰니 고생스러웠을 것만은 분명했다. 사예는 어깨를 꼭 안은 그의 팔이나 가까이 붙은 몸이 느껴질 때마다 지금이라도 밀어 버릴까 고민했지만, 결국 그를 밀어 내지 못하고 그대로 걸어갔다. 시건이 전에 암굴에서 그랬던 것처럼 기절이라도 하거나 넘어지면 그저 잡아 줄 요량으로, 그를 잡고 같이 갔다.

그렇게 둘이 함께 걸음을 옮기는데 옆에서, 그 모습을 목격한 홍례가 고개를 절레절레 저었다. 눈을 부릅뜨고 고개를 젓는 모습을 발견한 사예가 홍례에게 물었다.

"왜 그래? 목이 아프냐?"

"……."

시건도 홍례를 쳐다봤다. 시건과 눈이 마주친 홍례는 딱딱하게 굳어서 입만 빼끔거리다가, 결국 자신이 본 모든 것을 외면하고 양상에게 달려갔다. 양상은 그저 허허 웃고 있었다. 사예는 영문을 알 수 없어 그 모습을 쳐다보다가, 시건이 걸음을 옮겨서 그저 그와 함께 걸어갔다. 그리고, 뒤에서 따라오던 과거 시건의 휘하 선군들은 저들끼리 중얼거렸다.

"아까까지 멀쩡하셨잖아."

"멀쩡하시기만 했습니까. 암굴에선 아주 날아다니시던데."

"아니, 그런데 저 처자는 대체 누구야?"

답을 할 수 있는 이가 그들 중에는 당연히 없었다.

❈ ❈ ❈

조용하던 이 노인의 집은 금세 시끌벅적해졌다. 암굴에서 데려온 도깨비들은 온통 마당을 채우고 앉아 저녁 내내 메밀묵 요리를 먹어대고 있었다. 해 질 무렵에 그들은 노을빛이 두려워 집 안으로 숨은 상황에서도 자는 건 이제 지긋지긋하다고 난리난리를 부리다가, 해가 지자마자 마당에 자리를 잡고 앉아 메밀묵 잔치를 벌였다. 그들은 날이 밝으면 씨름을 하러 가자고 신이 나서 떠들어 댔다. 여기 모인 도깨비들은 오십 년 전의 서하 도깨비들 중 가장 풍채가 좋고 힘이 센 도깨비들이었고, 그래서 그런지 떠드는 목소리도 먹어 치우는 기세도 남달랐다. 그리고 오랜만에 암굴 밖으로 나와 씻고 옷을 제대로 갖춰 입은 선인들은, 저들끼리 삼삼오오 모여 조용하게 이야기를 나누고 있었다.

바쁜 덕향을 도와주겠답시고 양념장 만드는 것 좀 거들었다가 아예 발목이 잡힌 사예는, 저녁 내내 부엌에 서서 메밀묵무침을 만들고 있어야 했다. 그녀는 이제 마지막이라고 어깃장을 놓으며 도깨비들에게 메밀묵무침을 내밀었다. 그녀는 신나서 묵을 먹어 대는 도깨비들을 보곤 혀를 찼다. 도깨비들이 저리 먹어 대니 시건이 먹을 게 남아날 리가 없겠다는 생각이 들었다. 상황이 그러니 도깨비들이 간을 잘했다고 시집가도 되겠다고 칭찬을 해도 그다지 귀에 들어오지 않았다. 도깨비들이 묵을 먹고 쌓아 둔 빈 그릇을 들고 부엌에 가져다 놓으려고 걸어가던 그녀는, 신수를 꺼내 기를 모으는 선인 하나를 발견했다. 그는 다른 선인 하나와 함께 마루 위에 앉아 있었다.

"어, 신수가."

사예는 저절로 걸음을 멈췄다. 신수를 꺼낸 선인, 아마도 과거에는 흑귀위 선군이었을 이를 향해 고개를 돌렸다. 사예는 의아해서 그에게 물었다.

"암굴에서 신수를 찾아왔소? 신수가 봉인되어 있던 것이오?"

"그렇……습니다. 봉인되어 있었습니다."

선인은 고개를 끄덕이며 옆에 앉은 다른 선인의 눈치를 봤다. 앉아 있던 선인도 눈치를 봤다. 둘 다 낮에 시건이 사예와 함께 걸어가는 것을 봤기 때문에 태도를 어찌해야 하는지 알 수가 없었다. 사예는 상대가 높임말을 써서 내심 당황했지만, 어차피 저들의 상관인 시건에게도 높임말을 쓰지 않고 있었으므로 최대한 태연한 척했다. 사예에게 대답을 한 선인, 유신의 앞에는 그의 신수 신지, 즉 원숭이 신수가 꼬리를 흔들고 있었다. 신지가 큰 눈을 굴리는 모습을 쳐다보며 사예는 눈썹을 찌푸렸다.

"다른 선인들 모두 신수를 되찾았소?"

"예. 모두 봉인된 신수를 되찾아 왔습니다."

함께 앉아 있던 선인 둘 다 고개를 끄덕였다. 그들의 동의를 확인한 사예는 의아했다. 시건의 신수는 분명 암굴에 없었다. 그런데 다른 이들의 신수는 모두 있다니 이상한 일이었다. 그렇다면 누군가 작심하고 시건의 신수만 훔쳐 갔단 말인가. 사예가 고민을 하고 있는데, 그녀의 눈치를 보던 선인 중 하나가 물었다.

"그나저나, 선인이 맞으시지요? 저는 흑귀위 중랑장이었던 박유신입니다. 여기 이분은 장현록(將賢綠) 장군님이시고."

사예는 순간 이자에게 자신에 대해 밝혀도 되나 고민했다. 곤란해하는 얼굴로 서 있던 그녀가 차마 피할 수도 없어 적당히 대답을 하려는 찰나에, 마루 주변에 서 있던 양상이 게걸음으로 다가왔다.

"아, 여기 이 여선님은 류 장군의 각시가 될……."

사예는 양상을 확 째려봤다. 양상은 찔끔 놀라 말을 멈췄다. 사예가 억지로 미소 지으며 이를 악물고 말했다.

"뭘 자꾸 그리 엮으시오……. 내가 굴비요? 그만 좀 엮으시오."

"하하하, 여선님, 무슨 그런 류 장군 섭섭할 말씀을……."

사예가 양상에게 매서운 경고의 눈빛을 보내는 와중에, 유신이 눈치 없이 말했다.

"이상하다, 장군의 각시는…… 윽?"

사예와 양상의 고개가 동시에 유신에게로 돌아갔다. 옆에 앉아 있던 현록이 유신의 옆구리를 팔꿈치로 친 자세 그대로 굳어 있었다. 옆에서 신수 신지는 긴 손가락으로 자기 입을 막고 있었다.

그러나 사예와 양상은 이미 유신이 한 앞의 말을 들은 상태였다. 도깨비들의 소란스러움과 완전히 대조되는 냉랭한 침묵이 흘렀다. 양상은 슬그머니 사예의 눈치를 봤고, 사예는 눈을 가늘게 떴다. 굳이 더 들을 것도 없이 머릿속에 확신이 들었다.

'각시 될 여선이 따로 있었구나.'

그릇을 들고 있던 손에 힘이 들어갔다. 시건은 북선 제후 가문 출신의 선인이었으니 그 상대는 실력 있고 좋은 가문 출신의 선녀였을 게 분명했다. 어쩌면 장래 혼인할 것으로 예정된 여선이 있던 게 당연하다고 생각하면서도, 배 속의 장이 꼬이듯 속이 배배 꼬였다. 사예는 최대한 아무렇지 않은 표정으로 말하기 위해 노력했다.

"아무튼, 알았소. 난 이만."

사예는 바로 몸을 틀었다. 그릇을 들고 경보하듯 빠르게 걸어가는 모습을 보며 양상은 웃었고 유신은 현록에게 머리를 한 대 얻어맞았다.

❈ ❈ ❈

피로 젖은 몸을 제대로 씻고 옷을 갈아입은 시건은 무거운 마음으로 마당으로 나왔다. 그는 자신만 찾지 못한 신수에 대해 생각하고 있었다. 다른 모두의 신수가 그대로 봉인되어 있는데 그의 신수만 암굴에 없었다. 심지어 그의 신수는 여전히 그의 앞에 나타나지 않고 있었다. 시건은 손을 들어 표식이 빛나지 않는 손등을 응시했다.

그는 편하지 않은 마음으로 손등을 응시하다가, 마당을 빠르게 지나쳐 걸어가는 사예를 발견했다. 걸어가다 시선을 돌린 사예는 시건과 눈이 마주쳤지만, 그대로 고개를 돌리고 가던 길을 계속 갔다. 시건은 보폭을 넓혀 그런 사예를 향해 걸어갔다. 사예는 금세 다가와 그녀를 따라오는 시건을 외면하고 앞만 보고 전진했다. 시건은 참을성 있게 그런 사예를 따라갔다.

그리고, 그런 시건 때문에 사예는 좀 짜증이 났다. 아까 손에 들고 있던 그릇을 부엌에 놓고 나오면서 그녀는 계속 기분이 안 좋았다. 그 탓에 그녀는 지금 시건을 보고 싶은 마음이 없었다. 사예는 딱히 기분이 나쁠 이유는 전혀 없다고 생각했기 때문에, 그저 스스로가 지금 혼자 있고 싶을 뿐이라고 애써 합리화했다. 어쩌면 저녁 내내 부엌에서 부엌데기 노릇을 해서 그런 걸지도 몰랐다. 마루를 따라 의미없이 빙빙 돌며 시건이 떨어져 나가기를 기다리는데, 결국 시건이 그녀를 불렀다.

"사예."

불만이 가득 찬 얼굴로 걸어가던 사예는 끝까지 무시할까 하다가, 하는 수 없이 걸음을 멈추고 고개를 돌렸다.

"뭐. 할 말이라도 있소?"

시건은 사예를 따라 걸음을 멈췄다.

"양상에게 들었나."

"뭘 말이오?"

"양상이 그대와의 약조를 지키기로 했다."

사예는 시건이 암굴에서 적어도 하나 정도는 그녀의 말대로 했다는 사실을 알 수 있었다. 그러나 그 말을 들어도 나빴던 기분이 좋아지지는 않았다. 그래서 그녀는 무표정한 얼굴로 무미건조하게 대답했다.

"그랬소? 잘됐네."

사예는 그 말만 남긴 채로 그녀의 방으로 돌아가려고 했다. 그녀가 몸을 틀려는 순간 시건이 입을 열었다.

"왜 기분이 좋지 않지?"

멈칫한 사예가 시건을 째려봤다.

"무슨 소리요? 난 지금 기분이 굉장히 좋소."

몸을 홱 돌린 사예는 그대로 신을 벗고 마루 위로 올라가 버렸다.

시건은 방으로 돌아가 버리는 사예의 뒷모습을 쳐다봤다. 사예는 문을 쾅 닫고 방에 들어가 버렸고, 시건은 마루 너머에 혼자 남았다. 계속 닫힌 문을 응시하고 있어도 사예는 다시 문을 열고 나오지 않았다.

가만히 서 있던 시건은 걸음을 옮겨 마당으로 걸어갔다. 그는 메밀묵을 먹고 배가 불룩해서 늘어진 도깨비들을 한번 둘러봤다. 그가 주위를 살피고 있는데, 빈 메밀묵 그릇과 도깨비방망이를 들고 지나가던 덕향이 말했다.

"아이고, 장군님. 메밀묵무침 좀 드실래요? 내가 설거지할 게 많아서 드리는 걸 깜빡했네!"

그 말을 하며 덕향은 도깨비방망이를 휘둘러 그릇을 깨끗하게 만들었다. 시건은 고개를 저었다.

"아니. 생각이 없다."

시건이 고개를 젓자 덕향이 아깝다는 듯이 말했다.

"왜, 좀 드시지. 아까 낮 내내 여선님이 간 보고 무친 건데. 저번에 여선님이 떡 가져다주셨죠? 전에 그 떡처럼 이번에도 장군님 가져다 드리려고 하신 거 아니겠어요? 아주 사이가 좋아~ 보기도 좋고!"

시건은 자기도 모르게 그때 사예가 했다고 가져왔던 떡을 떠올렸다. 그가 침묵하자 낄낄거리며 웃던 덕향이 도깨비방망이로 부엌을 가리키며 말했다.

"잠시만 기다려요, 제가 남은 거라도 금방 가져다 드릴 테니까!"

덕향은 시건이 막을 새도 없이 얼른 몸을 돌려 부엌으로 뛰어갔다. 시건은 하는 수 없지, 하고 생각하고는 그의 수하 선인들이 있는 마루 쪽으로 걸어갔다. 그중에 서 있던 양상이 제일 먼저 시건을 발견했다. 그의 뒤쪽에 있던 선인들이 얼른 일어나 시건에게 인사를 했다. 양상은 신난 얼굴로 웃으면서 시건에게 말을 걸었다.

"오, 장군. 오셨소이까. 혹시 나오다가 여선님 못 보셨소이까?"

"봤다."

"혹 여선님 기분이 매우 상해 보이지 않았소이까? 응?"

"그래. 그런 것 같았다."

시건이 대답하자 양상이 눈을 게슴츠레 뜨며 웃었다.

"그게 왜인 줄 아시오?"

시건은 대답하지 않았으나 양상을 응시함으로써 그 답을 요구했다. 양상은 시건에게 슬그머니 다가가, 손으로 입가를 가리고는 다 들리게 고자질했다.

"그건 왜냐면, 장군의 수하가, 여선님께, 장군에게 혼인할 상대가 따로 있다고 말해 버렸거든! 하하하하!"

"……."

"이야, 장군 그렇게 안 봤는데, 이 사람 이거……."

양상이 혀를 찼다. 시건은 시선을 돌려 양상의 뒤쪽에 서 있는 그의 휘하 장수들을 쳐다봤다. 현록이 손가락으로 슬그머니 유신을 가리켰다. 유신이 억울해하는 얼굴로 소리쳤다.

"아닙니다! 전 그렇게 말하지는 않았습니다!"

"에이, 그게 그 말이지! 하하하!"

"……."

시건은 무표정한 얼굴로 유신을 응시했다.

❈ ❈ ❈

방으로 돌아온 사예는 영 기분이 좋지 않았다. 생각하지 않으려고 했는데 태연한 얼굴로 그녀의 이름을 부르고 말을 걸던 시건이 자꾸만 떠올랐다. 속이 부글부글 끓었다.

'아니 그럼, 흑심도 없고 혼인할 여선도 따로 있었으면서 나한테 그리 수작을 걸었어?'

방에 틀어박혀 혼자 성을 내고 있다 보니, 성을 내는 시간조차 아깝게 느껴졌다. 그럴 가치도 없었다. 그녀는 안 그래도 반나절을 줄곧 서 있던 터라 다리도 아프고, 피곤하고 하니 그저 잠이나 자야겠다고 생각했다. 자기 전에 소세나 하고 들어올 생각으로 사예는 방문을 열고 나왔다. 밖은 이미 어두워 달빛만 빛나고 있었고, 마당을 꽉 채우고 있던 도깨비들은 벌였던 잔치판을 접었는지 시끄럽던 목소리가 더 이상 들리지 않았다.

어둡고 조용해진 마루를 가로질러 나온 사예는 마루 쪽으로 걸어오던 시건을 발견했다. 그는 손에 무언가를 들고 있었다. 사예는 시건을 본체만체하고는 마루에 걸터앉아 신을 신었다. 신을 다 신고 일어서는 그녀를 시건이 붙잡았다. 사예는 화들짝 놀랐다. 그녀는 어느새 다가와 팔목을 잡은 시건을 쳐다봤다.

"뭐요?"

"할 말이 있다."

사예는 일단 팔목을 잡은 시건의 손을 떼려고 팔을 당겼다. 시건은 순순히 손을 놨다. 사예는 괜히 그의 손이 닿았던 팔목을 만지작거렸다. 그녀는 일단 시건을 보고 똑바로 섰다. 그녀가 말을 들을 태도를 취하자 시건이 말했다.

"혼인할 여선이 따로 있었던 것이 아니다. 그저 가문끼리 오가다 흐지부지된 이야기였다."

사예는 황당해하는 얼굴로 시건을 쳐다봤다. 얼핏 들으면 뜬금없는 이야기였다. 그녀는 시건의 시선을 피하며 중얼거렸다.

"누, 누가 물어봤나?"

심하게 당황스러웠으나 그녀에게 설명하는 시건의 모습이 싫지는 않았다. 그녀는 스스로 그 일에 전혀 신경 쓰지 않았음에도 불구하고 그의 변명을 들으니 마음이 조금 편해지는 걸 느꼈다. 그가 변명하는 게 이상하다고 생각하면서도 그랬다.

생각해 보니 시건이 역적이 되어 암굴에 갇혔는데 혼례 이야기가 있었던 여선이 그대로 기다리고만 있었을 리는 없겠다는 생각도 들었다. 사예는 괜히 헛기침을 하며 시선을 이리저리 돌렸다. 어색함을 느끼고 그만 자리를 피할까 하는데, 시건이 손에 들고 있던 것을 들어 보이며 말했다.

"그대가 했다고 들었다."

사예는 시건이 들고 있는 쟁반과 그 위의 메밀묵무침을 쳐다봤다. 시건이 쟁반을 내밀며 말했다.

"한 접시 먹었는데 맛이 좋아 더 받아 왔다. 그대도 내내 먹지는 못했다고 들어서."

"……됐소, 난 생각 없소."

"……그래."

시건은 시선을 내렸다. 그가 메밀묵무침만 쳐다보고 멀뚱하니 서 있어서 사예는 겸연쩍어하는 얼굴로 말했다.

"뭐, 먹으려고 가져온 것 아니오? 앉아서 편하게 드시오."

사예는 시건의 옷자락을 잡고 마루 쪽으로 끌고 갔다. 둘은 나란히 마루에 걸터앉았다. 시건이 쟁반에 있던 나무젓가락을 건넸다. 사예는 일단 젓가락을 받아는 들었다. 그러나 젓가락을 그냥 손에 든 채로 앉아만 있었다. 그녀는 시건이 젓가락을 들고 묵무침을 먹는 것을 쳐다보다가 은근슬쩍 말했다.

"사실 저번에 떡은 내가 한 것이 아니었소. 도깨비가 장난을 친 것이오. 하지만 이건 진짜 내가 한 것이오."

"그래. 안 그래도 이상하다 생각했었다."

"……그렇소? 먹을 만하오?"

"그래. 맛이 있다. 그대는 요리도 잘하는군."

사예는 비교적 좋아진 기분으로 괜히 여기저기 시선을 돌렸다. 그제야 마당 구석에 자리를 잡고 있는 이의 모습이 들어왔다. 그는 주저앉아서, 옆에 놓인 큰 대야에 산더미같이 쌓인 그릇을 열심히 씻고 있었다. 사예는 눈썹을 찌푸렸다. 아까 그녀에게 장군의 각시가 어쩌고 했던 선인이었다. 그의 옆에 쌓인 그릇들은 도깨비들이 메밀묵을 먹느라 썼던 온갖 그릇들이었다. 워낙 쌓인 양이 많아 저렇게 혼자 닦아서는 밤을 다 새도 무리일 것 같았다. 간간이 그가 그릇을 닦으며 투덜대는 소리가 들렸다.

"아오, 내 어깨! 내 허리!"

사예는 도통 이해가 안 돼서 그를 빤히 쳐다봤다.

'왜 한밤중에 잠도 안 자고……. 아니, 저거 본래 도깨비들이 요술만 부리면 단번에 끝낼 수 있는 일인데.'

이상하다고 생각하던 그녀는 시건에게로 시선을 돌렸다. 시건은 야밤에 고생하는, 그것도 오십 년 만에 겨우 암굴에서 데려온 그의 수하에게는 관심도 없어 보였다. 묵무침만 먹고 있는 시건을 보며 사예는 눈을 가늘게 떴다. 그녀는 아무래도 상관없다는 마음으로 말을 돌리기로 했다.

"도사님이 날 보내 준다고 약조를 한 게 분명하오?"

"그래."

"수고했소."

사예는 어쩐지 어색해서 손에 든 젓가락만 쳐다봤다. 시건은 묵묵히 묵을 먹고 있었다. 사예는 괜히 허공으로 눈동자를 굴리다가, 다시 말을 걸었다.

"홀로 신수를 찾지 못해 어찌하오?"

"글쎄. 별다른 도리가 없지."

시건의 대답을 대충 흘려들으면서, 사예는 고민을 했다. 이자가 분명 전에 일언지하에 부정했다고는 해도, 그 이후에 보인 행동이 아무래도 그녀에게 흑심이 없다고 보기 힘들었다. 방금만 해도 시건은 그녀가 오해하지 않기를 바라고 있는 것만 같았다.

그러나 그가 흑심에 대해 부정한 것만이 아니더라도, 그녀는 그의 태도가 애매하다고 생각했다. 양상이 약조를 지키기로 했다면, 이제 그녀는 이곳에서 떠나 선계로 돌아가게 될 터였다. 그럼 시건과는 헤어지게 될 터. 어쩌면 이 이후에는 다시는 보지 못할지도 몰랐다. 아니, 설령 보더라도 모르는 사이인 척하는 게 맞으리라.

'그래도, 상관이 없는 건가?'

사예는 불편한 마음으로 젓가락을 만지작거렸다. 그녀에게 흑심이 있다면 그게 괜찮을 리가 없지 않은가. 그러나 시건은 그녀가 홀로 선계로 돌아가는 것에 대해서는 다른 어떤 의사 표현도 한 적이 없었다.

'나한테 흑심이 있으면 나랑 헤어지는 걸 아쉬워해야 되는 거 아냐?'

그러나 힐끔 시선을 돌려 쳐다봐도 시건은 무표정한 얼굴로 앉아 있을 뿐이었다. 그의 얼굴에 아쉬움이나 안타까움 등의 감정은 눈곱만큼도 찾아볼 수가 없었다. 붙잡는 것은 고사하고 그녀와 헤어지는 것에 대한 그 어떤 감정도 느끼지 않는 것 같았다.

'아니, 물론 붙잡거나 그런다고 내가 여기 남을 것도 아니지만.'

스스로도 이해할 수 없는 복잡한 마음으로, 사예가 말했다.

"난 날이 밝는 대로 도사님께 선계로 보내 달라고 할 것이오."

"그래."

시건은 그럴 줄 알았다는 듯 대답했다. 그 이상 다른 말을 꺼내지도 않았다. 사예는 결국 싱숭생숭한 마음을 누르지 못하고 시건에게 물었다.

"……나한테 뭐, 달리 하고 싶은 말 없소?"

"있다."

"뭔데?"

눈을 크게 뜬 사예는 조금도 망설이지 않고 물었다. 젓가락을 내려놓은 시건이 물었다.

"그대 선단을 취하지 않았나?"

사예는 순간 말문이 막혀서 침묵했다. 그건 그녀가 예상한 말도 아니었거니와, 전혀 들을 거라고 생각하지 않은 질문이었다. 사예는 크게 뜬 눈을 깜빡거리다가 겨우 입을 열었다. 나온 것은 대답이 아닌 질문이었다.

"어찌 그리 생각하오?"

"손에 상처가 오래가서."

사예는 저도 모르게 손가락을 들어 쳐다봤다. 술시를 만드느라 바늘로 찔렀던 상처가 지금은 거의 아물어 있었지만, 어쨌든 시건의 입술이 닿았을 때는 그대로 남아 있었다. 갑자기 얼굴이 화끈 달아올랐다.

"선단을 취했다면 겨우 그 정도 상처가 쉬이 아물지 않는 게 이상하지. 또한 선인이 선단을 취하려면 천서즉위일에 용수궁으로 가야 한다. 그곳에서 천제가 하사하는 선단을 직접 받아야 하지. 헌데 그간 그대의 말을 듣고 생각해 보건대, 그대가 아예 용수궁에 간 일이 없는 것 같아서. 적어도 선단을 받으러 용수궁으로 갔었다면 그만큼 경계가 심한 것은 이해가 되질 않아."

손을 내린 사예는 잠시 고민했다. 그러나 어차피 시건이 그녀의 속사정을 많이 알고 있으니 그 사실에 대해 밝힌다고 한들 그다지 문제 될 건 없겠다 싶었다. 그녀는 결국 고개를 끄덕였다.

"그렇소. 난 선단을 취하지 못했소."

"어째서?"

"나만 그런 것은 아니었소. 내 어머니께서도 선단을 취하지 못하셨소. 어머니께서 어리실 적에 할머니와 할아버지께서 어떻게든 선단을 받기 위해서 용수궁으로 어머니를 데려가셨는데, 용수궁 지척에서 무영의 공격을 받았소. 그때 할아버지께서 홀로 무영을 막기 위해 남으셨다고 들었소. 결과적으로 할머니와 어머니만 겨우 살아 돌아오셨지. 그때의 일 때문에, 내가 태어난 후에도 할머니나 어머니께서는 용수궁 근처에는 가지 않으셨소. 사정이 그러하니 우리 가족끼리는 천제 폐하를 줄곧 의심해 왔고……. 천제 폐하께 교서를 받지 않았다면 당연히 나도 용수궁으로 갈 생각 따윈 하지 않았을 테고."

그리하여 선단을 취한 아버지 백운이 계속 약관의 얼굴을 하고 있는 동안에도, 어머니 하선은 홀로 늙어 갔다. 백운보다 어렸던 얼굴이 자라고, 결국 그 얼굴에 세월의 흐름이 묻어날 정도의 시간이 흘렀다. 이대로 선단을 취하지 못한다면 결국 사예 자신도 그렇게 되리라. 모든 선인이 선단을 취해 무병장수의 삶을 누리고, 500년에 가까운 세월을 살며 여유를 누리는 동안. 그녀의 어머니가 그랬듯, 그녀 또한 50년에 겨우 도달하는 생을 인간처럼 늙고, 무영에게서 도망치며 살게 될 터였다.

"그래서 내가 빨리 선계로 돌아가야 하는 것이오. 내 이대로 하계에 있다가 역병이라도 걸리면, 꼼짝없이 앓아누워야 하는 입장이란 말이오."

사예는 투덜대며 덧붙였다. 실제로, 병에 걸릴 것을 염려하지 않는 보통의 선인들과 달리 그녀에게는 그게 정말로 중요한 문제였다. 마치 하계의 인간들이 그러하듯, 그녀 또한 큰 병에 걸리면 목숨이 위태로워질 것을 걱정해야 하는 입장이었다. 육포라도 씹으며 끼니를 챙겨야 하는 것도 그녀가 선단을 취한 몸이 아니기 때문이었다.

"하긴, 그리 따지자면 나 또한 그대와 다름없는 반선의 몸이오."

사예의 말을 조용히 듣고 있던 시건이 나지막하게 물었다.

"그대 모친께서 연치가 어찌 되시지?"

사예는 의아해하는 얼굴로 시건을 쳐다보다가, 하늘을 응시하며 고민했다.

"내 어머니께서는, 지금 서른일곱 해를 사셨지."

"……."

시건은 침묵했다. 무표정한 얼굴이 조금 무너졌다. 이해할 수 없는 일이었지만, 사예는 순간 그가 곤란해하고 있다고 느꼈다. 사예가 생각하기에, 어쩌면 그는 그녀가 그렇게 대단하다고 말한 어머니가 그보다 어리다는 사실을 받아들일 수 없는 걸지도 몰랐다. 그러나 사예는 바로 그 점 때문에 하선이 더 대단하다고 생각하고 있었다. 그녀의 어머니는 고작 서른 몇 해를 살았음에도 불구하고 백 해를 넘게 산 선인들과 그 실력을 견줄 정도로 대단한 실력을 갖춘 선인인 것이었다. 물론 선단을 취한 선인들은 장수한다는 이유로 게으름을 피우며 오행의 술법을 고루 수련하고, 하선은 무영 때문에 목행에 대한 수련만 폭풍처럼 몰아쳐서 했기 때문이기도 했지만, 그래도 하선이 대단한 선인인 것만은 사실이었다.

사예가 나름 어머니의 뛰어남에 대해 뿌듯함을 느끼고 있는 동안, 시건은 계속 입을 다물고 침묵하고 있었다. 그는 잠긴 것처럼 닫혀 있던 입을 겨우 열어, 이번에는 이렇게 물었다.

"그대 부친께서는?"

사예는 눈썹을 찌푸렸다. 이자가 자꾸 왜 이런 것을 묻나, 생각하며 대충 대답했다.

"내 아버지께서는 선단을 취하셨소. 그래서, 어디 보자. 백 해하고도 마흔 해를 더 사셨군."

"……모친과 차이가 많이 나는군."

"그렇지."

사예는 고개를 끄덕였다. 시건은 입을 다물고 무슨 생각을 하는지 알 수 없는 얼굴로 앉아 있었다. 사예는 그가 계속 말을 하지 않자 조금 답답함을 느꼈다. 무엇보다 지금 그녀에게 저런 걸 물을 상황이던가. 이제 그녀가 선계로 돌아가면 더 볼 일도 없을 텐데, 영 쓸모없는 것만 묻는 시건에게 좀 짜증이 났다. 그녀는 마지막으로 시건을 떠보려는 생각으로 물었다.

"내게 할 말이 그게 다요?"

"아니."

"또 있소?"

사예는 내심 그럼 그렇지, 하고 생각했다. 시건이 만약 가지 말라고 붙잡으면 뭐라고 거절해야 하나, 하고 생각하면서 그녀는 손에 들고 있던 젓가락을 내려놨다. 사예가 들을 준비가 된 사람처럼 고개를 끄덕이며 말했다.

"말해 보시오."

그러나 시건의 입에서 나온 말은 그녀의 기대와는 달랐다.

"양상에게 감사부로 보내 달라고 해라. 교서를 가지고 감사부로 가, 천교를 타고 선계로 가라."

사예의 얼굴이 확 일그러졌다. 딱 힘이 들어가 있던 어깨가 축 늘어졌다. 비록 입 밖으로 말은 안 했지만 스스로 한 생각이 하도 민망해서, 입에서 저절로 따지는 어조가 튀어나왔다.

"아니, 분명 그대도 같이 듣지 않았소. 도사님이 말하기를, 선군이 나를 해치러 왔다지 않소."

"그것이 무진의 명령이라고 확신할 수는 없다. 무엇보다 그대 일전에, 천 년이나 지난 과거의 기록에 대해 알고 싶다고 하지 않았나. 그런 기록이 남아 있을 만한 곳은 손에 꼽고, 그중 하나인 감사부로 가 확인해 볼 만한 기회가 흔하지는 않을 것이다. 또한 천교는 선인은 물론이요 선, 하계의 물건을 나르는 수단이니 안팎으로 주목을 많이 받는다. 상대가 선계의 공공의 적이 되고 싶은 게 아니라면 그대가 탄 천교를 떨어트리지는 못할 것이다. 설령 감사라도 교서를 가지고 나타난 그대를 다른 선인들 앞에서 함부로 해하기는 어려울 것이다."

"아니, 천교가 어쩌니 저쩌니 해도 달라질 건 없소. 내가 선군들의 보호를 받고 있다가 하계로 떨어진 선인이요. 심지어 무영이 용수궁 코앞에서도 나타나 우리 할아버지를 해했다지 않소."

"낮에 암굴에서 마주친 선군 중 내 휘하에 있었던 선군을 봤다. 아직 흑귀위 선군으로 있는 것 같으니, 감사부로 가면 그를 찾아라. 이름은 연귀호이고, 내 상장군일 시절 흑귀위 대장군이었다. 그에게 나를 암굴에서 꺼내 준 게 그대라고 말해라. 의심을 한다면 그가 신수와 계약한 곳이 북선 운천(雲川)이 아니냐고 물어라. 그 이야기를 아는 사람은 나뿐이다. 충심이 깊고 믿을 만한 장수이니, 목숨을 바쳐서라도 그대를 지켜 줄 것이다."

"아니……."

사예는 답답한 마음으로 뭐라고 말을 하려다가, 확신에 찬 시건의 얼굴을 보고는 그저 입을 다물었다. 말을 말자, 하는 생각으로 사예는 한숨을 내쉬었다. 그 언젠가 기댈 수 있는 든든한 고목나무 같다고 생각했는데 이제 보니 그냥 앞을 가로막고 서 있는 장애물에 불과했다. 그녀가 손으로 밀건 발로 차건 영 끄떡도 안 할 기세라, 사예는 그저 말을 돌리기로 했다.

"할 말이 그게 다요?"

"아니. 또 있다."

"또 뭐!"

또 무슨 말을 하려고, 하고 생각한 사예가 퉁명스럽게 소리쳤다. 시건은 처음과 다름없는 태도로 말했다.

"그대 댕기를 다오."

이번에도 역시, 사예는 말문이 막혔다. 그녀는 이게 무슨 의미인가 고민했다. 그녀가 제대로 들은 게 맞는지 확인하기 위해, 땋아진 머리끝의 댕기를 잡아당겨 손으로 들어 보였다. 도깨비가 붉은 댕기를 두려워하는 바람에 대신 매어야 했던 푸른 댕기였다. 허공에 들린 댕기를 보며 시건이 고개를 끄덕였다.

"그래."

잘못 들은 게 아니었다. 사예는 도무지 이해할 수가 없어 물었다.

"웬 댕기?"

시건이 손을 뻗었다. 그의 손이 사예가 허공에 들고 있는 댕기에 닿았다. 손이 움직이고 댕기가 당겨졌다. 그 언젠가 그녀의 손에 그의 입술이 닿았던 것처럼, 이번에는 댕기 끝에 그의 입술이 닿았다. 사예는 조금도 움직일 수가 없었다. 바로 앞에서 보이는 시건의 모습 때문에, 그녀의 손이 그의 입술에 닿았을 모습도 그려졌다. 그녀가 끝내 보지 않고 외면했던 모습이.

댕기에서 입술이 떨어지고, 시건이 댕기에 닿아 있던 시선을 들었다. 눈이 마주쳤다. 어둠 속에서 그의 검은 눈동자는 더 검게 보였다. 빛 한 점 들지 않는 새까만 눈동자였다. 그 검은 눈동자는 조금도 움직이지 않고 그녀에게 고정되어 있었다. 저도 모르게 긴장하고 있는 그녀에게 시건이 말했다.

"내가 그대 대신 붙잡을 수 있게."

사예는 순간 그 말을 이해하지 못했다. 그녀는 멍하니 입을 벌린 채 시건을 쳐다봤다. 그의 고개가 살짝 기울어지는 순간, 사예는 저번에 언젠가 그랬듯 그의 얼굴이 그녀에게 다가올 거라고 생각했다. 그래서 화들짝 놀라 고개를 돌려 버렸다. 다행인지 불행인지 시건은 그 이상 다가오지는 않았다. 그러나 그 때문에 사예는 오히려 정신이 없고 좀 더워졌다. 그녀는 정신없이 눈을 깜빡거리다가, 아까 시건이 했던 말을 떠올렸다. 뭐 대신 뭘 잡겠다고?

'댕기.'

댕기를 달라고 했다. 사예는 얼른 손을 뻗어 시건의 손에 들린 댕기를 빼앗았다. 그러곤 머리끝에 매진 댕기를 허둥지둥 풀었다. 마구 댕기를 풀은 그녀는 시건에게 대충 댕기를 집어 던졌다. 구겨진 푸른 댕기가 시건에게로 팔랑거리며 떨어졌다. 댕기를 그에게 던지자마자 사예는 바로 신을 벗고 마루 위를 다다다 뛰어갔다. 도망이라도 치듯, 그 자리에서 벗어나 방으로 돌아갔다.

방문을 열고 들어가 버린 그녀는 쾅 소리가 나게 방문을 닫았다. 닫힌 문에 등을 기댄 채로 숨을 급하게 내쉬었다. 달려와선지 뭔지 알 수 없는 이유로 심장이 세게 뛰었다. 사예는 저도 모르게 커다란 사내가 댕기 한 자락 붙잡고 있는 모습을 상상했다. 도무지 안 어울리고, 우스운 모습일 것 같았지만 어쩐지 떨렸다. 그녀가 떠난 후에도, 시건이 그녀를 보고 싶을 때 그 댕기를 꺼내 볼 거란 생각을 하면 더 그랬다.

사예는 두 손을 들어 마구 뛰는 심장 부근을 눌렀다. 손으로 누르고, 또 눌러도 도통 가라앉지를 않았다. 세게 뛰다 못해 열기를 내뿜고, 그 열기가 얼굴 위까지 차올랐다. 시건이 그녀에게 시선을 고정하고, 푸른 댕기를 잡은 채로 한 말이 계속 떠올랐다. 계속 그 가라앉은 목소리가 들리는 것 같았다. 있지도 않은 댕기 끝이 아직도 그에게 잡혀 있는 것만 같았다.

시건이 가지 말라고 붙잡았어도, 그녀는 갔을 터였다. 시건도 그걸 잘 알고 있는 것 같았다. 그래서 그가 그녀를 붙잡는 대신 한 선택이.

'아, 이걸 어째.'

별것도 아닌 말 한 마디에 우습게도 심장이 뛰고 있었다. 사예는 문에 기댄 채로 주저앉았다. 바닥에 늘어진 머리카락 끝이 댕기가 풀린 탓에 풀어져 있었다. 그녀는 풀린 머리카락을 보다가 눈을 질끈 감았다.

그가 그녀를 붙잡지 않는 바람에, 그녀는 외려 마음 편히 떠날 수 없게 되었다. 그가 차마 그녀를 붙잡지는 못하고 그저 품기만 한 바람을 드러낸 탓에. 그가 대신이라도 붙들 푸른 댕기가 눈에 삼삼해, 머리 땋아 새 댕기를 맬 때마다 그 댕기가 다시 떠오를 것 같았다.

그리고 사예가 그렇게 방으로 돌아간 동안, 마루에는 이제 시건 홀로 남아 있었다. 그는 여전히 마루에 걸터앉은 채로 빈자리만 응시하고 있었다. 마루 위에는 빈 그릇과, 놓고 간 젓가락. 그리고 이제는 텅 비어 버린 자리.

빈자리를 응시하던 시건은 느릿하게 시선을 내렸다. 검은 머리카락에 매어져 있던 푸른 댕기는 이제 그의 손목에 매어져 있었다. 풀어지거나 흐트러질 틈도 없이, 단단히 매어져 있었다. 그는 다른 손으로 그의 손목에 묶인 댕기를 만졌다. 안 그래도 단단히 묶인 댕기를 손으로 세게 쥐었다. 그가 차마 붙잡지 못할 사람 대신 붙잡기라도 하듯.

✽ ✽ ✽

복잡한 마음으로 얼룩졌던 밤이 지났다. 사예는 대충 이불을 깔고 누워 몸을 뒤척이다가, 언제 잠들었는지도 모르게 잠들고 다시 눈을 떴다. 날이 밝고 창 너머로 빛이 들어오자마자 벌떡 일어난 사예는 옷매무새를 정리하고 방을 나섰다. 씻고 그동안 도깨비 때문에 매지 못했던 붉은 댕기를 꺼내 머리를 제대로 땋았다. 옷차림새를 확인한 후에, 그녀는 양상을 찾아 돌아다녔다. 마당 한쪽에, 언제나와 같은 하얀 도포를 입고 지팡이를 든 채로 양상이 서 있었다. 나무 그늘 아래 서 있던 그가 사예를 쳐다봤다. 그녀는 양상에게 다가가 말했다.

"암굴에서 류 장군과 약조를 했다 들었소. 이제 나를 보내 주시오."

사예의 말에 양상은 곤란해하는 얼굴로 대답했다.

"그을쎄……."

혹시나 했는데 역시나였다.

"이보시오, 도사님!"

"하하하하……. 선계로 보내 달라……."

양상은 말을 질질 끌었다. 사예는 그런 양상을 째려보며 말했다.

"아니. 나를 하계의 감사부로 보내 주시오."

양상이 눈을 크게 떴다. 그는 의아해하는 얼굴로 물었다.

"감사부? 어인 연유로 마음을 바꾸셨소이까?"

"그냥 감사부에 볼일이 좀 있소."

사예는 퉁명스럽게 대답했다. 그녀는 비록 인정하고 싶진 않았지만 시건 말대로 감사부에 가면 그녀의 가족과 관련된 기록을 찾을 수 있을지도 몰랐다. 또한 그녀를 노리는 이가 누구든지, 하계의 물건을 선계로 나르는 천교를 대놓고 공격하기는 어려운 일일 것 같기도 했다. 상대가 누구든 그런 짓을 한다면 지나치게 주목을 받으리라. 선군이 변장을 하고 그녀를 공격한 것을 볼 때, 상대는 주목을 받는 것을 꺼리는 것이 분명했다.

사예는 양상이 천리안으로 봤다는 선군들 때문에 여전히 천제는 믿을 수 없다고 생각하고 있었지만, 그 선군들이 어떤 자들인지도 모르고 아직 천제가 명령을 내렸다고 확신할 만한 증거는 없었다. 시건이 제 수하가 도와줄 수 있다 장담을 한 걸 별로 믿고 있는 건 아니었다. 여러모로 그녀 딴에도 나름 일리 있다고 판단하여 내린 결론이었다.

양상은 불퉁한 얼굴로 서 있는 사예를 쳐다보며 중얼거렸다.

"흐음, 감사부라……. 감사부."

잠시 고민을 하는 척 인상을 찌푸리고 있던 양상이 고개를 끄덕였다.

"알았소이다, 여선님. 소생이 여선님을 하계 감사부로 보내 주겠소이다."

사예는 스스로의 귀를 의심했다. 도무지 믿을 수 없었다.

"진심으로 하는 말이오?"

"진심이지 그럼. 안 그래도 소생이 여선님께 그간 미안한 일이 많아, 떠나는 길에 보답도 좀 해 드릴까 생각하고 있었소이다."

"보답?"

사예가 눈을 동그랗게 뜨고 물었다. 이건 또 전혀 예상하지 못한 반응이었다. 그녀가 계속 의심을 하자 양상은 고개를 위아래로 크게 움직여 확실한 동의를 표했다.

"물론 그 보답을 받고 안 받고는 여선님께서 선택하실 몫이지만."

"그 보답이 뭔데 그러시오?"

양상이 사예에게 좀 더 가까이 다가왔다. 그가 목소리를 죽이고는 말했다.

"소생이 보기에 아무래도 류 장군보다는 여선님이 도술과 더 잘 맞는 것 같아 말이오. 하여, 여선님에게 도술의 근본에 대해 바로 가르쳐 드리겠소이다."

"참말이오?"

사예는 놀라서 되물었다. 양상은 웃으며 대답했다.

"그렇소이다. 소생이 알려 주고 여선님이 도술에 대하여 마음으로 받아들이시면, 아마 간단한 도술 정도는 사용하실 수 있을 것이외다. 하지만, 여기엔 조금의 문제가 있는데."

"그게 뭐요?"

"소생이 답을 먼저 알려 주는 것은 실상은 여선님의 기회를 빼앗는 것이외다. 여선님이 스스로 천하에 대해 고민하고 도에 대해 깨달을 기회 말이오. 그것을 잃는다는 것인즉, 여선님께서 설령 도술을 익혀도 추후에 신선은 될 수 없음을 의미하오. 여선님께서 직접 깨닫고 도가의 가르침에 다가선 바가 아니기 때문에, 신선들이 여선님의 깨달음을 인정하지 않을 것이기 때문이오. 더욱이 여선님께 가르침을 준 소생 또한 아직 일개 도사에 불과하니, 여선님을 신선이나 도사로 인정해 줄 수 있는 입장이 아니지. 결국 여선님은 신선이 될 수 있는 가능성을 영영 잃어버리게 될 것이외다. 그래서 류 장군에게도 직접 고민을 해야 한다고 말했던 것이외다. 그래도 여선님. 지금 도술에 대해 들어도 상관이 없겠소이까?"

양상의 진지한 설명에 사예는 눈을 깜빡이다가, 바로 대답했다.

"상관없소. 가르쳐 주시오."

"너무 쉬이 대답하시는 것 아니오?"

"선인이 4, 500년을 살아도 음양오행의 술법을 모두 통달하기가 어렵소. 내 일생 음양오행의 술법을 수련하기에도 모자랄 텐데, 도술마저 수행할 수야 없겠지. 더불어 도사님은 무려 400년을 수행하고 있음에도 아직도 신선이 되지 못했잖소? 이름난 선인 중에서도 신선이 된 이가 없다고 알고 있소. 그러니 내 스스로 수행을 하여 신선이 되는 것은 어차피 불가능한 일일 것이오. 그러니 그냥 가르쳐 주시오."

사예의 말에 양상은 빙긋 웃었다. 그는 알았다고 대답하며 고개를 끄덕였다.

"좋소이다. 허나 소생이 먼저 말했듯, 도술은 마음으로 받아들여야 하오. 그 근본 원리에 대해서 안다고 다가 아니라오. 여선님께서 도술을 사용하시려거든, 소생이 말해 준 도술에 대해 깊이 고민하고 마음으로 받아들이셔야 할 것이오. 머리가 아니라, 그 마음으로 말이오. 아시겠소이까?"

"……알았소."

사예가 진지한 얼굴로 대답하자 양상은 손가락으로 하늘을 가리키며 말했다.

"소생이 일전에 물었소이다. 저것이 무엇이냐고."

"그랬소. 도사님은 하늘도 땅도 아니라고 하셨지."

"그때 여선님께서 도술의 근본이 부정이냐고 물으셨는데, 정확히 말해 부정은 아니외다. 정확히 말하자면 도술의 근본은, 없음(無)이오."

"없음이라?"

양상이 그늘을 내린 나뭇잎 하나를 떼어 냈다. 그가 그 나뭇잎을 손에 든 채로 말했다.

"나뭇잎이 진실로 여기 존재하는 것이겠소?"

"그럼. 손에 만져지고 있지 않소."

"그럼 손에 만져지지 않는 마음은? 존재하지 않는 것이오?"

사예는 대답하지 못하고 양상을 쳐다봤다. 그녀는 자기도 모르게, 어젯밤에 떨렸던 그녀의 마음을 떠올렸다. 그녀의 확고한 결심을 결국 무너트리지는 못했지만, 적어도 잊을 수 없게 남아 버릴 밤의 대화와 그 순간 그녀가 느낀 감정을. 그녀가 아무 말도 하지 못하자 양상이 말을 이었다.

"하늘에 선계가 있다고 하지. 허나 그 선계가 명확히, '존재' 하는 것이오? 그것은 그저 선인들이 그렇게 정해 놨을 뿐이지. 저곳이 선계고, 이곳이 하계라고. 이것이 정말로 나뭇잎이겠소이까? 이것은 어쩌면 우리가 그저 그렇게 정해 놨고, 그렇게 보기 때문에 나뭇잎인 것은 아니오? 이 나뭇잎이 영원히 이대로 있소이까? 이것은 언젠가는 낙엽이 되고 언젠가는 떨어지지."

양상이 주먹을 쥐었다. 들려 있던 나뭇잎이 손안에 감춰졌다. 잠시 눈을 감았다 뜬 양상이, 다시 손을 펴 보였다. 손안에는 아무것도 남아 있지 않았다. 사예는 믿을 수 없는 심정으로 비어 버린 양상의 손을 응시했다.

"그럼 나무는 무엇이오?"

양상이 옆에 있는 나무를 손으로 짚으며 묻자 사예는 눈썹을 찌푸리고 답했다.

"물을 마시고 자라나는 식물?"

양상이 짝, 하고 박수를 쳤다. 그는 화들짝 놀란 사예를 손가락으로 가리키며 말했다.

"그럼 물은 무엇이겠소이까. '물' 은 우리끼리 통하는 한정적인 단어이지. 산 자들에 의해 규정된 '물' 이라는 의미를 벗어나, 그것이 대체 무엇이란 말이오? 그것은 흐르기도 하고 때론 굳기도 하며 사라지기도 한다오. 무엇이 그것의 근본이고 변형인지 규정된 의미가 아닌 진짜를 아실 수 있겠소이까?"

양상은 나무를 짚었던 손을 떼고 털었다.

"의미, 그리고 우리가 보고 듣는 것, 그 모든 것은 한정적이고 덧없어 절대적이지 못한 것이오. 그리고 그것은 천하를 이루는 모든 것이 그렇다오. 지금 내가 하는 말은? 온갖 덧없는 것들로 이루어져 흔적도 남지 않고 사라지는 이 '말'은, 과연 존재하는 것이오? 아니면 사라지므로 존재하지 않는 것이오? 의문이 꼬리에 꼬리를 물고 결과적으로 그 고민의 끝은, 내가 본디 존재하는가, 그리고 천하가 존재하는가, 까지 도달한다오. 결과적으로 모든 것은 끝에 가서는 사라지기 때문에, 그 모든 것의 근본이 무를 향하고 있다고 도가에서는 생각한다오. 그 어떤 것도 영원한 것은 없고, 그 영원하지 않고 사라지는 것이 곧 모든 것의 실체이며, 그리하여 천하의 모든 것이 결국 없다는 것을 깨닫는 게 바로, 도술이오."

양상은 알겠냐는 듯 사예를 쳐다봤다. 인상을 찌푸린 채로 양상의 말을 듣던 사예가 되물었다.

"……뭔 말이오?"

양상은 하하, 웃으며 설명했다.

"간단히 예를 들어, 도술에서 천리안이란 지금 서 있는 자리와 보고자 하는 것과의 거리가 없기에 가능한 것이오. 도깨비 홍례가 붉은색을 두려워하지 않게 된 것은 내 그 두려움이란 감정 자체를 없는 것으로 만들었기 때문이라오. 가장 쉬운 것은 소생이 아까 여선님께 보여 줬듯 작은 물체가 없다고 여기는 것이고, 가장 어려운 것은 스스로를 포함하여 온 천하가 없다고 여기는 것이오. 해서 신선들은 자신과 온 천하가 없음을 깨달아 그 어떤 것에도 얽매이지 않는 것이라오. 일전에 소생이 도술에 대해 깨닫기 위해서는 홀로 산속에 들어가 수행을 해야 한다고 말했소이다. 그것은 우리는 주변에 사람이나 짐승이 있으면 마음을 비우고 모든 존재가 '없다'는 것을 받아들이기가 힘들기 때문이라오. 소생이 아닌 다른 도사가 바로 그리 수행을 하고 있지."

사예는 멍한 얼굴로 양상을 쳐다보다가, 손을 뻗어 나뭇가지의 잎 하나를 떼어 냈다. 그녀는 양상이 그랬듯 주먹을 쥐고 가만히 있다가, 다시 손을 폈다. 손바닥에는 나뭇잎이 그대로 남아 있었다. 사예는 양상을 질책하는 어조로 말했다.

"그대로 있잖소!"

"하하하. 소생이 말하지 않았소이까, 여선님. 머리가 아니라 마음으로 받아들이셔야 한다고 말이오."

사예는 눈썹을 찌푸린 채로 손바닥 위에 들린 나뭇잎을 응시했다. 웃고 있던 양상은 나뭇잎을 보며 말했다.

"도술과 환술은 상당히 비슷한 측면이 있소이다. 환술은 본래 도술에서 변형된 것이라. 도술은 있는 것의 없음을 깨닫는 것이고, 환술은 없는 것도 있다 여기는 것이지. 사실 환술은 음양오행술에서 영향을 받은 부분도 있소이다. 수인을 맺는 것이 바로 그러하다오. 도술은 수인도 없고, 사실은 이 지팡이도 꼭 필요한 것은 아니외다. 하하하."

사예는 환술로 사진검을 작게 만들 때, 머릿속으로 그녀가 원하는 사진검의 크기를 그리곤 하던 걸 떠올렸다. 그럼 도술을 쓰려면 머릿속으로 그녀가 보고 있는 것을 없다고 생각하면 되는 것인가. 곰곰이 생각에 잠긴 사예에게 양상이 이어 말했다.

"여선님께서 당장 도술의 모든 것을 깨닫고 받아들이는 것은 상당히 어려운 일일 것이오. 눈에 보이는 것, 손에 만져지는 것이 실제로는 없다고 마음으로 받아들이기는 쉽지 않지. 여선님께서 말씀하셨듯 도사가 몇 백 년이나 수행을 해도 어려운 일이외다. 하지만 노력을 한다면 이런 작은 나뭇잎을 소생처럼 사라지게 하거나, 어딘가로 보내는 것 정도는 할 수도 있겠지."

양상이 손으로 입가를 가리며 사예에게 다가와 속삭였다.

"그렇게 좀만 더 노력하면 뭐, 감사부로 가더라도 영영 인연이 끊기는 것이 아니고, 맘만 먹으면 거기 상황이라든가, 그런 걸 소생에게 알려 줄 수도 있고……."

사예는 어이가 없어서 들고 있던 나뭇잎을 집어 던졌다.

"아, 그러니까 뭐요. 나보고 간자 노릇이라도 하란 말이오?"

양상은 과장되게 놀란 척을 했다.

"아니, 무슨 그런 말씀을!"

"보답은 무슨 보답, 이제 보니까 다른 속내가 있었네! 그래서 마음을 바꾼 것이오?"

"하하, 좋은 게 좋은 거지요, 여선님!"

"어쩐지 순순히 보내 준다 했지!"

사예는 혀를 차며 양상을 째려봤다. 양상은 그저 천연덕스러운 얼굴로 웃고 있을 뿐이었다. 그런 양상의 얼굴을 못마땅한 마음으로 보던 사예는, 문뜩 궁금한 점이 생겼다.

"헌데. 도사님은 어째서 아직도 도사님이시오?"

"응?"

"도술이 없음을 깨닫는 것이고 그리 깨달은 자가 바로 신선이라면서. 도사님은 이미 그 답을 알고 있으면서 어찌하여 신선이 되지 않은 것이오?"

사예의 물음에 양상의 미소가 애매해졌다. 그건, 줄곧 짓고 있던 미소와는 조금 다른 느낌이었다.

"소생이 말했지 않소이까, 여선님. 머리가 아니라 마음으로 받아

들여야 한다고. 소생이 머리로는 알았으나, 아직 마음으로 그 모든 것을 받아들이지 못했소이다."

사예는 물끄러미 양상을 응시했다. 곧바로 아무렇지 않게 지어 보이는 웃음이 어딘가 불편해 보여서, 그녀는 뭐라고 말을 해야 할지 알 수가 없었다. 신선이 되지 못해 유감이라고 말해야 할지, 곧 신선이 될 거라고 기운을 북돋아 줘야 할지 알 수가 없었다. 그래서 결국은 그저 말을 돌렸다.

"어쨌든, 이제 나를 감사부로 보내 주시오. 내 짐을 가져올 것이오."

"그렇게 합시다."

"그리고 괜한 기대일랑 하지도 마시오."

사예가 허허 웃는 양상에게 경고를 하고는 그대로 몸을 돌렸다. 그녀는 방에 둔 짐 보따리를 가지고 오기 위해, 며칠 동안 그녀가 머물렀던 방으로 향했다.

※ ※ ※

방으로 가자마자 그녀는 짐을 확인하고 제대로 쌌다. 짐 보따리 안에 환술로 작게 만든 사진검과 옷가지, 천제가 내린 교서, 돈과 양상에게 얻었던 괴황지로 만든 부적들이 제대로 있나 확인했다. 마지막으로 치마 안에 매어 둔 여의주 노리개가 제대로 매어 있는지 확인했다. 모든 확인을 마친 사예는 짐 보따리를 팔로 안고 마당으로 나왔다. 이 노인이 양상으로부터 그녀가 떠날 거라는 이야기를 전해 들었는지 나와서 그녀에게 인사를 건넸다.

"조심해서 가십시오, 여선님."

"그간 감사했습니다."

도깨비들은 아침부터 저들끼리 오랜만에 씨름을 하겠다고 나간 터라 어차피 지금 주변에 없었다. 지금 가옥에 남아 있는 이는 인사를 하러 나온 이 노인과 사예를 감사부로 보내 줄 양상을 제외하고는 시건과 그의 수하 선군들이 전부였다. 그러나 사예는 굳이 그들과 인사를 나눌 사이도 아니었고, 그럴 마음도 없었으므로 그들 누구에게도 인사를 하지 않고 바로 떠날 심산이었다. 그게 서로를 위해서도 낫겠거니 싶은 마음에, 그녀는 양상을 채근했다.

"이제 됐소."

"장군이랑 인사도 안 하고 가시오?"

"뭐 굳이 인사까지야."

다시 볼 사이도 아닌데, 하고 사예는 대충 얼버무렸다. 시선을 피하는 그녀를 보며 양상은 그저 미소 짓고는 알았다고 고개를 끄덕였다. 그가 사예와 나란히 섰다.

"그럼 소생은 여선님을 모셔다 주고 오겠소이다."

양상은 그 말과 함께 들고 있던 나무 지팡이를 높이 들었다. 사예는 양상에게 조심히 다녀오시라고 인사를 하는 이 노인에게서 시선을 돌려 그녀가 며칠 동안 묵었던 가옥을 응시했다. 선계의 궁처럼 화려한 빛깔이나 웅장함은 없지만 먼지 쌓인 기와와 나무의 빛깔이 어우러진 가옥이었다. 돌아가던 시선이 나무 기둥 옆에 서 있는 사람을 발견했다. 기와지붕 때문에 늘어선 그림자로 인해 서 있는 사람의 검은 옷이 더 검었다. 그러나 그사이 얼핏 보인 푸른빛이 유독 그 그림자 안에서 시선을 잡아끌었다.

"여선님, 소생의 지팡이를 잡으시오."

사예는 양상의 말대로 하기 위해 팔을 뻗으며 시선을 돌리려고 했다. 그러나 양상의 지팡이를 잡고 시선을 돌리던 순간, 서 있던 시건과 눈이 마주쳤다. 순간 본 얼굴은 언제나처럼 무표정했으나 묘하게 시선을 잡아끌었다. 어쩌면 이조차 마지막일지도 모르겠다는 생각에, 사예는 그 얼굴을 계속 응시했다. 마주 보는 밤마다 그랬듯 시건의 시선도 움직이지 않았다. 기와지붕의 그늘 아래 서 있는 검은 사내의 모습은 그렇게 사예의 머릿속에 남았다. 붓 끝에 먹을 듬뿍 묻히고 농묵으로 짙게 이어 그린 듯, 검고 깊게 남은 인상이었다.

눈에 보이던 모습은 양상이 부린 도술로 나타난 연기에 의해 금세 가려졌지만, 시건의 그 모습은 하도 진하게 눈에 남아 가려지지 않은 것만 같았다. 어쩐지 그대로 남겨 둘 수 없어서, 사예는 차라리 눈을 감았다. 그것이 마지막이 될 시건의 모습을 지우기 위해서인지 그대로 기억하기 위해서인지는 그녀도 알지 못했다. 눈 감고 있는 사이 묘한 느낌이 들었다. 몸이 붕 뜨는 것 같다고 생각했다. 그러나 아주 잠시였다.

"됐소이다, 여선님."

사예는 눈을 떴다. 양상의 지팡이를 들고 있던 손을 놨다. 아까까지 보이던 광경이 아니었다. 키 큰 나무들이 앞을 가리고 있어 여기가 어딘지 잘 알 수 없었다. 주변을 살피는 사예에게 양상이 말했다.

"나가면 선군들이 지키는 감사부를 바로 발견하실 수 있을 것이외다."

"알겠소. 고맙소, 도사님."

"별말씀을. 가시오, 여선님. 소생은 여기 있다가, 여선님이 무사히 감사부로 들어가시는 걸 확인하고 돌아가도록 하겠소이다."

사예는 고개를 끄덕였다. 숨을 크게 들이마신 그녀가 몸을 돌렸다. 그녀는 양상을 돌아보지 않고 그대로 앞으로 걸어갔다. 나무를 몇 그루 지나니 바로 거대한 감사부의 모습이 눈에 들어왔다. 하늘로 치솟은 기와지붕이 하도 거대해 금방 눈에 안 들어올 수가 없었다. 사예는 양상의 말대로, 감사부의 담과 대문 앞을 지키고 있는 선군들의 모습을 발견했다. 대문을 지키고 있던 선군들이 멀리서 다가오는 그녀를 발견하고 앞으로 나왔다. 돌계단 위에서 선군들이 다가오는 그녀에게 물었다.

"누구냐?"

사예는 대문 앞 계단까지 걸어가 손에 들고 있던 교서를 내밀어 보였다.

"저는 천제 폐하의 교서를 받아 용수궁으로 가던 중, 사고로 하계로 떨어진 선인입니다. 교서를 증명하고 선계로 돌아가고자 하니, 감사 어르신을 만날 수 있게 해 주십시오."

선군이 그녀에게 물었다.

"천제 폐하의 교서라고 하셨소? 선녀시오?"

"아닙니다. 저는 천제 폐하의 부르심을 받고 용수궁으로 가던 길이었습니다."

"교서를 보여 주시오."

선군이 손을 내밀며 계단을 내려왔다. 그러나 사예는 얼른 그녀의 짐을 품에 꼭 안았다. 그녀의 마음속에는 아직 선군에 대한 의심이 남아 있었기 때문에, 순순히 교서를 넘겨줄 수는 없었다. 그녀는 눈썹을 찌푸린 채로 말했다.

"감히 천제 폐하의 교서를 어찌 함부로 내보일 수가 있겠습니까. 감사 어르신께 직접 보여 드리겠습니다."

선군이 서로 눈치를 보더니 말했다.

"그렇다면 선인임을 증명하시오. 신수와 표식을 확인해야겠소."

사예는 순간 당황했지만 아무렇지 않은 표정으로 말했다.

"굳이 그럴 것까지야 있겠습니까."

그녀는 신수 청하를 부르는 대신 팔목에 찬 오행궁을 보여 줬다. 오행궁은 오로지 선계에서 선인들이 구하고 가질 수 있는 것이었으므로 이것만으로도 그녀가 선인이라는 확실한 증거가 될 터였다. 선군들은 고개를 끄덕이고는 뒤로 물러났다. 선군 하나가 표시라도 보내는지 손짓을 하자, 대문이 무거운 소리를 내며 열리기 시작했다. 사예는 돌계단을 하나, 하나 밟으며 대문을 향해 올라갔다. 계단을 다 올라가고, 거대한 대문을 넘어 안으로 들어갔다. 대문 안에 술시들이 걸어 다니는 게 보였다. 기와와 오색 빛깔로 장식된 기둥 등이 선계의 궁에서 봤던 모습과 흡사했다. 고작 문 하나를 넘었을 뿐인데, 하계에서 다시 선계로 돌아온 느낌이었다.

대문을 뒤로하고 선군을 따라가기 전에, 그녀는 잠깐 뒤를 돌아봤다. 그녀가 넘어온 대문이 다시 무거운 소리를 내며 닫히고 있었다. 제멋대로 자란 풀과 나무가 자리 잡은 하계의 모습이 닫히는 대문에 의해 점점 가려졌다. 사예는 그 사이, 아마도 서 있던 양상이 지금은 사라졌을 자리를 응시했다. 사라진 양상은 아까 그녀와 왔던 것처럼 눈 깜짝할 새에 동하 능림의 가옥으로 돌아갔을 터였다. 오색 빛깔로 칠된 기둥과 깔끔한 기와가 아닌, 나무의 색이 그대로 남아 있고 주변이 무성한 풀로 뒤덮인 그 가옥으로.

대문이 쿵 소리를 내며 결국 닫히고, 양상과 그녀가 함께 서 있었던 자리는 이제 그녀에게는 벽 너머가 되었다. 그리하여 그 가옥에 남은 이들과 사예와의 인연도 그렇게 갈라졌다. 마음을 다잡으며, 사예는 선군들을 따라 몸을 돌렸다. 잠시 돌아봤던 문을 등진 채로, 그녀는 선인 관리들과 선녀들의 장소로 걸음을 옮겼다.

교서를 든 손바닥에 긴장으로 땀이 고였다. 잠시간의 기묘했던 하계 유람은 그렇게 끝나고, 그녀는 다시금, 그 교서를 처음 받았던 때로 돌아가 있었다. 남은 것은 오로지 그녀와 그녀의 가족에 대한 것뿐. 암굴에서 나온 반선이 어떤 운명을 선택하고, 그 선택이 어떤 결과를 맞이하게 될지는 알 수 없었다. 그건 이제 그녀에게는 닫힌 문 너머처럼 볼 수 없고 쳐다보지도 말아야 할 일이었으므로.

이제, 그 옛날 선계에 있어 하계에는 관심조차 가지지 않았던 때로 돌아가야 했다. 잠시 가졌던 기이한 감상과 생각을 모두 버리고, 그녀는 다시 선계로 돌아갈 때였다.

五 물밑 上

하계 감사부는 천서 이전부터 자리 잡고 있었던 역사가 깊은 곳이었다. 그 옛날, 천서제 이전부터 천제의 용수궁은 선계에 위치해 있었고, 감사부는 그런 천제의 뜻을 하계의 선인들과 인간들에게 전하는 가장 중요한 곳이었다. 그리고 천서 이래 선계와 하계가 각각 선인과 인간의 세계로 분리되면서, 감사부의 책임은 훨씬 더 막중해졌다.

더불어 현 감사는 천제의 먼 친척이고 약 400년 동안 그 감사직을 맡고 있었다. 감사의 권력은 사실 50년 전 시건이 하계에 오갈 때에는 위태위태했지만, 그가 역모에 휩쓸려 암굴로 가고 난 후에는 오히려 그 이전보다 더 권위가 높아졌다. 그리하여 이제는 하계에서 그 누구도 감사의 심기를 거스르려 하지 않았다. 사예는 그런 감사에게 직접 그녀의 교서를 보이겠다고 주장했고, 다행히 감사는 그녀의 알현을 허락했다.

감사를 만나기 전에 사예는 술시들의 도움을 받아 또 한 번, 목욕재계를 하고 좋은 비단옷을 받아 입을 수가 있었다. 사예는 혹여나 그녀가 목욕을 하는 동안 누군가 그녀의 교서를 훔쳐 가거나 무슨 해코지를 하는 불상사가 생길까 봐 목욕을 하는 동안에도 그녀의 짐을 바로 눈앞에 두고 감시했다. 다행히 술시들은 오로지 그녀가 목욕하고 옷을 갈아입는 걸 도와줬을 뿐이었다.

그 언젠가 선계에서 그랬던 것처럼, 사예는 감사부 술시들의 도움을 받아 좋은 비단옷을 입게 됐다. 분홍 빛깔의 저고리 아래 비색 치마가 봄 빛깔처럼 화사했다. 도깨비의 옷을 얻어 입을 때는 엄두도 내지 못했던 붉은 댕기로 머리를 묶고 얼굴엔 술시들이 분과 연지 등을 발라 줬다. 차림새를 단정히 한 사예는 그녀도 모르게 머리끝에 매어진 붉은 댕기를 빤히 응시했다. 그녀 손으로 직접 풀어 던지고 왔던 푸른색 댕기가 떠올라 기분이 이상해졌다.

겨우 정신을 차린 그녀는 술시들에게 방 밖에서 기다리라고 한 후, 그녀에게 더 중요한 물건들을 확인했다. 그녀는 이번에도 언제나와 같이, 속치마 끈에 청하의 여의주가 든 노리개를 찼다. 그녀는 혹시 몰라 짐 속의 사진검도 꺼냈다. 환술로 인해 작아져 있는 사진검을 챙겨 품속에 숨긴 그녀는 그제야 안심을 하고는 교서를 가지고 술시를 따라나섰다.

술시의 뒤로 걸어가며 사예는 이곳이 진정 하계가 맞는지 몇 번이나 의심해야 했다. 지나가며 마주친 선녀들의 차림새는 화려하기 그지없어 그녀가 북하에서 봤던 인간들의 차림새와 심하게 비교가 됐다. 감사부를 이루는 나무 기둥들은 금 간 곳 하나 없이 매끄러웠고, 복도와 문은 가도 가도 끝이 없었다. 복도 중간중간 세워진 비색의 청자는 한눈에 봐도 꽤나 값나가는 물건임이 분명했다. 사예는 이곳저곳 열심히 쳐다보고 싶었지만 애써 꾹 참고 앞만 보고 걸어갔다.

몸단장을 한 전각을 빠져나가 술시를 계속 따라가니, 나무가 가득 심어진 후원이 나왔다. 후원 입구를 지키고 서 있는 선군들을 지나치고 문을 넘어, 사예는 후원 안의 호수로 들어갔다. 후원 중간에 있는 호수는 제법 크기가 컸다. 호수를 가로지르는 다리 너머, 기와가 위로 솟고 온통 창호지문으로 둘러싸인 이층의 팔각정자가 보였다. 위층 정자의 문이 환하게 열리고 그 안에서 호수를 내려다보는 선녀들의 모습이 보였다. 비록 개화 시기가 아니라 연꽃이 피지는 않았지만, 초록빛 연잎이 호수 위를 덮은 것만으로도 충분히 운치가 있었다. 호수와 나무로 주변이 가득 차 사방에 수기와 목기로 한가득이었다. 사예는 술시들을 따라 다리를 건너가, 정자 아래에서 지키고 있는 선군들을 지나쳤다.

술시를 따라 계단을 올라간 사예는 선인들이 모여 있는 정자 위층에 들어섰다. 그녀는 그 안에 앉아 있는 선녀들, 그리고 안쪽에 앉아 있는 선인의 모습을 볼 수 있었다. 선녀들은 모여 앉아 작은 괴황지를 화려하게 장식할 수 있는 훌륭한 글자를 써 보이고 있었다. 선녀들의 옆에는 주묵을 갈고 있는 술시들이 하나씩 붙어 앉아 있었다.

그 사이에서 가장 가운데에 있는, 아마 감사일 게 분명한 선인은 하얀 수염을 쓸며 앉아 있었다. 사예가 본 감사는 얼굴이 마르고 상당히 연로해 보이는 모습이었다. 그녀는 이 선인이 흔하지 않은 토행을 타고난 선인임을 단번에 깨달았다. 토행이란, 음기와 양기를 모두 포함한 행으로 대대로 천제의 핏줄이 타고나는 행이기도 했다. 흔하게 타고날 수 있는 행이 아니었지만, 감사 역시 천제와 멀리 피가 이어진 터라 토행을 타고난 모양이었다.

술시를 따라 정자로 올라간 사예는 감사를 향해 허리를 숙여 인사했다.

"처음 뵙겠습니다, 감사 어르신. 저는 이사예라고 합니다."

그녀의 인사에 감사가 웃으며 손을 저었다.

"고개를 들어 이리 가까이 오시오. 듣자 하니 천제 폐하께서 직접 교서를 내려 불러들이신 귀빈이라 하던데, 그리 불편하게 서 계시지 말고 이리 와서 앉으시오."

감사가 손짓하는 곳으로 시선을 돌린 사예는 술시들이 준비해 놓은 자리를 발견할 수 있었다. 방석이 깔린 빈자리가 있고, 그 앞에 소반이 놓여 있었다. 소반 위에는 찻잔과 다과가 준비되어 있었다. 사예는 황송하다고 인사를 한 뒤 조심스럽게 그 자리에 가 앉았다. 자연히 감사와는 그리 가깝지는 않아도 서로 마주 보고 앉은 상태가 되었다. 술시가 조용히 다가와 사예의 잔에 찻주전자를 들어 차를 따라주고 물러났다.

"천제 폐하의 교서를 가지고 있다 들었소."

"예. 허나 제가 하계로 떨어질 때 물에 빠진 터라, 교서의 내용이 성한지는 알 수가 없습니다. 다만 천제 폐하의 교서는 귀한 백추지를 사용하여 그 존재 자체만으로도 교서임을 증명할 수 있다 들었습니다."

사예의 말에 감사가 고개를 끄덕였다.

"그건 그렇지. 가지고 오라."

사예는 다가온 술시에게 교서를 넘기려고 손을 뻗었다. 조금 긴장이 된 건 사실이었다. 여기서 감사가 교서를 빼앗고는 당장 내쫓으라고 하면 그녀는 당장 쫓겨날 수도 있었다. 그럴 가능성도 있고, 그렇게 하지 않을 가능성도 있었다. 그녀로서는 하계 감사가 그녀를 추격한 선군들과 관계가 있는지 없는지도 알 수 없는 상황이었다.

그녀는 필요에 의해 환술을 어느 정도 할 줄 알았고, 무리를 해서라도 환술로 가짜 교서를 만들어 감사에게 보일까 생각하기도 했다. 그러나 무려 천제의 교서를 아무런 확인 없이 받아들일 것 같지는 않아 차마 그리하지는 못했다. 그리했다가 괜한 오해를 사게 되면 더 곤란해질 게 분명했다.

일단 사예는 그녀가 가지고 온 교서를 술시에게 넘기곤 긴장한 얼굴로 감사를 쳐다봤다. 술시가 교서를 가져가 감사 주변에 앉은 선녀에게 넘겼다. 선녀들이 교서를 손에 들고는 환술의 수인을 맺었다. 사예도 익히 아는, 환술을 파기하기 위한 수인이었다. 그러나 선녀들이 받은 교서에는 아무런 변화도 일어나지 않았다. 선녀들은 고개를 끄덕이고는 옆에 있는 다른 선녀들에게 교서를 넘겼다. 사예는 일단 안도의 한숨을 내쉬었다. 교서를 넘겨받은 선녀들은 교서를 유심히 살폈다. 눈으로 보고 손으로 만지며 살피던 그녀들 중 하나가 감사에게 말했다.

"백추지가 확실하옵니다."

감사는 손을 뻗어 교서를 받아 들었다. 그가 교서를 펴 보며 말했다.

"좋소. 내 이미 그대에 대해 전해 들은 바가 있고, 하계에 적법한 절차를 밟지 않고 하강한 선인은 반드시 선계로 돌려보내게 되어 있소. 그러니 그대 또한 선계로 돌아가야 할 것이오. 허나 유감스럽게도, 천교가 바로 어제 하계에서 선계로 승천을 했다오. 다시 돌아오는 데 시일이 걸리지. 그때까지는 그대도 이 감사부에서 머물도록 하시오."

"예. 감사합니다."

"허허, 당연한 일인 것을. 이것은 그대가 용수궁으로 가지고 가야 할 것이니, 돌려주도록 하겠소."

감사는 교서를 말고는 다시 선녀에게 건넸다. 교서는 선녀에게서 다시 술시에게로, 그리고 술시가 다시 사예에게로 전달했다. 사예는 감사가 너무나 당연하게 교서를 돌려주자 오히려 당황했다. 그러나 감사는 농담을 하거나 그녀를 떠보는 것 같지 않았다. 그는 정말로, 그녀의 교서에 별로 관심을 보이지 않았다. 사예는 곧 당황을 접고 얼른 교서를 그녀가 앉은 옆에 내려놓았다.

"갑작스러운 고초를 겪느라 힘들었을 텐데, 당분간 이 감사부에서 편히 쉬도록 하시오. 보아하니 어린 여선인 듯 보이나 느껴지는 기의 흐름으로 보아 실력이 보통이 아닐 듯하오. 여기 감사부에는 다른 선녀들이 많이 있으니 필요하다면 가르침이나 도움을 청해도 좋을 것이오."

함께 앉아 있던 선녀들이 부드러운 미소를 지으며 사예를 보고 고개를 끄덕였다. 사예는 이 친절하고도 상냥한 대우에 어떻게 반응해야 할지를 몰라 그저 감사하다고 인사했다. 그녀는 차를 들라는 감사의 손짓에 고개를 끄덕였다. 그러나 속으로는 이 차를 과연 마셔도 되나 고민하고 있었다. 무언가 이상한 것을 탄 건 아닌가 하는 의심이 계속 들었기 때문이었다. 그러나 모두 차를 마시고 있는 이 상황에 그녀 홀로 아예 입도 대지 않는 것은 아무래도 이목을 끌 것 같아, 차를 조금 마셨다. 앞으로 감사부에 머물 테니 식사도 해야 할 텐데 아무것도 입에 대지 않는 것도 불가능한 일일 터였다. 그러나 영 편하지 않은 마음에 그녀는 바로 화제를 돌릴 이야깃거리를 찾았다.

"송구합니다만 어르신께서 이미 저에 대한 이야기를 들으셨습니까?"

다행히 그녀의 질문이 효과가 있었는지 감사는 찻잔을 내려놓고는 말했다.

"음, 그렇소. 듣자 하니 천제 폐하께서도 그대가 서선에서 사고를 당한 것을 아시고, 흑귀위 상장군에게 명을 내려 그대를 하계에서 찾아오라 명하셨던 모양이오. 그리하여 지금 하계에 흑귀위 상장군이 하강해 있었지. 물론 지금은 하계의 급한 사정으로, 흑귀위 상장군은 이 감사부에 들지는 못하지만 말이오. 그에 대해서는 신경 쓸 것 없소."

"예……."

사예는 문뜩 시건이 흑귀위 장수 중에 그가 믿는 수하가 있다고 말했던 것을 떠올렸다.

"확인을 했으니 선계에 그대가 감사부에 무사히 도착했다는 연락을 보낼 것이오. 이제 폐하께서도 안심을 하시겠지."

"예, 감사합니다."

사예는 정말 이대로 끝인 건가, 하고 생각하며 불안한 마음을 억눌렀다. 생각보다 일이 너무 잘 풀려서 자꾸만 불안한 마음이 들었다. 주변의 눈치를 살피던 사예는 이쯤에서 슬슬 그녀가 이 감사부에 온 본 목적을 달성해야겠다고 생각했다.

"듣자 하니 감사부가 오랫동안 하계를 다스리는 중심이라더니, 그 말이 참인 듯싶습니다. 이곳이 비록 하계이나 그 위용이 선계의 여느 궁 못지않습니다."

사예의 말에 감사는 허허 웃음을 흘렸다.

"그럴 만도 하지. 이 감사부는 무려 천서 이전부터 자리 잡은 곳. 천서 시절 지어진 선계의 궁들과 견주어도 모자람이 없소."

"그리 역사가 깊은 곳에 머물게 되다니 꿈만 같습니다. 제가 비록 보는 눈은 없으나, 복도를 걸어오는 내내 세워진 도자기들을 보고 눈을 뗄 수가 없었습니다. 하나같이 모양과 색이 훌륭하여 감히 보물이라 칭하지 않을 수가 없을 듯합니다. 제가 선계에 있을 때조차 그런 귀한 것들은 보지 못했는데, 이 감사부에는 그런 귀한 물건이 많습니까?"

"물론이오. 이 감사부에는 천서 이전부터 이후의 하계 인간들이 쓴 유물이나 과거로부터 이어져 내려온 진귀한 보물들은 물론 서고에는 다른 곳에서는 찾아볼 수도 없는 놀라운 서책들이 모두 보관되어 있지. 그 모든 것들은 선계에 있는 이름난 선인들조차 들은 적도 본 적도 없는 특별한 것들이라오."

사예는 마음속에 기대가 치솟는 것을 느꼈다. 그녀는 표정을 애써 관리하며 감사에게 공손하게 말했다.

"그런 귀한 물건들이 더 있단 말입니까? 도무지 믿기지가 않습니다."

"하하, 그럼."

웃으며 대답하는 감사에게 사예는 기대감이 서린 눈빛으로 물었다.

"감사 어르신께서 아까 말씀하시기를 선녀님들께 도움을 받고자 하면 청하라 하셨는데, 혹 실례가 되지 않는다면 어르신께 직접 한 가지 청을 드려도 될는지요?"

"음, 무엇이오?"

"제가 본래 선계 있을 적에 하계에 관심이 많아 궁금한 것도 많았습니다. 헌데 마침 제가 그 하계의 중추인 감사부에 머물게 되었으니, 이것이야말로 하늘이 내린 기회이지 싶습니다. 하여 감히 청하건대, 제가 이 감사부에 머무는 동안 여기 소장된 보물들과 서책들을 볼 수 있게 허락해 주십시오. 말씀하시기를 선계에 있는 선인들조차 쉬이 볼 수 없는 것이라 하시니, 이번 기회를 놓치면 다시는 볼 수 있는 기회가 없을 성싶습니다."

사예의 청에 감사는 허허 웃었다.

"허허, 그것 참 안타까운 일이군. 내 마음만으로는 어린 여선에게 좋은 기회를 주고 싶으나, 그것들은 함부로 공개할 수 없는 것들이오. 그대가 선계 궁관으로서 천제 폐하의 명을 받아 하강했다면 모르겠으나, 그도 아니니 다른 도리가 없소. 지금 그대는 공식적으로는 어떤 직책도 지니지 않은 선인이기에 그 같은 일은 허락할 수가 없소."

옆에서 선녀들이 고개를 끄덕였다. 사예는 표정이 구겨지려는 것을 애써 참았다. 그녀는 그저 안타까워하는 얼굴로 고분고분 대답했다.

"제가 욕심이 앞섰나 봅니다. 무리한 청을 드려 송구합니다."

"아니, 아니오. 하지만 언젠가 그대가 선계로 돌아가 선녀가 되면 분명 그리 좋은 경험을 할 권한도 생길 터이니, 열심히 수련을 하도록 하시오."

"예, 감사합니다."

사예는 입 안에 가득한 쓴맛 때문에 하는 수 없이 차를 들어 마셔야 했다. 찻잔을 내려놓은 사예는 억지로 당겨 올린 입술 끝이 부자연스럽지 않을까 걱정이 됐다. 굳은 입술 끝이 스스로가 생각하기에도 어색할 것 같았다. 다행히 감사는 그 어색한 웃음을 다른 의미로 받아들인 것 같았다.

"허허, 많이 아쉬운 모양이군. 그렇다면 선녀 효청, 어린 여선에게 그대가 본 것과 아는 것을 가르쳐 주는 것은 어떠한가. 그대가 하계에 오래 있었으니 도움을 줄 수 있을 것이다."

감사의 말에 선녀 하나가 고개를 숙이며 답했다.

"예, 그리하겠습니다."

사예는 고개를 들어 선녀를 쳐다봤다. 선녀는 부드러운 미소를 지어 보였다. 사예는 부디 기쁜 것처럼 보이길 바라며 활짝 미소를 지어 보였다.

"감사 어르신의 은혜 어떻게 보답해야 할지 모르겠습니다. 제가 바쁘신 선녀님께 폐를 끼치는 것은 아닐까 우려가 됩니다."

"아니오, 이리 열과 성의가 있는 어린 선인들이 많을수록 천제 폐하께는 큰 도움이 되겠지. 좋은 일이오. 암, 그렇고말고. 비록 그 눈으로 보는 것은 아니어도, 귀로 듣고 마음으로 새겨 두도록 하시오. 그대가 마음 편히 머무르다 선계로 돌아가는 것이야말로 내가 바라는 일이고, 천제 폐하께서도 바라는 일일 것이오."

감사는 웃으면서 찻잔을 들어 마셨다. 선녀들도 호호 소리를 내며 웃는 것밖에 할 줄 모르는 선인들처럼 웃으며 앉아 있을 뿐이었다. 사예는 웃고 있는 감사를 물끄러미 응시했다. 양상은 하계 감사가 나태하고 하계의 일은 수수방관하는 이라고 말했었다. 사예가 보는 감사는 정자에 앉아 여유롭게 시간을 보내고 있긴 했지만, 영 도리를 모르는 자로는 보이지 않았다. 그는 오히려 사예에게 굉장히 호의적이었고, 그녀의 청을 들어주지 못하는 데에 굉장한 미안함을 느끼는 것 같았다.

그 예상외의 친절함에 대해 계속 의심을 하고 있던 사예는, 그녀에게 건넨 감사의 마지막 말에서 어렴풋이 그 이유를 잡아냈다. 그녀는 어쨌든 천제의 교서를 받아 이 자리에 있는 선인이었다. 그 말인즉, 사예는 이 감사부에 있다가 선계의 천제를 만나러 갈 선인인 것이고, 그녀가 감사부에서 보는 모든 것이 천제에게 전달될 수 있는 것이었다.

어쩌면 그래서 감사는 그녀를 조심스럽게 대하고 좋은 모습을 보여 주기 위해 노력하고 있는 걸지도 몰랐다. 만일 감사가 보이는 친절의 원인이 그녀가 짐작하는 이유가 맞는다면, 감사가 그녀에게 위험한 대상이 될 확률은 많이 줄어드는 셈이었다.

잠시 찻잔을 응시하던 사예는, 마음속에 드는 의문을 입 밖으로 꺼내 놓지 않을 수가 없었다. 그녀는 지금 그녀에게 좋은 인상을 주려고 노력하는 감사가 과연 그녀의 질문에 어떻게 대답을 할지 조금 궁금했다. 사예는 차를 마시고 내려놓는 감사를 향해 물었다.

"저, 헌데 감사 어르신. 한 가지 여쭙고 싶은 것이 있습니다."

"음, 무엇이오?"

"제가 의도치 않게 하계로 떨어지고 감사부에 오기 전에 잠시 북하를 헤맸사온데, 눈에 보이는 광경이 제가 그간 상상한 하계의 모습과는 많이 달랐습니다. 감사 어르신께서는 지금 북하가 어떤 상황인지 아시는지요?"

감사는 의아해하는 얼굴로 물었다.

"북하? 북하에 무슨 일이 있었는가?"

"지금 북하는 요선들이 나타나 매우 혼란스러웠습니다. 유감스럽게도 태수께서는 그에 대해 적절한 대처를 하지 않으시는 듯했습니다. 감사 어르신께서 하계의 선인 관리들을 총괄하고 다스리는 분이시니 그에 대해 뭔가 조취를 취하시는 게 좋을 듯합니다."

말을 하자마자 붓을 움직이던 선녀들의 손이 멈췄다. 사예는 선녀들이 서로를 쳐다보고 감사를 쳐다보는 것을 깨달았다. 감사는 곤란해하는 얼굴로 한숨을 쉬더니 말했다.

"저런, 그런 일이 있었군. 잘 알았소. 내 태수를 통해 정황을 알아보도록 하지."

감사가 손짓을 해 보이자 선녀들은 다시 손을 움직이기 시작했다. 사예는 순간 당황했다. 사예는 스스로의 표현이 지나치게 완곡했나 하는 생각에 조금 더 직접적으로 이야기했다.

"아니요, 인간들의 말을 듣자 하니 태수께서는 요선들의 개입을 막으실 의향조차 없으신 듯했습니다. 제 미숙한 소견으로는, 감사 어르신께서 직접 나서시는 게 옳지 않을까 싶습니다."

사예의 말에 감사는 사예를 물끄러미 쳐다보다가, 곧 빙긋 웃었다. 그는 하얀 수염을 손으로 쓸어내리며 고개를 끄덕였다.

"그래, 어린 선인들은 모두 그렇게들 생각하지. 무릇 감사란 인간들이 태수나 선인 관리들에 대해 터트리는 불만에 귀를 기울이고 그에 따라 선인들을 처벌해야 한다고 말이야. 하지만, 실상은 그렇지가 않소."

"예?"

사예는 이해할 수 없어 되물었다. 감사는 길게 한숨을 내쉬었다. 그는 지쳐 보이는 얼굴로 말했다.

"하계의 인간들은 채 백 년도 되지 않는 짧은 생을 살지. 그러나 그 짧은 생애 동안 몇 번이고 이리 휘둘리고, 저리 휘둘리며 갈대처럼 흔들린다오. 그들은 오래 살지 못하기에, 지금 그들이 겪는 잠깐의 고통을 굉장히 크고 대단한 일인 것처럼 느끼고 부풀리지. 하지만 실상은 그렇지가 않다오. 그대가 지금 말한 그 요선에 대한 일 또한 마찬가지요. 그 모든 게 그저 한때 지나갈 바람일 뿐인 것을. 그러나 인간들은 그리 길게 보지 못하고 그저 지금 북하의 태수가 당장 요선들을 몰아내지 않는다고, 선인 관리들이 제 역할을 다 해내지 않고 있다 책망을 했겠지."

감사는 혀를 차며 말을 이었다.

"현재 당면한 문제가 정말로 큰 문제였다면, 태수는 이미 나서서 조취를 취했을 것이오. 만약 그 일이 태수의 능력 밖의 일이라면 감사인 나에게 도움을 요청하겠지. 감사가 해야 할 일은 물론 선인 관리의 관리, 감독이지만, 태수가 하는 모든 일에 대해 일일이 지시를 내릴 수는 없소. 인간들은 지금 당장 요선들의 모습을 보고는 지레 겁을 먹어 그저 선인 관리들을 욕하겠지만, 태수가 나서지 않고 있다면 그것은 실상 그리 큰 문제가 아니기 때문일 것이오. 요괴도 전부 나쁘다고 말할 수는 없다오. 선계에 있는 우견여만 봐도 그렇지.”

“…….”

“선인이 하계에 내려오면 바로 그 점이 가장 힘드오. 짧은 생을 사는 모든 인간들의 이런 요구, 저런 요구에 하나하나 응해 줬다간 하계는 혼란스러워진다오. 그야말로 엉망진창이 되겠지. 선인 관리들은 그들의 일희일비에 휘둘릴 것이 아니라, 넓은 안목으로 하계를 이끌어 가야 하오. 또한 감사는 선인과 인간 사이에서 균형을 잡아야 하지. 지금 당장 인간들의 삶을 도와주기 위해 선군을 움직이거나 선인 관리를 문책하는 것은 하계를 혼란스럽게 만들 뿐이오. 결국 인간들은 무슨 일만 생기면 선인들의 도움을 받고자 할 것이며 선인들에게 온갖 무리한 요구를 해 댈 것이 분명하니. 결국 이도저도 아닌 결과가 되겠지.”

감사의 말을 듣고 있던 사예는 입이 열리려는 것을 몇 번이나 참았다. 그녀는 이번 한 번만 더 말을 하고 그 이후에는 정말로 물러나겠다는 심사로 입을 열었다.

“하지만 요선들의 횡포가 생각보다 심했습니다. 저는 요선들이 인간들에게 고리대를 놔 돈을 벌고, 힘도 없는 처녀가 고리대를 갚지 못했다는 이유로 요선들에게 잡혀가는 것을 보았습니다. 그 마을에서는 그게 드문 일이 아니라고 했습니다. 더불어 인간들은 요선들의 횡포를 견디지 못해 그 마을을 떠나고 있다고도 했습니다.”

감사는 표정도 바꾸지 않고 대답했다.

“인간들은 본디 그리 떠났다가도 다시 그들의 고향으로 돌아오곤 한다오. 이유인즉 어디로 떠나도 상황은 마찬가지이기 때문이지. 사는 데 어찌 고난과 역경이 하나도 없을 수가 있을까. 말했지 않소. 인간은 그 짧은 생에 순간의 고통을 받아들이지 못하고 휘둘리기 마련. 그 또한 시간이 지나 되돌아 보면 결국 지나갈 일일 뿐임을 그들은 알지 못한다오. 지금 인간의 눈으로 보기에 큰일이라도, 실상 천하를 기준으로 치면 그다지 큰일이 아닐 수도 있다오."

사예는 뭐라고 말을 할 수가 없었다. 마지막으로 말하고 이번엔 물러서기로 작심했기에 그런 것이 아니라, 그저 감사의 태도가 꽉 막혀 답답하기 짝이 없어 그랬다. 물론 긴 세월을 산 선인의 기준으로 천하를 따지면 요선이 북하를 점령한 것 정도는 큰일이 아닐지도 몰랐다. 하지만 북하의 인간들 기준에서는 그게 아니지 않은가. 그리고 감사는 그 인간들을 위해 하계에 내려와 있는 선인이 아니던가. 사예가 차마 말을 잇지 못하는 동안, 감사는 쓴웃음을 지어 보였다.

"그래, 나도 젊은 시절에는 그랬소. 의욕이 앞서 인간들의 삶 하나하나를 정성스럽게 돌봐 줘야 한다 그리 생각했지. 인간들의 말을 들어 주고, 그들 중 능력 있는 자들은 곁에 두고자 했소. 선인들을 감시해야 할 대상이라 여기고 약한 인간들의 힘이 되어 주고자 했소. 하지만 아니었소. 나는 오랜 시간 이 감사부를 지키며 인간이 어떤 존재인지 깨달았지. 기껏 등용하여 직책을 내린 인간이 포부 있게 세운 정책이 자리를 잡기도 전에 그 생을 마감하고, 겨우 십 년도 안 되는 세월 동안 가진 권력에 광인처럼 집착하는 모습을 보았지. 그들의 생은 얼마나 짧으며 덧없는지. 그대는 어린 여선이라 아직 오래 살지 않아 모르겠지만, 좀 더 오랜 시간을 살다 보면 선인이 결단코 인간의 삶에 휘둘려서는 안 된다는 것을 알 수 있을 것이오."

찻잔을 들며, 감사는 마지막으로 말했다.

"하루살이의 하루를 위해 천하를 뒤집어엎을 수는 없는 노릇 아닌가."

바로 그 말에서. 그 전에는 그저 당황스러움과 답답함을 느끼고 있던 사예는 순간 넋이 나갔다. 인간의 삶이 길어야 60여 년. 감사는 600년을 살아온 선인의 기준에서, 그 시간이 하루살이의 하루와 같다고 표현하고 있었다.

모아 쥐고 있던 손에 힘이 들어갔다. 치맛자락이 손 밑에서 구겨졌다. 표정을 일그러트리지 않기 위해 대신 힘 들어간 손으로 치마만 구겼다. 당황이 사라지고 불같은 감정이 치솟았다. 그저 그녀는, 그녀가 아는 선인을 생각했다.

천하에, 그런 선인이 있었다. 그 하루살이의 삶을 어떻게든 살아보겠다고 매일 술법을 수련하고, 스스로의 젊음조차 잃어 가며 도망 다닌 여선이 있었다. 시간이 더 흐른 뒤에는 어쩌면 사예가 그대로 이어받아야 할, 감사의 표현으로 따지면 참으로 고달픈 하루를 사는 그녀의 어머니. 그 하루를 고작 호수 위의 연잎 따위를 감상하며 보내는 긴 시간보다 훨씬 치열하게, 열심히 사는 이도 있는데.

'하루가 모여서 일 년이 되고, 그 일 년이 모여 십 년이 되지 않던가.'

하고 싶은 말이 혀끝까지 차올랐다. 긴 시간이라고 하여 그 일부가 의미 없는 것이던가. 그 긴 시간에 취해 정작 중요한 것을 잊었는가.

'그 하루만도 못한 600년을 보내고 있는 자가 할 말인가.'

그 하루라도 편하게 살게 해 주기 위해 선인들이 이 하계에 하강한 것이 아니던가.

마음 같아서는 금방이라도 가시 돋친 어조로 눈앞의 노인을 찌를 준비가 되어 있었지만, 사예는 애써 참았다. 여기서 그녀가 내뱉을 말이 아님을 알기에. 입 안의 가시를 숨기고, 그저 입술 끝을 올리며 이렇게 대답했다.

"그렇군요. 제가 아직 어리고 경험이 부족해 잘 몰랐습니다. 제 짧은 식견을 드러내 부끄럽습니다. 감사 어르신께 좋은 가르침을 얻어 갑니다."

감사는 찻잔을 든 채로 너그럽게 미소 지었다. 그녀가 저자세를 취하자 굳어 있던 선녀들도 그제야 미소를 지으며 고개를 끄덕였다. 사예는 한발 물러나는 의미로 고개를 살짝 숙이고는 찻잔으로 손을 뻗었다. 속이 뜨겁게 탔다. 끝내 내뱉지 못한 가시는 그녀의 속만 찌르고 있었다. 찔린 자리에 피가 나고 열이 나듯, 차를 들이마셔도 도통 그 속은 괜찮아지지 않았다.

그러나 사예는 웃는 표정으로, 그녀가 느끼는 모든 감정을 덮었다. 어리석게 한순간을 참지 못하고 감정을 드러낼 상황이 아니었다. 이 순간을 참아 내는 것 정도야 사실 별것 아니었다. 그녀의 어머니가 잃고, 견뎌 온 것에 비하면. 그 잠깐의 생각에 갑자기 눈물이 날 것 같아, 사예는 머릿속으로 하던 하선에 대한 생각마저 접었다. 귀에 들어오지도 않은 가르침을 마음 깊이 새기는 것처럼, 고개를 끄덕이며 차를 마셨다. 억지로 미소 지어야 하는 입가를 가리고, 속에서 불씨가 틔운 화를 식히기 위해 몇 모금이고 차를 마셨다.

생각의 차이가, 너무나 확실하게 다가왔다. 사예는 선단을 취하지 못했고, 그리하여 완벽한 선인이라고 말할 수 없었다. 그러나 그렇다고 그녀가 인간인 것도 아니었다. 선인도 인간도 아닌 존재. 그리하여 선인들과 그녀 사이에, 깨부술 수 없고 넘어설 수 없는 벽이 생겼다. 시건과 있을 때는 그의 상황 때문에 잠시간 잊고 있었던 벽이었다. 그러나 완전한 선인들 앞에 서자, 그녀는 다시금 그 벽을 느꼈다. 그 벽이 있는 한 그녀는 저들을 이해할 수 없었다. 또한 저들도 그녀를 이해할 수 없을 터였다.

❊ ❊ ❊

불편한 자리가 끝나고 사예는 술시를 따라 그녀가 머물 방으로 돌아왔다. 방으로 돌아오자마자 사예는 문을 닫고 천제의 교서에 환술을 걸었다. 그녀가 늘 사진검에 걸었던, 크기를 작게 만드는 환술이었다. 사예는 크기가 작아진 교서를 품속에 챙겼다. 감사가 그녀에게 돌려주었다고 해도 앞으로 무슨 일이 생길지 알 수 없었다. 따라서 사진검과 교서, 그리고 청하의 여의주는 그녀가 몸에서 한시도 떼지 않고 가지고 있을 생각이었다.

사예는 한숨을 내쉬며 펴진 보료 위로 가 철퍼덕 앉았다. 보료 옆에 있는 사방침(四方枕)에 몸을 축 늘어트렸다. 우울한 표정으로 사예는 감사와의 대화를 떠올렸다. 하루살이. 그는 하루살이 때문에 천하를 바꿀 수는 없다 말했다. 사예로서는 그 말이 맞는지 아닌지 알 수 없었다. 그녀는 선단을 취하지 못했고, 감사처럼 오래 살 수 없을 것이므로. 그러나 적어도 그녀가 봤던 북하의 현실은 그저 시간이 해결해 줄 문제로는 보이지 않았다.

감사는 자신의 그 무신경함이 지금 어떤 결과를 만들었는지 전혀 모르는 것 같았다. 하긴 그럴 만도 했다. 하계의 현실을 외면하고, 이 화려한 감사부 안에 숨어 그저 연못이나 바라보며 허허 웃는 늙은 선인. 그의 말대로 시간이 약이 된 것이 절대 아니었다. 인간들을 보살펴야 한다 생각했던 시건 같은 장수가 있었고, 그럼에도 인간들에게는 해결되지 못하고 쌓여만 온 고통이 있었다. 그녀가 세세히 관심 둔 것은 아니어도 잠깐 들여다본 것만으로도 확연히 눈에 보이던 고통이었다. 양상이 쉼 없이 쏟아 내며 바로잡아야 한다고 외쳤던 그 고통.

사예는 그 언젠가, 그녀의 어머니와 했던 대화를 떠올렸다. 그 옛날에는 사예도 그랬던 시절이 있었다. 할 수 있는 것도 못 하는 척하고, 그저 조용히 숨어 다니라 말하는 어머니 하선에게 그렇게 하고 싶지 않다고 주장했던 때가 있었다. 그저 숨죽이고 있는 듯 없는 듯, 무엇을 보든 그저 모른 척하고 눈감고 살고 싶지 않았다. 옳은 일 하며 인정받고 이름도 떨치고 싶은 철없던 시절이었다.

그런 사예에게 하선은 옳고 그른 것이 정해져 있는 것이 아니니 그런 것에 연연해하지 말라고 했다. 누구든 제 삶에서 할 수 있는 한에서 최선을 다하는 게 옳은 일이라고. 딸인 사예에게는 네 지금 할 수 있는 최선은 그저 살아남는 것이니 오로지 그것만 생각하고 살라고 그리 말했다. 그래서 사예는 눈앞에서 봤던 약자를 외면했고, 분한 마음은 감추고 애써 웃으며 감사와 차를 마셨다. 정해져 있는 모든 기준을 버리고, 오로지 스스로를 위한 최선을 했다.

한숨을 내쉰 사예는 고개를 저었다. 답답한 마음에 그녀는 상체를 벌떡 세우고는, 보료 위에서 일어나 방 한쪽의 창으로 다가갔다. 양옆으로 열리는 문 두 개로 이루어진 커다란 쌍여닫이 창이었다. 동그란 문고리를 잡고 창을 양옆으로 열자 바로 바깥이었다. 그녀의 방이 있는 곳은 후원과 이어져, 창만 열면 바로 나무가 우거지고 풀이 자란 자연을 볼 수 있었다. 창이 제법 커 한눈에 후원이 보였다.

사예는 눈을 감고 창 너머로 충만한 목기를 느꼈다. 사방이 온통 좋은 것투성이였다. 푹신한 보료와, 방 안 가득 찬 좋은 향기와, 따듯한 바닥. 창 너머에는 울창한 나무들과 예쁜 꽃들, 그 너머에는 기와가 멋들어진 전각들이 있었다. 그리고 그녀는 차마 얻지 못했지만 이 감사부의 모든 선인들이 가졌을 무려 몇백 년의 시간.

그 모든 것이 어째서 존재하는가. 가진 게 많은 자는 할 수 있는 것도 많은 법이었다. 하계 감사는 천제 폐하의 명을 받은 선인으로, 하계에서는 무엇이든 할 수 있는 권력이 있었다. 그 힘으로 인간을 도울 수 있음에도 감사는 그렇게 하지 않았고, 그럴 의지도 없었다. 감사 스스로는 여러 이야기를 했지만, 그가 한 말은 명받고 내려온 선인 관리가 인간의 삶을 무방비하게 방치하는 것에 대한 합리화로밖에 들리지 않았다. 사예는 양상처럼 위험을 무릅쓰고서라도 옳고 그름을 바로잡는 게 최고라고 찬할 마음은 없었다. 하지만 어쨌든 감사는 그가 할 수 있는 일조차 해내지 않는 선인이었다. 그의 최선이 인간의 생이 짧음을 한탄하며 그들의 목소리를 외면하는 것은 아닐 터였다.

지금 사예는, 이 하계에서 가진 게 가장 많으면서도 아무것도 하지 않는 선인들과 한 지붕 아래 있었다. 가장 중요한 것은 그들에 대한 스스로의 평가와는 상관없이, 자신 또한 그들과 같은 생각, 같은 마음인 양 웃으며 이 시간을 보내야 한다는 것이었다. 그녀가 그들의 태도를 어찌 판단하든지 간에.

❋ ❋ ❋

저녁에는 감사가 선인 관리들을 만나느라 자리를 비운 터라, 사예는 선녀들과 저녁 식사를 함께 해야 했다. 선녀들은 선녀들의 처소가 따로 있었는데, 감사부 내에서는 신정당(信情堂)이라고 하는 곳으로 이곳은 감사는 물론이요 그 어떤 사내도 발을 들이지 못하는 곳이었다. 선녀가 하계에 하강하는 경우는 감사부에서 일을 하는 경우밖에 없었고, 이 감사부에 있는 선녀들 중에는 지아비를 따라 하계로 하강해 일을 하고 있는 선녀들이 제법 많았다. 선녀들은 평소에는 이 감사부 신정당에 머물며 감사를 돕고, 정기적으로 각계에서 일을 하고 있는 그들의 남편을 만나러 갈 수가 있었다. 대신 그녀들이 모여 있는 이 신정당은 외간 사내가 함부로 접근하거나 머무는 것이 금지되어 있어 감사조차 이 신정당에는 들어설 수 없었다.

그리고, 사예는 당연히 현재 그 신정당에 머물고 있었다. 선녀들은 신정당에서 함께 식사를 했으며, 사예도 자연히 그 자리에 함께하게 되었다. 사예는 감사가 그녀에게 인사를 시켜 줬던 효청의 옆에 앉아 말을 나눌 기회를 가질 수 있었다.

줄을 지어 앉은 선녀들 각자의 앞에는 밥과 반찬, 국이 올라간 소반이 놓여 있었다. 방석 위에 앉은 사예는 소반 위에 있는 영롱하게 빛이 나는 놋그릇과, 그 위의 음식들을 쳐다봤다. 하얀 쌀밥과 고깃국에서 하얀 연기가 올라왔다. 홍고추, 청고추로 멋을 낸 노릇노릇한 각종 전과 양념이 고루 발린 산적 등 쉬이 구경하기 힘든 반찬들이 줄줄이 놓여 있었다. 사예의 옆에 앉은 효청은 친절한 미소와 함께 음식을 권했다.

"어서 드시지요. 감사부 술시들의 요리 솜씨가 좋답니다. 귀빈의 입에도 잘 맞으실 겁니다."

"예, 감사합니다."

사예는 숟가락을 든 선녀들 틈에서 그녀도 숟가락을 들었다. 하얀 쌀밥이 어찌나 윤기가 흐르는지 입 안에 넣기 아까울 지경이었다. 반찬은 색깔과 모양에 여러모로 신경을 쓴 게 보였다. 동하 이 노인 댁에서 먹었던 소박한 찬과는 너무나 달랐다.

선녀들은 선단을 취한 선인이고 음식의 섭취가 그리 중요하지 않은 터라, 식사를 하는 데에는 큰 관심이 없었다. 그들은 그저 맛만 보듯 조금씩 찬을 들었을 뿐, 식사에는 그다지 집중하지 않았다. 선단을 취하지 않아 끼니를 꼭 채워야 하는 사예는 그런 선녀들 틈에서 차마 고픈 배를 마구 채울 수 없어 조심조심 식사를 했다. 식사를 하며 사예는 자연스럽게 효청에게 말을 걸었다.

"선녀님께서는 감사부에 있는 보물들을 다 보셨습니까?"

"다는 아니지만, 일부 보았답니다. 저는 현 천제 폐하께서 제위에 오르실 때 하계 감사부의 재화 보관 현황을 고하기 위해 안으로 들어가 확인을 한 경험이 있답니다."

"그러셨군요. 헌데 낮에 감사 어르신께서 말씀하신 서책이라고 함은 무엇입니까? 어떤 것들이 있습니까?"

"하계의 지난 역사에 관한 역사서도 있고, 과거 훌륭했던 선인 관리들에 대한 기록서도 있고, 술법을 위한 장서도 있지요. 하도 종류가 많아 저도 다 보지는 못하였습니다. 다만 확인할 때 권수를 대략 세어 보고를 올렸지요."

"아……. 감사부가 오래되었으니, 어쩌면 그중에는 천서 이전의 역사에 대한 서책도 있겠습니다."

효청은 고개를 끄덕였다.

"예, 그 이전에 대한 것도 몇 권 있답니다. 하지만 과거 불이 났던 일이 있는지라 지금은 양이 많지 않고, 또 상태가 성하지 않아 읽기는 힘들 듯했지요."

"예……."

사예는 젓가락을 대충 움직이며 고개를 끄덕였다. 적어도 가서 확인해 볼 필요는 생긴 셈이었다. 감사가 안 된다며 거절했지만, 사예는 몰래 숨어들어서라도 그 기록들을 찾아볼 마음이 있었다. 젓가락으로 전을 하나 집어 들며 사예는 그녀의 또 다른 궁금증을 물었다.

"헌데, 감사부에 본래 선군들이 많이 오가는 편입니까? 저는 선계 있을 적에 선군들이 선계만 지키는 줄 알았는데, 여기도 선군들이 많은 것 같습니다."

"하계에는 대개 청진위나 흑귀위 선군들이 하강해 있지요. 현재는 무려 세 위의 최고 책임자가 모두 하계에 있습니다. 물론 백호위 상장군께서는 지금은 본의 아닌 사정으로 하강해 계신 것이지만요."

"그렇군요."

"사실은 감사부에는 대개 청진위 상장군께서만 오가시는 편인데, 흑귀위 상장군이신 연 장군은 감사께서 좋게 보질 않으셔서. 안 그래도 귀빈께서 오시기 전에 조금 일이 있어 감사께서 그분의 자숙을 명하신 참이라서요."

사예는 눈을 동그랗게 떴다.

"연 장군이라고요?"

효청은 고개를 끄덕였다.

"예, 흑귀위 상장군이신 연귀호 장군이시지요."

사예는 그녀가 시건으로부터 들었던 이름을 떠올렸다. 생각보다 쉽게 찾을 기회가 온 듯했다.

"그분께 감사 어르신께서 자숙을 명하셨다니요? 상장군이라면 그래도 한 위의 최고 책임자인데, 무슨 일이 있었습니까?"

"귀빈께 말씀드리기는 곤란하지만, 복잡한 사정이 있답니다. 연 장군께서는 본래 감사 어르신과 사이가 좋지 않았지요. 헌데 얼마 전 연 장군께서 하명받지 않은 일에 나서서 감사 어르신의 분노를 사셨어요. 물론 흑귀위 선군들이 맡은 바 임무를 제대로 해내지 못했기 때문이기도 했지만."

옆쪽에 앉아 차를 마시고 있던 선녀들이 효청의 말을 엿듣고는 입을 열었다.

"솔직히 상장군을 이해할 수가 없습니다. 그 암굴에 가는 게 어찌 보일지 모르실 분도 아닌데, 무슨 생각으로 거기까지 가셨는지."

"그러게요. 솔직히 그게 아니더라도 흑귀위나 청진위는 지금 책임을 면하기 힘든 상황이지 않습니까? 어찌 암굴에서……."

"어허. 말씀을 삼가세요. 귀빈께서도 함께 계신데."

효청이 엄하게 말하자 선녀들은 바로 입을 다물었다. 비록 끝까지 다 듣지는 못했지만, 선녀들이 입에 올리는 그 문제의 연 장군이 사예가 찾는 사람이 맞는 것 같았다. 그러나 분위기를 보아하니 문제의 연 장군은 지금 감사부에 들 수 없는 상황에 본인도 지키기 힘든 상황인 듯했다. 사정을 말하면 그가 목숨을 바쳐서라도 지켜 줄 거라고 말했던 시건이 떠올랐다.

'전혀 도움이 안 되잖아.'

사예는 한숨을 내쉬고 싶은 기분을 겨우 참으며 숟가락으로 국을 떠 마셨다. 그런 사예에게 효청이 말했다.

"안 그래도 지금 백호위 상장군께서 하강해 계시니, 그분은 뵐 수 있을지도 모르겠습니다. 그분이 당장 선계로 돌아가시진 않을 것 같지만, 그래도 인사 정도는 할 수 있을지도 모르지요."

"백호위 상장군이요?"

"예. 그분은 선녀 출신에다 선계에서 유일하게 선군이 되신 여선이시니, 귀빈께서도 그분을 뵈면 배우실 점이 많을 겁니다."

효청이 그리 말해도 사예는 사실 별 관심이 생기지 않았다. 그녀는 가마를 타고 용수궁으로 가던 길에 백호위 선군들이 그녀에게 전혀 도움이 되지 못했다는 사실을 기억하고 있었다. 그러니 그녀에게 있어 백호위에 대한 기억이 좋게 남아 있을 리가 없었다. 효청은 그녀 나름의 생각에 잠겨 사예의 무관심을 눈치채지 못한 듯했다.

"하지만 그분도 현재 정황이 정황인지라……. 백호위 상장군께서 계속 하계에 계서도 짬이 나실지 모르겠네요."

"무언가 안 좋은 일이 생긴 모양입니다."

"걱정스러운 일이 있긴 하지요. 하지만 그런 일은 선군들이 나서서 곧 해결이 될 터이니 귀빈께서는 걱정하지 않으셔도 된답니다."

"예……."

그 문제의 근원에 대해 잘 알고 있는 사예는 대충 고개를 끄덕이며 숟가락을 움직였다. 그렇게 다시 눈앞의 밥상에 집중하는데, 조금 멀리서 선녀들이 소란스러워졌다. 사예와 효청은 고개를 들었다. 선녀들은 호호 웃으며 걸어왔고, 그중에 하나는 배가 불러 있었다. 사예의 옆에 앉아 있던 효청이 얼른 배가 부른 선녀에게 말을 건넸다.

"이리 나오셔도 괜찮으십니까?"

"네, 저는 개의치 말고 식사하십시오."

배가 부른 선녀는 미소 지으며 걸어갔다. 술시 하나가 얼른 주전자와 차를 가지고 그녀를 따라 나갔다. 사예는 목을 빼고 쳐다보다가, 효청에게 물었다.

"수태를 하셨나 봅니다."

"예. 미란 선녀의 부군께서도 하계에 하강해 계신 관리랍니다."

"아……. 그래도 두 분이 모두 하강해 계신다니 잘된 일이군요."

"그렇지요. 한 분은 하계에 남고 다른 한 분은 선계에 계셨다면 많이 힘드셨을 테니까요. 실제로 선계에 그리 홀로 남아 외로워하는 선녀가 한둘이 아니랍니다. 하계로 내려오기 위한 선녀들끼리의 경쟁도 참으로 치열하지요. 미란 선녀께서는 하계에 하강한 지가 제법 오래되었답니다. 선녀와 관리인 터라 매일 마주 보고 사는 것은 아니어도, 부군과 사이가 참 좋으시지요."

사실 정확히는, 하계로 내려오려는 선녀나 선인 관리는 궁관이나 선군을 뽑는 경쟁에서 떨어진 이들이 대부분이라 실력이 고만고만해

경쟁이 치열했다. 하계까지 내려와서 직책을 맡고 봉급을 받아야 할 정도면 출신 가문이 선계에서 이름난 가문도 아닐 경우였다. 더군다나 수태한 미란 선녀처럼 부부가 다 하계에 내려와 있을 정도면 삶이 그다지 여유롭지는 않은 편일 가능성이 컸다. 물론, 그 여유롭지 못하다는 것은 선계의 기준이었고 하계의 기준으로는 충분히 먹고 살만한 정도였다. 어쨌든 그런 상황이니 이 선녀들이 그저 감사의 말이 모두 옳다며 고개만 끄덕이고 있는 게 당연하기도 했다. 그걸 떠올리자 사예에게는 선녀들이 입고 있는 고운 날개옷도 빛 좋은 개살구처럼 보이기 시작했다.

수태를 한 선녀가 나가고, 시끄러워졌던 선녀들도 조금 조용해졌다. 사예는 조금 신기한 기분으로 선녀가 나간 방향을 쳐다봤다. 수태라는 것은 사예에게는 너무 멀게 느껴졌다. 그녀는 탄생보다는 죽음을 더 가깝게 느끼고 살았기 때문에, 수태한 선녀의 모습이 신기하게 느껴지기도 했다.

인간과 달리 선인은 영혼이 존재하지 않았다. 인간은 죽으면 영혼이 육체에서 나오는데, 이 영혼들은 명계에서 귀제가 내린 판결에 따라 벌을 받은 후, 다음 생에 자신의 부모가 될 이들을 선택받았다. 부모가 정해진 영혼들은 하계로 돌아와 수태를 한 모체에 들어가 자리를 잡고, 모체 안에서 새로운 육체로 자라면서 과거의 기억을 잠시 잊어버리고 새로운 삶을 살게 되는 것이었다. 그러나 영혼에 새겨진 기억은 영원히 남으므로, 그 육체가 죽어 다시 영혼이 될 때에는 그의 전생, 현생의 모든 기억을 가지고 명계로 가게 되는 것이었다. 그리고 또 벌을 다 받고 다시 환생을 하면 모두 잊어버리고, 그 순환의 반복이었다.

하지만 선인은 달랐다. 선인은 모체에 기를 모아 태어나는 존재로, 수태를 해도 어미 될 여선이 기를 모아 꾸준히 보내 주지 않으면 결국 제대로 출산될 수 없었다. 부모 선인이 마음을 정해 아기 선인을 낳기로 정하면 둘 중 하나가 기를 모아 아기 선인에게 보내거나, 혹은 둘이 타고난 행이 같을 경우에는 함께 기를 모아 보냈다. 따라서 아기 선인은 부모의 기에 영향을 많이 받았다. 사예는 하선의 기를 받아 태어났기 때문에 목행을 타고난 것이었다.

그러나 그리 기를 받아 태어나고 선단을 취한 선인도 오랜 세월을 살면 몸이 약해지고 예전만큼 기를 유지할 수 없기 때문에, 결국 오백 년 이상을 사는 경우는 적은 편이었다. 선인이 삶을 다 살고 생을 마감하게 되면 그가 가지고 있던 기는 흩어지고, 남은 육체는 화장했다.

'그렇게 치면, 영혼이 가장 길게 사는군.'

사예는 그렇게 생각하며 숟가락을 내려놨다. 선인이 비록 선단의 힘으로 4, 500년을 살지만 그 시간이 모두 지나면 그 존재는 흩어져 영영 사라지는 것 아니던가. 그러나 인간의 영혼은 원귀나 요괴가 되지 않는 한은 죽어도 명계로 갔다 다시 하계로 돌아와 새로운 삶을 살았다. 그가 일생 쌓은 기억은 사라지지 않고 영원히 남아 새로운 삶에 조금씩이나마 영향을 끼칠 터였다.

거기까지 생각하던 사예는 고개를 절레절레 저었다. 더 이상 그녀가 생각해 봤자 의미 없는 일이었다. 마음을 다잡으며 식사를 마친 사예는 선녀들과 함께 차를 마셨다. 눈에 띄지 않는 가장 좋은 방법은 바로 남들 하는 행동에서 벗어남 없이 하는 것. 구태여 따로 놀아 눈에 될 필요는 없었다. 또한 선녀들의 수다를 들으면 여러 가지 정보도 얻어 낼 수 있을 테고, 무엇보다 날개옷도 하사받지 못한 여선이 선녀들에게 존경심을 가지고 있는 것은 지당한 일이었다. 사예는 차를 권하는 선녀들 사이에 앉아 그들의 이야기를 경청해서 들었다.

"참, 다음에 천교가 내려올 때에 윤월서(尹月曙) 어르신께서 오시는데 아십니까?"

"드디어 오시는군요. 안 그래도 제 오행궁 중 하나가 너무 낡아 새로 장만할까 고민하고 있었는데."

"귀한 분이 오십니까?"

선녀들에게 사예가 묻자, 효청이 고개를 끄덕였다.

"선계에서 오행궁을 만드는 행궁장인들의 영수(領袖)이시지요. 하계로 하강한 선인들에게 새 오행궁을 지급하기 위해 때때로 행궁장인들이 하계로 오신답니다. 귀빈께서는 운이 좋으시군요. 그 중에서도 영수이신 윤 어르신께서 직접 오시는 일은 흔하지 않은데. 어쩌면 귀빈께서도 좋은 오행궁을 받으실 수 있을지도 모릅니다."

"저는 선녀도 아닌데 제게 새 오행궁을 주시겠습니까?"

오행궁은 오로지 선계에서만 구입할 수 있었고, 선인이 술법을 부리는 데 큰 영향을 끼치기 때문에 여유가 많은 선인들은 오행궁을 여러 개 차고 다니는 경우도 있었다. 지금 사예가 가진 오행궁은 할머니가 물려준 유품인데, 굉장히 질이 좋은 편이라 오랜 세월을 쓰면서도 아직 사용할 만했다. 하지만 어머니 하선이 하고 있는 오행궁은 겨우 돈을 모아 구한 것으로 질이 그리 좋지 못했다. 사예는 자연히 하선이 찬 오행궁을 떠올릴 수밖에 없었다.

"그분께서는 오히려 배포가 크신 분이라, 그날 기분에 따라 가져오신 오행궁을 보답 받지 않고 주시기도 한답니다. 다른 장인들이 오면 어림도 없는 일이지만, 그분은 누가 뭐래도 오행궁을 만드는 행궁장인들 중 가장 높은 분이니까요. 귀빈께서도 이 기회에 그분과 친분을 맺어 두세요. 나쁠 것은 없으니."

"예."

사예는 이번에는 정말로 그러는 게 좋겠다고 생각하고 있었기 때문에, 열심히 고개를 끄덕였다. 운이 좋으면 오행궁을 얻어 그녀의 어머니에게 새 오행궁을 드릴 수도 있을 터였다. 그 생각에 사예는 아까까지 여러 가지 이유로 안 좋아졌던 기분이 조금쯤 좋아졌다. 그녀는 가벼워진 마음으로, 선녀들 사이에서 차를 마셨다. 그 후에 이어진 선녀들의 대화는 하계의 유명한 도자기 장인이라든가 값나가는 비단 등에 대한 이야기 등으로 사예에게는 영 쓸모없는 이야기였지만, 사예는 열심히 듣는 척하며 그 자리에 앉아 있었다.

❈ ❈ ❈

선녀들과 헤어지고 방으로 돌아온 사예는 밤이 될 때까지 기다렸다. 그녀는 저녁 내내 오행궁에 각 행의 기를 모으면서 시간을 보냈다. 술시들은 그녀가 원하는 것은 무엇이든 바로 대령했으므로 기를 모으는 일은 수월하게 진행됐다. 그녀가 찬 오행궁은 그녀가 주변에 준비해 둔 물건들에서 열심히 기운을 빨아들였다.

준비를 마친 사예는 일찍 잠에 든답시고 불을 끄고 누워 있다가 온 감사부가 어둠에 잠겼을 즈음, 옷을 챙겨 입고 슬그머니 문을 열어 밖을 살폈다. 혹시나 하는 마음으로 주위를 살펴도 어떤 기척도 느껴지지 않았기에, 적어도 현재 이 감사부 내에서는 그녀를 노리는 이가 없다고 확신했다.

사예는 여전히 그녀의 품속에 환술로 작게 한 사진검과 교서를 꼭꼭 챙겨 둔 상태였다. 그녀는 손으로 수인을 맺어 목행의 술법으로 스스로의 기척을 감췄다. 하선의 신수인 자운영이 있었다면 구태여 술법을 쓸 필요 없이 편하게 돌아다닐 수 있었겠지만, 지금은 혼자 있는 상황이므로 자신의 기척을 스스로 감춰야 했다.

기운을 감춘 그녀는 신정당에서 슬그머니 나왔다. 그래도 그녀는 어릴 적부터 부모와 함께 도망 다닌 터라, 기척을 숨기고 은밀히 다니는 건 제법 자신이 있었다. 다행히 주변이 온통 나무를 깎아 만든 목조 건물인지라 목기로 스스로의 기척을 감추기는 더할 나위 없이 유리한 상황이었다. 오히려 이 정도면 선계보다도 기척을 숨기기 쉬웠다. 사예는 속으로 쾌재를 부르며 조심스럽게 발을 움직였다.

신정당을 빠져나오자마자 갑주를 차려입은 선군들이 돌아다니는 게 보였다. 선군들을 피해 몸을 숨기며, 사예는 감사부를 조심스럽게 돌아다녔다. 솔직히 말하면 조금 난감하긴 했다. 그녀는 일단 그녀가 찾는 역사의 기록이 있는 서고가 어디 있는지 알 수가 없었다. 보면 알겠지 하고 나왔으나 나오자마자 온통 비슷한 전각들뿐이라 도통 어디가 뭐 하는 곳인지 들어가 보지 않고서는 알 수가 없었다. 그렇다고 다 들어가 볼 수도 없는 노릇이었다. 넓은 줄 알았지만 감사부는 너무 넓었다.

일단 사예는 후에 방으로 무사히 돌아가기 위해서 표시를 해 둘 필요성을 느꼈다. 길을 잃고 그녀의 방으로 돌아가지 못한다면, 상상만으로도 끔찍했다. 그녀는 가족들과 헤어져도 서로 알아보기 위해 만들어 둔 표시를 기둥 밑단에 새겼다. 지나가던 방향 표시가 담긴 작은 표시였다. 화기를 모아 슬그머니 만든 검은 자국이 기둥 아래에 미세하게 남았다. 남긴 자국으로 그녀가 다음에 다시 나와도 어디까지 오갔는지 확인할 수 있을 터였다.

기둥에 자국을 새기던 사예는 문뜩 그녀가 있는 방향으로 다가오는 인기척을 느꼈다. 선군들이 걸어오고 있는 모양이었다. 사예는 놀라서 얼른 몸을 틀었다. 까맣게 진 지붕 그림자 속에 몸을 숨기고 있다가 선군들이 향하는 쪽과 반대 방향으로 벽을 돌아 걸어갔다. 그녀는 요리조리 선군을 피하며 감사부를 달렸다. 이쯤 되니 늘 그녀를 도망치게 만들었던 무영에게 감사 인사를 해야 할 판이었다.

잠시 주변을 살핀 사예는 앞으로 달려가다가, 다시 그녀 쪽으로 다가오는 또 다른 기척을 느꼈다. 화들짝 놀라서 그녀는 얼른 몸을 돌렸다. 스치고 지나간 기둥 아래 흔적을 빠르게 남기며 그녀는 열심히 달려갔다. 그리고 사예가 기둥과 꺾인 벽을 발견하고는 얼른 그 뒤로 몸을 숨겼을 때였다. 기둥을 따라 돌자마자 그녀는 화들짝 놀랐다. 선군의 용마들이 일렬로 쏵 서 있었다.

"헉!"

그 순간, 갑작스럽게 나타난 사예를 보고 놀란 용마들이 크게 울기 시작했다. 주인을 기다리고 있다가 놀란 용마들은 앞발을 들며 울었다.

"안 돼!"

사예는 저도 모르게 소리를 질렀다가 급히 두 손으로 입을 막았다. 그러나 용마들은 더 난리가 났다. 히히히힝, 하고 말 우는 소리가 울리자 사방이 온통 벼락이라도 치는 것 같았다. 사예는 당황해서 어찌할 바를 몰랐다. 멀리서 선군들이 달려오는 묵직한 발걸음 소리가 들렸다. 큰일이었다. 그들의 방향을 예상컨대 지금 왔던 길로 돌아갈 수는 없었다.

사예는 얼른 시선을 돌려 몸을 숨길 곳을 찾았다. 당장 숨기에 가장 마땅한 곳은 난리 치고 있는 용마들 너머의 벽 뒤였다. 그러나 발을 들고 난동을 부리는 용마들 사이를 헤집고 들어가 그 뒤로 몸을 숨기는 것은 아무래도 불가능해 보였다. 선군들의 발소리가 점점 가까워졌다. 온몸에 식은땀이 났다. 사예가 당황으로 이러지도 저러지도 못하고 있는 와중에, 사예의 손등에 있는 표식에서 청하가 나왔다. 용의 푸른 몸은 유연하게 망설임 없이 날뛰는 용마들 사이로 날아갔다. 청하는 그대로 몸을 돌려 다시 주인에게로 돌아왔다. 그리고, 용마들이 조용해졌다.

"뭐……."

사예는 갑작스러운 침묵에 놀라서 넋을 놨다. 용마들은 언제 울고 난동을 부렸냐는 듯 몸을 딱 세우고 가만히 그녀를 쳐다봤다. 정확히는, 그녀의 팔 주변에 맴도는 청하를 쳐다보고 있었다. 청하가 눈짓을 하자 화들짝 놀라 정신을 차린 사예는 얼른 용마들 사이로 뛰어갔다. 그녀는 용마를 지나치면서도 눈치를 살폈지만 용마들은 여전히 꼿꼿하게 서 있었다. 사예는 서둘러 벽 뒤로 뛰어가 몸을 숨겼다. 벽 뒤에서 선군들의 기척을 살폈다. 얼마 지나지 않아 선군들이 그들의 용마에게로 다가왔다.

"뭐야, 무슨 일이지?"

"이놈아, 왜 갑자기 그리 시끄럽게 군 거야?"

당연히 용마들은 대답하지 않았고, 선군들은 몇 번 더 의문에 차 중얼거리다가 결국 다시 발걸음을 돌렸다. 선군들의 발걸음 소리가 멀어지고 기척이 완전히 사라지자, 사예는 조심스럽게 고개를 들었다. 용마들은 여전히 가만히 서 있었다. 정말로, 아까 울고 다리를 들던 용마들이 아닌 것만 같았다. 사예는 걸어 나와 용마들을 쳐다봤다.

"대체 이게……."

어안이 벙벙하여 서 있던 사예는, 용마들이 청하를 열심히 쳐다보고 있다는 사실을 깨달았다. 그녀는 허공에 둥둥 떠 있는 청하를 쳐다봤다. 그 순간, 사예는 용마들이 어째서 이런 행동을 보이는지 깨달았다.

"용마…… 용의 기운을 받은 말! 그래서 이것들이 네 말을 듣는구나! 네가 용이라!"

사예는 감격에 찬 시선으로 청하를 쳐다봤다.

"와, 용마들이……!"

청하는 눈을 가늘게 뜨고 낄낄 웃더니 허공을 유연하게 날아갔다. 용마들의 고개가 그대로 청하를 따라 움직였다. 청하가 허공에서 원을 그리며 날자 용마들은 청하를 따라 정신없이 고개로 원을 그렸다. 그 모습을 본 사예는 옆에서 작게, 그러나 열심히 박수를 쳤다. 기분이 좋아진 청하가 날던 몸을 멈추고는 노란 눈을 매섭게 뜨고 용마들을 딱 째려봤다. 그러자 용마들은 일사불란하게 움직임을 멈추고 단번에 자리를 잡고 섰다. 사예는 이보다 더 감격할 수 없는 심정으로 청하를 찬양했다.

"청하, 넌 진짜! 최고의 신수야! 넌 진짜!"

사예는 마구 떨리는 마음을 진정시키려고 노력했다. 그녀는 심장 부근을 손으로 누르며 연신 중얼거렸다.

"가만있어 봐, 그럼 이게 어떻게 되는 거야? 내가 여기서 그냥 용마 한 마리 훔쳐 타서 선계로 돌아가도 되는 거 아냐? 아니지, 한 마리 더 데려가서 나중에 어머니께도 드릴까? 아니, 이게 웬일이야? ……아니, 잠깐. 그런데 너 왜 진즉에 이 사실을 알려 주지 않은 거야?"

청하는 먼 곳을 쳐다봤고 용마들도 나란히 먼 곳을 쳐다봤다. 눈을 흘기던 사예는 용마를 볼 일이 없었으니 어쩔 도리가 없었으려니, 하고 생각했다. 그녀는 얼른 주변을 살피고는 일단 방으로 돌아가기 위해 몸을 돌렸다. 감사부가 너무 넓어서 서고는 확실한 위치를 선녀에게 알아낸 후에 가야겠다고 이미 마음을 고쳐먹은 후였다. 오늘은 예상치 못한 수확이라도 있었으니 그걸로 됐다 싶었다. 청하를 표식 안에 숨기고, 그녀는 다시 돌아가기 위해 달렸다.

사예는 기둥에 남긴 표시를 찾으며 달려갔다. 조금 달리다 보니 다행히 눈에 익은 길이 보였다. 그녀가 낮에 갔던 후원이 가까운 게 분명했다. 사예는 후원이 나무가 많아 기척을 숨기기에 좋으니 그곳으로 가야겠다고 생각했다. 또한 후원에서 신정당으로 돌아가는 길은 알고 있기 때문에 그 이후는 수월할 터였다.

'후원에서 정자만 찾으면 되지.'

기척을 최대한 죽인 채로 사예는 후원의 담을 넘어갔다. 혹 누구라도 볼새라 재빨리 후원의 나무 사이로 숨어든 사예는, 엄청난 수기가 느껴지는 호수를 찾아갔다. 호수와 정자의 방향을 확인하고 신정당으로 가려고 하는데, 갑자기 청하가 튀어나왔다. 사예는 화들짝 놀라 목소리를 죽이고 청하를 불렀다.

"청하."

청하는 뒤도 돌아보지 않고 정자를 향해 날아갔다. 답답해진 사예가 손짓을 하며 청하를 따라갔다. 다리를 건너간 그녀는 몸을 숙이고 차마 목소리를 키우지도 못하고 열심히 청하를 불렀다.

"청하. 멈춰. 이리 와."

청하는 정자 안으로 들어갔다. 사예는 하는 수 없이 청하를 따라가야 했다. 정자의 문을 열고 그 안으로 들어갔다. 사예가 낮에 올라갔던 정자 위층이 아닌 아래층이었다. 문을 열고 들어가자, 온통 어둡고 싸늘한 정자 내부가 보였다. 낮에 봤던 위층의 모습과는 사뭇 다른 어두운 내부에서, 푸르게 빛나는 청하만 보였다. 사예는 그녀의 말을 모조리 무시하고 날아간 청하가 그 중간에 멈춰 있는 것을 발견했다. 그녀는 얼른 청하에게 다가가 엄하게 말했다.

"너 최고의 신수라는 거 취소야."

청하는 사예가 하는 말에는 관심도 없는 눈치였다. 다만 짧은 앞다리를 파닥거리며 바닥 쪽을 마구 가리키고 있었다. 인상을 쓴 채로 청하를 쳐다본 사예는 청하의 열띤 손짓에 의아해서 돗자리만 깔린 바닥을 응시했다.

"뭐야, 혹시……."

사예는 눈을 부릅떴다. 청하는 이제 보라는 듯 그 긴 몸으로 바닥으로 쑥 들어가 사라졌다가, 머리만 쏙 내밀고 다시 나오길 반복했다.

"이 아래 뭔가 있어?"

사예의 물음에 청하는 바닥에서 머리만 내민 채로 고개를 끄덕였다. 사예는 눈을 빛냈다. 순간, 혹시 감사가 몰래 감춰 둔 금은보화라도 있는 것 아닐까 하는 생각이 들었다. 오랜 시간 이 하계의 감사로 있었다고 하니 감사부에 몰래 뭘 숨겨 놨을지 알 수 없는 노릇이었다.

'아니면 뭔가 감춰야 할 비밀이라든가.'

별로 필요한 건 아니었지만 어쩌면 그녀는 그 감사의 약점을 잡을 수 있을지도 몰랐다. 사예는 내심 기대감에 부풀어 바닥에 깔린 돗자리를 치웠다. 사예는 쭈그리고 앉은 채로 나무가 짜 맞춰진 바닥을 유심히 살폈다. 그러나 아무것도 보이지 않았다. 뭔가 다른 기운이 느껴지지도 않았다. 사예가 청하를 쳐다봤다. 청하는 열심히 눈짓 발짓을 하고 있었다.

사예는 순간 술법이든 환술이든 보는 대로 알 수 있다고 했던 시건이 떠올랐다. 그가 있었다면 여기 환술로 누가 결계라도 쳤는지 알 수 있었을 턴데, 하고 생각하며 사예는 한숨을 내쉬었다. 사예가 고민을 하며 망설이는 동안, 청하가 다시 한 번 바닥으로 들어갔다. 그리고 고개를 쏘옥 내밀었다. 다시 아래로 들어갔다가, 다시 고개를 내밀었다. 그녀에게 빨리 오라는 듯 한시도 가만히 있지를 않았다.

한숨을 내쉰 사예는 일단 자리에서 일어났다. 그녀는 머리카락을 뽑아 목기를 모았다. 목기를 머금은 머리카락을 바닥에 떨어트리자 머리카락이 나무처럼 자라 바닥에 뿌리를 내리고, 곧 흡수되어 사라졌다. 주변에 사예의 결계가 생겼다. 누가 와도 사방이 후원의 목기로 가득 차 있으니 당장 이상하게 보이지는 않을 터였다.

결계를 친 후 사예는 안심하고 다시 바닥을 살폈다. 바닥에서는 여전히 아무것도 보이지 않고, 느껴지지 않았다. 아무래도 환술로 가려 놓은 듯했다. 사예는 점점 더 이 아래에 뭐가 있는지 궁금해졌다. 그녀는 일단 환술을 파기하는 수인을 맺었다. 손으로 수인을 맺고 정신을 집중하자, 가려져 있던 모습이 드러났다. 나무 바닥 사이에 가려져 있던 문이 드러났다. 문에는 피로 새긴 게 분명한 글자가 새겨져 있었다.

사예는 집중해서 봉인을 살폈다. 걸린 봉인은 토행의 봉인으로 제법 복잡했고, 그녀가 예상하기로는 장서의 8장은 될 것 같았다. 사예는 바로 품에 넣어 둔 사진검을 꺼내고는 환술을 풀어 사진검을 크게 키웠다. 그러고는 사진검을 손에 든 채로 한숨을 크게 내쉬었다. 8장의 봉인이면 쉽게 볼 게 아니었다. 총 12장 10절로 이루어진 오행의 각 장서 중에서 5장 이후의 모든 술법은 그 장 사이의 격차가 엄청나기 때문에, 시건의 봉인이 7장이었다고 해도 8장과의 차이는 엄청났다.

다행히 사예는 사진검을 쓸 때는 무리해서 겨우 9장의 앞절까지는 다룰 수 있었다. 물론 사진검이 없었다면 그녀는 이 봉인을 풀 엄두도 내지 못했을 터였다. 어머니 하선은 사진검에 지나치게 의지하지 말라고 늘 경고했지만, 사예는 좋은 건 쓰라고 있는 것이라고 생각했으므로 필요할 때 사진검을 쓰는 것을 망설이지 않았다. 그러나 조금이라도 마음을 놓으면 설령 사진검이 있다고 해도 실패할 가능성도 있었다.

그나마 다행인 점은 봉인이 토행의 술법이라는 점이었다. 사예에게는 잘된 일이었다. 음양오행에서 목행과 토행은 상극으로, 나무가 땅을 누르고 자라는 법이었다. 기본 원리만으로 따지면 토행은 목행을 이길 수가 없었다. 그래서 사예는 토행의 술법을 상대하는 것은 조금 자신이 있었다. 동시에 일말의 확신이 생겼다. 그녀는 낮에 감사가 토행을 타고났음을 느꼈다. 토행을 타고난 선인은 흔하지 않았고, 이 봉인을 걸고 저 너머에 무언가를 숨겨 놓은 이가 감사일 가능성이 컸다.

머릿속으로 술법에 대해 생각하던 사예는 순간 망설였다. 청하의 태도를 보니 이 아래에 감춰진 게 그녀에게 위험한 건 아닌 듯했다. 그러나 그녀가 봉인을 풀었다는 사실을 감사가 알게 되면 어찌한단 말인가. 그녀는 토행의 술법 수준이 높지 않았고, 이 자리에 봉인을 건 당사자는 머지않은 시일 내에 봉인이 풀린 사실을 알게 될 가능성이 컸다.

'어쩐다?'

고민을 하던 사예는 오래 지나지 않아 결단을 내리고는, 결국 사진검을 뽑아 들었다. 어차피 그녀가 더 유리한 입장이었다. 천제의 교서도 있고, 숨겨 둔 비밀 또한 알게 될 테니. 그녀가 마음을 정하자, 바닥 아래로 내려갔던 청하가 얼른 그녀에게로 돌아와 사진검으로 빨려 들어갔다. 검날에 새겨진 금입사 글귀가 빛으로 채워지기 시작했다. 정신을 집중한 사예는 목기를 가득 실어, 사진검을 휘둘렀다. 거센 목기가 검날을 타고 뻗어 나가, 바닥의 봉인에 거세게 충돌했다. 토행의 봉인이 거센 반동을 일으키며 크게 요동쳤다. 사예는 이를 악물고 부들부들 떨리는 손에 힘을 주었다. 목기는 싹을 틔우고 뿌리 내리듯 토행의 봉인을 파고들었다. 자란 목기가 뿌리를 내리자 단단한 봉인 사이사이로 금이 갔다. 쩌적 소리를 내며 금 간 봉인은 결국 견디지 못하고 산산조각이 났다. 파편들이 흙이 되어 무너져 내리고, 봉인은 사라졌다. 남은 것은 바닥 사이의 문뿐이었다.

사예가 거친 숨을 내쉬며 사진검을 고쳐 잡자 청하가 검에서 빠져 나왔다. 그녀는 다리 힘이 쭉 빠져 바닥에 주저앉았다. 당장 지쳐 쉬고 싶은 마음이 강하게 들었다. 그녀가 이 봉인을 풀 수 있었던 건 명백히 사진검의 도움 덕택이었고, 봉인을 푼 것은 확실히 벅찬 일이었다.

그래도 겨우 푼 봉인을 허사로 만들 수도 없기에, 사예는 오기로 주저앉았던 몸을 일으켰다. 팔을 뻗어 바닥의 문을 열자, 아래로 내려가는 계단이 보였다. 사예는 숨을 크게 들이마시고 내쉬었다. 숨을 고른 그녀는 오행궁에서 화기를 움직여 불꽃을 만들었다. 불꽃이 어두운 계단을 밝혔다. 불꽃의 빛에 의해 아래로 제법 긴 계단이 보였다.

그 깊이가 제법 깊어서 사예는 침을 꿀꺽 삼켰다. 계단으로 조금 내려선 사예는 주변이 온통 수기로 가득 차 있음을 느꼈다. 주변의 벽 너머가 바로 호수임이 분명했다. 사예는 일단 지친 기운을 조금이라도 회복하기 위해, 옷 사이 청하의 여의주 노리개가 숨겨져 있을 자리를 손으로 짚었다. 용의 구슬이 전해 주는 양기를 받아들이며 그녀는 긴장한 얼굴로 사진검을 고쳐 쥐었다. 그러는 동안 청하는 거침없이 아래로 내려갔다. 사예는 경계하듯 사진검을 세워 들고는 한 발 한 발 계단을 내려갔다. 청하가 본래 저렇게까지 제멋대로 행동하는 신수가 아니었으므로, 이즈음 해서는 그녀도 뭔가 대단히 심상치 않음을 느낀 탓이었다.

사예는 그대로 벽을 짚고 한참을 내려갔다. 겨우 계단이 아닌 땅을 딛고 서니, 온통 어둡기만 했다. 정자보다도 넓게 사방이 트여 있었고 발치에 걸리는 것조차 없었다. 느껴지는 것은 그저 주변을 가득 메운 수기와 싸늘한 음기였다. 청하는 어둠 속을 제멋대로 날아갔고,

사예는 어둠만 내린 빈 공간을 조심스럽게 걸어갔다. 불꽃을 움직여 주변을 더 밝혔지만, 주위에는 아무것도 없었다.

'뭐지? 금은보화가 있는 것도 아니고, 뭔가 다른 게 있는 것도…….'

이상해서 시선을 돌리던 사예는, 문뜩 멈칫했다. 아무것도 없는 게 아니었다. 그녀가 채 밝히지 못한 어둠 속에 무언가가 있었다. 그리고 그 속에 자리 잡은 것은 움직이고 있었고, 굉장한 기운을 주변으로 흘리고 있었다. 사예는 주변에 가득한 음기의 정체가 어둠 속에 숨은 무엇으로 인한 것임을 깨달았다. 긴장한 사예는 사진검을 손에 든 채로, 몸을 뒤로 뺐다.

"청하?"

어둠 속에 사라졌던 청하가 불빛 가까이로 모습을 드러냈다. 그리고 청하에게서는 여전히 경계의 기색이 조금도 느껴지지 않았다. 사예는 안심하고 불꽃을 더 움직였다. 어두운 공간을 불꽃이 밝혔다. 사예는 그제야, 어둠 속에 몸을 말고 있던 존재의 정체를 확인할 수 있었다.

"너는……."

깊게 눌린 어둠 사이, 납작한 무언가가 움직였다. 매끈한 형태가 빛났으나 명확한 실체는 아니었다. 납작하고 단단한 껍데기, 그러나 반투명하니 실체가 없는 그것은 분명 신수였다. 동시에 위쪽에서 또 다른 움직임이 있었다. 사예는 시선을 들었다. 위에서 움직여 불빛을 받고 나타난 것은 바로 두 개의 머리였다. 긴 목이 유연하게 움직이고, 그 위의 머리가 사예에게로 향했다. 사예는 입을 멍하니 벌린 채로 다가오는 신수를 쳐다봤다. 두 개의 머리와 등을 덮은 단단한 껍질. 그 아래 네 개의 발. 그리고 주변에 깔린 지독한 음기. 그것이 의미하는 것은 하나였다. 그녀는 그 언젠가, 이 신수의 주인에게서 들었던 이름을 떠올렸다.

"묵현…… 네가 묵현이구나."

시건의 신수 현무가, 어둠 속에서 그 모습을 완전히 드러냈다.

〈2권에서 계속〉

1판 1쇄 찍음 2016년 04월 20일
1판 1쇄 펴냄 2016년 04월 29일

지은이 선 지
펴낸이 정 필
펴낸곳 **(주)뿔미디어**

출판등록 2002년 9월 11일 (제1081-1-132호)
주소 경기도 부천시 원미구 소향로 17, 303(두성프라자)
전화 032)651-6513 **팩스** 032)651-6094
E-mail bbulmedia@hanmail.net
홈페이지 http://bbulmedia.com

ISBN 979-11-315-7074-6 04810
ISBN 979-11-315-7073-9 04810 (SET)

※파본은 구입하신 서점에서 교환하여 드립니다.